大生意人 ②

赵之羽 著

谨以本书，致敬商业，致敬企业家！

江苏凤凰文艺出版社

果麦文化 出品

人情就是生意,天大的人情就会带来天大的生意。

银子不过是一时之利,人情却是一世之利。

做大生意就要把眼光放长远,要赚一世的利。

——**古平原**

目　录

001　　第 一 章　归乡
036　　第 二 章　茶道
071　　第 三 章　除恶
108　　第 四 章　借刀
143　　第 五 章　太后
179　　第 六 章　舍得
215　　第 七 章　军饷
248　　第 八 章　洋枪
284　　第 九 章　大婚
319　　第 十 章　反目
346　　第十一章　盐场
384　　第十二章　蓄势

第一章

归 乡

1

从燕门到徽州，绕不开的是一条黄河。古平原连日赶路来到开封渡口。开封码头是南北交会之地，在码头边的茶馆，古平原正遇上一个安徽来的行脚商，他有意放出几句徽州话，对方乍听乡音也是倍感亲切。古平原做了个小东，席间谈下来，才知半月前大泽军的烈王李成空在徽州本地乱党首领苗盛雨的暗中配合下，时隔三年，又一次夺下这座军事重镇。安徽巡抚袁丁四兵败不敌，退守庐州。朝廷接报大惊，已然调了江北大营的多隆阿将军，还有湘军的霆字营星夜来援。

"坏了事儿了。"那安徽商人不断摇头哀叹——原本江北大营、江南大营把南都城围得水泄不通，如今逆匪烈王李成空打下三河直逼庐州府，誉王李誉率兵进逼杭城，这分明使的是围魏救赵之策。可是官兵却不能置之不理，浙江安徽这些膏腴之地若是落入逆匪之手，就算打下南都，拿住了王天红也无补于大局，"再加上一个翼王石达开攻四川也是连连得手，这太平日子看起来还是遥遥无期。"

古平原听后心头百上加斤，恨不得肋插双翅马上回到家乡。

"我劝老弟一句话。回乡这一路宁走大路，莫走小道。"

"这是为何？"古平原心中盘算正相反，他是个逃亡在外的流犯，最怕碰上官兵盘查，所以一心一意渡了黄河之后，走山野小径回南。

"大路遇见官兵或者逆匪，都是集结成队，远远望着他们的旗帜就可以躲开。小道上都是剪径抢劫的土匪强盗，狠着哪。"

就因为行脚商的一句话，古平原幡然变计，专拣大路走。他素来机智，一路南行避开了几个战场,却也绕了不少道,路上遇到官兵设卡能躲就躲,躲不开就用银钱开道,倒也万试万灵,安然无事进了安徽。

古平原在六安附近的一家客栈打尖歇脚,伙计招呼他与人拼桌。古平原不经意往对面一看,不由得诧异地喊了一声:"乔兄,你怎会在此?"

对面那人本在怔怔出神,此时也微张着嘴,一脸不敢置信,"古贤弟,你这是打哪儿来?"

古平原与乔鹤年分别年余,就这样好巧不巧地遇上了。

两个人都有好多话要说,当下打尖变了住店,一番彻夜长谈。古平原将自己打王天贵这只虎功败垂成的事儿详细说给乔鹤年听。乔鹤年的哥哥一家也毁在王天贵手里,听后不住摇头叹息。

"这只恶虎时刻想要吃人,这不,刚刚得了金子,就向官府告发了我,逼得我不得不连夜逃出燕门。"古平原说完了自己的事儿,疑惑地看看乔鹤年,"你不是在户部当笔帖式吗,据我所知,那是个从年头到年尾都坐稳不动的官儿,怎么会突然跑到徽州来了呢?"

"呵。"乔鹤年自嘲地笑了笑,从行囊里取出一顶官帽,"如今这是我的顶子。"

古平原一瞧顶戴,是个素金顶子,"恭喜乔兄,这才没多久,便从九品升了七品,真是可喜可贺。"

"升官倒也不一定是好事。"乔鹤年话里意味深长,古平原就知道必有内情。

原来多日前,乔鹤年私自上书慈禧太后,指出了燕门票号谋逆案里的惊天破绽,等于是以一己之力翻了这泼天大案。此事很快便传遍了京城,连带恭亲王、宝鋆等人都失尽了面子。

让人万万没想到的是,宝鋆第二天便向吏部考功司为乔鹤年报了勤于政务的卓异,同时为这次的功劳请赏。这是连太后都首肯的功劳,吏部自然没有不批的道理,结果一个卓异加上一场功,连升三级,成为正七品的户部主事,换了顶戴官服。

京里官员寻常调转升迁,升一级非两年不可,乔鹤年这也算一步登天了,羡煞了与他同品级的好些人。又过了几天,吏部往京里各衙门送了一纸公文,大意是安徽如今战事正紧,要从京里简派懂经济的官员到安徽任地方官,让各衙门挑拣卓异官员报到吏部。

这个断头差谁敢去!安徽那边正打得狼烟四起,好好的京官不做,跑到战场去送死?天下没这么傻的人,更没这么傻的官儿。

"我是刚刚报了卓异的人,又懂钱粮经济,谁都不愿意去,最后这个差就派给了我。"乔鹤年后来才打听明白,吏部尚书是宝鋆的同年,这个派往安徽的断头差就是为乔鹤年量身打造的,将其逐出京师,最好再遇上逆匪一刀杀却,方解恭亲王、宝鋆的心头恨!

"原来是这样。"古平原心里不是滋味,"是我连累了你,要不是我托你上书……"

"不,这件事我是巴不得做的,能打垮王天贵,为哥嫂报仇,我豁出命去都行。"乔鹤年截住古平原的话,斩钉截铁地说,"古兄,我既然到安徽为官,你我当有机会再见。徽州地方很大,不知你乡籍何处?"

分手之时,乔鹤年又问了一句,随后两个人不舍拜别,一个往北去往庐州的巡抚衙门报到,一个往南赴徽州回家。

天色已晚,古平原兴冲冲进了离家不远的潜口镇。他原打算在镇上买些礼物带回家中,可一进镇子就发觉情形不对,满大街都是难民,屋檐下、墙角边处处铺着芦席,横七竖八或坐或躺着唉声叹气的人。

徽州府下六个县:歙县、黟县、休宁、婺源、绩溪、祁门。歙县是徽州府衙所在地,其实是府县共治,潜口镇便是歙县治下的一个大镇,也是距离古家村最近的镇子。古平原看见镇上乱成这般样子,心里愈发惦念着家里,牵着马走到街里的一个杂货摊前,俯身问道:"掌柜的,打扰了,请问这街上为何到处都是逃难的人?"

做小买卖的是个老汉,大约还从没人叫过他掌柜,愣了一下才道:"这位客官,不是本地人吧?"

"我……"古平原迟疑了一下,"我是本地人,只是离乡多年了。"

那老汉点点头,向着街上指道:"这都是遭了兵灾,家里都被打仗打毁了,青壮的被拉了从军,老弱病残可不就跑到镇上来了嘛。"

"那古家村现在如何了?"古平原从老汉处得知潜口镇周遭几个村子都没能逃过此劫,心里一阵发慌。

"古家村?唉,就数那儿最惨哪,几伙子军队在村里迎头撞上,打了败仗的还放了把火,听说整个村子都变了瓦砾,"

老汉话音方落还在叹息,一抬眼,面前的这个年轻人已经走得不知去向。

古平原上马后扬鞭就赶,恨不得早一刻赶回到家看个究竟,一路上他不敢想古家村遭灾后的情形,只望自己的母亲和弟妹安好便是万幸。

古家村建在一处山窝里,藏风聚气,村前一条长流水,两侧高山如凤凰展翅,实在是好风好水。然而再好的风水这一次却没能保佑古家村的平安,夜幕掩盖下的村庄已被烧成一片残砖碎瓦。在村头看,全村别说人,连狗都看不到一条。

古平原离乡近六年,本就一肚子的离愁别绪,哪里再见得这般的惨景,双目一胀,在马上已是流下泪来。房子虽然毁了,石板铺成的道路还在,古平原不费力就找到了家,他家原本是一处三进大宅,如今大路前面那早已卖出的两进宅院已经烧得片瓦无存,古平原的家里因为与正路隔开,只被火燎了一侧厢房,四水归堂的另外三边还都完好。

古平原急急进到家中,张口大呼:"娘!二弟!小妹!"如此喊到喉咙嘶哑,却无人应答。

古平原颓然坐到屋内的一张椅子上,心下琢磨:"娘会带着弟、妹避到哪里去呢?"要么是到了镇上避难,要么就是被军队掠走,又或者……古平原晃晃头不敢想下去,站起身决定再回镇上寻找。

他牵着马刚走出家门,就见长长石板路的尽头有一条黑影往这边走过来,一见到他便迟迟疑疑地站住了。

"你是……"古平原开口叫道。

那黑影竟转身就跑,古平原想也没想上马便追,没一会儿便从后面撵了上来,那人回头一瞧,心里慌张一脚踩到了路边的水沟里,咕咚一声栽在地上。

古平原再次下马,三步并作两步赶过来,就听那人害怕得岔了音:"别,别杀我!"

古平原知道他是把自己当成了官兵或逆匪,再走前两步刚要安慰,忽然睁大双眼,失声道:"平文!"

倒在地上的这人听对方说出了自己的名字,抖着声问:"你、你是……"

"我是大哥呀。"弟弟古平文与自己相差五岁,现在正是自己当初离家时那般年纪,从前的稚气还依稀可辨。见古平文还是傻傻地望着自己,古平原索性一把将他拽了起来,"看看,我是你大哥不是?"

"大哥、大哥!"古平文一认清楚眼前这人正是被远戍关外,让一家人朝思暮想的大哥,高兴地抱着古平原便不撒手,嘴上在笑,眼里却有止不住的泪水。

古平原也落了泪,问道:"娘和小妹呢?"

"她们都在山上的茶棚里,我们村里大部分人都躲在那儿。我这是偷偷下山回家看能不能给娘和妹妹找点吃的。"

看茶人的茶棚僻静而且目标不大，的确是个躲祸事的好去处。古平原随着弟弟来到不远处的山坡上，这一片是古平原家的茶田，一向是包给邻人栽种。

古平文还没到竹棚前就兴奋地喊道："娘，你看谁回来了！"说着一头钻进去。

古平原日思夜想的就是这一天，如今真的回来了，只觉得双腿有千斤重。听得里面母亲熟悉的声音问了一句"是谁啊"，登时心头就像钱塘江的大潮打过来，咕咚一声重重跪在地上，呜咽着答了一句，"娘，儿子不孝通天，儿子回来看您老人家了。"

里面一时没有半点声息，就听古平文催促着："娘，你快出去看看啊，大哥真回来了。"

"扶着我……"古平原的母亲胡氏声音颤抖，两条腿也是软得站不起来。

等古平文搀着母亲出来，一看见跪在地上双泪交流的古平原，胡氏踉跄几步到近前，身子一歪坐在地上，伸出颤巍巍的手抚着古平原的脸，"儿啊，儿啊……"就这样也不知叫了多少声，她叫一声，古平原答应一声，再叫一声，再应一声，这娘儿俩哭得是肝肠寸断。

古平原怕娘哭伤了身子，先止住悲伤，强作笑颜道："娘，别哭了，儿子这不是好端端回来了？今后又能承欢膝下侍奉您老人家了。"

古平文也在旁边一个劲儿地猛劝，胡氏这才勉强收了眼泪，一家三口进到窝棚里。胡氏拉着儿子的手问东问西，问他这些年在外面遭了多少罪，怎么流放之期未满就回到了家乡。古平原不愿让母亲难过，半真半假挑着好的说。古母嘴里一连串的"佛天保佑，菩萨保佑"，一家三口流泪眼对流眼泪，哭过了便笑，笑过了还哭。

古平原不敢说自己是私逃入关，只说大赦释放，他有个疑问一直放在心头，说了半天终于忍不住要问："小妹呢？"

小妹古雨婷比平文小一岁，自小乖巧可爱，古平原记得当初离家赴京文试，妹妹还拉着他的手要他从京城带好吃的果子，现如今定是也长成大姑娘了。

奇怪的是，古平原一语问出，古母和平文都默不作声。就在古平原等得有些发急了，古母才说了一句："你妹妹在那边的山崖边照料白老师。"

这白老师正是古平原的授业恩师，古平原视师如父，立时急问道："老师怎么了？"

"唉，真是一言难尽，眼见几天前还好好的，怎么无缘无故就遭了这么一场祸事。"古母刚刚还喜笑颜开的脸随着古平原的问话而郁郁了下来。

"大哥，我来跟你说吧。"古平文先让娘在一旁坐下，然后将大致的经过对古平原讲述了一遍。

古家村遭兵灾是在十天前，李成空和苗盛雨各自的匪兵，再加上朝廷的团练兵勇，这三股军队原本都只是打此路过，没留神却都在村子里撞上了，立时就拼得血肉横飞。古家村的村民都跑往山上避难，偏古平原的老师为人正直，见官军也如土匪般烧屋掠货，觉着自己做过两年县丞，心里存了个为民请命的念头，竟然走到战场上，要寻官军的头领说话。

战场之上人人杀红了眼睛，哪个会理这糟老头子，心地好些的便自作不见，但毕竟也有凶恶成性之辈，一刀便把老人家砍翻在地。白老师的女儿白依梅从后面赶上来要救爹爹，还没等靠近，就被不知是哪伙子的人马劫走了。

白老师被砍中后背，血流了不少，伤势颇重。那帮打仗的军队撤走之后，他被几个村人救了上山，就在山崖那边的一个木架子里将养，缺医少药，几日下来已是奄奄一息。

"孩子，你去看白老师，千万不要说依梅被人劫走一事。自从你师母过世，依梅这孩子是他的命根子，这要知道了，一条命就保不住了。"

古平原听了之后心如刀绞，匆匆点头，留下弟弟陪着娘，往山崖边快步走去。

离着山崖不远，古平原已是听见了老师有气无力的咳嗽与低沉的喘息之音，他的脑海里顿时浮现出几年前在村前小河旁，老师送了自己一程又一程，眼里满是眷眷期盼的目光，却只叮咛路上万万小心，末了才提到考试的事，说的却是"场中莫论文。金榜题名最好，万一不得意，还回来读书便是，哪里也没有家乡的水养人"。

想到这里，古平原喉头哽咽，只不敢放声，悄悄拭了泪，这才走到木架子搭的茅草棚前。

此时恰从棚里出来一名穿着荆衣布裙的女子，姣好的面容上却是愁眉不展，乍一见古平原吓了一跳，随即皱起了眉，又慢慢舒展开，一张小嘴却慢慢张大，声音发颤："大哥？"

是女大十八变，古平原能认出弟弟，却无论如何也认不出眼前这个亭亭玉立的姑娘就是当年缠着自己要糖吃的妹妹。

"小妹，是我，我回来了。"古平原见妹妹要哭，连忙止住，轻声说，"老师在里面？"

"嗯，伤口疼，怎么也睡不宁，我去叫平文来给老师换药。"小妹会意，也放低了声音。

"不必，我来就好。"古平原让妹妹先回去，自己一低身进了木棚。一进来他便鼻子一酸，心里想着怕惊动老师，可是眼泪一滴滴滚下来哪里止得住。

木棚里只铺着一尾芦席，自己的老师形销骨立，面冲里侧卧在席上，背后用布条包起来的伤口还在渗着血，不时咳嗽两声，牵动了伤口，立时便难受地呻吟着。古平原轻轻蹲下身，慢慢地扶着老师的肩头，低声呼唤："老师，我是平原啊，我回来了，来看您了。"

白老师发着高烧，神志不清地将眼张了张，又闭上，喉头咕噜几声，像是说话，又像是喘息。

"老师，您别劳神且歇着，等好了再说话。"古平原见状只得先给老师换药，等拿过放在一旁的药碗，古平原更是难受。这哪里是药，不过是将茶田里的新叶捣碎而已。茶叶虽然也有平热凉血的功效，但药效毕竟有限，只是眼下无药可用只得将就。他抖着手将"药"敷在老师背上的伤口上，又用方巾蘸着水给老师擦了脸，伺候着喝了几口水。见老师好不容易沉沉睡去，古平原不忍再看，定了定神，走出木棚转回到自家。

一家人团聚，自然有说不完的话。古平原这才知道原来弟弟已经辍学归农，家里这块茶田就是他在打理，妹妹则帮着娘亲做些针线活计来贴补家用，一家人过得甚是清苦。

"儿啊，你回来就好了，不管怎么说，一家人总算又在一起，就是再苦，为娘也闭得上眼睛了。"古母原本以为此生再难见大儿子一面，此刻眼里面上都挂着笑意。

古平原道："娘说哪里话，不孝儿在外没有一天不惦念母亲，这几年多亏弟弟妹妹尽孝，现如今是我的事了。娘只管放心，我们家的好日子在后面呢，您就等着享福吧。"

一句话说得全家都高兴起来，小妹雨婷是个爽快人儿，张口就道："大哥回来我们家总算不再怕人欺负了，哪像二哥，比没过门的小媳妇还怕事。"

"我哪有……"古平文红着脸争辩了半句就被妹妹打断。

"没有才怪。我呀就是个女子，不然早就出来替家里出头了，隔着门听二哥跟那些人说得吞吞吐吐几句话，险些没把我气死急死。"

"怎么，有人欺负我们家？是族里的人吗？"古平原一怔。

"不是不是，族里一向照应我们家。你呀，别听你妹妹的，巴掌大的事她说得比天大。"古母一片息事宁人的心,根本不愿意大儿子刚回来就为了家里的事操心。

古平原皱皱眉头,道:"娘,既是有事,儿子迟早要知道,咱们虽不惹事,但有事情也不能怕事。"

古母想想,叹息一声:"既是如此,告诉你也无妨,其实也没多大的事。"

正如古母所言,事情不算大,但对古家而言却带来了不小的烦恼。

2

事情起在一个茶商身上,其人姓侯,做茶叶生意十多年,收了茶制成茶砖卖给遥西边地,论起生意不大不小也是尊神,行里一向有个尊称"侯二爷",其实背地里都叫他"油二爷"。

茶商收茶与盐商收盐一样,一向有地界之分,划好了界,谁也不能越界去收茶,否则就是犯了行规要被群起攻之。换言之,茶农的茶卖给谁家也有定例,很少有随意转卖的。这样做的好处是买的不愁没地儿买,卖的不愁没地儿卖,按照当年当季的茶价一手交钱一手交货,省了许多麻烦。

如果都像这样做买卖,自然谁都没话说,但偏偏就有那喜欢占便宜的主儿,这侯二爷便是其一。无巧不巧,他所收的茶田里面就包括了古家这一片,原本古家把茶田租给邻人时还没事,待到古家自己种了,侯二爷就多出许多话来,一时说茶叶成色不好,一时说制茶时不经心,后来竟还挑古家的茶田风水不好,说先是古平原的父亲失踪在外,生死不明,后又是古平原被发配关外,连累家人也是罪孥,所以说古家地里种出的茶不能按别家的价格来收。

"大哥,您听听,这分明是欺负二哥老实,我与娘又不能抛头露面去与他讲理。结果硬是把我们家的茶价往下压了三成,本来这日子就过得艰难,哪还禁得住这么受人欺侮……"古雨婷说着说着,小嘴一撇,只是强忍着不落泪。

古平原一边听,一边已是心头火起,顾着娘在一旁,只是勉强笑笑:"不要紧,大哥既然回来了,自然有我去和他理论。"

侯二爷的事情古平原眼下还无暇料理,他最挂念的还是老师的伤势,依着他的意思立时就要返回镇里去为老师延医买药,外面天色早已黑透,兵荒马乱的年月加上山道难行,古平原只得暂时安歇在老师的木棚外,找了个避风的角落胡乱打盹。但这一晚压根没有睡实,不时起身看看老师,又想着老师被乱兵劫走的女儿白依梅不知身在何方，老师就是治好了伤，知道此事后只怕也要急疯了。

白依梅就是他那青梅竹马的恋人。

古平原上学的地方就在老师家中，那几年与白依梅几乎日日见面，虽然因男女授受不亲而寡言少语，但二人朝夕相见，互有好感，早已情愫暗生，只差没捅破这层窗户纸而已。

古平原的老师其实也早已视他为东床快婿的不二人选，古平原本想京试之后便禀明母亲，托人提亲，怎知飞来一场横祸。自从被发配关外后，他自惭已成罪犯，又要远戍十年之久，对白依梅早已不做婚姻之想，硬是强迫自己将姑娘的倩影从心中抹去。

现在知道当年的心上人竟然被兵匪劫去，一个女人家遭遇如何不问可知，古平原心里就被人用拳头死死地攥着一样，想着想着总是难以入眠，站起身向山下望望，却发现二弟平文正向这边走来，原来他也一夜未睡。

"二弟你来得正好，我有事情想问问。"古平原要问的正是老师女儿的事情，"她被劫走，夫家难道没有去寻？"

"哪里来的夫家？依梅姐可是一直没有嫁人呢。"

"没嫁？我记得她比雨婷大了四岁，那今年可不是整二十了吗，怎会没嫁？"古平原惊讶不已。

古平文摇头："这我就不知道了，提亲的倒是不少，可都没成，依梅姐总不答应。小妹常去她家玩，听小妹说，依梅姐自己说过，要守着老父尽孝，一辈子不嫁呢。"

古平原听后怔怔不语，心里若明若暗已是大概猜到了白依梅的心思，心下一阵难过，叹了口气低头不语。

"大哥，要说这两年还真亏了依梅姐，时常来咱家坐坐，陪着娘说说话，我和小妹都没她会帮着娘解心结，要不是她，娘为你的事早就不知道要急病成什么样了。"古平文没留神大哥的神态，只顾着往下说。

"不要说了。"古平原闭上眼痛苦地摇摇头，"二弟，我亏欠老师家实在是太多了。你帮着我照料一下老师，我这就去镇上请大夫买药。"

"可这天还没亮。"

"顾不得这么多了，娘要是问起，你就说是天亮才出发的。"古平原轻轻牵过马来，走出很远知道马蹄声不会惊了母亲，才上马疾驰而去。

这一次他比来时还要快，天边刚一露鱼肚白，他便已经到了镇口土城的门口。

城门还没开，几个同样赶早进城的乡农靠在路旁的土墙边上打盹。古平原心里有事，不能这般等下去，便上前叫门。

喊了几声，倒有个团丁出来，可是一听古平原既不是官府差役，也不是传递驿报，不耐烦地道："去去去，我还当什么大事，搅了老子的好梦。"

"总爷，我真的是有急事，麻烦你行个方便。"古平原耐着性子道。

那团丁把眼一瞪："给你方便？谁给老子方便？现在城外又是逆匪又是土匪，万一开了城门放进来歹人，你担还是我担？"

古平原知道和这帮兵痞子讲道理白搭，不如用银子摆平，不料伸手入怀才发现，自己的行囊匆忙间落在茶棚里，散碎银子都没带出，只有一张一千两银子的银票缝在衣襟里。

这张银票是当初常四老爹替乔致庸开茶路，剩下了两千多两银子的余头，还给古平原时，古平原留了一半，剩下的给常四老爹重整家业。这张千两的龙头大票便是古平原此番回乡重整旗鼓干一番事业的本钱。他为了老师当然不会吝惜银钱，不过问题是贿赂这种事没有找零的道理，可也总不成把一千两都给出去吧。

古平原正在为难，那团丁已经老大不耐烦，打着哈欠就要往回走。

古平原真的急了，抬起脚来对着城门就是两脚，大喊道："开门，开门。"

清晨时分本来最是安静，在一片寂然中，古平原这两脚不亚于两声炮响，城门楼子里回音响得吓人。守城的团练兵卒这几日被城外的战火早已吓成了惊弓之鸟，此刻一个个屁滚尿流爬起身，晕乎乎不知出了什么事。

"老刘，怎么了？"

"他娘的，是逆匪还是土匪，多少人？"

这么七嘴八舌一问，那个先出来答话的老刘慌张地一指门外，"就一个，这贼胆子真大，单枪匹马就敢来攻城。"

众团丁听只有一人，胆子顿时大了，立时起了抓人请赏的心，纷纷道："这定是逆匪的探马，抓住他去领赏银。"

正待开城门抓人，就见从一旁的门领小房里不紧不慢走出一人，慢吞吞地开口道："且慢，干什么去啊！"

"哎哟，郝老爷，怎么您老昨晚没去镇公所安歇？这把您老也惊起来了，罪过罪过。"

"少放屁，你们当我替知府大人巡视各县各镇的城守只是糊弄了事？不在城门这儿住上几日谁知道你们这群丘八是不是卖力守城。"来人点指笑骂道。

"方才你们说的那些屋里都听见了，敢情你们是要找死，门外的那一个不是逆匪还好说，真要是逆匪，身后必然躲着一大帮，就等你们开城门好打进来，你们这群浑蛋，还想着抓人，别被人砍了脑袋去。"

这位郝老爷这般一说，弄得团丁们个个心里发怵，互相瞅瞅，方才那股子劲头早就飞得无影无踪。

郝老爷一哂："瞧你们那脓包势，好歹也得问问清楚，难不成今儿一天都不开城门了？"

说着，郝老爷上了城墙，探头往下说道："你到底是什么人，我姓郝的可是火眼金睛，别想蒙我。"

城门里的对话，古平原听得一清二楚，听那郝老爷讲话算是头脑清楚，只是声音却有些熟悉，隔着城门见不到长相，等到他把脑袋一探出来，古平原登时就认了出来，喜道："老风流！"

"嗯？"郝老爷没料到一早晨起来就有人叫自己的绰号，他自称火眼金睛，其实却是个大近视，拢目看去也瞧不真切，"你是谁？"

"我是小古。你忘了？当初到省里乡试，住在文馆里，你半夜说饿了，硬拉着我去吃施胖子家的油蓑饼……"

郝老爷登时忆起，一张嘴笑得咧开："是古老弟啊，快进来！娘的，你们这群贼丘八，吓老子一跳，什么逆匪，这是老子的文友，当年乡试高中第三名的古才子，老子才中了个榜尾。"他嘴里念念叨叨，指挥团丁开了门。

古平原见遇到的是他，肚里暗笑。这姓郝的当初是个屡试不第的秋风钝秀才，差一岁就年届不惑还在乡试，偏偏乡试那一年古平原就与他住在文馆的同一间房里。

待到进了号舍发下考题，诗题扣的是个"迟"字，这郝秀才触了情肠，一首诗作的是《老女出嫁》，诗云："行年三十九，出嫁不胜羞。照镜纹生靥，持梳雪满头。自知真处子，人号老风流。寄语青春女，休夸君好逑。"

他的卷子在房官那里本已黜落，偏那年阅卷的学政张大人也是个诙谐人，见郝秀才的八股虽然做得差强人意，诗却是自嘲自讽有真意，就提了上来，放在一榜的最末。

郝秀才中举变成了郝举人，他不谢学政大人，不谢自己的卷子，却偏咬定是沾了古平原的光，乡试之后连着请古平原吃饭喝酒，古平原也喜他为人爽快，不似文人虚伪，两人年纪差了二十多岁，却就此成了莫逆之交。只是他那首诗传了出去，听到的无不掩嘴而笑，送了他一个外号"老风流"。

当年古平原赴京文试在安徽会馆里还见过他，这一晃儿都六年多没见面了。郝老爷将古平原迎进城来，先就问道："老弟，你不是被发配关外了吗？这想是被放回来了，真是可喜可贺。"

古平原含含糊糊地一点头，郝老爷忽地脸色一变，说道："见到你，我突然想起一事，来，随我到一旁去说。"

"那可不成。"古平原心急如焚，哪有心思与他叙旧，便把自己来到镇上的原因说了。

"哦，那好，你先去办正经事，我呢，眼下在徽州府的知府衙门当个闲差，左右这几日也不走，转天去寻你说话。"

古平原在马上一拱手，二人匆匆而别。

3

背井离乡的难民一多，镇上的病人着实不少，大夫却只有一位，分身乏术无法前往古家村，问问白老师的病情，知道不是什么疑难杂症，便开了剂内服外敷的方子叫古平原自己去抓药。

古平原马不停蹄到钱庄兑开银票，抓好了药，依旧匆忙回转古家村。

这服药倒是对症，只是老师年老体虚，又延误了数日，所以用了药依旧是时好时坏，烧虽退了，神志始终不清。古家村的人都知道古平原回来了，算是村里不幸中的一件幸事。古平原人很大方，感激族人这几年照顾老母幼弟，将身上的银票拿出来，一半交由族里买米买面，虽然僧多粥少，可也帮村民解了不少燃眉之急。

就这样过了十多天，古平原日日在老师身边守护，人也累得瘦了一大圈。这一日，他正在木棚外煎药，古平文气喘吁吁地跑了来。

"大哥，族长要你去呢。"

"什么事？"

"听说是藩司衙门派人来村里巡视灾情准备赈济，族里几位长辈都在陪着，不知为什么也让大哥去。"

古平原皱皱眉头，他是流犯逃人身份，眼下虽无人知晓，可他却不愿与官府的人打交道，但既是族长有命，也不能不去，交代弟弟几句，便向山下走。

古家村现下是一片瓦砾，只有村头的土地庙因为与民宅距离较远，安然无事地躲了一劫，几位村中耆老便在庙里与一位七品顶戴的官儿相坐而谈。见古平原进来，族长忙介绍说："乔大人，这便是小老儿说的古平原了。"

外面阳光刺眼，古平原乍一进来看不分明，定睛一瞧后差点失声叫出来。

这乔大人正是半月前刚刚分手的乔鹤年！

就在他怔神之际，乔鹤年已抢先开口了，"古平原，本官此次特奉藩台大人之命，到歙县各乡巡视灾情，一进村就听闻你急公好义，仗义疏财，古家村才没有饿死一人，这功劳不可谓不大。"

古平原机智极了，一听乔鹤年的口气是要装作素不相识，便连忙跪倒答话："大人言重了，草民也读过几日圣人书，生于斯长于斯，怎能忍见乡亲们受苦而不伸援手。"

他这一跪，乔鹤年才有些发窘，好在边上一人搭了话。

"大人，古平原是我的知交，当年乡试高中第三，是有名的神童才子。"古平原这才发觉，郝老爷竟也在座。

"既如此，那便是有功名在身的人，如何自称草民？"

"大人有所不知。"郝老爷将当年的那段往事解说了一遍。

古平原见村中耆老俱在，心想这正是个解释的机会，不然连日来总有人问自己为何刑期未满便已返回，真要是惹得人动了疑心，告到官府去可就麻烦了。他于是接着郝老爷的话道："本来十年刑期未满，却正遇上先帝爷驾崩，新皇继位施恩，泽被万方，连我这罪余之人也得被雨露，被提前释放了回来。"

乔鹤年也是第一次听古平原说起这段往事，他先命古平原起身，点头感叹道："时也，运也，命也。不过功名虽然革去，腹有诗书气自华，观你此番行事便可见你的志气。大丈夫安身立命，也不必将功名过于挂怀，俗话说得好，三百六十行，行行出状元嘛。"

这句话正说到古平原心坎里，他恭敬地答道："是，大人教诲，平原谨记。"

"你们多年之交，见面想必还有话说，我还要到南山看看，郝夫子不必跟随本官了，就在这儿与你这位老弟聊聊。"说着，乔鹤年向古平原使了个眼色，暗示自己先去处理公务，有话不妨慢慢再说，便在几位长老的陪同下继续巡视，留下郝老爷与古平原在庙中相叙。

郝老爷是两番京试不得意，他倒乐天知命，知道自己中举已是侥幸，就绝了考进士的心。举人是衣冠中人，按例可以在衙门谋差，亏得他为人圆通，大事办不了，小差事却不断，一年下来日子过得倒也滋润。像这一次，上头派人来巡查灾情，他便跟着候补知县乔鹤年一同前来，名义上是协同帮办，其实不过为了领一笔差费而已。

古平原也拣着能说的，把自己这些年的经历与郝老爷讲了讲。等到他说完，郝老爷的脸色却沉重下来："唉，当初你出事，我也在京里，却没能帮上什么忙，事后想起总是……"

"郝大哥。"古平原摇手道，"你在京城也是人生地不熟，自然有心无力，再说事情过去这么多年了，你又何必内疚呢？"

"话不是这么说，你我相知一场的朋友，有件事嘛……"郝老爷素来爽朗，难得有这样如鲠在喉的样子，古平原不禁也起了好奇心。

"郝大哥，你有话就直说好了。"

"那我就直说了。"郝老爷正了正身子，神色变得郑重起来，"当初在号舍窗外报假信害你的那个王八蛋，其实并非没有找到，考场森严，哪怕飞进一只苍蝇也有无数双眼睛盯着，他又不是神仙，怎会没人看见呢？"

古平原做梦都没想到郝老爷说的竟是这件事，虽然早知道了是张广发干的，可也不由得愣愣地听他说下去。

"我听说顺天府的人第二日就抓到了那个人，可是隔日又悄悄放了，也不说抓对抓错，包括考场内的佐役在内，都被警告不得再提此人。"

"那这个人呢？"古平原急急问道，他想知道的是，此后有没有人再追究此事。

"不知道，放出来之后就消失得无影无踪了。我有几次在府县接了进京公干的差事，还特意趁便打听此事，时过境迁，消息倒也不是那么严了，你猜怎么着？"郝老爷向两旁看了看，稍微放低声音，"据说这个人之所以能被放出来，是京商使了银子上下打点的缘故，而且还以京商的势力向顺天府施压。"

"京商？"古平原喃喃自语，他本以为张广发一死，自己当年蒙冤真相就要石沉大海，想不到郝老爷一番话让他再看见一丝光亮，"原来不只是他陷害我，还有京商的人在从中作祟。"

"不过……"古平原细一想越发不解，"我从进京到入闱不过短短一月而已，要说无意间得罪一个人或者可能，若说得罪了京商，还要施重手对付我，绝无可能。"

郝老爷摇摇头："刑名案子这些年我也经手不少，有些事儿黑得伸手不见五指，看不透也瞧不明，还是不要深究了。"他从腰间抽出短烟杆，装了一袋旱烟点着，长吸一口吐出来。

古平原也知道张广发一死便是死无对证，虽然不甘心，但也无奈何，正无话时，乔鹤年视察已毕，一个人走了进来。

郝老爷连忙站起身，"鹤公，想必是公事已了，辛苦了。"

古平原还待要跪，乔鹤年抢先一步扶住他，"贤弟，依你我的交情，当着外人的面不得不维持官制体统，如今只有你这位知交在，你又何必如此。"

"你们……"郝老爷睁大了眼睛。

古平原见乔鹤年不欲隐瞒，自然也就捡着紧要的把自己在燕门如何与乔鹤年相识的事情说了一遍，当然事情有繁有略，还有些根本不能提，结果到头来，变成说自己多，说乔鹤年少，这一段经历真把郝老爷听得目瞪口呆。

"哎呀，古老弟，你可真行啊！遇风成龙，遇雨成虎，功名虽然没了，做生意也是这般出色，了不起！"

古平原谦逊几句，乔鹤年忽然面有忧色，"要说你们这个村子，也真是毁得厉害，方才我在村里转了一圈，各家各户的宅子还有族中的祠堂都被烧了个干净，这要全都重新盖起来，怕不得几万两银子？"

古平原刚一开口，"大人……"

"哎，你我的交情，这样一叫岂不是疏远了。"

"那我随郝大哥，称你一声鹤公。"这是官场中人的称呼，听来也很得体，乔鹤年点了点头。

古平原接着道："鹤公，想必你也看见了，茶田没事。我们村除了外出经商的，便是以种茶为生，眼看春茶就要采摘，只要卖出茶叶，家家都能缓上一口气，省吃俭用几年也就把房子重盖起来了。"

乔鹤年听罢微微摇头，郝老爷更是冷笑一声："只怕没那么容易。"

"郝大哥这话是什么意思？"

"我们从省城先到了县衙门，听户房里的书办讲，茶商目前集合在一起，都不肯来收遭灾这几县的茶叶，鹤公为此事正在发愁呢。"

古平原一惊："不收茶？这是为何？"

"这有什么不明白的？就如你方才所说，遭灾的地方急等钱用，茶商拖上一拖，价格就能压低。"郝老爷不屑地说，"都是本乡本土，就这么黑心，难怪人说无商不……"他看了一眼古平原，把后半截话又咽了回去。

古平原一点就透，忙问："府县难道也坐视不理？"

"这要如何理法？他们又不是强买强卖，只是攥着银子不肯买，大清律四百六十条，没有一条能治得了这帮奸商。就是知府大人也只能请来他们中带头的人好言相劝，半点也奈何不得啊。"乔鹤年苦笑道。

"我懂了。他们也是瞧准了村里无钱将茶叶外运，只能卖给他们，所以才有恃无恐。"古平原又问道，"带头的是哪一个？"

"听说是叫侯二爷，外号叫油二爷，是个茶霸，这次的事就是他上蹿下跳撺掇着一帮茶商干的。"

"又是他！"古平原一听侯二爷的名字就气不打一处来，暗自咬了咬牙。

乔鹤年看了看古平原，又看看郝老爷，心里也在不断动着念头。他自从到省城的藩司衙门禀到，上院投帖，藩台只是拨冗一见，语气冷淡，根本不提补缺的事儿。乔鹤年日日上院听候，可是挂牌的差事无论是缺还是差，总无他的名字。辗转一打听，本省藩台便是户部出身，不用问，宝鋆必是打过了招呼，自己想在这个人手里补到缺，只怕是难如登天。就这样拖了十来天，乔鹤年坐困愁城，好几次绝望之下想掼乌纱辞官，但都为了赌一口气忍了下来。又过了几天，歙县受兵灾一事层层上报，藩司衙门派下差事，找人去各乡巡查，结果不但没有自告奋勇之人，反倒是派到的人纷纷都病了。其实说破不出奇，赈灾本是肥差，可惜这一趟的灾是兵灾，而且袁丁四袁巡抚的兵就是始作俑者之一，一旦出去巡查，回来必得行文细禀，那便要得罪巡抚大人。

看起来是没人肯去了，乔鹤年心想与其等到地老天荒，不如放手一搏，这差事若办好了则本省两位大员都欠了自己一个人情，于是便主动请缨。棘手的差事有人肯接，藩台自然喜上眉梢，把乔鹤年招到衙门签押房，一反常态温言以对，同时话里话外的意思透露出来，如果这一趟差圆满地办下来，可以保乔鹤年实补一个州县缺。

乔鹤年一路上也看出来了，只要茶叶卖出去，老百姓手里就有了活钱，所以当务之急是赶紧帮着百姓卖茶。谁知碰上了侯二爷借机欺行霸市，他冷眼旁观，这个人豺视狼顾，一脸的贪色，仗着有财有势，根本就不把自己放在眼里，面上倒还恭敬，但是话里夹着骨头，一口一个朝廷法度，不能强令商人收茶，结果是堵得乔鹤年无话可说。

卖不掉茶就真要起大乱子了，乔鹤年为此急得睡不着觉，忽然想到古平原曾经说过，他的家乡就是歙县古家村。乔鹤年深知古平原商才了得，这件事保不齐他就有办法。所以他来古家村，不是无意间遇到了古平原，根本就是特意来移樽就教。乔鹤年深知自己孤身来到安徽为官，想要有所施展，必须借重古平原的能耐才行。一想到这儿，乔鹤年觉得应该把来意挑明。

"事情便是这样，想等官府的救济那是镜花水月，若是茶卖不出去，难保没有暴民作乱的事儿。"乔鹤年把事情经过一讲,压低了声音,"平原,自己人说老实话,搞不好袁巡抚正希望如此。"

郝老爷久经官场,虽未为官但是耳濡目染见得却多,一听之下耸然动容,一挑大拇指,"鹤公心思真灵,只怕是说到了巡抚心里。"

古平原犹自不解,郝老爷亦是沉声说:"真要是逼反了村民,哪怕是聚众请命,都可视作逆匪乱党,到时候不就证明巡抚的兵上次剿得有理,而且还可以名正言顺再剿一次,变成一笔糊涂账,也就不怕御史参劾了。"

"这……不至于吧。"古平原听得毛骨悚然,到底是官,总不会比土匪还凶恶。

"官场龌龊,为了保顶子,什么事都做得出来,倒是不能不防。"乔鹤年道。

"那就非得赶紧解决这件事,让附近村民的茶卖个好价钱,给大家一条活路。"

"就是这个话。"乔鹤年听古平原自己说了出来,赶紧接过话,"不过那侯二爷把门封得甚紧,看样子是欲壑难填,知府大人亲自劝说都不成功。"

古平原皱眉不语,在土地庙里来回走了两圈,停住身笃定地说:"就算是非亲非故,我也不能看着这个侯二爷坏了生意人的名声,更何况本乡本土,更不能坐视乡亲们受苦。眼下我也没什么好主意,不过谋定而后动是不会错的,鹤公、郝大哥,你们二位若是无事,不妨在我古家村暂住两日,等我打听些消息之后再做商议。"

乔鹤年与郝老爷彼此看了一眼,都点了点头。

古平原派弟弟去打听消息,三天之后才有确实的信儿带回来。

"鹤公,原来这个侯二爷是一门心思吃定了茶农,他料准了茶农无路可走,最后必然会压价卖茶给他,所以连水陆舟车都下了定钱,只等茶农交货,便要经成都,运往遥西边地。"

"这么说他也在掰着手指头算日子?"

古平原点头:"正是如此。要是日子一到还没有茶叶装车上船,他就要先赔上一大笔车马费。"

"但是无论如何,茶农卖茶之心比这个侯二爷要急迫百倍。"郝老爷提醒道。

古平原一笑,"只要侯二爷也急,那这次就要他吃个哑巴亏。"

乔鹤年眼睛一亮,"平原,你可是有了什么主意?"

"主意有一个,正是从鹤公身上来的,没有你,此事万无成功之理。"

"要我做什么,你但说不妨。"乔鹤年知道古平原没有把握是不会说这句话的。

4

"你要司里出这样一张告示？简直是胡闹！"本省的藩台是个上三旗的旗人，其名布赫，他本来就没对乔鹤年此行抱什么希望，只是要找一个挡箭牌而已，如今听了乔鹤年的回禀，顿时翻了脸。

"大人容禀。"乔鹤年心里气不打一处来，当初派自己去的时候说一力支持，如今却一点责任不肯担，但与上官争执是官场大忌，他低声好言道，"此次赈灾的关键全在茶商肯不肯按往年的价儿收茶，肯则万事大吉，不肯则易酿成民变，而要茶商俯首听令，则非有这张藩司衙门的告示不可。"

布赫将脸越发沉下来，"听你这话里话外的意思。若是我不发这张告示，那么赈灾不利激起民变的责任就都归到本官头上了。"

"卑职万万不敢。"

"好了，你要布告便给你布告。"布赫在心里反复权衡，不耐烦地打断说，"我倒要看看你有多大的能耐！我已经一意迁就，若是还办不下来，那就请你另谋高就吧。"

"平原，你来看。"乔鹤年眼里布满血丝，拿着一张文书告示，上面盖的正是藩司大印。

"这告示正符你所求，写明了因为逆匪侵袭本地，故此不日之后将烧茶山为焦土，以免茶叶为逆匪所抢，以致资敌。"

郝老爷在旁也伸脖子瞧着："古老弟，你这一计我完全懂了。就是只拉弓不放箭，是要逼那帮茶商来买茶叶，不买的话，想买也没得买了。"

"那帮茶商眼里茶叶就是银子，烧了茶山就等于烧了银子，只要告示一出，他们必定就要慌神。"

知府衙门的告示一出，原本抱成团的茶商登时就乱了，他们原本俱在潜口镇听消息，没想到却等来一声霹雳。

"二爷，可不得了了！"众人蜂拥而来找侯二爷。

"出了什么事？"侯二爷正摇头晃脑在茶馆里听曲儿，被打断了很是不乐。

"藩司衙门出了告示，说是要烧茶山。"

侯二爷一惊："烧茶山？平白无故为何要烧茶山？"

"哎呀，我们也说不清楚，您去看看就知道了。"

侯二爷在众人簇拥下来到镇公所墙外，墙上果然贴着一张告示，上面盖着知府大印。侯二爷仔细看了看告示上的文字，又品了品滋味，扑哧一声笑了。

"亏您还笑得出，咱们还是快去收茶吧。若晚了，茶山真的被烧了，我们今年别说赚银子，赔也要赔上一大笔。"众人议论纷纷。

"诸位且慢。"侯二爷高举双手，等周围稍平静下来，一指墙上的告示，"不必惊慌，这告示是假的！"

官府的告示在百姓眼中就如同圣旨一般，谁敢质疑？侯二爷一说假，众茶商顿时又乱了起来，七嘴八舌说什么的都有。

侯二爷双手往下压压，大声道："诸位听我说，这张告示不过就是官府想出来的一计，专门来对付我们茶商。因为我们不肯收茶嘛，他便说要烧茶山，为的是逼我们去收茶。诸位如果去了，那便是功亏一篑，中了人家的计了。"

这侯二爷真是奸猾，三言两语便戳穿了古平原想出来的计谋，众茶商这才恍然大悟。

"没错，没错，是这个理儿，要不是侯二爷，咱们还真上了这个当了。"

侯二爷得意地道："各位该干什么就干什么去，放心，他们急等钱用，撑不了多久，咱们这笔横财是定了。"

自衙门发出告示，乔鹤年便住在了潜口镇上，他日日派人打听有无茶商下乡收茶，却都失望而归。

官场消息最快，乔鹤年被藩台大人厌憎的事儿已经传遍了全省，知府、知县这些官儿恨不得离他远远的。

"当初被派下来时，这些官儿设宴款待，如今一转眼我便坐了冷板凳。"乔鹤年苦笑道。

"这便是官场，谁让大人得罪了上官，手里又没权呢。若是权柄在手，还愁无人听用？"郝老爷这几年看得多了，一点都不奇怪。

"如今我人憎鬼厌，郝夫子倒是不离不弃，真是难得。"乔鹤年瞟了一眼郝老爷。

郝老爷举起三根手指，"这里面当然有缘故。一来这儿也是我的本乡本土，大人肯尽力维持，我自然没有不帮忙的道理。二来大人是古老弟的知交，我是古老弟的旧识，这个忙也不能不帮。这三嘛……"他脸上浮起狡黠的笑意，"大人事情办成了，我自然跟着沾光，就算是办砸了，那也牵连不到我这个无缺无职的穷举人身上。"

"哈哈哈。"乔鹤年畅快地笑了,"郝夫子快人快语,但愿这事儿能成,到时候我自然有借重夫子之处。"

一晃儿又过去了十天,茶商那边毫无动静。茶农俱等得心焦,已然有人准备低价出售。乔鹤年知道口子一开,一发不可收拾,急急派仆人康七找来郝老爷商议。

"郝夫子,你可听说有茶农已准备贱价售茶?"郝老爷一进门,乔鹤年就迫不及待地问道。

郝老爷一脸无奈地点了点头,继而说道:"这下可要麻烦了。现在家家户户都等米下锅,一旦有人按茶商开出的低价卖了,从之者必众,这帮奸商尝到甜头,更会压价,就连秋茶的价格也要大跌,茶农只怕几年之内都翻不过身来。"

乔鹤年双眉紧锁:"我担忧的正是这一点。现在逆匪不断招兵买马,若是百姓不能吃饱穿暖,这不等于是逼他们造反吗?"

"最可恨的是那帮茶商只顾赚钱,全无良心,大人几次好言相劝他们就是不听!"郝老爷也有些沉不住气了,接着又说,"也许再等等,古平原的那条计万一要是有用……"

乔鹤年摇摇头:"不会的,若是茶商上当,早就来收茶了,看来他们是看破了我们这一招,唉,也怪本官把事情想得太简单了。对了,古平原这几日不见踪影,你常到古家村,他在做什么?"

"他……"郝老爷张了张嘴,事实上古平原这几天只是偶尔问起有没有茶商来收茶,其余时候不是陪着母亲说话,便是守在老师床前送汤喂药。这事儿虽然是他出的主意,如今却仿佛全然于己无关一样,郝老爷也弄不懂他葫芦里卖的是什么药。

看郝老爷吞吞吐吐的样子,乔鹤年明白了三分,摇头一叹,"只怕是他也心灰意冷了,看样子我是作茧自缚,把自己套在里面了。"

"你知道就好!"话随人到,就见从外面大步走进来的正是本省藩台布赫。乔鹤年与郝老爷赶紧上前迎接。

布赫一脸的阴云,皮笑肉不笑道:"乔大人,当初你说得嘴响,一纸布告安天下,如今又如何?"

"……"乔鹤年无言以对,只得沉默。

"奉巡抚大人的令,候补知县乔鹤年一意孤行,误了赈灾的时机,为平民愤将其解职待勘。"布赫声音里不带一丝感情,"参你是司里的公事,明日我便往吏部递文。"

像这样的参案，吏部自然无有不准之理。乔鹤年把心一横，不顾郝老爷阻止的眼神，将官帽一摘，"既然卑职的顶子摘定了，何必多费事，今日就请大人赏收吧。"

"你倒知趣。"布赫冷笑一声，示意边上人去接，谁知就在此时，从二门外急匆匆跑进一名听差，大概是跑得急了，一开口气喘不已："禀，禀老爷……"

跑进来的正是康七，乔鹤年一怔，回头问道："什么事情这么匆忙？"

就听康七断断续续说道："外，外面，烧，烧起来了。"

"什么？"在场众人都吃了一惊，连布赫在内都以为是镇子里有了火情，生怕是逆匪偷袭，众人出门四下看去。郝老爷忽地往远处一指："大人，那不是火吗？"

众人顺着他手指方向望去，就见极远处的山上冒起了浓浓的黑烟，看方向是古家村附近。

"大人，古家村忽起大火，既然大人已到潜口镇，区区二十几里，是不是应该去抚慰一下村民？"乔鹤年见布赫只顾呆呆地看着，心下反感，冷冷地说了一句。

布赫一怔，他可没这个胆子去，若是不小心失了火倒还好办，万一是逆匪放火，自己一个三品大员岂非自投罗网。但是藩台专管民政，眼看火情不小，不去也要有个能下得了台阶的理由。

"乔鹤年，司里派你专管赈灾，这火难道不是灾？此事正该你管，怎可推脱给上官？"

乔鹤年真想说一声"卑职不是刚被您解了职吗？怎么转眼就忘了"，说出来倒是痛快，可局面就要彻底僵了。他用脚后跟轻轻碰了碰站在身旁的郝老爷，郝老爷早就想为乔鹤年说话，但是苦于找不到机会，见此情形立时站出来打圆场。

"布藩台方才没收乔大人的顶戴，想必是还要借重长才。既然如此，这巡抚大人的令是不是请布藩台暂缓执行，也好让乔大人能以官身抚民。"

"好吧，你先去古家村，千万可别再出什么乱子，办得好，我自然替你在巡抚面前美言几句，保住你的顶子。"说完，布赫匆匆带人离开了这是非之地。

乔鹤年赶到了古家村附近，火源已能辨清，正是后山的茶田。乔鹤年心道这古家村真是祸不单行，又命轿子转向后山。

来到古家村村头，乔鹤年吩咐落轿，抬眼望去便是一愣，眼见火势凶猛，一片茶园已经烧得焦黑，奇怪的是古家村的村民却围在火场周围，眼睁睁看着也不救火，只防着火势扩大。

乔鹤年也是个聪明人,甫一下轿被这阵势弄得愣神,但很快就明白了过来,待看到古平原脸上带着一丝笑意迎了上来,更是什么都明白了。他想了一想,竟上前一步,穿着官服向古平原作了一揖。

"大人。"古平原慌忙上前托住,低声道,"朝廷仪制相关,您万万不可如此。"

"我是替徽州府的万千茶农谢你,这烧的是你自家的茶园吧。此举当真有古仁人之风,活活愧煞那些官老爷们。"乔鹤年不胜感叹道。

"大人言重了。"古平原见一旁的火势已然无碍,便将乔鹤年与郝老爷依旧请到村头的土地庙叙话。

"古老弟呀,当年你可没有这么多弯弯绕的肠子,这几年发配关外看来学了不少坏水,那帮茶商虽奸,这次也定然中了你计了。"郝老爷一伸大拇指,佩服地说。

古平原笑道:"只拉弓,不放箭,又怎能哄得了那个侯二爷,既然他不见棺材不落泪,我就让他见见棺材又何妨?这片茶园确是我自家的,我已经请族人连夜将茶叶采收完毕,这才放了这把火。"

"我说你这些日子不吭不哈,敢情早就想好了这么办吧。可是你家这一下损失太大了。这一季的茶倒是收了,可是下一季……唉。"郝老爷不胜叹息。

"事到如今,布告也发了,茶田也烧了,戏是做得十成十,就看侯二爷来不来上钩了。"古平原的眼睛望着潜口镇的方向,也将乔鹤年和郝老爷的目光引向了那里。

5

古平原这一烧茶山,果然惊动了聚集在潜口镇的一干茶商,一传十、十传百,茶商们都聚在镇口,向古家村方向眺望。几个时辰后,派去打探消息的人回来了,下马便道:"是……是在烧茶园。听说官府派了衙役到各村去,若是不烧茶园,就按通匪处置。现下只烧了一处,马上便要四处点火了。"他哪里知道,这些话都是古平原事先放出去的风,就等着茶商派人来问呢。

"这下坏了,哎呀!可怎么办?"

茶商个个急得跳脚,这也难怪,收茶之地都有定规,他们除了这一片,若想到别处收茶,除非高价去收,那非蚀老本不可。

眼见偷鸡不着蚀把米,脾气火暴的李三爷指着侯二爷的鼻子开骂:"我说侯二,你他娘的缺了大德了,我前天说见好就收,你说什么来着,不把价压到底不算完,我看哪,这下子他娘的全完了!"

"老子今年收茶是借了高利贷的，都是听了这馊主意，真要是血本无归，我和你没完！"

有人带头，茶商们你一言我一语地纷纷骂开了。

侯二爷也是急得一脑门子汗，被人骂急了，一手掀翻了面前的茶座，站起来把眼狠狠一瞪，点指着众人道："好哇，如今都来骂我，当初还不是一个比一个想多赚点。我这主意一出，哪个不是拍巴掌叫好，现在反倒都来叫撞天屈，真有本事，当初别想着赚这份钱哪！"

论财势他是当地茶商里头一份，一向霸道惯了，加上有个惹不起的靠山，所以这一发威，还真把众人镇住了。

侯二爷想想不易窝里反，又缓和了口气道："咱们再打听看看……"

一句话又把李三爷惹翻了，"我呸，还打听个屁？再打听咱们就只能收茶灰了。各位，听我的，拉大车去收茶啊！"说罢一口唾沫吐在地上，甩袖子就走。

"走、走，跟李三爷走。"众茶商彼此招呼着，一个个匆匆离去。

茶商之间的这个价格协议本就是口头约定，如今大势已去，联盟顷刻间土崩瓦解。侯二爷还要拽人，却哪里拽得住。他看着众茶商的背影，心里明白无论烧茶这件事是真是假，想借着兵灾发笔大财的愿望都已经落空了，一想到自己若是落于人后只怕连根茶毛都收不到，他气恼地一跺脚，也急忙赶回铺里取银子收茶了。

"平原，这次的事儿实在是痛快，我以茶代酒，敬你一杯！"乔鹤年脸上掩不住的笑意，双手举起杯。

"我陪一杯。"郝老爷也跟着举起杯。

"应该我敬鹤公和郝大哥才是，多谢你们帮这十里八村的茶农解了危难。"古平原也举杯。他与郝老爷此刻正在古家村的自家堂屋中。古平原家幸好烧得不厉害，有几间屋勉强可以住人，一家人此时已搬了回来，古平原将白老师也安置在家中照料。

提起白天的事，郝老爷忍不住又是一阵大笑。那侯二爷灰头土脸地跑到古家村，一见这场面就知道上了大当，再想要去通知各茶商，哪里还来得及，他知道事情已经不可挽回，只得恨恨地付了茶款。

"可笑他还要压你家的茶价，却被老弟三言两语制住了。"

古平原淡淡一笑："他若是不按价收我家的茶，别家的茶也不会卖给他，宁可都低些价格卖与旁人，这是族长亲口许诺的。"

"那也是因为你这一次的义举在村中极得人望，大家才愿意帮你的忙。"乔鹤年还要回省城复命，看看天色不早，起身告辞。

"老弟，你小心那个侯二爷，我今天在旁看着，他那双眼睛恨不得在你身上挖个洞。"临走时，郝老爷把古平原拉到一旁。

等送走了郝老爷，古平原将母亲请到屋中，又叫来弟弟妹妹，他有件事要当众宣布。

"娘，您也知道孩儿的功名已然被革去，今后也要有个谋生之路，我打算经商。"古母听了沉默不语，只望着灯花出神。

"娘，大哥说他想要经商，你倒是说句话啊。"过了许久，小妹古雨婷忍不住开口道。

古母收拢心神，勉强笑笑："其实依娘的本心，还是想让你在家务农，把茶园种好，不也是份口粮？可是儿大不由娘啊，你想经商，要是娘阻了你，只怕将来你会埋怨为娘。"

古平原惶恐地说："娘这是说哪里话。儿子自然是听娘的，您要我做什么我便做什么。"

古母摇了摇头。做娘的最知道孩子秉性，古平原自小便不甘人后，若是硬让他在家务农，只怕早晚憋屈出病来。

"其实我是因为你祖父和父亲都是因为经商没落了好下场，这才不希望你也重走他们的老路，但你既然有这个心思，娘自然成全你。"

母亲说得情真，古平原心里一阵滚热，哽着嗓子道："既是如此，恕儿子放肆了，就说说今后的打算。"

古平原如今可不是当初那个不谙世事的举子了，他把心里的盘算一说，听得家人都目瞪口呆。

古家的茶园虽然被烧毁，但由衙门来赔，再加上茶叶采好卖出收回银子，所以损失不大。古平原带回家中的那几张银票，分给了村里一半，还剩下一百多两。古平原算了算，家中这些年借了些债，大可以一举还清，之后还能剩下些银子，可就大有用处了。

古平原缓缓说道，"若要经商，便先从自家产的茶叶入手，现在茶树已经烧没了，与其买来茶苗等上两年，我看不如多花些钱，从别处移种茶树，如果顺利，连秋茶的采摘都不耽误的。"

"除了这一笔银子。此外家里日常用度，还有老师请郎中抓药，也要预备出散碎花用。"古平原最后说道，"不过这都不打紧，等到官府对我家茶园的赔偿以及此次卖茶的盈收一到，家里至少还有三百多两的银子可用。"

他这样精打细算，一笔笔将手头银两的用处分派明白，家人已经听呆了。古雨婷怔怔地问："大哥，你几年到底是流放关外，还是学做生意去了？怎么算盘打得这样精？"

古平原一笑："咱家是经商世家，我这大概是天生的好算盘吧。"

"羞、羞……"古雨婷刮着脸做了个鬼脸，古平文更是乐不可支，古家多少年没有这种发自内心的笑声了。古母含笑在旁看着，与大儿子眼光一碰，都发觉彼此眼里带着泪花。

古平原不忍再看母亲的眼睛，将目光投向二弟。"平文，大哥知道你这些年吃了不少苦，今后想做些什么？若是想继续考学，大哥就用剩下的钱帮你请位好老师。"

古平文本来只是笑呵呵在一旁听着，没料到大哥有此一问，倒一时回不出话来。

"不要紧，你若是一时没有想好，过几日再和我说也不迟。"古平原拍拍弟弟的肩，安慰地说。

"哼，你看大哥多有主意，你啊，真是没用。"古雨婷只比古平文小了一岁多，从小就不怕她这位性格内向的二哥，逮住机会就不时要嘲笑几句。

古平文被妹妹一刺，涨红了脸，抗声说："谁说我没用。大哥，我想好了，就是考取了功名，我也不会做官，还不如随着大哥一起经商，你我弟兄也好有个帮衬。"

郝老爷从省城带来一个消息，说是乔鹤年出人意料地完成了赈灾的差事，布藩台原本说好是要给他个州县的实缺，临了却又变了卦，只派了一个新安江水路巡察使的差事。乔鹤年一奉委便接了修码头的差事，期限甚是紧张，所以不能亲来古家村，就托郝老爷给古平原送个信儿。

"换成别人非气病了不可。"郝老爷不满地说，"稳稳当当的缺，变成了随时可撤的差，难为乔大人面无愠色地受了委札。"

古平原却立时表示了赞赏，"能忍便是过人之处。为官和经商的道理是一样的，见客三分笑，才能把生意做好。我们生意人的客自然是主顾，官场中人的客就多了，治下的百姓，周围的同官，顶头的上司，哪一样不周到都不行，都会出事。"

"哎呀！"郝老爷大是讶异，"古老弟，你没做过官儿，可这话说得倒真是透彻。所以别看官老爷出外坐轿，大锣一响威风八面，其实有苦自家知。就像如今乔大人做的这个官，三年不到已经换了好几任了。"

新安江这条水道，航路繁杂，有漕帮的粮船，有江南大营运兵的兵船，有往来徽浙之间的客船，还有浙江首府杭城的官船。特别是官船，里面坐的都是五品以上的官员，巡察使是七品，遇上了必得登船参拜。新安江上来往的官船每天至少有十几艘，为了避免这种麻烦，水路巡察使都要告诫船夫一遇到官船，先远远拐进分岔的航道躲避，但一条大江平坦如镜，总有躲不开的时候，这时候就不仅要上船招呼拜会笑脸相迎，还要有所开销，至少是主人一桌燕翅席，连同下人也要有点缀，每次没个十两银子下不来，一年到头花费着实可观。

"巡察使的俸禄是每月十五两银子，你猜这笔开销从何而出？"郝老爷这一问，古平原会意地微微一笑。

这不必问，所谓悖入悖出，在官船上花的钱又不能报公账开销，结果必定是从过往粮船和客船上横加需索。水手一向抱团，性格又多彪悍，等到最后惹了众怒，船家聚众停船堵塞水道，则上头必定要撤某人的差来平息风波，这也就是为什么三年换了好几任官儿的原因。

"然则后来者上任，必定也要走这条老路，这种差实在应该叫灾官。所以我说乔大人得了还不如不得。眼下，上头又说新安江上大大小小几十个码头都年久失修，限乔大人上任一个月之内把码头整修好，拨下来的公款一点富余没有，要是不能紧着花，搞不好最后还有亏空，真正是没意思透了。"

"唔。"古平原像是发现了什么，不住地喃喃自语道，"修码头……亏空……"

过了几日，古平原把弟弟找到自己房里，交给他一百两银子。

古平文不解其意，古平原道："平文，本来我还愁分身乏术。你既然愿意经商，那我便分配你一个差事。你拿着这笔钱，到潜口镇上开一间杂货店。"

"啊！"古平文没想到哥哥一张口就要自己去开店做掌柜。

"你放心，店址我已经选好租了下来，虽说铺面不大，却是在镇上最热闹的街里。伙计我也已经雇了两个，一个机灵一个勤快，都干过店伙，肯定是好帮手，我还请了族里的一位亲戚去帮你进货。这样你到了店里，只是负责把出入账记好，简单得很。"古平原知道他心里害怕，先给他去去疑、壮壮胆。

"大哥，你这些日子不吭不哈做了这么多事啊？"古平文张大了嘴，忽又有些自惭，"只怕小妹说得对，我可没大哥有本事，原本以为帮大哥做生意就是管管茶园呢。"

"茶园我自己来打理，杂货铺以待人接物为主，你性格腼腆，要学做生意，正该到这样的地方历练。不过这间杂货铺，历练不是主要的，赚钱也不是主要的。"

一句话又把古平文说糊涂了，"那还开它干吗？"

"自然有用处。"古平原拉着二弟坐下，"同是做生意，有人赚，有人赔，其实进货卖货的手段都差不多，说不同处在于消息是否灵通，应变是否迅速。所以一个消息，可能就决定一家生意的兴衰存亡，就看你是先知道，还是后知道，或是根本不知道。"

说到这儿，古平文慢慢听出点门道了，试探地问："大哥是要我到镇上打探消息？"

"不错。"古平原肯定地点点头，"杂货店里来往的人最多最杂，消息也最广最快，我把店铺安排在镇上最热闹的街里就是此意，等将来我们的生意慢慢做大了，我还要把店铺开到府城甚至省城去，那才真是四面八方的消息灵通呢。"

"等到了那个时候，大哥你就派别人去吧，我可做不了省城的买卖。"古平文老实地说。

古平原被他逗得一笑："哪个生下来就会做买卖？我这几招都是在关外时与来买人参、买毛皮的南北客商闲聊时偷学的，你用心做生意，虽是小本买卖，里面的道理是一样的。"

等到杂货店一应都准备妥当了，古平原却迟迟不让铺子进货开张，而是告诉弟弟，把徽州府内所有能做缆绳用的麻绳都买下来，同时杂货店的进货暂时以船上的应用之物为主。古平文懵懵懂懂，两个伙计却肚里暗笑，潜口镇并非紧邻新安江码头，无缘无故谁会到这儿来买缆绳？看来新东家是个不懂做生意的人，只怕这杂货铺子开不长。

开业那一天，鞭炮放了十几挂，舞过狮子拜过财神，三盘六供依次排放整齐，最后是店东古平原亲手揭开匾额上红布，蘸着浓浓的墨汁，将"平记"的记字上面空着的一点填上，便是开张大吉了。

这店虽小，却是古平原自己开的第一家买卖，他心里不能不激动，呆呆地望了半晌，回想这几年的遭遇，一时间真是五味杂陈，滋味难辨。他很快回过神，指挥着弟弟和伙计招呼客人。

周围围了不少人，看热闹的也有几十个，可是大都是等着看笑话。本来嘛，杂货铺卖油盐酱醋针线碗筷，这些东西一定有人买，甭管有没有老主顾，只要老实做生意，不愁没有买卖。可是平记用大笔的银子进系船的缆绳，这种生意经谁都没听说过，缆绳这种东西老百姓哪有用处，这姓古的也不知发什么疯，偏偏进这种货，看来他今天是开不了张。

也有不少人进店逛逛，发觉除了缆绳，还有不少跑船的应用之物，像船上生火做饭的铁架锅，修补船帆的大号针线，这些都不是寻常杂货铺能用上的，不免就有人冷嘲热讽。

"这店开错地方了吧，开在码头上还差不多。"

"莫非是五行缺土，非要把水路上的店开在山里。"

说的人越来越没有顾忌，笑声也越来越大。古平文面皮薄，红着脸在旁尴尬地站着。两个伙计见没生意可做，也鼓着腮帮子站着，反正东家不急，自己当伙计的也不必着急。

古平原却始终面色不变，脸上笑呵呵的，冲着进店的顾客拱着手，眼睛却不时望向街上。就这样过了大概一个时辰，一个正经来买东西的人都没有，古平文自觉又羞又臊，甚至有些埋怨大哥。正在这时，古平原眼睛一亮，冲着街上的一个人走了过去。

"这位老哥请了。"他冲人家拱拱手，那人也赶紧回礼。

"你们这儿是不是有家平记杂货铺啊？"

"这话可巧了，鄙人就是平记的东家。"

"哎，那我问一句，你这儿有没有缆绳？"

还真有人来买缆绳，一句话问得周遭众人睁大了眼，古平文还当自己是听错了，想了想没错，问的就是缆绳。他生怕放走了这个主顾，赶紧从柜台里出来迎了上去。

"有，有。您要多少有多少。"

那人说了个尺寸，古平文便带着他往后院去截，伙计也赶紧跟了上去。

"嘿，还真有人跑到镇上来买缆绳，啧啧。"有人咂着嘴。

"芥菜子掉在针眼里——碰巧而已！他要是还能再卖出一条去，今天中午，你随便挑地方，我做东。"

但是这人的东道做定了，不出一上午，接二连三有人来买缆绳，把这一条买卖街上的大小店主瞧得是瞠目结舌。后来大家也看出来了，这些人大都水手打扮，可是为什么江上的船夫会大老远跑到潜口镇上，指名道姓来平记买缆绳这就让人百思不得其解了。

总而言之，一天的生意做下来，这条街上其余的买卖不提，单是十多家杂货铺的掌柜个个看的是直咽唾沫。古平文连同两个伙计乐得嘴都合不上了，伙计说也看过好多家开张的买卖，从没有第一天就这么红火的。

关门上板之后，古平文喜笑颜开地拿起账簿，"大哥，你知道今儿一天赚了多少银子？"

"我不知道，也不想知道。"古平原面色平缓下来，静静地看着兴高采烈的弟弟。

古平文正在兴头上，冷不丁听了这句话，当时就怔了一下。

"倒是你，想没想过为什么会有这么多人远道来买缆绳，我又为何会未卜先知让你预先进了这么多的货？"

"这……"这一天生意好得不得了，古平文得意之余，根本就没来得及想这件事。

"你还记不记得我对你说过消息与应变？"

"记得。"

"做生意，一旦有了机会要把握住，可是若无机会呢，就一直等下去？"

古平文疑惑地问："大哥，你的意思是……"

"没有机会时要懂得变出一个机会来。我下面说的话你要放在肚子里，不可泄露出去。"

原来乔鹤年修整码头，并不像以往的监修官那样敷衍了事，而是在工匠的建议下，下功夫将码头向岸边缩了四尺，这样不仅省工省料，而且一旦发水，码头不易被冲毁，是个长治久安的好法子，向上一报，立时就得到了藩司衙门的首肯。

这码头缩短了，水里原先的码头暗桩却仍在，船要离远些停，缆绳就要变长。古平原从乔鹤年那里得知此事后，早就想到了这一点，所以把徽州府内所有的缆绳都买了下来，而且安排好了时间，就在码头修整完工的日子，平记也就开了张。船夫要换新缆绳，打听之下知道都被潜口镇的平记收了去，那就无怪乎巫巫寻了来。

"缆绳是磨损易耗之物，隔几个月就要换，新安江上来往船只何止千艘。这买卖还有得做呢，别人也有得眼红，平文，你的眼睛不要只看着账簿，更不要得意忘形，免得更招人妒。"

古平文的脸腾一下就红了，讷讷道："我知道了，我的眼睛不该只盯在钱上。"

"生意人爱财、赚钱这都没什么不对。做生意要赚钱不难，可是赚了人家的钱还要让人家高兴，这就不简单了。平文，生意之道千变万化，以一个诚字打底，手腕却要灵活。所谓诚，如今缆绳被咱们买断了，可是不能囤积居奇，更不能以次充好，而是要把眼光放在拉主顾上。所谓灵活，就是要不拘一格，要知道处处皆是商机，就看你有没有这个眼光和见识了。"

他看弟弟怔怔地听着,知道他往心里去了,满意地点点头,接着道:"我们虽然占住了这个独门生意,可是过些时日必定有人也进缆绳与咱们争利,能不能利用眼下这个优势,在新安水道上把平记的招牌创出来,就全看你的了。"

古平文听着大哥的嘱托,一改方才有些得意的态度,抿着嘴低下头认认真真地回了句:"我也不知道自己能不能行,可我一定好好做。"

6

"少爷,这万万不可。您这么做,非把老爷太太气坏了不可。"

位于京西的李家宅邸在京城里面是数一数二的豪奢,建筑用的粘连法,将四个大宅用穿堂过道组成一处,比王府还要大,却又不违制。虽然碍于规例不能用明黄琉璃瓦,但高手匠人巧夺天工,专门烧制了一种变色琉璃,大白天阳光一晃就是明黄色,可要是凑近了细看,其实是土黄色,这样任谁也挑不出毛病,光这一套瓦就花了不下十万两银子。故此京中有谚:"黄河水多,李家金多,黄河水流千里,李家宅望无边。"

李万堂的贴身听差李安此时站在李府的台阶上,不住地躬身施礼,脸上的神色十分惶急。

"让开!"说话的人声音又冷又硬,正是李家的大少爷,"李半城"的独子李钦。就见他的脸板得像块石头一样,挺身往内宅走,却被李安不顾一切地挡在门前。

"少爷,您快把这身衣服脱了吧,这老爷太太都七旺八旺的,您说您这副打扮进去,这像什么样子?"说着,李安往左右使了个眼色,"快来,伺候少爷更衣。"

"谁敢!"李钦大吼一声,恶狠狠地盯着李安,眼看就要闹得不可开交,就听照壁处咳嗽一声,一个沉静的声音响起,"你闹够没有?"

李安赶紧回身,垂手站立,恭敬道:"老爷。"门房、马夫以及门口的一应下人皆是如此,唯有李钦还梗着脖子,但也不由自主地放松了攥紧的拳头。

李万堂缓步迈出大门了,上下打量了一下李钦,立时沉下了脸:"你是死了爹还是没了娘?平白无故地穿孝袍扎麻绳,莫非是疯了不成!"

"我、我……"在李万堂的呵斥下,李钦眼神里稍稍露出一丝畏惧,但很快一昂头,"我是替张大叔戴孝,他没儿没女,他是为救我死的!"

李万堂听了没言声,这时候从后宅跑出来一个丫鬟,有些畏缩地看了一眼李万堂。

"什么事？"

"夫人说，让少爷快把孝袍子脱了。死一个伙计而已，哪有东家为伙计戴孝的道理，这般胡闹，传出去简直惹人笑话。"

"我不脱！"李钦听了闷声吼道。

李万堂看了一眼门外越聚越多的人群，面无表情地说了句："你进去告诉夫人，就说我知道此事了。"

等那丫鬟进去了，李万堂走前几步，站到李钦身边，竟给他理了理孝袍衣襟，紧了紧那根已经发松的麻绳。

李万堂随后转身进了内宅，留下李钦傻傻地站在当场。

李万堂刚一进内宅庭院，就听咣的一声大响，从正房里丢出一件瓷器，摔在院子当中的水磨青砖上，登时粉碎。

那是李万堂平素最喜欢的五子莲芯青花瓶，宋时传下来的东西，是蔡京把玩过的恩物。这瓶制作精良，薄得透亮，一千多年了，历代主人都是珍视无比，如今却成了一堆碴。

不用问，这准是李太太派人在门口守着，见李万堂来了特意摔给他看的。下人们都吓呆了，李万堂却丝毫不见动怒，只是深深望了一眼那堆瓷片便走进了屋里。

进来是个极宽敞的大厅，两边一处是李氏夫妇的卧房，一处是值夜丫鬟待的房间。坐在厅中的大理石圆桌旁便是李太太，她穿着苏绸细纺的八宝裙，手里抱着她养的那只叫青奴的波斯猫，此刻虽然横眉立目但是依稀能看出年轻时是一个美人儿。两边丫鬟仆妇垂手侍立，别说抬头，连大气都不敢喘一声。

李太太明知道李万堂进来，却不说话，抚摸青奴身上浓密的逆匪，把李万堂晒在一边。

李万堂等了一会儿，见她不开口，于是问道："你这是做什么？平白无故发什么脾气？"

"平白无故？"李太太仿佛就等着这一问，冷笑一声，"老爷，你莫非是明知故问不成？"

从后赶来的李安见老爷进来半天都没个丫鬟给搬个座，知道她们不敢，于是上前两步搬了把椅子。刚要给李万堂送去，就听波斯猫凄厉地惨叫一声，吓得他一哆嗦，转脸看去，见李太太恶狠狠地看着他，手指掐着青奴的尾巴尖，指节发白，显是下了重手。大概是李太太平日淫威甚重，连猫都怕极了她，尽管吃痛，却不敢挣脱。

李太太的声音寒得如同冰窟里吹出来的风："李安，好啊你！你是老爷的贴身仆人，心疼老爷是不是？要是哪一天屋里着了火，你大概也是放着我不管，先救老爷？你是不是不把我放在眼里？"

李安一声都不敢吱，放下椅子，跪在地上冲太太磕了个头，站起身退到一边去了。

"你今天是专门找我麻烦的。"李万堂算是看明白了。

李太太一拍桌子："对了，就是找你麻烦。我问你，你在德胜门外坎儿胡同的那套四合院里面养了个女扮男装的婊子，对不对？"

李万堂暗暗一惊，苏紫轩的事儿很少有人知道，没想到此时却在大庭广众之下被问了出来，他不露声色道："胡扯，哪有的事儿？"

"没有？你要这么说，明天我就派人去砸了那儿，把那婊子揪出来游街，反正也不关你的事。"李太太斜着眼看着李万堂。

李万堂皱了皱眉，"你既然打听得这么清楚，那么总该知道，那处四合院我连一次都没去过，与那女子更是清清白白。"

"哼，你要是去了，我早就一把火烧了那王八窝了，我就是不明白你干吗要平白无故养个女人，这才忍到今天。"李太太性子散漫，压根不是个深沉人儿，一忍再忍，终于被李钦今天的举动把火儿撩了上来，索性一兜子都问个明白。

李万堂沉默了一会儿："我留这女子大有用处，不是为了我自己，而是为了我们李家。你就不要再问了。"

毕竟夫妻一场，李太太看出来李万堂说的是真话，她考虑片刻道："也罢，我暂时信你这一次。"话锋一转，"那么钦儿呢，这么胡闹，你也不管？明儿我约了几家太太来打雀儿牌，难道你让钦儿穿着孝袍子给人家行礼，我的脸面还要不要。"她越说越气，连连拍着桌子。

"这是外面生意场上的事儿，你不要管。钦儿虽然是胡闹，倒也并非全无用处，这里面的道理说给你听你也不明白。"

"哦，外面养的婊子让我不要管，府里的亲儿子披麻戴孝也让我不要管，我问你，我还是不是这个宅子里的太太？"李太太一阵冷笑。

"没人说你不是。"李万堂始终心平气和，与李太太的疾言厉色恰成对比，"只是京城李家好歹也是京商里的大宅门，你说话做事还要有些分寸，别让人家看了笑话。"

不待李太太回话，他撂下一句，"会馆里还有要事商议，其余的事儿明儿再说吧。"说完转身便走了。

李太太气得脸煞白，自言自语道："笑话？好啊，咱们走着瞧，看看到底是谁瞧了谁的笑话！"

话音刚落，就听啪的一声细微却清脆的响声，伴随而来的是青奴一声比方才还要惨上几倍的厉叫。这一声把低着头的丫鬟们都吓得一哆嗦，原来李太太手掌使力一握，将波斯猫的尾巴折断了。

这下子青奴再也吃痛不住，从李太太的身上蹿出去，爪子挠地，几步就跑得不知去向。

李太太看向自己的手，手背上被青奴情急之下抓出了几道长长的血痕，早有丫鬟拿着手帕上来要给她擦拭，却被李太太一巴掌打退。

"王嫂。"李太太抚着手背喊道。

一名仆妇越众而出，答道："是，太太请吩咐。"

"今后老爷在外面做的事儿，你多打听着。无论是公是私，大小轻重，都要回来禀告我。"李太太的声音冰冷，听不出一丝感情。

"是。"王嫂便待退下。

"慢着。"李太太又道，"找找青奴，找着了别吓着它，把伤治好喽。"

"是。太太放心。"

"治好了伤，就装到布口袋里，沉到荷花缸里淹死。"

"……"没人吱声，仆妇丫鬟心里都缩成一团，阵阵寒意在心头掠过。

李太太慢悠悠地自顾自说道："我养的东西，长大了想跑，还敢抓我，哼，反了它了！"

7

古平原把杂货铺的生意交给弟弟，自己一心打理茶园，都知道茶性喜湿恶燥，这过了火的茶园还能不能种出茶来，谁都心里没数。

死马权当活马医，古平原雇了两个人将茶园里的浮土翻出，又花钱从附近种植松萝的茶园移来一批茶树。他善于品茶，但对种茶却是外行，请了一位茶田师傅来料理茶园，自己也跟着边帮边学。

这期间他不惜重金延请附近的名医来给老师治病，可是白老师毕竟年纪大了，受的伤又太重，始终不见大好。一段时间来，白老师有时认得古平原，有时糊涂认不出，这一天早上却是双目炯炯，一改往日浑浑噩噩之态，古平原进房探视，看了心里便是一喜。

"平原啊，快坐吧。"白老师从被中伸出瘦骨嶙峋的手，指了指床前的椅子，吃力地说。

"孩子，我知道你回来了，可是直到今天才是真的相信，前些日子还以为自己在做梦。"白老师拉着古平原的手，眼里不住地淌着泪，缓缓叹了口气。

"老师……"古平原自幼没有父亲，是真正的视师如父，听老师颤巍巍说着话，眼巴巴地望着自己，像是生怕一眨眼自己又消失了一样，他心里轰的一声，泪水真像开了闸一般。

师徒二人泪眼相对，执手无言。过了好半晌，古平原打破沉默，他打算对老师说说自己这几年的经历。白老师却摆一摆手，勉力咳了两声，喘息着说："我看得出来，你这几年在外面吃了不少苦，想必也长了许多的见识。天行健，君子当自强不息，吃苦受罪不见得是坏事，耽于安乐也未见许是好事。"

"是，老师教导的道理，平原一辈子都记在心里，不管走到哪儿，都不敢有须臾忘记。"古平原俯着身，端详着老师苍苍的白发，想着他当年在山野草庐教自己读书，喉头又是一阵哽咽。

白老师说了一阵话，大概是精神疲倦，仿佛要昏昏睡去，忽又想起一事，重又抓住古平原的手："孩子，你被充军关外，能回来就是万幸，今后安安分分老于户牖也就是了。我这一辈子也当过几天官，现在这世道，当官的若不欺心，上司下属都不容你，难做得很！"

古平原知道这是老师的肺腑之言，郑重地点头答应，随后说道："老师，您省些力气，歇歇再说吧。"

"不，趁着我现在还明白。"白老师咳了几声，勉力道，"我是看你从小长大的，其实早已视你为婿，我是不成了，只望你能好好待依梅，将来两个人和和美美地过日子，我死了也能闭上眼。"

白老师尚不知女儿被乱军绑走，眼下生死不明。古平原心里五味杂陈，他低下头，用低低的声音答道："老师放心，我这一辈子绝不辜负依梅妹子就是。"

"好、好，这样我就放心了，真的是放心了。"白老师一脸欣慰，指了指门边，"干脆，趁着我还明白，把依梅也叫进来，这事儿当着你们俩的面说开了。"

古平原一愣，心知老师是昏沉中把自己的妹妹古雨婷当成了他的女儿。

"怎么？叫她进来啊。"

古平原尊师重道，从来没在老师面前说过一句谎话，这时候张口结舌，白老师催问了几句，他万般无奈只得把实话说了。没料到老人急痛攻心，当场呕血晕过去，醒过来已然得了怔忡之症，整日不言不语，双目无神，如同痴呆。

古平原既悔且痛，此时也是无法可想。他也想过找到白依梅兴许便能治好老师的病，可出事那时逆匪、官兵，还有苗盛雨的匪兵，三伙人马打得乱成一团，谁知道白依梅是被哪伙人抢走的。古平原这些日子但凡有机会就托人打听，却都如泥牛入海，全无半点消息。

就这样，古平原一边挂心老师一家，一边经营茶园。没想到的是，移栽过来的茶树十中居然活了八九，请来的茶工师傅说，这一茬茶园的收成许是还不错。古平原辛苦半年，眼见秋茶有望，总算是可以放下心了。

第二章

茶　道

1

古平原忙于秋茶的采收，铺子里有一阵子没去了，这回到了后只见货品分类摆放整齐，处处打理得井井有条，满意地点点头。

"大哥。"古平文从后面迎出来，自从当了掌柜的，历练了半年有余，他现在也显得干练了很多，脸上早已不是当初见生人说话就脸红的样子。

兄弟两个到铺子后面的房中坐定，聊了聊铺子的生意，结果刚聊没几句，门外大摇大摆走进来一个人，正是侯二爷。

古平原定的店规是笑脸迎客，甭管是谁，进店是客。他见了侯二爷虽然心里腻味，但是依旧笑着拱拱手，"侯二爷，哪阵风把你吹来了，莫非是府上短了什么东西，又何劳亲自光顾，派人来知会一声，我们自然送到府上。"

"哪阵风？是你古家茶园的香风啊。古老板，听茶工说，你家茶园里种出了一味好茶呀，怎么样，不请我品一品吗？"

"哪有这种事，侯二爷只怕是误听人言了吧。"古平原不想和他打交道，今年的秋茶也不打算卖给他。

侯二爷见古平原想都不想便是推脱，脸色稍微一沉，却又露齿一笑。

"古老板，之前我们可能有点误会，不过生意上的事不能闹意气。只要你家的茶真正好，我今年一定给个好价钱，你看怎么样？"

"茶好坏且不论，古某经营茶园并非为了务农，今后我古家的茶自产自销，不劳侯二爷费心了。若是茶叶卖得好，或许也能跟侯二爷攀个同行，到会馆里一同坐坐。"

"你要当茶商？"侯二爷狐疑地问。

古平原脸上露出不置可否的微笑。

"哼，只怕你还不懂这里面的规矩吧。贩茶第一要紧的是茶引，第二则是茶路，第三才是茶叶本身，这前两样你有吗？以为凭借一块破茶田就能当茶商，若真如此，全徽州岂不多出来几百几千个茶商了。"侯二爷一脸鄙夷。

"事情总是从无到有，做了才知道有没有，若不去做那便永远没有。你说的茶引和茶路，眼下我确实双手空空，不过自会想办法，不劳侯二爷费心。"

侯二爷还没听完就气得一甩袖子出了门。

古平文听后既佩服又担心地看着大哥，"这人是咱们徽州茶商里的一霸，既然盯上了咱家的茶田，可不会善罢甘休啊。"

"不用害怕。"古平原看着侯二爷的背影，不屑地一笑。

"大哥，咱家的茶园真的种出好茶了？"

问到这个，古平原不免有一丝兴奋，他把随身带来的小包一解，拿出一包用桑皮纸裹好的茶叶，小心地打开来，接着煮水冲茶，待茶叶在杯中舒展开，他将杯子往古平文面前一推。

"二弟，这是咱们家刚刚采收制好的秋茶，你来品一品。"

古平文不好意思地挠挠头："我可不像大哥，从小就跟着白老师学了一手品茶的绝技，我其实不懂茶……"

古平原打断他："种茶人家，即使不懂品鉴，至少也能尝出茶的好坏，你倒是尝尝看。"

古平文依言端起茶杯，轻抿一口，咂了咂，又舔起一片茶叶在口中嚼嚼，末了又喝了一口茶，这才把茶杯放下。

"怎么样？"古平原问道。

古平文的脸色犹疑不定："我记得大哥移来的茶树是松萝，这茶叶虽香，却……我说不清，但这和松萝山上所产的松萝不一样却是肯定的，难道大哥在制茶时用了别的办法？"

古平原摇摇头："我就是想种松萝茶，你知道我们徽州产的茶，目前要数毛峰和松萝好卖，所以我花大钱请了制松萝茶的师傅。这茶树是松萝，制法也是松萝，不知为何制出来味道却不对。"

古平文又端起茶来喝了一口，品着滋味道："可是大哥这茶却别有幽香，我倒是觉得这香气与松萝各有千秋。"

古平原苦笑道："那有什么用？人家茶商要买的是松萝茶，我们拿出来的茶没有松萝的味道，人家自然不认，除非你能说出一番道理，或自创个牌子，奈何这其中的道理我却不知。"

古平文低头想了想，忽然喜道："有了，大哥你何不去找廖师傅问问？"

"廖师傅，那是何人？"

"我在镇上开店半年，从来买杂货的街坊口中也知道了不少附近的事。这廖师傅是徽州第一制茶师傅，一辈子茶不离手，说起茶叶来，一副老子天下第一的样子。"

古平文接着说道："论起品茶制茶，这位老人家可是一流好手，听说他住在松萝山的桃花渡，大哥若能找他问问，或可解开疑惑。"

2

侯二爷回到铺子里，伙计们见他面色不善，都躲得远远的，只有朱志硬着头皮站在一旁。侯二爷用指节敲着花梨桌面，眼珠不停转着，忽然招了招手，朱志赶忙凑过来。

"那个古平原敬酒不吃，看样子非灌他一杯罚酒不可了。"

"东家，人家现在有县太爷撑腰，可是今非昔比了。"

"县太爷？"侯二爷脾气上来了，"我舅舅可是在巡抚面前都说得上话，会怕一个芝麻绿豆大的小官？"

朱志不敢言语了，又听侯二爷道："去，把你大伯再叫过来。"

松萝山离着徽州最北面的休宁县城不远，松萝茶便是因此山得名，山上的让福寺有"倾千年缸水，种宝树松萝"的传说，而桃花渡就在让福寺的山脚下。

古平原独自一人来到桃花渡，经人打听，顺着渡口旁的一条小路走了一个时辰，便来到一处山坳。

"真是神仙居所。"古平原一见此处，便暗赞一声。山坳里种着几亩茶田，茶田中开了一条小道，尽头盖着青瓦白墙的一处小居，墙外层层翠竹，屋后一泓清泉。只是在茶田里还有一眼井，不知有泉水还要这井何用？

再走近些，古平原更是惊奇，眼前这片茶田虽然不大，却错落有致地种着十数种茶叶。古平原能认出的有老竹、猴魁、毛峰、松萝、瓜片等，而认不出的还有好几种。尤其是一株茶树，他很疑就是传说中的涌溪火青，但这种茶不能移栽，一移便死，几百年来只有十几株活在云雾萦绕的黄田，所产茶叶都是进贡之物，寻常人别说尝尝，看一眼都办不到。

古平原听老师说过这种茶树，但没见过，正在疑惑不解，就听那处小居的门吱呀一声打开，从里面走出一个十五六岁的少年。

少年见了古平原不由得一怔，古平原赶忙走前几步，一拱手。

"请问这里是廖老师傅的居所吗？"

少年慌忙还礼："正是，请问您是……"

"哦，我叫古平原，是歙县古家村人氏，知道廖师傅的大名，特意带了种好茶来请他老人家品鉴。"

少年听了道："这可不巧，我伯父去山上的让福寺了，那里的住持请他去品茶论道，也不知什么时候才能回来。"

"那，我去山上找他。"

少年忙摆手："不成。不成，我伯父怪脾气，最恨人家在他品茶的时候打扰，你要是去了，非被赶出来不可。"

"好，我在这里等。"

少年又打量了古平原几眼，叹口气道："那好吧，不过我可没有吃的给你。"

古平原笑一笑："不要紧，我带着干粮。"

一等就等到天黑，廖师傅这才回来，细一看是个略有些驼背的老头子，走路蹒跚，论起样子来实在是貌不惊人。

"这是谁啊？"廖师傅一见家中有生人，皱起眉头问道。

古平原还没来得及说话，那少年抢着说："大伯，他说是喜欢喝茶的，带了好茶叶来让您品一品。"

"呵呵，你有什么好茶叶是我没喝过的？"廖师傅一脸瞧不起的样子。

古平原刚要开口，廖师傅忽然一拍脑门："坏了，我的茶壶忘在寺里了，得去取来，可别让那帮和尚给弄丢了。"

说着竟自顾自地起身，头也不回就这么走了。

古平原看看那少年，少年瞥了他一眼："你也走吧，等我伯父回来还不知什么时候呢。"

古平原性子坚忍，越是不如意越能坦然自处，心道，好个廖师傅竟然如此慢客，不过有本事的人脾气都大，我既是来求人，多等上一时半刻也无妨。

想着他便又坐下，那少年无可奈何地伸了个懒腰："随你，不过我可要睡了。"

这一等时间更久，直到定更，廖师傅方才慢悠悠从门外走了进来。他看见古平原还在，斜着眼问道："你还在这儿，到底想干什么啊？"

古平原站起身，恭恭敬敬地一揖："久闻廖师傅大名，今日不喝上几杯老先生亲手冲泡的好茶，晚辈绝不离开！"

廖师傅听了这话，脸上方才放缓和了些，也不答话，走到窗边案几旁，白炭煮水，又拿过一套成化窑的茶具，都是比平常所用小上一号，但精致无比。

就见廖师傅动作如风，转瞬间沏好了茶，自饮一杯，另一杯不用说是给古平原的。

古平原不敢怠慢，知道廖师傅这一下已带出了拷问的意思。无非是，要我品你带来的好茶？先喝我一杯茶，说得出茶的好处，便是同道中人，否则你便请回吧。

他接杯在手，先观茶色，续而细品，一口茶在舌尖转来转去，良久方道："好茶，不知是何处所产？"

廖师傅矜持地笑笑："这是川茶，阆苑茶嘛，很普通的。"

古平原听了微微一笑道："廖师傅莫非故意骗我，这是阆苑茶的制法，但品其味，绝不是川中所出。"

廖师傅这才认真看了看古平原："你知道是哪儿产的吗？"

古平原再品一口，极有把握地说："这是将阆苑茶树不远千里移种到湖州府种出的新茶。"

廖师傅动容道："品得好！品得准！你再说说这水。"

古平原将茶水含在口中细品，皱眉道："此水清冽无比，必是天下名泉。"他猛一抬头："莫非是惠泉？"

廖师傅不置可否："惠泉？惠泉到此地有几百里，水劳而神逝，其质难存，你品错啦！"

古平原细思之下，怎么品怎么觉得这是惠泉水，然则廖师傅所说的道理也驳不倒。他苦苦思索，突然想起门外看似无用的那口井，灵机一闪，复又大笑道："廖师傅又诈我，这分明是惠泉！"

"那你说说看，为何惠泉跑千里却依旧清冽？"廖师傅嘴角闪过一丝不易察觉的微笑。

古平原胸有成竹道："门前有一眼井，既然屋后有泉，就不该打井。晚辈大胆一猜，前辈必是深夜淘井，用屋后清泉洗刷，然后静待惠泉新水至，垒石滤之，所得之水比寻常惠泉水还要清冽宜人。"

他一边说，廖师傅一边在点头，等他说完，廖师傅已然大笑道："老夫今年整六十，所见过的精于品茶的后生中，你可算是出类拔萃的了。"

"不敢当，晚辈的老师精于品茶，常说茶是水中君子，酒是水中小人。要晚辈记得亲君子，远小人的道理。"

廖师傅频频点头："饮茶而明事理，可谓是得了茶中三味。"

他把话题一转："你今天来找老夫，不是有什么好茶要让我品一品吗？"

"是。"古平原借用廖家的茶具冲泡好了自家的茶叶，恭敬地端给廖师傅。

廖师傅打眼一瞧便笑了："这是松萝，外面就种着半亩……嗯？"他方说着却敛了笑，轻轻一皱眉。

古平原知道他已闻出香气有异，不动声色只看着。

廖师傅端茶在手，眯起眼仔仔细细地看了看杯中舒展的茶叶，闭上眼闻着杯中散发出的茶香，接着将杯中茶倾入口中，品了又品，这才睁眼道："奇，奇呀！是松萝的茶种，也是松萝的制法，却不是松萝。"

古平原站起身，兜头一揖："前辈必然知道此茶的奥妙，还望不吝赐教。"

廖师傅点点头，举杯在手："松萝已是茶中上品，你这茶却比松萝更加韵味深长，细品有幽兰之香，茶汤比松萝更加翠绿明亮，再观茶叶，旗枪并举，白毫披身，胜过日铸雪芽。"

古平原想不到自家所产的茶竟有如此妙处，忍不住喜动颜色。

忽听廖师傅问自己："这茶你是怎么种出来的？"

古平原对此也是莫名其妙，便将当初放火烧山，移种松萝之事原原本本说出。他说到烧山，廖师傅就是眉毛一动，后又细问了古家村的地势，这才点头叹息道："这是天降福茶啊，你心好，所以有此善报。"

"前辈此言何意？"古平原不解。

"你可知道，被烧过的茶园三年之内不能种茶。而且这三年里，每隔十天便要用纯净的井水来浇地。这是因为茶这东西最是喜湿恶燥，地里要是有火气，休想种出好茶来。"

"晚辈也略懂其中之道，所以当初移种只是冒险一试，心里并无把握。"

"按理说这火烧地是种不出茶来的，别说产茶，移种的茶树也都应该枯死。可是你这古家村地势绝佳，按你所说，山后就是新安江，村前还有一条支流，这等于是被两条水龙夹着。水汽雾气日夜不断，再加上今年的雨水特别大，就抵消了地里的火气。不仅如此，那一点点残余的燥热之气，反倒将茶叶自身蕴含的凛冽之气勾了出来，就如同药引子将药性全部引发出来一样，形成了一股世上所无的绝妙茶香。"

廖师傅评茶头头是道，古平原越听越觉得精到，真是心悦诚服之极。

廖师傅接着道："天雨、地河、人火，天地人三者合一方能出此奇葩，这真是难得的造化。只可惜你这茶制得不得法。用制松萝的办法来制此茶，并不能显出它的好处。我在古籍善本中见过一种古茶，按当时茶人的品鉴，与此茶味道相似，若是用的那种古茶的制法，嘿，那才妙呢。"

古平原大喜，脱口道："我正愁不能打开生意的局面，没想到竟然误打误撞得了这么一味好茶。就请前辈帮我制茶，我必当重金酬谢。"

廖师傅倒是一怔，问道："你是生意人？"

"是。"

"哦。"廖师傅忽然变了脸色，淡淡道，"天色已晚，你先请回吧，有什么事明儿再说。"说着起身，竟是送客之意。

古平原糊里糊涂地被"请"了出来，第二日再去，廖师傅已是闭门不纳。第三日、第四日，接连三天，古平原天天前往拜访廖师傅，却都吃了闭门羹。

古平原丈二和尚摸不着头脑，明明宾主相谈甚欢，却为何突兀之间拒人于千里之外。

他投宿在休宁县城里的一家客栈，心里苦恼，便到县城里最热闹繁华的一条大街上去逛。休宁是出了名的出当铺朝奉的地方，县城里更是一家接着一家的典当铺子。古平原逛着逛着，忽然看见一个熟悉的身影走进一家典当。

"这不是称廖师傅为大伯的那个少年吗？他到当铺来做什么？"古平原跟着走了进去，也不出声在一旁悄悄观看。

其实是不消问的，进当铺自然是当东西。少年当的是一套茶具，按当铺的规矩，喊了个缺边少沿，一套乾隆朝传下来的茶具只当了十五两银子。

等那少年出了当铺，古平原转了过来，开口问道："请问，方才那当茶具的少年常来吗？"

朝奉连头都没抬："常来，有时候是他伯父来。"

想不到廖师傅的日子过得如此清苦，既然如此为何又不肯接受自己的邀聘？

古平原百思不解，出了当铺还在低头琢磨，不留神撞到一人身上，连忙出言赔不是。

"不成，你把我撞伤了，赔一百两！"那人不受道歉，口气倒是横得很。

古平原以为碰上了讹人的，一惊抬头，不由得好气又好笑："老风流？怎么是你啊。"

他撞上的正是郝师爷。有一桩歙县的案子，涉及休宁的一个人证，本应提堂，可是此人瘸了双腿，于是郝师爷到休宁县来索供，不巧就看见古平原低头在走，有心跟他开个玩笑。

"古老弟，你一脸心事重重的样子，莫非是谁欠了你的钱不还？"

待听到古平原说明经过，郝师爷一拍巴掌："这事儿问我啊，我全知道。"

见古平原将信将疑，郝师爷索性和盘托出："这廖师傅一年前和茶商打过场官司，打输了，自家的一爿茶店赔了出去，这才一气之下迁居到桃花渡。所以你说自己是茶商，他当然气不打一处来了。"

"他为何要和茶商打官司？"

"上了人家的当呗。"

原来廖师傅当初受茶商所雇，要研制一种新茶，将普通的屯溪绿带上松萝的香气，茶是制成了，可那茶商不认账，非说茶叶的香气不够，不仅不给报酬，还要按合约上的规定要廖师傅包赔损失。

"既然廖师傅制成了茶，那官府怎么会判廖师傅输呢？"古平原不解道。

郝师爷苦笑："这种事，各执一词，只好找评判。本地公认的几个品茶高手都收了那茶商的红包，那还有公道可言吗？结果廖师傅一文钱没拿到不说，辛苦了一辈子赚了一家茶店，原本打算给独生女儿做陪嫁，结果也是竹篮打水一场空。听说他女儿因为嫁妆菲薄，嫁过去之后受了公婆不少的气呢。"

"难怪廖师傅不愿意和茶商打交道，一想到女儿在夫家受气，就够老人家窝火的了。"古平原全明白了，想了想又问："说来说去，那缺了大德的茶商是谁？"

"这人你认识啊，油二爷嘛。"

"侯二？又是他！"古平原眼里迸出一丝火花。

3

古平原本打算想个法子帮廖师傅出口气，但是回到徽州之后，马上就是中秋节，事情只得先放下。这是六年来古家第一次大团聚，一大盘切好的西瓜，再加上古母巧手制成的各样点心，一家人围坐在桌旁，开心不已。

"二哥也真是的，过节嘛，早点收了铺子，大家都在等他从镇上带回来的月饼，他自己倒是不知道着急。"古雨婷看看天色，埋怨道。

"你又不是不知道平文是个慢性子。"古母笑着说了一句。

谈谈说说，眼见日影已然落山，虽还没有黑透，但古母见小儿子还不见踪影，心中也不由得着急起来，不时抬头向家门口看去。古平原想想，站起身："小妹先陪着娘吃西瓜，我到村口去望望。"

他信步走出家门，见家家户户都是一派喜庆气氛。古家村本就殷实，一场大火并未伤了元气，缓了半年之后，几乎每一户的房子都翻盖了起来，与半年前的破落景象已是不可同日而语。

他缓步走过村中祠堂前的空地，心里不由得一痛，当初老师就是在这里被砍伤倒地，白依梅也就是为了救父亲，才被乱兵劫走，至今生死不知。

"唉！"他重重地叹了口气，忽听前方有熟悉的马蹄声，知道是二弟回来了，稳稳神迎了上去。

出乎意料的是，回来的却不是二弟古平文，而是镇上杂货店里的伙计骑着那匹枣红马飞驰而来，远远看见古平原，下了马直奔他而来。

古平原一见他满面惶急，心里就是一惊，情知出了大事。果然那伙计一张口便道："东家，不好了，掌柜的脑袋保不住了！"

古平原只觉得头嗡地一响，一颗心几乎没从腔子里蹦出来，等到听明白了经过，人立时傻在当场，心道弟弟这条命只怕真是保不住了。

原来古平文在镇上做杂货买卖，生意越做越顺手，胆子也就慢慢大了，心思也灵活起来，开始想着什么时候自己也能做笔大生意，让家人，尤其是一向小看自己的妹妹刮目相看。

说来也巧，他刚想做一笔漂亮生意，就有这样的生意上门。有一个时常从他这里上货的挑担货郎告诉他，庐州府三河镇上大泽军的军队里，有人出五两银子一条买辫子，要的是油光水滑、又粗又长戴在脑袋上能蒙人的真辫子。

古平文心下一合计，在乡下收妇女绞下来的头发，再编成辫子只要五十个铜钱不到，一倒手就能卖五两银子，是一百多倍的利。于是连夜派伙计到各乡各村收头发，回来之后请人赶工编织，不消几日便凑齐了一百条大辫子。他要来个意外之喜，因此也不与大哥商量，便带着另一个办事机灵的伙计急匆匆地赶往三河镇。

"大爷。"那伙计带着哭音道，"原说到那儿就有人收货，银货两清三天就能回来，可掌柜的一去就没了消息，这都整整五天了。我听从三河那边来的人说，逆匪抓了个买辫子的商人，要砍脑袋示众，那可不就是掌柜的嘛，所以我不敢再瞒了，这才急着来找您。"

古平原恨不得打他一巴掌，怒道："五天不见人影你才来找我，你还不如等上五年！"

伙计畏首畏尾，小声道："是掌柜的不让我说的。"

"唉……"古平原长叹一声，知道二弟平文是想来个不鸣则已，一鸣惊人，也怪不得伙计。

他心里暗自埋怨弟弟，一百倍的利？而且花费的本钱又少，有这样好的生意谁会往别人嘴里送？这笔生意从一开始路数就不对，古平文脑子一热就去做生意，赔了银子是小事，真要是把命搭进去，可真是太不值了。

想到这儿，他问那伙计："介绍这笔买卖的货郎，现在人在何处？"

"他原说陪着掌柜的去三河镇，后来又说身子不好走不了，掌柜的心急就自己去了。"伙计说着说着，欲言又止。

古平原看出来了，脸一沉，喝道："这都什么时候了，你还吞吞吐吐。"

伙计吓了一跳："东家，我前个晚上打街里过，影影绰绰地看见好像是这个货郎从侯二爷家出来，手里还拎着个包裹，看样子挺沉，许是银子？"他犹犹豫豫地说。

伙计的话还没说完，古平原已是心下雪亮，不用问，这是侯二爷下的套，冲的就是古家，买卖兴许是真的，但这是一招借刀杀人的连环计，毒辣无比！

逆匪都把辫子割了，买辫子的逆匪肯定都是准备开小差的逃兵，所以到大泽军的地盘卖辫子是犯了大忌，如果古平文到了三河做这笔买卖被逆匪发现，那是必死无疑。

万一古平文撞大运没被逆匪发觉就做成了这笔买卖，然后带着银子回来，那就更糟了。侯二就会向官府告发，古家与逆匪叛军做生意，与叛逆无异，到头来也要落得个杀头抄家的罪名。

"不，他不会向官府告发，那样对他没什么好处。一定是据此要挟，这样我古家的茶田就姓了侯了，这就是他打的如意算盘。"

一念及此，古平原倒吸一口凉气，这才知道一个不留神，自家已经站到了万丈悬崖的边上，只要有人从后面轻轻一推，就要立时摔个粉身碎骨。他不由得毛骨悚然地瞧了瞧身后，仿佛那个要推他的人就站在不远处。

古平原编了套话安顿好家里，孤身一人打马如飞直奔三河而去，他也只能是死马权当活马医了，但能有一分的希望，他也要把弟弟救出来。

李成空在当下的逆匪军中是出了名的能打仗，三十不到就已经封王，全凭军功而来。安徽巡抚袁丁四自知打不过这个被蔑称为"四眼狗"的伪烈王，干脆就不打，只管屯兵庐州。

李成空要保存实力解天京之围，对庐州也没有觊觎之心。这恰恰就应了老百姓所说的两好合一好，时间长了，双方剑拔弩张的气势也就都懈了。老百姓一开始扶老携幼逃离家园，后来看看无事，又都三三两两回来了，还因为大批军队驻扎，什么采办军需的、饮酒作乐的、赌博耍钱的、逛窑子的，做什么的都有，各种各样的买卖反倒是比军兴之前更加的红火。

古平原几个月来一心扑在茶园上，对此地的形势不甚了解，只知道清军与逆匪在此对峙，原想着是片血腥战场，下马一看竟是片花花世界，一时间竟瞧住了。他牵着马，沿着街往北走。三河镇上有条一人巷，奇窄无比，不容二人错肩，却是通往镇中心的一条近路。古平原经人指点，走了这条窄巷奔着军营的方向去，刚从巷口穿出来走到一条大道上，就听不远处鸣锣开道。

"肃静……回避……"几面大锣咣咣响着，前面的导子上写烈王府三个金灿灿的大字，后面是一辆八人抬的大轿子，走得不快不慢，由远及近，不一会儿就到了面前。

古平原眼睛一亮，来的莫非是烈王李成空？他几乎是立时就动了当街喊冤的念头。

但古平原不是毛头小子，做事情总以稳重为先，因此先就向一旁的老者打听："老人家，请问前面这顶轿子里坐的可是烈王李成空？"

"不是，不是。"老者摆摆手，"烈王巡城我也见过几次，从来都是骑马，没坐过轿子啊。"

"那……这打着烈王府的牌子，会是谁呢？"古平原不解地问道。

"这老朽可就不知了。"

他不知有人知，旁边一个市侩模样的中年人接口道："这你都不知道？那轿子里是烈王新娶不久的王妃。"

"对！"在他旁边也有一个知道的人，低声道，"听说这王妃美貌无比，我听说就连出了名的大美人洪宣娇、陆鸾凤都被她比下去了！"

"啧，啧。"一干围听的人歆羡的自然是李成空的艳福。

没想到的是，就在轿子经过古平原身旁时，地面不平，前面的轿夫腿一软险些摔倒，轿子一歪，里面的人伸手一扶，将轿窗的纱帘扯起一半。古平原正好注目轿子，视线一落在轿中人的脸上，便是大吃一惊，脱口叫道："依梅？"

他这一声喊得可不小，至少小半条街的人都听到了，周遭的人顿时一片嘈杂，轿夫、护轿的逆匪兵也都俱是一愣。

轿子里的人当然也听到了这一声，抬眼一瞧，顿时呆了。这轿中的烈王妃正是被乱兵掠走，失踪半年多的白依梅。她与古平原虽是五六年没见，然而分别的时候都已是成人，加之互有情意，相貌深印心中，此时乍见彼此一望就都认了出来。

两个人对望着这么一发呆，街上的百姓可就纷纷聚了过来。伴在轿旁的几个下人中，有个仆妇比较聪明，看出王妃是遇到了熟人，这要是当街相认，传了出去岂不是笑话，烈王怪罪下来，跟着的下人也都有不是。于是这仆妇急走两步，在轿窗前与王妃低语两句，随即放下纱帘，高声道："起轿，回府！"

轿夫听了依言而行，古平原一急想要追上去，仆妇来到他身边，用低低的声音道："这位少爷，王妃请您到府中叙话，请随我来。"说着前头带路。

古平原跟着她转了几个弯，来到一处宅院的角门，这便是烈王府了。真正的烈王府在天京，这里不过是李成空指挥军务的暂住之所，宅院不大，前后不过三进，但防着清兵派刺客，关防却极是森严，只是有那仆妇领着却无碍，从角门而入，穿过一个小花厅，来到后堂的偏屋。

屋内只有个侍候的丫鬟，给古平原奉上一杯香茶，便掩上门不言声退了出去。古平原只得按捺下焦躁的心来静等，不多时门枢一动，一人走了进来。

古平原抬头一看，来人正是白依梅，就见她穿着一件金丝银线、圆领宽袖的凤袍，头戴珠钗，身佩美玉，面上虽带泪痕，却难掩俏丽的容颜。

二人这一见面，因为要说的话太多了，要问的事情也太多了，反而都有不知从何谈起的感觉。

过了半晌，古平原才开口道："你，还好吗？"

就是这么简简单单的一问，白依梅也过了许久才低低答道："好与不好有什么分别？"

答了这一句，她也跟着问道："我爹爹他……"

古平原知道她是怕听到噩耗，事情不敢全都吐露，只拣着好的答道："老师的刀伤已然无妨，我是在兵乱后不久便回到了村中，为老师延医治病，总算是保住了老人家的一条命。"

白依梅眼圈一红，珠泪盈盈而下，对古平原下拜道："多谢你了，我此生恐怕已难在爹爹面前尽孝，只求你为我照顾爹爹。"

古平原也不能伸手去扶，只得闪身避开，急道："你这说的是什么话，我也不明白，相隔不远，你为何不回家中看看？"

他情急责备，白依梅却颇有不知如何回答之苦，想了想婉转道："我被乱兵劫走，纵然无事，难道能再回村中吗？"

古平原心中如电光石火地一闪，名节二字在心头划过，登时明白了白依梅的苦处。她说得没错，即使她没被兵匪所污，村中只怕也不会有人相信。退一步说，就算白依梅不怕旁人议论，也要顾及老父一生的清白声誉，所以她不回乡，宁肯让人以为她死在乱军中，至少能保全家里的名声。

但问题是白依梅到底遭遇了什么？到底有没有被人玷污？又为何会摇身一变成了李成空的王妃？这些事古平原都想知道，却都问不出口。

白依梅见他几次欲言又止，知道他想问什么，幽幽地叹了口气："我那日为了救爹爹，为苗盛雨的兵劫了去，他们败走后，把我带到一处山野中，想要……"

古平原听得心中一痛，打断她："你不必说。"

白依梅摇摇头："不，别人且不论，至少我想让你知道我的遭遇。他们没有得逞，是烈王带着军队经过，正好把我救了。当时他急着带队伍撤离，也不能分出人手送我回家，我便跟着他到了三河。后来我想一想，知道自己回不去了，便在这儿住了下来，好在烈王一向都很照顾我。"

白依梅站的时间长了，一双莲足有些弱不着力，在圆凳上坐下，语气带着些伤感，却又努力使声音平静："过了几个月，烈王派人来向我提亲。我想，我要么是死，不死就要找个人托付终身。他救过我，没让我被那群歹人侮辱，而且始终待我以礼，我嫁给他，也算是报了他的恩情。"

古平原默默地听着，心里如同几把刀同时在戳，他知道白依梅心头之痛也许比他更深。这真是天意弄人，倘若古平原早回十几日，二人的结局便不会如此。

"我也没想过还能再见到你，你是被官府放了吗？"白依梅关切地问。

古平原在此自然无须隐瞒什么，原原本本把自己这一年多的经历说了，只听得白依梅脸色煞白，半晌才开口道："你真是捡了条命回来的，既是逃人身份，那么今后一切可要当心。"

古平原见她此时此刻对自己依旧如此关心，一时心神激荡，趋前一步握住白依梅的手，冲口而出："我带你走，我们两家搬到别处去，搬到没人认识我们的地方，你就什么也不必怕了。"

白依梅万没料到他会如此，一怔之后连忙把手挣出，背转身子。

古平原心里一凉，从怀中拿出那根白玉簪子，将手平平摊开，激动地说："这枚簪子，我在关外生了重病，大夫说要用人参，可我一个流犯哪里来的钱，朋友要我把簪子当了，我死都不肯，后来人家告诉我，说是想趁我昏迷时偷偷当了簪子换药，可是我的手攥得紧紧的，谁都掰不开，要拿那枚簪子，除非掰断了我的手指。

"为了这簪子，我曾经差点被人打死，也没把它弄丢了。我无数次想过，就算我真的死在关外，能带着你的信物入棺材，也没什么遗憾了。"古平原说着，再也忍不住，泪流满面。

"求求你别说了。"白依梅的身子颤抖着，她要用最大的忍耐才能要自己别转过身扑到古平原的怀里，"你别忘了，我已经嫁人了，更何况他是我的救命恩人，我……不能，真的不能！"

是不能，而非不想！古平原清清楚楚地听见了她心中真正要说的话，痛心之下，倒退两步，将那枚玉簪放在桌上，双手支着桌子颓然不语。

"依梅，我可以进去吗？"门外忽然传来一个浑厚的男子声音。

白依梅一惊，看着古平原询问的眼神，轻声道："是王爷。"

李成空！古平原早就听过这个人的大名，大泽军中的第一勇将，无论旗营还是绿营，见了烈王李成空的旗号都是望风而逃。

白依梅一时不知所措，古平原略一思索，上前打开了房门，他不卑不亢地站着，望着面前的这个人。

门口站着一个英气勃发的将军，个头不高但精气内敛，双目如虎，两眼下各有一块伤疤。

白依梅见丈夫和自己青梅竹马的恋人就这么面对着面，彼此的目光谁也不让谁，真怕他们一言不合打起来。真要是动了手，古平原自然不是李成空的对手，"若是王爷杀了他，那今天也就是我的死期。"白依梅暗暗打定了主意。

"这儿是本王的王府，你敢挡在门前不让本王进去？"李成空冷冷道。

"她是我要娶的女人，你敢拦着不让她走？"古平原针锋相对并不示弱。

"他没拦过我，我说过了，是我自己不能再回去！"白依梅再也忍不住了，眼泪再次涔涔落下，有辛酸、有委屈，更有一种恨不得把满天神佛都一把揪过来问个清楚明白的郁怒。

"你听到了，即便是成亲那一夜，本王也依旧问过她，是她说要永远留在王府里做我的妻子。难道你以为我李成空是个乘人之危的小人，哼！"说到这儿，李成空的声音里才带了一丝怒气。

古平原知道他说的都是真话，唯其如此心里才像刀割一样疼，方才的气势也渐渐消失得无影无踪，手紧紧握住门框，眼神不再与李成空相对。

"事情我都知道了。"古平原虽然顺利进了王府，但是早有人去报给李成空，说王妃私下见了一个男人。李成空与白依梅相识半年，虽然不见她说起，但隐约感到她有惦念的人，而且预感到就是今天这个男人。李成空遇事从不回避，也不耐烦儿女情长，当下就赶过来要把事情干干脆脆地了结。

"我也想知道当日你说的是不是真心话，若不是真心话，现在便随他去吧，我绝不阻拦。"李成空看向白依梅，语气和缓下来。

古平原也看向白依梅。白依梅迟怔了片刻，闭上眼决绝地摇着头。

"我已是你的妻子，你怎么可以说这样的话？"

古平原的心一抽一抽地疼，白依梅的话如关外北风一样将绝望带入他的心里。

李成空自然也看得出他与她之间那剪不断理还乱的情丝，却毫不在意地豪爽一笑，对着白依梅道："有你这句话就够了。那么这位古朋友远来是客，是依梅的客人，也就是我王府的座上贵宾，我还要去料理军务，就请依梅来招呼你吧。"说完冲着古平原点点头，大踏步走了出去。

屋子里出现了一阵难言的沉默，两个人谁也不说话，就这么站着望着。过了好一会儿，白依梅紧紧咬着下唇，深深叹了口气，"他信任我，我更不能对不起他。过去的事，就让它过去吧，谁知道老天爷怎么想的呢，这般造化弄人。你回村子后，千万别告诉爹爹我的事，他老人家一辈子忠君爱国，若是知道我嫁了叛逆，只怕要活活气死。"

这一点古平原也想到了，微微点点头。

"对了。"白依梅道，"你好端端跑到三河镇上做什么？莫非是打听到了我的消息，特意来此？"

一句话提醒了古平原，他心中暗骂自己糊涂，"我弟弟被大泽军抓了，只怕要砍头！"

"啊！"白依梅听了也是吃惊不小，待到古平原将详细情形一说，不由得秀眉紧锁。

她想了好一会儿，仿佛是打定了主意，先是对着门外吩咐道："翠儿，去看看把守王府的卒长在哪里，让他来见我。"

丫鬟答应一声去了，白依梅这才说："平文的事情我一定要管，但不知他现在情形如何，这样吧，你先到后门去等，若是事情顺利，我再请你进来。"

古平原听了点头，二人恋恋不舍地对望一眼，依旧是那个仆妇引着他出了西角门，来到转角处，叮嘱道："这位少爷，您不要随意走动，若是有消息，王妃定会派我来找您。"

这一等，从正晌午时起，一直到申时末，眼看太阳快落山了，还没有消息。

古平原性子沉稳，可也等得焦急万分，背着手在地上来回转圈。正没奈何处，忽听有人喊了一句："大哥！"

古平原一抬头，心中大喜，就见弟弟和那个伙计正冲着自己走来。

"大哥。"走到近前，古平文又叫一声。古平原拍了拍他的肩，安慰道："没事吧，可受了伤？"

"没有，没有。"古平文鼻子一酸，哭了出来，"我、我……"

"回去再说吧。"古平原知道弟弟心里难过，原本想好好说他一顿，此时却又不忍了。

"幸好遇上了依梅姐，不然……"

"咳咳……你拿上银子去雇辆马车，不然没有脚力，你们两个怎么回去？"古平原立刻岔开话，借故叫那伙计去办事。等他走远了这才皱着眉道："平文，不是我说你，你也年纪不小了，怎么做事情不懂得三思而行，卖辫子的事情就算了，白依梅的事情难道能让不相干的人知道吗？"

古平文被大哥训得一句话也说不出，本来还哭着，这下子连眼泪都不敢落了。

"要是我猜得不错，是她以王妃之尊，私自放了你们吧？"

"是，那伙计没见到依梅姐，她只请我一个人进了内堂，说了会儿话，就让人把我们从角门放出来了。"

古平原摇摇头："不行，她担的干系太大了，我进去再找她商量一下，看看有什么两全其美的办法。"

"大哥，你进不去王府了。依梅姐说了，她不再见你，只要我们快走，其余的事情她能解决。她还说王爷断不至于为了个商人为难她。对了，这是依梅姐要我交给你的东西。"说着古平文从口袋里摸出一个香囊。

古平原接过来打开一看，里面正是方才自己遗落在王府的玉簪。

这玉簪是当初他赴省城乡试时为白依梅买的，也是他省吃俭用为心上人买过的最贵重的礼物。他还清楚地记得白依梅接过簪子时，脸上又惊又喜复又娇羞无限的神情，就是那一天他在心里暗暗发誓，将来一定要中进士点翰林，风风光光回乡来迎娶她。

然而，这一切都已如镜花水月不可得，山盟虽在，锦书难托，王府一道高墙，将二人隔在两个世界，秋水伊人，今生能否再见一面都是未知。

古平原手捧着簪子，不知不觉握紧了拳头，拳头越握越紧。忽然听古平文一声惊呼，古平原惊醒过来，这才发觉玉簪竟然被自己一掰两断，尖利的碴口刺伤手掌，鲜血一滴滴流在地上。

"大哥！"古平文见状惊道。

"她还有什么话没有？"古平原闭着眼，强忍着心中的痛苦问道。

"依梅姐要我对你说，世上的好女子多的是，请你忘了她，这玉簪将来送给你的新婚妻子，就算是她给新人的贺礼。"

古平原木然地点点头，见远处那伙计已经雇好了马车在等着，重重地叹了口气，带上古平文离开了三河镇。

4

一路上，古平原一直都没有说话，古平文也不敢开口，三人只是闷头赶路。回到潜口镇，为防侯二爷再使坏，古平原让两个伙计将店里的排板上了，暂时关店。他与弟弟二人则要回古家村一趟，当初情急之下撒的谎实在不高明，只怕古母担心，二人都是孝子，所以一安排好店里的事情就急匆匆往古家村赶。

只剩兄弟二人，古平原便有话要说了，此刻他已将心情平伏下来，考虑了一会儿，说："无论如何，今后不要再和逆匪做生意。"

古平文怔怔地在一旁听着，他可从来没有想过这些。

古平原接着说道："我们经商做生意，银货一进一出固然重要，但还要看清楚什么人能打交道，什么人不能打交道。比如逆匪，就快要完了，你却偏偏和他们做生意，等将来官军搜出逆匪的账册，按图索骥找上门来，那场祸事就不得了。"

古平文这才茅塞顿开，佩服地说："大哥，你真是了不起，镇上的买卖家都是有什么生意就做什么生意，谁会想到看今后的事情呢？"

"总喜欢看过去的人，只能亦步亦趋地随着别人做生意，看清了眼前大势的人，就能顺水推舟掌握自己的生意，若能先人一步，看明白将来的局势，那么便可以做真正的大商人了。"

"那大哥你呢？"古平文来了兴致，笑问道。

古平原却没笑，道："平文，你知道吗，真正的大生意有时候不在钱财多少，弦高犒师，不过十几头牛而已，却可以左右一国的兴亡，如果我有机会做这样的大生意，那就好了。"说着他回过头，明知看不到却还是向着三河镇的方向深深地望了一眼。

他的声音越来越沉，古平文听不懂，刚想问，忽听前面有人在喊："大哥！二哥！"

二人都是一愣，这才发觉原来谈谈说说，不知不觉间已然到了古家村的村口。叫他们的正是小妹古雨婷，看样子她在村口等了有一阵子了，脸上的神情急切无比，话却说得飞快："你们去哪儿了，急死我了，托人去镇上找，你们也不在，急得我没办法，只好一趟趟地跑到村口望。"

古平原连马都顾不得下，急急打断小妹的话，问道："怎么了？"

"还用问，出大事了！"

古平原身子一震，小妹不待他追问已经接着道："你前脚刚走，老师身子就不好，郎中已经来了好几趟了，说是只怕不中用了。"

古雨婷话音一落，就见大哥抬手就是一鞭，催着枣红马冲进了村子，飞驰来到家门口，一甩缰绳翻身下马，迈过门槛时忘了抬腿，一跟头摔在地上，只觉腿上的旧伤钻心般疼，却也顾不上，爬起来几步就冲到老师住的堂屋外。

郎中恰好从屋里一掀门帘走出来，看见古平原浑身尘土急惶惶地跑了进来，忙对他摆了摆手，古平原会意，近前低声问道："请问，我老师的病……"

"唉！"郎中叹口气，"他已是油尽灯枯，要不是你一向用大补之药为他调养，只怕也保不到今日。"

古平原心往下沉，怔怔地望着郎中不言声。郎中又道："病人看起来身子挺好，神志也恢复了许多，但只怕是回光返照。要我说，预备后事吧，问问还有什么心事未了，其余的我也是无能为力了。"

屋内干净整洁，药香扑鼻，也难为古平原这半年来悉心照料，白老师人虽痴痴，生活起居却是一如往日，半点罪都没遭。古平原悄悄来到老师床前，望着瘦骨嶙峋的老人，眼眶立时一湿。他见老师缓缓张开双目，忙转身拭泪，强作笑颜道："老师，我回来了。今日看起来身子好多了。"

"是吗？"白老师微微一笑，"你不用哄我，我心里明白着呢，我是不中用了。"

"老师……"

白老师摆摆手："唉，我这么大岁数了，生死早不放在心上，可惜啊，我最好的学生回来了,我的女儿却丢了。"他一闭目,两滴眼泪从眼角滚落。

古平原一路回来就在想这件事,话是早已编好的,立时道:"老师,大喜事,依梅找到了!"他特意加重了语气,心里还存着万一的希望,但愿这件喜事能让老师的病有些转机。

"找到了?这兵荒马乱的,上哪儿找啊?"白老师显见地不信。

"依梅刚出村口不远就被官军救了,只是忙着剿匪,来不及送她回来,就把她一起带着。您在休宁不是有一户亲戚吗?"

"对,是我的老妹妹住在那儿。"

"那就是了,官军一口气追到休宁县,依梅见离姑母不远,就投了过去。这兵凶战危的,人家也不敢送她回来,一住就是好几个月,好在彼此至亲无碍。这不,我刚去了一趟休宁,见了依梅,等过几日地方上太平了就把她接回来。"

这一番谎话其实有不少漏洞,但白老师神明已衰,再加上乍闻喜讯心神一乱,半点也没听出其中的毛病,倒是喜得不能自抑,不住地望天祷告:"老天爷保佑,老天爷保佑啊!"

古平原心中难过,口上还要说道:"老师您放心吧,依梅她一切都好。"

"放心、放心。"白老师老泪纵横,"平原啊,你还记得答应过我的话吧?我怕是看不到你和依梅成亲了,你去把她接回来,我要亲口对她说,将她许配给你,这样我死了也了无遗憾了。"

古平原听了这话,心里又苦又涩。可是不敢被老师看出来,连声答应着出了屋。

"大哥,这可怎么办呢?"古平文在窗外全都听见了。

"唉!"古平原虽然多谋善断,奈何此刻心乱如麻,也是没了主意。

古平原一时一刻也忘不了白依梅,他自流放以来,原本是已对白依梅不作婚姻之想了,只盼着她嫁个好人家也就是了。但这一次见了面,不仅担心她跟着李成空将来会有祸事,而且那一份早已封存的情意不知不觉中竟如春潮涌动般难以遏抑,整日里眼前晃来晃去都是白依梅的情影。

入夜后,古平原在房中静对孤灯,面前的桌上放着那断成两截的白玉簪子。他呆呆地看着,脑海里又浮现出白依梅的身影,二人相隔不远,却是相思难相见,古平原只觉得这份痛苦比起远戍关外做苦役还要难熬。

就在此时,身后的房门一响,风吹灯晃,从外面走进来一个人。

古平原回过头,见是自己的母亲走了进来,连忙起身让座。

古母一眼就看见那簪子，叹了口气坐下来。古平原给母亲倒了杯水，自己也坐下。

古母半天没开口，开口时声音低沉："依梅的事情，你弟弟都告诉我了，这孩子真是命苦，五岁上死了娘，现在爹又眼看不中用了，自己还流落到叛逆军中，这遭的是哪门子的罪啊。"

古母接着道："他们都以为你只是忧心老师的病，我却早就看出来了，你还在想着依梅对吗？"

古平原垂头不语。

"听我说，你和她就是俗话说的有缘无分，现在她已经嫁了人，你再怎么想都没有用。要说我也心疼这孩子，一直把她当女儿看，可是弄成现在这样子，谁都没法子啊。"

古平原不知怎么犟劲上来了，抗声说了句："可我已答应老师……"

"不要说了！"古母生气道，"恩师病重，那是你安慰老人家的权宜之计，莫非能当真？退一万步说，就算是那逆匪王爷把依梅休回来了，你还要娶她不成！"

"怎么不行？"

古母气得一拍桌子："当然不行！你是长兄，是这家的顶梁柱，岂可娶再醮之妇！族里的人会怎么议论你，议论你的弟弟妹妹，难道说你连家门的脸面都不要了吗！再说，她嫁给了逆匪，就是附逆，你若娶了她，会给我古家一门带来多大的祸患，你想过没有？"

"我……"古平原一时语塞。

古母摇了摇头，叹口气放缓语气道："其实这些都谈不上，依梅也不可能回来，你这样想下去只会伤了身子。还是那句话，你是家中的顶梁柱，凡事要多想想家里，不能任意而为。"

古平原心乱如麻，低着头不知如何是好。

古母想了想，手一伸将一个荷包拿了出来，从里面取出一个鹦哥绿的翡翠扳指。

"前几日雨婷给你洗衣，在口袋里发现了这个，便拿来给我看。这是女人家的物件，你从哪里得来的？"

发现这扳指后，古母一直没言声。她原本怕大儿子在外面惹上什么不三不四的女人，后来白依梅的事情一出，她又担心儿子忘不了依梅，倒不如把这扳指的事情弄弄清楚，如果真是好姻缘倒不妨结下，以免古平原因为相思一时冲动闯出什么祸事来。

古平原自然不知道母亲的心事,乍一见常玉儿的翡翠扳指,他一愣。脑海里浮现出常玉儿的笑容,慢慢又与白依梅的倩影重合在一起,直至一片模糊。

"这……这……"古平原一向口齿不差,难得有张口结舌的时候。

古母见他为难,倒也心里不忍,这个家从几乎破家到日子重又红火,都是大儿子的功劳。他日夜操劳,古母都看在眼里,也真是心疼,不愿给他心里添乱,但是娶长房媳妇是家中的大事,甚至一个家族的兴旺与此都有极大的关系,古母不能不狠下心。

见母亲不肯放过,古平原只得把常玉儿的事儿简短截说讲述了一遍。

"哎呀。"古母听后心里又惊又喜,"这个姓常的女孩子性子良善,而且带着一股儿刚劲,既贤且能,要是能娶进门可真不错,必是个又孝顺又能持家的儿媳妇。"

这样想着,她把翡翠扳指放在古平原面前,顺手拿走了白玉簪,不等古平原说话,她已站起身,走到门边,回头不容反驳地说了句:"总之,你想与依梅重续前缘,我绝不同意,真要有那么一天,我宁可收她作干女儿。"

留下这句话,古母回了房。古平原被母亲这突如其来的三斧头劈的是心神大乱,几乎整夜没睡。

5

"你……"白依梅惊疑不定地打量着眼前的古平原,见他一脸疲惫,不明白为何短短三日竟去而复返。

古平原面带戚色,声音喑哑,"老师……快不行了。"

"啊,什么!"白依梅心头一颤,"你上次不是还说……"

"我那时是骗你的,怕你担心而已。你再不回去,怕见不上老师最后一面了。"古平原说着伸手要去拉白依梅。

白依梅忽然警觉地退后一步,"你是不是想骗我跟你回去?"

古平原一愣,随即负气道:"你不相信我?我不会用老师的性命来骗你,那岂不成了畜生!"他点点头,"好,举头三尺有神明,我古平原若说的是假话,教我乱箭穿心……"

"别……"白依梅情急上前捂住古平原的嘴,古平原心情激荡不已,顺势把她拥在怀里,白依梅挣了几下,怎奈古平原的双臂牢牢地搂定了她,滴滴泪水落在她的额头发际。白依梅心头一酸,便不再动,任古平原抱着自己。

"我回家去，不能不先和王爷说一声。"也不知过了多久，白依梅挣开古平原的怀抱。她回到自己的卧房，房中静静的，屋外的华庭也是静静的，原本应该在此的丫鬟和仆妇此时踪影皆无。房中的曜石圆桌上放着一张素笺，笺上粗疏却又不拘一格的字迹正是李成空所留。

"既然未忘，何必强留，心若不在，人何必在。珍重！"

白依梅持笺木然立了许久，手一松，那笺悠悠飘落于地。

白依梅不会骑马，为了尽快赶回古家村，只得与古平原共乘一匹枣红马。守城的逆匪士兵见烈王妃与一个陌生男子骑在一匹马上出城，吃惊之下噤得连问都没敢问一声。

古平原一手执缰，另一只手轻轻环在白依梅的腰间，二人几乎是身贴着身，彼此之间几无间隙。一开始没有人言语，两人都不知该说些什么。直到好久以后，白依梅忽然用极轻的声音说："我本来打算等你一辈子的，一辈子不嫁人，就在古家村等你，可我从没想过，有朝一日我会再也回不去……"

"我知道，我懂，我都懂……"

"将来我还是会回到他身边的，我已经对不起你了，不能再对不起他。"白依梅虽然语气平缓，却像是在发着誓。

古平原什么都没说，他仿佛听见自己在心底里发出一声长长的叹息，环在白依梅腰间的那只胳膊不由自主地紧了紧。

白依梅的忽然出现带给古家的既有惊喜又有担忧。白家父女劫后重逢伤心落泪，古家人都陪着掉眼泪。古平文、古雨婷都只是高兴依梅姐终于回到了家，可是古母脸上却深有忧色。

"有没有人看见她进村？"古母问古平原。

"我特意挑的时辰，进村时已经定更了，一路上没遇到什么人。"

"那就好，这几日你们出门都要在意小心，谁也不许把依梅这孩子回来的消息走漏出去。"古母吩咐着。

"为什么呀？"古雨婷什么都不知道，当然想不通这好事为何要瞒着村里人。

古母把脸一沉，"别问了，照做就是。"

"还有。"她看了一眼大儿子，有些无可奈何地说，"这些日子就让依梅住到我屋里吧。"

"我还想和依梅姐一起睡呢。"又是口快的古雨婷。

"住嘴！"古母发火了，她既害怕烈王妃的事儿被官府知道，同时也担心儿子古平原与白依梅之间旧情复燃。

古平原知道母亲的用意，一声不吭地低下了头。

女儿的回来仿佛是福星高照，意外地冲走了白老师身上的灾星，本来已是回光返照的人，身子骨竟是一天好似一天。到了第五天头上，居然能自己坐起来喝上一碗红枣小米粥，把古平原和白依梅高兴得简直不知说什么才好。

吃罢早饭，白老师让女儿把古平原和他母亲都请到屋中，铆足了精神有一番话要说。

"古大嫂，你我两家相识已然有十多年了。令郎古平原是我的得意高足，可以说我把一辈子的本事都交给了这个门生，我虽然没有儿子，可是有这么一个徒弟能传我的衣钵，实在是死而无憾。"

一句话说得屋中的几个人眼圈都红了。

"爹，您身子正好着呢，别说不吉利的话。"白依梅劝道。

"我这把年纪了，还能有几天好日子。"白老师不以为意地摆摆手，"唯一放心不下的就是这个女儿。前些日子我以为自己不行了，便把依梅托付给平原，蒙他不弃，愿意和我白家结这门亲。可那毕竟是当时的权宜之计，如今我身子好点了，俗话说，婚姻大事，父母之命，媒妁之言，我还想问问古大嫂的意思，愿不愿意我这个女儿给你做儿媳妇？"

屋里三个人听完这句话都立时傻了眼。这可怎么回答！说同意，难不成真的办亲事，古母是一百二十个不能答应。说不同意，理由呢？古母是看着白依梅长大的，两个人好得像亲母女一样，凭什么不愿意她当自己的儿媳妇？

说真话？把实情一说，白老师能当场气死，更是万万说不得。

只短短一会儿的凝滞无言，就让白老师看出气氛不对，他疑惑地望望古平原，又看看古母，"难道说古大嫂不愿意……"

"不，老师，我愿意，我娘也愿意。"古平原忽然不顾一切地开口说道。

"平原！"古母厉声制止着。

白依梅脸涨得通红，悄悄扯了扯白老师的袖子，低声说："爹，这事儿以后再说吧。"

"这、这……"白老师看出事情不对，一急之下大咳起来。古平原和白依梅赶紧过去，一边一个帮他捶背抹胸，彼此间眼神一对，都是黯然神伤。

就在这时，院门忽然被人一脚咣地踹开，好像有一伙儿人闯了进来。

几个人闻声都是一愣，古平原和母亲赶紧出屋，一看就是大吃一惊。

就见七八个捕快腰里挎着刀，横眉立目地站在院中，手里各拿铁锁链。

"谁是古平原？"

古平原心里一沉，莫非抓自己的人从燕门撵到了安徽，可是自己在燕门除对常家人外，跟谁都没说过老家的住处，难道说常家人又出事儿了？

事到临头，怕也无用。他走前一步拱了拱手，"在下就是古平原，敢问几位衙差大哥，找我什么事？"

"嘿嘿。"捕快头冷笑一声，不由分说哗啦抖开铁链把古平原套上，然后才说，"不只是你，还有个叫白依梅的在什么地方？"

白依梅在屋里听得真真切切，知道此去绝无善果，一横心走到屋中央，对着床上的爹爹跪下，重重磕下三个头，额头已是红肿一片。

"依梅啊，这是怎么回事儿，到底怎么了！"突遇大变，白老师急得心里像火烧一样，张皇地看着女儿。

白依梅一句话也说不出来，起身含泪望了一眼病骨支离的老父亲，黯然走出了屋，站在房檐下对着那帮差役道："我是白依梅。"

"不是！"古平原大声叫了起来，"她不是白依梅，白依梅不在这儿！"原来这帮差役是来抓烈王妃，古平原心里一阵惊恐，白依梅被朝廷抓到那必定是有死无生。

"你说不是，那找个人来认认就知道了。"捕快头向院外喊了一声，"侯二爷，劳烦您给指认一下。"

古平原瞪大了眼，看着侯二一步三摇地从外面走进来。他先得意地看了看被铁链锁着的古平原，然后抬眼只看了一眼白依梅便对捕快头道："就是这淫贱材儿没错！"

"姓侯的！"古平原狂吼一声。

"姓古的，你不是不服气吗？告诉你，我早派人梢着你家呢，你往三河镇跑了几次我都知道。你不是不给我茶叶吗？没关系啊，等你古家的茶田因为逆产之罪被发派官卖时，我干脆连田一起买下来，岂不更好。哈哈哈……"侯二爷看着古平原眼里的怒火，得意大笑起来。

"原来你就是烈王妃，果然是个美人儿，难怪李成空这个大逆匪会娶了你。哼，一个是发匪匪首的家眷，一个窝藏匪首家眷，全都押走！"随着捕快头一声令，差人把白依梅也用绳子绑上，将两个人推搡着带了出去。古母惊怔地看着眼前这一幕，自己的儿子才刚回来半年就又被官府抓走了，而且这一次的罪名比上次还重。她撵了两步,还没出院门,只觉得眼前一黑,倒在地上便人事不知了。

此时正是上田干活的时候,村里的人都往田里走,古平原与白依梅这一被带出来,顿时惊动了全村男女老少。人们纷纷从东西南北聚拢过来,当然谁也不敢阻差办案,但都是议论纷纷,谁也不知道白依梅怎么失踪半年忽然回到了村里,又为什么与古平原一道被抓了起来。

等到了村口,围观的人更多了,很多人从茶田赶回来看。古雨婷也闻讯从茶田跑了回来,一见大哥和白依梅被抓,吓得魂都飞了,扑过来哭着问:"大哥,这怎么回事儿啊,为什么抓你?"

"快找人去镇上把二弟叫回来,把娘和老师照顾好要紧。"古平原此刻能想到的就是这件事了。

忽听村口通往潜口镇的路上,一阵鸣锣开道,一辆蓝呢轿子被两个轿夫飞快地抬了来,后面还跟着一架驮轿。

古平原眼尖,一眼看出驮轿上的人是郝师爷,那么前面这顶轿子里坐的就是乔鹤年了。果然乔鹤年穿着六品官服下了轿,看见古平原被绑,脸色便是一沉,拿出官威问为首的捕快头:"你们是哪儿的差人,怎么到县上拿人却不先知会一声本官,岂不是太没规矩了?"

"回县大老爷,我们是省里臬司衙门的,臬台大人临来时吩咐,这个女人是重犯,一定要直奔古家村,先把人抓了再说,故此没有到县上禀告,请大老爷恕罪。"

乔鹤年听他把掌管一省刑名的臬台大人拿来当挡箭牌,顿时一怔。这是侯二爷的计,他知道乔鹤年与古平原之间有交情,所以直接把此事告到了臬台衙门,然后带人以迅雷不及掩耳之势直扑古家村,等到乔鹤年得知风声赶了来,人已经被抓,又是这个罪名,再想回护便难了。

"莫非还要星夜上省?"

"那倒不是,我们来得匆忙,囚车木笼都没带,还要麻烦县里给准备。"

"这都好说。"乔鹤年嘴里应承着,回头看了看郝师爷,一时也想不出什么善策为古平原开脱。

"先到县衙再说吧。"郝师爷凑前悄声说道。

也只好如此了。一行人刚要动身,就听从村口一处土坡上传来一声凄厉老迈的声音。

"等一等!"

众人回头,就见是个白发苍苍却一身儒雅的老者挂着一根藤杖,站在村口那棵古松前。

"县大老爷，各位差官，老朽有一句话，要当众讲清楚！"白老师拼着全身的力气在喊着，风过喉头欲待要咳，却用藤杖死死抵住心口，憋得满脸通红强自忍耐了下来。

"爹！"

"老师！"

白依梅和古平原同时喊出声。

"私通逆匪的人是我！窝藏逆匪家眷的人也是我，是我强逼着女儿嫁给了逆匪，这不关他们的事，都是我一个人的罪！"白老师一字一顿，毫不迟疑地说。

古平原听得心都碎了，没人比他更了解老师了，一辈子忠君爱国，最后却要自认私通逆匪的罪名，还要当众承认把女儿嫁给了逆匪匪首，放在平时，老师宁可受凌迟也不会败坏自己一生的名声。

半路杀出个程咬金，捕快头办的案子多了，可也没想到有人敢把这样的罪名往自己身上揽，一时倒愣住了。

"都听好了，我再说一遍，这些都是我老头子的罪，与他人无关。"白老师咬着牙说完，把藤杖一甩，瞪着眼睛冲着那棵瘿瘤遍体的大松树猛跑几步，一头撞了上去，就听咚一声，树上的松针纷纷落下，白老师头破血流倒在地上。

"爹！"

"老师！"

白依梅和古平原悲戚哀痛的喊叫声同时响起。古平原也不知哪来的那么大劲儿，挣开身边的捕快，踉踉跄跄往老师身边跑去。

村民一向敬重白老师为人正直，热心乡里，更有不少人都听过白老师讲学，见他冷不防撞树自绝，村民人人落泪，纷纷围拢了过来。

"老师，老师！"古平原双臂背绑，跪在地上，不住地喊着。过了一会儿白老师慢慢睁开眼，眼睛看向古平原，语气微弱地说，"平原啊，你别哭，男子汉大丈夫，不能哭，总哭鼻子就没了刚劲儿，就办不成大事了。

"我做过县丞，略知刑名，有人出来顶罪，官府就不会难为你们。"白老师唇边掠过一丝笑意，"我的心血都在你身上，只要你别忘了我教你的那些道理，老师舍了这条命换得你一条命，便是一万个值得。"

古平原哽咽得说不出一句话，只是连连点着头。

白老师已见涣散的眼神从人缝中望出去，看到了不远处跪在地上哭得已经岔了声的白依梅，缓缓闭上眼流出两滴浑浊的泪水，"唉，我可怜的女儿啊，这世道，这世道……"声音渐渐不可闻。

"老师！"古平原一声痛叫，扑在老师身上放声大哭。边上的村民也都抹着眼泪呜呜地哭着，哭声骤然加大了一倍。

乔鹤年皱着眉头看着眼前这幕惨剧，与捕快头商量着，"既然是有人出来当众认罪，这两个犯人是不是可以网开一面，不必即行收押？"

"县大老爷，您这说的是什么话！臬台大人让我们来抓人，谁敢双手空空回去，难道不怕吃官法？"捕快头有些不高兴地说。

"请问差官大哥，这臬台大人下的令是怎么说的？"边上的郝师爷问道。

"有人到衙门出首，说是古家村有人窝藏伪英酋的王妃，大人让我们弟兄把这个王妃连同窝藏的人一起抓回省城。"

"明白了。"郝师爷熟悉刑名，最会抠这些字眼文章，"王妃就是王妃，那没什么可说的。但是窝藏逆属的人却不是这个古平原，而是方才撞树而死的那个老头子，这他方才当众都认了，有这么多人证在，岂能再冤枉好人？"

"这……"捕快头也怔住了，觉得郝师爷说得有道理，可又觉得有什么地方不对。

郝师爷不等他想明白，一张五十两的银票已经悄悄递了上去，"你我都是衙门中人，衙门里面好修行，救生不救死嘛。这样，让我们县大老爷具个结，这姓古随传随到如何？"

话说到这份儿，捕快头不能不买账了，省城里的差人下到各县办案，也要全靠知县配合才行，如今卖个交情，今后必有回报，更何况眼前就有一笔银子好拿。

"行，既然县大老爷肯替人具结，那我们也没什么可说的，就抓一个压寨夫人吧。"

6

"到底走哪条路？"

"我不能告诉你！"

两个声音越来越大，震得歙县县衙的后堂嗡嗡直响。

"古老弟，你不要火气这么大。"郝师爷在旁紧着劝说，"乔大人为了你这案子已经仁至义尽了，一个县令给罪犯作保，这是听都没听过的事儿，你还要怎样？"

"我要他把衙差押送白依梅上省的路线告诉我。"古平原脸红脖子粗，他心里清楚乔鹤年这次够交情了，眼下过分的是自己，可是他更清楚，白依梅一旦被押送到省里大狱，受活罪不说，最后免不了一刀之苦。

"岂有此理！我是朝廷命官，怎能帮你做杀官劫囚的事儿？平原，我劝你也不要再管了，这个女人救不得！"乔鹤年一脸的不悦。

"救不得也要救！你不是没看见，我老师为了救我都做了什么。"古平原像头被激怒的猛虎，几乎是对乔鹤年嘶吼着，"难道要我看着他的女儿就这么上法场。"

屋里的两个人顿时都沉默了，白老师为了自己学生所做的事情，任何人看了都不会无动于衷。乔鹤年与古平原相交有年，更是从没见过他如此失态。

"你不肯说。好，既然如此，你我的交情就到此为止，从今往后咱们一刀两断。"古平原怒气冲冲就要往外走，乔鹤年一言不发看着他，直到他走到门旁了，这才忽然对着郝师爷道："郝夫子，昨日我与你论诗，你说前几日去山中访友，得了一首诗，我想了一夜，方才也和了一首，你且听听。"

郝夫子莫名其妙，自己昨天并没有和乔鹤年论诗啊？

"篱落疏疏一径深，树头花落寒意侵。牧童急走追黄蝶，飞入南岭赤松林。"乔鹤年也不管他，自顾自地吟着诗，"郝夫子，本县这首诗作得如何？"

"哦……好，好，果真是好诗。"听到南岭赤松林，哪还有什么不明白的，郝师爷心里暗暗赞赏，这个新东家有才有智，将来在官场上必定是个红员。

古平原立在门旁，身子一动不动，半晌才用低沉得难以辨清的声音说了一声——"谢谢。"

除了李成空，没人能从官府手中把白依梅救出来。尽管古平原万般不情愿，还是得快马扬鞭再次来到三河镇。

等他到了三河镇附近，离着镇口还有十余里，耳边只听一片喊杀声惊天动地，中间还夹杂着洋枪洋炮的轰鸣。再往前走，大地都在颤抖，空气中飘着极重的血腥气，不用看就知道前面这仗打得必定激烈无比。

原本对峙的清军和逆匪为何会忽然搏命厮杀？起因就在安徽的本地匪王苗盛雨，他有个外号叫阴司秀才，为人最是奸诈，生平最大的愿望是在皖北称王。如今官军与逆匪对峙，苗盛雨夹在中间，既是左右逢源，又时刻担心一不留神被哪一方给吞了，于是他想了一条计策，打算先下手为强，削弱这两方的力量。趁着夜色分派出两伙人马，一伙穿着大清军的服色，另一伙则是逆匪的打扮，分别去偷营袭寨，打了之后便夺路而逃，将两股追出来的军队往一处引。

黑灯瞎火的，两方面的人马都是出来追敌，谁也没提防一开始的敌人是假的，后来遇上的才是真的，结果一交锋就打得难解难分。

袁丁四以为李成空来攻庐州城，李成空以为清妖要打三河镇，结果本来是小股部队的碰撞，双方不断派出援军，最后在方圆十里的地方打得是烽烟四起，就连苗盛雨自己也没想到这一计竟然如此成功。

这可害苦了古平原，眼前处处刀光剑影，尸横遍野，上哪儿去找李成空啊？

可是时辰不等人，要是等打完了这一仗再去找烈王的中军大帐，那白依梅早就被押到省城了。古平原半点都没犹豫，一抖缰绳纵马就往战况最激烈的地方去。他虽然只见过李成空一面，但是深信这个人一定会站在战场最危险的地方。

往里面冲了不到二里地，冷不防道路一侧的树后面一排洋枪打过来。枣红马嘶鸣着倒在地上，古平原急忙甩蹬离鞍，才没被马压在身下。他刚想翻身爬起来，就见几个黑洞洞的枪口冲着自己，端枪的正是逆匪。

其中一个人走前一步，把枪口顶在古平原的胸前，凶狠地说，"他娘的，别人都往外跑，你却冲进来，是不是清妖的探子？说！"

"对，我是巡抚派来的人，他派我来找烈王。"古平原情急之下撒了一个弥天大谎。

李成空的大帐果然就在战况最惨烈的地方，他正对着地图分派人马，抬眼见到古平原被押了进来，登时也是一怔。

"是你……"

"白依梅被官军抓了，若是押解到省城便有死无生。"古平原开门见山，一句话让李成空皱起了眉头。

"还等什么，调一队人马去劫囚车救人啊。"古平原见李成空沉吟不语，急急催促道。

"不行，你打外面来，也看见了，此时正是战况纠结之时，每一分战力都要派上用场，我不能用大泽军的弟兄去救她。"李成空摇了摇头。

"说什么！"古平原怒气勃发，"你别忘了，她是你的……你的妻子，你怎么能见死不救！还有，若不是她嫁给你这个逆匪叛逆，又怎么会被官府抓起来，身陷大辟之刑，你还敢说不救！"

李成空依然摇头不语。

"你……"古平原气急了眼，冲上前狠狠一把拽住李成空的衣领。

哗啦一片刀剑出鞘之声，方才古平原口出逆匪叛逆这四个字，营里的将官无不怒目相加，只是碍着王爷没说话，这才没人动古平原，这时候见他胆大包天，居然敢对王爷无礼，个个拔剑在手，就要把他砍成肉泥。

李成空一言不发，如星星般闪烁的双眸静静地看着古平原，神态不怒自威。古平原不知不觉中松开了手，却依旧是双目回瞪着李成空。

"顺天义黄文金！"李成空忽然喝了一声。

"属下在！"应声而出的一员战将双手抱拳，单膝跪倒听命。

黄文金，就是那个曾经在祁门包围曾大帅，差点将其活捉，又攻陷湖州府，生擒团练使赵景贤的逆匪黄老虎？古平原不禁多看了他两眼。

"本王命你暂代中军指挥一职，直到本王返回。记住，我不在军中的消息绝不可走漏半点风声。"

"属下遵命！"黄文金站起身，"王爷，你带上王府护卫五百人再加上一个火器营，应该万无一失了。"

"你没听见本王方才的话吗？激战正酣，此时战场上不能抽离一兵一卒。"

"那您……"

"不能因为私情坏了大泽军的大事，救王妃的事，我一个人去。"李成空斩钉截铁地说。

一言既出，满帐的人都惊得呆住了。

"放心，本王的大好头颅还要留着打进京城时喝一杯得胜酒，不会就这么交给清妖。"李成空见古平原一路上忧心忡忡，豪言笑道。

古平原瞥了他一眼。李成空的确是个值得佩服的人，叛军里有这样的人物，而不能为朝廷所用，是大清的大不幸。如果生于平安之世，又没有白依梅的事情夹在中间，古平原倒是很愿意交这样一个朋友，但是如今两个人能联手把白依梅救出来就是万幸了。

"你不要大意，押送的衙役足有七八个人，个个都有刀枪，再说万一他们临时加调了人手，那就更不好对付了。"古平原提醒着。

古平原不幸言中了！皋台衙门的捕快头知道烈王妃是重犯，于是用了重铐枷锁和特大号加固的囚车木笼押送。这还不够，他一个捕快不够资格调动绿营，却把歙县的捕快班全都调了来，一起押送白依梅上省。

四十几个差役押送一辆囚车，车里还是个弱质女流，出县城的时候看热闹的老百姓围得人山人海，直到十几里外才渐渐散去。捕快头一路上小心在意，走到了南岭赤松林，见两旁都是参天古木，一条羊肠小道弯弯曲曲通往前方，心里面直犯嘀咕，盼着赶紧走出山林，到了官道上就安全多了。

这时就听踢踢踏踏，前面有马蹄声，捕快头的心一下子悬了起来，但很快就放下心来，来的只有一匹马，看样子是个过路的。

事情偏偏就不是他想的那样。就见这匹马走到近前十步远的地方停了下来，马上人望了一眼后面囚笼里的白依梅，冷冷看着眼前这群差役，一动也不动地挡在路中央。

"哎，你眼瞎了不成，看不见衙差办案吗？赶紧把路闪开！"捕快头没好气地说。

"衙差？哪一国的衙差？"这人不慌不忙回了一句。

这句话一说，顿时引来了差役们的注目。

捕快头再仔细打量了一下眼前这个人，好面熟啊？特别是眼下两块疤……捕快头心头闪过一个人，吓得心里忽悠一下，试探着问道："你、你究竟是什么人？"

"大泽军中路主将，烈王李成空！"

一句话算是炸了营，差役们吓得腿肚子都转筋了。李成空，那是连清军第一悍将鲍超都不敢轻撄其锋，曾大帅恨得咬牙切齿却又奈何不得，只能蔑称其四眼狗以泄愤，竟就是眼前这人。

逆匪十逆的画像悬赏全国，他们都见过李成空的画像，此时越看越是，特别是眼下的伤疤更是明证。

"你、你想干什么？"捕快头哆嗦着还算能说出一句话来。

"放了囚笼里的女人，饶你们不死。"李成空始终气定神闲。

"嘿，你也不看看我们这儿有多少人……"

捕快头话没说完就被李成空打断了，"你这清妖，真以为本王是一个人轻踏险地吗？"

话音未落，一旁的树林里，传来窸窸窣窣的声音，看样子是有埋伏，而且人数还不少。捕快头脸色变得惨白，李成空带来的自然是精兵强将，自己这几个衙差，还不够人家填牙缝的呢。

这帮人吓得体若筛糠，树林里的古平原见此情景放下了一大半的心。李成空要孤身犯险，古平原只得想了一计来帮他。他从经过的市集买了一百只鸡，把鸡喙扎上，翅膀捆好，用一根绳子绑住腿倒吊在树枝上。趁衙差的注意力被李成空吸引，古平原把一袋小米撒在地上，又用刀割断了鸡翅膀上的绳子，那些鸡饿得久了，看到小米，不顾一切地扇着翅膀，带动树枝如同千百伏兵在树林里一样。

捕快头的脚步不由自主地就往后挪着，其他人有样学样，都在悄悄往后退，这时候只要有个人撒腿而逃，余者必定涣散。怎料就是这个时候出事了，有一只被倒悬着的大公鸡挣得用力，鸡喙上的布带脱落，咯咯一声长鸣，把那些衙役吓得一哆嗦。

"鸡？"捕快头情知有异，转念一想，李成空，可是朝廷悬赏十万两的要犯，这人要是抓到手，后半辈子荣华富贵唾手可得，这样的机会一辈子不见得有第二回，真正值得一拼！

想到这儿，他胆子壮了起来，咋呼着大喝一声："弟兄们，别被这逆匪逆匪唬了去，搞不好他就是一个人，围住他！"

有人指挥，又看树林里并无逆匪冲出来，四十几个衙役胆子都壮了起来，大呼小叫一拥而上，把李成空围在中间。

李成空毫无惧色，缓缓拔出一把雪亮的长刀，一蹬飞虎蹬，左手执缰，右手左右砍杀。他这匹马是久经沙场的神骏，跟着主人出生入死，眼下被包围了，这马也是镇静自若，不时一个飞踢，正中从后偷袭的衙役面门。

但是一个对四十个毕竟是人数悬殊，李成空被里三层外三层围在中央。那捕快头看出破绽，大喊道："前面的用刀，后面的用枪扎，先把他的马放倒喽，人就好对付了。"

古平原听得心里一沉，知道这样下去，李成空绝对打不过这些刀枪在手的衙役，自己不会武艺，帮不上忙，眼下这些衙役都去围攻李成空，得赶紧趁机把白依梅救出来。他心里想着，脚下已然向囚笼冲去。

"嘿，这么多人打一个，要不要脸！"一声大吼之后，从另一边的树林里忽然蹿出一个蒙面大汉，手里拎着一根九节鞭，不由分说劈头盖脸对着衙役们就是一通猛砸。这个人的武艺居然很是高强，加上一根专破长兵器的九节鞭，呜呜抡开挂着风声，一扫就扫倒一片。

内有李成空，外有蒙面人，都不是好惹的，这些衙役毕竟不是当兵的，别看人多，论打仗可是乌合之众，勉强抵挡了几下就败下阵来，拖着地上死伤的同伴，慌不择路地四散逃开。

见他们跑了，那蒙面大汉啐了一口，骂道："孬种！"然后瞟了一眼从树林走出来的古平原，扭头就要往山上走。

古平原越看越是起疑，尤其是那声音，配上这副铁塔似的身躯，还有那根九节鞭，"黑塔兄弟！"他张口叫了出来。

这一叫，那蒙面汉子不走了，背对着古平原停下脚步。

古平原知道，这里太危险了，衙役们回去一说李成空在此，搞不好能把通省兵马都引来，得赶紧离开。他与李成空一道砸开木笼囚车，把白依梅救了出来。

在歙县大牢，乔鹤年暗中吩咐不许为难她，所以白依梅没受什么刁难。可是她一个弱女子，又是莲足，一双小脚就这一路上站在木笼里也够难受了。古平原看得心疼不已，把腰间的水葫芦递过去。白依梅喘息稍定，伸手推开那个水葫芦，"你用过的水器，我不能用。"说着她看了一眼李成空。

"可……"古平原急了。

白依梅看着他眼中的恋恋深情，知道此事若不做个了断，古平原这一生都别想好过，长痛不如短痛，不得不往彼此的心口扎上一刀，"我是个不孝的女儿，我爹的后事就只能拜托你古家了。"

"这何消说得，可是，依梅……"古平原的话再次被白依梅打断。

"古少爷！我是个有夫婿的女人，我的夫婿叫李成空，除了他，不能有别的男子叫我的名字，你听懂了吗？"

这句话像一记重锤砸在古平原的胸口，他晃了一下，呆呆地看着白依梅。

白依梅也是心如刀绞，避开他的目光，继续说着绝情的话语。

"女子三从四德，既是出嫁便要从夫，从今往后，我的事自然由王爷做主，不劳古少爷再操心动问。何况我是大泽军的王妃，你是大清朝的人，你我今后再不要见面，永远也不要见面了！"

"那我入大泽军！"古平原嘶声一吼，以往再难总算有个盼头，可要是说永远不能再与白依梅见面，那样的日子怎么熬得完。

白依梅凄然一笑，"别说傻话，回去替我谢谢伯母多年来的照顾。你……保重！"

说罢，她望向一直在旁沉默不语的李成空，对着他点了点头。

李成空策马上前，冲着白依梅伸出一只手，把她抱上马背，随后冲着古平原拱了拱手，掉转马头绝尘而去。

古平原欲哭无泪，傻傻地看着那匹马渐渐跑远，直到踪迹不见，白依梅始终没有回过头来看他一眼。

"古大哥，这儿可不能长待，万一官兵回来可就麻烦了。"身旁有人说话。

古平原无神地抬眼看去，那蒙面汉此时已经摘了面巾，可不就是刘黑塔嘛。

"黑塔兄弟，真的是你啊，你怎么会来了徽州？"刘黑塔随张日宇的西征军作战，被僧格林沁的马队赶入贺兰山中，谁知竟会在此出现。而且他明明之前生着自己的气，怎么忽又一口一个古大哥叫得如此亲热？

"这可说来话长。不过，嗐，我这人也不会说话，那女子分明是与你绝情绝义，大丈夫拿得起放得下，你又何必这样难过呢？"古平原那副失魂落魄的样子，连刘黑塔这个粗豪汉子都看得出来。

古平原苦笑一声，"我不难过，只要她能好好活下去，我比什么都欢喜。"

马蹄声还在山间回响，青梅竹马的恋人却已无从再见。古平原无限惆怅地最后望了一眼远方："走吧，先回古家村。"

"慢着！"刘黑塔见古平原不解地望着自己，指了指树丛里，"那里面还有一百只鸡呢，难道留给山神上供不成？"说着，还咽了一口唾沫。

回古家村的路上，古平原才弄清楚，刘黑塔跟着几个西征军散入贺兰山，原打算去河南集结，可是路上出事了。

"西征军本来是帮穷人打仗，没想到这几个王八蛋饿极了居然要抢穷人家的东西，白吃白喝不给钱还要抢钱，还把人家一对老夫妻打伤了。嘿！老子能干看着吗，就跟他们打了一架，然后各走各路。"

刘黑塔至此心灰意冷，觉得当西征军也没什么意思，于是一路回到燕门太谷。他经历了不少事，多长了个心眼，先不回家，找到当地乞丐细一打听，这才知道不久前王天贵被古平原设计打败，名下产业全数易主，眼下不知去向，常四老爹则在古平原的帮助下回了常家大院。

"既然是这么个情形，我就不忙回家了，反正家里一切都好，也没有需要我帮忙的地方。"刘黑塔担心自己当过西征军，可别被人认了出来，那又是抄家灭门的大祸，于是决定远走避避风头，过个两三年再回家，一切也就风平浪静了。

但是去哪儿呢？刘黑塔得知真相后，对古平原万分感激，同时自己错怪了人家，当时骂得那么狠，这个直肠子汉子此时想起更是愧悔。他听古平原说过家乡在徽州古家村，人家对常家有大恩，自己干脆到徽州报答一二，于是便一路找了来。

回到古家村，古平原要做的第一件事就是给老师办丧。他求得母亲的同意后，以一日为师、终身为父的古礼为老师披麻戴孝，从告丧、小殓、大殓、哭灵、烧落地钱，到请僧尼做法事，古平原是事必躬亲。

上祭之时，古平原一声悲恸，双膝跪倒，手死死抓着地面，伏地大哭，把这些年心头的委屈和不甘全都在泪水中宣泄出来，哭得是昏昏沉沉难以自抑，闻者无不落泪。一直到头七做完，古平原悲伤过度，再加上操劳伤身，终于支持不住大病了一场。

就在古家村笼罩在一片沉痛的气氛中时，远在潜口镇的侯二爷又动起了歪心思。

"东家，算了吧，这次已经撕破脸了，再往下可就没有和缓的余地了。"朱志怕侯二爷还要利用自己干什么缺德事，紧着劝道。

"就是因为破脸了，才更要干到底！"侯二爷把眼睛眯成一条缝，射出两道凶光，"他不是喜欢烧茶田吗？这次我让他自作自受！"

第三章

除　恶

1

"这条毒蛇不能不除了！"古平原躺在病床上，知道自家茶田险些被烧毁之后，他就下了决心一定要除了侯二爷这一害。哪怕不为别的，就算想到老师的惨死，这个仇也不能不报。

前来探病的乔鹤年沉吟着说："我听说这个侯二的舅舅是徽州茶商的前辈耆老，连巡抚都要给他三分薄面，你可不要打蛇不成反被蛇咬。"

"乔大人这话在理。老弟，你千万不要意气用事。像他这种人，迟早有天收。"郝师爷也说。

"不！"古平原决心已下，他这些日子病恹恹无精打采，此刻想到了向侯二爷复仇，这才觉得有了精神，"天要是不开眼，难道就任凭他作恶。不过你们放心，我不会草率从事，必定要拿他一个致命的短儿，打到七寸上这才好下手。"

送走了乔鹤年和郝师爷，古平原把弟弟找了来。

"平文，这半年来你照料杂货铺的生意，想必也认识了不少买卖人，眼下你去做件事，千万不要打草惊蛇。"

古平原安排弟弟先去打听侯二爷的生意。这事好办，几天之后古平文便有回音。

"他家的茶比别家的价格要低上两成，所以卖得非常好，遥西边地那边来的客商几乎都被他收拢了过去，这也是他最主要的生意。"

"低了两成？这可不是小数目啊。他每年出货的物量是多少？"古平原听了弟弟报的数，心算一下，疑惑道，"他是卖得不少，可就算是薄利多销，按这物量来算，和那减下来两成货款基本上是打了个平手,以侯二的贪婪,怎会做这费力不讨好的买卖呢?"

"这……我就不知道了。"古平文摇摇头。

古平原忽道:"莫非他是在茶叶上做手脚?"

"不会吧,以次充好那是茶商的大忌讳,他敢吗?"

"不见得不敢,这样,你去他店里把几种茶都各买一些回来,我们看看再说。"

等古平文买回侯二爷的茶,他们并没有发现蹊跷的地方,这下子古平原也摸不着头脑了。坐回椅上,古平原揉了揉太阳穴:"此人心术不正,一定不会按正路发财,现在看来他的生意没什么毛病,这真是不好办了。"

"是啊,他就是靠卖茶叶赚钱,价格是明摆着的,茶叶我们也看过了,都没问题啊。"

古平原冷笑一声:"可我怎么也不敢相信他会是个童叟无欺的商人。你再给我说说他家的生意。"

"主要是本地零销和大宗卖给遥西边民。侯二爷手里握了一大票的茶引,所以能卖很多茶到遥西边地。他在本地主要卖松萝和毛峰,卖到遥西边地的大多是屯溪绿。"

古平原接口道:"屯溪绿里也有好茶,但整体而言比不上他在本地卖的茶叶。遥西边民嗜食牛羊肉,不大吃蔬菜,他们喝茶主要是为了消化克食,倒不太在乎茶叶的品质。"说到这儿,他猛地站起身,倒把弟弟吓了一跳。

"我知道了,他一定是在卖到遥西边地的茶叶上做了手脚。在本地他不敢,因为这儿会品茶的人太多,可遥西边地就不一样了。"

古平文一听之下也大是兴奋,但随即说:"那可就不好查证了,卖到遥西边地的茶都是制成茶砖,打包捆好,到遥西边地才卸货。"

"笑话,打了包就不能拆包吗?你沿着遥西边地客商走的路线,到镇外的货栈去,用双倍,不,三倍的价格买他们一包茶。天下的商人都一样,没有哪个会眼睁睁放着三倍的纯利而不去赚。"

古平原这次又猜对了。很快侯二爷卖给遥西边地客商的一些茶砖就被古平文顺利带了回来,兄弟两个挑开茶包,将茶砖打碎揉开,倾倒到桌上仔细验看。

"大哥,你看这片叶子,这……不太对吧?"古平文眼尖,拈着一片茶叶犹犹豫豫地问。

古平原接过来细一瞧，倒吸了口凉气，也不多说，将这片茶叶放在一边，有样寻样继续挑拣。这下子他似乎心里有了谱，不多时就拣出了一小堆。

"你再看看。"古平原指着那小堆茶叶对弟弟说。

古平文握了一小把，看了看，又嗅嗅，不敢肯定地说："我觉得有些不像屯溪绿，可是又说不准，这香气可确实是屯溪绿啊！"

"没错！"古平原确认了，愤愤道，"这些不仅不是屯溪绿，而且根本就不是茶叶！"

"啊！"这个古平文可是万万没有想到，原本以为只是以次充好，没想到连茶叶都不是，"那，那这是什么？"

"泡开来看。"

等在杯中一泡开，就看得更加明显了，果然叶片的边缘与茶叶有明显不同。

"这是半文钱一大筐的槐树叶，修剪后炒青，乍一看和茶叶差不多。"古平原一语道破，"真是钱迷心窍！我说他为何要廖师傅研制将屯溪绿带上松萝的香气，根本就是移花接木，从一开始就是要用槐树叶来冒充屯溪绿，只是怕直说了廖师傅不肯帮他，才撒了个谎，得到了将叶片染香的方法。"

"难怪他敢用低两成的方法来卖茶。"

古平原吐了口气："他也不敢全卖槐树叶，而是掺着卖，你看，他大概掺了三成左右，就这样，也足够他大赚一笔的了。"

"这侯二爷的心也太黑了，大哥，咱们怎么对付他？"古平文也气得够呛。侯二爷压价，等于霸占了遥西边地茶路，而且用的又是这样卑鄙的方法。

"我去找乔大人。哼，他不是有个在巡抚面前能说上话的舅舅吗，这一次，我非当众掀开他的王八盖子看下水不可，哪怕他舅舅是玉皇大帝，也保不住他！"

听了古平原的计划，乔鹤年与郝师爷都点头称妙。乔鹤年道："这么一来，迅雷不及掩耳，在众人面前把他的奸商面目揭穿，到时候县里面动公事，没收他的茶引，谅省里也说不出什么。不过此时我不宜出面，就让郝夫子陪你演上一出好戏吧。"

郝师爷面带笑容，不住点头，"古老弟的事儿，我自然效劳，何况是这么一出好戏。"

"这个侯二，今后别想再在徽州商界立足！"古平原的声音里带着一股杀意。

乔鹤年和郝师爷对望一眼，都知道这一次侯二爷是真把古平原惹火了。

2

三日之后的大清早，侯二爷的茶庄外来了一位康巴客商，一进门点着名就要装车两千斤的屯溪绿。

"哎哟。"朱志知道来了大主顾，"爷，您先等着，容我去找掌柜的来跟您谈。"

"快快地去！"康巴商人操着不流利的汉语不耐烦地说。

"是、是。"朱志撒腿如飞跑了两条街，赶到侯二爷的私宅。

侯二爷正在院子里逗鸟，一听来了遥西边地大客商，笑得眼睛眯成一条缝，赶忙跟着朱志来到店铺。

他倒是通两句当地话，与来人简单交谈了几句，然后对着朱志使了个眼色，把他叫到一边。

"是头肥羊！"侯二爷张口就道，"妙的是他不是专门贩茶的茶商，听那意思是到此地做生意赚了一笔银子，想顺道带茶叶回遥西边地去卖。"

朱志跟着侯二有年头了，一听这话里的意思就猜了个八九不离十。

"您是说反正他也不懂茶，又是一锤子买卖，干脆……"

"干脆来个大的。咱们库房里不是有一批对半掺吗？我说先可着三七掺卖，等来了瞎蒙雀儿再卖出去，这不是就来了嘛。"侯二爷得意地笑笑。

"明白！"朱志一哈腰，径直去找康巴商人办交涉，看样子谈得很顺，没一会儿就兴高采烈地指挥着众伙计从后院库房里往店铺大堂搬茶包。

此时在茶庄里，有两个人假装看茶，暗地里却一直在留意这边的动静。这二人正是古平原与郝师爷，他们打扮成市井小民的样子，店伙计的目光又都落在康巴商人身上，别说注意，就连招呼他们的人都没有。

其实这康巴商人是郝师爷从邻县来做买卖的遥西边地商队中雇来的一个小伙计，挑的就是那股子聪明劲儿，装起大客商来有模有样，看样子已经唬倒了侯二。

古平原虽是漫不经意地依次看着店里摆出来的茶叶，眼角余光却一直扫向侯二爷。下一步才是关键，果然朱志挠着头奔侯二爷走来。

"掌柜的，他把银票都拿出来了，可突然说非得要在茶包上打上我们茶庄的戳子。"

侯二爷一皱眉："你没告诉他，本店销往外地的茶包一概不打印记。你就说这是因为我们的茶卖得便宜，怕本地茶商知道了不依。"

朱志咧着嘴说："您教我的这套说辞我一直拿来哄那帮遥西边地客商，可这个康巴人是头犟驴，怎么说都不听，非要打戳子，不然就收银票走人了。"

侯二爷听了一时作声不得，他不愿在掺了假的货物上打自家戳子，怕的就是万一出事，有个腾闪避让的退路，可眼前这笔买卖的确馋人，究竟做还是不做呢？

"怕什么！"他心中暗想，"这是一锤子买卖，再说我已经卖了那么多，也从没有哪个边地人能识破。"

他心中这么想着，却不在伙计面前直说，只道："也罢，这是今儿开张第一份买卖，搅黄了不吉利，就按他说的，打戳子！"

朱志心中隐隐觉得有些不妥，但也是图省力，怕再把这堆小山似的货物搬回库房太麻烦，于是咽了口唾沫，什么都没说。

打戳子简单，不多时地上的茶包就都打上了侯记茶庄的戳号，这下子康巴商人才算是满意，交了货款，领了货单。他的大车就在店门口等着，茶庄伙计便依次将茶包搬运上车。

侯二爷站在茶庄大堂里，笑呵呵地看着伙计们装车，心里盘算："一千斤的茶叶卖了两千斤的价儿，嘿嘿，妙，妙极了。这么着，到了年底我还能再娶一房姨太太，府城里春香楼的小红就不错，嘿嘿嘿！"

他正在想美事儿，忽然从旁边走过一人，一拱手："侯二爷，请了！"

侯二爷猝不及防吓了一跳，定睛一看才认出来，正是那个让他恨得咬牙切齿的古平原。古平原也不客气，话中有话道："看来侯二爷的买卖好得很，大清早就卖了两千斤的茶叶，再使把劲儿，别说茶叶了，就是街上的树叶也都叫你卖光了。"

侯二爷心里有鬼，听了登时脸色一变，刚想说点什么，就见门口一阵大哗。

"方才忘了件事。"只听那康巴客商拽住大伙计的手腕，方才还笑眯眯的脸突然扳了起来，呵斥道，"我要验货！快把茶包拆开。"

"啊？"茶庄的伙计们都是一怔，验货可以，但都是付货款之前验，验的也都是茶庄里拿出来验不出毛病的货，从来就没听说过交齐了银子，把货装上车再验的事儿。

朱志脑门上的汗都下来了。侯二爷三步并作两步赶了过来，一张口就是："不能验！"

"为什么不能验？方才我忘了，这才要现在验。而且我已经交了银子，这批货是我的了。"康巴商人扬了扬手里的货单，大喝一声，"我想什么时候验就什么时候验！"

侯二爷的茶庄设在镇上最繁华的街里，街坊四邻看见有热闹，又是"油二爷"

的买卖，谁不要过来瞧一瞧，眼见着已经聚了一大帮的人。

侯二爷脸上的汗珠子也落了地，他急中生智，叫道："这是买卖街，你要当街验货，挡了人家做买卖，官府知道了怪罪下来怎么办？不能验！"

虽然强词夺理，却也有一番道理，茶庄伙计们听掌柜的这么说，也跟着起哄。忽听一人声音不大却清晰可闻："我倒是觉得验一验不妨吧！"

人随话到，正是郝师爷。他半年前来镇上视察过城防，百姓多有认识他的，此时不禁议论纷纷。

侯二爷眨眨眼，眼珠转了几圈，看看打起官腔的郝师爷，又看看旁边冷冷望着自己的古平原，眼光再扫向茶包上的侯记戳印，身上忽地打了个寒战。

"我，我不卖了，我退银子。"侯二爷知道中了圈套，颤声道。

"侯二爷，没收银子之前你可以说不卖，这收了银子，货就是人家的，你说不卖就不卖了？王法、道理，都讲不通啊。"郝师爷不紧不慢地说。

"这、这，郝师爷，您借一步说话。"

"不必了，等验了货我自然要讨一杯茶喝。"郝师爷扬起脸看都不看他。

"别废话了。"康巴客商从腰间嗖地抽出一把精钢所制的短刀，二话不说就挑开了一包茶包，茶庄伙计再想拦已经晚了。

啪的一声，一块茶砖在地上被摔碎，古平原快走两步，弯腰捡起两块碎茶，在手中揉开，只扫了一眼，就平摊双手向前一捧。

"大家请看，这是茶叶吗？"

围观的有不少都是做茶叶生意的买卖人，再说徽州盛产茶叶，就没有几个不喝茶的，此时围拢过来一看，都是大吃一惊。

"呦，这不是屯溪绿啊！"

"可不是嘛，看着像，闻着也像，但的确不是。"

"那这是什么啊？"

侯二爷的脸早就绿了，此时蹿过来，一掌打落古平原手中的茶，恶狠狠道："这就是屯溪绿，是新种，谁敢说这不是？"

碍于侯二爷平日的霸道，他这一发威，还真镇住了众人。就在大家小声嘀咕的时候，人群外有人说道："让老朽来看一看。"

众人一闪，一个少年扶着一位老者走了进来。

这个人大家都认识，因为他在徽州地界实在是太有名气了。

"廖师傅！"

"不敢当，我想当着大家的面儿验验这茶，不知诸位信不信得过我老头子。"

一个茶店的掌柜应声道："说到茶，要是信不过廖师傅，那还能信谁啊！"

"说得没错！"大家群起响应。

侯二爷本想阻止，眼见众怒难犯，愣愣地站在一旁。

廖师傅从地上抓起一把茶叶，掂了掂，用手指拨了两下，不屑地冷笑一声，将茶叶丢到地上，仿佛是怕脏了手似的双手拍拍。

"诸位，今日这茶我不敢妄评，因为廖某人一辈子只评茶，却从没评过槐树叶！"

"啊！槐树叶？"立时间整条街都轰动了，人挨人，人挤人，都在往侯记茶庄前挤。

"不错，正是槐树叶，大家要是不信，可以亲自验证。"古平原大声道。

街上众人纷纷捡起碎茶砖，仔细看去，这一被说破，人人都认了出来。

"没错，是槐树叶！"

"把树叶当茶卖，这可太坑人了！"

郝师爷一面安排镇上的地保维持秩序，一面命他带来的衙役到茶庄里搜检，不多时，衙役来报。

"后面有间仓库，里面堆的都是槐树叶。"

郝师爷点点头，望向脸上油汗直淌，早已堆歪得不成人形的侯二爷。

"侯二爷，请吧，到知县衙门去一趟，这官司有得你打了。"

侯二爷抬起无神的眼睛，正对上古平原那双冷似寒川的双眸，他不禁一激灵打了个冷战。

"此事一出，不会再有任何人和他做生意了。侯二库房里的那些毛峰、松萝、屯溪绿，还有那一大堆的槐树叶，就等着堆在那里发霉吧。"郝师爷吸了一口旱烟，笃定地说。

"廖老师傅，这个，您请收好。"古平原脸上笑意盈盈，将一份书简隔桌递了过来。此刻他与廖师傅、郝师爷都在知县衙门的签押房中，侯二爷的案子刚刚审结，他们作为证人还未离开。

廖师傅本在捻须笑着，一见问道："这是何物？"

古平原也不卖关子："乔知县秉公明断，将侯二这些年所发不义之财统统罚没，这是老师傅那家茶店的店契。"

廖师傅沉默下来，将手掌放在书契上轻轻拍了两下，许久没有言声。

古平原与郝师爷对视一眼，知道老人家心中感慨，为了免除那一份尴尬，二人故意将话题岔了开去。

"我说老弟，这一次可真是大快人心，铲除了侯二这一霸，今后茶农与茶商的日子都好过多了。"郝师爷叼着旱烟袋，眉飞色舞地说道。

"不查也不知道，他竟然掌握着两万多斤的茶引，这些年使着卑鄙的手段也不知逼垮了多少小茶商，才能霸占来这许多的茶引。"

"要不怎么说钱迷心窍呢，他要是知道进退，光是这些茶引就够他一辈子吃香喝辣，还要做假茶，哼，真是自寻死路！"

"不知那些茶引今后会归到哪家名下？"

"这我也不知，按规矩罚没的茶引应该是发还官府重新分配吧。"

二人正唠着，听差康七走了进来："郝夫子，大人请您去呢。"

"哦，老弟你陪着廖老先生且坐，我去去就来。"

郝师爷一去，廖师傅便叹了口气，古平原不解问道："老先生，方才还在笑，如今为何叹气？"

"笑嘛，是笑那侯二自速其死。叹气则是叹我真的是老了，辨不清好人歹人，明明是心怀叵测之徒，偏偏去帮他制茶，明明是古道热肠之辈，却将其拒之门外，这岂不是是非颠倒了吗？"

"老人家过奖了。"

"你这个后生，通茶道，懂茶理，最难得的是没有被铜臭蒙了眼睛。要知道，茶性易染，心怀贪念的人从来不能做成茶叶的大生意，而像你这样的人做茶商实在是再合适不过的了。"

古平原被廖师傅的连番夸奖弄得有些不好意思，刚要说话，就见郝师爷急匆匆赶了进来，一进门就大声道："古老弟，大喜、大喜！"

古平原一愕，站起身："郝大哥，此言何意啊？"

"方才户书跟大人回，侯二霸占的两万斤茶引真正在他名下的只有三千多斤，其余的都是顶引，即使想要缴回藩司衙门，也是无由可稽。所以大人的意思，问你有没有意愿接手这一万多斤的茶引？"

好事从天降，古平原一时竟不敢相信，喃喃道："一万多斤？郝大哥，你且容我想一想。"

他坐下定了定心神，要说古平原内心对此事真是求之不得，一万多斤的茶引意味着他一跃而成为徽州数一数二的大茶商。但茶引只是买卖茶叶的资格，要是没本事的茶商，反而会受过多的茶引之累，因为每一道茶引后面都跟着不菲的税额，赚不到钱变成白白贴税，到时候茶引越多，税费越重，甚至破产抄家都有可能。

古平原想了半晌，抬头问道："郝大哥，请问什么是顶引？"

"这个我清楚。"廖师傅抢先答道，"所谓茶引，就是一张纸卷，分为上下两截，上面一截交给茶商作为买卖茶叶的资格凭证，下面一截留给藩司衙门作为存底。至于顶引，则是将别人的茶引买过来，引上的名字不改，但买卖茶叶的资格却归了自己。像侯二嘛，他多出来的茶引却不是买的，而是将小户茶商逼得走投无路之后硬占过来的。"

"原来是这样。"古平原听了默默点头，见乔鹤年走进了签押房，他毅然起身道："鹤公，这批茶引我不能要。"

乔鹤年原以为这个礼在古平原是大喜过望，没料想他却不要，脱口问了句："为什么？"

"小门小户做生意不容易，被侯二霸了茶引就等于绝了一家的口粮，现在难得遇到这么个机会，就请鹤公把茶引一一发还他们吧。"

郝师爷听罢，仿佛从不认识似的上下打量着古平原，猛一伸大拇指："罢了，老弟，这下我是真服你了。要说惩治侯二，老哥哥我使把劲儿大概也能做到，可这么大个发财的机会送到眼前，要说推出去不要，嘿嘿嘿……"

"君子爱财，取之有道。"廖师傅不住点头，一拍大腿站起身，"后生子，你家的茶田在哪儿，带我去看看。"

"廖老师傅，您这是？"古平原又惊又喜。

"去帮你制茶。"廖师傅大声说着向外走去。古平原与郝师爷相视而笑，赶紧跟了出去。

3

"鹤公，这点银子你必定有用处，还望收下才是。"古平原把一个钱夹放在桌上，轻轻一推，递给八仙桌另一侧的乔鹤年。

古平原这天抽了个空到了水路巡察使的驻所，却赶巧遇到江上粮船撞了兵船，兵大爷脾气火暴，漕帮的水手也不甘示弱，乔鹤年正为了调解而忙得不可开交，直到日头落西方才擦着额头的汗进了官厅。

所谓的官厅不过是间征用的民居而已。乔鹤年是北边人，不耐南方酷热，命人在四面墙上都打了孔窗，蒙上一层薄纱，又别出心裁引来江水在瓦房左右和后面挖出池子，只有前面留着通路，一番布置居然宛若水榭，清凉宜人很是别致。

"难为鹤公想得到，真是近水楼台先得月，这片江水环绕的水榭只怕连巡抚大人也要嫉妒三分。"

"黄连树下弹琴——不过苦中作乐罢了。昨日我送两淮盐政使过境，去拜会徽州知府孟大人，人家的签押房里用火盆在四角吊着冰，化了再换过，那才是神仙。"乔鹤年说着接过钱夹，打开一看不免动容，"这真是厚馈，平原，我实在受之有愧。"

"平记的生意最近蒸蒸日上，归根到底是鹤公帮忙，吃水不能忘了打井人。"说着，古平原往前凑了凑身子，"我听郝老爷说过这水道上的事儿，想必这两个月也闹了亏空吧，若是依旧在过往船只上加厘金，岂不是步了前任的后尘。"他看了一眼钱夹，"鹤公放心，这笔开销平记还承担得起，绝不让鹤公为难就是。"

乔鹤年眼睛一亮，"既不扰民，又能办差，若真如此，我这个官儿就好当了。"

"鹤公，你晓不晓得，歙县的知县大老爷乌纱顶戴被撤了。"

"也是昨日去知府衙门才知，我这个替罪羊没有杀成，自然要另寻一只来杀。"乔鹤年语气平淡，心里却不平静，与古平原两人互视一眼，发觉彼此想的都是一件事。

"眼下还谈不到，我刚被派差没几日，尚无功绩可言，何况一省的候补官不知有多少人想谋这个位置，眼下布藩台让县丞暂时署理，心里打的主意不问可知。"乔鹤年汲了一口江心水，摇了摇头。

平记为乔鹤年凑一笔应付往来官船的银子已经是颇为吃力，若说还要筹钱到藩台衙门去打点，实在是心有余而力不足。古平原一时也无法可想，官厅里立时沉默起来。

"平原，你也不必为难，老实说花钱买缺的事儿我没什么兴趣。"乔鹤年先开了口，接着又把话转到古平原关心的事情上，"眼下有一笔生意，是个赚钱的机会，就不知你有没有兴趣。"

"鹤公说哪里话，赚钱的生意我自然有兴趣，就不知是哪一路的财？"

"说起来，这件事实在是积德行善。"

消息是新安江上的水手带来的。自从大泽军的誉王李誉率军攻陷浙江首府杭城，巡抚以下的满城文武几乎死伤殆尽，为朝廷平逆匪以来最为惨烈的一仗。上有天堂，下有苏杭，杭城人已经百年没有遇过兵事了，又在江南最为富庶之地，家里藏有万金的没有一千也有八百，逆匪这一来为了保财更为了保命，不能不扶老携幼地逃亡，可是又舍不得离开家乡太远，于是边逃边观望，发觉逆匪追得不紧，逃到杭城城南边一处名为天外天的山林便停住了。

"杭城城陷已然一月有余，听水手说，逃到天外天的人饿得连耗子窝里的食儿都刨出来吃了。"

"鹤公是指点我到那里去卖粮？"古平原听明白了。

"卖粮？如今你就是挖些草根儿去，到了那里也不愁卖的。只是逆匪近在咫尺，你可有这个胆子？"

古平原最不缺的就是胆子，他知道商机不可失，特别是这种生意，机会更是转瞬即逝，于是让弟弟在潜口镇上的磨坊里定做了几百斤的白面肉馍馍，同时在江上渔民手中购得了一批咸鱼干。接着花重金雇来几个敢收钱卖命的壮汉，连同几辆独轮车一起上了一条回空的粮船，沿新安江、富春江一路往东，直奔杭城城边。

天外天原本就有一侧通着江边，下船之后几辆独轮车吱吱呀呀，不多时就影影绰绰地看到许多人影。等来到近前一看，古平原心里打了一个突，这哪里还是人，分明是一个个饿鬼，饿得皮包骨，一副竹架子上撑着衣服而已，看那走路直打晃的样子，只怕随时倒在地上一命呜呼。

古平原指挥着几个伙计，将独轮车推到人群中，然后掀开其中一辆车上蒙着的油布，馍馍散发出的香气顿时把这些灾民的眼睛都吸引了过来，人也不由自主挪着双腿凑了过来。

江南人物的俊雅知礼此时方才显得分明，如此情形下，居然还有一位老者上前勉强一揖，张几次嘴才发出声音，"这位小哥儿，敢问你这馍馍可是卖的？"

"是。"古平原担心他跌倒，伸手相搀。

"那，一个馍馍要多少钱？"

这个问题临来时古平文和乔鹤年都问过，古平原却一直没说，此时他回身拿过一个采茶用的背筐放在地上。

"各位看着给就是，实在没钱，白吃也行。"

谁也没想到是这个卖法，跟来的伙计都睁大了眼，心说这位古老板真是疯了，甘冒奇险运来粮食，要个天价也不过分，居然说什么没钱白吃也行，敢情是来做善事的。

这些人彼此看看，一时间都有些不知所措。那老者看样子似乎是杭城城中的耆老，定睛看了看古平原，又问了一句："你这粮食是从什么地方运来的？"

"徽州，沿新安江而来。"古平原老老实实地说。

老者点了点头，"那可不近哪。"一边说，一边伸手过来，在独轮车上拿起一个白面馍馍。

伙计们心想，看见没有，有一个白吃的，就算开了头了，谁都不给钱，那咱们这趟连水脚钱都得赔进去。

咣当一声，只见老者拿了馍馍，然后往筐里丢了块东西，颤巍巍走开了，边走边咬了一大口馍，馋得边上众人直咽唾沫。

一个伙计好奇地探头往筐里看去，吓了一跳，一块不下十两重的金子正躺在筐底。

十两金子就是二百多两银子，比这一趟进货的本钱还多，伙计看得眼睛都要鼓出来了，再看古平原的脸上也有一丝讶异，却是一掠而过。

有人第一个掏钱，后面的人便有样学样，有往筐里丢元宝的，有丢银票的，还有丢首饰细软的，不多时筐里的银钱珠宝已经冒了头，独轮车里的馍馍却还没见底呢。

伙计们早就看傻了，这一趟何止是一本万利。古平原心里也暗暗吃惊，他想过一旦到了天外天，这里若有明白事理的人，一定会出高价买走这些馍馍，但是没想到杭城城的富户这么有钱，出手这么阔绰，这一趟真是赚得盆满钵满。

"年轻人，你这一趟可发大财了。"那个老者吃饱喝足，神态也从容下来，笑呵呵地看着古平原。

"老丈，我说实话，临来时没想过赚这么多。"

"肯说这句话，足见你是个诚信经商的人。那你知不知道，你说了可以白吃，我为什么还出手就是十两金子？"

"这些馍馍顶多就够这里的人吃上三天，您怕我三天之后不来，那您就还得挨饿。"古平原想都不想就脱口而出。

"所以就算你真的慷慨大方，我们也不敢白吃你的。"老者眼里笑意更浓。

古平原略有些不好意思地笑了。

"可是你知不知道我为什么一出手就给了十两金子而不是一两呢，就算是一两也不少了，你下次还是会来。"

"这……乞道其详。"古平原一时被问住了。

老者用狡黠的目光看了看旁边正在交头接耳的伙计，"因为我要他们把这个事传扬出去，知道的人越多，今后运粮食来卖的人也就越多，彼此竞争，不必讲价，粮钱自然就降了下来。所以看起来这第一次我们吃了大亏,不过下一次,下下一次,我们花的钱会越来越少,通扯起来还是不吃亏的。"

古平原这才恍然大悟,心里暗自咋舌,杭城人不愧有杭铁头之称,困厄之际犹不失本色,自己今后与浙商打交道,还真要留神在意。

这时旁边一个木棚里有人隐隐传来一声呻吟。"哟,把他给忘了。"老者赶紧拿了个馍馍走过去。

木棚里躺着个三十多岁的病头陀,衣衫破烂,面容瘦削,一张脸烧得通红,一看就是在打摆子,神志已经不清楚了。

"这是个游方僧人,前几日感了风寒,一下子病倒了。"看样子这个人要是再不用药,一条命很难保住。这里缺医少药,古平原心里暗暗记下,下次来时除了粮食,还要带些成药。

古平原从杭城赚了一座金山回来的消息像长了脚一样,没出几日就传遍了徽州。侯二爷听到这个事儿后,气得不行,把得力的大伙计朱志找来,嘴里连声咒骂:"这个姓古的王八蛋,当初坏了我的好事,我正琢磨着怎么跟他算账,这可倒好,居然让他借机发了这么一大笔财。"

侯二爷站起身在厅里厅外来回走了好几圈,忽然转过头:"你说那个姓古的是每隔三天去运粮贩卖?"

"是。"

"唔,你是不是有个嫡亲的大伯,叫朱老六,是个货郎?"

朱志奇怪地应了一声,侯二爷又道:"听说,他认识逆匪?"

朱志大惊失色,"东家,您明鉴,我大伯可绝不是乱匪,不过是有些小贪心而已。您放心,我这就回去跟他说,让他再也不可到逆匪那儿去卖东西。"

"你放心好了,我没有难为他的意思,反倒还想让他多赚几个钱。去,让你大伯晚上下灯后到我家来一趟。"说着,侯二爷脸上露出诡秘的笑容。

朱志跟着他有七八年了,一见便知道他没安好心,可是大伯的短儿在人家手里攥着,没奈何只得点头答应,甭管是谁要倒霉,只要别牵扯到自己身上就谢天谢地了。

"佛家师父,全靠了这位古老板帮忙你才捡回一条命。要不是他带了药来,早几日你怕就去见佛祖了。"那老者对从昏睡中醒来的游方头陀道。

头陀支撑着坐起身,怔怔地不言语,眼里空洞无神,像是没听见一样。

古平原这几日照料这个神志昏昏的和尚，他迷迷糊糊间往自己手里塞了一块玉佩，嘟囔着什么"人不能进祖坟，玉难道也不能进祖坟？"古平原不解，只得暂时把玉佩收了起来，现在看和尚醒了，他刚想把玉佩从怀里掏出来还回去，就听外面一个人大呼小叫连滚带爬地跑了过来。

"李誉派兵马来攻打天外天了。"

天外天里里外外此时乱作一团。古平原对那长者道："老太爷，这时候不能再念什么乡土了，要走得越远越好。"

话刚说到这儿，那头陀猛然起身，拿起桌上的利剪竟是向自己咽喉扎去，古平原大惊，还好头陀大病初愈体力不支，古平原又眼疾手快，这才一把将剪刀夺了下来。

"我死了，你们都能活！"那头陀挣扎几下没有挣脱，却喊了这么一句话。

古平原心下大疑，可是眼前的形势不容多问，让两个青壮汉子半拉半拽带着这头陀，自己领着大家直奔江边。

到了江边却是江滩空空，连一艘船也不见，却听到后面隐约传来喊杀声。就在大家急得心里如油烹般，就见从江湾处急速开出一条船，后面还跟着十几艘，为首的船头站着一个人，古平原一看便大喜过望。

这人正是乔鹤年！

"鹤公，你怎么来了？"古平原踩着跳板上了船，一下子把住乔鹤年的胳膊。

"方才巡河，听这边过来的船民说李誉派兵来打天外天，我知道你还在这边，就赶紧带船过来了。"

古平原只觉得心里热乎乎的，乔鹤年冲着船夫们下令，"先把人都撤到船上要紧。"

难民人数虽多，来的船可也不少，足够装上这些人扬帆远航了。乔鹤年若有所思，唤过一个船夫低声吩咐了几句。

古平原眼看装载着大批难民的船只都走了，唯有自己身处的这条船只是开出一箭之地便停了下来。

"鹤公，这是何意？再说为何江边还停靠一艘空船。"

乔鹤年稍显得意地一笑，"平原，你且看一出请君入瓮的好戏。"

不大工夫，就听马蹄声响，一队逆匪马队呼啸而来，马上都是健卒，各拽刀剑下了马，杀气腾腾直奔江边。古平原紧张地看了一眼乔鹤年，忽听从江边那艘空船里传来几声惊慌的喊叫。

"不得了，逆匪来了。"

"快跑，快跑，别管船了，逃命要紧。"

随着这几声喊，从那空船上跑出几个船夫，二话不说"咕咚"跃入水中，脚蹬手刨不一会儿便上了乔鹤年的船。

"开船，慢一些。"乔鹤年轻声道，随后又大声喊着，"你们这些杀才，怎么不快开船？"

摇橹的船夫也扯着嗓门回道："船上人太多了，摇不快啊。"

江面寂静，别说只一箭之地，就是隔着几里地，这般喊法也是听得清清楚楚。

那群逆匪里有个头领，见不远处这艘船慢悠悠果然是开得不快，于是领着人匆匆忙忙上了江边的空船，摇橹如飞直奔乔鹤年这条船而来。

不多时，两艘船已经快要碰上了，后面船上的逆匪却突然惊慌起来，也不摇船了，不知忙着在做什么。

乔鹤年往边上看了一眼，方才爬上船的那个船夫道："大人放心，他们此时来发觉已是晚了，堵不住的，非沉底不可。"

原来是在船上动了手脚，古平原佩服地看了一眼乔鹤年，提醒道："鹤公，抓活的更好，不然尸体沉江，谁也不知道是大人的功劳。"

乔鹤年点点头，命令停船。不多时后面那船进了一舱水，慢慢沉入江中，几十个逆匪手足乱舞，在江水里载浮载沉，几个船夫听要抓活的，跃跃欲试要入水擒人。

"再等一会儿，等他们淹得半死不活再救上来，免得上船之后再意图逞凶。"乔鹤年冷静地吩咐道。

古平原见那些逆匪一个个被拖了上来，知道事情已经稳稳当当办成了，于是趁乔鹤年安排人手看押人犯之时，他进入船舱去看那个头陀。

"你方才说'我死了，你们都能活'，这话什么意思？"古平原的疑问始终横亘心中。

头陀起初一言不发，后来见船舱里的人都出去了，这才把那面玉佩又递给古平原，然后合十一礼，"贫僧没出家之前有个谥号，叫愍烈。"

古平原吃惊得半天说不出一句话来。谥号是朝廷赐给大臣的身后荣仪，换句话说死了的人才有谥号，而且若按谥法，愍烈这两个字，均是用在阵亡的官员身上，眼前这个人究竟是何人？

"你看看那玉佩，是父亲给我们四兄弟每人一块，上面有我们的名字，意思是兄弟同心。"

古平原依言一看，果见玉佩上刻着"藩荃华葆"四个字，耳边又听那头陀的声音响起，"我叫曾国华，家中排名老三。"

古平原心思快，看着这块玉佩，想着这个名字，再看看打头的第一个字，不禁耸然动容，"难道说令兄是……"

"是。"曾国华点了点头，缓缓说着，"当初乱军之中误传死讯，朝廷得报赐了谥号，追授骑都尉，入昭忠祠受祀，入国史馆作传，而且赐了一块御笔亲题的一门忠义匾额，挂在湘乡老宅的正厅上。我养好了伤找到大哥，本以为死里逃生是件大幸事，可是大哥问我，难不成还要朝廷把这些厚恤都收回去，把那块象征着曾家荣耀的牌匾摘下来？那该是曾氏家族多大的耻辱！所以，从那往后，天下就多了一个无亲无故的苦行头陀。"

古平原听着听着，从心底一直寒到脚下，怔怔地问："那你就一直流落杭城？"

曾国华摇了摇头，"大哥派人一直把我送到安南，那里是异国蛮荒之地，我实在无法忍受，便偷偷跑了回来，三个月前才到了天外天落脚，原想着就这样隐姓埋名一辈子，可惜还是被逆匪知道了。"

"他们抓了你，就可以要挟曾大帅。"

曾国华一脸的苦涩，"我大哥是不会受人要挟的。不过逆匪抓了我，可以公诸天下，这样朝廷为了纪纲，也不能不治我大哥的欺君之罪，逆匪因此就去了一个最大的对手。"

"怪不得李誉急急派人来抓你。"

"抓住了，曾家也就完了，甚至这大清天下也要完了。"

古平原这才明白眼前之人身上担着这样重大的干系，他一时没想好下一步应该如何去做，曾国华却说话了，"古老板，你是个善心人，这块玉佩请你拿着，等到我大哥灭了逆匪的那一天，你帮我把这玉佩交还给他，葬入我在老家的衣冠冢。将来不论我死在何地，魂魄也会随着这块玉佩回到家乡。"

回到徽州码头，乔鹤年兴冲冲打算押解这批逆匪到省城的臬司衙门。古平原却把郝老爷请来，一番密议之后觉得这里面大有文章可作，请乔鹤年暂时把逆匪扣在码头，派了专人看管起来。

古平原与郝老爷分头行事。古平原将这次救出来的杭城人派车送往省城，特别嘱咐那些在京城里有亲戚的难民在路上写一封信到京报平安，自己负责找信客飞速送到京城。

浙江是文气最盛的一省，在朝为官的浙江老乡不知凡几，日日忧心家乡被战火蹂躏,好不容易盼来一个好消息,立时在朝野上下传扬开了。没过多少日子连军机处都知道了,却又不知详情,于是下文给安徽巡抚袁丁四,让他具文详禀。

袁丁四接到军机处的指示,也是一头雾水,正要命人去查,郝老爷代乔鹤年写的一封公事"恰好"就到了抚台衙门的签押房,文中详详细细记述了这一次的经过,只不过把被逆匪追杀改成了乔鹤年有意引逆匪上钩,一切都是计划周详的结果。

袁丁四这些日子被兵临城下的李成空压得抬不起头,军机处左一个申饬右一个命令,这个巡抚做得悖晦极了。此时自己的属下未伤一兵一卒,活擒李誉的亲兵几十人,真是极漂亮的一功,这一功来得正是时候。

不日之后,谕旨一下,所有此役有功之人皆有封赏:袁丁四指挥得当,赏穿黄马褂;乔鹤年亲临前敌,着加升一级,赏同知衔,遇缺先补。旨意里特别提到"越境保民"四个字,要天下督抚皆向皖抚学习,既有旨意,满心不是滋味的新任浙江巡抚李鸿章也不得不派人来向袁丁四道谢,因为被救的皆是他抚地的部民。袁丁四的脸上一扫阴霾,像飞了金般得意,决定好好酬庸乔鹤年一番。

"歙县是个大县,政务繁杂,且是一省税收的膏腴之地,一向由正六品通判任县令一职。我的意思是就由乔老弟以从六品补缺,至于水道巡察使一职,听说你一向应对裕如,官民两面的评价都很好,既然如此也不必另委他人,就由你一道兼了吧。反正老弟之才我已尽知,断无不胜任之理。"

袁丁四一句话,藩司衙门即行挂牌署缺,转过天来,乔鹤年便是歙县的知县大老爷了。俗话说得好,杀人县令,灭门令尹,一年前自己还是个穷秀才,如今却一跃成为省内一等县的县太爷,握着一县的生杀大权。乔鹤年看看自己身上的鸳鸯补子,头上新换的砗磲顶子,忽然觉得恍如梦中。

转过头看,古平原和郝老爷都在冲着自己笑,乔鹤年拱拱手,"这次的事情多亏了二位尽心,乔某感激不尽。"

"何必说见外的话,我自不必提,全靠了鹤公才能脱离险境,至于郝大哥嘛……"古平原瞥了一眼"老风流","他这几年一直在杂差上兜兜转转,还请鹤公栽培。"

"郝夫子于刑名上很是精通,我正打算借重长才,既然说到这儿,我想聘你做县衙的师爷。歙县是个大县,坐衙问案,管理民政,这水道上的事情我自然忙不过来,也请郝夫子帮我的忙,我下关书,委你做个水道协办。"

这也就是说,一份师爷的修金,一份协办的俸银,每个月稳稳当当一百两银子到手，再加上三节另奉的贽敬，这样也算是很宽裕了。郝老爷乐了，"多谢东翁，那么今后我就是郝师爷了，呵呵。"

"恭喜鹤公，恭喜郝大哥。"宾主其乐融融，古平原也为他们高兴。至于乔鹤年心里更是煲贴，能蒙天语嘉奖，而且特简提拔，乔鹤年只觉得在京里从宝鋆身上受的气，总算是出了一些。

4

恭亲王此刻正在和宝鋆生气。

他这几日心火甚旺，起因在于江南战事由利而转为不利，而归结到根上，起因就在自己的亲信户部尚书宝鋆身上。

江南大营与江北大营苦心筹划经年，眼看就要合拢围攻南都，剿灭逆匪老巢指日可待，就在此时，户部忽然断了各军的协饷。没有饷，别说打仗，能维持兵勇不哗变已是不易了。

曾大帅、李鸿章、左宗棠、曾九帅这些朝廷倚重的剿匪大臣急得如同热锅上面的蚂蚁，一个折子紧似一个折子地向京里催饷，见户部不理，又纷纷递私信到恭王府，主旨就是两个字——要钱。曾大帅的信中说得最是明白："竭力经营，图此一举，事之成败，唯关军饷。使其功亏一篑者，万死不足蔽辜。"这无异于在指着鼻子骂户部了，而谁都知道户部尚书是恭亲王的嫡系，这般扣着军饷不发放，只怕日子一长，难免有人会怀疑是恭亲王从中作梗。

然而恭亲王真的是不明白宝鋆为何要在这关键时刻卡官军的脖子，要说宝鋆与曾大帅还是同年，二人平素并无过节，怎么平白无故来了这么一出儿。

忧谗畏讥再加上疑惑不解，恭亲王一见宝鋆打外面进来，脸上还挂着漫不经意的笑容，立时就气不打一处来，哼了一声，转过脸去没有理他。

"卑职给王爷请安了。"宝鋆心思敏捷，是老话儿说的机灵鬼儿，一看见恭亲王面色不豫，马上笑嘻嘻地打了个千。

他与王爷在私邸素来是熟不拘礼，这一请安见礼，反成戏谑。恭亲王是动了真气，转回头质问道："你为什么扣着军饷不给湘军？你可知道现在江南战场上九转丹成在此一举。李誉已经从杭城拼命往北面打，要给南都解围，若是江南大营和江北大营不能尽快合拢，只要他过了宜兴，李成空在三河镇就会发兵响应，这两寇合兵一处，非把长围撕出一道口子不可。跑了王天红一干匪首，数年辛苦付之东流，到那时，别说朝廷，就是这些统兵将领也饶不了你！"

说着恭亲王颓然坐下，伸手去抓茶杯，一摸是凉的，气得扬手摔到门前台阶上，吓得伺候的青衣小厮连滚带爬地赶忙收拾。

他对宝鋆从没有这般声色俱厉，奇怪的是宝鋆也不害怕，不慌不忙地静听恭亲王发完脾气，从袖中拿出一本小册，放在书桌上，示意王爷看看。

"这是什么？"恭亲王边拿起来，边皱着眉头问道。

"我自去年接手户部，便开始盘账，南边打仗天天要钱，又不能封账来查，所以慢了，上个月查完，拢了个大概的数目，昨儿刚刚整理成册。"宝鋆一指那本子，"王爷不是问我为何不发饷吗？原因就在这册子里。"

恭亲王打开来，里面是自咸丰元年开始对逆匪用兵的整整十年的军费开销，以及国库每年的收入账。当然这不是细目，而是将每一年收入与支出的总账一一列明，同时写明国库余额。恭亲王心绪不佳，没耐心一行行地看，翻了几页便寻到末尾来看。

这一看不要紧，恭亲王手一颤，账册掉在地上，人却不由自主地站了起来，带翻了小厮刚奉上的热茶。

堂堂大清国的国库里，眼下就只有一百万两银子！

就算没有其他的用度，光是付给三十万湘军的军饷，一次就要一百五十万两之多，难怪宝鋆不给，就算是把国库搬空了，他也给不起，付不出。

"这是怎么弄的？"恭亲王好不容易定下神来。

宝鋆叹了口气："王爷，这还用问吗？军兴以来花钱如流水一般，再加上庚申年那一场大赔款，赔给英法两国一千多万两银子。虽说朝廷岁入三千万，那不过是浮收而已，真正到了国库的不到两千万，这么一来二去，可不就穷得见底了嘛。据我看哪，现在正是我大清立国以来最穷的时候了。"

"可这哪行啊，这么下去，打仗打不了，赈灾赈不了，就连官员的俸禄也发不出去，我大清岂不如同经商赔了老本，要、要……"恭亲王说不下去了。

宝鋆接道："要关张了。"

"唉！"恭亲王一声长叹，重又坐回椅子上，事情到了这个地步，他也不知如何是好了。

"可叹我朝自顺治年间便永不加赋，只能绝了从农田里打主意的念头，不过好在'士农工商'里还有一路财源。"

恭亲王听宝鋆话里有话，抬头看向他。

089

宝鋆走近几步，压低声音道："王爷，当官的有权，经商的有钱，我有一招，能从那帮阔佬手里抠出来个千八百万的。"

"哦？"恭亲王听了精神一振，"你有什么招数？"

宝鋆故作神秘地指了指桌上的茶杯："王爷，您最喜欢喝的是武夷山的大红袍吧？"

"你这是扯到哪儿去了？"恭亲王又是好气又是好笑。

"王爷稍安，听我慢慢说。这茶叶税是我大清税赋的重要来源，然而天下名茶虽多，却都是自卖自夸，谁排名天下第一，谁排第二、第三，从来没有定论。"

"那是自然，人皆各有所爱，岂有定论。"

"王爷此言差矣。"宝鋆摇摇手，"之所以没有定论，是因为各地茶商为了自己的利益，推崇不同产地的茶叶。要是朝廷肯出来说句话，那天下第一名茶的封号可就是块金字招牌了。"

"那又如何，不过就是个虚名罢了。"恭亲王还是不以为然。

宝鋆见他还没明白，只好把话点透："王爷，您知道这天下第一名茶六个字值多少钱吗？"他比了个六的手势，"不多不少，一个字一百万两，六个字就是六百万两。"

"什么！六百万两？呵呵，我看你是疯魔了吧。"恭亲王根本不信。

宝鋆一急，吐了实情："此事不假，京商就肯出这个价！"

恭亲王一怔，随即就明白过来了："这么说，是李万堂出的这个主意。"

"是他。"宝鋆见瞒不过，索性一兜子都说了出来，"那李万堂听说国库缺钱，自愿报效六百万两，所要的就是封京商专卖的茶叶为天下第一名茶。"

"他想怎么封？总不成要一道圣旨吧。"恭亲王想起上一次李万堂所说的"毫无请托"，脸上浮起一丝揶揄的笑容。

"李万堂想在京里办个万茶大会，将天下的茶商聚到京城，然后当众评出冠绝天下的十大名茶。"

"原来是这样，也算是心思独到。"恭亲王边考虑边慢慢点了点头。

宝鋆偷眼看了看王爷的脸色，慢慢说："这次评选若是要想有分量，能得到天下茶商和茶人的认可，那评判之人就必须是位高权重、一言九鼎的人物。"

"比如说呢？"恭亲王故意问道。

"嘿嘿，比如说王爷……"宝鋆大着胆子试探道。

话说到这儿，恭亲王已经把宝鋆的来意看得一清二楚了，想了想之后，假意怒道:"放肆,我以秉国亲王之贵,难道能去给商人当评判吗?这岂不是令天下人耻笑,今后我还如何领袖军机,真是荒唐。"

宝鋆本就是试探,恭亲王的话他一字一句都没有放过,一听这话就知道恭亲王并不反对开这个万茶大会,只是觉得自己身份贵重,不愿亲临而已。

宝鋆多机灵,方才在话里就已经留下了余地,此时连忙转向道:"王爷,您没听明白。我只说要王爷当评判,这京里的王爷可不只您一位啊。"

"呵呵呵,油嘴!"恭亲王笑骂一句,"不知哪位王爷要在你身上倒霉了。"

"醇郡王如何?"宝鋆赶忙跟上一句。

"老七?他肯吗?"恭亲王犹豫地问。

醇郡王是道光帝第七子,恭亲王的亲兄弟,也是当今皇上的叔叔,他与同治帝的关系论起来还要近则一层,因为其嫡福晋就是慈禧太后的胞妹。如今虽只是郡王,但晋升亲王是迟早的事情,恭亲王担心他也自持身份,不肯管这闲事。

"王爷是他六哥,宗室最重规矩,您说句话,七爷不敢不听,就算要在醇王府的大堂办,恐怕他也得答应。"

见恭亲王还有些犹豫,宝鋆再加上一句:"京商答应的六百万两,再加上其余九个入选的茶商必定都有报效,这下子,只怕一千万两还说少了呢。"

恭亲王实在是被那见底的国库吓着了,思来想去只得下定决心道:"好,就照你说的办,回头我和老七去说。这第一就许给京商了,你要李万堂先把银子交上来解了国库的燃眉之急。不过要通知各地茶商选茶来京,今年是无论如何来不及了,再说既然名字叫万茶大会,来的茶商少了也不成话,就定在明年开春采收春茶之后办吧。"

宝鋆出了王府的大门,一眼看见李万堂在石狮旁等候,招招手唤过他。

"这事儿办得不容易,我磨破了嘴皮子,才哄得王爷答应了。"

"多谢大人从中周旋。"李万堂像是早有预感,并不意外地答道。

"亏你能想出卡军饷这条计策,王爷急得团团乱转,现在这当口,别说你要天下第一名茶,就是要封天下第一名人,只怕王爷也应了你。"说罢,宝鋆与李万堂一起笑起来。

"你真是聪明,就算不喝茶的,听了这天下第一的名头也一定要买来尝一尝,你们京商这一次等于捧到了聚宝盆,还不大发利市赚个盆满钵满。"宝鋆说着瞟了李万堂一眼。

"吃水不忘掘井人,京商但有寸进必定不会忘了大人。"李万堂恭敬地答道。

宝鋆要听的就是这句，满意地点点头，"王爷要你速速缴上那六百万两，快筹银子去吧。"

5

"小姐，你都看了三天了，还要看多久啊？"

"他还算是个念旧情的，进去的故交，但凡混得不如意的，拿的回礼比送的贺礼还要多。"苏紫轩盯着那两扇朱漆大门，自顾自地说着，像是完全没听到四喜的话。

"看了这么久，我们也进去贺贺。"说完，苏紫轩拔脚就往那处挂着红灯彩绸的大宅院走去。

四喜吓了一跳，跟在后面讷讷地说："就这么进去，小姐，你再想想……"

再说也晚了，苏紫轩已经到门口。门上一天接的拜客足有几百人，还是第一次见这么俊秀的公子，刚一愣神，苏紫轩连看都没看他，径直走入府中。

"去把你们老爷请来，就说当年在潭柘寺一同上香的老朋友来看他了。"

不大工夫，就听外面走廊里一阵急促的脚步声，有人厉声对下人吩咐："都退出去，没我的话，不许人进二堂。"

苏紫轩听着，唇边掠过一丝笑意，却是转瞬即逝。

"紫萱格格……"来人甫一进屋便愣在当场，凝视着已缓缓起身的苏紫轩，恍惚间向前走了几步，双臂一张就待要将她拥进怀中。

苏紫轩一动没动，只用那双明眸冷冷地瞪着那个人，看着他僵直了身体，呆立在地中央。

"伊统领，恭喜你了！得了醇郡王的赏识，一下子从守陵的陵差被调任神机营统领，现在又娶了刑部尚书瑞昌的独生女儿，难怪贺客盈门。"苏紫轩的话里可听不出半点贺喜的意思，声音冷得像寒冬腊月门洞里吹进来的风。

"我不知道你还活着，我还以为你早就不在人世了。"伊桑阿喃喃自语着，抬眼望向苏紫轩，像是在祈求她的原谅。

苏紫轩讽刺地一笑，"所以你就另娶了别人，而置我这个没过门的妻子于不顾。"

"我没有一天忘记过你……"伊桑阿喃喃道。

"这么说，你看见我很高兴了？"苏紫轩笑意中讽刺之意更浓，"那好吧，我如今回来了，你也可以免了相思之苦。既然婚堂都是现成的，那么择日不如撞日，我也甘愿伏低做小，你去向外面的人说，就说紫萱格格回来了，愿意今日就嫁给你做妾。"

"我……这……"伊桑阿的身体不由得颤抖起来。

"我来猜猜看，大概你一直瞒着此事，不敢说自己还有个未婚妻吧？"苏紫轩背着手在伊桑阿面前走着，眼睛却没放在他的身上，语气里不带一丝感情，仿佛在谈别人的事情。

"我真奇怪，当初你不过是个没爹没娘的哈哈珠子，要不是阿玛赏识你、提拔你，你能有今天？只怕还在善扑营当个刀手吧！他老人家当初待你如此之厚，甚至把他钟爱的女儿许配给你，这样的大恩，你竟转眼就忘了。"

"我没忘……"

"没忘？当日在热河，是醇郡王亲自带人抓了我阿玛。到了京城，是瑞昌亲审亲判定了斩决。这都是不共戴天的仇人，你竟然先投靠后攀附，你还说没忘？"苏紫轩眼里射出两道寒光，直逼伊桑阿那张痛苦的扭曲得不成人形的脸。

"都知道我是你阿玛的亲信，所以你阿玛一坏事，我就被贬去守陵。你知道整日在那四四方方的陵园里是什么滋味，那就是口活棺材！我若不另找出路，这一生一世就要耗在那个鬼地方，在那里等着老死！"伊桑阿哑着嗓子嘶喊着，"覆巢之下无完卵，我真的没想过你还活着，不然、不然……"

苏紫轩静静地看着他，有那么一瞬间她的目中带了一丝怜悯，但一闪即没，取而代之是冷硬无情。

"伊统领，我说了今天是来贺喜的，你还没看过我的贺礼呢。"说着，她冲四喜使了个眼色。

四喜将随身带的书箱捧过来，放在伊桑阿身前，掀起了盖子。

也不知里面是什么东西，伊桑阿如同看见了一条毒蛇，身子吓得往后一仰，匆忙间险些翻身栽倒在地。

"怎么会落在你手上？"伊桑阿不敢置信地问。

"这一年多，每当想到这东西，你大概都是吃不好睡不好吧？"苏紫轩淡淡一笑，"也难怪，当初是你帮我阿玛弄到了这东西，追查起来，怕不是要满门抄斩，就连刚娶的那个娇滴滴的新娘子也要陪着一起杀头。"

伊桑阿头上大滴大滴的汗珠落下来，这个敢杀虎搏熊的汉子已经快要崩溃了，他俯首不语，眼里忽然闪过一片杀机。

"你能徒手裂狮虎，杀个弱女子当然不在话下。"苏紫轩像是看到了他的心里，忽然话锋一转，"我给你一个机会，现在就杀了我，夺回这东西，今后就不会有人知道你的秘密，你就可以安心做醇郡王的亲信和瑞大人的东床快婿了。"

伊桑阿咽了口唾沫，显见得心中在激烈地挣扎，但终于痛苦地摇了摇头。

四喜一直屏着呼吸，这才长出了一口气，合上书箱的盖子退到一旁，微微闭上眼，心中直念阿弥陀佛。

"你可想好了，别等我出了这个府门再后悔。"

伊桑阿颓然坐到椅上，把脸埋到双手中，含糊不清地说道："你走吧，别再回来京城了，去一个谁都找不到的地方。"

等他再抬起头，苏紫轩主仆已经走了，只留下一声若有若无的冷笑。

四喜边走边吐舌，"小姐，你胆子真大，就不怕他卖了咱们或者是下了狠手？"

"卖咱们，他不敢，那是玉石俱焚的事儿，他刚得了大好前程，又是个聪明人，不会做这样的糊涂事。至于杀了我嘛，他不见得没动过这个念头，之所以不动手，一半是念旧情，另一半嘛，他也料不准这书箱里的东西是真的还是伪造的，也就不敢把事情做绝了。"

苏紫轩冷酷地笑着，"他如今在神机营，可不比先前那个闲差，今后必定有用得上他的地方。这次只是打个招呼，下一次就没这么简单了。"

四喜佩服地点点头，忽然想到别说伊桑阿，就连自己整日提着这书箱不离手，还不是一样不知道这里面的东西是真是假。

6

自打斗垮了侯二爷，古平原一家可谓是喜事不断。

先是廖师傅来到古家村小住了几日，整天绕着古平原家的茶田转来转去，直到一场秋雨过后，廖师傅才找到古平原。

"后生子，当日评你家的茶，我还少说了一样。"

"请前辈指教。"

"古家村的地势就是俗称的水龙护山，一般的雨云在天上都要经过电闪雷鸣，雷电俱为五行中的火，所以雨里就带着火气，可你古家村这雨是两江蒸发出来，刚过山头便落下，没有经过雷电，一丝火气不带的纯阴之水，否则也不可能在半年之内便将这火烧地转化为种茶的良田哪。"

"那依前辈所言，我这茶应该如何制法？"

"便如我所说，用古书中的制茶方法，我再依着此茶的特性，将覆火味变的工序改良，就一定能将此茶的好处十足制出。"

古平原知道这是千载难逢的机会，从这一天起，便将茶田交予廖师傅，每日好茶好饭，任他施为。廖师傅则一心一意要在老年之时创出一味天下名茶，所以也夜以继日地研究制茶之法。

就在白老师的丧仪满"七七"的那一天，廖师傅匆匆赶到古家，他是个茶痴，也不避讳女眷，径直走到堂屋中，寻着古平原，将一直攥着的拳头打开，双掌一捧伸到古平原面前，面有得色道："真是好茶啊，我廖师傅一生制茶，今日总算制出了天香妙品。"说着他捻须大笑起来。

古平原捻起一撮茶，放在手中，喃喃道："制成了？"

"可不，制成了！"廖师傅说着，借用古家的茶具冲了一杯茶，亲手端到古平原面前，"古老板，按照茶人的规矩，这头茶要茶园的主人来品，请吧。"

古平原的手有些微微颤抖，他怔怔地看着掌中的茶杯，眼眶渐渐湿润了，"不，我的老师一生嗜茶，这杯茶我要端到老师坟前，祭祀他老人家。"说着他抱歉地看了一眼廖师傅。

"唔，敬师如敬父，我总归是没有看错你这个人。"

坟前祭祀的人中，除了古家人，还有刘黑塔和廖师傅。

古母带着古平文和古雨婷，将白老师生前最喜欢吃的几样小菜摆在坟前。

廖师傅庄容道："白老师，你我虽然无缘一见，可是你教出了一个好弟子，我很羡慕你。"

古平原端着那杯茶，将一半洒到坟前，另一半放在老师的墓座上。他用低沉的声音道："老师，我来看你了。以前我不知道自己为什么做生意，是为了谋利，还是为了扬名？如今我知道了，我会把你教给我的道理都用在生意上，有朝一日让天下人都对商人高看一眼。到了那时候，我会告诉所有人，我古平原之所以有今天，是因为我的老师当年教给了我做人的道理，做生意就是做人！我有这样一位老师，所以我的生意做得比谁都要好！"

说到这儿，古平原已是泣不成声，他跪爬半步，双手把住那块冰冷的墓碑，把脸贴了上去，用谁也听不见的声音低低发着誓："老师，我一定会赚许多许多的钱，如果有一天，依梅遇到了危险，我会放弃所有的财富保她平安，我一定能做到，一定能做到！"

祭祀过后，回到山上的茶棚，廖师傅再亲手冲泡一杯新制的茶叶，急不可待地递了过去，"尝尝看！"

古平原端杯在手，一股幽兰之香便似有似无地飘入鼻端，原来的茶叶也有兰香，却是浓郁有余，内敛不足，今日这茶香得恰到好处，仿佛奇经八脉都沉浸在茶香之中。古平原按下心头惊异，再将磁瓯中的茶饮下半盅，先让茶水在舌尖打个转，随后流入舌下喉间，品了半晌，呷一下嘴吐出气来。

"如何？"廖师傅眼中带笑地问道。

"回味无穷！入口之后细品，唇边、舌尖、喉内，各处香味不同，如同攀黄山三十六峰，始信之后有莲花，莲花之后有天都，连绵不绝，妙处恒生。"古平原赞不绝口。

"品得好，品得好哇。"廖师傅被他搔到痒处，脸上放出光来。

"前辈真是厉害，这茶比起之前用松萝制法所成的茶叶要好太多了。"

"哪里，哪里，没有你古家茶园种出的好茶，我纵有手段也无从施展。"廖师傅摆摆手。

古平原心中一动，说道："还望前辈给这茶叶赐个佳名，今后也好名扬四海。"

廖师傅大概是早有准备，也不推辞，捻捻胡须说："我记得向你提过，这茶的制法源自一本古书，书中记载有种茶叶与此茶味道相似，然则那茶叶早已失传，按书中所言，该茶其香似兰，其毫胜雪，故名兰雪。依我看，你这茶不妨以此为名。"

"兰雪、兰雪……"古平原在口中反复念了几遍，喜道，"便是它了。"

古平原品茶是高手，种茶制茶却是外行，但他虚心求教，人又聪明，廖师傅也肯用心教导，跟着这么一位好师傅，古平原没过多久已是习得了一身的好本事。廖师傅没想到人到老年制出一味好茶不说，还收了个好徒弟，算是后继有人，当下真是心满意足，索性将家都搬到了古家村，打定主意要在此终老。

又过了些日子，郝师爷又风风火火地找了来，原来户书清查退返侯二爷霸占的茶引，退来退去，还是有五千余斤没有人认领。

"那些买卖家都是已经破产了的，很多已经举家迁走，无从查起，乔大人的意思是这批茶引就是退返给藩台衙门，也是只便宜了那帮胥吏，倒不如作为奖赏给了老弟，也不要你出什么手续，更无须费用，只要今后按引缴税便是。"

天下竟有这样的好事，古平原大喜过望，有了这五千斤的茶引，只待廖师傅将茶叶大批制成，他便可以在徽州茶商里大展拳脚了，然而福兮祸所伏，祸患的种子也在不知不觉间种下了。

转眼秋去冬来，徽州下了一场百年不遇的大雪，家家户户都出来观雪景，孩子们忙着打雪仗，村里好久没有这么热闹了。

古平原可没这么好的兴致，廖师傅要收集雪水来年泡茶，他在一旁效劳，帮着搬蓄水坛子。正忙着，他眼角一瞥，看见弟弟站在门外悄悄冲他招手。古平原整整衣服走出来，问道："这么大的雪，山路难走，你怎么回来了？"

古平文从怀中取出一张纸："大哥不是说咱家办这杂货铺就是为了打探生意上的消息吗，我也把这话一向告诉店里的伙计，他们去安庆城里进货，见城里的买卖街上贴了这告示，大哥你看看。"

"万茶大会？"古平原这半年来一直在留心茶叶生意，不过也没听过这个新鲜词儿，端详着手中的告示困惑地皱着眉。

"我知道大哥一定要问，所以特地到县里的会馆去打听消息，刚巧这布告也到了县里。听说这一次是京商策动了官府，由官府主持，要办一次规模空前的品茶大会，评出天下十大名茶，最稀罕的是，要请一位王爷来做评判。"

古平原越听眼睛睁得越大，弟弟话音一落，他一伸手便抓住了古平文的手腕。

"我正在发愁如何能让兰雪茶创出名气，真是天助我也。"

"大哥想要去夺个名次？"

古平原笑了："二弟，亏你怎生想来。天下名茶何其多，个个流传有上百年才能有如今的名气。我们家的茶虽然好，可是没有根基，想去夺十大名茶的头衔无异于痴人说梦。我是想能在这次大茶会上让来自大江南北的茶商都品一品我们的茶，好能借此打开销路。"

说着他又看那布告，一字一字看得仔仔细细，越看眼睛越亮，等看完了，仰头想了一阵，长出一口气。

官府的告示写得很明白，来年的开春，等到春茶采收之后，便要在京里召开万茶大会，凡是参会的茶都要交一份银子，才有资格参与十大名茶的评选。

"平文，现在已近岁逼，距离万茶大会的日子不远了，我们也要早做准备。"一想到参加万茶大会还要交银子，想来数目不会小，古平原不禁有些头疼。

他手里空有五千斤的茶引，奈何拿到的时候秋茶已被收购一空，这一季却是无茶可贩。茶引不能白拿，即使没有贩卖茶叶，只要手里握着茶引，春秋两季都要交茶税的底钱，所以来年先有一大笔茶税要交。这笔税钱可是不少，再加上他贴补给乔鹤年用来打点水道来往官船的钱，古平原现在手头已是有些捉襟见肘。

古家的茶园不大，一茬茶叶的收成不过几百斤而已，他一心想的是凑一笔银子，将自家茶园周围的山坡茶地都买下来，至少也要让兰雪茶来年有几千斤的产量，这才能成其规模。而一旦到京里打开销路，有人下了定，立时就要有大担大担的茶叶运出去。

"现在看来，买地的事情只能放一放了，这笔开销太大，我们暂时没有办法来做。不过秋茶就不能卖了，连同来年的春茶大概能攒上两千斤，到京之后，若是我们的茶得了好评，大茶商来订货，分匀些也勉强够用了。不过参加万茶大会要交的银子却不能省也省不了，此外还要雇人、交茶税，还有运茶叶进京的费用，至于给乔大人用于水路贴补的银子也不能少，穷家富路，到了京里不能手上没银子，这么算下来，估一估少说也要两万两银子才能办这件事。"古平原在心里算着，一条条摆出来。

"两万两，这么多?!"古平文倒吸一口凉气，"杂货店现在几乎不赚钱，秋茶又不能卖，我们家现在哪有这笔钱啊？"

"你说得对，所以我要到府城的茶业公会去想想办法，那里可以低息拆借，比到钱庄去贷款，利息上要划得来。"

古平文听了会馆二字，忽然道："对了，听说这次有个不成文的规矩，为防止各地参加万茶大会的茶种太多太滥，户部要求所有参加大会的商人都必须从本地会馆拿一份荐书，有了荐书才有参加的资格。"

"照这么说，我更要去会馆一趟了。"

古平原觉得凭借兰雪茶的品质，在会馆拿一份荐书应该是轻而易举的事儿，可他偏偏就料错了。来到徽商会馆里的茶业公会，一提来拿荐书外加拆借银两，接待他的执事倒是很客气，拿出纸笔问他是铺保还是货保。古平原想了一下，问道："我有一片茶园，不知能不能做货保？若是不行，歙县衙门里的郝师爷也与我相熟，可以请他来做中人。"

"有茶园就可以了，地契带了吧？"执事问道。

"在这里。"

"这借银人写哪位，是阁下吗？"

"是，就写潜口镇古家村的古平原。"

一听这话，执事把笔搁下了，抬眼仔细瞧了瞧他，开口道："你就是那个揭穿了假茶叶的古平原？"

"正是在下。"

"哼，你本事挺大的嘛，怎么也缺钱用啊？如今也要来求人拿荐书！"执事变了脸色，阴阳怪气地问。

古平原听他语气不善，心里一愣，赔着小心说："想必万茶大会的事情公会里也听说了，这是咱们茶商的盛事，我也想到京里去见识见识，所以来拿份荐书，借些银子上京。"说着把拎着的小包拿到桌上，"这是古家茶园新制作的兰雪茶，请各位尝一尝。"

他说得虽然恳切，可执事却只是冷笑着在听，压根没瞅兰雪茶一眼，听完了又是嘿的一声："说你本事大，还真是想一飞冲天哪，又想把买卖做到京里去了，厉害，厉害！"

古平原听他一句句地挖苦自己，心头不由得火起，但来此是求人，只得压了一压怒气，强笑道："不敢不敢，小本生意，自家的力量不够，还望同行多多帮忙。"

"你这个忙我们帮不上！"执事干脆地一口回绝。

"为什么？这茶你连尝都没尝，凭什么不给荐书！再说借钱，中人我有，货保也不缺，别人能借，为什么我就不能？"古平原一气之下提高了嗓门。

"对了，就是谁都行，只有你不行！"话随人到，一个五十多岁身材高大的黄脸汉子手里转着两枚铜球走了过来。

"总执事！"两边人站起身毕恭毕敬道。

古平原见是会馆的总执事到了，也不敢怠慢，平心静气地拱了拱手。

"请问是胡总执事吗？"临来时古平原打听过会馆里的情形。

"有几分眼力。"胡总执事大咧咧地点点头，连礼都没回，上一眼下一眼打量着古平原。

"请问总执事，为什么别人能借银子，我却不能借？"古平原正容而问。

"哪有那么多的为什么，不借就是不借。我还告诉你，别说我这儿不借，出了这个门，全徽州没有一家钱庄会借给你钱，你就是到当铺去当，也没人收你的东西。我这话都放出去一个月了，谁要是敢和你做买卖，就甭在徽州的市集上混！"胡总执事斩钉截铁地说。

事到临头古平原反而冷静下来，不屑地笑一笑道："我明白了，你无非就是为侯二出头罢了。我听说那侯二与你还沾着亲，以往称兄道弟，可是我以为能执掌徽商会馆的人必定是个同行间选出来能公道处事的人物，没想到我错了！告辞。"说完他转身就要走。

"站住！"胡总执事喝了一声，古平原收住脚步却没回身。胡总执事转到他身前，眯起眼睛道："你说什么，我为侯二那浑蛋出头？哼，他也配！坏了我徽州商人的名声，要照我年轻时候的脾气非打断他的狗腿不可！"

这几句话倒是大出古平原的意料，这么说胡总执事不是为侯二出头，那无端端与自己为难又是所为何故呢？

"看来你是真不明白，也罢，就告诉你，让你也心服口服！"胡总执事一张口，滔滔不绝说出一番道理。

等他说完了，古平原目瞪口呆站在当场，听的是哑口无言，想一想没有可辩驳的地方，只得拱了拱手辞出会馆。

古平原站在会馆外面，看着人来人往的街市，心中一片茫然。钱借不到还可以另想办法，这荐书拿不到就没资格去参加万茶大会，想不到第一步就迈不出去，这可如何是好。

他心里想着荐书，偏偏旁边经过的二人也在谈这份荐书。

"刘三哥，别人都去会馆讨份荐书，你家的猴魁可是好茶，绝对有资格去参加京里的盛会，你怎么不去拿一封荐书？"

回话的人声音里有掩不住的得意，"既然知道我的猴魁是好茶，那我还用像他们一样去会馆讨荐书吗？告诉你，胡老太爷爱喝咱家的猴魁，那日我去送茶，顺道一求，老爷子当场就给写了份荐书。"

"是吗？"另一人听得啧啧羡慕。

"哎，你干什么？"夸自家茶好的那一位冷不防袖子被人拽住了。

古平原拱手一揖，"这位老兄，请问您方才说的胡老太爷是哪一位？"

"胡泰来胡老爷子啊，徽州大茶商里头一位，人家的泰来茶庄给内务府进着贡呢，这你都没听过？"

"哦，原来是泰来茶庄，听过听过。"敢情这两人说的胡老太爷就是泰来茶庄的大老板，泰来茶庄是徽州茶业里的拔尖买卖，古平原早就如雷贯耳了。

"不是说只有会馆才能出荐书，怎么这位胡老太爷也能给您一封荐书呢？"古平原真正关心的是这件事。

"这你就有所不知了。泰来茶庄长年和京里做着买卖，名气传遍内务府和户部。他老人家的一封荐书比会馆的还好用。"

7

　　从府城到屯溪胡家不过四个时辰的路，古平原天不亮就到了，却在胡家天寿园外转了整整一天。

　　他在府城打听了一大圈，听来的关于这位胡老太爷的种种奇闻逸事塞了满满一耳朵。年轻的时候南至广州，北到通商堡，西到遥西边地，为了贩茶就没他没去过的地方，甚至有传言他到过东瀛扶桑，从那里的皇帝手中赚过银子。

　　"这样一个人，什么没见过？我一个后生小子贸贸然求见，人家岂会搭理我？"古平原思来想去，要说送份见面礼，自己身上虽有二百两的银票，看起来不少，又岂在这富可敌国的茶庄大老板眼里。"不是这个花法，用就要用在刀刃上。"古平原把主意想定了，到了胡府门前的一处茶水摊，一个铜子一大碗的沫子茶，外加两个烧饼，一边吃喝一边和摊主唠闲。

　　就这么耗了半个时辰，古平原站起身，从怀里掏出一块散碎银子，大概有六七两，放在茶座上。

　　"哟。"摊主为难地一咧嘴，"大爷，实在不好意思，小本生意，这找不开啊。"

　　"不用找，都是你的。"古平原说着把银子推了推。

　　"这么多？"摊主睁大了眼。

　　古平原点点头，"你方才说的那个专管伺候胡老太爷的小厮，能不能把他约出来与我见一面？事成后我还有重谢。"

　　"这倒不难。"不过是个下人而已，平时也短不了来喝一杯茶，这摊主自然熟识，"可是大爷，请问您找这小厮什么事呢？"

　　"我想让他发笔小财。"话虽如此说，但一个下人每月的例规银子不过五两而已，古平原这一出手就要送他三年的工钱，这笔银子胡老太爷虽然瞧不上，可是在他的小厮而言，却是一笔绝大的数目。

　　"四两拨千斤，能不能成事就看兰雪茶有没有这个运气了。"古平原银钱出手，长长地吁了口气。

　　等到回了家，古平原想起在会馆里发生的事儿，坐在房中不时地叹气。这样过了三天，妹妹古雨婷可真奇怪了，在她印象里，大哥一向是不管多难的事情也要挺身而迎，有叹气的工夫早就去做事了，这几天是怎么了？

　　她不放心，找人将二哥喊了回来，先把他叫到一边，开口问道："大哥坐在房里闷闷不乐，你知道是怎么了吗？"

"我哪儿知道啊？他去府城借钱，八成是没借到吧。"

"净瞎说，咱们认识衙门里的郝师爷还能借不到钱？"

"你不懂，那官面上和买卖是两回事，就大哥那脾气还能用官府的势力去压人吗？"

一句你不懂说坏了，古雨婷拽着二哥来到房内，要找古平原问个清楚。

"请问是古平原古老板家吗？"正在此时，从家门外传来一声，兄妹三人抬头互相看了看，都不知道来人是谁。古平原连忙起身迎了出去。

门外是个青衫俊仆，手里拿着一份名帖，见古平原迎出来，一躬身将名帖递上。

古平原将名帖拿在手里就觉得沉甸甸，细一看是金丝镶边的羊皮纸，烘着香气，光看这帖子就气派不凡，等打开一瞧，上面写着核桃般的大字："徽州屯溪胡泰来拜候"。

古平文在旁睁大了眼睛，大名鼎鼎的胡老太爷来拜自家，这真是想也想不到的事儿。他再看大哥，古平原却显得十分沉着，但也不敢怠慢，见门外有一顶精致无比的暖轿，知道胡老太爷必在里面，紧赶几步走下台阶，恭恭敬敬深施一礼，口中道："晚辈不知胡老太爷亲身到此，有失远迎，恕罪恕罪！"

听差将轿帘一挑，人没出来先伸出一支烟袋杆。别人的烟杆最多一尺半，这位胡老太爷手里的烟袋却三尺有余，翡翠嘴、黄铜锅，还包着三箍的细金圈，大概是用的时间长了，乌木杆上撞出了不少的疤痕。

"哎哟，闷死我了，好久没走这么远的道了。"说话这个人一口的南腔北调，一出轿子先捶腰。他矮矮的个子，偏要拿根长长的烟杆，看上去好生滑稽。

跟出来的古家兄妹里，古平文稳重有礼，古雨婷却好奇地看着这老爷子，见他胡子眉毛都白了，眼珠倒是不停地转来转去，拿个长烟袋活像是来村中卖艺耍猴的，一个撑不住便笑出声来。

古平原一皱眉刚要呵斥，胡老太爷抢先开了口，想来他这一辈子见过太多的人嘲笑自己的身高，古雨婷一乐他便知道怎么回事，用烟袋锅指着她道："你这女娃是笑我矮是不是，哼，你知不知道，要是年轻的时候有人这样笑我，我会怎样做？"

古雨婷抿嘴笑着不说话。

"告诉你，我立马就用金砖垫在脚下，垫得比他还要高三尺，居高临下大骂他一顿。"胡老太爷说着瞪起了眼。

古雨婷倒是不怕，偷偷吐了下舌头。古平原见状忙道："外面天气凉，胡老太爷快请里面坐吧。"

胡老太爷点点头，"老弟呀，我这次来……"

古平原吓了一跳，连忙打断："老太爷，晚辈可当不得您这个称呼，万万当不得。"

"也罢。"胡老太爷想了想，"都是徽州同乡，我叫你世侄好了。"

古平原恭敬不如从命，拱手道："是，老世伯请里面坐，有话进屋再叙。"

"好好好，来了哪能不进屋。"胡老太爷背着手，左右看着走了进来。

古母自从大儿子回来便不大见外客，好在三兄妹都在家，客人虽多，分头招呼。古平文将胡家的听差与轿夫引入厢房，古雨婷煮水沏茶，古平原则陪着正客在厅中说话。

这位胡老太爷一看就是急性子，刚坐在椅子上，就指着古平原道："听说你到会馆借钱碰了钉子？"

古平原怔了怔，没想到这消息传得好快。

"我还知道你要到京城的万茶大会去碰碰运气，给自家的茶叶打开销路，是不是？"

这些都无须隐瞒，古平原点点头。古雨婷沏好了茶，端上来，胡老太爷一吸气，便连声叫道："不对不对，谁要喝毛峰，快端好茶来！"

说到好字，胡老太爷故意加重语气，转过头去，又对古平原挤了挤眼，"世侄，别是有好茶舍不得拿出来吧！"

听了这话，古平原的脸色霎时变得有些古怪，却迟疑着不开口，看得一旁的古平文和古雨婷纳罕不已。

"胡老太爷，您是说……"古平文在一旁试探地问了一句。

"嗐，光棍眼里不揉沙子，你大哥藏着一味好茶不拿来敬客，未免不够朋友。"胡老太爷用手点指着古平原："你这后生倒是个有心机的，只花了二百两就把我大老远从屯溪引到了古家村……"

他的话还没说完，古平原已经急急起身，来到胡老太爷面前，兜头就是一揖，"小子孟浪行事，实在是得罪了老人家，还望您重重责罚。不过那个小厮还请您饶了他。"

"他端来一碗好茶，我还要罚他不成。"胡老太爷不以为意地摇摇头，忽然连连敲着桌子，"快去泡茶，莫非还要等我自己动手。"

"是、是。"古平原赶紧亲自走到后堂，他知道成败在此一举，铆足精神泡了一壶兰雪端了出来。胡老太爷一把拿过茶壶，闻了一闻，倒上一杯，细细品味。古家兄妹都在一旁紧张地看着。

"嗯，好，好啊。廖师傅真是宝刀未老，制出的茶真是绝品。"胡老太爷半眯着眼悠然而言。

古平原这才放下心，刚要谦虚两句，胡老太爷忽又转了话题："徽商一向同声共气，你可知道这一次为何大家都听了会馆里的话，不与你做生意往来？"

古平原沉默一阵，缓缓点头道："晚辈已知道了。"

"那就好，你这一次祸闯得不小，年轻人，做事情顾前不顾后！"

古平原听了胡老太爷的责备更加把头低下。

古平文和古雨婷这时都在大厅里，二人听了个莫名其妙。古雨婷不由得就问道："老爷子，我大哥闯什么祸了，我怎么不知道？"

"当然是揭穿侯二制假茶那件事。"

"啊！"这话听得连古平文都不服气，难得主动开了口，"要说别的事儿我不知道，这事大哥绝对没做错！"

"二哥说得对！"古雨婷也是难得与古平文同声共气。

古平原打断他们："你们别说了，这事儿的确是我做得不对，我忘了投鼠忌器的道理，惩治了侯二却连累了一众茶商，是我对不住大家！"

原来侯二倒了虽然大快人心，可是徽州茶商很快就发现原本大批进货的遥西边地人不来买茶了，一问才知道，遥西客商认为既然徽商能造一次假，就能造第二次、第三次，防不胜防，宁可到稍远些的浙江一带去购茶。遥西边地人每次来购茶必定还要捎带着买上些当地的物产，这一不来，连别的商家都大受影响。

"那难道说就因为顾忌遥西边地客商，就任由侯二胡来不成？"古平文只觉得一口闷气憋在胸口。

胡老太爷看了他一眼："那倒不是，既然发现了他制假茶，想要处置他的办法有的是，可你哥哥偏用了个遥西边地人去假装买货，唉，一下子全遥西边地的客商都知道了。"

"想必世伯家里的生意也是大受影响吧？"古平原歉意地说，他以为胡老太爷是特意兴师问罪而来。

"我嘛，做了这么久生意，茶路广得很，也不单指着这一条路发财。可那些小门小户的茶商就不同了，原想着侯二一倒，能多做些遥西边地的生意，这下可倒好，连原本的买卖都丢了。你说说，大家能不恨你吗？"

古平原无言以对，只能惭愧地低着头。

"所以你借不到钱，不要怪旁人，是你自己不好。"

"是，晚辈不敢心存怨恨，总归是我做事不周，害了大家，实在是没有话说。"

"那么京城的万茶大会你还去不去了？"

"不瞒您老说，借不到银子，拿不到荐书，去了也是无用。"

胡老太爷听他这般说，微微一笑，又点了点头，边上仆人从怀中拿出两张银票放在桌上。

"这里一共是两万两，进一趟京的花销，我想应该够用了。"

古平原原本只想凭借兰雪的茶香从胡老太爷处拿一份荐书就心满意足了，没想到人家送来了两万两银子。

"您这是……"

"放心，是我借给你的，不要利息。不过有个条件。"胡老太爷轻描淡写地说道。

"请说。"

"你这次上京城，要是碰巧得了什么好彩头，可别忘了我的泰来茶庄。"

古平原一愕："老世伯，京城藏龙卧虎，万茶大会更是四海商雄云集，我一个初出茅庐的小字辈，哪有把握去博什么彩头。要不然，我将茶园押给你吧？"

胡老太爷一笑起身："我这辈子不轻易借钱给人，一旦借出去也从来不要押头。就当是赌铜钿，到时候一翻两瞪眼，摸到天牌我就大赢特赢，要是鳖十输光了那就认倒霉，不过好像这一辈子我还没摸过鳖十呢，哈哈哈！"

这下钱是有了，可是荐书迟迟没看到，见胡老太爷也没有提及的意思，古平原能按得住性子，古雨婷却心直口快，直接问了出来。

只见胡老太爷微微一笑，对古平原说："荐书我早已写好，但还请世侄改日亲自到我的天寿园去取才是。"

古平原心中疑惑，却也不便多问，赶紧应了下来。

"我还当你不来了。"一见面胡老太爷就把一张荐书给了古平原。

"家中有事耽搁了几天，劳世伯久等了。"古平原恭恭敬敬接了过来，打量起这座轩敞的大厅。坐在厅中，清风徐来，隐有花香，外面遥遥可见黄山莲花峰，一条清流从庭院老松旁流过，穿过院子蜿蜒流出。

"世伯这里真是神仙居所。"古平原赞了一声。

"不过是个养老等死的地方罢了，也没什么出奇，就是静，能想起不少年轻时候的事儿。"胡老太爷捻须笑笑，向上指了指，"比方说这块匾。"

古平原抬头一看，丈余长的匾额上斗大的金字，书的是"二诚堂"。

"知不知道为什么叫二诚堂？"

"这……晚辈实在不知。"古平原老老实实说。

胡老太爷看上去兴致很好，把手里的茶杯一放，"当年我爹随人做生意，东家先后两次遇到病灾、兵灾，那两次如果我爹起了歹意，都能于荒野无人之际吞了货款，神不知鬼不觉，绝不会有人知道。但他老人家始终诚信不欺，感动了东家，事后尽力帮他开拓事业，从此胡家开始了兴旺发达。"

"以诚待人，赚到的每一笔钱都是真金白银，可要是欺诈行商，那钱就如镜花水月，看起来好像在你手里，其实转眼就消失无踪了。我爹是这样做生意，我也一样，做的生意没有一笔不实在的，为了让我家的后世子孙记住这诚信不欺和以诚待人的道理，就刻了二诚堂这块匾来纪念方才我说的这两件事。"

每件事都不是轰轰烈烈的大事，可是把经商的道理却说得那么真那么透，古平原知道这是徽商老前辈在借事点拨自己，也是看重自己的意思，感动之余深深点了点头。

"唉，我家就是姐弟俩，老姐姐早几年不在了，临终前把外甥托付给我，让我教他做生意。可是没想到啊，这个外甥不争气，真是丢尽了脸面。"胡老太爷忽然口打唉声，摇着头一脸黯然。

"您的外甥是……"古平原不解地问。

"混账东西，给我滚进来！"胡老太爷沉声道。

"舅舅。"一人从厅外走了进来，垂手而立。

"你！"古平原大吃一惊，厉声叫着站起了身。

走进来的正是侯二爷！

"世侄，我今天倚老卖老，老着这张脸皮求你件事。"胡老太爷站起身，冷不防冲着古平原一躬到地。

古平原连忙扶住老爷子，"这怎么敢当，您这是要折死我。"

"唉。"胡老爷子连连叹息，"我这个混账外甥说起来是两房祧一子，我只有三个女儿，没有儿子，他呢，也是家中独子，所以兼祧侯家和胡家的门户，将来我一死，这泰来茶庄的生意都是他的。可是如今他落了个这样的名声，已然无法在商界立足了。本来这是他咎由自取，怨不得别人，这样的商人世上少一个便少一个，没什么了不起，只是、只是我一生的心血无人承继……"说到这儿，胡老太爷眼圈红了。

"俗话说，解铃还须系铃人，是你亲手揭穿了他的假茶叶，除非你肯和他做生意，否则，他这一辈子都翻不过来身。"

古平原扶着老人家，心里也作难。生意上的事情还好说，可是一想到老师，再想到白依梅，古平原恨不得把侯二千刀万剐，可他偏偏又是这个受人敬仰的徽商前辈的亲人。"嗨！"古平原心里一时也乱得很，"世伯，您今天叫我来，就是为了他的事？"

胡老太爷连连摆手，"世侄你不要误会，生意归生意，人情归人情，这是两码事儿。你就是不答应，我给你的荐书也绝不收回，那两万两依旧放在你手里，绝不反悔。"

"您说的是真的？"

"千真万确，我胡泰来做了一辈子生意没说过假话。"

"好！"古平原看都没看侯二一眼，"那我谢谢世伯了。"说完转过身，头也不回地大步走了出去。

"舅舅……"侯二爷小声地叫了一声，声中带着畏缩。

"人家不饶你，你叫我有什么用？"胡老太爷捻着胡子，望着墙外青山浩然长叹，"你以为有钱就能做生意？哼！没了信用，就没人敢和你往来，没了往来，哪里还有什么生意！这话我和你说过不知多少遍，你什么时候往心里去过！"

他正在摇头叹息，本来已经走了出去的古平原忽然又折返回来，就在胡老太爷和侯二爷不解的目光中，他站在二诚堂的匾额下，指着这块匾一字一顿地对侯二爷道："诚之一字，重于千金，诚之一字，重于泰山。你懂不懂？"

"我……"侯二爷刚要张口，古平原以迅雷不及掩耳之势猛挥出一拳，重重打在他的面门上，侯二爷猝不及防，大叫一声仰面栽倒。

古平原狠狠地瞪着侯二爷那张错愕惊惧的脸，良久，他闭上眼粗粗地喘了一口气，伸出了只手，把侯二爷拉了起来。

第四章

借　刀

1

手中有了钱，古家茶园周围又搭了几处炒茶焙茶的竹棚，几口杀青用的大锅早早架上，以便将采收的茶叶从速制好。

清明转眼就到，正是春茶采收的关键时节，古家兄弟全都住在茶棚里，连采带制，总算是将这一茬的春茶赶了出来。

有廖师傅在一旁把关，茶叶的质量用不着古平原操心，二弟古平文却对哥哥如此赶制茶叶有些不解。

"大家都要采春茶，比起云贵川的茶商，我们到京城的路途不算远，何必急着赶制？"

"京城可不比府城与省城，那儿水深得很，我是想早点到京，摸摸这次万茶大会的虚实，也好有个对策。"古平原做事一向谋定而后动，这么大的事情自然是不敢轻忽。

正说着，古平原眼睛一亮，扬声叫道："郝大哥，你怎么来了？"

"老弟。"郝师爷近视眼，走到近前才看见大包大包的茶叶，便问道，"你这是准备带多少茶上京啊？"

"差不多两千斤，全数带去！"

"全数？这万一要是在京里脱不了手，岂不是白搭脚钱？"

古平原解释道："我想过了，兰雪茶论起茶香绝不输于天下名茶，只要能打开局面，两千斤只怕还不够卖。万一没人认这新茶，那么白白堆在家中茶园也是无用。"

"你是想博一博，好，我陪你去！"

郝师爷一言既出，古平原只当自己听错了。

"郝兄，你是鹤公倚重的师爷，哪有闲工夫陪我进京做买卖，这是开玩笑吧。"

郝师爷摆了摆手。

"非也，非也，我到京城是有公干。"

原来徽州六县里有两个县去年的漕粮交晚了，随邦交兑都来不及，只能由知府衙门出面，报到巡抚那里，办个缓交加成的公事。不过漕米是天庚正供，缓也缓不了多久，等到一开春就要雇船沿着京杭大运河，直送京郊通州。

这差事一点油水都捞不到，而且到了通州，必定要看仓场侍郎的脸色，好话说上一堆，也不见得能把差事办圆满喽，因此人人都躲着这趟差。

"这两个县里就有歙县一个，乔大人知道我奉过两回押运漕粮的委员，与通州的书办打过交道，算是有些交情。我呢，蒙他器重，不能不帮这个忙，一想正好你也要进京，索性搭个伴吧，就勉为其难应了下来。鹤公又嘱咐说，比起漕米来说，你那点茶叶不算什么，干脆就直接带到漕船上，你不说我不说，谁也不知道，也给你省点银子不是。"

"这我可真是要谢谢鹤公和郝兄了。"古平原自然是大喜过望，省点银子还在其次，郝师爷在京里有熟人，打听万茶大会的消息自然就方便许多。

"不过你要等我些时候，漕米装船至少五天。"

到了约好的日子，古平原嘱咐弟弟妹妹照顾好母亲，看好家中的生意，带着刘黑塔一同出发，与郝师爷在新安江码头会合，转道杭城入了大运河的水道，船队直奔京城而去。

一路无事，古平原一行很快来到通州。

"你看。"古平原指着前方人烟稠密的地方，对刘黑塔说，"前面就是通州码头了，是京城的水陆要冲，到了通州也就是到了京城。"

"那通州到皇帝住的紫禁城有多远？"

古平原笑了："呵呵，远着哪，大概有几十里地吧。"

"京城这么大哪！"刘黑塔舌抻不下。

正说着，郝师爷换好了官服走出来，他为了与官面上的人打交道方便，前年捐了个正九品的主簿，不过这套官服却不常穿，加上这两年胖了许多，绷在身上难免有些滑稽。

"嘿，这真是当官不自在，自在不当官。"郝师爷左扭右扭不得劲，抱怨地说道。

"作此官行此礼，郝兄就忍忍吧。"古平原忍着笑说。

"老弟，你看见没有，这年头只要有银子什么事情都好办。"郝师爷熟门熟路递了几个红包，顺利交卸了漕粮，无事一身轻，又换回了便服，拿着把扇子摇来摇去，样子甚是悠闲自在。

"难就难在这儿。"古平原叹了口气，"如果这万茶大会也是凭银子说话的地儿，我可是没法子了。我虽然带了两万两，可是比起各路商帮特别是京商来说，简直就是九牛一毛。"

"走一步看一步吧，总之都来了，就算不如意，权当到京城看看风景。可有一样，当年那件事，这次来京你是不是打算弄个水落石出？"

提起此事，古平原顿时沉默了，他一路上也在想着，要是京商与当年张广发陷害自己一事有牵连，到了京城正好可以伺机弄个明白，也免得自己这一辈子都被蒙在鼓里。可是京城近在眼前，他却犹豫了。

"算了。"古平原想了半天，摇了摇头，"人不能总惦记着过去那点事，那件事我决定抛诸脑后了，今后的路还长着呢。"

"好样的！"刘黑塔在旁接话，"古大哥，我就佩服你这样的，拿得起放得下，是条汉子。"

"嗯。"郝师爷也点点头，"不过当初的事儿未必无因，你此番再入京城，凡事要多留心。"

天子脚下京城，内九外七皇城四，外城、内城加上紫禁城，一共二十个城门，从通州过来进外城，走广渠门亦可，走永定门也成。经郝师爷的建议，古平原一行走了永定门，因为从此门到内城的崇文门一路上货栈多，便于寄存货物。

永定门外的第一家大货栈就叫永定，靠着驿道，装卸最是便捷，古平原一眼便相中，将茶叶俱寄存在货栈中。

货放在外城，人却住在内城。原本郝师爷建议住在琉璃厂外的徽商会馆，古平原知道以自己此时的名声，只怕不易被会馆接纳，虽然郝师爷可以用办差的名义要求入住，不过恐怕要让此间的执事为难。

郝师爷对古平原为人着想大加赞赏，又提了一处离前门大街不远的客来升客栈，带着古平原他们打算投宿到那里。

几个人刚来到客栈外，这里的伙计眼尖，离老远一眼就认出郝师爷，点头哈腰迎了上来。

"哟，郝老爷，您一向可好，有日子没照顾小店的生意了。"

郝师爷顿时觉得脸上有面子，半笑半骂道："废话，难道爷没家啊，光住你们客栈。再说，这不是来了嘛。这是古大爷、刘大爷，还有几个跟来的伙计。"

京城的伙计都是选的人精子，立刻就看出古平原是这伙人的头脑，格外巴结，帮着拿行李、牵马，招呼里面安排上房。

2

古平原时隔六年多再次进京，一切早已物是人非，不禁感慨万千。

等到了晚间掌灯时分，古平原来到郝师爷的房里。

郝师爷手里握着一卷《野叟曝言》，见他进来便把书放到一边，"我就猜你肯定会来找我，想必真到了这京城，又惦记着要弄清楚你的那桩案子了？"

古平原摇摇头，"那事儿我说过了，早已经抛诸脑后了。"

"那么我猜你是想到京商的人阴险毒辣，担心一旦与他们争利会吃亏，对不对？"

"确是有这样的想法。"古平原话锋一转，"不过我还有一虑，京商是块响当当的招牌，别的不说，四大恒钱庄的银票能够流通全国，就是凭的京商信誉。现在连号称京商领袖的李家都如此不择手段，在燕门险些让无数晋商家破人亡，这么做下去谁还会瞧得起我们商人？"

"要我说，你这是咸吃萝卜淡操心。"郝师爷不以为然地说，"你有这闲工夫，还不如好好想一想怎么在万茶大会上让兰雪茶露露脸呢。都说是京商策动官府谋划了这次万茶大会，无利不起早，他们恐怕不会让别的茶商轻易讨了好去。"

古平原笑了笑："可不是嘛，我一路上都在想这件事。种茶容易卖茶难，这事儿不好办哪。明天郝兄陪我四处走走，看看别家茶商准备如何料理吧。"

第二日一早，古平原给几个伙计放了假，让他们自去逛，自己带着郝师爷与刘黑塔兜兜转转，来到各省商人会馆云集的西琉璃厂后孙胡同。徽商会馆、晋商会馆、闽商会馆以及宁绍帮、洞庭帮的同业公会都设在此处，北五省的票号总会也设在此，据说每日炉房铸好的第一批京丝银锭都是送到这儿，因此也被人戏称为元宝街。

古平原一行人看似漫无目的地走，其实眼睛都在溜着各个会馆的动静，耳朵更是竖起来，就听有没有人在谈论万茶大会的事情。

从胡同口逛到胡同尾，几个人一无所获，古平原正在失望，决定不管三七二十一，先进一家会馆打听打听再说。正往回走着，迎面过来一人，冲着他们抱拳施礼。

古平原连忙还礼，那人开口就问："你几位可是到京里贩茶的客商？"

古平原听他一张嘴的口音怪极了，细一端详，居然是个洋人，黄眉毛绿眼睛，个子比刘黑塔还高了半头，打扮得也出奇，穿的是大清的长衫马褂，脑袋上还戴了顶瓜皮小帽，就差后面梳个辫子了。

虽然这洋人会说中国话，可几个人都不免有些紧张，搞不清是什么来路。古平原含笑抱拳答道："正是，不过你是怎么知道的呢？"

"嘿嘿。"那洋人也笑了，"我贩了半辈子的茶，有时候在船上几个月睡在茶包上，你们方才与我擦肩而过，我一闻就知道，你们准是贩茶客人。"

古平原大是惊讶，没想到此人竟有如此本事，等到一攀谈起来才知道，原来这人是来自海外的大不列颠岛国，也就是俗称的英国，他自道原本在锡兰和吕宋国等地做生意，因为仰慕中国文化，前些年来了中国，为了方便，给自己起了个汉名叫林查理。

"没想到你是英国的商人，到此那可真是海程万里。"古平原很是佩服。

两个人客气几句，林查理问道："你们既是徽州茶商，我想打听一下这京城里将要办万茶大会的事请，不知可否赐教？"

古平原先是一愣，然后笑了："这真是不巧，我们也是来此打听消息，还没有头绪便碰上了林老板，莫非说你也是来此参加万茶大会？"

"正是啊。"这林查理倒是一点也不隐瞒，"我原本运了一批锡兰红茶到广州十三行去卖，在码头上听说了这万茶大会的事请，高兴得很，索性沿海路到天津，然后将茶装车运到京城，就为的参加万茶大会，夺个十大名茶的名次，好能卖上个好价钱。"

古平原心中暗笑这英国商人也将万茶大会想得太简单了，不过他倒是很喜欢此人心直口快没有城府，便道："既然这样，反正我们都要打听消息，不如一起走走。"

"好。"林查理很痛快地答应下来。

既是要进会馆，郝师爷认为还是到徽商会馆去比较合适，毕竟是老乡，总不至于连个消息也打听不来。

古平原也是如此想，可就是没想到冤家路窄，一进会馆大门就撞上胡总执事。

"是你啊。"胡总执事手中还是转着那一对片刻不离身的铜球，带着些厌恶地看看古平原，"看来你倒是弄到了银子，还真跑来参加这万茶大会了。"

古平原坏了家乡徽商的事儿，自觉理亏，也就不去计较他的无礼，依旧恭敬地一抱拳："总执事想必也是为了此事到京，我今日是想来会馆里……"

"你想来干什么我不管！"胡总执事打断他，"但你不能进会馆，这儿是我管的地方，我已经说了，不许徽州商人与你往来，自己更要以身作则。"

"这就不讲理了，我们又不是来做买卖，只是问点事情。"郝师爷忍不住了。

"问事情？那就更不必进去了，这里的人不会回答你的。"胡总执事的声音硬冷无情。

郝师爷还要争辩，古平原知道争也无用，回身拦住他，"郝兄，算了，我们去别家问吧。"

林查理不知首尾，莫名其妙地跟进去，又莫名其妙地被撵出来，走了没多远终于忍不住要问："古老板，你们不是徽州人吗，为什么徽商会馆会撵你们出门？"

古平原歉意道："都怪我从前做事孟浪，却连累了林兄，真是抱歉。"

待到听了这里面的缘由，林查理却对古平原的做法大加赞扬，表示非交他这个朋友不可。

他们正说着，从前面来了一队大车，打头的老汉正在赶车，眼光瞥到路旁的几个人，忽然猛一勒马，带着激动的声音颤声叫道："黑塔……"

"爹！"刘黑塔大叫一声，几步扑过去，抱住常四老爹的腿呜呜地哭开了。

古平原乍见常四老爹，也是又惊又喜，顾不得给郝师爷他们介绍，连忙赶过去，先劝刘黑塔止住哭声，然后把老爹扶下车。

"老爹，你这一向可好？"

"好，好。"常四老爹看着干儿子和古平原，仿佛有一肚子的话想说，却又激动得不知从何说起。

"对了，我妹子呢，留在家里了？"刘黑塔大哭大笑，此时想起常玉儿，咧着嘴问道。

"唉……"常四老爹不知为何叹了口气，眼光向后看去。古平原随着他的目光望去，就见在一溜儿长车的最后，遥遥望见压在车队末尾的是一辆二轮小马车，车厢的帘子掀开一角，常玉儿正远远地一眨不眨地望着自己。四目相对，古平原就觉得常玉儿的目光中既有难于言表的情深义重，又有一丝说不出口的痛苦，糅合在一起仿佛有千斤分量，却都集于自己一身。古平原心头一震，立时觉得心里也是沉甸甸的。

"妹子怎么又瘦了许多。"刘黑塔却没发觉这些，回头问常四老爹，"爹，你怎么带着妹子一起出来了，难不成王天贵那老小子又出什么歪道儿？"

"那倒没有，不过我这次出门却也跟他有一半的关系。"

只这一句古平原便听不懂，常四老爹见这里不是讲话之所，便问："古老弟，我这车队刚刚进京，运了趟货，讲明要在晋商会馆交货。你们这是去哪儿？等我交了货去找你，还有好多话要说。"

古平原说了自己的住处，忽然灵机一动，"老爹要去晋商会馆，可否帮我打听些事情？"

"怎么不行，你说吧。"

古平原将要打听的事情一一说明，与常四老爹暂且告别，刘黑塔自然跟着车队。小马车经过身边，车帘子虽然已放下，古平原隔着车板却还是能感觉到常玉儿正在看向自己。

既然有常四老爹帮着打听消息，这会儿别的地方也不必去了，只管回到客来升去等。

他们回到客栈，嘱咐了伙计留神有人来访，便都回到古平原所住二楼的房间，一面喝茶吃些茶点，一面听林查理讲些海外趣闻，时间过得倒也快。

不到一个时辰，常四老爹带着刘黑塔便已经到了，方才是街上偶遇，这才算是正式见了面。这边是郝师爷以及新识的林查理，那边是常家父子，古平原少不得要居间一一介绍。

大家彼此客气了一阵，古平原请大家都坐下，第一句话便问："老爹，我这一年来始终在担心你，却又不敢托人到燕门打听。"

"我知道，你是怕露了行藏反而连累了我。"常四老爹很是谅解，"放心，你设计除了王天贵这一害，眼下没人再为难我们常家了。"

不过自从古平原从燕门逃离，王天贵也失了踪影。这个人是出名的阴险狡诈，一旦消失无踪，常四老爹总感觉心里发毛，走路时常要回头看看后面，连睡觉都不安生。

"明枪易躲暗箭难防，搞不好他就要把仇报在我头上，明里来我都弄不过他，何况如今他不知躲到哪个角落冒坏水，要是不提防早晚要吃大亏，所以我干脆三十六计走为上。"常四老爹讲了一气，拿起茶杯来喝了几口。

"您在太谷县有盐场、有老宅，如何走法？"古平原问道。

"盐场原价脱手，欠别人的账也都还了。老宅嘛，一道铁锁，放在那儿又丢不了。我私底下一合计，反正卖了盐场剩下不少银两，干脆雇上几个伙计，又买了十几辆大车，帮着茶行、粮行这些地方运货，一趟下来其实也不少赚银子。"

别看他说得轻松，古平原却知道这其实是有家归不得，心里大是内疚，歉然道："都是我连累了老爹。"

"什么话……"常四老爹不爱听了，"要不是你，我早已投了海，家里的宅子也就归了王天贵，碰到你是我的运气，怎么说连累呢！"

郝师爷明白其中道理，吸着旱烟笑道："你们人不在太谷，他就是有千条奸计也使不出来。要我说，你们是走对了，否则早晚被他算计了。"

古平原这才略略释然，给老爹的茶杯里续上新水，说道："恶人迟早有恶报，老爹也不必太把这个人放在心上了。"

他顿了顿又说："老爹，我托你打听的事情如何了？"

古平原要常四老爹向晋商会馆的执事打听三件事。一是这万茶大会究竟如何举办？有何规则？二是晋商也是天下数一数二的商帮，想要如何应对这万茶大会？三是京商到底在万茶大会中扮了个什么角色？会不会一手遮天？

这第一件事常四老爹完全打听明白了——万茶大会要在醇郡王府的后花园举办，每一种参选茶叶只能由一家商户送选，而且只要参选，每种茶叶便要交上八千两银子，美其名曰赏叶钱。

"八千两，啧啧，这数目可不小。"连古平原听了都大皱眉头，他原以为两万两银子是笔巨数，没料想单单进个王府后花园便要三分天下去其一，虽知这银子省不得，不过心疼也是在所难免。

"你以为这就完了？还有哪……"花了八千两银子只是交个报名的入场钱而已，交一份银子只许每家商户进三个人，若是要进王府的花厅坐雅座，与王爷咫尺相隔，蒙几句温语垂询，那便要再交一万两，否则就只能在花园里坐散席。

"听说那八千两是户部收的，而这一万两则是王府的清客想出来的发财法子。"听了常四老爹这一说，古平原几个人面面相觑，一时作声不得。

好半天，还是刘黑塔眨眨眼问道："古大哥，这笔一万两你要不要花？"

"晋商那边会不会出这笔钱呢？"古平原转头看向常四老爹。

老爹把头摇了摇："别说一万两，八千两的赏叶钱都是不交的。"

这回答未免有些出人意料，大家都是一怔。

"眼下晋商的茶路由乔家堡的乔致庸和几个大茶商共同掌握，他们聚在一起研究过这万茶大会，认为这一次的万茶大会是由京商策动，又是办在京城，很明显京商已经占了天时地利，没有十足的把握不会为他人作嫁衣裳。所以乔致庸不打算花冤枉钱，不战就没有输赢，反倒落得漂亮，眼下晋商就是这么个打算。"

古平原听了也认为晋商审时度势，算盘打得很精明，不愧是商帮翘楚，心下暗暗佩服。

"不过有件事，晋商也搞不明白。"常四老爹皱着眉头说道，"北方压根就不产好茶，京商也只不过是贩茶而已，手里也没有好的茶山茶田，为什么会策动官府组织这万茶大会？这一点就连乔致庸也瞧不透。"

一句话问到古平原的心里去了，其实他早就在想这个问题，却始终难以猜透其中的奥秘。

"还有句话，古老弟听了要吓一跳。"常四老爹说，"我们燕门的票号和京城的钱庄素有往来，听说，京商的李万堂前几个月通过四大恒钱庄中的老恒利向户部报效了五百万两银子，后续还要再报效一百万两。"

不只古平原，在场人都吓了一大跳。六百万两！若是拿来做生意，可以在一些行当里立时坐上头把交椅；若是拿来花用，就算是每日花天酒地，一个大宅门也几辈子享用不尽。这李万堂居然一下子把这笔巨款送给了户部，莫不是失心疯了？

"巧的是，他刚把这笔款子转到户部，那边议政的恭亲王就指示户部相机办理万茶大会一事。"

古平原冷笑一声："巧也巧不到这个地步，我明白了，这根本就是一场交易。"

郝师爷沉吟地问道："你是说，用六百万两银子，换朝廷支持办万茶大会？"

"那代价未免太大了，只怕不止。"

话刚说到这儿，外面有人敲门。刘黑塔离门最近，向外张了张，便将门一拉，一个人从外面缓步走了进来，古平原等人见了，都吃了一惊，纷纷从椅上站起身来。

进门的正是常玉儿。常四老爹脸上忽现焦躁之色，不待常玉儿说话，便对着女儿道："你不必管我，先回房安歇吧，这一路也累了。"

"是。"常玉儿低声答应着，很快地抬眼向屋中望了望，眼光在古平原身上停留片刻，目中虽有千言万语，最后还是将眼睛微微垂下，转身退了出去，顺手带上了房门。

"方才是小女玉儿，几位莫见怪。"常四老爹道，"唉，女人家外出经商也真是不方便，这孩子也不小了，要是能早点找个好人家嫁了，那我死了也闭眼呢。"常四老爹忽然一声大叹，对着刘黑塔说话，眼睛却看向古平原。

"爹，好端端怎么说这话，我和妹子孝敬您的日子长着呢。"刘黑塔可不爱听了。

古平原听常四老爹仿佛话里有话，尴尬着问了一句："老爹，您出外经商，何不让常姑娘寄住在亲戚家，也比这样在路途中吃苦受累强得多啊。"

"是啊，爹，您这事儿做得可欠考虑。"

常四老爹欲言又止，看了看郝师爷，又看了看林查理，最后又是一声沉重的叹息，摇头不语。

再笨的人也看出常四老爹有难言之隐，郝师爷第一个就站起身，拉着还在懵懂的林查理，"来、来，林老兄，你说那锡兰红茶好处多多，我且到你住宿之处品尝品尝。"说着连拉带拽，不由分说把林查理拉出了房间。

古平原也站起身，常四老爹看样子想留他，最后却又改变了主意，任由古平原辞了出去。

这父子俩一下午躲在房里不见人影，傍晚时分，古平原从客栈西跨院外经过，一个闷闷的声音叫住了他。

"古大哥。"

"黑塔兄弟，我正要去找你，今夜大家一起聚聚，难得热闹热闹。"

刘黑塔平素最喜热闹，此时听了却全无表示，蹲在地上纹丝没动，一双铜铃样的大眼不时眨巴眨巴，像是有什么心事在为难。

古平原的印象中，刘黑塔这个人一向是不想事情的，更别提这副心事重重的样子了。他觉得有些好笑，又等了一会儿，确定刘黑塔不肯先开口，这才问道："兄弟，你好像有什么话要说？"

刘黑塔还是不吭气，烦躁地抓了抓头，猛然把手往古平原身前一伸，眼睛却不看他。

"扳指！"刘黑塔闷声闷气地说。

"扳指？"古平原不晓得他在打什么哑谜，一愣之下才想到，刘黑塔说的可能是常玉儿送给自己的那个翡翠扳指。

果不其然，刘黑塔道："我娘留给玉儿的那个扳指是不是在你手上？"

"是。"要解释这枚扳指为何会落在自己手上，还真不容易。

"拿来给我。"刘黑塔却不理会往事，依旧瓮声瓮气地道。

古平原摸不着头脑，但是依然将那个扳指从荷包中找了出来，便要交到刘黑塔的手里。

没想到刘黑塔却火了，腾地站了起来，居高临下地怒视着古平原，急道："你还真把它给我啊？古大哥，我一向佩服你，可你要是欺负我妹子那可不成，就是天王老子，敢欺负玉儿，我也一样把他的脑袋拧下来。"

古平原被他这突如其来的一出弄得不知所措，双手往下按了按："慢着，你要把话说清楚才行。我和常姑娘一晃儿一年多没见面，这才刚刚见着，我怎么就欺负她了？"

"就是刚刚欺负了。"刘黑塔斩钉截铁地说。

他说话依旧没头没脑，古平原只好不说话，拿眼睛看着刘黑塔，等他说下去。

"老爹上午说玉儿出门吃苦受罪，正是给你提了个话头，你怎么什么表示都没有？"

"那我应该如何表示呢？"

"自然是求老爹将玉儿许配给你，她终身有托，就不必到处东跑西颠地跟着我们受苦了。"

"啊？"古平原看看刘黑塔的脸色，确定他不是在开玩笑，这才接口道："这婚姻大事岂能如此儿戏！"

"说什么！儿戏？"刘黑塔彻底火了，揪住古平原的衣襟将他扯起来，一手握拳便要打下来，突然自己又气馁了，把古平原一放，大踏步走了出去。

古平原是丈二和尚摸不着头脑，不知刘黑塔何出此言，自己又什么地方得罪了他。

3

"眼下京城里万商云集，都是来参加这一次万茶大会，我要见许多人，无暇去理会细务。你就代表李家，和几个大掌柜一起来操办这次的万茶大会。记住，别看王爷已经把茶王称号许了给咱们，要知道一切都还没定局，绝不能轻忽大意。"

李钦被自己的父亲冷落了半年，忽然听到把这个重任交给了自己，这可是在天下商帮面前抛头露脸显威风的好差事。自己本来一向与李家的生意无缘，父亲也不许自己擅自去过问各处的买卖，如今一下子从地上捧到天上，连几个素来能干、德高望重的大掌柜都要听自己号令，李钦简直有些不敢置信，走出去时脚步都有些轻飘飘。

"怎么，你觉得他拿不起这副担子？"李万堂听儿子走远了，这才瞟了一眼李安。

"小的只是觉得，老爷要历练钦少爷，不妨由轻到重，如今一下子把千斤重担放在钦少爷肩上，只怕要压坏了他。"李安小心翼翼地回话。

李万堂没吭声，他心里自有打算。李家的生意不比别家，李家的掌门人，眼界一定要开阔，手脚一定要大开大阖，否则就掌不住这艘巨船。像这样的盛会，百年难得一遇，年轻人有机会在此历练一番，抵得上在别处做十年生意。

"我眼下就这一个儿子，不能不锻炼成器，将来李家的生意还要传给他。"李万堂轻轻说了句，不像是对着李安，反倒是像说给自己听。

李安低了低头，"老爷，我把当行公会的那一百万两送到户部时，听了些传言，可能会对咱们不利。"

"唔。"李万堂展开手中的扇子，仿佛不经意地听着，其实李安说的每一个字他都听在了耳里，入了心头。

"据说西边的最近对恭亲王很是不满，觉着恭亲王日渐跋扈，打算削他的权柄。"

"嗯。"

"东边的起先不以为意，可是西边的总说这些话，她好像慢慢地对恭亲王的态度也有些不如前了。"

"唔。"

"有一次，宫里小太监亲耳听到，两宫太后下棋闲聊，西边的居然拿恭亲王来比一个人。"

"谁？"

"宫灯。"李安唇中轻轻吐出两个字。

外表看去李万堂脸色未变，但内心已是悚然。宫灯是暗语，以其形似，拿来暗喻一个肃顺的肃字。西边的指的自然是慈禧太后，她居然用这个已经法场斩首的死对头来和恭亲王做比，这事儿还真不能等闲视之。

"咱们京商做事，全靠结交当朝权贵，以前是宫灯，他倒了，李家连同京商都损失巨大，如今好不容易通过宝鋆又攀上了议政王，绝不再容有失。"李万堂的眉棱骨动了动。

"可是西边的毕竟是圣母皇太后，是当今的生母，她要是想和谁为难，只怕……"李安讷讷地说着。

李万堂沉吟片刻，忽然展颜一笑："她用宫灯做比，我却也从宫灯上想出了一条路。"说着，已经举步向门外走去。李安不敢怠慢，紧随其后。

"李老爷有什么事，请直截了当地说吧。"苏紫轩让四喜看茶，自己仔细地瞧着李万堂的神色，她清楚，这个手腕高绝得可以把朝廷大佬都置于股掌之中的人绝对无事不登三宝殿。

"你大概以为我是无事不登三宝殿，可是你错了，我不过来看看故人的女儿罢了。"李万堂意近悠闲，在屋中随意踱了几步，观赏着架上的兰草，又拿起一本《备倭纪要》翻了翻。

"这是戚继光的兵书，难得你一个女儿家也爱看这样的书，倒真有乃父遗风。要不是他当年坐镇军机处，哪里会有如今江南、江北大营合围南都的局面。"

苏紫轩听了这话，并不为所动，"是非功过自有后人评说，眼下恨我阿玛的人正掌着大权，还远不到盖棺论定的时候。"

李万堂点着头，望了望院子里嫩绿的柳枝，"我一个生意人本不敢安攀，难得你阿玛抬爱，愿意交我这么个朋友。一晃儿整十年了。人家都说这十年李家的生意翻了好几倍，是我李万堂有本事，可是我自己知道，没有你阿玛出力扶持，我做不到！如今交情还在，人却不在，我前个儿还悄悄去他坟上拜祭，心里难过得很。"说着说着，他像是触了情肠，眼圈微微红了。

"那还真多谢你了。说来惭愧，阿玛死后，我都没去过坟上祭拜过。"苏紫轩眉毛都没动一下，声音也是冷冰冰的。

李万堂听了却更加笃定了心中的主意，这女子若无非常之谋，岂能忍非常之事。他知道眼前这个苏紫轩一身聪明仿佛来自天授，话不可多说，恰到好处即可，"你不去也是应该的，你阿玛死得那么惨，临刑时连刽子手一刀刘都不忍直视，你去祭拜徒然伤情而已，想必也不是你阿玛乐见。"

"这是什么话？什么叫死得那么惨！"苏紫轩这才不免动容，眉毛一挑紧盯着李万堂。

"你不知道？"李万堂讶异道，"哦，是了，听说你现在大门不出二门不迈，想必真的不知，是我失言了。"

"四喜！"苏紫轩扭头看向她，眼里射出两道凌厉的寒光。

四喜惊慌地避着苏紫轩的目光，惶惶不知如何自处。

"她一个丫鬟，当时随你在京外，就算在外边听到了什么也不过是不尽不实，你何苦为难她。"李万堂劝道。

"那你说！"苏紫轩站起身，走到李万堂的面前。

"我……唉！谁让你父亲得罪了一个万万不能得罪的女人，当年吕后报复戚夫人，成了人彘，我看如今宫里这位的心地也和吕后差不多，真是最毒妇人心哪。"李万堂显得为难至极,"事情已经过去快两年了,你就忘了吧。"

"忘?!这种事情怎么能忘,从前我不知道也就罢了,既然知道了,非弄个明白不可。"

"你不要问我,我实在难以说出口。当时在场人很多,你父亲的亲故部下不少都在,你去问他们吧。老夫告辞了!"说着,李万堂拱了拱手,逃也似的紧走两步,带着李安匆匆出了门口。

"部下……"苏紫轩望着他的背影,思索了一下,吩咐着四喜,"准备一下,我要出去。"

李万堂此来是微行,并没坐轿,出门之后,他神态迅速恢复了那种悠闲自在、不以为意的样子,在路上不紧不慢地走着,遇上相识的熟人或者哪怕是一面之交来打招呼,他都温和地笑着点头,偶尔还问问街边的小买卖人生意好不好做,单从外表看,谁也猜不到这个一身儒雅的中年人就是财倾京城的李半城。

"老爷!"跟着他走出二里地,见人群稀少,李安这才张嘴,他小声道,"您是想用这女人去对付西边的?就这么个女人家,无拳无勇,她还能把西边的怎么着?"

"我李家家大业大,又能把西边的怎么着?"李万堂反问了一句。

"这……"李安不知如何回答了。

"她是把快刀,偶尔拿来用用,也许就能办成什么事儿。"

"您说也许……"李安好像悟出了点什么。

"对了,就是也许、假如、万一……总之不能做准,做准了就要牵累到咱们头上。"

给她一个做事的理由,却不告诉她怎么去做,像这样的聪明人,一定能找到自己的办法,即便事情不成功,也绝连累不到自己。李安此时彻底懂了李万堂今天走这一趟的目的,不由得钦佩地点了点头。

"你不要逼我。"伊桑阿低吼一声。

苏紫轩的脸色冷若冰霜,"以往你自称对我阿玛忠心不二,可曾想过有一天,那个你发誓要用生命来保护的紫萱格格,你恩人的女儿,问起那日法场的真相,你却连提都不敢提一句,像个懦夫一样只会说一句'不要逼我!'"

"不要再说了!"一句接一句的诘问如同大锤砸在胸口,伊桑阿痛苦地抱住头,"你以为我好过吗?你以为我每天晚上不会做噩梦,梦中不会见到那日法场的情形?

我不说，是为你好，你听了一定会伤心难过，也会像我这样夜夜喝得酩酊大醉，不愿意去做那样可怕的梦。"

"我没你那么没用！"苏紫轩冷冷打断道，"说！"

李万堂所说的"最毒妇人心"，倒真是没有冤枉了慈禧。原本像肃顺这样的黄带子宗室，哪怕是犯了再大的罪，也是不枷不锁不辱不骂不饿不渴不刑不虐，这是打太祖时便传下来的规矩。可是这一次，内廷派了慈禧身边最得宠的太监安德海来传令，宗人府接令之后便对肃顺用了重刑，到了开刀问斩那一天已经被打得不成人样了。

一走出宗人府的牢门，等着肃顺的就是左右两边猛抡过来的熟铁灭威棒，两声咔嚓响过，肃顺惨叫一声，两条腿的膝盖骨已经被打得粉碎，就这么被人像拖死狗一样拖到了囚车里。

披头散发的肃顺知道自己大限将至，等囚车到了大街上，鼓足力气大骂慈禧和恭亲王，"污浊裙带，狗屁王冠，你们叔嫂狼狈为奸，欺负幼帝懵懂，大清朝早晚毁在你们手上……"

步兵统领衙门的几个兵卒早就接了令，一看肃顺开骂，二话不说爬上车，一起将肃顺的嘴用刀撬开，不顾他的连声惨叫，用一把小铁钩钩住他的舌头往外一拉，将其并根割断。这还不算，一伙儿太监也不知是从哪儿冒出来的，将从河里挖来的臭泥，还有街边茅厕掏出的粪汤一盆盆泼在囚车里，不多时肃顺脸上身上已是污秽不堪，人也已经半昏了，由着这伙太监用尖细的声音和难以入耳的脏话破口大骂着。

等到了菜市口，午时一到开刀问斩，有名的一刀刘居然连砍了四刀才把肃顺的脖子砍断，肃顺嗬嗬厉吼，临死前还遭了一把活罪。有人说是刽子手手软了，有人说是肃顺脖子硬，其实一刀刘心里有数，上面有令，不许他用自己使惯的鬼头刀，而是临时换了一把看上去三个月没磨过的钝刀……

"小姐，你倒是说话呀，自打咱们回来，你就这么坐着，天都黑了还没吃没喝呢，这哪成啊。"四喜看着苏紫轩坐在中庭的竹椅上，一动不动地望着照壁，那张毫无血色的脸比照壁的墙还要白，让她打心里发寒。

她说了半天，苏紫轩也没搭话，直到后来街上更夫敲起了定更，梆梆的声音还没散，苏紫轩忽然开了口。

"四喜。"

"哎，小姐，我听着呢。"

"从今天开始，你不要再陪我了。"

"啊？"

"你出去，哪儿热闹去哪儿，去替我打听消息。"

"什么消息啊？"

"不管是什么消息，大的小的，这四九城里五行八作的事情，我都要知道，越快越好。你去多找找杆儿上的乞丐帮，不要吝惜银子，听到没有？"苏紫轩只有嘴唇在微微地动。

"哎。"四喜答应着，又担心地看了看她，试探地问，"小姐，要不然明天我陪你去祭拜一下老爷吧。"

"要去的，但我不能空着手去。"苏紫轩的声音像是从很远很远的地方飘了过来。

4

"你们说，要是没人在后面操纵，按道理讲，谁家的茶叶最有望得天下第一？"在外打听了一天消息的郝师爷回到客栈，酒席上突然问了这么一句。

大家一时都被问住了。天下名茶何其多也，西湖龙井、安溪铁观音、黄山毛峰、六安瓜片、云南普洱、四川蒙顶甘露等，一连串数下来，够资格入选天下第一的怕不有二十多种。

"说到品茶，每人口味不同，各有所好，硬要说哪家茶叶是天下第一，只怕难以服众。"常四老爹在众人面前并无异样，公公允允的一句话，大家都跟着点头。

"碧螺春，天下第一茶是碧螺春！"古平原一直在旁思考，他并未从众，而是一口下了断语。

第一个不服气的是林查理："我知道碧螺春，是上品好茶不错，可要说能压过其他茶种，一举夺魁，只怕没这个把握吧？"

"我说是碧螺春，就是碧螺春。"古平原脸色平静，看样子是十拿九稳。

这一说，众人都好奇起来，纷纷要他解释。

"理由很简单，就是一句话。本朝重祖制，即是所谓敬天法祖。"古平原淡淡地说。

众人面面相觑，显见得都没听明白，只有郝师爷脸上露出佩服的神情。

古平原也不让他们多猜，接下去便解释道："什么是法祖，就是一切遵照祖宗成法行事，绝不轻易更张。在所有茶中，只有碧螺春这个茶名是本朝圣祖康熙爷起的，是御赐之名，若是排在其他茶叶后面，就是对康熙老佛爷不敬。你们想想看，既是朝廷安排的茶会，碧螺春又怎会不是第一名？"

"而且醇郡王是总评判，他也是康熙爷的子孙，怎么敢对自己的老祖宗不敬呢？"郝师爷加了一句。

常四老爹恍然大悟："照这么说，碧螺春获天下第一茶岂止十拿九稳，简直就是板上钉钉了！"

"不见得。"古平原摇摇头，这下众人真被他搞糊涂了。

"古老板。"林查理半张着嘴，"是也是你，非也是你，这是是非非到底怎么回事啊？"

"这次的事情奇怪得很，按理说碧螺春必定是天下第一茶，这件事京商的人应该也能想到，可他们花了六百万两银子，难道就为的去捧别家的茶吗？要知道自康熙朝起，碧螺春便是洞庭商帮的禁脔，绝不许旁人染指，京商不可能从碧螺春上得到丝毫的好处，有什么理由去捧它呢？"古平原皱着眉头沉吟道。

"难不成京商与洞庭商帮结成联盟？"常四老爹提了一个假设。

"那只对京商有好处，洞庭商帮不会答应的。"古平原答道。

"我听说这一次洞庭商帮信心十足，帮主本人都没有来，只派了个副手前来，看样子也是确定御赐茶名非得第一不可了。"郝师爷徐徐说道，"不过他们的如意算盘只怕是打错了。户部的书办告诉我，京商的六百万两银子已经悉数汇入国库，而户部尚书宝鋆与京商李万堂之间已有成议，只要这六百万到了户部的账上，天下第一茶的名号便稳归京商。"

语出惊人，古平原急急问道："宝鋆不过是户部尚书，难道能做醇郡王的主？"

"做主的另有其人，宝鋆背后是恭亲王。"

"议政王！"古平原点了点头，"这就难怪了。他是醇郡王的六哥，想必是自己不方便出面，所以让醇郡王出来掩人耳目。"

"醇郡王可也不傻，户部只收八千两，他却加收一万两，要是小花厅里坐满了，少说也弄个几十万两，不吃亏。"郝师爷冷言冷语地嘲讽着。

"现在只是不知京商要用什么茶来拿这天下第一，老爹先前也说了，京商手里并没有掌握能产名茶的茶田。"古平原缓缓吐了口气。

郝师爷在座中伸了个大大的懒腰："你操那么多心干吗？人家六百万两拿出来，就算参选的只是一堆槐树叶，也能把天下第一名茶的金字招牌捧回去。咱们就别想了，手里的银子还不到人家一个零头呢，能让人赏脸喝咱们一口茶就不错了。"

大家听他说得诙谐，俱是一笑。古平原还要说什么，忽然觉得桌下面有人踢了他一脚。

他一怔，向桌上众人瞧去，人人脸色自然，只有刘黑塔正在瞪他，不用问这一脚是刘黑塔踢的。

　　就见刘黑塔假意出去小解，向古平原偏了偏头，古平原只好也起身随他走了出去。

　　这时日影已然西斜，留下一道道长长的影子，刘黑塔一直走到客栈外面的偏墙外的阴影中这才停住脚步，一转身有些趔趄，古平原想扶，却被他一把推开。

　　"古，姓古的。"刘黑塔从入席就开始往嘴里倒酒，现在已然是醉了，一开口酒气熏天，舌头大得说不清话。

　　"我问你，你究竟是娶不娶我妹子？"他用手点指着古平原说道。

　　古平原知道这种情况下和他说不清道理，伸手想把他搀回客栈，刘黑塔的劲儿比他大得多，反倒一把抓住他的手，眼睛通红地瞪向古平原。

　　"今天你要是不把话说明白，就别走！"

　　古平原无奈只得道："黑塔兄弟，你要我说什么呢？"

　　"你就说我妹子有哪点不好，你不肯娶她？"

　　"常姑娘当然是好，可是难道我想娶，她就愿嫁吗？"虽然知道常玉儿对自己有情，可是平素并未有一字半句宣之于口，刘黑塔硬要为妹妹拉郎配，古平原压根就不信他是得了常玉儿的许可。

　　一句话问坏了，古平原本当刘黑塔是吃醉了酒胡闹，不想自己问了这一句后，刘黑塔倒静了下来。他摸索了半天，从贴身的口袋里摸出一张纸片，往古平原面前一递。

　　古平原诧异地接过一看，是一张药方。

　　"这是当初李神医给你开的救命药方，你倒看看那药引子是什么。"刘黑塔把头偏向一边，气鼓鼓地说。

　　古平原一目十行看完了药方，就见在后面有一行明显不是相同笔迹所写的字："此药需以处子阴寒之体为药引，方能引出病患体内热毒，并以药力化去。"

　　"这、这是什么意思？"古平原心念一转不禁骇然，抬起头直视着刘黑塔。

　　刘黑塔咬了咬牙，一跺脚，"实话和你说了吧，午后老爹找我说起家中事，你知不知道，自打你走后，我妹子寻过两次死！"

　　"什么！"古平原真的是大吃一惊。

　　"幸好发现得及时，一次是被李嫂，一次是被老爹，都救了下来，害得李嫂寸步不离看着她。问她为什么要寻死，她也不说，就只是哭，那眼泪从早流到晚没个完。

125

后来还是李嫂细心，发现她手心里时常攥着个纸片，有一天趁她昏昏睡去，把纸片偷着拿出来，老爹一看是一张药方，拿去请教药铺里坐堂的大夫，这才明白，原来当初妹子是用自己做药引，救了你一命。我说嘛，请大夫给你治病的那一晚，见我妹子衣冠不整地从你房里出来。那时候你病得半死不活，所以我也没多想，敢情是这么回事儿啊。"

话说到这儿，古平原算是全明白了，饶是他聪明机智，也不由得愣住了。

"老爹这才知道玉儿一颗心都在你身上，思来想去没法子，又怕玉儿留在家里整日睹物思情愁出病来，这才寻思着带着她出来做生意。说是为了躲王天贵，其实倒有一大半是为了玉儿。想不到天见犹怜，竟在京城遇上了我们，你瞅瞅我妹妹那双眼睛，真可怜见的，这一次要是还不把话说明白，往后的事儿我和老爹都不敢想。古大哥，事到如今，你说怎么办？"

怎么办？古平原一个头两个大，就是不知道怎么办才好。要说他现在对常家尤其是玉儿姑娘真是感激得无可复加。名节至重，人家是个大姑娘，为了救自己，不惜清白之躯，这可比死都难。一想到那个连闯瀚海军营都不怕的玉儿姑娘为了自己曾经寻死，古平原心头一阵刺痛。但要说报答，也真就只有娶了她才行，但古平原现在一颗心都在白依梅身上，实在是无法应承此事。

古平原这边心乱如麻，刘黑塔可不管这些，见他眉头紧锁迟迟不语，气更是不打一处来，不由得声音就大了些："你倒是给句痛快话，你看看我妹子现在瘦成什么样？这事儿牵扯到女人的脸面，真是有苦难言。我自己琢磨，她一个女儿家跟着我爹出来，怕不也是为了能有一分希望见到你。古大哥，你比我聪明百倍，难道说你就真的不明白？"

"我明白，我都明白，可……黑塔兄弟，有件事我没告诉过你。"古平原万般无奈，只得把白依梅的事情说出来了，"当日救人你不是也见过她吗，虽然造化弄人无缘成亲，可是我打算一直等着她，大不了这一生不娶……"

话还没说完，就听身后咕咚一声，一个人倒在地上。二人大惊回头，借着昏黄的灯光一看，昏倒在地的不是别人，正是常四老爹。

常四老爹其实也看出干儿子脸色不对，见古、刘出去好一会儿不进来，猜到了刘黑塔要找古平原摊牌，出来看时，恰巧就把最后的那句话听了去。古平原有了意中人，那自己的女儿怎么办？他一时气急攻心，晕倒在地。

刘黑塔的酒也吓醒了，与古平原一边一个扶起老爹，刚要往客栈里去，常四老爹悠悠转醒，"慢，慢一点。"

二人停住脚，常四老爹望了古平原一眼，想说什么又咽了回去，对刘黑塔说："扶我回房吧。"

然后他眼睛没看古平原，说了一句："古老板，我老头子不胜酒力，告个罪，先逃席了。"

"是，是。"古平原自觉心中有愧，也不敢看常四老爹。

等到刘黑塔扶着义父走了进去，古平原在客栈外愣愣地站了半响，末了一跺脚，长叹一声："唉！"

他是左右为难，婚姻大事不可儿戏，自己心有所属，可又难成良缘，这边偏偏还欠下人家姑娘一个天大的人情，装糊涂固然可以，未免抹杀良心，自己绝不能这么做。但若是认起真来，那真是除了娶常玉儿为妻没有第二个办法。

5

连着两天，古平原每日都拉着郝师爷出去，大街小巷地转悠，天刚亮就出门，天黑透了才回来。郝师爷一开始还当他是想看看京城的物产生意，后来越瞧越不对路，终于忍不住要问了。

"我说老弟，你这是干什么？我这几日陪你到处闲逛，鞋底都快磨漏了。你这才第二次来京城，总不成是欠了别人的钱在躲债吧？"

古平原心里苦笑，欠钱倒是不愁，欠人情才糟糕，自己实在是不知道见了常家的人该说什么，否则能整天在外面穷溜嘛。

"我想起来了。"古平原把话题岔开，"今儿是端午，听客栈老掌柜说，在京的商人都要到前门关帝庙去拜祭武财神，咱们也去看看吧。"

前门楼子九丈九，四门三桥五牌楼。关帝庙就在前门南侧不远，等到了近前，那份热闹就别提了，日杂百货、绒绒铺、大酒缸、书茶馆、鞋帽店、糖饼铺，各家的买卖全都派了伙计在此出摊儿，青山居茶馆的掌柜还特别奉送大碗茶，引得游客纷纷讨要。

门口有两个家丁，大白天各提着一盏灯笼，上面大书一个李字，见有寻常百姓携家带口要进关帝庙，便出言劝说，道是今日各地商帮在此集会拜祭，请暂且让一让。瞧着那个李字的分儿，还真就没人不让。

古平原与郝师爷互相瞧了一眼，上前自报是徽州茶商，毫不费力地就走了进去。这座庙占地不大，可是里面供奉的关羽神像据说曾在明成祖远征漠北时显过灵，加之地处要冲,所以香火极盛。

古平原一脚踏进殿门,就听一个熟悉的声音正在扬声笑道:"各位商界前辈,晚辈李钦,是京城李家的人,今日代表李家欢迎大家远道前来京城。咱们在关帝老爷面前共拈一炷香,这次万茶大会无论结果如何,不可坏了同行的义气。"

李钦话音刚落,就听旁边有人阴阳怪气地接了一句,"哼,区区毛头小子,也敢在这儿大言不惭。"

李钦一听脸上变色,还没等他缓过来,身后不远处的人群中也有冷笑两声:"真是吃得灯草灰,放得轻巧屁,你李家难道不是对天下第一茶志在必得?"

李钦气往上撞,急回身去找那说话的人,还没等他找到,李万堂在前排咳嗽一声,用眼睛斜了李钦一下。

李钦只好咽下这口气,强笑道:"按往年的规矩,神前拈香,自然是我京商以地主身份先行。"

往年的规矩确实如此,各地商人也都依规而行,从没出过差错。但是今日却有人反对了。

"不行!今年可不能按这一套老规矩。"这人说着走了出来,就见他长得牛高马大,眼睛却眯成一条缝。在座的人都认识他,是洞庭商帮的二当家高奎,此番帮主陈七台没来,只派了高奎做代表。

"小子。"高奎面对李钦,皮笑肉不笑地牵牵嘴角,"谁不知道这头香最贵重,也最得神灵佑护,如今万茶大会举办在即,你京商要讨这个好彩头,可我洞庭商帮就偏偏不让,我家的碧螺春这次拿定了天下第一茶,这头香理应由我来上!"

一语既出,人人脸色变色,特别是几个有希望夺这天下第一茶名号的更是不能容忍,带着黄山毛峰来参加万茶大会的侯二爷也立时站了出来。

"如果说谁家的茶好,谁就能上头香。那我泰来茶庄的绝品毛峰不输给任何人,当然应该由我们来上这炷香。"

"错了,我们闽商的大红袍才是世间逸品。"

"哈,就凭你们这些残茶碎叶也敢在这儿大言不惭,咱们浙商的西湖龙井不出头,谁敢争这第一!"

几句火气十足的话说出来,正殿里立时吵得不可开交。亲帮亲,邻帮邻,何况商帮之所以能够结成,本就是为了同仇敌忾对付外人,就听各地方言混杂,大声叫骂,人群往一起挤着,眼看就要成了无法收拾的场面。

"各位,不要争吵!"就在这时候,一个人大喝了几声走到当场,众人愕然,不知不觉中便止住了声音。

站出来阻止这场闹剧的正是古平原，看着同为生意人的这些商人如此失态，他就觉得脸上一阵阵发烫。郝师爷在旁笑说看戏，古平原却觉得自己也是戏中人，眼前这些商人如此作为，指不定有多少人在外面看笑话。他觉得一阵羞愧，到后来实在是忍无可忍了，不假思索便站了出来。

等众人的眼光一起落在自己身上，古平原才觉得有些鲁莽了，但箭在弦上不得不发，索性横了横心，向着四方拱手一揖道："各位三老四少，商界的前辈们，在下古平原，是徽州茶商，虽然不才，可是对这万茶大会倒有几句肺腑之言，各位能不能听我说几句。"

高奎眯着眼打量了他几眼，偏头问胡总执事："这是你们徽商的人？"

"不过是个刚做买卖的无名小卒，进不得我们会馆，徽商里没这号人。"胡总执事瞥了一眼古平原。

高奎立时不屑地笑道："小卒子也敢到这儿来大言不惭，这随便指一个人，指缝里漏点银子都能把你砸死，你也敢到这儿来说话。"

"关老爷面前不分大小，听听他说什么也好。"出人意料的是，给古平原解围的居然是李钦。

李钦方才一眼看见古平原，恨不得立时夺过关公手里的大刀，把他一劈两半。不过他眼下深沉了许多，看出古平原也是来参加万茶大会，那就不必急于一时，反正他一脚踏进京商的地盘，尽可慢慢摆布。

古平原没有理会李钦，径直向前冲着李万堂抱了抱拳，"李老爷，万茶大会倘若这样办，就像方才那样互不相让，那么今后各家商帮又如何彼此互信去做生意。您是京商前辈，还望您能尽力维持商界秩序。这次的万茶大会请您向户部说一声，所谓的十大名茶不必分出名次，更不必评什么天下第一茶，只有这样大家才能专心致志地品茶评茶，而不会只看着那块天下第一的招牌，一叶障目，迷了心窍。"

自打古平原当场自报姓名的那一刻，李万堂的瞳孔就如烈日下的猫一般缩成了小孔，一眨不眨地盯着面前这个年轻人。

"爹，就是他害死了张大叔。"李钦方才凑前用极低的声音说了这句话，李万堂听后却毫无表示，恍若未闻一般。

"你以为你是谁？"李钦见李万堂没说话，当他不屑和古平原一般见识，于是自己走前几步，冲着古平原讥讽道，"你说什么？让我爹跟户部说说，万茶大会不评第一了，连十大名茶也不分先后了，那这些五湖四海的商帮大老远来此作甚？难道是

129

吃饱了撑着耍着玩！"

"维持商界秩序？这口气可真够大，莫非是个疯子不成。"高奎接过话，四面瞧瞧大笑起来。

人群中顿时发出阵阵哄笑声。

"来人！把他给我架出去，丢在庙前的八面槽里。"李钦决心要在众人面前扫一扫古平原的脸，冲着几个下人使了个眼色。

"住手！"随着一声女人的轻咤，就见个大姑娘快步走过来，不由分说挡在古平原身前。

"常姑娘！"古平原惊异道。

常四老爹虽在病中，却无大碍，怕女儿整日在客栈闷着，让刘黑塔带着妹妹出来散心，也走到这关帝庙，方才的一幕都落在常玉儿眼里。

见古平原当众被各地商人奚落嗤笑，常玉儿心中比自己受了委屈还要难过，又见有人要上来打自己的心上人，想都没想立时上前拦着。她圆睁着大眼睛，几个下人见状一愣，又见个黑塔一般的壮汉子抱着胳膊瞪着眼走上前，更是不敢轻举妄动。

这时常玉儿与李钦彼此都认了出来，常玉儿见那个当初在燕门要置自己于死地的人也在这儿，心中难免有些害怕，却依然咬着嘴唇寸步不离地站在古平原身边。李钦一见常玉儿，更是愣了一愣，回避着她的目光，连连摆了摆手，"让他们走吧，别耽误了吉时祭神。"

古平原四下看了看，就见众商帮的人都在将目光投向自己，虽有几个面露同情之色，但大多是讥笑讽刺。他无声地叹了口气，冲着大家拱了拱手，转身与郝师爷和常家兄妹出了关帝庙。

"常姑娘，方才谢谢你。"古平原走了不远，发觉常玉儿还是紧紧地跟在自己身边，于是停下脚步，认真地道了句谢。

常玉儿这才发觉自己太过紧张，连男女大防都忘在脑后，连忙后退一步，低着头不知说什么才好。

"妹子，要不我先回去。"偏偏刘黑塔不识趣，赶了这么一句，常玉儿的脸腾地就红了，狠狠瞪了刘黑塔一眼，快步往街市的另一头走开了。

"哎，等等我。"刘黑塔叫着撵了上去。古平原怔怔地看了一阵常玉儿的背影，这才发觉郝师爷嘴角带笑瞧着自己。

"呵呵，老弟啊，我说你这一阵子魂不守舍，敢情是在走桃花运哪！"

古平原大是尴尬，"郝兄，这事儿说来话长，你就不要打趣了。"

正说着,一个衣帽整齐的仆人从后撵了上来。

"古老板,我家主人有请,请您到关帝庙后厢一会。"

"敢问你家主人是……"

"我家老爷姓李,名讳万堂。"

"哦?"古平原愣了,方才李万堂神色冷峻,怎么这会儿又特意遣人来请自己?那仆人有话,说是李万堂只请古平原一人,他只得请郝师爷先回客栈,自己随着仆人来到了关帝庙的后厢。

从后门一进去就是植了一棵高大翠柏的庭院,沿着回廊,仆人将古平原引到东厢房,门开处并无一人。

"请古老板稍等,我家主人稍后便来。"那仆人执礼甚恭,沏来上好的香片,端来五色茶点,在屋中点起一炉天竺香。

古平原见此,索性静下心来,喝了半盏茶,那香燃到一半时,门枢一响,走进来的正是京商首领李万堂。

"李老爷。"古平原起身行礼。

李万堂凝视着他,半晌才点了点头,"坐吧。"语气虽然依旧淡淡的,却暗涌着一丝别样的情绪,和往常并不相同。

宾主落座,李万堂却又不说话了,只是看着炉中烟气氤氲,仿佛出了神一般。

古平原也没吱声,他同样也在想事情。自己在燕门坏了李家的大事,张广发等于死在自己手里,李钦恨自己入骨,李家也因此损失惨重,可以说彼此结了深仇大恨,如今李万堂单找自己,不用说没什么好事,可得留神在意,千万别中了什么圈套。

"年轻人。"许久烟气散尽,李万堂终于开口了,说出的话却让古平原意想不到,"你也是来参加万茶大会的吧?"

"是。"

"徽州产好茶,你带来的必然是上品了。"

"不敢,其实是一种刚刚制出的茶,没什么名气,起名叫兰雪。"

"兰雪……"李万堂点了点头,"带了多少?"

这没什么可瞒的,就算不说实话,以京商的力量,要到货栈查清楚也不费吹灰之力,"不到两千斤。"

李万堂想也不想,紧接着便跟了一句话,"我全数买下了。"

"什么?"古平原万没想到李万堂找自己居然是谈生意,他愣了一下,这才道,"李老爷,我带着兰雪茶千里迢迢到京城来,是为了借着万茶大会,请众位茶人茶商品鉴，借此创个牌子。如今声名未起，不能卖茶。"

"创牌子所为何事？"李万堂看了他一眼，目光中微露笑意。

"这……"

古平原稍一犹豫，李万堂已经接下去道："货色便是那个货色，创牌子当然是为了赚更多的钱。你这茶如今虽然无名，我可以按上品碧螺春的价收取。"

上品碧螺春的价格已是茶中翘楚，李万堂这一出手，等于是平白无故送了古平原十几万两白花花的银子。

"兰雪茶现在放在市面上出售，与上品碧螺春的价相差百倍。李老爷，你到底为什么要高价收取兰雪？"古平原真的想不明白。

"你一定要知道为什么？"

"对。"古平原语气坚决。

李万堂微微颔首，"你带着茶叶吗？"

古平原随身带着一个小茶罐，里面放的就是自家的兰雪茶，本意是方便请人品尝。李万堂命人沏了一盏，茶香虽然沁人心脾，他却只呷了一口，便放下了杯子。

古平原真的想知道李万堂如何评价这兰雪茶，故此紧盯着他。李万堂看出古平原心中的那丝紧张，笑了一笑，说了声："好茶。"

就这么干巴巴的两个字，除此之外再没有一星半点的评点，古平原不禁大失所望。

"现在可以签契卖茶了吗？"李万堂忽然道。

"卖茶？"古平原只觉得这李万堂行事高深莫测，自己仿佛从刚才起就被他牵着鼻子走。

"当然，你方才问我为何要买这茶，我不是已经给了你一个理由吗？"

"什么理由？"古平原情不自禁地问。

"好茶！我喜欢喝，所以愿意高价来买，这个理由足够了吧？"

古平原一百个不信，愤然起身，"李老爷，要是耍笑古某，请恕我告辞了。"说完便起身要离去。

"慢。难道你以为一个拿生意开玩笑的人会成为李半城吗？若是上品碧螺春的价格依旧不能使你满意，那么任由你开价好了，你说一个价钱，我绝不还价。"李万堂笃定的口气任谁听了也不会怀疑其中有诈。

古平原倒吸一口凉气。李万堂这是要干什么？总不成是家里的银子没地方放了，硬要送给自己吧？而且自己与京商结了仇怨，不但不报仇，反倒拿一大笔银子请自己发财，天下没这个道理。

他低下头迅速地思索了一会儿，转回身正色道："不是我不爱财，只是钱再多也不过是家业。若能创下一个牌子，却可成就一番事业，这里面的差别我想李老爷自然是清楚的。所以这茶不能卖，多谢李老爷的美意了。"

他顿了顿又道："但是我还有一个请求。"

"喔，你说说看。"李万堂的语气始终很是随和。

"便是我方才在正殿里说的那件事。我知道李家打算夺这天下第一茶，可是经商不能没有往来，往来靠的是互信，因为一个虚名，坏了天下商人之间的和气，彼此猜疑，又怎能做好生意？再说凡事总有个万一，天下名茶齐聚京城，只怕李老爷也不敢说一定能将第一握在手中吧？这其中的利害，还望李老爷三思。"

"能带来实利的虚名就不是虚名。至于说到利害，若能生利，何惧其害！"李万堂一边用沉静的语气说着，一边微微昂首，与古平原的目光一撞时，眼中精光一闪。古平原陡然发觉，看起来像个宿儒般饱读诗书的李万堂忽然散发出一种慑人的霸气，令人气息为之一窒。

"这才是李万堂的真面目，一只张口吞天的猛虎！"古平原自认为胆子大，此时却觉得浑身汗毛都立了起来，怔怔地看着面前这个人。

"古老弟，你的脸色好吓人哪。"郝师爷在客栈里等了半晌，这才见到古平原面色沉重地走回来。

"李万堂，他已经下定了决心，哪怕是把商界搅个天翻地覆，也要把天下第一茶握在手中。"古平原语气低落地说，"在他眼里，茶叶没有好坏之分，所谓的茶王不过是他攫取财富的工具罢了。"

"这又与你有什么关系？反正天下第一也没兰雪茶的份儿。你不过是来扬一扬名，等万茶大会一开，把茶叶给各地茶商品一品，博一个好字，揽一些主顾，咱们就打道回府。"郝师爷不以为然地说。

"我原本是这样想的，可是……"古平原咬了咬牙，"李万堂的这块天下第一的牌子不是用诚信和货色换来的，而是拿钱买来的，他在天下商人面前肆无忌惮地树了这么一个榜样，今后人人都有样学样，这大清商界岂不是被他弄得乌烟瘴气，污糟不堪？"

"你生气也没用，人家财大势大，这才叫钱能通神呢。"郝师爷搬出古平原前日的话来劝他。

"此刻我的想法变过了。"古平原仿佛也下了决心,"除了给兰雪茶扬名,我还打算顺便搅一搅京商的如意算盘。"

郝师爷吓了一跳,"老弟,这李万堂绝非侯二可比,你可不要螳臂当车。"他几次来京,深知京商势力极大,别说古平原一介草民,就是自己这个九品官,连人家门槛也踏不上去,更别说与京商作对了,真要是惹恼了李万堂,弄不好几个人都别想平安出京。

此时的关帝庙后厢里,李万堂却也在低声念着古平原方才的话:"钱财只是家业,招牌才是事业……说得真好,是个能做大生意的。"

"哼!"他想得出神,不防门口有人冷笑了一声。

李万堂一抬头,见是自己的太太站在眼前,原本有几位女眷前来,不方便在正殿拜祭,于是便在西厢随喜,李太太也是其中之一。她穿了条红裙,颈上一串来自海外的石榴红宝石项链配上她雪白的肌肤甚为惹眼。

"你以为给那姓古的一笔钱,就能把彼此的恩怨了结?"李太太脸上带着讥讽的笑容,"那可是杀父之仇,你觉得给多少钱能还了这笔债?"

李万堂脸上的肌肉不自觉地抽了一抽,他深吸了一口气,稳稳地站起身,"多年前的事儿了,我都快忘了,你还提它做什么。"

"你忘了?不见得吧,这姓古的就没让你想起那个人?你要是真忘了,为什么上赶着把银子往他怀里塞。"

"此事到此为止,我不想再听到关于这个人的一字半句。"李万堂迈步向外,忽又停下脚,用低沉的声音道,"太太,我也要劝你一句,一之谓甚,其可在乎!"说罢,李万堂向庭院的后门走去。

李太太紧紧盯着他那潇洒飘逸的背影,眼中忽然现出一股混杂了痛苦与狠毒的神色,喃喃自语着:"一而再?哼,我还要再而三呢!这还不了的债也不是没有还的办法,让债主消失不就得了。"

6

到了晚间,古平原请郝师爷和林查理到屋中相谈,谈的话题自然离不开京商和这万茶大会,郝师爷对古平原今日在关帝庙的主张不以为然,林查理听了却大是兴奋。

"古老板，我没看错你，你是个真正的生意人。你们大清国的人都知道我们英国船坚炮利，我们大英帝国号称日不落帝国，在无边的大海上到处都有英国的炮舰，可是造一艘远洋炮舰要几百万两银子，你知不知道这笔钱从哪里来？"

　　见古、郝二人对视一眼却没接话，林查理一愣，随即尴尬地说："我知道你们想什么，可是英国商人不是从一开始就贩卖鸦片的。两百多年来，英国的商船在海上穿梭往来，贩运的是香料、布匹、美酒，还有从你们中国买来的茶叶、丝绸和瓷器，就是靠了这些商人的贸易，女王陛下才能得到天文数字的税收，这笔钱拿来扩充国用，才有了如今战无不胜的大英帝国。正是因为凭借贸易立国，所以商人在我们英国有着很高的地位，大商人还可以被女王陛下授以爵位，与首相大人平起平坐。"

　　商人也能被授以五等之爵，还能与当朝重臣平等论交！古平原只觉得不可思议，却又隐然有一种兴奋之情。

　　林查理说得兴起，身子前倾，握住古平原的手，"古老板，我在你身上看见了英国商人已近消失的一种精神，你追求的是真正的生意。要是像你这样的人多了，大清也一定能强大起来，到了那时候，我们平等地做买卖，不再卖鸦片这种害人的东西，互通有无，一起赚钱，这就是你所说的商界秩序。"

　　古平原受了一天的窝囊气，连郝师爷都不赞成自己，静下心来想到京商的庞大财势，也不免有些怀疑自己是不是太狂妄了。如今总算获得了一个人的认同，虽然是个洋人，可他还是觉得一股暖流从心头涌过。

　　"商人立国！"这个新鲜的词儿就像一道闪电划过黑色的天际，一下子照亮了古平原的心，他望着林查理郑重地点了点头。

　　几个人谈兴正浓，外面忽然有人轻轻敲了敲房门。

　　这是古平原的房间，他站起身拉开房门，便是一愣，只见刘黑塔手足无措地站在外面。

　　"哦，刘兄弟……"

　　刘黑塔一张黑脸涨得发紫，他是直肠汉子，自从和古平原吵了一架，两人还没说过话，这次来不晓得如何开口，憋得面红耳赤才说了一句："老爹请你到他房里说话。"

　　古平原点头，向屋内的两个人打了招呼，跟着刘黑塔往西跨院去。他心里也是七上八下，不晓得常四老爹要说什么，不过总离不开玉儿姑娘就是了。

　　等进了西跨院，古平原惴惴不安地来到常四老爹的房里，见老爹披着一件单衣正在喝茶，一见他来，面色和蔼地道："古老板，请坐，请坐。"

古平原在方桌一侧坐下，常四老爹对刘黑塔道："你也坐，但是不许乱插话。"

刘黑塔大概是事前受了嘱咐，一声不吭地在古平原对面坐下。

古平原见常四老爹面色如常，才稍稍放下心来，想问又不敢问，随口说道："老爹大概不是第一次来京了吧？"

"我年轻的时候跑单帮，京里来过许多次了。古老板这几日在忙些什么？"

"还不是万茶大会的事儿。"古平原怕老爹劳心，没有多说。

常四老爹点点头，忽然问道："古老板可曾娶亲？"

"我……"他这一单刀直入，古平原顿时乱了枪法，只得摇了摇头。

"我也记得，你在燕门时和我说过未曾娶亲。"常四老爹笑了笑。

古平原心下雪亮，也尴尬地笑了一笑。

"小女玉儿你也见过，这一趟万茶大会之后，我打算亲自去一趟徽州，面见令堂，替小女求亲，不知古老板意下如何？"

"这……"老实人才真是难对付，常四老爹前事不提，规规矩矩地当面提亲，古平原实在是无话可说。

他是瞎子吃馄饨——心里有数，事情已经到了推车撞壁的份儿了，常家对古平原恩大如天，可人家只字不提这份恩情，只说替女儿求亲，那一句痛快话总得给人家。

"眼下生逢乱世，我们又是长年在外的生意人，三媒六聘之礼虽不可免，却不妨从简。这件事情你只管放心。"常四老爹见他没回答，想了想这样说。

古平原实在是被逼得没办法了，人家是女方，能这样屈心降志，要是再不说话，那就太没道理了。

"老爹，有件事除我古家人外，没人知道，今天我便说给您听。"古平原被逼得没办法，只好把老师如何有恩于自己，又以一死抵消了自己的罪名，死前托孤而白依梅又陷身逆匪的事情一五一十说了出来。

"我在老师面前发过誓，这一辈子要把他的女儿照顾好，现在依梅在贼寇军中，吉凶未卜，我怎么能娶亲呢？"古平原为难地说。

常四老爹也听愣了。他听说女儿用清白之躯救了古平原一命，那是不用想非嫁到古家不可了，对古平原当自己的女婿，他也是一百二十个满意，可万万没想到还有这一段波折。

这下子常四老爹也犯了难了，想着想着又觉得不对，抬头问道："方才听你说，这白姑娘不是嫁人了吗？"

"是，可她嫁的是叛逆，看如今的情形，逆匪势不可久，将来一旦坏事，树倒猢狲散，我非救她不可，至于那以后……"古平原没说下去，常四老爹心里明白，大泽军要是完了，伪烈王李成空那是非死不可，到时候古平原绝不会嫌弃白侬梅，依旧愿意娶她为妻。

常四老爹心里一挑大拇指，暗赞古平原是个有情有义的汉子，一旁的刘黑塔也听明白了，知道古平原有不得已的苦衷，脸上也就由阴转晴，不似方才那般面沉似水了。

理解归理解，可眼前的事情总也得有个解决的法子。常四老爹发愁了，总不成叫女儿嫁过去给人做妾吧，虽说大户人家未娶妻先纳妾也是常有的事情，可这也太委屈女儿了，再说等的还是个不知什么时候才会过门的正室，这不是笑话吗？

常四老爹想了又想，最后暗暗一跺脚，艰难地开了口："古老板，我有一事相求，不知你肯答应吗？"

古平原只能连声道："是，是，老爹请吩咐。"

"我是这样想啊，咱们就以三年为期，要是那位白姑娘依旧是烈王妃，就请古老板送玉儿一条红裙，若三年后，古老板已结良缘……那么算玉儿的命不济，我就将她嫁与你做小，这可使得？"

常四老爹话说得婉转，所谓送一条红裙就是要古平原明媒正娶，因为只有正室才有资格穿红裙。这也是无可奈何的折中之策，就要看天意如何了。

古平原还没说话，这边刘黑塔已经大叫了起来："这可不成，我妹子凭什么伏低做小！"

"住口！"常四老爹心里烦躁，把脾气都撒到刘黑塔身上，"不是说了不许你开口嘛。"

刘黑塔气得大喘了一口气，常四老爹不再理他，再问古平原："古老板意下如何？"

古平原知道人家已经是退到了最后一步上，再要是不答应，那自己与常家的这份交情就算完了。刘黑塔说得对，人家常玉儿水灵灵一个大姑娘，又对自己有活命之恩，凭什么让人受这份委屈？他觉得对不住常玉儿，可常四老爹等着回话，他没奈何只得沉重地点了点头。

他这边刚把头一点，房门一下子被推开了，就见常玉儿身子伶仃站在门外。

这下子猝不及防，房里的三个人全都愣住了。

常玉儿脸臊得通红，一双大眼睛里蕴满泪水，委屈得什么似的，只强忍着不落下来，开口就道："爹，我才不要嫁，我、我到庵里做姑子去。"一句话说完，两行珠泪连成串儿地滚落面颊。

"胡说八道,哪有女孩儿家这么说话的。"常四老爹哪里听得独养女儿说这个,顿时气不打一处来。

常玉儿幽怨地看了古平原一眼,紧咬着下唇,猛一回身向自己房里跑去。

"唉!"三个人不约而同地大叹了一口气,只觉得这件事比做什么生意都为难。

"老弟,这都一处的烧卖皮薄馅满,佛手露更是一绝,你倒是好好尝一尝,别整天在那儿愣神。"郝师爷夹了一个烧卖,送到嘴里,一盅酒紧接着倒进嘴里,吃得眉开眼笑,喝得心满意足,抬眼见对面的古平原闷闷不乐,张口劝道。

他就是见古平原心神不宁,于是硬拉着他出来散散心。谁知古平原夹了一个烧卖还没入口,就又发起了呆。

郝师爷大大地叹了一口气,"老哥哥我是干什么的?我是师爷,整天和三教九流的人打交道,你要是心里没事,我剜了这双眸子去。"

古平原憋了好几天,也实在是想向人吐一吐心事,郝师爷又与他相交有年,彼此相处得如同兄弟,自己的心事却也不妨在他面前透露透露,便也叹了口气,把常玉儿的事情讲给郝师爷听,末了可说了:"郝大哥,这事情可牵扯到人家姑娘的名节,你听了也就罢了,千千万万别往外传。"

"嗨,我造那个口孽干吗?"郝师爷知道轻重,却对古平原的做法颇不以为然,"这位常姑娘那天我也算是见了一面,长得那是没的说,花一样水灵灵的妙人儿,年纪相貌和你都般配,难得还是个孝女,德容言功最起码占了两条,剩下两条我估计也差不到哪儿去。论起家世嘛,虽不是书香门第,但一看就知道,常家本分厚道,和你又颇有缘分,这门亲怎么就结不得,还至于把你愁成这个样子?"

"那不是……"

"我知道,你还在想着那个烈王妃是不是?老弟,那个女人可千千万万不能沾哪,那是从逆匪属,沾上就是一身皮,搞不好把全家人的命都搭进去。"郝师爷压低声音劝道。

古平原刚要说话,不远处忽然传来一声巨吼,震耳欲聋,惊心动魄。郝师爷本来正在兴致勃勃地追问,乍一闻声吓得浑身一激灵,愣了愣神才道:"这、这是什么东西在叫?"

古平原也吃了一惊,可是又觉得这声音好耳熟,仔细想了想,说:"哎,这不是虎啸吗?"

"老虎叫？"郝师爷只觉得匪夷所思，"嘿，老弟你听错了吧？这又不是深山老林，这是京城，是天子脚下，哪里来的猛兽？"

古平原也觉得纳闷，但他深信自己没有听错。古平原在关外时随官军进山围猎、采参，东北虎是常见的猛兽，他对虎啸自然不陌生。

这时候，店里的小二把菜一盘盘端上来，郝师爷急不可待地夹了一筷子往嘴里放，嘴里还不忘问店小二："我说你们这楼下是什么东西啊，是老虎吗？"

"呵，这位爷您耳朵够灵的，没错，就是老虎。"

"京城里有老虎？"

"当然是圈养的，一般人家可养不起，但人家是百年老店同仁堂，自然能养。"

同仁堂是南北皆知的大药店，古平原疑惑问道："这药店养老虎可有讲究？"

"讲究大着呢。"同仁堂的药酒，称之为虎骨木瓜烧，对于风寒湿邪侵浸经络有奇效，自然也就大赚特赚。市面上别家药店眼红，纷纷仿制虎骨木瓜烧，但大多用狗骨代替虎骨，结果弄得真假难辨，连累同仁堂也失了口碑。后来有个高人给同仁堂掌柜出了主意，让他在店里养一只真虎，虎啸就是货真价实的招牌，这一招既新鲜又灵光，不到一个月，同仁堂正宗虎骨木瓜烧的名气重新响彻京城。

"这生意经真是想绝了。"郝师爷听得直眨巴眼，忽见古平原站起身，二话不说往外拽起郝师爷就走。

"这好菜才刚上来，你干什么去……"

都一处酒楼不远处，一个书童打扮的小厮正在向一群乞丐问着什么，不时点了点头，又交代几句，从身上摸出一块银子递了过去，转身便要离开，冷不防后面晃晃悠悠过来几个人，其中一人大大咧咧正与这书童撞在一起。

"他娘的，哪个王八蛋走路不长眼睛。"说着一捂肚子，"撞坏了老子，赔钱！"

他这句话出了口，目光才落在书童的脸上。

"咦，是你！"

书童正是四喜，她奉了苏紫轩的令，在街上转悠了两天，正想回去向主人禀报，一见眼前这人仿佛认识自己，她皱皱眉，眼珠转了几转，也想了起来。

"是你啊。"她掩口一笑，"怎么，巴巴地从燕门跑来，难道是当不成王家的狗，到京城来找主人？"

四喜的利口堪比刀枪，那个人恼羞成怒。但他从燕门来，刚见识过京商的厉害，又是在京商的地盘上，知道这四喜跟京商有某大关系，一时打不定主意要不要招惹。

这泼皮当然就是陈赖子。他往日靠着王天贵的势力敲诈勒索，横行一方，如今王天贵这座冰山一倒，颇有些人要和他算算旧账，甚至县衙里的捕快衙差也想从他身上好好榨一笔油水出来。陈赖子听到这些风声，知道燕门是待不下去了，于是跑到京城来投奔一位也在道上混的远房表兄，谁知道这表兄早一年前就被官府抓了。他带着两个手下，整日在京城厮混，靠帮别人收欠账为生，借地扎营，日子过得当然没有过去风光。

　　今天他就是收账不着，正在满口晦气，自叹倒霉。四喜也没打算理会他，刚拔脚要走，就看前面一处酒楼拥出一堆人，正往这边看，看的是正迎面而来匆匆而过的古平原。

　　"哟，这不是……"

　　"是他！"

　　四喜和陈赖子同时低低出声，目光盯住这个人不放。

　　陈赖子回过神来这才发觉四喜已经不见了踪影，他摸着下巴想了一会儿，忽然露出一丝黠笑，冲着那两个手下说："走，找个地方发笔财去！"

　　"哪儿？"

　　"嘿嘿，京城李家。"陈赖子一挑眉毛，方才的晦气样儿一扫而空。

　　"号称万茶，其实是一百多种茶，这么多茶当场一一品尝，就算是天香绝品，也难品出好滋味来。如要给众位茶商留下印象，非想点与众不同的招数不可。"回到客栈后，古平原找来众人道。

　　"万茶大会上沏茶的水都来自京郊玉泉山，品茶用的茶具也都是一样的，在水和茶具上玩不出什么花样来。"林查理这几日也没闲着，跑出去东打听西打听，倒也得了不少消息。

　　"所以我估计各家都会在茶艺上来个'八仙过海，各显神通'。"古平原极有把握地说。

　　"茶艺？"郝师爷沉思了片刻才道，"说起茶艺，武夷的大红袍茶艺闻名天下，此外碧螺春、西湖龙井等茶的茶艺据说也都有精妙之处，我们徽州的茶叶却一向不在此处用功夫，这么说来只怕是要吃亏了。"

　　"我倒是有一个主意，不过要借重林老板了。"古平原脸上浮现出一丝神秘的笑容。

　　"我？"林查理疑惑地指了指自己的鼻子。

7

"王嫂,这几天老爷那边有什么动静?"李太太素来体寒,端午虽过还拿个手炉在身边,炉上包着一块毛皮,贴身的仆妇都知道那就是青奴身上剥下来的皮。

自打李太太派了王嫂去监视李万堂,李万堂很快便有所察觉,王嫂更加难有所获,想着太太那阴微性子,她心里打了一个突,忽然想起一事,仿佛抓了根救命的稻草。

"就在方才我在府门前见到一个人,他说要进来找老爷,禀告一个姓古的人的下落,说是李家的仇人,还说找不到老爷就找少爷。门上没搭理他,他还赖着不走呢。"

"姓古!"王嫂这句话引来了出人意料的反应,李太太本来半躺着在吸水烟,一下子睁大了眼睛,身子坐了起来,把两旁伺候的丫鬟都吓了一跳。

"可是叫古平原?"

"这……我没问。"王嫂咽了口唾沫,不知是福是祸。

"去问个清楚,要真是这个名字,就把他悄悄带进来,我有话要问他。"

陈赖子长这么大,没见过如此精美的庭园,王天贵的园子和李家的一比,真是一个地下,一个天上。就见园内假山遍布,长廊环绕,楼台隐现,曲径通幽,走在里面如陷迷阵。再看那些仆人丫鬟,无不是衣着光鲜,打扮俊俏。陈赖子对着湖影再看看自己,不免有些自惭形秽,走路也蹑手蹑脚起来。

"太太,人带到了。"

"进来吧。"

陈赖子被带进屋,就觉得鼻端一股似有似无的馨香,忍不住深吸了两口气,屏风后面忽然有个女人的声音开了口。

"你说要来告诉李家一个仇人的下落,是那个住在客来升的古平原吗?"

陈赖子满心以为京城李家和古平原结了仇,自己来告密,把古平原的下落一说能拿笔赏银,没想到人家连古平原住在哪儿都知道了,不禁一阵气馁,"是……"

"他和李家结了什么仇?"

一句话问得陈赖子睁大了眼。

"你详详细细说给我听,自然有你的好处。"

陈赖子不敢多问,也弄不清是怎么回事儿,干脆有一说一,把自己知道的全都讲了出来。

屏风后的那个人听了之后许久没有言语,陈赖子心里正七上八下,那人吩咐道："你先出去，在廊下等着。"

"哎、哎！"陈赖子点头哈腰退了出去。

"王嫂，看看钦儿在哪儿，把他找了来。"

李钦正在忙万茶大会的事情，再过十天就是正日子了，一面要与各地茶商联络，一面要与醇郡王府的管家接头，忙得不可开交，偏这时母亲派人来叫。李万堂的喜怒哀乐从不露于言表，李钦打小与父亲像隔着一堵墙，觉得难以亲近。母亲却是喜怒无常，高兴的时候拿价值连城的珠宝赏给乞丐，不高兴的时候可以因为一条狗的过失，把阖府的下人都罚着跪在三伏天的太阳下。李钦对母亲则是像隔着一层纱，总觉得看不透瞧不明。

他因为执意给张广发服丧惹恼了母亲，接连好些日子都没见到她的面，也不知道这时候叫自己做什么，等进了花园，一眼看见廊下的陈赖子，便是一愣。

"钦儿，廊下那个人你认得吧？"李太太这时已经撤去屏风，拿了一盏玫瑰汁，不为喝，只是闻着那股甜香。

"认得。"李钦点点头，"是燕门的一个泼皮无赖。"

"他方才说了一桩很有意思的事儿。他说咱们李家之所以在燕门一败涂地，全是拜一个叫古平原的人所赐，而这个人现如今已经到了京城，也是来参加万茶大会。"

"对！他不只坏了咱们家的买卖，连张大叔都是死在他的手里。"

"是吗？"李太太其实都知道了，假作惊异，"那这个人我们更是万万不能放过他，否则今后谁还会把咱们李家放在眼里。"

"拿着！"李太太递过来一张纸，李钦接过一看是一张五百两的银票。

"给外面那人，让他……"李太太的声音低了下去，密密地吩咐了一番话。

"这……"李钦吃了一惊，他本来恨不得把古平原抽筋剥皮，但此时因为一个谁也不知道的原因，却又不愿意再去报复。

"你在犹豫什么！"李太太忽然厉声道。

"我，我是想冤家宜解不宜结……"李钦声音越来越低。

"这是什么混账话！难道张广发没告诉过你，京商有训，以牙还牙，以眼还眼，谁要是想从京商的嘴里夺食，自己就得预备着掉块肉下来！"说着李太太把眼一瞪，"你是李家的大少爷，是京商将来的掌舵人，连个仇家都不敢处置，以后拿什么来领袖京商？"

她指了指门外的回廊，用不容置疑的声音道："去！"

第五章

太　后

1

苏紫轩带着四喜来到客来升，古平原刚巧不在，苏紫轩便在大堂坐等。

四喜昨天向苏紫轩回报打听来的一堆大事小情，她带回来的消息很杂，有朝堂之上的小道消息，也有零七碎八的市井传闻。苏紫轩静静听着，当听到恭亲王被传与慈禧太后不和时她的眼毛动了一下。万茶大会由恭亲王在背后操纵，京商已经内定第一的消息，苏紫轩原本不感兴趣，可是听到古平原也来了京里，她倒是眨了眨眼。

"小姐，你说巧不巧，这个冤家对头也来了。"

"此一时彼一时，当初是对头，如今却不一定了。"苏紫轩只说了这么一句，时而仰头，时而垂颈，看得出她在紧张地思索着什么，不时还喃喃自语。四喜竖起耳朵听，也只听到几个只言片语的词儿。

"或许、可能……"

四喜正听得丈二和尚摸不着头脑，苏紫轩那边发话了，"明天带我去古平原住的客栈。"

现在主仆二人坐在客来升里，四喜还是搞不清苏紫轩的用意，她也知道这个小姐聪明绝顶，自己靠猜是没办法猜中她的心思，只能靠问了。

"我之所以要找他，因为他是我见过最能干的人。我给他指一条路，或许他就能把这条路修好，路上也许就会走来一个人，我会事先在路上挖个能跌死人的坑。"苏紫轩冷冷一笑。

四喜越听越糊涂，还没等她再问，苏紫轩却看向客栈外面，"他回来了。"

古平原一大早便带着刘黑塔来到城郊，寻了个僻静之地，租下一处四合院，又从永定货栈运来了几大包茶叶。他昨天从同仁堂养虎上触机，想到了一个主意，但这事必须牢牢守密，要是泄露出去便前功尽弃。

事情办完，天也将近晌午，古平原回到客来升，一只脚刚刚踏上客栈的台阶，从旁边就传来一声高叫："差爷，就是这小子。"

古平原一愕，侧头看去，还没等他看清，就见眼前黑影一晃，哗啦一声，一条大粗铁链已经套在了自己的脖子上。

事出突然，古平原心下一惊，刚要问，几个差役已经站在面前，为首一个撇着嘴冷笑地看着他："你是徽州来的古平原？"

"小人正是古平原。"一听差役问出籍贯名字，古平原就知道不妙。

"有人把你告了，到顺天府打官司吧。"

"请问是什么人告的我？"古平原把眼光向外一瞥，便看见了陈赖子，这就不必再问了。刘黑塔也看见了，大吼一声："陈赖子！"

陈赖子可没想到这惹不起的对头也在京里，吓得一缩脖，躲在差官身后，"官爷，官爷，他们是一伙儿的，要杀人哪！"

刘黑塔气得几步跨过来要抓陈赖子，陈赖子绕着几个衙役跑圈，场面立时就乱了。

到顺天府举发古平原的是陈赖子，指使的人却是李钦，确切地说是李太太那张五百两的银票，告的依旧是流人逃亡的罪名。四喜在客栈中看得真，悄悄说："这古平原要是被逮入大牢，不死也脱层皮。"

"不行，我现在正要用他，你快去一趟神机营，去找伊桑阿。"说着苏紫轩让四喜附耳过来，交代了几句。

郝师爷这时闻声赶了出来，见场面混乱，先让几个伙计劝阻刘黑塔，随后冲着那几个差人拱了拱手。

"兄弟在徽州府刑名办差，天下三班六房都是一家，这位古老弟是我朋友，还望几位多多照应。"他是熟吏，手里过了多少的刑名案子，知道眼下要做的是别让古平原吃眼前亏，于是一摸怀里，拿出一张五十两的银票悄悄塞到领头差役的手里。

"啊，好说好说。"谁管你是徽州府还是柳州府，只要银票是真的就行，那差役立时眉开眼笑。

"既然有人告发，府尹大人发了签票下来，我们自然要办差，这也是没法子的事情。"

郝师爷连连点头："规矩我都懂，不过这年头人心叵测，刁民妄告之事层出不穷，我这古老弟不知律犯何条？"

"告他是流人逃亡。"

郝师爷心里暗暗叫苦，怕什么来什么，这罪名还了得？他沉吟了一下，"恕我直言，除了十恶不赦之罪，其余流犯均已在同治爷登基时被赦免了，何来逃亡之说？"

"听说这个古平原是在赦免之前就逃走了，事情还要把他带回衙门问清楚，倘若是诬告，当然把他放了，要是告得实，那也要把他押回关外才行。"

"实，怎么不实！我上次出关时打听得一清二楚，这姓古的就是在大赦之前逃了的。"陈赖子见刘黑塔被众人拦在身后，中间还有几个衙役，胆子立时大了起来。

"王八蛋，老子撕碎了你！"刘黑塔的肺都要气炸了。

郝师爷知道事情难办，为今之计只有让古平原先去大牢，然后星夜派人出关上下打点，来个釜底抽薪才行。于是向古平原使了一个眼色，古平原也知道眼下无法可想，只得打定主意去打一场官司。

"这里有什么事？"正在此时，一匹白马沿街不疾不徐而来，马上坐着一员英俊的将军。

"见过伊统领！"京里的衙差谁不认识这位醇郡王手下的红人，更何况衙差都归刑部管，这位将军的岳父老泰山正是刑部尚书，京里的捕快谁敢得罪他？

三言两语问明白经过，伊桑阿把脸一沉，"无凭无据就能随便告发良民为逃人吗？这么说，明天我也告你是逃亡的流犯，后天再告你！"说着他把马鞭子冲着那几个衙役挨个指着，指到谁，谁便矮了一截。

"京城之地，首善之区，律法更要严密周详才是。"伊桑阿放缓了语气，"这样吧，先把人放了，回去禀报你们府尹，就说我改日到他府上请教，这刑部的规矩也真该改一改了。"

"是了。"衙役哪敢碰这棵大树，别说他们，就是府尹见了伊桑阿也得递手本请见，于是乖乖松了古平原脖子上的刑具，这就准备放人。

说时迟那时快，陈赖子见势不好，急中生智一个懒驴打滚趴在地上，双手抓住古平原的裤管，使出吃奶的劲儿一扯，就听刺啦一声，古平原膝盖以下的裤子就成了两片。

"大人请看，流犯身上都有……"陈赖子目瞪口呆地看着古平原的脚踝，本来应该是一个烙印的地方如今却是好大一块伤疤，可见当初受伤极重。

古平原冷冷一笑看着陈赖子，这流犯的印记，他已在回到徽州后不久，便将利刃烧红，心一横削下一大块皮肉，鲜血淋漓，痛彻心扉，但也就此硬生生毁掉了这能证明自己是流犯的最直接证据，如今看来真是先见之明。

"刁民！"伊桑阿不屑地看了陈赖子一眼，二话不说拨马便走。

"都散了，都散了。"衙差自感没趣，呵斥了几声看热闹的人群，便也走了。

刘黑塔几步过来，看着趴在地上的陈赖子嘿嘿一笑，陈赖子顿时一哆嗦，情急间却看见了得着信儿从客栈门口刚刚赶出的常玉儿。

他猛地往前一蹿，正扑在常玉儿身边，一瞪眼睛，咬着牙对她低声说："快救我，不然我可什么都喊出来……"

常玉儿看见陈赖子，已是惊呆，听了这话脸色顿时煞白。她很快拦在刘黑塔面前，"大哥，你不要惹事，别让爹着急。"

"妹子，你拦着我做什么？我非揍他一顿出出气！"刘黑塔左摇右晃，还是甩不开常玉儿，再看时，陈赖子已经撒丫子跑出多远了，气得他连连跺脚。

郝师爷等人连声劝着，还要安抚古平原。古平原却是摆了摆手，当初逃出关，他就准备着这一天，想不到却杀出一个程咬金，如此轻易涉险过关，真是想不到的事儿。

"古老板，别来无恙。"几个人相偕进了客栈，边上忽然有一个人扬声道。

"苏公子！"古平原惊奇之余也拱手为礼。刘黑塔见了这人，却悄悄缩了缩脖子，不言声躲了，不为别的，当初他当西征军时见过这俊俏公子，生恐被他认了出来。

"相请不如偶遇，好久不见了，请过来一道坐坐如何？"苏紫轩含笑道。还没等古平原说话，一旁的四喜已经高声叫着跑堂，让加凳子，烫一壶上好的御坊烧，又点了七八道价钱不菲的菜样。

看样子势不可却，古平原只得请众人先回房，自己来到桌边坐下。

"方才的事儿我都看见了，先敬你一杯，压压惊。"苏紫轩从桌旁曲水流觞的托盘里拿起一杯酒，一饮而尽照了照杯。

"多谢了。"古平原也随着饮了一杯。

"我且猜一猜，如今京城里最热闹的就是不久之后的万茶大会，你这个生意人莫不是也来凑这个热闹？"

古平原知道瞒也无用，便把自己带着兰雪茶意图扬名的事儿说了出来。

"那可难了！我听说如今是京商使了大笔的银子，恭亲王已经点头答允了这个天下第一茶归京商。有了第一，就有第二、第三，这样排下去，处处是银子说话，你的茶再香，到了人家嘴里也不过是味同嚼蜡罢了。"

这话正说中古平原心中隐忧，不由得就道："既然如此，何必叫万茶大会，干脆叫万银大会罢了。"

"好名字！"苏紫轩拊掌大笑，"明儿我就替你写块匾，到了那一天送到醇郡王府可好。"

古平原一时激愤，见苏紫轩取笑，苦笑着摇了摇头。

苏紫轩瞥了他一眼，觉得火候已到，忽然正色道："何必发愁呢？古老板，你来看。"说着顺手拿起桌上一个酒杯，瞅准了投到曲水流觞的水道里。

水道里的托盘本来依着顺序缓缓顺流而行，苏紫轩这一个杯子投过来，水花四溅，顿时打翻了最前面的一个托盘，其余的也横七竖八撞在一起，顿时不成样子。

"客官，您这是做什么，这好端端的酒……"跑堂的急得连忙赶过来。

"急什么，加倍赔你的钱。"四喜早前一步拦着。

"古老板，你看清了吗？"苏紫轩目中带笑望着古平原。

古平原若有所悟，"你是说……"

"对啊，京商划好了路，以为可以高枕无忧，其实只要打乱了最前面那一环，后面的就全都没用了。"

"最前面那一环是恭亲王。"古平原也是个心思灵敏的人，立时就想了出来。

苏紫轩认可地点了点头。

"可是……"古平原就是这一点无论如何也想不到怎么去破解，京商在恭亲王那儿出了六百万两，自己难道还能大过京商去？

"你把事情想左了，只想到银子要压京商，可是就没想一想，有没有什么人能压过恭亲王？"苏紫轩轻飘飘一句话在古平原听来却如同醍醐灌顶。

2

"崇大人，事情便是如此。"古平原坐在一位白须老者身侧，双手扶膝，神色恭敬，"我今日来一是看望大人，二来大人久在朝中为官，我特来请教，有什么人能和恭亲王分庭抗礼。"

那老者便是当初在瀚海草原对古平原极为赏识的理藩院尚书崇恩，他回京不久便告了老，在玉泉山归了本旗居住。古平原想到了这位老大人，辗转打听到他的住址，备了厚礼特来求教。

"哎呀，你这可问住老夫了。恭亲王是秉国亲王，军机处的领袖，食双亲王俸，什么人能与他平起平坐，甚至压过一头？这老夫实在想不出来。"崇恩摊了摊手。

见古平原一脸的失望，崇恩又道："不过我倒替你想到了一条路子。"

"哦？"古平原举目待听。

"内务府。内务府管皇家进贡的御茶，一来这是笔大生意，二来无论什么茶只要被内务府挑中成为内廷供奉，必然是声名鹊起。如今的内务府总管是当年我手里取中的进士，我写一封信，荐你去见见他。"

古平原大喜过望，谁知拿着崇恩的这封信见了内务府总管，人家一听不过是个普通茶商，立时揉鼻子打哈欠，一副老大不耐烦的样子。古平原深通人情冷暖，惯看世态炎凉，便知道这人不地道，人走茶凉已经不把崇恩大人放在眼里，只得忍气吞声辞了出来。

看来此路不通，古平原站在内务府的走道上，只顾低头想事情，冷不防撞在一个人身上，这人手里拿个托盘，也没看见古平原，两个人结结实实撞在一处。古平原倒没什么，这个人可惨了，托盘翻落在地，上面的十几束绢花和一捆彩带悉数落在地上。

那人连忙低头去捡，古平原定睛一看，心里暗暗叫苦，看服色这是一名太监，如今是自己理亏，等会儿还不被骂得狗血淋头。

他也顾不得多想，忙俯下身帮人家捡东西，等把东西都放在托盘上，两人这才同时抬头。

这么一望不要紧，古平原立时腿一软，咕咚一声坐倒在地，目瞪口呆看着面前这个人，就像被雷殛了一样，张着嘴半天说不出话来。

还是对面那人先带着哭腔开了口："古大哥，是你吧？古大哥，我这不是在做梦吧？"

"世非兄弟！"古平原大叫一声，扑过去死死抱住这个人的肩膀，把他那张脸看了又看，又看了看他身上穿的衣服，"兄弟，我以为你死了，可你怎么、怎么当了……"

出现在古平原眼前的赫然竟是早已死在山海关，首级被悬城门楼子上的何世非。古平原咬了咬自己的手指，没错，这是真的，这个当初义气深重，冒险把自己从许营官的客栈房间里换出来的流犯兄弟居然没死，还好端端地活着。

何世非脸上也写满了似哭似笑的表情，但是他比古平原还要冷静一些，左右看看，二人这一番动作已经惊动了不少内务府的人，他擦了一把眼泪，拉起古平原。

"古大哥，咱俩找个地方好好聊一聊。"

内务府紧挨着皇城根儿，在皇城脚下有一片街市，人称盐集，取阉、盐谐音，是专为不能远离宫中的太监们提供买卖、歇乏、饮食甚至赌博之所。

何世非把古平原带到了盐集里，到了一家二荤铺，里面喝茶饮酒聊大天的都是公鸭嗓的太监。两人拣了一个偏僻的角落坐下，古平原一肚子的疑问，迫不及待地开口道："我当初一出关就听说你已经被许营官处死了，难道是有人说了假话？"

"并不假。"何世非慢慢地摇了摇头，"只不过流犯逃出山海关，曹守备和许营官都要受处分，所以秘而不宣，并且用了一具站死在笼里的囚犯，拿来杀鸡给猴看。"

他随着自己的话语陷入了苦涩的回忆中，"我被许营官带回尚阳堡，他费了好大的手脚才掩住了自己偷漏军款的事儿，自然是恨透了你，连带还有帮你逃走的我。于是一回到营里，分派给我干的都是最累最险的活儿，要不是我跟着古大哥你学了几手本事，早就被熊吃了，被雪坑埋了。许营官三天两头借故责罚我，把我绑在木桩上，用烧红的铁丝在身上烫花，然后用鞭子抽，用盐水泼，好几次我都疼死过去……"想到那无边的痛楚，何世非依旧浑身瑟瑟发抖。

"兄弟……"古平原听得心如刀割，要是知道自己把何世非害得这么惨，无论如何，脑袋不要了也得回沈水大营自首，他紧握何世非的手，难过得说不出话来。

"我知道自己早晚要被许营官打死，与其这样零敲碎打地受折磨，不如一死百了，于是准备了毒药，打算在我母亲忌日的那一天服毒自尽，到泉下去侍奉父母双亲。"

这时从京里来了一个老太监，是奉命到关外采办御用的人参。都知道太监难伺候，这个差事便落在何世非头上。何世非一心求死，却被这老太监给发现了，他说："你要死，我不拦你，不过我可以给你指条活路。"

这活路就是把自己阉了，然后由这老太监带到宫里去，何世非思来想去，到底是好死不如赖活，便点头同意了。本来新入宫的太监都不能超过十五岁，年龄大了便有危险，可说是九死一生，多亏这老太监在去势房里当过差，知道一些偏方，保住了何世非的性命。

"就这样，我养好伤到了宫里，也已经快两年了。"何世非艰难地咽了口唾沫。

"是做哥哥的对不住你……"古平原使力握着手里的酒杯，当初自己在关外一向照顾何世非，他也把自己当亲哥哥一样看待，怎料最后竟是自己害苦了他。

"古大哥，你千万别这么说。"何世非红着眼，安慰地拍了拍古平原肩膀，"后来我也想开了，怎么活着都是活，不受罪比什么都强。"

"太监不也可以出宫吗？我带你回徽州，给你买一处宅院置上地，咱们好好活着。"

何世非苦涩地一笑，"我这种人在天底下就只有一个去处，只能待在这儿，这儿也挺好，虽说有时候也挨罚，不过顶多是罚跪不给饭吃，比大营里强上百倍。"

古平原心里更是难过。何世非不愿让他多想下去，岔开话题道："你不是回家乡了吗，怎会跑到内务府去了？"

这话说起来可就长了，古平原简短截说了自己的遭遇，最后说到来京里参加万茶大会，经崇恩大人指点来找内务府总管，结果却不如人意。

"嘿，要我说你就是和内务府的总管大臣接洽上也没用。"何世非进宫两年，平素听那些太监空闲时谈天说地，对京城官场并不陌生，"内务府总管在恭亲王面前都不敢直腰，别说京城，整个大清朝，凡是有顶戴的，就没有人能大过恭亲王的。"

"照你这么说，恭亲王说的事情就是板上钉钉，再无更改的可能了？"

"有顶戴的里面，恭亲王最大。"何世非瞧了瞧左右，"可是没有顶戴的反倒能压恭亲王一头。"

"没有顶戴的……"古平原看了看眼前巍峨的宫墙，心中一动，指着紫禁城说，"你是说皇帝？"

"皇帝才八岁，懂得什么？如今是垂帘听政，掌权的是太后。"何世非声音压得更低了。

太后有两位，慈安太后是先皇的正配，所以位列东宫，慈禧太后，也就是圣母皇太后在先皇驾崩时是贵妃，因为是当今天子的生母，所以位列西宫。慈安性子淡泊仁爱，一向深得宫人和宗室的爱戴，但论起爱管事儿的，还得说是慈禧。

慈禧最近对恭亲王大为不满的事儿，何世非也听说了，便当作一桩新鲜事儿讲给古平原听。古平原一个字不漏地听在耳朵里，眼神里放出光来，可是当他再看了看何世非，眼神却又黯淡下来，忽然笑了笑，"兄弟，你放心，别看你在宫中，哥哥也一定照顾好你。你还要回宫交差，过几天哥哥再来看你。"说着一端酒杯就要告辞。

何世非本来没什么心机，可是皇宫之中最为是非之地，两年下来他也学会了看人的脸色，一见就知道古平原有事儿瞒着自己，"大哥，你有什么话就说吧，是不是要让我帮什么忙？"

"不，不。"古平原心里想的是，自己把何世非无意中害成了残废之人，已经是终身无法弥补的大错，再托他办什么事，万一再捅出娄子来害了人家，那可就太说不过去，所以他虽然想出了一个主意，却不敢让何世非知道。

"古大哥，你是不是瞧不起我，觉得我、我……"何世非的脸涨得通红。

"兄弟，我可绝无此意。"古平原想不到何世非误会了，"我是怕再连累你。"

"我不怕。说句实话，要是能帮你做点什么事儿，我还能觉着自己有点用处。"

古平原无奈，只得说："那我问问你，你能在慈禧太后面前说上两句话吗？"

"那可不行，太监一样有品级之分，能在太后跟前伺候的都是蓝翎子。而且非是储秀宫的老人儿不可，不然太后也信不着啊，现如今，西太后跟前最得宠的是个叫安德海的公公。"

"哦。原来太后身边有这样一个人。"古平原沉吟着，忽然问，"他贪财吗？"

何世非笑了，"太监少有不贪财的，这个安德海更是雁过拔毛的主儿。"

古平原点了点头，"那就好办了，我想请这安公公吃顿便饭，你能不能帮我约一下？"

3

说是便饭，可是古平原请的这一顿饭包下了京城最有名的馆子正阳楼二楼的整整一层。安德海在宫门下钥之后，由何世非陪着换了寻常便服来到正阳楼，登上二楼一看就是一呆。只见眼前一个方丈圆桌，只有首座空着，余者十几个座位都已经坐满了人，见安德海来了纷纷起身相迎。

高朋满座倒不稀奇，关键是这些人都穿着官服，虽然没有红顶子，可是素金顶子和砗磲顶子大概各占了一半。还有两个水晶顶子的五品官儿，安德海都认得，一个是光禄寺少卿，还有一个是顺天府的同知。

"安公公。"古平原初见仿佛故交，亲热地走过来，先是拱手一揖，然后拉住白净面皮水蛇腰的安德海，"请上座。"

"这……"安德海有些怔神，论起顶戴，有这么句话叫作"黄贵于红，文贵于武，太监的顶子两吊五"，可知太监的品级在正途出身的官员眼里一钱不值。他在宫中虽然嚣张跋扈，但是那是在太监和宫女面前，眼前一大堆六七品的官儿，都是进士出身，让他坐首席，安德海这辈子还是头一回，顿时局促不安。

"安公公，这几位大人都仰慕您许久，可是您是太后身边的红人，始终不得闲，这不，借着古某请客，特来与大人一晤，您就不要客气了。"古平原半拉半劝，最后是硬推着安德海坐了首席。

这一次古平原为了烘场面可是下足了本钱，请郝师爷托人情找关系，好说歹说拉来了几个在京为官的同年好友。至于其他人，都是欠了债务的官员，古平原每人送了几百两银子，说白了是雇了十几个京官儿陪着安德海吃饭。眼前这些人都是朝廷命官，陪着一个宫中太监饮酒谈天，这个面子是给了个十足十，把安德海高兴得红光满面，只觉得这个首座坐得格外有味道，一杯接一杯，来者不拒地连饮了十几杯酒。

酒过十几巡，郝师爷冲着古平原使了个眼色，唤过两个等候在外的歌女，琵琶一响，众人注目之时，古平原已经悄悄将安德海请到了隔壁的雅座里。

"安公公，我的那位兄弟何世非初到宫里，听说常蒙公公照顾，古某这里多谢了。"听起来是一句托词，但也是古平原的心里话，他这么费尽周折地请来安德海，还要送他一大笔银子，一是为了万茶大会的事儿，二来也是希望他今后能真的照顾何世非，以安德海如今在宫中之红，何世非攀上他那是绝吃不了亏。

"好说，好说。"安德海兴奋之余，正在客气，就见古平原伸手递过来一个荷包。

"公公在宫里担任要职，想必开销很多，这一点意思不成敬意，还望公公笑纳。"

有吃有喝还有钱拿，安德海更乐了，轻轻打开荷包，抽出里面的银票，立时酒便醒了七八分。

竟是一张一万两的龙头大票！

古平原把他身上一半的钱都拿了出来，如同电闪雷轰一般，顷刻间就把安德海击蒙了。别看安德海名头大，可起来也不过才两年，只是得宠，还不敢弄权，何曾见过一出手就是一万两这么骇人听闻的数目。

"礼下于人，必有所求"，安德海明白，这绝不是照顾宫里一个太监那么简单，于是咯咯一笑，把银票放回桌上，"古老板，咱们先说正事儿吧，不然我可不敢花你的银子。"

看来安德海是个明白人，"真人面前不说假话"，古平原点了点头，干干脆脆把来意说了出来："……万茶大会，如能请到太后驾临，事情或许就有变数。"

"这样啊……"安德海低头考虑了一番，"可是太后即便去了，到时候什么话也不说，那你不是白费了一番心机？"

"我也不过是想寻一丝希望，纵然不成，只能怨天，不敢怨人。"古平原很是平静，"说句老实话，除了太后到场，我实在想不出还有什么人有本事去搅一搅这个已成之局。"

"这倒真是一句实话。"安德海想起最近慈禧时常对恭亲王不满,而自己几次关说人情,都因为恭亲王执掌朝纲甚严而没能成功,白白丢了发财的机会,如今能给恭亲王下个绊子,却也遂了自己的心意。

"我话可说在前头。"安德海眼睛瞄着那张银票,挺着公鸭嗓道,"太后可不是笼子里的鸟,想架到什么地方就架到什么地方,到时候不成功,你可别怨我。"

"岂敢。公公肯尽心,古某已是感激不尽。"古平原将银票塞在安德海手里。

等回到客栈,已然是午夜时分。郝师爷负责陪客,喝得是人事不知,由两个店伙计架着回了房里。古平原心里盘算着,两万两银子,一万给了安德海,还有八千要交到户部参加万茶大会,余下的钱杂七杂八一算,已经所剩无几,看来这又是一次破釜沉舟的背水一战,倘若输了,也真是无颜回去见江东父老。

他边想着边踱步,走到东西跨院中间的夹道,心里忽然一动,他的酒也喝了不少,这时候心念浮动,想着白依梅,又念及常玉儿,踌躇了一下,毅然向西,抬脚进了西跨院。

里面只有一间房亮着灯,不用说常玉儿在里面,她自那天在客栈外见了陈赖子,回来就把自己关在屋内,几乎没出来过。古平原犹豫再三,上前敲了敲门。

"谁?"

"……是我。"

屋内沉默一会儿,就听门一响,常玉儿将门打开,一言不发地站在那里。就见她脸上犹带泪痕,如同梨花带雨,一双眼睛红红的,显见得是没断了在哭,古平原见了心中更感歉疚。

还没等古平原开口,常玉儿却先说话了,一开口便是决绝的语气:"古老板,你放心,当初救你是我心甘情愿,至于嫁给你,你只当是我爹的一句玩笑好了。从今往后,我们谁也不欠谁的,你和我爹、我大哥的交情那是你们的事,我明儿就回燕门。"

"常姑娘,是我对不起你。"她越这么说,古平原越是心里过意不去。

"别这么说,哪有什么对得起对不起,今朝别后,我们只当素不相识好了。"常玉儿冷冷地说,不期然却又想起那晚情形。以往想起此事,她都要暗骂自己不知羞,脸儿红得像晚霞一般,却又忍不住再想想。今天想来却如同利针刺心,绮思换了凄惶,只觉得做人没有一点味道。

古平原被堵得一句话也说不出,要是换了旁人,大概转头就走了。可他是遇事坚忍不肯退避的性子，眼看常玉儿把话说绝了，索性大着胆子问了一句："常姑娘，你知道我心里已经有了别人，嫁给我，你心里会欢喜吗？"

"我……"常玉儿没想到古平原当面锣对面鼓地来了这么一句，倒是一怔。想了想已是放缓了脸色，轻声说道：

"你救了爹爹，我自然感激你，所以我救了你，可也没想过一定要嫁给你，大不了守着爹爹做个老姑娘罢了。可是后来我好想你，一心只盼着再见到你，哪怕只见一面呢，所以我才和爹爹出来了……"常玉儿说到后来，羞得颈子通红，声如蚊响，低着头看也不看古平原。

古平原原本凭着三分醉意过来，听到此时酒都已经醒了，常玉儿对自己用情如此之深，这绝不仅仅是为了名节二字。他更没想到常玉儿竟能将这份情意一吐为快，这叫自己怎么说才好呢？

"古大哥，你有喜欢的女人，那你便回徽州去娶了她吧。我知道等一个人有多难过，不愿你也这样伤心。至于我，你尽可以忘了我，能再见到你，和你说这一番话，我就已经心满意足了。"

常玉儿楚楚可怜地站在那里，柔声细语说出的话让古平原心疼不已，怜爱之情油然而生，忍不住走上一步握住她的手，刚要开口说话，刘黑塔却在此时闯进院里，扯着大嗓门喊道："古大哥，你跑哪儿去了？我忙了一天，有好些事要找你呢！"

人随声到，刘黑塔一脚跨进来，整个人立时就愣住了。

"这、这，你、你们……"

常玉儿羞得夺过手后退半步，将房门一关，躲在里面再不出来。古平原也是面红耳赤，侧着脸几步从刘黑塔身边走了出去。留下刘黑塔摸着大脑袋，瞪大眼睛琢磨了半天，这才嘿嘿笑了起来。

4

时间转眼即逝，终于到了万茶大会的当日。

从早晨起，就见一辆辆精美的马车被俊仆赶着，从四九城的会馆、客栈纷至沓来，来到大会的举办地——醇郡王府。车里面坐的不用问都是各地商界的翘楚，这是天下商人的一次盛会，人人都是笑逐颜开。

这万茶大会名义上是户部办的，其实户部只管收银子，所有的布置接待都是京商一手包办。因为事前就已经知道自己将夺天下第一茶的美名，故此李万堂指示李钦不惜血本，将醇郡王府周围的十条胡同处处张灯结彩，装点得流光溢彩。

这些灯都是请高手制作的，用的是上好的红纱，外饰翠羽流苏，彩幅更是清一色的苏绸，上面绣着花鸟鱼虫、人物山水、奇珍异宝，众妙毕备，栩栩如生，几百丈的名贵苏绸就这样随随便便挂在胡同的街头巷角。虽说不能净水泼街，黄土垫道，可京商别出心裁，用纯白的羊毛毡子将醇郡王府前的一整条大街铺满，初夏的天气远远望去就如同下了鹅毛大雪，令人啧啧称奇。就冲着这份豪奢，便引来无数百姓的围观，有些人大老远从京郊丰台大营走过来，就为的看一看这些富甲天下的豪商巨贾。

古平原交了八千两银子，除自己外还可以带两个人进去。他本想带着郝师爷和常四老爹，可刘黑塔死磨硬缠非要进王府看看热闹，一口一个妹夫，就是想到王府里看看稀奇。

古平原无奈，也只好让常四老爹等在外面，不过他在外面可也不闲着，要负责将古平原的那一番布置安排得妥妥当当。

就在万茶大会这一天的早上，在紫禁城西六宫的储秀宫里传来一阵哭爹喊娘的叫声。太监总管安德海急匆匆进了殿，早有小太监告诉他，"主子又犯了脾气，逮住个倒霉的，正在传杖。"

安德海点点头，这是他事先安排好的，他最了解这位西边的秉性，年轻守寡，早上起来经常有一顿脾气好发，此时最好是讲些新鲜好玩的事情来转移她的注意，此时也是她最喜欢听事儿的时候。

要说新鲜，莫过于这一天京城里要办的万茶大会了，果然，一听之下，西太后容颜稍和，问道："这么排场？还在老七的府里办，是谁这么大本事啊？"

"是……"安德海故作犹豫，"奴才不敢说。"

"在我这儿你有什么不敢说的啊，说！"

"喳，主子您想，这能使唤七爷的，还能有谁啊？"

慈禧皱了皱眉，"你是说六爷？"

"奴才可不敢背后说议政王，不过听说京商往国库里送了好几百万两银子，王爷立马就把这天下第一茶的名号许给人家了。"

慈禧听了无声地冷笑一下，心里想，往国库缴银子？别是障眼法吧，银子大概没少进恭王府，不然恭亲王为什么这么热心帮着京商？再想到前几日自己说想修修园子，恭亲王一个硬头钉子碰过来说是内务府有钱便修，没钱不能打国库的主意，敢情这钱都跑到他自己府上去了。

慈禧素有肝气，不能生闷气，一气便痛，这时忍不住又皱起了眉头，想着自己在深宫无趣，外面却热热闹闹，真是越想越气。安德海是她肚里的虫，一见就明白这位年纪轻轻的太后想的是什么，觉着火候差不多了，试探地说道："要不，奴才陪主子去看看七福晋？"

七福晋是醇郡王的大福晋，也就是慈禧的亲妹妹。说是去看七福晋，其实就是去看万茶大会的热闹，慈禧听了眼前一亮，随即又摆摆手，指了指东墙外。

安德海知道，这是怕住在东六宫钟粹宫中的母后皇太后知道。

"不带侍卫，奴才护着銮驾，从西华门悄悄出去，午后就回来，保管谁都不知道。"安德海鼓动着，古平原的一万两银子此时正在发生作用。

"嗯……"慈禧沉吟着，已是有八九分心活。

"就算有人知道了，也没什么大不了，这姐姐去看妹妹，还能有人说闲话不成？"安德海一句话，这事儿便算是定局了。

可谁也没想到，安德海和慈禧的行踪都落在了遍布皇城的杆儿上乞丐帮的眼里，他们拿了人家的银子，今天西太后宫中哪怕是钻出一只耗子，都得把信儿给人家送到。就这样，一直在等待消息的苏紫轩很快就知道了"储秀宫大太监安德海陪着一位贵夫人出了宫，直奔七王爷府"。

"各位，各位。"李万堂站在王府后花园的花厅阶上，对着园中的来自全国各地的商人拱手一揖，"今儿能在王爷府里办此盛会，我与诸位都是三生有幸，我先代天下商人谢过王爷了。"

说罢，他转过身干净利落地给王爷打了个千，端坐花厅正中的醇郡王只微微点了点头。他是王爷，按清朝的仪制是礼绝百僚，即使是中堂向他请安也可不必还礼，更何况他心里根本就瞧不起这帮钱眼里翻筋斗的生意人。

从心里往外说，醇郡王压根就不同意在自家的花园办什么万茶大会，恭亲王以六哥的身份压他，又提了京商报效国库的事情，要他以国事为重，这顶大帽子扣下来，他没法子，这才勉勉强强应了下来，心里就如吃了苍蝇般腻味。

但那是前两个月的事情了，现在醇郡王可是顺气得很。要知道王爷这个名头听起来响亮，可一年下来俸银不过五千两，禄米不过五千斛，王府的开销大，他又是散佚王爷，要不是仗着先帝赏了几处庄子，其实是入不敷出。

府上的西席李先生知道他的苦恼，借着万茶大会这件事出了个主意：进花厅与王爷一起品茶收一万两银子。这一笔下来，醇郡王府轻轻松松收进二十多万两雪花白银。

醇郡王心下高兴，面上虽然还是淡淡的，却暗自咋舌，为这群生意人手面之阔感到吃惊。

李万堂又一拱手，对着众家茶商道："规矩当然大家都知道了。三位公认的品茶大师就在假山上的亭子里品茶，他们评的是第二到第十名的好茶，至于这天下第一茶自然要请天潢贵胄的醇郡王来评。"

他向一旁看了看站在台下的李钦，李钦点点头，李万堂这才说："看样子都到齐了，我们这就开始。"

事先早已按照报名的先后顺序发放了号牌，这品茶的顺序就是按号牌上的序号而来。不仅王爷和三位品茶大师，花园中只要是有座位的茶商，每人都有一杯茶喝。

园中安放好许多圆桌，每张可供六人围坐，恰好是两组。古平原、郝师爷、刘黑塔与林查理和他的两个伙计坐在了一起，位置就在假山与花厅之间的卵石小路旁，周围自然是有不少的奇石异草。

黄铜小锣敲了三响，众人期盼已久的万茶大会便正式开始了。

不少小茶商虽然千里迢迢来了京城，可一打听参加这万茶大会的都是闻名遐迩的劲敌，掂量掂量自个儿的分量，不愿意白拿几千两银子只做个陪衬，也就悄没声儿地偃旗息鼓。因此今儿来的几乎都是名茶，数量虽不多，个个大名鼎鼎，这第一个上场的便是浙商带来的西湖龙井。

事先大家都想到了，说是比茶叶，其实看的还是茶艺。不出所料，一个身着白衫、腰缠玄巾的青年快步来到花园正中用几块大石垒成的临时高台上，上场之后四方一个罗圈揖，笑容满面，手底下的功夫更是为人称道。就见他双手在桌上左右一分，众人眼前一花，茶匙、茶漏、茶荷、茶仓、茶夹、茶浆、茶针、茶擂就整整齐齐地摆在了茶盘两旁。

"好。"园子里都是识货的，小伙子露了这一手，已有几个人在叫好了。

再接下来，闻香杯、品茗杯摆在案前，小伙子每一个步骤都动作如飞，快而不乱，赏茶、赏泉、洗杯、凉汤、投茶、润茶、奉茶、闻茶、品茶，一气呵成。一旁有个嗓音洪亮的仆人随着他的动作高声报着："初识仙姿——静赏甘霖——洗涤凡尘——玉湖太和——玉润莲心——凤凰点头——轻捧玉瓶——春波展旗——闻香识韵——共品香茗。"

有人认识这小伙子，知道他是杭城西湖畔历代经营茶园的南宫世家的大公子，没想到年纪方及弱冠，居然有这么一手好茶艺，真是家学渊源。小伙子人长得又漂亮，穿得也体面，更是博了好感，众人都是赞不绝口。

南宫公子毕竟年纪轻，听得一片叫好声，心下得意，脸上像飞了金般，不由得就带出几分来。古平原一开始也认为这年轻人有本事，现在一看又觉得未免有些飞扬浮躁，等到茶杯入手，细细一品，果不其然，茶叶那真是没的说，就是沏茶的人性子急了些，入口的滋味便差了些，显得不够甘醇。

在座都是品茶高手，于是除了浙商的人还在叫好，别人慢慢都收了声。

再下来，众多好茶纷纷登场：六安瓜片、金坛雀舌、普陀佛茶、休宁松萝、庐山云雾、恩施玉露、蒙顶甘露、闽北水仙等，接连上台展示茶艺。果然就如同郝师爷先前所说，其实论步骤大同小异，全看茶艺师的手法如何了，但这手法也都差不多，能到这里来亮亮身手的，那都是千锤百炼的功夫，轻易不会出纰漏。

一开始，众人齐观艺，细品茶，一个多时辰过去以后，渐渐地就都失了兴致。除闽商的武夷大红袍请来闽南高僧昙云大师，那一手超凡入圣的茶艺震惊全场外，别家的茶艺就很难引起大家的兴趣了。

旁人还好些，虽说品茶品得没了滋味，可还能坐着看下去。只有刘黑塔不管这套，他只爱喝酒不爱喝茶，勉强喝了几杯，如同牛饮，后来看台上冲冲泡泡，翻来覆去也没什么新鲜花样，不由得连声叫苦："早知道这样，我也不进来了，这要坐上一天还不把我闷煞。"

郝师爷左手一杯巴山雀舌，右手一杯太平猴魁，正在与古平原谈笑，说是这两种茶的茶名恰成一副无情对。听到刘黑塔抱怨，他笑呵呵地转过头，打趣道："喔，当初是哪个死皮赖脸非要进来看稀罕不可，现在说不看了？你可知道带你一个人进来就要两千七百两银子哪！"

刘黑塔咽了口唾沫，知道自己理亏，也就不说话了。但他只老实了一会儿，就又坐不住了，在椅上扭来扭去，抓耳挠腮，猛然一起身。古平原连忙一拉他："刘兄弟，这是王府，可不比别处，你千万别乱动。"

"这我能不知道嘛，这个，这个，不是人有三急嘛！"

刘黑塔倒是没说假话，内逼上来，他急着去方便，说完起身抬腿便跑。古平原实在不放心他一个人去，生怕他又不守规矩生出事端，加上自己也有此意，于是赶紧跟了上前。

要说这茅房，别管是贫民小户还是王府大宅，都是必不可少的地方。王府内太大，又不能乱走，幸有仆人指点方向，花圃旁边有个影壁墙，墙后面就是那"不雅之地"。

古平原与刘黑塔到了近前一瞧,嗬,敢情等在外面的人排了长队了。要知道这是品茶大会,人人都灌了一肚子的水,时间一长,都往茅房跑。

刘黑塔憋得太急,可等不及了,他自然没那么好的耐性,四周看看,忽然眼前一亮,一捅古平原。

"看,那儿墙上有个小门,我进去找个没人的地方,解决了便是。"说完拔腿便跑。

古平原吃了一惊,明知不妥想阻止,可王府之内又不敢大声喊叫,只好在后面追。可刘黑塔步子大,三步两步就跳进了那门里。

古平原心里暗暗叫苦,这刘黑塔真是闯祸的坯子,这要是闯进内宅,惊了王府的女眷,那可是杀头的罪名。

"站住,腰牌呢?"今日王府进出的人特别多,王府护卫自然不够用,理所当然地调来了由醇郡王掌管的神机营把守,大门前带队的正是统领伊桑阿。他听见一个士兵正在大声问一名丫鬟打扮的女子,本来没在意,可是眼光一扫,顿时觉得血涌上顶梁门。

"我来问问,你们到那边盘查吧。"伊桑阿强自镇定地走了过来。

几个士卒见那女子长得姿色绝美,还以为伊统领年轻好色,打算调戏一番,于是知趣地躲得远远。

"你怎么来了?"伊桑阿急急地问,他并不知道此时苏紫轩不共戴天的仇人慈禧皇太后正在这府中。

"我怎么就不能来呢?"苏紫轩一接乞丐的报信,立即换上久已不穿的女装,赶往醇郡王府,一切正如她所愿,把守的人正是伊桑阿。

"这是商人的万茶大会,你来做什么?"伊桑阿知道苏紫轩此来绝无善意,打定主意绝不能让她进去。

苏紫轩看了他一眼,立时把他的心事都瞧透了。她不露声色地问了一句:"你只管问我,为什么不问问我的贴身丫鬟此时身在何地?"

"……在哪儿?"

"在刑部大堂门口。你要是敢阻我进去,或者坏了我的事儿,她就要拿着那样东西进刑部了。"苏紫轩说得斩钉截铁。

伊桑阿与她几番相会,处处落了下风,心底的焦虑已经让他那根绷紧的弦快断掉了,这时忍无可忍,双手抓住苏紫轩的肩,怒目瞪视着她:"你到底要逼我到什么时候?信不信我现在就杀了你!"

"有胆子就动手啊,我一个人的性命,换你满门抄斩,太值了!"苏紫轩盯着伊桑阿的双眼,见他额头沁出汗水,双手也情不自禁地松开了,她不屑地笑了笑,从伊桑阿身边走了过去。

伊桑阿缓缓回头,望着苏紫轩镇静自若渐渐远去的背影,眼神中满是疑惧。

5

古平原还真猜对了,刘黑塔钻进去的这道门就是通往内宅的一道旁门。可为什么没有人守着呢?一来后花园本身就是内宅的一部分,内宅与内宅之间向来无须把守。二来府里的管家虽然知道后花园要办万茶大会,可他以为京商的人全权包办此事,关防自然也是由他们负责,而京商又以为王府的守卫重责该由王府护卫承担,两面都是想当然,结果就将最为重要的一件事给漏了过去。

当然了,别看通往内宅的门无人看守,可也没人敢随便往里闯,谁不知道这是王府,半点行差踏错就是掉脑袋的罪名。可偏偏就是刘黑塔想不到这一点,急上来不管不顾,一头撞了进去。

里面是一条小夹弄,王府的院子多,彼此之间要么是院门互通,要么是夹道相连,而行不两步就是左右岔道。

等古平原赶到,刘黑塔早已踪迹不见,也不知道他跑到哪里去了。

古平原这时可傻眼了,是就此退回去,还是继续找?古平原脑子飞快地转着,其实不用多想就知道,要是找不到刘黑塔,或是被别人撞见他,那就是不得了的罪名。因此非但要找而且要快,念及此,古平原急匆匆顺着左边的小夹道追了下去。

往前走了四十多步,右手边墙上又是一个月亮门,往里一望,里面居然还有一个园子,古平原以为刘黑塔必是跑到这里寻方便,赶紧一步迈了进去。这座园子是仿江南园林而建,园中散落着几块"瘦、漏、透"的太湖奇石,墙边栽着一圈木芙蓉,回廊围绕,斗角飞檐,园子正中有个碧波荡漾的池塘。

因为被树木和怪石遮了眼,古平原转过来走到池塘的边上才看到,原来岸边还有一座石拱桥连着湖心小岛,岛上有一座精巧的凉亭。

就在此时,古平原蓦然发觉岛上的亭子里有人,而且是个女人!

他可不知道,这里其实是王府大福晋的房后小花园,是福晋早晚纳凉解闷的地方。虽然古平原不知道这是什么所在，但一见有女眷，立时就转过身，想要抽身而退。

"站住！"亭中的女人开了口，语气中竟有一种不容置疑的权威。

这位旗装女子非是旁人，正是当今同治小皇帝的生母——慈禧太后！

她今儿一早由安德海陪着，悄悄来到了醇郡王府，又由她的妹妹——王府的大福晋悄悄接进府中叙话。这件事做得保密至极，连醇郡王都不知道圣母皇太后来到了自己府上。

姊妹二人已有些日子不见，就在小花园里聊天，聊的不只家常，还有些宗室里的秘闻，故此身边只留安德海伺候，嘱咐旁人一律不得进园子。

大福晋因为乍闻太后驾到，一时忙乱，出了些汗，在亭子里又受了风，偏头痛的老毛病犯了，疼得厉害，忍了一会儿实在忍不住，慈禧心疼妹妹，便让安德海扶着大福晋进房服药。

大福晋一去，园子里除慈禧外一个人也没有，偏就是在这工夫儿，古平原匆匆忙忙地闯了进来。

慈禧见一个陌生男子满面惶急地走了进来四下张望，开始的时候心中不解，但很快就看出来，这人肯定不是王府中人，再一想，明白了几分，心中好笑，便问道："你可是来此参加万茶大会的茶商？"

"正是。"既然人家问话，古平原就不能不答了，见这女子容颜俏丽，和颜悦色，悬着的心放下一半，"在下不熟悉道路，误闯后宅，还望小姐见谅。"

"你，你叫我什么？"慈禧一怔。

"您……难道不是王府的千金吗？"古平原见她服饰华贵，气度从容，年纪又轻，还以为是王府的格格在园中游玩。

其实慈禧年纪不算轻了，她是道光十五年生人，算到今年已经二十有八了。可是她保养得法，每天早晨起来，先由小太监用和田羊脂白玉籽料做成的玉棒在脸上、颈上滚三百下，随后牛奶净面，百花入浴，还要服食一种太医院用紫苏、牛樟芝、月见草等药材依古法蜜炼而成的丸药，称之为不老丸。

故此，别看慈禧是望三十的人了，肌肤依然娇嫩如玉、吹弹得破，望之如同少女，也难怪古平原会误认了。

慈禧心中高兴，以往她梳妆打扮之后，太监宫女都齐声夸赞，可那一百声也比不上这素不相识的人无意中的一语。

这一高兴，慈禧忍不住就要多问两句，便接着道："你是从安徽来的？"

古平原微微一愣，不知道这位王府小姐是如何得知自己的来处。

慈禧对安徽口音是再熟悉不过了，她的父亲惠征当年做过的最后一任官儿，就是安徽徽宁池广太道道员。慈禧随父上任，在安徽住了两年之久，而这两年恰好是慈禧少女时代最后的自由时光，此后她就被选入宫中。所以在安徽的日子对慈禧来说是段很好的回忆，一听古平原是徽州茶商，人又是长身鹤立、英气勃勃，心中顿时便有好感。

"你叫什么名字？"

"寒贱之名，不敢有污小姐清听。"

"是我问你的，怕什么？"

"是，在下古平原。"

"哦。"慈禧点了点头，别人在他面前都是跪着回话，一脸的奴才相，现在碰上个不知自己身份的男人，她倒是觉得蛮有趣，"听说后花园里现在热闹得很，你给我讲讲。"

古平原心里急得如同火上房，哪有心思陪她闲唠，可又不敢得罪，心不在焉地讲了几句。

慈禧是什么人，很快便看了出来，轻轻一笑道："看来你是魂不守舍，只惦记着那边的万茶大会。你们这些商人哪，心里只有个钱字，难怪白乐天有句诗云：商人重利轻别离。"

这话古平原可不爱听，心想一个生下来就锦衣玉食的王府小姐，哪里能懂得商人颠沛南北的辛苦，"世人都说士农工商，把商人排在最后，说是言利之徒，其实是大错特错！"

"喔，难道说无商不奸这话也错了？"从来没人敢说慈禧一个错字，她听来倒是很新鲜，并不以为忤。

"当然错了。"古平原正色道，"这是世人的误传，其实是无商不尖才对。"

买米的商家在量米时会以一把木尺削平升斗内隆起的米，以保证分量准足。银货两讫成交之后，商人便会另外在米筐里拿出些米加在斗上，这样已抹平的米表面便会鼓成一撮尖头。此事已成习俗，所谓无商不尖，说的是做生意的道理，即但凡做生意，总给客人一点添头，这样才能留住回头客。

慈禧赞赏地点了点头，"想不到你腹笥倒广，说起话来也很像个读书人。"

"读书人其实也没什么了不起，就算是进学当了官，洋人的枪炮打来，还不是束手无策。"古平原随口答道。

"你说什么！"当年英法联军打进京城，害得咸丰帝避走热河，最后死在避暑山庄，生性要强的慈禧一向视之为奇耻大辱，被古平原无意中一刺，脸上顿时变色。

古平原见她竖了竖眉，便显出一丝女子不应有的杀气，心里暗自称奇。他倒有些失悔，不该这么多话，但说也说了，索性把话说完，"英法联军统共才几个人，就能横行无忌地打进京城，靠的无非是船坚炮利罢了，可他们的枪炮又是从何而来？"

古平原滔滔不绝，把林查理当初说给他听的话复述了一遍，末了说："朝廷要么轻商，视商人为草芥，要么病商，夺商财如己物，要么焚林而猎，要么涸泽而渔，所以商人不敢和朝廷一条心。其实商人富了，国家才能富，什么时候大清能出一个英国维多利亚那样的女王，那就好了。"

这番议论在慈禧而言是闻所未闻，喃喃地道："女王……"

古平原一口气说到这儿，突然闻到一丝茶香，只是那香气一入鼻端就发觉有些不对，他扭回头去看刚刚端茶过来的丫鬟，却只看到一个匆匆隐没在园门外的背影。

就是这背影也好熟悉。古平原拧眉思索着，转回头见慈禧三指端起茶盅，正要饮茶，脱口而出："等一等。"

"嗯？"慈禧停手凝眉，看着古平原不语。

古平原初闻这茶香是台湾府的冻顶乌龙茶，随即想到冻顶乌龙是名茶没错，但通常都是在大暑节气之后饮用最佳，王府饮食自然讲究，怎么会端来不应时的茶汤，莫非是拿错了？因为有了这么一丝疑问，他细细一嗅，果然发觉茶香里应该混了些别的味道。

"这是……"古平原的脸色忽然变了，不言声拿起自己那杯茶，又伸手要过慈禧手中的茶盅。站起身走了两步来到池塘边，弯下腰连茶具带茶水一起沉入池中。

慈禧不惊也不问，只是饶有兴趣地看着他。

"世间人心叵测，王府里想必也不例外，小姐自己当心，古某告辞了。"古平原办完这件事不敢多留，举步往外走去。

他一脚刚跨出园门，迎面正看见安德海匆匆而来，两个人一打照面都是一呆。安德海没想到古平原会从这处园子里出来，古平原则是看到安德海来此伺候，立时就想到了园中那个女人是谁，顿时就像一盆凉水浇头，惊得木立当场。

"古老板，这不是你该来的地儿，快走吧。"看在一万两银票的面子上，安德海轻声提醒着，顺手推了古平原一把。

古平原这才缓过神来，抱拳一揖，转身就走。这回他心神不定，可不敢再找了，心想刘黑塔呀刘黑塔，你不出事便罢，出了事，大家一块等着掉脑袋吧。

安德海小心翼翼地走到园中，刚想说话，就见慈禧皱着眉望着池塘里面。他顺着慈禧的眼光看过去，立时就吓了一大跳，只见池塘里的花鲢纷纷翻白漂了上来。

"调一队大内侍卫来。"慈禧脸上像罩了一层寒霜。

古平原顺着原路快步又回了后花园。等进了后花园往座中一看，气得鼻子都歪了，就见刘黑塔坐在椅子上正打盹呢。

"你去哪儿了？"古平原推醒刘黑塔，恨得咬牙问道。

"哪儿也没去，撒了泡尿就回来了。"刘黑塔睡得迷迷瞪瞪。

古平原知道是自己追错了路，无可奈何地摇摇手，忽然注目场中。不只他注意，别的茶商也都精神一振。

洞庭商帮的碧螺春上场了！

碧螺春成名于一百多年前的康熙朝，自从康熙爷将吓煞人香改名为碧螺春之后，太湖洞庭东山的碧螺峰就成了御封茶地，每年石壁上产的上好野茶全数进贡大内。寻常人家能尝到的碧螺春其实并非无双上品，但即便如此，碧螺春的茶香依旧是有口皆碑。

自打洞庭商帮取得了碧螺春的商权，几十年来赚的是盆满钵满，靠的就是这天下第一的口碑。如今朝廷要办万茶大会，正是将口碑换成金字招牌的大好时机，想不到京商斜刺里杀出来要虎口夺食，洞庭商帮岂肯拱手相让，所以大家都憋着劲儿想看他们如何出招应对。

要说洞庭商帮也真是下足了功夫。别家的茶艺都是故老相传，一代代流传下来的，只有他们此次为了这万茶大会，特别自制了一套茶艺，名为四季天香。

"春螺亮碧，夏霖飞澈，秋池涨雨，冬雪飘扬"，就见杯中云雾升腾，茶叶隐翠盘螺、白毫密披，雪花般纷纷扬扬飘落杯中，稍一停滞即刻下降，白毫舒展，银光烁烁，煞是好看。

明眼人一看就看出来了，这套茶艺其实是将各家茶艺融会贯通，但编这套茶艺的人绝对是高手，取的都是各家的长处，再稍加变化，每一个步骤间转换自然流畅，集众家之大成而又有所创新，可谓是青出于蓝而胜于蓝，冲泡的火候也掌握得纹丝不差。

众茶商端杯在手，细品之下都是不住点头，心想这一套茶艺加上茶香可算是无懈可击，就看京商拿什么来夺天下第一了，要是没有真本事，硬是靠王爷一张口来封，不仅无法服众，反而会成笑柄。

这么想着，大家边品茶，边从园中不同的地方将目光纷纷投向花厅中的李万堂。

就见李万堂一不慌二不忙，神色中甚至带了几分悠闲，端起手边碧螺春喝了一口，一张口又吐回杯中，露出极为不屑的神情。

在他对面坐着的便是洞庭商帮此次参加万茶大会的副帮主高奎，他做事情是雷厉风行的路子，见众茶商对碧螺春好评如潮，心下正在得意，忽见李万堂如此狂态，气得三尸神暴跳，环眼圆睁，要不是顾着王爷在座，早就蹦起来找李万堂理论了。

李万堂对高奎敌视的目光视而不见，他有意安排京商推荐的茶叶紧随碧螺春之后出场，此时站起身来，先向醇郡王一躬身，随后走出花厅，来到高台之上。

见李万堂亲自上台，园子里立时鸦雀无声。

李万堂稳稳地站在台上，双手一拱，"各位想必都很奇怪我京商推荐的到底是哪一味好茶，不要紧，我这就告诉大家。"

说罢，他又向台下一招手，"您请上来吧！"

随着他的话音，从台下走上来一个笑容可掬的胖子，此人穿绸挂缎，十根手指上戴了五枚戒指，个个嵌宝，特别是帽正处嵌了一块拇指肚大小的钻石，阳光一晃夺人二目。

"京城里的朋友大概都认识这位掌柜，至于外省的同行，且容我来介绍。这位是琉璃厂多宝斋的主人，也是龙游商会的会长，京中公认鉴赏古玩字画的第一高手颜鹤鸣，颜大掌柜。"李万堂一指那胖子。

"不敢，不敢。"颜掌柜一脸的笑容自始至终没少了分毫，四面八方作揖行礼，几乎是个个拜到。

谁都知道，龙游商会是出了名的三板斧，在珠宝、印书、古玩这三行里是当仁不让的龙头老大，可除了这三行，基本上不做别的买卖，更没听说过买卖茶叶。

李万堂口口声声说要揭谜底，结果颜掌柜一上场，大家反倒是晕头转向了，谁也不明白京商这葫芦里卖的到底是什么药。好端端的品茶大会，弄个古董铺的商人上来做什么？

有那眼尖的已经看见颜大掌柜手里握着一个长条的木匣，知道其中必有蹊跷。

果然，颜大掌柜一一向台下的诸位打过招呼，见李万堂向他点头示意，便小心翼翼地将那木匣打开，从中取出一件立轴。

早有人过来往台上摆了个挑画用的支杆，颜鹤鸣轻轻将立轴的一端挂在支杆上，然后慢慢将其展开。

他这一连串的动作奇慢无比，吊足了大家的胃口，好些人唯恐看不清，都从座上站了起来，慢慢向高台处挪动脚步。

等到立轴完全伸展开，大家发觉这是一件高五尺、宽三尺的书法，上面只有五个字，有人已是不自觉地念了出来：茶信阳第一。

再看落款，众人不禁瞠目，就见落款写的是东坡居士苏轼。

苏大学士的书法在前明就已是价值连城的宝物，没想到京商能将这样东西淘弄到手，可这到底是什么意思呢？

就在众人疑惑之际，颜大掌柜说话了。

"各位，我颜某人今日来不为别的，只说一句，本人愿以多宝斋的信誉担保，这书帖立轴经本人以及琉璃厂十八家字画铺的掌柜先后鉴别，确是苏东坡的真迹无疑。"

李万堂要的就是这句话，颜鹤鸣话音刚落，他便接着说："大家想必都知道，苏东坡是继茶圣陆羽之后，尝遍天下名茶的高人雅士，他说第一，那便是当之无愧的第一。所以在下不才，将信阳毛尖茶带来请各位品鉴。"

一语既出，震动全场。这件事与在座的茶商都有着莫大的关系，此时洞庭商帮的高奎也已走出花厅，站在台下仰头质问："李万堂，河南的信阳毛尖关你京商何事？"

"对呀。"台下不少人响应。

"呵呵。"李万堂笑了，扬手拿出一张契约，"这是京商与信阳五十家大茶户签的合同，就像你洞庭商帮独霸碧螺春一样，今后信阳毛尖就归我京商独销！"

"啊！"台下的众人全都是大吃一惊。信阳毛尖是天下名茶，从唐朝开始就已经得享盛名，没想到被京商暗地里买断了，这一下全国的茶叶买卖只怕要有一场翻天覆地的变化。

"原来如此。"古平原在远处看着京商施为，恍然地慢慢点头。

"这信阳毛尖是个什么茶啊？苏东坡又是谁？"刘黑塔听得一脑袋雾水。

古平原长长吐了口气，道："信阳毛尖是好茶，要是论起口碑，绝对是十大名茶之选。再加上苏大学士的这幅字，只是……"

郝师爷在旁道："只是什么？"

"只是这幅字是假的。"古平原压低了声音道。

"假的？老弟，这我可不信了。一来京城多宝斋的颜大掌柜拿信誉担保，二来这鉴赏字画非你所长，你怎么远远看一眼就知道假呢？"

古平原依旧是小声道:"我读过宋人笔记,苏东坡真是夸赞过信阳毛尖,而且也写过信阳第一。"

"那不就得了。"

"别急,听我慢慢说。苏东坡写的是'淮南茶信阳第一'。茶圣陆羽将茶分为八道四十三州,淮南道是其中一道,苏大学士说的是在淮南道所产的茶中,信阳毛尖可列为第一。"

"你,你是说……"

"京商将上面两个字给截了去,一眨眼老母鸡变鸭,可不就变成了茶信阳第一了吗?"

郝师爷惊得一摸后脑勺:"好家伙,真能作假,这可连我这个师爷都蒙了去了。"

"所以任谁看,这字都是真的,可苏东坡说的压根儿就不是这个意思,这李万堂也是欺这些茶商没读过古籍善本,不然早有人站出来揭穿了。"

"那你去揭了他的老底啊。"刘黑塔听了半天可忍不住了。

古平原犹豫再三,还是摇了摇头。

"空口无凭,京商事先把消息死死瞒住,就是怕的有人当场拿出证据戳穿他,现在急切之间上哪儿找宋人笔记,等找来了,这万茶大会早就结束了。"

"怪不得京商如此卖力,原来是拿到了信阳毛尖的专卖权。"

"可不是嘛。"只要是做茶叶买卖的,听到这个消息就不能不皱眉头。古平原也是紧锁双眉,"信阳毛尖是好茶,再加上苏东坡的这幅字,京商等于是给了王爷一个最好的理由来封这个天下第一茶。这下子京商可要赚大发了,不过其他茶商的生意路子可就要走窄喽。"

"他们买断信阳毛尖必定也花了不少额外的银子,再加上送到户部的六百万两……"郝师爷转了转眼珠。

"那不妨事,只要有了独家经营权,任何人想喝这天下第一茶,就要由着京商开价,到了那时,几百万两……嘿嘿,用不了多久就赚了回来。"

郝师爷感叹道:"想不到京商竟然如此老谋深算。如同高手布局,等到发觉不对劲的时候,就已经图穷匕见了。"

古平原叹了口气:"今后就算是洞庭商帮,生意只怕也不好做了,更别说我们这些小茶商了。"

那边高奎被李万堂顶了个倒噎气,恶狠狠地看了一眼那张"茶信阳第一"的立轴,瞧那架势恨不得要往上面吐口唾沫。

李万堂见众人没有话说了，便请颜大掌柜收了那幅字，二人下了台，信阳毛尖的茶艺好手早已在台下等着献艺。

　　京商的确是面面俱到，献上的茶艺也有独到之处，只是众人都没心思看了，那张苏东坡的"茶信阳第一"就等于是提前宣告京商赢了头名。只有高奎还是一脸的不忿，故意用李万堂能听到的声音说："苏东坡算个什么，还能盖过圣祖爷去？"

　　李万堂听见了，可脸上笑容不减。他搬出苏大学士这尊神来，为的就是压制洞庭商帮，圣祖康熙虽然赐名碧螺春，但可没说那是天下第一，现在有了前朝圣贤的评语，恭亲王的亲许、醇郡王的亲评便都显得师出有名。至于苏东坡能不能盖过康熙爷，李万堂压根就不想和高奎抬这个杠。

　　甭管众茶商如何议论，万茶大会依然继续进行，黄山毛峰之后，可就快轮到兰雪茶了。

　　"郝兄、刘兄弟，你们稍坐，我去准备准备。"古平原表面上看去安之若素，可心里也不免有些紧张。他走到后花园的西角门，见常四老爹已经等在那里。

　　"老爹，都准备好了？"古平原问道。

　　"嗯。"常四老爹点点头，他已经紧张得有些说不出话。

　　"没什么，就算不能博个满堂彩，也不过无损无益罢了。"古平原这话与其说是安慰常四老爹，倒不如说是给自己听。

　　门口的管事已经在叫了，"徽州的古平原，献上兰雪茶一道。"

　　"在。"古平原答应一声走向高台。

　　"各位，在下是徽州茶商古平原，今日来此盛会，献上的是一味新茶，茶名兰雪，乃是制茶大师廖师傅依古法制成的得意之作，还望各位指教。"

　　古平原话说得虽然客气，怎奈此时台下的诸位茶商都在担心一旦京商夺了天下第一茶后，自己的生意难做，故此心气不好，一听兰雪茶这个名字，是从没听过的无名野茶，不免有些人出言讽刺。

　　"呸，今儿什么日子啊，怎么猫啊狗啊都跑出来了。"

　　"这小子不是前几日在关帝庙放狂的那人嘛，真是白费时辰，老子正好撒泡尿去。"

　　花厅里的李万堂吸了口气，身子往太师椅上仰了仰，默不作声地将目光投到了古平原的身上。

　　"来。"古平原不管众茶商如何讽刺，始终面色如恒，自报家门之后，冲着台下一摆手，就见四个彪形大汉从台下费力地搬上来一座"山"，将它放在台上正中央，然后转身退下。

茶商们本来还在出言讥讽，一看这架势，都是一愣，顿时收了声，再仔细一瞧，原来那不是"山"，而是一个特大号的花盆。

这花盆大极了，四四方方，每一边都比成年人双臂张开还要长，放在台上，比京城有名的饭馆"天然居"里最大的那张方桌还要大上整整一圈。

花盆里可不是空无一物，而是栽着一棵树。

一棵枝叶茂盛的茶树！

在场众人都是干这一行买卖的，对茶树可不陌生，可偏偏就瞧不出这茶树是什么种。

再看古平原，又是一拱手："各位商界同人，在下千里迢迢来到京城，能与诸位相会于此，可称缘分。请容我借此树上的兰雪茶，敬各位一杯。"

他这一说，众人更糊涂了。从没听说从树上现摘茶叶泡茶的。没经过炒青干燥，就这么把嫩绿叶子薅下来，往杯子里放，拿热水冲，那能喝吗？

"这小子怕是失心疯了吧？"高奎一语引来众人哄笑。

李万堂微皱着眉，看着古平原，饶是他老谋深算，也不明白古平原要做什么，却知道古平原绝不是莽撞之辈。

古平原对众人的哄笑恍如未闻，举起手拍了三下巴掌，就见从台下又上来四人。

这四个居然是女人，身上穿着采茶女的衣服，头戴斗笠，斗笠四周有纱遮面。

等这四个女子围着那大花盆，东西南北按四个角站好了，古平原冲着她们点了一下头，几个人同时将斗笠上的面纱向上一抬，露出脸来。

这下子可不得了，别说众位茶商，园门处的守卫，奔走伺候的仆人，还有假山上凉亭中的三位评判，人人是呆如木鸡。

就连花厅中的李万堂和醇郡王，都不禁从座位中直起了身子。

纱巾之下并非如满堂宾客所想的那样是江南女子的如水面容，反而是隆鼻深目、金发碧眼的怪面孔。

竟是四个青春妙龄的洋婆儿！

其时中国与外洋通商已久，英、法、美、俄诸夷的使馆也都开在了玉河桥旁的东江米巷，但普通百姓毕竟很少能见到洋人，至于洋女子那就更稀奇了。茶商们纷纷站起身，眼睛紧盯着台上，交头接耳地议论着。

"这，这是怎么回事！洋人怎么跑到我府上了？"醇郡王大惊之下复又大怒，他与外号鬼子六的恭亲王相反，最是憎恶洋人，府里连个带洋字的东西都不许有，更别提让洋人进来了。这一下可倒好，一下进来四个，还都是女人，醇郡王只觉得又晦气又愤怒，立时便要下令将其逐出府去。

李西席连忙走近道："王爷千万别动怒，洋人可是得罪不得。您忘了先帝爷是为什么驾崩的了？"

"那、那，唉！"在自己府里都奈何不得洋人，醇郡王气得坐下重重一拍桌子。

这时候，台上已经在展示茶艺了。这套茶艺可真是新鲜，居然是从采茶开始。四个小洋婆扭动蛮腰，按照事先学会的动作，拈指从茶树上采摘茶叶，放入另一只手里拿着的小斗内，就见她们袅袅娜娜，学足了采茶女的风姿，引得台下的众人啧啧称奇。

更奇的是，她们从茶树上采下来的，居然不是青青的叶片，而是细细的、已经炒青捻制好的茶叶。

"这变的是什么戏法？"有人看不明白，索性大着胆子凑近了看。这才发现原来这株茶树上被人用极高超、极巧妙的园艺功夫进行了嫁接，将制好的干茶叶接到绿叶之下。采茶的小洋婆看似是摘叶子，其实是将手指伸到叶片之下，将嫁接好的茶叶取了下来。

"哟，是谁这么大本事啊，竟有这等巧夺天工的手艺。"人们无不惊叹。

一旁的郝师爷却是心知肚明。他受了古平原的嘱托，去找京城里最有名气的园艺匠人，细打听之下，找到了手艺最好的那一位，便是专给王府拾掇园子的园艺大师卓三三。

茶树是卓大师自家园子里栽的北方异种，又略加修剪，更无人能看出本来面目。也多亏了卓三三的妙手，这死茶叶藏在活茶叶之下，看上去居然毫无破绽。

至于那四个小洋婆当然是林查理那边找来的了。他原本以为此事极难，却不料到了英国人的使馆，找了个厨房里帮佣的同乡，一吐露来意，居然有七八个使女争着想要得此兼差。

外国的使女就是中国的丫鬟，都是下人身份，远渡重洋来此伺候公使、参赞与他们的贵妇人，并不觉得自己身份贵重。而且洋人没有男女大防的观念，对于抛头露面不以为意，又是唯利是图的性子，只要有钱赚，并不在乎是被本国人使唤，还是被中国人雇用，结果林查理轻轻松松地回来交了差。

古平原便在钱市胡同的那处小宅子里，教这四个洋女人采茶、奉茶，尽管双方语言不通，幸好也不是什么艰深的技艺，用不几日，便都演练得滚瓜烂熟了。

今儿这一上场，果然震惊四座，古平原心里也高兴，知道扬名的目的肯定是达到了。但他不住提醒自己，千万不要得意忘形，可别蹈了南宫大公子的覆辙。

洋婆儿将采好的茶倒入茶罐，古平原便按着廖师傅亲手传授的茶艺开始冲泡。要说他的手法，一是稳，稳如泰山，各个茶具挪动摆放的位置毫厘不差；二是准，投茶冲水，每一杯都恰到好处；三是快慢有序，既不求快也绝不误了半点火候。一套茶艺展示下来，虽然没有人叫好，但大家心里都有数，也都在心里点头称赞。

等茶冲完了，古平原命洋婆儿将茶端给王爷和各位茶商品尝。

众茶商哪见过这阵势，突然见到四个美目盼兮、巧笑倩兮的妙龄洋婆儿，执礼甚恭地向自己奉茶，茶商们只慌得是不知如何是好。

有人在躲避的时候不小心摔了跤，还有几个见洋婆儿端着茶过来，连连拱手作揖，就是不敢接这杯茶。就连醇郡王一见洋女人走到自己身前，也是手足无措，不知道该不该接。

尽管园内一阵哄乱，但最后众人还是把递到手上的那杯兰雪茶喝了。

茶一入口，大家就都是一怔。这帮茶商天下名茶喝得多了，可还没尝过这般滋味，有人就忍不住又要讨一杯来，连高奎都连着喝了两杯入腹。

其实要说兰雪茶比碧螺春、龙井、信阳毛尖高出一大截，那也不见得，但这是新创的茶，而且茶香的确有不凡之处，在场众人都是第一次尝，又被洋人采茶这件事弄得目眩神迷，先就吊足了胃口，再等到这"身份贵重需由洋人端来"的兰雪茶一入口，真如同喝了仙汤一般，咂舌品茗，都在不由自主地点头。

6

"主子，可了不得了。"安德海办完了传懿旨的差事，匆匆走进小花园。慈禧原本派他悄悄前往万茶大会的会场看热闹，回来讲给自己听，安德海也不敢忘了这事儿。

"怎么了，你这奴才也不是没见过世面，怎么就慌成这个样子？"慈禧瞟了他一眼。

"主子您没瞧见，王府的后花园里来了四个洋人，还是女的。"安德海知道慈禧爱听新鲜事儿，等古平原献茶过后，立刻就跑回来"献宝"。

"哟，你别是看错了吧，我家王爷最讨厌洋人了，怎么能把洋女人放进府呢？"大福晋不安地看了看慈禧，她服了药，病好了些便又来陪着姐姐。

"不是奴才驳大福晋的话，如今这会儿整个后花园都轰动了。听说是有个徽州来的茶商擅自把洋人带到院子里，王爷发了脾气，大概等到万茶大会之后便要治他的罪。"

"徽州……"慈禧脑子里浮现出方才闯入园中的那个年轻商人的身影，"他叫什么名字？"

"啊？这洋名字奴才可弄不懂。"安德海一怔，愁眉苦脸地说。

慈禧被他逗得一乐："蠢奴才，我是问你那个徽州茶商的名字。"

"是，是，奴才该死，没听明白主子的问话，那个茶商姓古……"

"古平原。"慈禧没想到还真是那个年轻人。

"正是。"安德海可没敢问慈禧怎么会知道这个名字。

"你给我讲讲，到底是怎么回事？"

安德海伶牙俐齿，不大工夫就把古平原嫁接茶树、使唤番婆、施展茶艺震惊全场的事情讲述了一遍，末了还道："奴才该死，擅作主张弄了点那姓古的商人带的茶叶来，泡了一壶，也不知主子想喝不想喝？"

怎么不想？慈禧和大福晋听完安德海的讲述，早就是心痒难耐，忙命传茶。这次慈禧可不敢大意，先命人尝了一口，见无异状这才放心品茶。

"妹妹，你觉得这茶怎么样？"慈禧品了一口，点点头，问大福晋。

"回太后的话，可真是好茶，这滋味我竟形容不出它的妙处，只觉得两腋生风，如饮玉壶冰。"大福晋与慈禧是亲姐妹，姐姐心里想什么她还能不知道，明白这茶中了圣意，忙不迭地夸奖着。

"是啊，我品着怕是有好几种不同的滋味在其中呢。"慈禧喝遍天下名茶，也是精于品鉴之人。就说武夷大红袍，祖树被雷击殒了半棵，剩下的半棵一年产茶四两，没闹逆匪之前，足有二两都到了慈禧的储秀宫中。

"这茶叫什么名啊？"慈禧又问安德海。

"回主子，这名倒是起得挺好听的。叫兰雪，兰花的兰，雪白的雪。"

"兰雪……"本来这名字只是好听，并不出奇，没想到慈禧一听之下竟然若有所思地出了神。

7

后花园里的万茶大会已近尾声，假山上凉亭中的三位品茶大师正在商议最后的名次。园子里有望中选的茶商都是惴惴不安，患得患失之意一望可知，反倒是那些明知无望的茶商一脸轻松，古平原便是如此。

林查理笑着道："古老板真是做生意的好手，你的兰雪茶这一次是名扬天下了。"

"名扬天下的是十大名茶，我只求众家茶商对兰雪茶的印象深一些，今后的销路便可不愁了。"

"那我先恭喜古老板了。"话随人到，古平原向旁一看，却是丰神俊朗的苏紫轩。

苏紫轩向旁一伸手，将古平原请到院中的花树边，远离了那些翘首以望的茶商。古平原不解其意，静静等着她开口。

苏紫轩这时已经换回了男装，手里把弄着折扇，沉默了一会儿才问道："那茶她喝了吗？"

"啊！"古平原脑子里一闪念，从苏紫轩来找自己献计，瞬间想到方才的那个背影，他什么都明白了，怔怔地看着这个女扮男装的公子，伸出一根手指微微发颤地点指着她。

"你、你知道她是什么人吗！"

"我当然知道，是个比恭亲王还大的人。你果真有本事，居然真的能将她请来，连我都要佩服你。"苏紫轩点了点头。

"你在利用我！"古平原愤怒地压低了声音。

"对，我是在利用你，那是因为你是一个有用的人。"苏紫轩微微一笑，"古老板，还记得当初在黄土高原上我对你说过的话吗？我和你一样，都有仇要报！"

"下毒害人就是报仇之法吗？"

"你只是听我这么问，所以猜出来了，对吗？"苏紫轩冷冷地笑着。

"不对。"古平原答了两个字，苏紫轩已然笑得有些不自然。

"尝出来的？"

古平原还在摇头，"你的那两杯毒茶，被我丢到池塘里了。"

这话一出口，苏紫轩的脸色才真的变了。她藏在胭脂盒夹层里的那种毒药虽然是缓发，可是毒性却烈，人服了这毒，半日之内并无异样，一旦发作却无药可解，可是水里的游鱼却耐不得这毒性，立时便会毒发毙命。苏紫轩本以为自己安若泰山，这时却发觉已然陷于不测之地，她举步就往后花园的门外走去。

古平原岂能就让她这么不明不白地走了，紧跟两步还待再问，就见苏紫轩猛然停住脚步，目光紧盯着门口。

就见门口负责守卫的神机营不知何时已然无影无踪，取而代之的是十几个穿着黄马褂的宫中侍卫，盘查之严一望而知，想混出去是不可能了。再看方才刘黑塔闯进去的地方也站了两个手按腰刀的侍卫，通往内宅的路也封上了。

园中不过方寸之地，藏没处藏，躲没处躲，这才真是瓮中捉鳖。苏紫轩的脸色瞬间白了一白，但很快豁然一笑。

"拜你所赐，我是走不了了。"她语气淡淡地说。

古平原也看见了那伙宫中侍卫，愣愣的，不知说什么才好。

"我找到你，利用你引来了仇家，事情却又偏偏败在你手上，这都是天意。"苏紫轩声音里略有些苦涩，"事成她死，事败我亡，公平得很。至于你，倘若喝了那茶，也就做了枉死鬼，如今没事，却又坏了我的事儿，咱们就算两不相欠了。"

说着，她手掌一翻，指尖处夹了一个小小的纸包，"我留了一点，原以为是备而不用，想不到还真派上了用场。"

她抖开纸包，就要往口中倒，古平原眼疾手快一掌打落。苏紫轩还要去抓那地上散落的药末，古平原抓住她的手死死不放。

"你！"苏紫轩眼见药末被风吹散，急道，"为什么拦我？我死了对你来说岂不是最有利，不必担心我熬刑不过，把你也供出来。"

古平原并没多想，只是觉得不能看着一个人就这么死在自己面前。苏紫轩情急之下，话中带了一丝女子的声音，他这才回过味来，苏紫轩的手柔弱无骨，正被自己握着，男女授受不亲，未免太过失礼了。

"苏公子，对不住。"古平原退了一步。

苏紫轩又气又恨，狠狠地剜了他一眼，一时也不知如何是好了。

就在这时候，就听一声锣响，一名身材高大、声音洪亮的王府护卫站在假山上一块突出的石头上，手拿一份名单，高声道："众位茶商听真，三位大师已有公论，选出了此次万茶大会的十大名茶。"

古平原挂心此事，望了木立不语的苏紫轩一眼，急急归座。

"入选十大名茶的是，第十名六安瓜片，第九名安溪铁观音……"

用的居然是科举考试倒填五魁的法子，从第十名开始宣布，九、八、七、六、五……

台下来自全国各地的茶商情不自禁地都站起身来，眼望着那护卫，只盼能从他的嘴里听到自己的名字。

古平原听到黄山毛峰被选为十大名茶之五，转过头去向代表泰来茶庄的侯二爷点头致贺，侯二爷却假意没瞧见，反与旁人微笑致意。

转眼之间已经公布到第二名了，最终由武夷大红袍夺得，闽商欢声雷动。然而过不多时，场中人却都不约而同地想到了一个问题，大家不禁都呆住了。

现在只剩下天下第一这一个名额了，可京商的信阳毛尖与洞庭商帮的碧螺春却还都没得到名次呢！

李万堂坐在花厅中，此时脸色已经渐渐有些变了。他原以为京商的茶既然蒙恭亲王亲口许诺天下第一，那排名第二的必定是碧螺春，这样也算是对圣祖康熙爷有个交代。然而事情却发生了意想不到的变化，难道说碧螺春竟会落选十大名茶？即便是从实力上看，这也未免不合常理。

李万堂想着想着一抬头，瞥见对面洞庭商帮的高奎那张看似粗豪的面孔上浮现出一丝诡秘的笑容。李万堂心中一惊，知道必是什么地方出了纰漏，看来事情绝没有那么简单。

他想得不错，正是变中有变，局中有局！

那是一个月前，醇郡王正坐在王府小书房里生闷气。他是一百二十个不情愿把万茶大会开在自家的后花园，更不愿当什么评判，觉得实在是大失身份。就在他心情最为烦躁的节骨眼上，府上的李西席一掀门帘走了进来，看见王爷这副模样，先就是一笑，跟着一躬身。

"我给王爷道喜了。"

"道喜？"醇郡王不明所以，"本王何喜之有？"

"王爷要发财了，难道不是喜？"李西席直起身，"王爷，方才洞庭商帮的人找到我，希望万茶大会上王爷能赏他们个头名。"

"嘿，这不是痴人说梦嘛，你又不是不知道，头名已被恭亲王许了给京商。"

"这我自然知道，洞庭商帮也是因此才来找王爷。不过京商报效的是国库，洞庭商帮却愿意出一百万两入王爷的私库。"

财帛动人心，王爷也不例外，听到一百万两，也不禁动了心，但是想想又摇头道："办不到，银子给的是不少，奈何我说了不算。"

李西席咧嘴一笑，从怀里掏出厚厚一沓崭新的银票，每一张都是一万两的巨数。

"王爷，人家心意特诚，先付了银票在这里。"

"什么？你，你收了？"醇郡王先惊后怒，点指道，"大胆，这事儿我都办不成，你怎么敢收银票？"

"王爷，办得成！"

"办不成。恭亲王是议政王，说一句顶我一百句，谁能把已成之局翻过来？"

"谁说要翻局了？"李西席早已智珠在握，此时不慌不忙道，"洞庭商帮的碧螺

175

春那是康熙爷钦赐的茶名，本就应得第一，现在既然恭亲王许了京商，那么干脆来个并列第一。恭亲王要是责问起来，只用敬天法祖这四个字去应付，既然京商也得了第一，我想议政王也不会怪罪王爷。"

"二茶并称王"，这的确是一条妙计，而且这么一来，无形中把自己和恭亲王的地位也拉平了，醇郡王欣然采纳，此时得意地看了一眼李西席，站起身来，咳嗽一声，就待宣布最后的结果。

正在此时，忽然从花厅的屏风后面传来一声公鸭嗓的低唤。

"王爷！"

醇郡王一怔，扭回头看去，见是宫里的大太监安德海正微躬着身向他点头示意。

"西太后的贴身太监怎么跑到我府上来了？"醇郡王不及细想，迈步走向屏风之后。

不到一盏茶的工夫，他又走了出来。李西席离得近，一看吓了一跳，就见王爷的嘴抿得极紧，脸色铁青得怕人。他连忙迎了上去，刚要说话，醇郡王一摆手止住，自己站到了花厅的台阶上。

园子里鸦雀无声，众茶商都在盯着王爷，等着他公布最后的头名。

按理说应该有几句场面话，但王爷并未多言，直截了当地大声道："此次京中万茶大会，头名得主乃是徽州商人古平原推荐的兰雪茶！"

就算是雷公现身，立地打下一个轰天雷在园子里，也不会让众人如此震惊！就算是地裂开洞，大白天蹦出一个活鬼来，也不会让众人有此惊骇绝伦的表情！天下第一茶虽已公布，但后花园中依旧是寂静无声，听不到任何的喝彩与致贺，人人脑子里都在转着一个念头，"我是不是听错了？"

名额只有十个，兰雪茶夺了第一，也就意味着信阳毛尖与碧螺春全都落选。京商与洞庭商帮的人面面相觑，个个目瞪口呆。高奎面无人色，脸上肌肉扭作一团。李万堂也失去了平日神色自若的风采，脸色阵青阵白，几次想要开口，却慑于王爷之威又咽了回去。

这边郝师爷不敢置信地瞧着古平原，刘黑塔拨楞着大脑袋，一双手晃着旁边的林查理，"听见没有？说的是不是兰雪茶？是不是？"

林查理也听傻了眼，手里端着满满的茶杯被刘黑塔晃得全泼在了自己身上却浑然不觉。

众茶商慢慢将眼光投到他们这一桌上来，眼神里满是惊疑与不信。

古平原如提线木偶一样僵硬地站起身来，半张着嘴，一眨不眨地看着花厅中的王爷，脸上惊愕万分。他被这突如其来的消息给弄得六神无主，傻了、痴了、呆了，他怎么也料不到最后夺了天下第一茶的竟然是自家的兰雪，这样的事情此前别说想，就是做梦也梦不到，谁若说兰雪能得第一，古平原一定当他疯了，可眼下是王爷当着天下茶商的面亲口说的，这还能有假？

郝师爷推了古平原一把，他像梦游一般走到当场，俯身跪倒谢了王爷。

醇郡王待他谢过，拿过一幅书轴向前一伸，"这是圣母皇太后的亲笔。古平原！"

"草民在！"古平原恍恍惚惚如在梦中，向上磕了个头。

"接着吧。"

"草民叩谢天恩。"古平原恭恭敬敬行了三拜九叩的大礼，双手高高捧过那书轴，用颤抖的手展了开来。就见天下第一茶这五个大字跃然纸上，下面衿印着慈禧那枚同道堂的印玺。

皇太后的亲笔御封！这比恭亲王的亲许、醇郡王的亲评更要金贵了不知多少倍。连李万堂当初设计这场万茶大会，都没敢想过这般的荣耀，如今却真真切切地落在了古平原的头上。一时间四面八方的目光都注视着古平原，有艳羡、有嫉妒，还有仇恨。特别是李钦，牙齿咬得咯咯作响，恨不得上去一把扯碎了那张纸，但是他不敢，只能用血红的眼珠子瞪着古平原。

按说原本应该将十大名茶的茶商唤入花厅当面嘉奖几句，然而醇郡王宣布过后却面无表情转身进了内宅，丢下一众茶商再也不理。

这时郝师爷、刘黑塔、林查理等人都拥了过来。

郝师爷道："老弟，这是天大的喜事，你怎么一言不发呢？倒是说句话啊。"

"妹夫，你说话呀！"

大家都看着他，古平原深吸了一口气，向周围看看，仿佛魂魄刚刚转回来。他猛地抱住刘黑塔，笑中带泪，欣喜若狂地大喊道："第一！兰雪茶是天下第一了！"

众人都没见过他如此失态，想着他遭遇坎坷，却能百折不挠，此番竟能一举夺下天下头名，也都不觉为他欢喜。

这时众商帮才回过味来，后花园里顿时像开了锅，众茶商七嘴八舌说什么的都有。

"董老板，这古平原是什么人？你知道吗？"

"不知道，没听过啊。"

"他那个什么兰雪茶凭什么拿天下第一，真是岂有此理！"

"嘘，这是王府，你小点声。还用问吗，自然是给醇郡王塞了银子了。没看醇郡王格外加厚，连皇太后的御笔都求了来，这笔银子敢情是天价。"

园子里乱成了一锅粥，王府护卫过来准备撵人清场。古平原被刘黑塔、郝师爷、林查理等人裹着，拿着那张懿笔亲题的书轴，正准备也出去，却看见苏紫轩一动不动站在园子正中。

她出不去！八千两银子三个人，门口按此盘查，一个闲杂人等都别想混出去。苏紫轩虽然智计百出，毕竟不是孙猴子会七十二变，眼见园里的人越来越少，知道用不了多少时候，自己就会露了马脚。

"苏公子！"一旁忽然有人说话。

"嗯。"苏紫轩这时有些魂不守舍，却发觉有人将一样东西递到了自己手里。

"跟我来。"这人轻声道。

苏紫轩这才抬眼看了看，说话的是古平原，而自己手里正执着那写着天下第一茶的书轴。

古平原与苏紫轩各执一端，如同展示太后御笔一般，倘若一个不留神让书轴落地那是大不敬的罪名，当然没有任何人敢拦着他们，就这么轻而易举地出了府门。

"就此别过。"古平原深深地望了苏紫轩一眼。那边刘黑塔已经声如洪钟地对着迎上来的常四老爹大笑着，"妹夫得了天下第一茶了，哈哈哈！"

苏紫轩长长地出了口气，第一次感觉自己身上的力气仿佛被抽空了一般。此时日头西落，她的影子印在地上，斜斜地指向古平原远去的方向。

第六章

舍 得

1

"王爷，您、您怎么能把天下第一评给那个什么兰雪茶呢？"李西席大惑不解地跟在醇郡王的后面进了书房。

"别说了！"醇郡王气恼地把头上戴着的上嵌红宝石、前后左右俱有东珠的王冠抓下来往桌上一掼。

"王爷……"

"把那一百万两还给洞庭商帮吧。"醇郡王想着忽又泄了气，活像个斗败的公鸡。

李西席不解地问："我真不明白，王爷，这究竟是为什么？"

"唉，实话跟你说吧，今儿个西边的来了府里，这天下第一茶是她指着名要给那姓古的，你说我能不听吗？"醇郡王只觉得这件事实在是窝囊透顶。

李西席听了也是吃了一大惊，讷讷道："一个徽州的小茶商居然能劳烦太后凤驾亲临，这不是太匪夷所思了吗？"

"是啊，当时听了储秀宫的总管太监小安子传话，本王整个人都蒙了，到现在也没想明白这是怎么回事！"

"呀！"李西席忽然想到，"会不会是小安子收了钱，假传懿旨……"

"不会不会，你想哪儿去了。"王爷直摆手，"西边的和大福晋是亲姐俩，来了府上自然是大福晋招待，小安子要是捣鬼，那还不是一拆就穿，他没那个胆子。"

"说得也是，这可真奇了……"饶是李西席诡计多端也想不明白其中的缘故，但他突然想起一件事。

"王爷，恕我斗胆说一句，有件事您可做得莽撞了。"

"什么事儿？"

"您应该在万茶大会上当众宣布评兰雪茶为天下第一乃是奉的懿旨，如今您语焉不详，外面必然传言您是受了贿赂，恭亲王那边更是没法交代啊！这不是、这不是没吃着羊反惹了一身骚嘛。"

"唉！"醇郡王真是心烦意乱，长长叹了一口气。

紫禁城里，慈禧正在宫中坐着，安德海侍立在旁。方才在王府里，他苦胆都要吓破了，自己接了一万两把太后引到醇郡王府，居然就有人趁此时献了毒茶，还好这位主子看着大福晋的分儿没有大动干戈，不过自己已经是受了莫大的嫌疑，要不是仗着辛酉年那份功劳深得慈禧信任，如今只怕是在慎刑司里受活罪。更奇的是那个古平原，想不到慈禧以太后之尊就真的管了这么一档子闲事，封了他的茶是天下第一。安德海不知道这里面水有多深，干脆闭口不言，免遭祸殃。

他不提，慈禧倒主动提了。

"小安子。"

"奴才在。"安德海赶紧跪倒。

"都说你这奴才是我肚里的虫儿，我倒要问问你，我今天为什么封那兰雪茶啊？"

哪壶不开提哪壶，安德海暗自提醒自己留神，可别哪句话说错了，自找不自在。

他满面堆笑地说："哟，主子的圣明心思，奴才哪儿猜得着啊。"

"要你猜你就猜，哪儿那么多的废话。"慈禧面带不悦。

"是、是。"安德海最会见风使舵，见慈禧真的要自己猜，立刻做出沉思状，一阵苦思之后，说道，"奴才听七福晋说，主子以前在徽州住过几年，主子最是心善，大概是念着徽州的好处，这才把天下第一给了那个徽州茶商。"

"滑头，这是七福晋猜的，说得倒也没错。"慈禧骂了一句，"除了这个呢？"

安德海眼珠一转，笑嘻嘻地说："奴才说了可不知对不对，要是不对，主子别生气。"

"说吧。"

"我猜主子大概是听说那古平原役使洋人，心中解气……"他故意抻长了声，见慈禧面露嘉许之意，一颗心顿时放下，话也说得顺溜了，"洋人最是可恨，主子每念及英法诸夷火烧圆明园，害得先帝爷在热河驾崩，就痛心疾首，奴才在一旁看了，心中也是悲愤难填。难得这古平原竟能使唤四个洋婆子，等于是给主子出了口气，这还不该赏？"

"说得好，还真是叫你猜着了。"慈禧微微一笑，"不过还有一个原因，我不说，大概你们谁也猜不到。"

安德海不知该不该问，试探地说道："主子心思千灵百巧，随便拿出一条来，奴才就是猜上一百年也猜不到啊。"

"唉。"慈禧幽幽地叹了一口气，"当年我初入宫，在圆明园天下一家春当差，蒙先帝恩宠，封为兰贵人，后又进嫔封妃直至贵妃。先帝最宠我的时候，曾经有八个字的考语，蕙质兰心，冰雪聪明……"

不待慈禧说完，安德海已是心下雪亮，怪不得，原来是兰雪茶的茶名触了太后的情肠。女人的心思真真不可解，竟然就为了这多年前的一段往事，就将天下第一茶随口封了出去，京商与洞庭商帮倘若知道是这个原因让自家到手的头名落了空，只怕是要欲哭无泪了。

他见慈禧望着窗外呆呆出神，知道此刻不能打扰了她的静思，便半躬身子倒着一步步地退了出去，却不知道在慈禧内心的最深处，还藏着一个谁也猜不到，也不能对任何人说的秘密——她此举既是驳了恭亲王的面子，又将圣主康熙爷定的御名一掌扫落，而自己亲自选的兰雪茶则高高在上，其寓意自然是不言自明。安德海就是再聪明也想不到慈禧这一番以雌压雄的野心。

2

当晚，客来升里大排筵宴，对于这出乎所有人意料的大好结局，识得古平原的人自然都是为他高兴。

客栈老板赠了两坛十年陈的酒，自己也满上一杯，笑得眼睛眯成一条缝："怪不得我今儿一早就听院子里喜鹊叫，敢情是古爷今天要得这么个大彩头，实在是可喜可贺，今后我这客栈也要跟着您这茶王沾光了。古爷，我先干为敬了。"

"妹、妹夫。"刘黑塔心里痛快，一个人喝了大半坛子的酒，"我就知道你了不起，这一次痛快，真是痛快，比在瀚海的时候还痛快！"

古平原拍了拍他的肩膀，二话不说将他递过来的一杯酒一饮而下。

刘黑塔又挤了挤眼睛："我妹子虽然还在后院不出门，可我看她在心里也为你高兴着呢。"

古平原点点头，郝师爷与常四老爹在席间劝了一圈酒回来，也双双来敬古平原。

"平原啊，你可真是了不起，年纪轻轻就拿下天下第一的美名，今后在商界可谓是前途不可限量。"自从与古平原定了三年之约，常四老爹对古平原的称呼就从老弟变成了直呼其名。

"哪里，老爹谬赞了，我这不过是误打误撞，碰了个好运气。"

郝师爷插话道："老弟，你可真厉害，上次来京没得进士，这次却夺了头名状元。老实说，你那两招使出来，我看连王爷都看傻了眼。必定是因为如此才选了你为头名。"

古平原心知绝无此理，自己的招数再怎么出奇，也不可能胜过京商的六百万两雪花银，但他也实在想不明白其中的缘故，当下笑笑不语，一干人把酒言欢，席上场面热闹无比。

不少伙计围过来，想听一听王府后花园里万茶大会的情形，将来向人学说，不知多有面子。他们最感兴趣的还是古平原如何能想出移花接木与洋婆献茶这两招来，争着要听古平原亲口解说。古平原拗不过只得笑道："其实我哪有那么多的点子，这都是从别人身上现学现卖得来的主意。"

他那日得知同仁堂养虎卖药，心中忽有所悟，认为既然药店为了显示货真价实能养一头虎，那么茶商将茶树搬到万茶大会的现场去，当场采茶当场喝，岂不是也能引来众人的注意？

"那使唤洋婆子呢？难不成古老板也看哪家茶馆里有洋婆子跑堂？"有个伙计性急，一语问出后大家便是一阵哄堂大笑。

"那倒不是。"古平原指了指一旁的林查理，笑道，"洋人既然能买卖中国茶，那自然也就能采茶泡茶，只不过洋人端来的茶，必定是另有一番滋味。"

"哈哈哈，天下除了你古老板，谁还会想到雇洋女子来献茶艺？"林查理拍掌大笑，"要不了几日，你这天下第一茶就名满天下了，你成为天下第一茶商也是指日可待。"

客来升里欢天喜地，可这一晚京城里到处是睡不着觉的商家，太多的人因为嫉妒古平原而难以入眠，咬牙切齿地喃喃咒骂。特别是京商这一次吃了大亏，四大恒钱庄的掌柜先就坐不住了。他们等了几日见李万堂那边毫无动静，四位掌柜凑在一起一合计，干脆来到李府兴师问罪。

最先说话的是老恒兴的史掌柜,他是位票友,最喜唱黑头,说起话来也是出了名的大嗓门,此刻气急更是将声音挑上了天。

"李老爷,您是李家的当家,这一次的事情也是您在我们面前拍了胸脯保证没问题,我们才会到各自的东家那里去促成此事,现在竹篮打水一场空,东家已然责怪下来,我们的饭碗谁来保?"

一旁老恒利的刘掌柜也急得不得了,边擦汗边道:"六百万两白银,我们四大恒每家拿了一百万,您可要知道,这是我们全部本钱的近半之数,出不得纰漏啊。"

另外两个掌柜也你一言我一语地跟道:"就算在京城,二十万两开个钱庄也不算是小同行了。这一下子就是四百万两啊,说没就没了,太让人心疼了。"

"各位、各位,少安毋躁。"李万堂一袭青衫,脸上挂着淡淡的笑意,好整以暇地玩赏着手中的鼻烟壶,仿佛前几天的惨败根本就没发生过一样。

"我安得下来吗?四大恒要是垮了,只怕你李万堂也笑不出来。"史掌柜之所以如此说是因为李家的银子都存在四大恒的钱庄里。

李万堂听他语带威胁,不在意地笑了笑,将鼻烟壶放在桌上,这才正容道:"不是我不着急,万茶大会的结果一公布,当天晚上我就去找了户部尚书宝鋆大人,他对于这意外的变故也是抱歉万分。"

"光抱歉就完了?六百万两银子啊,丢到河里可不光听个响儿,都能筑道坝了。"

"请听我说完。"李万堂面色一沉,几位掌柜顿时噤声不语。

"第二日宝大人就去见了恭亲王,王爷自然也不能让京商白白报效六百万两银子,所以两下里一商量,又经我提议⋯⋯"李万堂说到这儿停了下来。四大恒的掌柜也都不是吃素的,一看就知道必是有了意外的惊喜,全都露出期待的神色。

李万堂笑了笑,接下去说道:"恭亲王同意由我京商买下两淮沿海七十二家官办盐场,这些盐场今后就由我京商来运营。"

"什么!"四位掌柜一听之下全都起身,脸上是那种乍闻喜事不敢置信的表情。

"李老爷别是听错了吧?官办盐场历来交由扬州盐商代为经营,从不卖与其他商家,二十几年前扬州盐商纷纷垮了,无力经营,这才收回国有。怎么会卖给我们京商呢?"

李万堂这才稍露出一丝得意之色:"咱们京商从嘉庆年间开始就想经营扬州盐业,苦于扬州盐商把持得厉害,无从插手。要不是这一次王爷心存内疚,意图补偿我们,也不可能就将这一大批的盐场轻易到手。这就是俗话说的塞翁失马,焉知

183

非福。"

"这可是天大的利润，茶可以不喝，盐却不能不吃，有了这批盐场，京商就可以日进斗金了，比起天下第一茶来，还是盐场要实惠得多啊。"史掌柜兴奋地说。

"史掌柜是明白人，只不过……"李万堂故意卖着关子，沉吟不语。

"李老爷，你就说吧，可别让我着急啦。"史掌柜可不想让这么一只煮好的肥美鸭子给飞喽，其他几位掌柜也都纷纷催促着。

李万堂看看火候差不多了，故作为难道："只是要买下这七十二家盐场，至少需要这个数！"他伸出一根手指。

"一百万两？"刘掌柜皱眉道。

李万堂笑了："亏你还是个生意人，你以为这是盐井、盐池吗？这是放眼两淮上千里的盐场。告诉你，是一千万两！"

几位掌柜倒抽一口凉气，你看我，我看你，方才的兴奋劲儿消失无踪，呆坐在椅上半晌作声不得。

李万堂也不着急，重又把鼻烟壶拿在手上欣赏着里面的内画。

"李老爷，你该不是想要……"最后还是刘掌柜讷讷地开了口。

李万堂不慌不忙道："我知道你们四大恒加起来正有实钱一千万两，为了争这天下第一茶入股四百万，别看损失了，现在我把当初这四百万两也算进来，你们再出四百万两，我们一起做这盐场的生意。"

"这不可能！钱都借了出去，难道要我们四大恒倒灶不成？"史掌柜一听就叫了起来。

李万堂胸有成竹地应对道："钱庄的生意我也略知一二，你们四大恒开业几百年，就属这十年间银库里存银最多，因为逆匪打仗人心惶惶，没人做生意，自然就没人来借钱。银子虽多，却只是备而不用，实际上每日存取之数大致相当，根本用不上银库里的银子。即使偶有大额取兑，最多不过二三十万便能应付。所以之前我说要用四百万两，数额虽大，各位的东家想想便也都答应了，实在也是因为手头的富裕银子太多，与其堆着发霉，不如找笔好生意放出去吃利息合算。"

这一番话说出来，几位掌柜直皱眉头，没料到李万堂对四大恒的底细摸得如此清楚。

史掌柜有些不甘心，反唇相讥道："你李家的底细瞒得过别人，瞒不过我们做钱庄的。此前已经投了二百万两在万茶大会里，要说能独拿那剩下的六百万两银子，嘿嘿……"话说没说完，言下之意众人却已明了。

刘掌柜怕李万堂会恼羞成怒，抢着说："李老爷，钱庄的生意您既然清楚，想必难处也是知道。这些银子备而不用虽是犯了钱庄的大忌，但实在也是因为近年来燕门票号不断在京里设号，成了我们钱庄的心腹大患。若是再借出去四百万两，各家存银就所剩无几了，应付日常的取款倒是不妨，若是燕门票号得知此事，来个一拥而上，后果真是不堪设想。"

李万堂点了点头："二位掌柜说得都有道理，一则我李家虽然殷实，但一下子拿这么多银子出来也是为难，二来燕门票号与京商钱庄抢生意的事情我也早有耳闻，这一次之所以要强人所难，自然是这两件事我都有了解决之法。"

四位掌柜闻言不解其意，李万堂笑了笑："几位今日来得巧，我正与一人商量此事，将他请出来，各位掌柜就全明白了。"

说着，他咳嗽一声，对着屏风后面说道："王大掌柜，四大恒正在担心燕门票号，您听了难道耳根子不热吗？"

就见从屏风后面走出来个干瘦的老头子，一脸的烟容，看样子是多年吸食鸦片，面容虽然枯槁，眼神却深如潭水，心思不可测也是一望可知。

他一出来，便拱手向四大恒掌柜道："藏身多时，得罪得罪，鄙人是燕门太谷泰裕丰票号的大掌柜王天贵，特来拜望各位同行。"

史、刘等人都是大大一愣，太谷是燕门的三大钱匣之一，泰裕丰又是太谷最大的票号，这王大掌柜平白无故来京商巨头府上做什么？几个人的眼神里同时露出防备与敌视的目光。

"几位不必如此！"李万堂哪会看不出来他们心中的敌意，大笑着站起身，拍了拍王天贵的肩头，"王大掌柜此来无意钱庄票号之争，是要与我们联手做盐场生意，大家千万不要心存芥蒂。他还带来了一个消息，各位听了一定满意。"

王天贵说的正是燕门票号如今的现状。当初李万堂安排连环计，王天贵推动铜钱上涨，再加上私铸铜钱横行，燕门票号损失惨重，虽然过了一年，但依旧是未复元气，自保尚且有余，攻敌却是无能为力。王天贵是燕门票号的大掌柜，深知票号内幕，在座的几位又都是钱庄老手，细一听就知道王天贵没编瞎话。

"所以燕门票号的事儿，各位可以不必放在心上了。"李万堂看了一眼王天贵。

王天贵自从被古平原设计打败，失去了所有的生意，手里空攥着几百万两银子，做个富家翁自然绰绰有余，不过他不甘心如此，始终在琢磨着翻身的机会，最后也把目光投到了两淮盐场上。他知道，盐在两淮，可是能决定盐场归属的人却在朝廷，于是便在几天前也来到京里活动，得知李万堂刚刚从恭亲王那里拿到了两淮盐场，他大失所望之下，又听到消息，说是李家这次在万茶大会损失不小，只怕一时难以筹措这笔巨款。

王天贵主动找上门来，李万堂正愁银子不够，难得有人送财上门，于是两人一拍即合，打算说动四大恒再投入四百万两，余数由李家和王天贵联手补足。至于李家此前与泰裕丰的那番惊心动魄的争斗，这两个在商场混了一辈子的生意人都是极有默契地缄口不谈。

"最难得的是，王大掌柜深明大义，愿意将各位之前损失的四百万两也算到股本里，也就是说等于各位每家拿了一百万两却入了双倍的股份，这是打着灯笼都找不到的好事，你们还犹豫什么？"李万堂恩威并施，四位掌柜知道若不答应，之前的一百万两银子就算是打了水漂，无奈之下，只得答应回去与东家商议，必定给个满意的答复。

事情一定，李万堂放下心来，刚要说话，王天贵却开了口。

"鄙人听说京商这一次栽在一个毛头小子的手里，不仅银钱损失不小，连名声都受了累，不知接下来想要如何应对啊？"

"听说是西太后钦点他的茶为第一名，想必是运气好，制出来的茶恰恰中了圣意。"李万堂一怔，想了想道，"反正结果是万难更改了，再要纠缠此事也于事无补，我们还是把心思用在收购经营盐场的生意上吧。"

"不然，不然。"王天贵连连摆手，"京商既然要到南边去做生意，自然要先把名头打响，给南边的商人来个下马威才是，现在却反过来了，一开始就落了下风，这对今后的生意可不利啊。那个叫古平原的人是徽商，我们正好拿他下手，别看他得了天下第一，一样要让他乘兴而来败兴而归，这才显得出我们的手段，等到了南边，别人才不敢轻易找我们的麻烦。"王天贵真是想不到，一转眼古平原居然夺了天下第一茶的美名，眼看就要发大财了，他是个睚眦必报的人，怎么能看着古平原如此得意，非要在京里报这一箭之仇不可。

"这只怕是不容易……"李万堂不愿多事，刚要婉转回绝，就听从厅外传来一声。

"我倒有个主意！"

说话的正是李钦，他在外面听了多时，直到厅内说到古平原，他才眼珠一转接了口。

"你多什么嘴？"李万堂见李钦贸然闯入，立现不悦之色。

"哦，这不是李公子嘛，想必有什么高见，何妨说一说。"王天贵与李钦是旧识了,只不过二人目光一闪都没多说什么。

李钦也不客气,简单与众人见过礼后便道:"要对付那姓古的,其实也不难。我们来个双管齐下,包叫他哭都找不着北。第一,现在天下茶商里有头有脸的人物几乎都在京城,而且对兰雪茶夺了天下第一都不服气。我们正好利用这一点,鼓动众家茶商谁也不要与姓古的做生意,不买他的茶。这样他空有其名,却不得其利,时间长了,自然难以为继。这样做还有个好处,就是久而久之,大家尝不到这天下第一茶,慢慢也就将它忘了。"

"好!这是阴干之法,用得妙极了。"王天贵用欣赏的眼光看了李钦一眼,"贤侄方才说双管齐下,那自然是还有一招喽。"

"正是。"李钦得意道,"原本说好了,万茶大会之后,由获得十大名茶的茶商联合摆酒请天下茶商,原本我们京商已将此事策划好了,没料到事却有变……"

"现在还提什么摆酒!"李万堂打断他。

"这酒还是要摆,只是换个说法。就说是我京商要尽地主之谊。场面越大越好,干脆来他一席满汉全席的流水席,将京里的茶商都请到,可有一样,就是不请姓古的,将他孤立起来。只要这个场面摆出来,就等于是天下茶商共同抵制古平原和他的兰雪茶,即使有人想暗中和他做买卖也不敢了。如此便是一石二鸟,既可找回京商的面子,又能让姓古的从此在商界无法立足。"

李钦侃侃而谈,李万堂沉着脸不言语。四大恒的几位掌柜在一旁听着,则都是暗暗心惊,想不到李钦小小年纪竟有如此毒辣的心机。

"好、好!果然是虎父无犬子,佩服佩服!"王天贵不断抚掌称善。

3

"这事儿不对头啊!"刘黑塔使劲地抓抓头发,"我说这兰雪茶到底得的是第一还是倒数第一?怎么一晃儿七八天过去,连一个来买茶的都没有?"

众人在客栈里都是愁眉不展,古平原心里也直犯嘀咕,嘴上却安慰大家道:"不要紧,也许是众家茶商有意拖些时日,意图压价。"

他嘴上虽然如此说,心中却盼派出去打听消息的郝师爷早点回来,好能知道些消息。

人是盼回来了,可一看郝师爷的脸色,大家就都知道恐怕大事不妙。他本是笑口常开,如今却苦着一张脸,张口就道:"老弟,这茶怕是卖不出去了。"

187

"这话怎么说？"古平原心里一翻个。

"我在各家商帮的会馆挨个打听，结果人家那边各种茶叶的生意谈得热火朝天，就是绝口不提兰雪茶。后来我试着向粤商和川商推销，可是话没说完就被人撵了出来。"

"怎么会这样呢？"常四老爹在旁也急了。

"他们要联合抵制兰雪茶，说是除非我们自设店铺，否则兰雪茶休想卖出去一两！"

古平原听完已是明白了，他的脸色也霎时阴了下来，低着头想了半晌，也没开口。

"怕什么，这群王八蛋想是输得不服气，背后耍阴的，咱们就自设店铺来卖茶，我就不信老百姓会不想尝这天下第一茶。"刘黑塔鼓着腮帮子叫道。

古平原轻轻摇头，开口道："只开一两间只怕是无济于事，要是开上十间八间，那本钱从何而来？再说各茶商要真是联合抵制我们，只要我们的茶上市开卖，他们就会全数购去，我们手头只有两千斤的茶叶，真要是有价无市，那兰雪茶岂不是名存实亡？"

"老弟考虑得不错，只怕他们打的正是这个主意。你好不容易得了天下第一，这番心血可不能轻易付之东流啊。"郝师爷点头叹道。

"据说，他们还要办一个宴请天下茶商的盛宴，可是唯独不给我们发请柬。"

"好毒！这是四面楚歌之策，想要逼得我们走投无路。"古平原失声而出，他踏前一步问郝师爷："此事总要有个领头的吧？"

郝师爷重重点头："是京商在后面策动天下商帮孤立我们。"

"又是京商！"

"妹夫，咱们怎么办？"刘黑塔急急问道。

古平原心里明白，这一次的事情若是应对不好，只怕此前的种种努力全都白费。他正想着，林查理站起身来。

"古老板，你要是信得过我，就等我去参加这个茶商盛宴回来后再做决定，我去看看他们到底在捣什么鬼！"

古平原也觉得眼下以静制动未尝不是好办法，好在三天后便是京商请客的日子，急也不急这三日，便一口答允了。

三日之后，众人直等到天色黑透了，方才等到林查理赴宴回来，还是那几个人，一同聚在古平原的房中。林查理的脸色比郝师爷当时还要难看，一张口就是："古老板，这一次你惹了大麻烦了。"

李钦代表京商在宴上不断挑动各家茶商的情绪，大家虽不敢说慈禧太后的不是，却把兰雪茶贬得一文不值，最后在席间约定，绝不许任何人与古平原做交易。

"古老板，现在各地茶商沆瀣一气，画押按手印，订了攻守同盟。要我说你还是回徽州吧，这里不会有人和你做生意了。"林查理心里也是难过。

刘黑塔一拳捣在墙上，"我听说徽州茶商也都按了手押，第一个就是那侯二爷，说什么大义灭亲！这王八蛋，古大哥你当初还帮他，真是一片好心喂了白眼狼。"

郝师爷看看这个，又看看那个，一屁股坐在椅上长叹一声："怎么会这样呢？得了天下第一比没得还要糟糕！"

常四老爹在旁也是嗟叹不已，没想到古平原费尽辛苦九转丹成最后却落个这样的结果。

古平原紧咬牙关，半天都没言语，只是站起身不住地在房内走着，众人都将目光投向他，等着他说话。

古平原慢慢站定，用一种决绝的口气说道："这一次不比以往，如果输了，那就是满盘皆输，而且没有翻身的余地。你们想一想，手握茶王都能一败涂地，今后不管哪行哪业，还会有人敢和你做生意吗？只怕要沦为商界的笑柄！"

"经商就是个往来，没听说自己跟自己做生意的，现在连徽商都在抵制你，你还能有什么办法？"郝师爷也深知这里面的凶险，却是无法可想。

"要不然，咱们求求人吧。"常四老爹皱着眉头，"秦西商帮和燕门票号都欠着你偌大的人情，你去和他们商量商量，看看有没有什么法子。"

"对啊，爹说的是个好主意。"刘黑塔一蹦三尺高，兴奋之色溢于言表。

古平原却不动声色，他已经想过这件事情了。就凭自己当初帮的忙，只要开口，康素园、乔致庸等人必然二话不说，全力相助。可这就等于是逼人家与天下商帮作对。只考虑自己，不顾及人家，这种损人利己的事情古平原不愿意去做。更何况古平原看起来是个平和谦恭的人，其实心气高昂，不到万不得已绝不考虑向人求助。

"我就不信只剩下求人这一条路。"

徽商会馆的大堂里，胡总执事正在与人谈论事情，说的正是古平原。

"听说这古平原胆子倒是真不小，走过黑水沼，斗过瀚海王府，可惜了，倒真是块经商的好材料。"他摇了摇头，带着些惋惜地说道。

"他这次把京商和洞庭商帮都惹火了，眼下成了众矢之的，天下商帮都视古平原为眼中钉，视兰雪茶为肉中刺，不拔了去誓不罢休，咱们要是护着他，不免也受池鱼之殃。"侯二爷听胡总执事话中微露怜才之意，生怕他改变心意，赶紧跟上一句。

"这姓古的运气真是好到极点，可惜福分祸之所伏，得了天下第一却还是免不了破产毁业，白白糟蹋了那好茶。"他手里依旧是转着那对大铜球。

边上一位徽商也跟着道："我也是可惜那茶，真是百年难得一见的好茶，这廖师傅怎么就偏偏挑上他，给他制出这么一味绝世好茶来。"

众人尽皆摇首叹息，当然为的不是古平原，而是那得之不易的天下第一茶。

正在此时，一名门上来报。

"禀总执事，胡老太爷来了！"

"谁？"

"泰来茶庄的胡老太爷！"

一听是久已不出来走动的胡老太爷亲身到此，大家都站起身来，胡总执事更是连忙指挥众人到门前迎接。

说话间，胡老太爷的轿子就已经在大门前停了下来。胡总执事忙与众人迎了出去。

有些小字辈儿的徽商压根儿就没见过胡老太爷，但都知道这位老爷子脾气大，是徽商中的耆老。今日一见先就是一愕，不为别的，那五短身材很难让人相信这就是当年与各地商帮在四海争雄的徽商前辈。

胡总执事与这位老太爷沾着亲戚，是没出五服的侄儿，一见胡老太爷面沉似水，手里那长年不熄的旱烟袋竟然没点火，心里就是一惊，赶紧加着小心上来伺候。

"胡齐达，我说你小子是不是被猪油蒙了心！"果不其然，胡老太爷张口就叫着总执事的名字开骂。

"老太爷您别生气，到底是谁惹了您了？来京怎么不派人递个信儿，我们大家好到高碑店去迎您。"总执事还以为是没能远迎让胡老太爷不痛快了。

"迎我？省省吧，我可没那么大的福分！"胡老太爷别看年纪大，中气可足得很，目光扫视全场，"要是问谁惹我了，你们全都有份！"

"这话是怎么说的？我们哪儿敢惹您老人家啊。"总执事赔着笑脸。

"别说不敢，你们这伙人胆子比天都大。我问你，是不是你把古平原得的天下第一茶给黑了?"

"那、那是京商挑的头……"

一句话还没解释完,胡老太爷就一口啐过去,"走到河间府我就听说了,咱们徽商得了天下第一的名头,还是皇太后的御笔亲封,这是多大的荣耀,又是多大的生意。可是你们这群不成器的东西,居然要帮着外人把这件事给阴干喽。好、好、好,真是一群好样的!"

侯二爷狗头狗脑地躲在胡总执事身后,胡总执事心里有气,心说当初是你撺掇我做这件事,如今倒躲了,他把身子稍稍闪开一些,把侯二爷让了出来。不看见侯二还好,胡老太爷一看见他,更是火冒三丈,用烟袋锅指着侯二的鼻子问道:"听说京商请客,要大家立字据,不与古平原做生意往来,你第一个按了手印?"

侯二爷头都不敢抬,好半天才喃喃地答应一声:"是!"

啪的一声,老爷子蹦起三尺高,狠狠一巴掌打在他的脸上。

"你白长了这么大个子,光知道吃饭不知道想事!你分得清里外吗?知道京商的京字和徽商的徽字不是一个字吗?"

侯二爷哪敢回嘴,二话不说当着众人的面跪下了。

他这一跪,胡老太爷反倒更好下手了,噼啪又是两巴掌。这几巴掌就像打着所有人脸上一样,胡总执事只觉得面上发烧,讪讪地过来劝着。

胡老太爷好不容易才消了点气,对着众人说:"我知道,当初古平原是犯了众怒,可是此一时彼一时,今日他得了天下第一茶的美名,那是为我们徽商争了多大的脸面哪!就是再有不对也该原谅了。可你们倒好,硬是胳膊肘往外拐,要把他逼到破产毁业。我问三老四少一句,咱们不都有个一样的名字叫徽商吗?怎么自家人反倒打起窝里炮来了。"

人们围在胡老太爷身旁静静地听着,此时脸上都不由得现出愧色。

胡老太爷长叹一声,环视一周,声音颤抖着,面上带出了疲乏的老态。

"我还记得年轻的时候,在瀚海做生意,有几家晋商联合当地的票号断了我的钱路,害得我没钱付给瀚海人,当时真急得要跳河。就在这个时候,京里的几位徽商知道了,连夜赶着大车给我运银子,银子运到正是期限的最后一天,那真是素不相识却雪中送炭,我差点没给人家跪下,可人家怎么说?他们说救的不是我胡泰来,救的是徽商在瀚海的信誉。"胡老太爷说到这儿,已是老泪纵横。

"什么叫徽商?同声共气、团结一致才是徽商,这样走在外面抬出这块招牌来,人家才看得起你。像你们现在这样做,分明是在拆自家的台,看着自家人倒霉却在一旁偷笑，等到有一天人家反过手来对付你们，后悔也晚啦！"胡老太爷说到激动处，不住地用长长的烟杆杵着地面。

这真是金石之言！徽商们听的都是悚然而惊。

胡老太爷跺了跺脚，从手上摘下一枚戒指，丢到侯二爷的面前。

"明天凭着我这枚戒指上的图章，到钱庄取银子。"

侯二爷这才抬起头："舅舅，银子我手里还有，您莫不是有大用处？"

"买天下第一茶必须要给个好价钱，别人不捧场，我们自己也要捧。我也知道你手里有银子，是故意让你到钱庄去的。你取银子的时候要说明白，这银子是用来与古平原做买卖！不是没人买天下第一茶吗，我全数买下，就在泰来茶庄里卖！"

侯二爷大惊失色："舅舅！这可使不得！"

胡老太爷把眼一瞪："你说什么！"

侯二爷咽下一口唾沫，"听了舅舅的教训，我知道这一次的事情做错了。可是已然错了，再要更改，别人会说我们出尔反尔，按了手印却反悔，那泰来茶庄的信誉怎么办？"

"放屁！这时候你倒想起信誉二字了。泰来茶庄是你的还是我的？我没按手印就不算数！"

"您听我说。"侯二爷真的急了，"不是我不领古平原的情，这一回他实在是犯了各个商帮的忌，我们要是帮他，就等于与普天下所有的茶商作对，泰来茶庄在全国各地都有分号，万一犯了众怒，被人群起而攻之，即使我们也承担不起这个损失，搞不好您一辈子打下的江山就要毁于一旦。一时意气用事，替古平原当这个挡箭牌，实在是划不来。"

他前面说的那些都对，胡老太爷也在认真考虑，可后面一句意气用事又把老爷子的火气撩拨了起来，他犯了倔劲儿，山羊胡子一翘，气道："我胡泰来做了一辈子生意，还没怕过谁呢，他们不服气尽管冲我来！你不用说了，这事定了，明儿一早就去找古平原买茶！"

4

"听说那古平原已然陷入绝境，京商联合众商帮打算把他赶尽杀绝。"四喜给苏紫轩梳着长长的乌发，轻轻在她耳边说道。

苏紫轩隔了许久没言语，四喜也不意外。这位小姐自打那日从万茶大会回来后就一直寡言少语，更稀罕的是，过了几日居然穿起了许久不穿的女装，今日沐浴后竟还要四喜为她对镜理妆。

"这是我从南城玲珑阁买回来的宫粉，连京西胭脂铺的上好水粉也不如它。这绛紫色的口脂是波斯货色，小姐你用来点唇真是好看。"四喜说话间为苏紫轩挽好了髻子，髻上簪着一支从琉璃厂多宝斋买回来的珠花簪子，那上面珍珠足有指肚般大小，上面垂着嵌宝的流苏。

苏紫轩缓缓起身，四喜忙为她在小衣外披了一件银丝朱红的细云锦合欢纹长衣，小心翼翼地说，"小姐，你换了女装打算去哪儿啊？"

"哪儿也不去，只是看看罢了。"苏紫轩望着镜中的自己，怔怔地说，"我都快忘了自己是个女人了。"

四喜听得心里一酸，差点坠下泪来。

"这一手的确狠。"苏紫轩忽然开口，四喜一愣，才明白过来她说的是京商对付古平原的事儿。

"眼下正是趁热打铁之际，他们却要狠狠泼上一盆凉水，非把这火浇灭了不可。"

"那要是换了小姐，如何应对呢？"

苏紫轩又沉默了下来，四喜正感不安，苏紫轩却走到书案前，拿过一张小笺，四喜见她要写字，赶紧过来磨墨，苏紫轩只写了两个字在上面。

"明儿一早，你拿着这个去客来升，把它给古平原。"

"舍得？"四喜不解地低声念着上面的字。

傍晚时分，古平原步出客栈，他思来想去，可就是找不到能把兰雪茶卖出去的法子，心情十分烦躁，不知不觉走到了前门大街上。

此时正是各行各业结束一天劳作，找地儿喝酒饮茶聊天吹牛的时辰，前门大街上热闹非凡，古平原却是心不在焉，眼睛虽然四处看着，可是心里想的还是兰雪茶的事儿。

"这是兰雪茶，是天下第一茶，掌柜的，您尝尝看，这真的是好茶。"一语入耳，古平原便是一怔，侧头看去，街边一个茶店的柜台前，一个大姑娘正捧着一包茶叶，苦苦哀求着茶店掌柜。

"姑娘，你拿走吧，我家的店不进这茶叶。"掌柜连连摆手。

"我把这茶放在你这里，不要钱，白给这些茶客喝还不行吗？"

"那也不行。"掌柜的有些不耐烦，"拿走，拿走！"说着连连挥手。

"掌柜的，求求您。"那女子正是常玉儿，她一张脸臊得通红，欲走还不甘心，楚楚可怜地站在柜台外面。

"唉，我跟你说实话吧，这兰雪茶要是进了店，我这茶店就要倒闭了。前几日京商会馆已经四处放出话，谁敢买卖兰雪茶，就让谁的买卖做不下去。我有几个脑袋敢惹李半城啊，姑娘，你就别为难我了。"

常玉儿咬了咬唇，刚想转身，忽然有人在一旁阴阳怪气地说："怪事年年有，今年特别多。怎么这天下第一茶还求人来喝，别是假的吧？"

"不假，这是真的兰雪茶，是徽州制茶大师廖师傅亲手所制。"常玉儿见有人肯理会，忙不迭地对着他说。

茶店正中的桌子上，坐着几个油头粉面的纨绔少爷，其中一个正是开口说话的人，他打断了常玉儿的话，指了指桌上的茶壶，"甭说那么多，把这免费的好茶给咱爷几个沏上尝尝。"

常玉儿点点头，走过来刚要提壶，那少爷也伸出手去，正把常玉儿的手握住，"哎，你……"常玉儿一惊挣扎，壶倒在桌上，热水洒出烫了她的手，茶包也散了开来，里面的茶叶一半落在地上，一半落在桌上。

常玉儿心疼得刚要弯腰去捡，那少爷伸臂一拦，指了指自己的裤裆，放肆地一笑，"怎么这么不小心，让你沏茶，弄得我满身都是，连裤子都湿了，还不赶紧给我擦擦。"同桌的那几个人都不怀好意地笑了起来。

常玉儿又羞又气，正想起身，从后猛冲过来一个人，一抬脚咣的一声把这茶桌踹翻了，一时杯壶落地摔个粉碎，几个纨绔吓得四下一闪。

"玉儿。"那人一拉常玉儿的胳膊。

"古大哥。"常玉儿怔怔地望着他。古平原还是第一次称呼她为玉儿，常玉儿的心里突然涌上一股暖意。

古平原目光复杂地看着她，心中却是五味杂陈，自己好歹也是七尺男儿，却让一个弱质女流为了自己当街求人，看着常玉儿，他又是心疼又是难过。他随手给掌柜丢下一块银子，对常玉儿说："我们回客栈去。"

常玉儿顺从地点了点头，跟在古平原身后走了出去。

古平原房间里的灯一夜没灭，他一直坐在桌前，苦苦思索着，怎样能破解眼前这个困局。

"我舍了自家的茶田，换得了一道好茶；老师舍了自己的性命，换得了我一条命；

玉儿姑娘舍了女儿家的矜持，还不是想为我换得一线商机。难道我就如此没用，竟然连一个办法都想不出，眼睁睁看着这来之不易的天下第一茶就此一败涂地？"古平原心浮气躁，端过早已凉透的兰雪茶一饮而下，清鲜之气顺喉而入，借着这股子凉意，他又想，"大家都能舍，难道我就不能舍，可我要舍掉什么才能让众商帮打破成见，愿意和我做生意呢？"

"难道说……"古平原的眼睛忽然亮了，灯火映在他的目中，那火焰仿佛越来越大。

第二天一早，郝师爷、常家父子、林查理以及所有在担心这件事的伙计都聚在了客来升的大堂，眼睁睁地望着二楼的楼梯口。货色堆在永定货栈，一天天拖下去总不是办法，他们都知道古平原昨夜一晚未眠，巴望着他能有个什么办法，哪怕是贱价出手，也比白白耗在这儿强。

可是等了许久古平原还是不下来。后来郝师爷实在忍不住了，想上楼去叫，这时候古平原才出来，见大家都在看自己，他微微一笑。郝师爷离得最近，惊奇地发现古平原脸上是那种劈破旁门方见月明如洗的神色，几日来的满面愁容早已消失不见。

"老弟，你……"

郝师爷的话刚说了开头就被古平原摇摇手止住，"郝大哥，你先别忙，我要出去一趟，咱们有事回来再说。"

"去哪儿？"刘黑塔抢着问道。

"需不需要准备什么？"常四老爹也急忙问道。

古平原拍拍刘黑塔的肩膀，安慰地说："你们都不要急，应带之物我已带了，你们随我来便是。"

众人这才发觉古平原的手里拿了一本纸册，隐隐见墨迹新鲜，大概是昨晚一夜之间写成。

郝师爷知道古平原胸有城府，既不愿多说，问也是无用，按捺下好奇之心，反将众人七嘴八舌的问话一一劝住。

古平原左右看了看，见人都齐了，便向客栈外走去。四喜正到了客栈外，见古平原带着众人走了出来，她想了一下也跟了过去。

走了一会儿，大家发现这不是直奔西琉璃厂后孙胡同吗？

刘黑塔在后面悄悄问郝师爷。

"我妹夫这是要干什么？"

郝师爷面有忧色："难不成他是要到各地商人会馆大闹一场？这么做可是殊为不智啊。"

"什么智不智？就许那帮乌龟王八蛋欺负人，就不许我们去出口气？妹夫要闹，我打头阵！"刘黑塔向来不怕把事情弄大。

说话间，一行人就已经进了后孙胡同，这时各家会馆里都已有人进进出出，看见是这个众矢之的的古平原带着一帮人来了，全都匆忙去禀管事。

古平原也不理会一路上的指指点点，径直来到徽商会馆门口，刚要迈步上阶，却见胡老太爷带着侯二爷及一干茶商正往外走。

二人这一碰上，俱是一愣，古平原惊喜交加，忽又想起徽商此时对自己的态度，踌躇着不敢上前打招呼。

胡老太爷却是没想那许多，他瞪大了眼睛看清是古平原之后，紧走两步上前握住古平原的手。

"贤侄，真是不容易，恭喜你了！拿到天下第一茶实在是为我徽商长了脸，可喜可贺啊！"

就这一句，古平原眼泪差点掉下来，这么多天了，这还是第一次有徽州商人向自己道喜。

他按下心中的委屈辛酸，强笑道："老太爷，多谢您了。您这是要出门？"

"我就是要去找你，不是没人买你的茶吗，我买，有多少我买多少！"

一听此言，古平原身后众人都是大喜，只有古平原脸上没有一丝笑容。

别看古平原面上不露声色，心里受的震动可比谁都大。他是光棍玲珑心，一点就透，看见侯二爷皱眉板脸，再看胡老太爷激动的样子，就知道这是老太爷一意孤行要帮自己的忙。当然自己可以装糊涂，把茶叶都卖给泰来茶庄，之后的事情都可以不管，但那样做等是将所有的问题都推给了胡老太爷，未免太不仗义了。

想到这儿，古平原刚有些活动的心思又稳住了，他把住胡老太爷的臂，诚挚地说："老太爷，您的意思我都懂，您容我先进院去向大家交代几句话，然后咱们再谈买卖。"

胡老太爷不住点头，有他在前面，胡总执事自然是不敢再拦古平原，一干人等走到会馆的大厅里。

这时候徽商会馆外面已经围聚了不少各地的茶商以及会馆的管事，大家都想看看这古平原要做些什么。

古平原站在厅中正中央的位置，商人尊崇的神灵通常依其主营行业各有不同，茶业敬陆羽，盐业敬蚩尤，丝织业拜的则是马头娘娘，而到了会馆里则千篇一律，中堂上挂的都是财神赵公明。

古平原先拜过财神，心中默祷数遍，这才起身面向大家。

"诸位徽州的同行，今日我古平原到此，不为别的，只是想向大家赔个罪。当初我莽撞无状，害得徽商失了遥西边地客源，真是百死莫赎，还望各位多多见谅。"

他不追究众徽商与外人勾结，联手迫害自己，却一上来就自认有罪，这大出众人意料，一个个脸上都不自然，显见得是内惭于心。

但也有人认为古平原这一招是先抑后扬，搞不好接下来就要找麻烦了，且看他往下是如何说。

古平原接着又说道："既然是赔罪，当然要有赔罪之礼，古某身无长物，最宝贵的东西莫过于此。"说着他把一直攥在手心里的那本纸册轻轻放在桌上，松手的时候他犹豫了一下，随后放开，那纸册的封面上有一个明显的湿手印，竟是因其紧张得手心出汗，"特将此物献上，以示诚心。"

这时众人的好奇心到了顶点，都恨不得过去将那册子翻开看看里面到底写的是什么。

"贤侄，你这葫芦里卖的是什么药？可把我老头子都弄糊涂了。"胡老太爷走南闯北一辈子，什么没见过？可古平原这一手让他也是丈二和尚摸不着头脑。

古平原一指桌上的册子，"这里面是兰雪茶种植与制作的方法，是廖师傅心血所聚，他老人家已经将其传授给我，我悉数录在此册中，只要是我徽州的茶商茶农，人人可看可学。"

他这一句话说出来，所有人都惊得难以置信。制茶的秘方对茶商来说那就是命根子，更何况这是天下第一茶，古平原这样做等于是将好不容易打下的江山拱手于人，自己到头来却是双手空空。

"平原""妹夫""老弟""古老板"，跟着古平原来的这些人无不惊骇，纷纷失声而呼，都以为他是急痛攻心，迷了神志。

"古某种出兰雪茶虽然有一半的运气在里面，不过廖师傅改良方法后，这兰雪茶只要在适宜生长之地便不难种出，如果诸位还有什么不明之处，尽可来问我。"古平原说话不紧不慢有条有理，越发显得是心智清明，而非一时糊涂。

"你这是……"胡老太爷被古平原这一招弄得枪法大乱，看着他不知说什么好。

"老太爷，古某当年也曾读过几本书，古书中云，独乐乐，与民乐乐，孰乐？那自然是与民乐乐。这天赐茶王的福气并非该我古家一家独享，今日分享给徽州的所

197

有茶业同人，才是合了天道。"

古平原对着胡老太爷说完这几句话，然后转过脸向着议论纷纷的众家茶商高声道："不过，古某有一事要说明白，这兰雪茶既是我古家所创，便如同亲骨肉一般，容不得别人来作践。今后不管哪家，但凡是销售兰雪茶，都要经过我古家评级，定下等级后方可买卖。这评级也是分文不要，只是防着有人以次充好罢了。如是没有我古家的评级印戳，那么所售的兰雪茶就非正宗，众家同行可听见了？"

"听见了！"全场如春雷一般的回应，已将古平原此举所得人心之广显露无遗。

"老太爷，咱们到里屋去谈谈买卖？"古平原这才含笑对胡老太爷说道。

胡老太爷望着古平原，起初迷惘，而后眼中佩服之色越来越浓，终于重重地一点头。

"好，去谈买卖！"

5

李万堂接到李钦的报信已是日当中午，他静静地想了一会儿，抬起头问李钦："你觉得这古平原将制茶秘方无偿赠予众人，是为了什么？"

李钦正是因为想破头都想不明白，这才来报信，当下低着头道："儿子不明白，还望爹爹明示。"

"你当然不会明白。"李万堂语气淡淡的，"我问你，在战场上，拉弓放箭射的是哪一个？"

"自然是擒贼先擒王。"

"那要是满战场都是帅字旗，你又射哪一个？"

"这……"李钦不知该如何回答了。

"哼！"李万堂看着他摇了摇头，"人家轻描淡写就把你那几招给破了，自己回去慢慢想吧。"说罢拂袖走入内室。

李钦呆立当场，一张脸慢慢涨得如猪肝样。

徽商会馆里，胡老太爷与古平原定好了买卖契约，将其送出门，这才转回身到大堂里坐。

侯二爷小心翼翼地站在他身旁，看老爷子面色不错，这才开口道："古平原这一手，真是出乎大家预料。不过这样一来我们与他做买卖就不妨了，因为大家都能种兰雪茶，古家的天下第一茶变成了徽商的天下第一茶，谁也没那个本事与整个徽商作对。"

胡老太爷瞟了他一眼，"就你聪明！"

侯二爷连忙垂首："外甥不敢，都是舅舅平日的教诲。"

"你说的倒也不错，古平原确实是借此将自己从风标崖岸的境地中解脱出来，要不然他就是有天大的本事也难以翻身。更妙的是，从今往后，古平原就可以不必借助兰雪茶来做生意了。"

"这是为何？"说话的是胡总执事，他手里的大铜球早就不转了，一心只想着今日在会馆里发生的事，越想越觉得对这个年轻人捉摸不透。

"这还不明白？"胡老爷子等下人帮他点上烟，呼哧呼哧抽了几大口，方才接道，"要是你，与一个能脱手将天下第一茶无偿让出的人做买卖，还会不放心吗？人家连这样的大利都可以谈笑弃之，无论做什么买卖，难道还会不讲诚信，贪图小利？商人最重的就是诚信二字，古平原用茶王换来了这两个字，今后的成就真的是不可限量。"

侯二爷低着头，听胡老太爷连篇累牍地夸着古平原，眼睛里满是嫉恨。

这边众人跟着古平原回到客来升，除郝师爷明白几分外，其余人都还是一头雾水，等着听古平原解说今日之举。

古平原话中不无倦意，"我把天下第一茶让了出去，难不成他们还会视我为眼中钉、肉中刺吗？"

"不对吧。"郝师爷质疑问，"老弟，你的性子我还不清楚？没道理竖白旗投降啊。"

"哈哈哈。"古平原这才改颜大笑，"真是，什么都瞒不过老哥哥。"

"妹夫，这到底是怎么回事啊？"刘黑塔百思不解。

就连一向不喜开口的常四老爹也问道："平原，你怎会把辛辛苦苦得来的天下第一拱手让人，这不是太可惜了吗！"

"不，我先前一心只想得到兰雪茶带来的厚利，被这利遮住了眼。舍与得原是一体，只有先舍方能后得。"

"那你把制茶的秘方舍出去，得到了什么呢？"郝师爷还是不明白。

"那可多了！"古平原先说，"我这一献宝，等于是将整个徽商拉到我这边。试问天下做生意的，谁敢说不和徽商做买卖？"

"对，这一下子，等于是将徽商、兰雪茶与古家混在了一起，轻而易举就打破了天下茶商对老弟的攻守同盟，真是高明。"郝师爷也想到了这一层。

古平原往下继续说："还有，舍了兰雪茶便得了天下茶商对我的信任，今后哪怕是不做茶生意，我们也是处处吃得开了。"

"可是辛辛苦苦种出天下第一茶，却不能生利岂不是可惜？"刘黑塔晃着大脑袋喟然兴叹。

"怎么不能生利？你没听我说今后无论哪家要种要卖兰雪茶，都要经过我古家评级吗？"

"不是说不收钱吗，这白贴工哪来的利啊？"刘黑塔还是不懂。

"能给天下第一茶评级这本身就是利。"古平原见他还不懂，索性把话说明白，"别人都只是卖茶，我却可以为他们卖的茶评定品级，你想想看，我古家卖的茶叶又会是个怎样的级别？这块招牌不擦就亮，还愁卖不出好价钱？"

"啊！"刘黑塔这才恍然大悟，呵呵大笑起来，"妹夫，真有你的！"

常玉儿一直躲在门后听，要说最担心古平原的人还是她，此时脸上也露出欢喜的笑容，还带着对古平原的无限钦佩之意。

苏紫轩坐在桌旁，手托着尖巧的下颌，眼望灯花出神，直到四喜叫她第三遍才回过神来。

"小姐，你在想什么呢？"

"你猜猜。"

这个好猜，"是古平原吧，他倒真聪明，还没看到小姐的信，就想出了舍得的破解法子。"

苏紫轩苦笑一下："他岂止是聪明。其实我要他做的舍得并非如此，只是希望他将存在货栈里的茶叶分出一部分赠予京中嗜茶之人品尝，只要市面哄起来，众人趋之若鹜，一而再再而三地到各家茶铺去买兰雪茶，那么总会有贪利的商人打破攻守同盟，私下来与他做买卖，只要有一个，就不愁第二个、第三个，如同坝溃一角，同盟自然瓦解，他的生意就可以做下去了。"

"那他现在做的……"

"我指点的是阴谋，他行的却是王道。做得光明磊落，而且将权宜之计变成了一劳永逸，比起我的计策来要好上不知多少倍。"

苏紫轩沉默了一会儿又接着说："这个古平原能把天下第一茶的秘方都舍出去，

真是出乎我的意料。他将来能做成怎样的大生意，只怕如今在京城里的这些商帮，一辈子都想不到。"

6

"娘，杀人的事儿怎么能轻易做？"李钦声音颤抖，犹犹豫豫地看着自己的母亲。

"真是废物。"李太太站起身，居高临下地看着跪着的李钦，"你这次代表李家操办万茶大会，结果一无所获，让京商白白赔了六百万两，然后你又出主意对付兰雪茶，也被那个古平原轻描淡写打破了茶商间的联盟。这样下去，你的名字就会变成商人中的笑柄，等将来你执掌李家门户时，京商中不会有人服你，更没人会听你的话，到那时李家几代辛苦经营的结果就毁了。"

"难道杀了古平原就能挽回这一切？"

"你还是不懂。"李太太摇摇头，"要挽回的不是天下第一的名头，也不是失去的银子，而是你的心气。只要古平原活着，你看到他，就会永远想到曾输给他，难道你愿意一辈子被人压在头上？"

"不！"李钦一拳捶在地上，口中低吼一声。

"对了，就是这样！而且我还要告诉你一件事。"李太太往椅背上一靠，眼睛望着屋顶的大梁，许久才慢悠悠地说，"这古平原与我们李家有仇，他的父亲当年就是死在李家手里，说得更准确些，是死在你父亲手里。"

"什么？"李钦难以置信。

李太太盯着他的眼睛，"这是不共戴天之仇，既然他已经找上李家的麻烦，咱们就要斩草除根！"

天色已晚，月色正明，在德胜门外一处僻静之地，有两个人正站在阴影之中。

"一千两。杀一个人，银票就是你的！事成之后还有一千两。"

"杀谁？"

"古平原。"

问话的人正是陈赖子，他闻言打了个冷战，他当混混好多年了，踹寡妇门、挖绝户坟，什么坏事都干尽了，可就是没杀过人，泼皮混混也有自己的规矩，不到万不得已绝不搅到人命案子里头。

"怎么样？"对面的人逼问一句。

陈赖子想想自己实在是走投无路，告发古平原不成，自己在京城就不敢露头，生怕被刘黑塔逮到，连替人收债都不敢出门，身边手下早已四散。如今这两千两银子实在令他垂涎，有了这笔钱，无论到哪儿躲上一阵，过的都是花天酒地的日子。

"好，李少爷，我替你杀了他。"陈赖子咬了咬牙，伸手接过银票转身就走。

李钦办了这件大事，心头也是一阵轻松，刚要离开，忽听后面传来鼓掌声。

"好，好极了，心到手到，真是英雄出少年。"

李钦心里一紧，忙回过头看去，从一棵大树后闪身出来的竟是燕门票号的大掌柜王天贵。

"你怎么会在这儿？"李钦知道方才的话都被此人听了去，心头不由得一阵慌乱。

王天贵见李钦的脸色阵青阵白，便道："你放心，那古平原与我也是冤家对头，方才的话我断然不会外泄。"

李钦这才颜色稍缓，就听王天贵又道："事情总有个万一，万一那陈赖子杀不了古平原，你打算就这么放过他？"

"这……"李钦真被问住了。

王天贵一笑，上前拍了拍他的肩膀，"贤侄，杀人的事儿归你，剩下的事儿就交给我吧。"

如今来买兰雪茶的人络绎不绝，古平原带着常家父子忙了好几天，傍晚时分才匆匆由永定货栈赶回客来升。他与常四老爹走在前面，不远处已看见了客栈的拐角。

古平原只顾想着生意上的事儿，走路有些分神。常四老爹却一眼瞧见有个蒙着脸的汉子半蹲着身，见两人过来，把身子一纵跳出来，手里一把明晃晃的剔骨尖刀，冲着古平原的心口就是狠狠一刀攮来。

古平原一点防备都没有，这要是扎上了，非死不可。常四老爹见势不好，抢前一步把古平原撞开，就听一声惨叫，那把尖刀已经从常四老爹的后心不偏不倚地刺了进去。

事情发生得太突然了，所有人都是一愣，只有那下手的凶徒见没刺中古平原，一咬牙把刀拔出来，还要再次下手。

刘黑塔与古、常二人不过是前后脚而已，这时候就已经到了跟前，他一见老爹被人刺伤倒地，眼睛都红了，大吼一声："兔崽子！"

见他几步跨了过来，那凶徒扭头就跑，刘黑塔岂能放他走，跟在后面急追不舍，一边追，一边把腰里缠的九节鞭拽了出来。

他身高腿长步子大，撵了没有半条街就已经追到了凶徒的身后，手里的钢鞭抡圆了，照着对方的后脑勺就是一鞭打下。

这一下差了半寸没打着脑袋，可是鞭梢下落，正抽在那人的脚后跟上。这条鞭子连石头都能打裂，更何况是血肉之躯！就听哎哟一声，那凶徒倒在地上，抱着脚直打滚。

刘黑塔伸脚踩住他，一把扯下他的面巾，"陈赖子！"他怒吼一声，挥鞭就要打下。

"住手！"闻讯赶出的郝师爷正好一把拦住，他是老刑名了，"要留活口！"说着吩咐两个伙计先把陈赖子绑到马圈去。

等二人再急匆匆赶回来，古平原抱着常四老爹不住呼唤，但人已经昏迷不醒。

古平原立时分派，让刘黑塔赶紧背着常四老爹回客栈，郝师爷也跟着一同回去。自己这边去请大夫，只要是上好的刀伤药，甭管多少种，全都抓回来备用。

幸好这是在京里，全天下最好的药也能买到，龟鹤堂出的金创断续膏治疗刀伤有奇效，血是止住了，可伤口实在太深了。古平原请了不止一位大夫，附近坐堂的老先生，只要是肯出诊的，他全都请了来，可是谁看谁摇头。

"心脉已断，万难施救。"同仁堂的黄老先生摇头道，旁边几位大夫也都是这个意思。

常玉儿早已哭得肝肠寸断，跪在地上不住求着，然而群医都是束手无策。

古平原守在旁边，看着榻上只剩下一口气的常四老爹，眼中流泪，心里像油煎水沸一样。

人家又救了自己一命，而且是拿命换的！现在只要是能把常四老爹从鬼门关拉回来，要古平原的心做药引子，他也甘愿！

几个人围着大夫不断地央告，黄老先生这才叹了口气："救是没法子救，不过要是想见上最后一面，只有用百年以上的老山参来吊一吊命了，花费可不菲啊。"

古平原二话不说，派人到药铺花了一千五百两银子捧回一棵上等老参。常玉儿亲自去煎汤熬药，路过马圈时，里面有人低声急叫着："常玉儿，你过来！"

"你……"常玉儿浑身发抖，咬着牙看着陈赖子。

"废话少说，快把我放了。要不然我漏出一字半句去，你就别想做人了，更别提做什么古家的少奶奶。"陈赖子瞪着三角眼威胁道。

"好，我放你。"常玉儿把参汤放在一边，从怀里掏出那把骨柄小刀。

陈赖子得意地等着常玉儿来割自己身上的绳子，心里还在骂："他娘的刘黑塔，这一鞭子真重，等老子……"他刚想到这儿，就觉得心口一凉，往下一看，那柄小刀正直直地插在自己的心口。

他呆呆地看了看那柄刀，又看了看退后两步的常玉儿，忽然觉得一阵恐惧袭上心头。

"我放你去见阎王爷。"常玉儿狠狠地瞪着他。

"救，救救……"陈赖子张着嘴，一丝血水从嘴角流下，他不甘就死地倒着气，"我，不是我……"话音未落，头一歪便不动了。

常玉儿闭上了眼，胸口起伏着，等她再睁开眼的时候，忽然想起了什么，上前将陈赖子的袖口往上卷了卷，忽然睁大了眼睛。

"不是他，不是他……"常玉儿浑身颤抖，瞪大的眼睛里仿佛再也看不清任何一件事，眸子中只剩下一片混乱疑惧。

熬好了参汤，撬开常四老爹的牙关灌了进去。这边黄老先生借着药力施针，不大工夫，就听常四老爹喉间传来一声微弱的响声。

"爹，您睁开眼看看啊。"刘黑塔与常玉儿扑在病榻前边哭边唤着。

"嗯。"常四老爹勉强睁了睁眼，吃力地辨认着，看到亲女义子都在身边，他张张嘴用细如蚊蚋的声音问道，"平……平原呢？"

古平原听常四老爹一醒了就问自己，心里更是难过得说不出话，俯身上前与老爹相见。

常四老爹抖着嘴唇说不出话，眼睛望了望女儿，又看了看古平原，眼角慢慢流出泪来。

此时此刻，古平原已经用不着再犹豫什么了，他后退半步，撩衣跪倒，恭恭敬敬给常四老爹磕了个头，口里喊了一声：

"爹！"

屋里的人都是一怔，但同时也都明白了他的心境。常四老爹眼里放出喜悦的光芒，牵动嘴角欣慰地笑了。

常玉儿心情复杂地看了古平原一眼，既感激又无奈，然而她也知道，这时候再没有任何事情能比古平原的这声称呼更能够慰藉老人的心了。

果然，常四老爹精神一振，说话也有了力气，但黄老先生在旁明白，这不过是受了好事的刺激回光返照罢了。

"黑塔！"常四老爹先叫着义子。

"爹！"刘黑塔早就哭得不成人样。

"你今后要听平原的话，别闯祸！别给我报仇！"

"哎！"刘黑塔一边呜呜地哭着，一边重重答应。

"玉儿，平原。"常四老爹又唤女儿女婿。

两个人连忙并排跪在床前，听老爹的话。

"你们、你们过几日就把亲事办了，我走得不远，瞧着心里才欢喜。"

古平原知道，常四老爹是担心夜长梦多，怕今后会有什么变化，尤其是担心自己与白依梅之间的事情，所以才迫不及待要二人赶紧成亲。

他体念老爹用心良苦，当下重重点了点头。

"好，太好了！"常四老爹一喜之下，竟要挣扎起身，身子刚抬起便又颓然倒下，任众人怎么呼唤、常玉儿如何哭喊，也再醒不过来了。

七日之后，徽商会馆里办了一场震动京华的红白事。

常四老爹的头七、古平原和常玉儿的婚期都在这一天里办了，因为头七之日是死者返家，既然常四老爹放心不下女儿的婚事，便要让他泉下有知才好。

在灵堂拜堂，这样的事情自然是传为奇谈，老百姓都来看热闹，把徽商会馆围得水泄不通。胡总执事感念古平原赠茶之德，已经尽弃前嫌，主动提出将灵柩摆在会馆，设灵位接受来客吊唁。

各地的商帮此时都知道古平原的兰雪茶已经成了徽商的兰雪茶，要想从中分利，就免不了要与其打交道，既然如此不妨做得漂亮些，便都派了人来吊唁。这些吊客今天也同时是贺客，灵前三拜之后又要向以半子身份在灵前迎客的古平原道喜，只是这道喜不过是默寓于心，拱拱手而已，喜字是无论如何也道不出来的。

郝师爷也帮着招呼来客，他找了个机会把古平原叫到一边，将一张叠得方方正正的纸递到他的手上。

古平原展开一看，却是一张银票，整整一千两。

"这是我在陈赖子身上发现的。"郝师爷表情凝重地说。

陈赖子不明不白被人杀死在马圈，几乎所有人都认为此事背后必有主使之人，陈赖子是被人杀了灭口。

"你是说有人买凶杀人。"

"一个混混随身带着一千两银票,这不可疑吗?"

"能查到是谁给他的银票吗?"古平原问道。

"即使查到了,单凭一张银票也成不了证据,人家可以说丢了或是被偷了,想不认账说辞多得很。"

古平原听他这么说,倒是怔了怔,"然则你究竟是查没查到呢?"

"查是查到了,不过做不了证据,你听了不过徒增烦恼罢了。"

"到底是谁?"

郝师爷踌躇了一下才道:"这张银票是一家不起眼的小钱庄开出来的,市面信用不著,很少流通,一千两已经是他家最大面额的银票了。尤其出奇的是,这钱庄是江西人开的。"

"那又怎样?"古平原想了想,自己并没有与江西的什么人结怨。

"老弟,你聪明一世,糊涂一时。你想,这是在京城,京商钱庄的票子才是硬货色,而且方便易办,为什么要特意去一家外地商人的小钱庄兑换银票?"

古平原一下子明白了,"有人故意这么办,就是怕怀疑到自己头上。"

"欲盖弥彰而已。"郝师爷不屑地点点头。

"京商?只怕又是李家!"古平原听后咬牙道。李家与自己当年在考场被人无端陷害脱不开干系,现在又涉嫌买凶杀了自己的岳父,这仇真是不同戴天。

"这两件案子,李万堂都可以推得干干净净,你要真想报仇就不能心急。尤其是不能让他知道,这火暴脾气要是闯到李府去杀人,可就是谁都救不了他了!"说着郝师爷指了指不远处的刘黑塔。

古平原凝重地点了点头。

忽听会馆门前一阵喧哗。郝师爷不明所以又是个大近视,他往前紧走几步,排开人群,一打眼便是一愣。

"哦,几位这是……"

面前这几个人他都认识,正是前几日顺天府派来抓古平原的差役。

领头的捕快姓宋,他也认得郝师爷,上次往自己手里塞了银子,还是徽州府的公人,所以言语之中便客气三分。

"郝老爷,给您请安了。"

"不敢当,不敢当。"郝师爷正在回礼,古平原已经赶了过来。

宋捕快向他一指，"来，把这古平原押起来，带回收监！"

事出突然，会馆里的人都惊呆了。刘黑塔一挺腰站了出来，"凭什么抓我妹夫，他犯了哪条王法？"

郝师爷自己就是衙门中人，知道和官府对着干没什么好处，把刘黑塔挡在身后，赔笑道："这案子上次不是结了嘛，怎么又劳动几位来抓人呢？"

可不是，陈赖子已经死了，连原告都没了，怎么又想起翻案了？

宋捕快点点头，"有了伊统领的话，即便是再有人告他是逃人，我们也不会再来抓他。可是这一次又不同，告他的人……唉！"他叹了口气，微露同情之色看着古平原，"算你运气不好，这个人是正主儿，他告你，是一告一个准儿。"

"谁？"大家都想问这句话。

"是我！"话随人到，一个矮墩墩的军官走了过来，那双豺目似笑非笑地看着古平原，"姓古的，你真有本事，山海关连耗子都钻不过去，也被你逃了。了不起，了不起呀。"

"许营官！"古平原的脸色一下子变白了。

"这是尚阳堡的营官，专管流犯，特意从关外来带逃人回营。"这下子把古平原证到了死地，再像上次那样蒙混过关是绝对做不到了。

许营官狞笑着对古平原道："怨你命不好，有人花了五百两银子，请我把你抓回去。"

古平原见是他，就知道事情绝无善了，这许营官恨不得把自己食肉寝皮，就是没有银子，也要置之死地而后快，自己落在他手里，那是不用想活了。

"古老弟！""妹夫！"众人眼睁睁看着古平原被差役押走，闻讯赶出的常玉儿急惶惶只见到古平原的背影。而在会馆大门外停了一顶轿子，里面的王天贵轻轻挑开轿帘，看着古平原颈套枷锁，被押往顺天府，脸上这才露出满意的笑容。

7

天下第一茶的得主是个逃亡的流犯，如今被官府抓住了，不日就要押返关外。这个新闻就像长了翅膀一样，从会馆散去的各地商人口中很快传遍了京城。

当天深夜已近子时，郝师爷与刘黑塔都还没睡，两个人都快急疯了。刘黑塔认定了是李家从中作祟，几次想要找上门去，都被郝师爷死死按住。就在这时，客栈的门突然被人敲响了。

"妹子，你、你倒是说句话呀。"刘黑塔大睁着眼看向常玉儿。

常玉儿始终一言不发，只是拿过一个包裹默默收拾着衣物，急得刘黑塔不知如何是好。

"常姑娘，你是要走吗？"郝师爷在房门外问了一句。

"郝大哥，您请进来。"常玉儿这才第一次开口，郝师爷犹豫了一下走进房里。

常玉儿忽然起身盈盈下拜，郝师爷连忙一躲，就听她说："郝大哥，您是拙夫的知交，我们夫妇二人去往关外后，这里的事情还望郝大哥帮着照料，特别是我大哥，性子急躁，还请您多照应。"

"这何消说得，可是……"郝师爷没想到常玉儿会这样说，一下子不知如何回答。

刘黑塔叫了起来，"不成，要去也是我陪妹夫去，你一个女人家，怎么能去那关外苦寒之地。再说你和妹夫还没正式成亲呢！"

"爹把我许配给他，我就生是古家人，死是古家鬼，当然要陪他同去，一路上也好照顾他。至于往后，说句不吉利的话，哪怕他此行死在关外，孤坟所在处也就是我的终老之地。"常玉儿语气淡淡的，却是坚决无比，任何人听了都知道绝改变不了她的心意。

郝师爷听得又是钦佩又是感动，连连点着头，"常姑娘，我已经托驿马连夜给乔大人送信，把这里的事一一讲明。他如今很得袁巡抚的看重，也许能托巡抚大人想条路子出来，你也不必太过担心了。"

"哦。"常玉儿并没太在意，反正她已经想好了，就算是什么办法都没有，自己陪着古平原到关外受苦就是了。

城外十里亭，古来便是出京的送别之所。古平原今日发遣，并不想惊动太多人，只有刘黑塔在旁相送，郝老爷本来约好了一起来送，却不知何故并未出现。

古平原一直劝说常玉儿不要随自己出关，却是百般无效。任凭古平原怎么说，常玉儿只有一句话，要么随古平原出关，要么死在他面前。古平原知道常玉儿的心意坚定，实在没有办法，只好答应。

"时候不早了。"解差过来催促道。

"是。"古平原知道多说无益，何况送君千里终有一别，但他还是心有不甘，向旁望去，"玉儿，你还是回去吧。"

常玉儿抿嘴一笑，轻轻摇了摇头，不言声地背起了那个包裹，顺手将古平原的大枷向上托了一托。刘黑塔望着自己妹妹伶仃的身影，一抱大脑袋蹲在地上呜呜地哭了出来。

"古老弟，古老弟！"身后连声呼唤。刘黑塔擦擦眼泪，回身看去，原来是郝师爷坐着一乘小轿飞也似的赶过来。轿到近前，郝师爷急步下来，手里扬着一封信，高声喊道："有救了，有救了！"

几个人顿时都呆住了，常玉儿赶紧让哥哥扶住郝师爷，问道："郝大哥，您说清楚些。"

"这是乔大人从徽州来的信，他已经打点好了，巡抚衙门向刑部递了公事文书，只要古老弟按照官府的命令将功赎罪，那一天云彩就都散了，什么私逃，什么流犯都一笔勾销。"

古平原没想到乔鹤年居然能办成这样的事儿，愣了一下，问道："我能给巡抚衙门立什么功？"

"乔大人说，只要你肯将一个人交给袁巡抚，就能换回自己的命。"

"谁？"

"白依梅！"

"郝大哥，不必再说了，再说下去你我的交情就没了！"古平原声色俱厉，几乎要跟郝师爷翻脸了。

"你、你好歹先答应下来，先免了这场官司再说。"郝师爷一句紧似一句地劝着。

"绝无可能！"古平原的脸板得像石头，水泼不进地道，"老师临死前，我发过誓要照顾白依梅，现在却让我抓了她献给朝廷，来换自己一条命，将来我有什么面目见老师于地下？"

他见郝师爷还要劝，用力摆了摆手，"郝大哥，我就问你一句话，我古平原如是那贪生怕死出卖朋友的小人，你会瞧得起我？"

"我这……"郝师爷被问得张口结舌。他看到乔鹤年的信就已经知道此事千难万难，诱捕白依梅本来就几无可能，古平原与其有旧，所以还有一丝希望，但就是这么点希望，因为古平原的重情重义也变得毫无可能。可是眼下要救古平原就只有这么一条路，何况……

郝师爷叹了口气，他本想等古平原答应下来，回徽州一路上慢慢说，现在见古平原连商量的余地都没有，只好把乔鹤年私信给他的消息也说了出来。

"古老弟，我知道你不是贪生怕死的人，你把白老师的恩情看得至重，可也要顾到你的家人啊。"

"我家人怎么了？"古平原听出不对，急忙追问道。

"你以为那位袁丁四袁巡抚会单凭乔大人的说辞就为一名流犯出具公文力保吗？你缓一口气万一再跑了怎么办？官法无情，袁巡抚已经把你一家人都扣在了省城合州。"

"这，简直荒唐。我又没答应去办这件事，凭什么扣我的家人？"古平原听说母亲和弟弟妹妹都被官府扣押了，立时就急了。

"你不要怪乔大人，他也是一心想要救你。"乔鹤年也是无奈之下才把古平原与白依梅的事儿告诉了巡抚，不这么做哪来的筹码救人？但乔鹤年心里也希望古平原能成此大功，一旦功成，乔鹤年作为推举之人也必得巡抚的赏识。

古平原这时候真是碰上了一辈子最难的事儿，木立当场，不知如何是好。

常玉儿在一旁听得明明白白，这时候走过来，轻声道："古大哥，你应该回徽州。"

古平原身子一震，缓缓抬头，"你也想我去用白依梅换自己的命？"

"不。"常玉儿摇了摇头，"你不能这么做，也不会这么做，不然你就不是我认识的古大哥了。"

"那你……"

"现在事情很简单，就是两条路。不答应，到关外，到了关外你能做什么，除了任人摆布什么都做不了，既救不了家人，也管不了白依梅。如果答应下来，那就回徽州，现在是官府要你做事，做什么，怎么做，做成什么样，古大哥，你是有本事的人，到时候你可以自己决定啊。"

郝师爷一合掌，就差没喊了个好字，心里惭愧，自己白当了这么长时间的师爷，连劝人都不会劝，你看人家常姑娘这一番话，句句都说到了古平原的心坎上。

常玉儿这番话说出来，古平原的眼神立时就亮了，真是一语惊醒梦中人，他马上就想到官府让自己诱捕白依梅，其中大有文章可作。

"变抓捕为劝降，这正是大好的机会。"古平原不自觉脱口而出。

他的眼神愈发明亮，常玉儿看到自己的丈夫嘴角露出笑容，虽然放下心来，可她的眼神却不知不觉暗淡了。

过了直隶、山东，一路无话眼看着就到了凤阳府，往南去离着省城合州可就不远了。这时候从对面的路上接连不断涌来一批批的难民。郝师爷就是凤阳府人氏，见状不能不关心，下车一打听给吓了一跳，赶紧回来找古平原。

"古老弟，大事不妙！"

"怎么？"

"李成空兵围合州城，已经十几天了。"

几个人听了都吃一惊，特别是古平原，自己的家人被巡抚衙门看管起来了，也就是说娘和弟弟妹妹都在合州城里，由不得他不急，常玉儿听了也是焦急万分。

"现如今情形怎么样了？"

"从逃难的人口中难得实情，他们只是说逆匪军把合州围得像个铁桶一样，连个蚊子都飞不出去。"

"只要有存粮就不怕，可以待援。"古平原不愧是在大营里读过一堆兵法。

郝师爷一拍大腿，"你可算说到点子上了。合州城里粮食不够吃一个月的。"

古平原这才真的被吓了一跳，"这是谁的主意？李成空就在三河镇，敌人离得这么近，城里面为何不多备粮？"

"合州易攻难守，再加上李成空实在勇猛，所以袁丁四袁巡抚打算万一敌不过逆匪，干脆就一把火烧了合州，退到易于防守的凤阳府，故此凤阳的备粮还多过合州。说来也怪，这袁巡抚时刻做着逃走的准备，到头来却还是被围了，李成空这个人打仗可真是了不得。"郝师爷不住发着议论。

亲人安危让古平原一时心烦意乱，他让刘黑塔带着常玉儿先回徽州古家村，他们也不能就这么住在古家，好在族人和廖师傅都认识刘黑塔，可以先安顿在茶园暂住，也免了常玉儿身临战场的危险。古平原与郝师爷则到合州附近打听消息，最好是能想个办法混进城去，一切见了袁丁四再说。

常玉儿一开始不愿意，她一是担心古平原，二来她虽说是古家的媳妇，可是就这么不明不白地回到古家村，面对古家一族那么多人，实在觉得有些打怵。刘黑塔也是左右为难，他不怕打仗，还想跟着凑凑热闹，可是护送妹妹这件事又非他不可。最后还是郝师爷陈明利害，终于劝服了常家兄妹，原本并行的两辆大车过了凤阳之后便分道扬镳。临走之时常玉儿依依不舍，嘱咐古平原一切当心。随后刘黑塔带着妹妹绕道阜阳、六安，前往徽州。

古平原与郝师爷则直直南下而去，这条路越走越不敢走，不时能遇上盘查的逆匪，对北边来的车马巡检特严。大车目标太明显，古平原与郝师爷只好弃车就马，好在郝师爷常走这条路，大路小道都熟，这样绕来绕去，两个人到底是接近了合州城。沿路村镇的房屋上都插着逆匪的旗子，再往前走已经能看见一片连营，边上有壕沟拒马，这是围城扎的大营，除了逆匪谁也过不去，他们两个也不敢招惹，远远避开。

两个都是徽州人，自然知道到什么地方去瞭望地势。合州近郊有一座山名为大蜀山，相传是大别山的余脉，传说有蜀僧在此建了一座开福寺，故此得名。山尖上有座亭子名为雪霁亭，是合州附近的制高点，登蜀山观淝水是此地文人雅士的消遣之举，然而古平原这次上山，纯是为了看一看两边的阵势。

等到了雪霁亭，古平原顾不得休息，拢目就往山下看。

"郝大哥，你来看。"古平原知道郝师爷看不清楚，给他指点着。

"城南是逆匪的本营，纵横至少十里，城西、城北、城东的大营也一字拉开，除了连营就是壕沟、灰沟，再不然就是箭楼。整个合州城被包围得像个粽子，迟早是李成空的口中食。"

郝师爷眯着眼睛看着，心头也是一沉。"这可坏了，怎么连东面和北面都让李成空给占了。这肥东县是干什么吃的？守着巢湖的天险布阵，也让李成空给冲过去了。"

古平原蹙着眉头不言语，看样子想进城是千难万难，可不进城又无计可施。他正在低头想办法，忽然觉得身前有人，一惊抬头，两把雪亮的钢刀已经递到胸前。

"你们是什么人？"为首的人穿着清军的服色，是个七品的管带，大声喝问着。

想不到在这儿见了官军了，两人对视一眼都有喜出望外之感。郝师爷知道得自己出面，他上前拱了拱手，"这位军爷请了，在下是歙县县衙的师爷兼新安江水道协办，鄙姓郝，有关书在此。"

郝师爷这个官不是吏部委任的，所以没有盖着紫泥大印的部照，能证明他官人身份的是一张关书，也就是乔鹤年给他下的聘书，请他帮自己协办水道巡查。这东西要是被逆匪搜到，那非掉脑袋不可，所以郝师爷将它折成一条藏在腰带中，匆忙间要取出来可大费手脚。

见他半天拿不出关书，那管带不耐烦道："甭费那劲儿了，跟我们走一趟吧，大人一看见你就知道是真是假。"

"怎么了呢？"

"你不是歙县的师爷吗？"

"是啊。"

"我们大人就是歙县的县大老爷——乔大人。"

几个月不见，乔鹤年可是憔悴了许多，眼睛发红布满了血丝，眉头紧锁，面色暗沉，一口口喝着康七沏好的酽茶，借以提神。

"大人这些日子只怕是没得安歇吧？"古平原关心地问。

乔鹤年苦笑一声："安歇？唉，每天能眯上一会儿就不错了，这仗再打下去，没死在逆匪刀下，先被他累死了。"

大约半个月前，省城发来公文，要各地州府县衙的主官全部都上省商议筹集军饷一事。乔鹤年因为兼管水道巡查，于是耽搁了两天，好不容易把手头的急务处理完了，才动身赶往合州。可就是差了这两天的工夫，李成空的匪军已将合州围城。

眼下只有北路未封。历来围城都是围三放一，给守军留个退路。如果围死了，守军无处可逃，就只能拼命。李成空深谙兵法，但也给城中人留了一线生机。

"说来可笑，眼下通省的官员都被围在了城里，我倒是成了这城外大营中官衔最高的，真正是千斤重担一肩挑。"乔鹤年苦撑半月，已是心力交瘁。绿营官军暮气沉沉，要不是敌人近在眼前，生死间不容发，乔鹤年发令根本不会有人听。

"平原，我也没想过事情会弄成这样，说起来真是对不住你了。"乔鹤年抱歉地往省城城郭方向看了一眼。

古平原一听就懂，虽然早有准备，可还是颤声道："我家里人真的在城里？"

"嗯。"乔鹤年紧跟着又道："不过你放心，他们只是被监管起来，并没有入狱，这一条是我力争下来的。我还租了个小院，让老伯母和令弟令妹住，虽然谈不上安逸，可也没遭罪。"

"真是多谢乔大人了。那么如今呢，城里情形如何？"

"只怕是守不住。"乔鹤年脸上深有忧色，"城里面肯定是人心惶惶，打仗打的是粮食，特别是围城战，存粮不足难以坚守。"乔鹤年的声音中带着嘶哑，一大口酽茶喝下去，涩得鼻眼一皱。

古平原想了一会儿，劝道，"大人也不必如此烦忧，正是因为军情紧急，倘若解了合州之围，到了那时，大人就是首功一件，谁也掩不去这份功劳，至于袁巡抚更要承情。"

这是救命之恩，袁丁四当然会大加报答，至少在保案上不会吝啬笔墨，酬庸不问可知必定优厚。

"没有粮饷，我使唤不动这些兵大爷。更别提带着他们去解围。何况李成空、黄文金、程学启呈三角之势围攻合围，哪一面都不是好惹的，实在没有战胜的把握。"乔鹤年看着桌上铺的地图，又紧紧皱起了眉头。

"我去一趟三河镇。"古平原忽然说了一句。

乔鹤年吃惊非小，"你要去逆匪老巢？"

"不错。我打算去探探逆匪的虚实。"古平原一路上就已经想好了，"我与烈王妃白依梅是从小一起长大的朋友，这次我能活着回徽州，不过是朝廷看我可以利用，让我来诱捕她，进而去抓李成空。我当然不会这么做，但是我一定要去见她一面，眼下正是劝她归顺朝廷的大好时机。"

第七章

军　饷

1

上次分别，白依梅说了永不相见，这一次古平原知道见她不易，将一直保存在身边那断成两截的玉簪请王府守卫呈了上去。果然，不多时府中出来一个丫鬟，请古平原进去。

只是古平原没想到，再见到白依梅时，她身旁还站着四个垂手而立的丫鬟。

"她不愿意一个人见我。"古平原心头刹那间闪过这个念头。

"你……还好吗？"

上次在王府见面，第一句话古平原也是如此问。当时白依梅回答的是好与不好都没什么分别。

然而这一次，白依梅却始终做着手中的活计，微笑答道："王爷待我很好，我当然很好。"

只一句话，古平原便不知如何再说下去了。他面对凶神恶煞的瀚海军人和狡诈奸险的票商掌柜时也没有过手足无措的感觉，如今却真的不知如何开口。

见古平原无语，白依梅这才看了他一眼。

"你说有要紧事，那便快说吧。等一会儿我还要亲手给王爷缝补战袍。合州城外战事激烈，我一个女人家能为他做的，也无非如此，只望老天保佑王爷能逢凶化吉，早日凯旋回来与我团聚。"

"你不用说这样的话，我知道你是故意说给我听的。"古平原当然听得出来，微怠道。

"这可奇了,我担心自己的丈夫岂不是天经地义的事儿。再说我本来也没想会对你说这样的话,上次见面时我说得很清楚,彼此不再相见,你为何又来找我?"

古平原脑子一热,忍不住脱口而出:"那咱们两个的情分呢,就算如今你嫁我娶各有因缘,难道说从小到大的情分就一笔勾销了?"

"你娶亲了?"白依梅怔了一怔,上下打量着古平原,像是在看他是不是说谎,"什么时候的事儿,怎么从下聘到成亲如此之快,娶的是哪家闺秀呢?"

古平原还在气头上,一哂道:"我自娶我的亲,这与你又有什么关系!"

白依梅像是早料到古平原会如此回答,也不着恼,语气轻柔地说:"就算我代我爹你的老师问问,难道也不可以?"

古平原几句话都落了下风,干脆直言答道:"是个为了救我连命都可以不要的女子。"

"哦。"白依梅像是很意外,微一沉吟道,"我想起来了,你上次说过,难不成就是那燕门常家的女儿?"

"对,就是常玉儿,如今她是我的妻子。"

"照这么说,你是为了报恩才娶她?"白依梅试探着问了一句。

古平原一下子被问得愣住了,却又立时反诘道:"哼,我看你才是为了报恩才嫁给李成空的吧。"

白依梅的脸色瞬间变了变,咬住了下唇不再言语。

气氛一时有些僵,古平原毕竟在白依梅面前难以硬起心肠,便缓和了语气说道:"逆匪毕竟是叛逆,你这样跟着李成空不是长久之计。"

白依梅脸色不好看,"我嫁给李成空便是他的人,你这么说是什么意思?"

古平原一愣,回头一想自己的话确有毛病,难怪白依梅会误解。

"我不是让你离开李成空,更不是让你……唉,我是想给你们另找一条路。"

合州是江南江北两大营与直隶京师之间的要道,如今李成空兵围合州,唾手可得,所以古平原说此时是与朝廷谈投诚最有利的时机,那真是要什么有什么,这就是所谓的城下之盟。

"李成空已经为自己争取到了投诚的最佳时机,眼下他提任何条件,朝廷只能和他讨价还价,绝不至于一口回绝。"古平原说得口干舌燥,端起桌上一杯茶水一饮而尽。

"李成空受朝廷招安,你也就不再是叛逆,反而成了一品诰命的夫人。"

"这就是你为我想的路?"白依梅静静看着古平原。

古平原点了点头,"我答应过老师要照顾你,我不能看着你与这叛逆一起……"

"你不好说,让我替你说完。"白依梅哂然一笑,"一起上法场,对吗?"

白依梅不等古平原再开口便截住了话,"你走吧,忘了你对我父亲说的话。既然你娶了妻子,她才是值得你照顾的女人。"说罢站起身,竟是要送客。

古平原被她那冷冰冰的语气堵得说不出话来,心中一阵气苦,忽然大吼道:"我想不通你为什么不肯听我的劝,为什么一定要跟着李成空当逆匪呢,我给你指的这条路明明能走得通,为什么不去走?"

他大发脾气,把白依梅也弄愣了,记忆中古平原还从没有对她这般疾言厉色过。

白依梅本来以为自己已经斩了这股情丝,对古平原不作他想,可是一听到他娶妻了,心里没来由一阵烦,古平原出的主意哪怕再好,她也不想听,"王爷那个人我知道,要他投降,那除非……"

"除非怎样?"古平原心中暗暗想,只要你说得出来,再难的事儿我也去办。

"除非总舵主要他降,他才会降!"

古平原气得重重一跺脚,"为人忠逆之辨总要清楚……"古平原还想劝,又被白依梅一口打断。

"我看弄不清楚的人是你。什么是忠?我如今是烈王妃,是大泽军的人,我当然要忠于王爷。难不成我还要忠于朝廷,然后帮着朝廷来杀我的丈夫?"

古平原自问口才也不差,却被这几句话说得哑口无言。

房间里静了许久,"你自己保重。"古平原终于只是叹了口气,推开房门走了出去。

他来到院中,院子里寂静无人,他没有立时便走,在院子里站了好一会儿,心里想的都是陈年往事与那个陈年往事里的人,一幕幕一段段在心头划过。

当他好容易回过神准备迈步离开时,忽然听到自己方才所在的左侧厢房里有人开口说话。

"宋嫂。"是白依梅的声音。

"王妃请吩咐。"答话的便是那个引自己进门的仆妇。

白依梅叫了一声,却又不言语了。古平原忍不住停下脚步想听听她说什么,过了半晌,白依梅才声音低低地道:"明儿到镇上找个金匠,用金子把这断成两截的玉簪镶好。"

古平原脑子里轰的一声,宋嫂答应的什么他再也没听见。他几步走到房门口,伸手想去推门,但手放在门上,却像被什么拽住了般迟迟难动,最后长长叹了口气,大步流星走了出去。

他的这声叹息，白依梅在屋中也听见了，她怔怔地坐着，眼光落到那锦囊上，就那么久久地看着。

"不成功就不成功吧，眼下我有一件大事眼看就要办成了，非得古兄你帮忙不可！"灯下看乔鹤年，面容憔悴到了极点，眼里却放着兴奋的光。

"这件事办成了，合州的围必解。"郝师爷跟着说道。此时三人正在房中密议，乔鹤年现在能够倚重的只有身边这两个人。

见古平原不解，郝师爷用低低的声音道："你去三河镇的这几日，乔大人也走了一趟，他冒着奇险去了李成空手下大将程学启的兵营，好说歹说终于说动了姓程的，让他背叛李成空投靠官军。"

古平原惊讶地望了乔鹤年一眼，他没想到乔鹤年胆子不小，逆匪抓住当官的一向是残杀，不是烧死就是分尸，乔鹤年这是豁出去了。

"我替巡抚大人许了他一个副将的官儿，外加三十万两银子作为饷银。"乔鹤年沉吟道，"官职等解了合州之围后奏报朝廷再行封赏，可这三十万两银子立马就要，程学启也要用这笔银子来喂他的手下，这些人才肯跟着他投靠朝廷。"

他看了古平原一眼，"古兄，战机不等人，你能不能帮我在三天之内筹到这笔银子？"

"能！"古平原回答得干净利落。

他当初在京城，以兰雪茶入股泰来茶庄，双方合作分红，"我这边被人告发后，就将全部的兰雪茶交给胡老太爷运回了徽州，放在泰来茶庄里代卖，不管卖没卖出去，我都可以请老爷子先折价给我，不足之数留到下个茶期再结算不迟。"

"古兄，你这是拿自家的银子给官军发饷，如此大仁大义，我将来一定奏报巡抚大人。"乔鹤年大为感动。

2

作别后，古平原随即赶到胡家天寿园，他跳下马拍了拍身上的尘土，拎着沿路市集买的四样礼物，向门外的家人禀明来意，说是古家茶园的古平原求见胡老太爷。

古家茶园的兰雪茶得了天下第一茶的美名，而且与自家茶庄做了联号，胡家下人无人不知，听说眼前来到天寿园求见胡老太爷的这个人就是古平原，赶紧进去禀报。

不多时，仆人前头带路，古平原来到天寿园深处的一个大凉棚，从池塘吹来的凉风阵阵，可以想见夏日必是消暑的好去处。过四面厅再往右转，就可听到一阵悠扬的胡琴声，随即来到一处小院，院里只有一间草舍，布置得毫无富贵气象，舍外种着碗大的茶花。

琴声轻扬，柳枝拂面，古平原兜兜转转来到此处，真如进了神仙府第，神思一阵恍惚，竟有些忘了自己此来的目的。

仆人进去回禀，琴声立时停了，里面有人道："胡老爷，方才这几压几揉最能听出京胡与二胡的差别，二胡声音柔和不比京胡尖利，所用力道就要稍大些，等明天小人再来，给老爷试奏《江河水》，您就听得更清楚了。"

古平原这才明白，是胡老太爷在学琴，想不到他这么大岁数了还有此雅兴。

仆人引出琴师，古平原迈步进了草舍，就见屋中无桌无椅，两三蒲团，中间熏着一炉香。

胡老太爷已经接了京城来信，知道古平原化险为夷，此时又见了本人，呵呵笑道，"世侄啊，你回来了就好，坐，坐吧。"说着指了指地上的蒲团。

古平原躬身答应，盘膝而坐，这才向胡老太爷问安。

"我一个老头子，好不好都没几年了。反倒是世侄你被押解出关，我却没能帮上什么忙，你不会怪我吧。"

"老太爷，您这说的是哪儿的话，我被逮入狱，全靠您在外面照料兰雪茶的生意，本来这事应该我做，却把担子放在了您身上，是我连累了您才对。您不责备我，我已经很惭愧了，怎么还说到怪您这样的话呢？老太爷，您这真是折死我了。"古平原言辞恳切，一看就是发自肺腑。

"好孩子。"胡老太爷一直不动声色，却猛然红了眼圈，站起身在不大的草舍内绕了两圈，大有感慨地说，"你脱险而归真是天佑善人。嗐，幸好还有你这样的人在徽商，不然我都耻于自己是徽商。"

这话说得可重了，老人家分明心中有事，古平原也站起身，不安地问道："老太爷，您这话莫非有感而发？"

"唉！"胡老太爷深深叹了口气，不答反问，"世侄，你说说看，什么是商帮？"

"商帮？"古平原没料到胡老太爷忽然问这个，一时怔住了。

"对，徽商、晋商、京商这都是商帮，虽说叫个帮，可和运河上的漕帮、大江南北的洪门又不一样，也无堂口，也无分舵，更没有什么帮规戒律，那你说，它又为什么叫商帮呢？"

古平原被问住了，想了想忽有所悟，笑道："老太爷，您就甭考我了，您既然这么问，心中想必已是有了答案。"

胡老太爷先是点点头，"这答案放在我心里一辈子了，却只是时刻想着念着，从没对别人说过，最近也不知怎么了，总想找人说一说，可是……"他又不住摇头，"也就是世侄你回来了，我才愿意把这些话和你唠唠，别的人说了他们也不懂。"

"老太爷，您别着急，慢慢说。"胡老太爷是有岁数的人了，古平原见他情绪几近激动，担心对身体不好，扶着他慢慢坐了下来。

"其实简单，要我说，商帮商帮，商人彼此互助相帮，就是商帮，要是形同陌路，那就有其名而无其实，时间久了，连名都没了。"

古平原静静听着，他知道胡老太爷一见面就说这些，必定是受了什么事的触动，老人家有话憋在心里只怕伤了身子，既然老太爷愿意对自己说，不如就让他痛痛快快把话都说出来，自己再相机解劝。

"世侄啊，想必你也知道，我这一辈儿的徽商如今在世的不多了。从前徽商会馆里有个大事小情，都来问问我，拿我当个主事人，这是看得起我。最近这十年，逆匪兴乱，世道不太平，生意也难做，再加上我老了，总觉得可以在家享享清福，外面的事情渐渐也就不怎么管了。可是我万万没想到，徽商会变成如今这个样子。"胡老太爷平素大烟袋锅儿不离手，今天几次想去摸烟杆都忍了下来。

"你的兰雪茶得了天下第一，本来这是徽商的一件大喜事。近年来因为逆匪战火波及，大家的生意都不好做，我原本还以为可以借此大作一篇文章，把徽商萎靡不振的生意重新振作起来。可谁承想满不是这回事儿，这事儿就像擦亮的镜子，把如今这群徽州商人的丑态映得是清清楚楚。"

"世侄，我说这话可不护短，连我那外甥侯二在内，个个都是王八蛋。打横炮有能耐，一见了京商就下了软蛋。哼，我当初在瀚海贩茶时，京商看见我的车队都躲着走，如今真是被这群无能小辈败坏了名声。"胡老太爷越说越气，眉毛胡子都竖了起来。

古平原心说不妙，我是让老爷子消消气，这倒把火拱起来了，他赶紧道："逐利本就是生意人本性，避害更是人之常情，老太爷您就不必苛责侯世兄了。"

"唉。"胡老太爷发了一顿牢骚。他虽然老了，眼神却利，方才是乍见古平原心情激动，如今平绪心情，一下子就看出来了古平原有心事。

"我真是老糊涂了。世侄，你此来是有事吧？"

古平原心想好不容易胡老太爷自己把话引过来，我就实话实说了吧。当下就把朝廷怎么以诱捕白依梅为条件释放自己，自己又有不能为的苦衷，眼下必须先解合州之围，救出家人后再缓缓图之这些事都一股脑讲了出来。

"哦。这么说你是来筹集军饷的？"

"听说老太爷把茶叶都运回徽州了，不知是否卖出？"古平原问了一句。

"已经卖出去了，卖了一个好价钱。"胡老太爷点了点头。

"那就好，我想把古家这一份先领走充作军饷，其余部分算是我向老太爷借的，等到下个茶期一并归还。"

"这都好说，只是三十万两现银，这得让钱庄准备一两天，来人，去把侯二找来。"

如今侯二爷是泰来茶庄的大掌柜，要动这么一大笔钱，当然要大掌柜出面。

"我不想在琴房见他，世侄随我来。"胡老太爷把古平原带到前院花厅，一面饮茶一面等侯二爷。

过了大半个时辰，侯二爷匆匆赶来。胡老太爷一见他眼睛通红，满身的酒气，就十分不喜，立时出言斥责道："你这哪像个大掌柜的样子，大白天居然吃酒带醉，上梁不正下梁歪，如何给伙计们立规矩做生意。"

"舅舅，眼下哪还有什么生意，伙计们都在店里闲着，我也闲得难受，喝点小酒听个曲儿，打发时间罢了。呃！"说着侯二爷打了一个大大的酒嗝，隔着老远都能闻到一股酸臭气。

胡老太爷气得满脸通红，一举大烟杆子就想打他，看他浑然不觉的样子，忍着气又放下来，怒道："你要不是我姐姐的单传独子，我这就打断你的腿。"说着向古平原摇头苦笑，"世侄，让你见笑了。"

侯二爷醉眼惺忪，这才看到坐在一旁的古平原，伸手一指，大叫道："这姓古的怎么从关外跑回来了，他是个流犯，咱们可得报官。"

"住口！"胡老太爷听他太不像话，怒冲冲走下来，劈手一个大耳刮子。

"去，拿我的图章到钱庄取三十万两现银，古平原说送到哪儿，就送到哪儿！"

"什么？"侯二爷被打醒了七分，本来抚着脸不敢言语了，一听这话又猛地抬起头，"舅舅，您糊涂了吧，怎么能给姓古的三十万两银子呢？您又不是不知道，咱们如今……"

"住口、住口……"胡老太爷可气大发了，烟杆子连连敲着红木柱子，抖着手指着侯二爷，"你私拿公中的银子开赌场，我还没和你算账呢！我上次跟你说什么来着，再敢不听我的话，我不仅把你逐出泰来茶庄，我还要到徽商会馆去开堂祭神，把你撵出徽商。去，按我说的办，把银子提出来给古平原送去，人家和咱们合伙做买卖，这是应得的一份。"

古平原见侯二爷一脸不服气的样子，又听他的口风不对，知道这里面有事儿，几次想问，可胡老太爷脾气太大，根本插不上嘴，见是个话缝，赶紧跟上一句："老太爷，事儿可不能这么办。做生意讲究账目清楚，我应该先和侯世兄把货物账目交割清楚，然后算出应得之银，其余的都算是我向您老人家借的。"

古平原说的是正办，侯二爷听了却冷哼一声，胡老太爷不等他说话便抢着道："不必不必，我还没死呢，这泰来茶庄的事儿我说了算，贤侄你办的是十万火急的差事，哪有闲工夫一笔笔看账，先把银子拉走是正经，将来再算细账也不迟。"

古平原还想再说什么，胡老太爷已经不容他再说下去了，连连催促侯二去提银子。侯二爷恨恨地一跺脚，拿着图章悻悻而去。

"世侄啊，按说我应该留你住几天，只是你如今事繁，等你办完了事儿，再来天寿园，咱爷俩好好叙叙。"

一直到古平原起身告辞，胡老太爷也没给他问话的机会。古平原此来休宁，别看顺顺利利拿到了三十万两银子，心里面却揣了一个大疙瘩，胡家分明是有事儿，却不愿意告诉自己。

等到他回了大营，胡家的银子也几乎同时解到，军需官按数清点分文不少，于是装入银鞘准备起运。押送这批银两过来的人可是大出古平原意外，竟然是侯二爷。

古平原其实心里并不待见他，当初在古家村要不是侯二爷告密，自己的老师不会死得那么惨，白依梅也不会死心塌地跟了李成空。但古平原为人光明磊落，既然答应了胡老太爷化解这段仇怨，就干干脆脆把此事放下了，此后侯二爷带头煽动徽商与自己作对，他也并没往心里去。

"侯世兄，泰来茶庄生意繁杂，你这做大掌柜的怎么亲身到此？"尽管知道侯二爷心里还放着这段坎儿，视自己为仇敌，瞧着胡老太爷的面上，古平原还是含笑打了招呼。

"哼，要是放在以前，这三十万两银子随便派个伙计送来就成，只是今时不比往日，这银子可丢不得，非我亲自押送不能放心。"侯二爷翻了翻白眼。

郝师爷看不过去了，过来说："侯掌柜，你怎么这般不晓事。要不是古老弟当初放你一马，如今你早就身败名裂，还会有人和你做生意吗？"

"嘿嘿，可惜呀，现如今还是没有生意做。"侯二爷撇了撇嘴，不屑地说。

"你……"郝师爷当场要发作。

古平原拉了一下他的胳膊，自己踏前一步，"侯世兄，听你这话里有话。我在天寿园时就想问，是不是胡家的生意出了什么事？我瞧着您和胡老太爷仿佛有什么话瞒着我。"

"我才不想瞒你呢，都是你这姓古的干的好事！要不是因为你……"侯二爷能做这么大生意，也绝非草包，看了看周围人多，点手把古平原唤到大营边上的僻静地。

"姓古的，你知不知道，我舅舅帮你这个忙帮得有多大？"

古平原有点摸不着头脑，"侯世兄，您有话请讲，难道说我让胡老太爷为难了？"

"为难？我告诉你，我押来的这批银两，是胡家在钱庄里最后的三十万两银子！"

一语既出，古平原当时就蒙了。看侯二爷的样子绝非在开玩笑，可是怎么会？

"实话告诉你，不只兰雪茶一两都没卖出去，整个徽州茶商的生意都要垮了。"

"为什么？"古平原睁大了眼睛。

"为什么？亏你还好意思问！"侯二爷怒冲冲道。

古平原当然要问个究竟，只是郝师爷急匆匆跑过来，"古老弟，没时间磨蹭了。银车都已准备好，要你我一同押车前往，现在不出发，天黑之前就到不了。"

古平原无奈，只好抱了抱拳，"侯世兄，这边军务不等人，等我回来了再与你细谈。"

侯二爷在身后扬声叫道："没什么可谈的，你只记得这三十万两银子赶紧还回来，否则就把我舅舅坑死了。"

郝师爷边走边问："怎么，听起来胡家出事了？"

古平原眉头紧蹙没言声，只是脚步走得又急又快。

3

古平原随着郝师爷直奔合州城中，一路上才从郝师爷口中得知战事结果——程学启在收到银子后便按照约定的时间忽然起兵，打了临近的黄老虎黄文金一个措手不及。李成空立即引兵来救，官军则趁机从背后夹攻，大胜而归，李成空只能勉强收拾残兵，败回了三河镇。

合州之围就此解了，匪王苗盛雨听到消息带兵赶来，只在战场上抢逆匪丢下的武器辎重，遇到小股清军，干脆抢到了清军头上。袁丁四好不容易解了重围，已成惊弓之鸟，接到苗盛雨四处行抢的报告，压根就不敢管。

"要说这位袁巡抚也够窝囊的了，先是被几位督抚挤兑得缺粮少饷，后又差点被李成空夺了丢了省城，如今连苗盛雨区区一个土匪都敢跑到合州附近抢掠，真是官威扫地。"郝师爷撇了撇嘴。

"论起来，乔大人临危不乱，在城外牵制逆匪，又一手劝降程学启并反攻逆匪解了重围，应该是厥功至伟。就算不连升三级，起码也能领个知府衔吧。"

郝师爷点点头，"老弟，咱俩看法一样，这次乔大人肯定是官运亨通。如今安徽官场一扫前几日的晦气，人人都欢天喜地等着叙功受赏，只除一个人外。"

"谁啊？"

"袁丁四呗，他这个巡抚啊，依我看是要当到头了。"

"怎么呢，不是刚打了一场反败为胜的漂亮仗吗？"古平原不解道。

"你没细细想，这一仗是打赢了，可今后呢？朝廷依然要他去打李成空，可是他如今不但缺粮少饷，还欠了三十万两银子的军饷。"郝师爷看了看凝神细听的古平原，"袁巡抚又不是变戏法的，拆了东墙补西墙，那也得有墙可拆啊，现在徽州境内都是向他伸手要粮要饷要军械的，我看他啊，这戏法算是变到头了。"

古平原还要细问端倪，郝师爷伸手一指，"看见前面了吗，包公祠西面那处两进小院，外面有衙役把守，你家里人都在里面。"

古平原当初离开安徽去京城贩茶时，真没想到再回来时要见家里人会如此艰辛曲折。走到门口，郝师爷自去和衙役打交道，古平原则叩了叩门环。

"谁啊？"是弟弟古平文的声音，带着些不安的惧意。

"二弟，开门吧，是我来了。"

"大哥。"里面惊呼一声，大门一开古平文迈步出来，一见古平原的面眼圈就红了。

古平原拍了拍他的肩膀，抬脚就往里走，他急着要见母亲。走过二道门，正赶上妹妹古雨婷扶着古母迎出来，古平原二话不说扑通跪倒，泣不成声："娘，是儿子不孝，许多事瞒着娘，如今还连累了您老人家，儿子罪大通天。"

古平原私逃入关一事，自始至终没敢告诉母亲，就是怕母亲担心，如今却比不告诉还要糟。古平原每每想到自己的老母亲从衙役口中得知大儿子是个逃跑的流犯，那份心情简直让他心如刀绞。

"跪着干什么，平文，快扶你大哥起来。"古母看上去苍老了很多，眼泪也是止不住地流下来，伸出手抚着古平原的面庞，"唉，你心里也苦啊，娘都能明白，真是难为你了。"

一句话让古平原的眼泪像泄了闸的洪水一样涌了出来，直哭得身子瘫软，郝师爷和古平文、古雨婷好不容易才劝住他。

倒是古母叹着气望着大儿子，不住摇头："男儿有泪不轻弹，让他哭一哭也好，憋在心里就憋坏了。"

"娘，你老人家这阵子受苦了。"古平原止住悲声，扶着母亲坐下，眼睛一眨不眨地望着她，慕亲之情溢于言表。

"那倒没有。多亏了人家乔知县，他不准衙差给我们上刑具，又怕我在省城大狱里吃苦，特意派人花银子上下打点，又包了这处小院给咱们娘仨住。平原啊，你可一定要好好报答乔大人。"

"对了，我听说朝廷放你回来，是让你去抓白依梅和她丈夫。"古母最担心的就是这件事，自己的儿子自己最懂，凭着古平原和白依梅打小青梅竹马的情分，要古平原去抓她，那是决计做不到的。

"我已经见过她了。"古平原缓缓说。

古家几个人一听这话，都不免直愣愣地看向古平原。

"那、那你真把依梅姐抓来啦？"古雨婷嗫嚅着问。

古平原先不答妹妹，把这段日子的事情一说，末了说："我本想变擒为抚，既能保白依梅的平安，也能换来我古家的无事。可惜白依梅一口回绝，不过依我看她是有点赌气。"

"为什么？"古母不解道。

"为了……"古平原忽然打住。他与常玉儿成亲的事情并不打算眼下就公之于众，最好是接古母回歙县古家村之时，让常玉儿来拜见婆婆，那样岂不是好。

古平原宕开一笔，"形势比人强，这条路如今不通，不见得就真的走不了。当务之急是把您老人家接回古家村，这里不是长住之地。"

如今古家人被巡抚衙门看管，要走哪有那么容易，古平原知道又得去找乔鹤年想办法。他正这么想着，门口忽然有人找郝师爷，郝师爷匆匆转了个圈，回来时脸上大是兴奋。

"是乔大人派来的人，他知道你回来了，正巧今天又是省城解围以来第一次上院。"所谓上院就是巡抚召集各衙署的官员议事。

"乔大人当然也要去，他让你扮作长随，也同他一道进去。这次劝降程学启，你那三十万两银子的功劳不小，乔大人打算当场为你说几句好话，你再表表为朝廷效劳之意,也许袁巡抚会答应放了你的家人。"

真是想什么来什么,古平原兴冲冲来到巡抚衙门外面,见了乔鹤年自然有一番寒暄互问。古平原一面交谈一面放眼看去,就见衙门口大轿如云,一字排开望不到头。

不多时巡抚衙门的中军抚标出来,在门前一站,下面顿时鸦雀无声。抚标接连唤了几个人,请进去议事,都是当初在城外军营里立过军功的人,其中就有乔鹤年。

古平原随着乔鹤年过了硬山顶的大门、仪门,随着众人直趋二堂。

二堂里,身材发福的袁丁四袁巡抚早已在座,藩台、臬台等本省大吏也都陪坐左右。除此之外还有一人在巡抚身前落座,身着四品道台的雪雁补子,头戴青金石的顶子,眉间带笑,神态从容。

看茶已毕,袁丁四咳了一声,慢悠悠开口道:"这次阖省大劫,幸亏皇上佑护,再加上几位老弟精诚合作,内外夹攻,这才把发匪驱回老巢。"

下面这些人听了,赶紧满口称颂,说是袁巡抚在城中指挥得当,这才能收了全功。

"六安的谷大人、黟县的周大人、池州的何大人还有赴青阳办粮的陈大人,都能尽誉王事,尽心办差,此次战胜逆匪,击退发匪,你们功劳不小,将来保案上一定会细细述明,朝廷必有封赏。"袁丁四将功劳最大的几个人一一点明,温言抚慰,可有一样,他从头到尾都没提乔鹤年的名字。

乔鹤年在座中,心怦怦乱跳,几次抬眼看袁巡抚,可是袁丁四都避着他的目光,这就绝不是好事。乔鹤年情不自禁回头看了看站在身后的古平原,古平原也是面皮紧绷,眉头微皱,他也不明白袁丁四葫芦里卖的什么药。

"乔大人,你身后是何人?"袁丁四的声音忽然响起。

乔鹤年早就如坐针毡,赶忙起身回话:"禀抚台大人,此人是流犯古平原。想必大人还记得卑职曾求大人向刑部行文,准他戴罪立功,这古平原果然没有辜负大人的信任,借来三十万两银子的军饷,实在是功不可没。"

"哦。"袁丁四听完,面无表情举茶一汲,忽然重重把茶杯往桌上一顿,哗啦一声,茶水洒了一桌,杯盖也掉在地上摔得粉碎。袁丁四一拍桌子,"乔鹤年,你眼中还有没有我这个巡抚!"

雷霆之威夹着不测之祸,乔鹤年立刻跪下,"下官是安徽的属官,一向对袁大人敬如神明,怎敢有丝毫亵渎轻慢之心,倘有无心之过,还望大人明示,属下一定改过自新。"

袁丁四神情微微霁合，"听你这话倒还有点悔过之意。那我问你，军饷供应是军机大事，历来由户部兵部安排各省协响，不够之数由省内商民捐输，从无借银之理。你却不经禀请，擅自用一名流犯从民间借银充饷，如此污蔑朝廷无力养兵，胆大妄为，丧心病狂！难道说还把我这个巡抚放在眼里吗？"

"大人问得好。"藩台布赫一向对乔鹤年不满，此时立刻出言响应，"乔鹤年，我看你是仕途得意，得意忘形了吧，用流犯的银子来犒劳王师，接下来是不是就敢假传圣旨了？"

一连串的叱问就像九天惊雷一样劈在乔鹤年的耳边，把他惊得呆了。别人都是动嘴不动手奉承几句便蒙嘉奖，自己于兵连祸结之时统合全军保住大局不至糜烂，昼夜操劳立下大功却被骂得狗血淋头。乔鹤年就觉得心口像堵了一块大石头，不过他毕竟聪明，知道此刻只要一抗辩，便是桀骜不驯，咆哮公堂了。

故此乔鹤年什么都没说，只是伏地连连叩头。古平原在一旁气得浑身发抖，可他也知道，以自己眼下这个身份，站出来说话，肯定是乱棒打出，而且更增乔鹤年的罪戾。

袁丁四沉声道："乔鹤年！"

"下官在。"

"此番你可知错！"

乔鹤年忍着胸臆间那股不平之气，语气恭顺地答道："下官知错，下官行事确有鲁莽不谨之处，抚台大人责备尚轻，还望大人重重责罚。"

"嗯。"袁丁四满意地点了点头，"看你还有几分悔改之心，平素办差也算尽力，尚可给你补过的机会。"

"是，下官一定尽心竭力为抚台大人效命。"

袁丁四转眼看见古平原，一脸的厌烦，"乔知县，你这也太不成体统了，居然把个流犯就这么带到我的二堂来。"

"你先走吧。"乔鹤年低声道，自己尚且碰了一鼻子灰，谈何为古平原的家人讨赏。

古平原当然识得眉眼高低，默然转身往外走去，身后就听袁丁四吩咐道："请京商的李东家进来。"

"京商李东家……"古平原一面挪着步，一面在心里把这话念叨了一遍，再一抬头，正有一人跟着听差一路走进来，与他打了个照面。

"古平原！"

"是你！"

几乎是同时一声低呼，古平原再也想不到李钦会出现在安徽巡抚衙门里，他怎么成了京商的李东家了？

而李钦也如见鬼魅般看着古平原，一脸的不敢置信！

二人脚步不停，只不过是一错肩，眼神里都满是疑问，可是谁也问不出来，转眼就走了过去，那边堂上袁丁四已经在招呼人了。

"来人，给李东家看茶。"古平原人已经到了屋外，犹自听得二堂中彼此接答。古平原此刻真是一头雾水，好多疑问一下子涌上心头。

为什么李钦会到了安徽，在京城时郝师爷曾经怀疑京商是买通陈赖子下黑手的幕后主使，莫非就是李钦干的好事，而他不肯放过自己，专程前来报复，如果真是那样，又怎么会成了巡抚衙门的座上宾？

为什么乔鹤年立了首功，巡抚和藩台却要处心积虑一笔抹杀？听方才袁丁四的几句话，绝对是事先准备好了要给乔鹤年一个下马威。

再有就是自己到胡家筹来三十万两银子，本以为是半支半借，可是侯二爷居然说兰雪茶连一两都没卖出，整个徽州茶商的生意都要垮了。他还说什么这三十万两白银是胡家最后一笔钱。泰来茶庄家大业大，动辄可以调集百八十万两银子，怎么会一下子到了如此境地？

"老弟！"一只手拍在古平原的肩头，古平原冷不防吓一跳，这才发现自己想入了神，不知不觉已经走出了巡抚衙门，郝师爷正站在眼前。

"咦，我看你这脸色无论如何不像得了好彩头，难道是出了什么变故？"

古平原正要找个人商量，便把郝师爷拉到一旁僻静处，将方才巡抚衙门里的怪事一五一十讲出来。

郝师爷听得脸色发白，"我得去藩台衙门走一趟，我认识那儿的一个师爷，或者能打听出什么内幕。不然像这样在一团雾里撞来撞去，指不定哪一脚就踩到坑里，实在太危险了。"

古平原知道这是正经事儿，答应替他在此等候乔鹤年，郝师爷匆匆而去。

巡抚衙门前的这批官儿，几乎都是各地的正印官，知府、知州、知县加起来二十九人，不一会儿全被叫到了衙门里，门前只剩下一群长随，还有就是古平原。

正等着呢，中军抚标又出来了，大家还纳闷呢，官儿都被叫进了，接下来叫谁呢？

"歙县古平原在否？"

叫自己？古平原不明所以，可也不敢怠慢，上前一步答道："歙县古平原在此，敢问军爷何事？"

"巡抚大人要传见你！"

古平原心中忐忑，总觉得没什么好事儿，但是不敢不从，硬着头皮跟进去。二堂中可比方才热闹多了，一群官员分两旁落座，乔鹤年自然在其中。奇的是李钦居然坐在离巡抚不远的位置，按说这是首县的位子，可是如今首县也还坐在他的下首。李钦纯粹一个白丁，连秀才都不是，居然能在巡抚堂上安然而坐。

古平原只看了两眼，就听袁丁四问道："古平原可到了吗？"

"草民古平原叩见抚台大人，见过各位大人。"古平原再次撩衣跪倒叩头。

"嗤！"上面一声轻笑，虽然声音不大，但是清晰可闻。这声音古平原太熟悉了，分明是李钦在笑，想必他见古平原在下面跪着，而自己却是座上贵客，心中得意故意发笑奚落古平原。

袁丁四命他起身，这才仔细打量了他两眼，却又转向身旁那个穿着四品补服的道台。

"胡道台，本抚不愿与这流犯打交道，你能否助本抚一臂之力？"

胡道台看上去三十出头，生得一双四面八方都照顾得到的眼睛，眼中常带笑意，在座中拱拱手道："大人，胡某在浙江为官，这差事岂能办到安徽来？何况此来安徽，纯为办两江公事，不意被困此地，公事已然延误，实在是有心无力。"

"那好吧。"袁丁四一脸失望，这才对古平原道："听说你颇有商才，曾经给瀚海王府办过药材，还给僧王运过军粮，前些日子居然在京城醇郡王府里得了天下第一茶的美誉。"

听说？听谁说的，是乔鹤年还是李钦，这可大不一样。古平原心中转着念头，偷眼看看左右，他先看乔鹤年，乔鹤年脸色沉重，微微摇了摇头，再看李钦脸上则带着幸灾乐祸的神情，古平原心里一沉，知道事情不妙。

"草民薄有商才，不过是运气好而已，再加上朝廷体恤商民，故此做了几笔微不足道的小生意。"无论如何自谦为上，古平原打定这个主意。

怎奈袁丁四另有所图，不许他如此谦虚，"喔？你果然有本事，居然说这是小生意，看样子你家道殷实，难怪能一口气捐输三十万两银子充作军饷。"

捐输？古平原惊讶之后恍然大悟，原来袁丁四连番好话是要黑了这笔三十万两的借银。真是笑话，本省巡抚居然在大庭广众之下要赖账不还。这可是三十万两，不是小数目，何况古平原一直记得侯二爷那句"这是胡家最后的三十万两了"，他岂敢大意。

"抚台大人，这其中是否有什么误会？三十万两军饷是我居间向休宁胡家的泰来茶庄借的，并非捐输。"古平原知道要是此时默认了，这笔银子债再也要不回来，只得婉转陈情。

袁丁四把脸一沉，"照你这么说，是本抚借钱不还喽。绅民乐输军饷是忠君爱国之举，你这生意人怎么能一心只在钱眼里翻筋斗。再者一说，我本以为乔知县擅借军饷本有过，要动本参他，后来知道这三十万是捐输而来，那么乔知县有功无过。如今你又说是借，乔知县你来说说看，这银子是捐来还是借的？"

乔鹤年也愣住了，这话怎么回？要说是捐，古平原三十万两银子就打了水漂，连个响都没听到。要说是借，就等于当众驳了本省巡抚的面子，今后还打不打算在安徽做官？

古平原忽然道："是捐的。自当由我去还，与官府无关。"

"这还像句明白话。"袁丁四回嗔作喜。乔鹤年惊讶而又感激地看了一眼古平原。古平原是豁出去了，乔鹤年和自己交情莫逆，刚帮了自己全家，说什么也不能让他因为这件事而丢官罢职。

"你生意做得不小，如今逆匪作乱，但凡有本事的人，朝廷都有借重之处，商人亦不例外。譬如京商李东家就是特意远道来此，帮着安徽筹集军饷。"说着袁丁四向李钦指了一指。

古平原心中冷笑，京商一向无利不起早，会好心帮官府办差？

"李东家是外省商人尚且急公好义，你作为本地经商的生意人，吃的是徽州粮，饮的是新安水，更要为家乡父老出力。"袁丁四先扬后抑，言语中带了几丝威胁，"何况你本来有罪在身，累及家属。是本抚一念为善，没有将他们收监，你更应该知恩图报，为国效力，这才不枉长了一颗人心。古平原，你说呢？"

古平原知道袁丁四心里一定已经打好了什么主意，而且这事儿与李钦脱不开关系，自己待罪在身的一介草民，在巡抚衙门堂上还能说什么？所以他很爽快地说："全凭大人吩咐，倘有草民能效力之处，定当万死不辞。"

"好！"袁丁四嘉许道，"你是生意人，我自然要借重你的长处。这次合州被围，如果城内城外火器犀利，也不至于被逆匪困得水泄不通。痛定思痛，安徽驻军今后要效仿神机营，设立一个火器营。那么当然要采办枪械弹药，这笔生意就交由古平原你去接头。"

做生意古平原从不打怵,"那就请大人示下,需要多少枪械弹药,以及可以动支的银两。"

布赫藩台在旁插话道:"枪械自然是越多越好,但至少也要三千支,否则不敷所用。至于银两嘛,不由藩库支出,而是京商报效了三十万两。"

古平原听得一皱眉,布赫又加了一句:"古平原你可听好了,几个月前巡抚衙门的亲兵队刚从英商手上买了一批枪,按照那个价,这笔银子足够三千支的费用。这个差事是十万火急的军务,只给你一个月的时间来办。若是你贻误军机,那便是暗助逆匪,如此一来按律当斩,推举你的人自然也当连坐,懂了吗!"他有意无意看了乔鹤年一眼。

自家给官军"捐了"三十万两,却换回来一句"暗助逆匪"。换了另外一个人,当场就要气炸了肺,古平原却面色平静如水,像没听见一样,躬身领命。

乔鹤年就怕他当场发作,闹得无法收场,此时才松了口气。那位居于上座的胡道台也深深看了古平原一眼,微微点了点头。

4

"这次合州大捷两个人的功劳至重,我劝降程学启,你弄来三十万两军饷,结果非但没有封赏,反倒同遭贬斥,这其中一定有人捣鬼。"乔鹤年坐着不动好半天了,缓缓道。

"郝大哥去打听了。此事殊为反常,必然有人私下要问,我想他一定能带些内幕回来。"古平原站在窗前看了好一会儿。

"请问哪位是古老板,有人找您。"驿卒来敲了敲门。

"请进来吧。"

门开处,一个身着华服的年轻公子走了进来,看见古平原就是哈哈一笑。

"真是没想到,你的命可真硬,居然又从关外逃回一次。"李钦拍了拍手,冲着古平原揶揄道。

"是京商的李东家啊。你不在京城里结交达官显贵,跑到安徽这穷乡僻壤来做什么?"古平原不露声色反唇相讥道。

李钦不料古平原并不受激,张口欲答却又咽了回去:"古平原,其实我早就知道你托了官里的人情,可是没想到真赶得及救你一命。你也不傻嘛,虽然比不上我们李家能结交真正的权贵皇族,可是居然交上了安德海这个太监头儿。"

他顿了顿,趋前一步故意轻声道:"你知道太监是什么吗,是宫里养的狗,我们李家交往的是他们的主子,而你这种身份卑贱的流犯,就只能和狗打交道。"

乔鹤年听这小子越说越不像话,便待开口呵斥,古平原沉声说:"乔兄,这事儿我自己能料理。"

说罢,他转向李钦,"我当年在京被人陷害入狱与我岳父常四老爹被人谋刺,这两件事恐怕与你李家都脱不开干系。眼下我是没有证据,可要是我弄准了这是你李家做的好事,别说当朝权贵,就是皇上太后也救不了李家和李家名下的那些产业。我会让你知道,李家这棵大树一倒,你李钦什么都不是!"

古平原一字一句,既没高声叫喊,也没有疾言厉色,可声音中透着一股狠劲儿,就像把这番话刻在了石头上一样,听得李钦心里直发毛。他自己做的事情心里清楚,立时心虚,躲闪着古平原的目光,嘴上还了一句:"哼,找我们李家算账?你杀了张大叔,我还没让你偿命呢。"

"这些账我们可以留着慢慢算,总有算清楚的那一天。"古平原答了一句。

"到时候只怕后悔的人是你。"李钦嘴角忽然浮现一丝恶毒的笑容,他从身后长随手中接过一个袋子,从里面掏出一摞银票。

"这是三十万两银票。藩台让你去办军火,我这可是把银子送到了。"

古平原盯了李钦一眼,张张点过无误,提笔写了一张收条,伸手递给李钦。

李钦接过去,瞪了古平原一眼扭头便走,古平原在他身后忽然问了一句:"李家此次万茶大会损失非小,只怕手头也不像从前那样宽裕,却为何巴巴地赶到安徽来,给藩库献了几十万两银子,总不成是为国为民吧?"

听他问到这里,李钦的身子一滞,慢慢回过头诡秘地一笑:"这个嘛,你不用急,等过一阵子就算你不想知道,也得知道。"说完便昂起头迈步离开。

"想不到京商的少东是这个做派。我在京里也见过李万堂一次,那人看上去雄才大略,能统领帝都京商,岂是凡品,想不到生个儿子却不成器。"乔鹤年慢慢踱过来道。

"有件事我可瞧准了。"郝师爷不知什么时候已经站到了房门外,他深知古平原与李家的事儿,"方才古老弟一说那两件案子,这个李少东的眼神立马发慌,案子与他有关,我办了快十年的刑名,这点事儿还是能看得出来的。"

"可惜只凭他的眼睛定不了罪。"古平原淡淡道。他也看出来了,李钦确实是做贼心虚。

"开门七件事,先从紧处来,咱们先谈谈眼前吧。"郝师爷来到乔鹤年面前,拱

232

手一揖："乔大人，我先要恭喜了。"

一句话说愣了两个人，如今乔鹤年一身晦气，喜从何来？

"您可知道，如今合州大捷，袁巡抚第一封保举折子已经递到了朝廷，其中只保了两个人。一个是投诚的程学启，另一个就是劝他投诚的乔大人。"

乔鹤年与古平原闻言对视一眼，都觉得不可思议。

"郝大哥，你别是打听错了吧，方才在巡抚衙门，袁丁四当众呵斥乔大人，我在一旁听得清清楚楚，岂有保举之理。"

"非但保举，而且还是保乔大人，从六品衔的知县一举保为四品衔的道员。"

乔鹤年也听傻了眼，"从大力保举到当堂申斥，这其中必有什么缘故。"

"对喽。"郝师爷脸色一黯，"是布赫藩台。看样子乔大人是将他得罪得狠了，他知道巡抚大人保举了你之后很是生气，接连在袁大人那里说你的不是，其中最狠的一句话是说你在城外带兵之时，曾说过城里大大小小的官员都是饭桶，这可不把袁大人也一道骂了进去？"

"有这么严重？"古平原倒吸了口凉气，"这哑巴亏吃得可不小，难就难在这是布赫背后下的烂药，乔大人也没法子去袁巡抚面前分辩。"

"谁说不是呢！"郝师爷一拍大腿，"我听说这次买洋枪的事儿，布赫也把乔大人硬拉上了，若是买不成或是买迟了，他肯定不会放过这个让乔大人丢官罢职的好机会，到时候四品顶子还没戴热乎，就让他给摘了。"

"他休想。"古平原愤愤道。这事儿连着自己一家人的性命，连着乔鹤年的前程，说什么也不能让布赫得逞。

话题转来转去说到古平原身上。乔鹤年道："你一出巡抚二堂没多久，那个京商少爷就把话转到了你头上，口中夸你能干，撺掇着袁巡抚将买洋枪的差事交给你。采办军火一向是美差，我在旁听着还以为他是你在京里结识的朋友，想不到全不是这么回事儿。"

"就像布赫恨乔大人入骨，这个李钦也巴不得古老弟死无葬身之地。"郝师爷摇头叹息。

古平原道："果然就是他，既然如此，这笔生意准有大麻烦，可眼下也只能走一步看一步了。好在三十万两银票是真，我方才也托人打听了，布赫藩台说的那个价儿也是准的，我是不求有功但求无过，没想从这笔生意中赚钱，只要能顺顺利利把三千支洋枪买到手就是上上大吉。只是这洋枪买卖要与英法洋商去做，和他们打交道，我还是头一回。"

古平原心中记着布赫藩台说的一个月为限，决定抓紧时间先去一趟休宁找胡老太爷，他走南闯北一辈子，或者有什么买洋枪的路子也说不定。

"世侄，你这去而又返，有什么要紧事不成？"胡老太爷见他几日内来回，好奇问道。

古平原不答，先把一沓银票递了过去，"老太爷，这是三十万两银票，我先还清本钱，利息等过几日我再送来。"

"官府这么快就还了银子？"胡老太爷疑惑地问。

"是，歙县乔大人与粮台上打了招呼，把这笔钱尽快偿清。"

胡老太爷翻了翻那沓银票，身子向后一靠，沉默片刻方才言道："是不是侯二那家伙对你说了什么？"

"没有，侯世兄将银款解到，什么也没说就回去了。"

"还骗我。"胡老太爷有些愠恼地说，"我问你，这沓银票怎么都是京里四大恒开出来了的，而且还是连号银票，安徽粮台上就算有四大恒的票，又岂会有整整三十万两的连号票。"

"这……"古平原真的忽略了这件事，万没想到这姜真是老的辣，一下子被胡老太爷看出破绽，被问了个张口结舌。

他还回的这沓银票正是李钦拿来的那三十万两，袁丁四在布赫藩台的撺掇下黑了胡家的几十万两银子，古平原没法和胡老太爷交代，干脆就把买军火的这笔钱拿来填了这账。

此时无奈他只得说了实情，"事情便是这样。官府不还，自然该我归还。至于军火方面，我也有办法，我决定把自家茶园押到当铺，就凭天下第一茶这五个字，还愁当不到几十万两？"

胡老太爷听了深思不语，片刻后才道："世侄，你且坐着，听我慢慢给你讲个故事吧。"

胡老太爷讲的是嘉庆年间一个姓程的徽商在广州的故事。那时候还只有一口通商，就是广州这个码头，这程掌柜在广州十三行做事，专门从苏浙一地收购布匹丝绸卖给英国人，他为人机巧，心思灵敏，还学了一口流利的英语，深得洋行老板的信重。程掌柜的名气越来越大之后，很多同乡找到他，希望他能从中搭桥，甩开十三行的中间盘剥，让江浙布商直接与洋商做生意。英国人早就想自己与内地商人接洽，于是交给程掌柜一大笔洋银，让他到江浙办货。

事情一传开，程掌柜到了宁波后被当地商人围了个水泄不通。结果洋银花得一干二净，买了十船布匹丝绸不说，还赊来了整整十船的靛青、茶砖、瓷器等洋人喜欢的俏货，这些布货都用沙船装载，由宁波出海，经由海路去往广州。

这笔买卖要是成了，程掌柜摇身一变就成了数一数二的大商人。广州十三行也得到消息，知道这个口子一开，今后人人效仿，十三行唾手可得的利润就会逐渐枯竭，于是想出了一条毒计。

程掌柜先走一步由陆路回到广州，左等船队不到，右等船队不到，望眼欲穿之时，沿海有人陆续救起落海的水手。这才知道，船队遇上了海盗，这批海盗手段毒辣，不仅尽夺其货，而且杀人烧船，二十条船都沉没在海上，水手活下来的也没几个。

此事一出，沿海商家无不震动，程掌柜报了官，官府却拿不到海盗，只是办了几个陆上窝家，抄出来的银子还不到损失的零头。眼看此案无法了结，江浙商人只好自认倒霉，许多的小买卖家因此要破产败家，闹得江浙一带人心惶惶。

就在此时沉寂多时的程掌柜忽然出现，他把与此事有关的众商家都召集在一起，宣布用自己多年的积蓄赔了大部分人的损失，并将剩余的损失变为借款，一一写下借据。

此后程掌柜再次白手起家，他节衣缩食，把赚来的钱一面赔付英商，一面还陆续对江浙商人还债，有徽商老乡去看他，发现他家连过夜的粮都没有，衣服打了一块块补丁。他整整还了七年，后来得了一场大病不治身故，临终前只留了一句话，要他的儿子继续把钱还完。

徽商会馆闻讯派人把程掌柜的棺椁运回徽州，所有当地的商人都到新安江口去迎棺，把偌大的深渡码头挤得水泄不通。

"他去世那年，我已经在徽商中崭露头角，也算是个能人，于是会馆派去抬棺材的六十四杠中有我一个，不是徽商里的顶尖人物还真甭想得这份子荣耀。嘿，世侄啊，我胡泰来走南闯北做生意，没少做过大买卖，也没少在人前风光，可是回想起来，这辈子要说最露脸的一次还是给程掌柜抬棺材的那回。那六十四个人中，哪怕有谁做过一回亏心买卖，会馆会派他去吗？就是派了，他敢去吗，不怕被棺材杠压塌了肩？"胡老太爷目光炯炯地望着古平原。

同为生意人，古平原听了这样的事心里很是激动，坐直身子一动不动恭敬地听着。

"这几十万两银子你拿去用吧。"胡老太爷把那沓银票推了一推，"你宁可自己受这么大的损失，也不肯失信于人，程掌柜泉下有知必定引为知己。我如今多的也帮不上你，既然这笔银子正是你采办军火所需，那正好，就当是我再把这钱借你一次。"

古平原听了只是眨眨眼睛，静静地看着胡老太爷。

"怎么，你不信我说的话？"

"老前辈哪会骗我。只是就算我要从您这儿借钱，也不能这样糊里糊涂就把钱拿走。实不相瞒，我从别人口中也听到泰来茶庄如今好像是出了什么事儿，老太爷要是拿我当朋友，何妨将实情见告，否则我宁可去当茶园，也不能当这只顾自己不顾朋友的半吊子。"

"是侯二那小子说的吧，我千叮咛万嘱咐，他还是不听，真是浑蛋。"胡老太爷骂了一句，"世侄，我也不瞒你说，如今有没有这几十万对我胡家来说都差不多了。至于你说的把古家茶园押给当铺，只怕是当不到那许多钱。"

泰来茶庄到底出了什么事？这天下第一茶又怎么会连三十万两银子都当不到？古平原心中满是疑问地看着胡老太爷。

"唉，事已至此，反正早晚你要知道，干脆就全说与你听吧。"

事情在京城时就已见蹊跷。原本古平原让出制茶秘方，徽商个个欢欣鼓舞，以为能凭此力压天下茶商，一举奠定徽州茶的不败基业。可是没想到，就在古平原被捕之后，流言渐渐传扬开来，都说兰雪茶是太监安德海出钱让流犯古平原所制，是流犯茶。

这个名声一传开，兰雪茶的销路一落千丈，有些已经付了钱写了买卖契约的主顾特地找上门来要退钱。胡老太爷见势不妙，知道恐怕是眼红兰雪茶独占鳌头的别家茶商捣鬼，搞不好背后就是京商，此处是京商地盘，光棍不吃眼前亏，他把兰雪茶运回徽州，寻思着离开京城这么远，这太监味的传言应该不攻自破了，谁承想满不是那么回事儿。

兰雪茶依然门庭冷落，倒是时不时有些人上茶庄来讨杯兰雪茶喝，可那不过是好奇，要说大宗的进货连一笔都没有。胡老太爷卖了半辈子茶，也没见过这样的怪事，天下第一茶居然无人问津。此时徽商同声共气，都想从兰雪茶上分一杯羹，于是胡老太爷将他们都找到会馆，要求众家徽商一致对外，倘若徽州茶卖出一两，那么就必定是一两兰雪茶，直到兰雪茶售完的那一天，徽州别说毛峰、猴魁、祁红，就是屯溪绿也绝不外销一两。

徽州茶行销大江南北，三分天下有其一，如今为了兰雪茶，一两都不卖了，确实牵动全国的茶市。按照胡老太爷的估计，要不了多久，各地商家就会服软，不然他们手上无茶可卖，这生意岂不是关门大吉。可是情况恰恰相反，此后居然连毛峰、猴魁都无人问津，偶有上门的客人居然将价钱压到往日的三分之一不到，要用极贱的价格，买走徽州的顶级茶叶。

"这是打上门来欺负我们徽商！"真是怪事年年有，今年特别多，以胡泰来的脾气岂能受这个气，当下派出人去打听端倪，费了一番工夫，总算是知道了内情。

确实是京商在背后捣鬼。李万堂嘴上说此事就这么算了，可是背后却又将各地茶商聚在一处，反复讲说利害，说是当初古平原占了兰雪茶不过是一人独大，如今徽商占了兰雪茶却是一帮独大，论起后果孰重孰轻，想必大家心里有数。既然如此非给徽商一个下马威，否则今后他们就会独占茶叶市场，到时候洞庭的碧螺春、武夷的大红袍、西湖的龙井都要在后面亦步亦趋，听人家兰雪茶定了价之后，才能随后定价，如此不只是利益受损，各商帮的颜面何存。

李万堂操纵人情如探囊取物，一席话说得各家茶商纷纷变色，于是定下了攻守同盟，要用最低价来买徽州的最好茶叶，一定要徽州茶商低头认输，把徽州茶的价压下来，否则决不罢休。

胡泰来得知真相，气得火冒三丈，把李万堂的祖宗八辈儿都骂了一遍，最后又将徽商召集在会馆，严令不许私自压价卖茶。

"眼下人家是打上门了，一招错满盘输，可千万不能拿自己的拐子打自己的腿！"胡老太爷警告道。

话是这么说，可是同为徽商，有的家大业大，有的却是本小利薄，全指着卖一季吃一季，这一没了买卖进项，立时便捉襟见肘，颇有人动心思想背地里卖茶给各路茶商。

胡老太爷知道这个口子开不得，只要有一个徽商低价卖了茶，就再也约束不住旁人，徽商非一败涂地不可。于是他不得不再次聚集徽商，要求大家当众立誓，倘若私自卖茶，那便是自己将自己逐出徽商，从此不管在江南江北，不能再进徽商会馆的门儿。

当然胡老太爷也不是不讲道理，眼睁睁看着人家饿死，还不许人卖茶。他把自家的浮财所有可以动支的银两拿出来，不要利息免费借给生活困难的徽商。一开始只是小门小户来借，后来连那些大户也来借钱，其中有些人是贪便宜，还有些人确实是养了一店的伙计要吃饭，没法子才来借。

胡家虽然是徽州第一茶商，即便坐拥巨资也抵不住这样的花法。泰来茶庄的分店遍布各地，伙计数以百计，月月都要拿工钱，自家的开销也是一大笔银子。如今再加上向外借钱不收利息，胡家在钱庄里的银子就像龙吸水一样被抽个精光，侯二爷没说假话，胡家确实是只剩下这几十万两银子了。自从古平原将这银子借走，胡老太爷就已经在打算卖田卖地支撑徽商了。

古平原听完腾地站起身，眼中已经泛出泪花，"老太爷，这话您怎么不早说，你要是早说了……"

"我要是早说了，你就不肯借这笔钱了。"胡老太爷笑了一笑，"可是这钱哪，嘿，不就是钱嘛，左手来右手去，我这辈子见得多了，比得上咱们爷俩的交情吗？"

古平原就觉得嗓子眼像堵了什么东西，用力摇了摇头，"比不上！"

"这不就得了。"

"可是这钱我说什么都不能再借，哪能让您为了我卖房子卖地呢？"

任凭胡老太爷怎么说，古平原就是这一句话。胡老太爷本来要急，后又一转念改了主意，说道："世侄啊，你这次来原本是要问我买洋枪的路子。我久已不出去行商，这些事情都隔膜了，可是当初的老主顾都在，上海那边我也认识不少与洋商打交道的人。这样吧，我派人去上海那边问问，你呢暂且在天寿园住下，等消息来了，咱们商量余下事情也不迟。"

古平原本意也是如此，却不能依着胡老太爷的意思在天寿园住下。他一直挂心着到了古家村的常玉儿，休宁离着歙县不远，上次从天寿园离开，他就想过要不要回一趟古家村，可是军情紧急，实在没有时间顾及家中。这次要等胡老太爷的信儿，正好回去一趟看看常玉儿。

5

从休宁到古家村，快马只要一个多时辰。古平原回村时近晌午，炊烟袅袅，满鼻子都是熟悉的家乡菜味道。乡亲们见他回来，都是又惊又喜，围拢过来打听消息。古平原下马一问，自家老屋还空着，再问茶园，果然有人说，那个姓刘的黑大个带着一个漂亮姑娘住在茶园里。

自家茶园的秋茶采收已毕，古平原还没进茶园，就听廖师傅在呵斥刘黑塔："你这大个子，怎么一双手这么笨？这捻青要刚中带柔，柔劲儿不到，叶子易损，刚劲儿不到，这叶子中的茶汁不能被挤压到叶面之上，到时泡出茶来香气不足。"

"这比绣花还难嘛！"刘黑塔瓮声瓮气说。

"绣花？你也配！你那双手啊，我看犁犁地也就算了。你瞧瞧人家常姑娘，我只教了一遍，做得就很像样子了。"廖师傅损人一点不客气。

古平原一脚跨入茶房，就见刘黑塔恼得红头赤脸，常玉儿在旁抿着嘴儿笑，一抬眼看见古平原，顿时呆住了。

"廖老师傅，我回来了，您一向可好？"古平原兜头一揖。

"平原啊。"廖师傅也是一怔，随即绽开笑容，"你的事我听他俩说了，回来就好。"他与古平原名虽宾主，论情分实在是师徒，能在暮年得此佳徒，对廖师傅来说，比制出一味好茶更是得意。

"让老先生担心了。"

"我担什么心。"廖师傅一指常玉儿，"她这些天茶饭不思，才是真的担心。"

"老先生。"常玉儿轻呼一声，眼睛看向别处，面颊红了起来。

"哦，哈哈。"廖师傅笑了几声，"黑大个，你随我来，我带你去看看昨个儿压的茶好了没有。"

"那怎么行，我还没和妹夫说句话呢。"

"说什么！你的本事学好了吗？"廖师傅一瞪眼，刘黑塔还真怕他，一脸不情愿地随着他走出茶房。

"你一直在跟廖师傅学制茶？"古平原看常玉儿的手上沾满了青汁。

常玉儿抿着嘴点点头，手不自觉地往后缩了缩。

古平原拿过一条白巾，拉过常玉儿的手，轻轻擦拭着，口中说："茶性最纯，更纯于水，不脏的。"

常玉儿腼腆地笑着，"家里的事儿怎么样了？你，嗯，我……"

"我娘还在合州。"古平原知道她还不习惯这个称呼，"弟弟妹妹也没有回来，事情并不易办，而且平地生波，但是不要紧，事在人为总归是有办法的。"

"我不担心，有你在嘛。"常玉儿看着古平原，"廖老先生真是好人，他把茶园管得很好，而且这一季整个古家村的茶山种的都是兰雪茶，你闻这满山的茶香。"

"我一上山就闻到了，这是我们古家今后在商界立足的基业，我一定不会让它被人小瞧了去。"

"怎么了？"常玉儿很敏感，察觉到古平原语气有异。

古平原也不隐瞒，把从天寿园听来的那些话原原本本地告诉了常玉儿。

"京商这么做岂不是损人不利己？他们自己手上的信阳毛尖足够卖的了，无端端将徽茶的价压下来，岂不是便宜了别家茶商？"

古平原哑然，自己和胡老太爷都没想到的事儿却被常玉儿一语道破。

"确是蹊跷，李万堂那个人老谋深算，不会仅仅是为了泄愤这么简单，这么说京商背后是在下一盘棋……"古平原在心里盘算着。

古平原这一回来，茶园里顿时热闹起来，廖师傅张罗着给他接风洗尘，附近茶农也都赶来看望古平原。交谈间才知道，京商掀起的这场波澜已经波及整个徽州的茶农，如今家家的秋茶都窝在手里卖不出去，这让古平原的心里沉甸甸的，像压了一块大石头。

午宴异常丰盛，热腾腾的菜肴一碗接一碗端上来，简直让人目不暇接。

"哎呀，这不是石耳炖鸡嘛，我来安徽之后也只吃过一两次，今天算是托了妹夫的福了。"刘黑塔伸手就抄筷子，却被常玉儿嗔怪地拦住。

"大哥，这菜该先让廖老先生。"

"有件事我可得和古老板商量一下。这常姑娘总是住在茶园多有不便，你们既然已经成亲，何妨就让她住到你家去。"廖师傅说道。

"这……"古平原与常玉儿互望一眼，都摇了摇头。

"老先生，这里面还有内情。"古平原把事情经过一讲，最后说，"我们虽然定了亲事，却未来得及行合卺之礼。何况我是家中长子，如今高堂未在，却贸然引妇入门，恐于礼不合。"

"哦，我明白了。可是这里住宿简陋，人来人往，暂时栖身尚可，一个姑娘家岂能长居于此？"

刘黑塔一拍脑袋，"妹夫，你总去的村头小溪旁那处小院，不也是你家的宅院嘛，干脆让我妹子到那儿住上一阵好了。"

"有道理，你老师的那处院子空着也是空着，就让常姑娘去住上一阵，总比在这儿强。"廖师傅点头称是。

古平原心里一动，久久没有搭言。他在犹豫着，那处宅院对他来说就像一处神圣不可侵犯的圣地，是老师的故居，也是白依梅的闺房。他曾希望不管世事如何变化，那儿的一切都能如从前一样丝毫不动，自己只要一踏入那处小院，仿佛还能听到老师的谆谆教导和白依梅的嫣然笑语。

古平原的沉默当然惹来了常玉儿的奇怪，她在心里想了一想，问廖师傅："老先生，您说古大哥的老师，是那位赠金送他入京赶考的授业师吗？"

"可不是嘛，白老师真是个好人哪，可惜这年月，好人却不得善终，为了古老板，一头撞死在了村头那棵大树上。还有他女儿，生得花容月貌，如今也陷在逆匪军中，还不知怎么样了呢。"

廖师傅只顾一路说下去，他说一句，常玉儿的脸色就白一分，不等古平原开口，她便决绝道："你们别费心了，我就住在茶园好了，这儿挺好的。"

"这儿有什么好啊？"刘黑塔哪里体会得到妹妹的心情，还是劝道，"你没看那处小院，屋后小溪流水，屋前一望皖山，门口一棵桂花树，如今正是满树飘香。我看妹夫常常在里面一待就是半天，真是好地方……"

"大哥！"常玉儿的声音把自己也吓了一跳，"别说了，我不去！"

几个人这才察觉常玉儿语气有异，都抬眼望向她，常玉儿轻咬下唇不吱声。

廖师傅也发觉自己只怕是失言了，干咳一声转圜道："要不然这样。古家在潜口镇上不是有处卖南北货的铺子？那里也比茶园强上百倍，干脆就让常姑娘去那儿住。镇上热闹，好过这里冷冷清清。"

常玉儿起初还是坚持要住在茶园，经不住几个人劝说。特别是古平原，面上讪讪的，像是做了什么亏欠她的事儿，常玉儿看了心里一软，总算是答应了下来。

6

第二天清早，古平原起身洗漱已毕，准备到茶园去吃早饭，临出门时，脚步又有些踟蹰。昨天的事他始终觉得对常玉儿心怀歉意，毕竟她才是自己的妻子，而白依梅已是一个今朝别后永不相见的陌路之人。可是自己真的无法忘记她，就算没有结果，那许多的前缘也是他心中不想让别人触碰的甜蜜与伤口。但是常玉儿能明白吗，她会不会还在怪自己？

古平原一时想得出神，门口几声清脆的叩门声忽然将他惊醒过来。

"请问这里可是古平原古老爷的家？"听这口音不似安徽本地人，却有吴侬软语的味道。

古平原打开门一看便有些发愣，不为别的，一架绿呢八抬大轿正停在门前，把门口的一条石板路堵得严严实实。

八抬大轿至少也是三品官员才能使用，难道是本省臬司、藩台来了？古平原定睛看去，只见门口有个长随打扮的俊仆，一看就训练有素十分知礼，正含笑望着自己，"您是古老爷？"

"不敢当，请问是哪位贵客光临寒舍？"

"是我家老爷想见您。"俊仆一听果然是古平原，执礼更恭。

"敢问贵主人台甫？"

问到这里，大轿中忽然传来一阵爽朗的笑声，轿旁另有两个仆人掀开轿帘，一人从中而出，迈步走到古平原面前。

"您是……"古平原看这人十分面熟，一时却又想不起来。

那人扬了扬眉，他长得一双十分好看的眉毛，虽然面相不算十分英俊，可是眉宇之中带着一团让人见了就想亲近的和气，那双眸子更是深沉，双目一闪，古平原就觉得此人已在心中对自己作了一番评价。

"几天前才在巡抚衙门见过嘛。喔，我当时穿着官服，难怪你认不出。"这人看了看身上的青衫小褂，笑了一笑。

古平原一下子想了起来，"您是胡道台吧？"这人当时一直坐在袁丁四身侧，看样子巡抚大人还对他礼敬有加，好像还说他是江浙一带的官儿，不是安徽本地属官。

"什么道台，银子捐来的一套衣服而已。"那人倒是不见外，口中说着，脚步已经在挪动。古平原是主人，人家大老远从省城来，虽然不知其意，道理上一定要请进去坐下叙谈，赶紧侧身相让。

这胡道台进了古平原的家，古平原请他到正厅叙话，他却摆了摆手，一指院中。

"我看这院子就蛮好，我们随便谈谈，何必闹那些虚文。再说你家也没有待客之人，我的人向来伺候人惯了，就让他们代劳吧。"

胡道台带来的几个仆人借用古家的风炉，很快烹好了一壶茶，献了上来。

古平原冷眼旁观，心下暗自骇异。这套茶具贵重非常，居然是宣德官窑的甜白瓷，那把供春菱花壶只怕是出自紫砂大师雷赞之手。再瞧这几个仆人的烹茶手法岂是寻常人家的仆人可比，分明是拜过高人得过传授，这一壶茶沏出来，真是色香味俱全，挑剔如廖师傅见了只怕也无话可说。

观其仆，知其主，这胡道台肯定不是一般人，一个四品官坐八抬大轿，谱儿又这么大，到底是什么人哪？

"鄙姓胡。"胡道台真像是看到了古平原心里，"亲近的朋友都叫我金山。"

"胡金山……胡财神！"古平原连黑水沼都敢闯，也算是胆大包天之人，可是却被这三个字一下子给镇住了，挑起眉看着面前这个人。听说他在江浙官场里长袖善舞，结交的都是督抚一类的人物，如今大清早巴巴地赶到古家村，坐着八抬大轿来会自己，所为何故？

一定有缘故，但胡金山既然已经上门了，自己不如静观其变。

胡金山本来想卖个关子，见他一副事不关己的样子，知道这个年轻人比看上去还要深沉老练，遂语不惊人死不休地来了一句。

242

"古老弟，你知不知道，就是此刻你已经陷入了不测之祸中。"

"不瞒您说，我这些年遇到的祸事不少，有惊无险也这么过来了。"古平原淡淡道。

"那我问你，这两年为难你的，可有洋人在其中？"

古平原挑了挑眉毛，实话道："没有。"

"这一次就是洋人要为难你，只怕你是无计可施。"胡金山面色严肃，不像危言耸听。

"这奇了，我与洋人无冤无仇，他们为什么要为难我？"

"我这次就是特为来告诉你一个消息。虽然事情本身与你无干，可你却受了池鱼之殃，所以祸在眼前。"

古平原知道胡金山接下来要说的话必定十分重要，身子微微前倾，凝神细听。

胡金山的发迹全靠了结识前任浙江巡抚王有龄，靠着人脉做生意大发利市，所开的埠康钱庄很快就坐上了大清钱庄的头把交椅。

然而大泽军的誉王李誉率兵攻打杭城，王有龄兵败不敌，城破之日在巡抚衙门上吊自缢。李誉打下杭城，后又回援天京，并秘密派人到上海洋场与洋商接洽，用杭城城里缴获的近百万两藩库军饷买走了几千支洋枪，带回到了天京。

无独有偶，江南大营的曾九帅为了尽快攻下逆匪老巢，也不惜银两，派了军需官到上海重金搜购洋枪，这样一来，洋枪的价格水涨船高，已经远非布赫藩台所说的三十万两银子三千支这个价格了。

"古老弟，你虽然商才了得，可是对于洋场上的消息却隔膜。商场如战场，知己知彼百战不殆，你没有摸清敌情，贸然答应了袁巡抚，如今是惹火上身了。"胡金山啧啧连声。

古平原心中苦笑，以自己的身份和当时的情势，这个差只怕是不得不接。他思量着道："货物价格涨跌也是寻常事，只要新货一到，价格自然下落。"

"这你可想错了。"胡金山不以为然地摇摇头。

英法两国对于销入大清的洋枪本就有数量上的限制，就是所谓的"鸦片源源不断，军械细水长流"，虽然近年来经过两国商人的力争，数目有所放宽，可面对李誉和曾九帅这样的大手笔还是不敷所用。

"眼下整个洋场寻个遍，只怕也难找到三千支洋枪。你那些钱全都花出去，能买到一千支就已经很不错了。"

听到这个消息，古平原不禁哑然苦笑。

"那个京商的少东家李钦，哼，分明是有意难为你。他在堂上对你大力保荐，说了一堆你在燕门和京城的经商之事，硬是把买洋枪的生意推给了你，存心用几十万两银子买你的命。"胡金山双目直视古平原。

"是我一家老小的命。"古平原冷冷道。这个李钦真够毒的，京商消息灵通，他肯定早知道了洋枪涨价的消息。

胡金山说到这儿，话锋忽然一转，"但我倒要感谢这位李少爷，他说的那些关于你的事，什么黑水沼、什么卖军粮，还有凭一己之力斗垮了纵横燕门票号几十年的大掌柜，这些事哪怕有一半是真的，我就可以放心交给你一条路子。"

古平原饶是机灵，也被他三说两说弄糊涂了。他疑惑地问："什么路子？"

"自然是买洋枪的路子，不然我今天为什么要来找你？"

原来胡金山在杭城城破之前，曾经受王有龄所托，拿了浙江藩库一笔银子到上海为杭城守军办军械，洋枪已然买到了三千多支。

"谁也想不到李誉用兵如此之速，我刚与洋人谈好买卖，他便攻破了杭城城。现在这批枪虽然付了账，却还在洋商手上没有提。你只需与我办个交接，将那三十万两银子交与我，我就可以向浙江藩库交差了。"

胡金山手里的这批洋枪如今真正是有钱都难买到的俏货，转转手可以赚几倍的银子，别的不说，他只要把洋枪献给李鸿章，就可作为立身之阶，不愁不得重用。他却反过来，将三千多支洋枪平价卖给了素无交情的古平原，其中原因古平原一时参详不透，故此沉吟不语。

"怎么，难道说这送上门的机会你却不要？"

"不是不要。而是……实不相瞒，我手头如今已经没有三十万两银子了。就算真的领受金山兄的美意，也要去借去凑，把我的家产卖光当尽，也不见得能凑出这许多银子。"

"难道说京商没把银子给你？"这在胡金山却是没想到，听了也是一怔。

"给了，但我又给了别人。"古平原把袁巡抚赖账不还，自己只得用买洋枪的银票还给胡家的事儿说给胡金山听。

胡金山大是感动，点头道："这样的交情真是痛快！可惜此间没有酒，否则当浮一大白。"

古平原忽然想到了一事，从房中自己的行囊包裹里翻找出一张银票。

"金山兄，看来你我二人还有些缘分。"

胡金山仔细一看，是一张自己的埠康钱庄开出的十两银票，开出的日子很长了，银票却保存得很好，挺挺的没有皱褶。

古平原不待他问就径直说道："这张银票是我加价从别人手中换来的。"

"换来的？"

"对。当时我正要去走黑水沼，遇上一个北方驼夫不认南边的银票，我听了你那个财神化身的传说，觉得你很会造出声势做生意，于是加价换来这张财神票，以此来激励驼队士气。"

"哈哈。"胡金山大笑起来，"那都是我初办钱庄时的荒唐事。钱庄最重信誉，不装神弄鬼一番，哪里来的主顾？"

"此举虽然是异想天开，却发人所未想，那时候我就知道埠康的胡老板一定是个办事不拘一格、生意手腕灵活的人。"

"想不到我还有一个从未谋面的知己。"胡金山感慨地说，他忽然一拍腿，"就这样吧，古老弟只要答应我一个条件，那批洋枪我奉送给你。"

三千多支洋枪说送就送，真是财神的大手笔！古平原不敢相信，反复看了胡金山好几眼。

"什么条件！"

"你要用这批洋枪帮我换一个人的脑袋。"

古平原笑了，"想不到金山兄一个生意人也要人家的脑袋，不知是谁让你如此恨之入骨？"

"这人你大概见过，匪号姓陈，名玉成，是逆匪的烈王爷。"

胡金山不惜舍弃几十万两银子，就为了杀李成空，古平原实在猜不透其中道理，干脆就直言相问。

"其实我和李成空无冤无仇，只不过他活着，我的仇就报不了。"

胡金山真正恨不得碎骨寝皮的是逆匪的誉王李誉。没有别的缘故，只为李誉攻破杭城，害死了王有龄，胡金山要为友报仇，就一定要促成官军收复南都，若是李成空带队回到江苏，他和李誉里应外合，曾九帅还真抵挡不住，那么原本奄奄一息的逆匪就可能起死回生，胡金山报仇之愿又不知要拖到何年何月。

"我这次来安徽，虽说是办公事，可也是为了看看形势，倘若能尽一份力，就不能让李成空带着军队安然回到江苏。可是一场围城看下来，袁丁四实在难当大任，本来我已经心灰意懒想回浙江了，偏偏又遇到你。"

胡金山信任地看着古平原，"别看你是一个生意人，又或者说是个流犯，我却相信你能办成这件大事，只要你点个头，这批枪就是你的了。"

换作别人，能借此攀上财神胡金山，还能解了燃眉之急，哪还有个不一口答允的？只怕不等胡金山说完，就连声从命了。

古平原却特别，想都不想一口回绝。

"金山兄的好意我心领了，此事恕难从命，还望见谅。"

这次轮到胡金山愣住了，自己这批洋枪是官商两道都抢着要的俏货，任谁拿到都要大发横财，古平原更是要靠这批军械救命，自己巴巴地送了来，他怎么会如此严拒呢？这真不可思议。

"古老弟，你是不是有什么难言之隐。要是拿我当个朋友，能否说一说，或者我能帮你参详一下。"

古平原本来真的不想说自己和白依梅、李成空之间的事情，不过胡金山的名头实在太大，看他如此折节下交，古平原也不能不感动，只得简单把事情的前因后果说了一遍。

"事情便是如此。现在她与李成空休戚与共，我若害了李成空，只怕她要恨我一辈子。何况李成空若是死了，逆匪兵败如山倒，乱军之中……"古平原摇了摇头，不再说下去。

"原来是这样。"胡金山大为动容，"这么说你是进退两难……"他沉吟片刻，一拍腿下了决心，"也罢，那我把这条件改一改，你只要用这批枪拦住李成空回援的去路。不出一年逆匪必败，到那时候李成空再勇猛，只怕也要乖乖投降，你的心愿便可达成。"

胡金山这番话真如拨云见日，古平原精神一振，眼睛亮了起来，显见是受了这前景的激励，"金山兄，今日之前你我尚素不相识，你却如此大力帮我，这真……"

见他答应了，胡金山也放了心，"我自认看人很准，这趟来安徽认识了你，总算是没白来一场。"

当下古、胡二人约定，由胡金山修书一封，派人快马送到上海租界，交给那个叫理查德的英国商人，让他雇用车队，将洋枪运至徽州。古平原则负责接了洋枪再送到合州。

"就这么说定了。"事情一定规，胡金山立刻告辞。他平素是忙得脚不沾地的人，在合州城被困了一阵子，不知有多少事情等着他去料理。

古平原想不到偌大一个难题居然就这么迎刃而解，他将事情说与常玉儿等人听，大家无不为他高兴。

转眼过去三天，古平原接到胡金山的信儿，说是洋商理查德已经将那三千多支枪械起运，大概再有两三天时间就能运到徽州，来人还将胡金山与那洋商之间的买卖契约也带了来，留作古平原日后提枪的凭据。古平原得了准信，放下心来，准备去一趟休宁天寿园，将这个消息告诉胡老太爷，也省得人家再为自己担心。

常玉儿本来又改了主意，想在茶园住下去，刘黑塔却生气了，说要是她住茶园，那自己就还到山上搭棚子住。常玉儿拗不过这一条筋的粗人，只好随着古平原来到了潜口镇上的杂货铺。

"玉儿，我……"古平原安顿好了常玉儿，临走时欲言又止，忽然显得有些烦躁。

"古大哥，是不是我做的什么事情让你心烦了？"常玉儿静静地看着他，开口问道。

"不，不。"古平原连忙分辩，"我只是不放心你一个人住在这儿。"

常玉儿眨了眨眼睛，微微低下头，"这里是镇上，又不是兵荒马乱的地方。你放心办事去吧，我不会有事的。"

"好。"古平原又深深地看了一眼常玉儿，点点头便要催马而去，却又拐到街底一家店铺里，过了一会儿出来，用布包裹着十几个秋梨拿来给常玉儿。

"秋天燥气大，吃些瓜果儿好些，你也别心烦，总之我一定快去快回。"

常玉儿拿着布包，倚门望着古平原的背影，直到看不见了，两滴豆大的眼泪这才滑落面颊，滴落到梨子上。她真的不是怕一个人住着，而是自己的丈夫去往的方向，分明是离自己越来越远，却离那个女人越来越近。

"我也要做一些事情，不然整日这样胡思乱想，会发疯的。"常玉儿在心里对自己说。

第八章

洋　枪

1

"世侄，你来得正好。"胡老太爷正在宴客，得到通禀出来见了古平原，皱着眉说，"大事不妙。"

"是不是洋枪的事儿？"

"可不，我求了个采办洋货的老兄弟一打听，别说价儿涨了三倍，就是有钱也没有货。这次可麻烦了。"

胡老太爷是真拿古平原的事儿当自己的事儿办，古平原又是感激又是不安，"老太爷，实在对不住，我应该早点回来告诉你，这洋枪我已经弄到了。"

"你……"胡老太爷惊讶得一时说不出来，据他得到的信儿，就连浙江巡抚李鸿章放出风去高价收买洋枪，都是一货难求。古平原怎么忒大的神通？

"多亏朋友帮忙，介绍了一条路子，银子方面可以先赊账。"如今洋枪是抢手货，胡金山不愿遭妒，嘱咐古平原编了一套说辞。好在胡老太爷信得及古平原，一听就不再问，只是连连称好。

"既然能赊账，那再好不过了。银子方面你不用愁，过了这一关咱们总有办法。"

"老太爷，我看园外车马如云，敢情您在大宴宾客，我就不耽误您了，这便告辞。"本来古平原也只是来说一声，如今说到了，胡家又在宴客，自然没有留下的道理。

"慢慢，你可不能走。"胡老太爷却不放他，"今儿这出戏，得靠你帮我唱下来。"

"唱戏？"古平原茫然不解。

"此刻徽州有点实力的茶商都聚在我这天寿园里讨主意。"人是胡老太爷喊来的，本意是想摸摸各家的底儿，结果人人心里一把小算盘，胡老太爷深恐一个应对不慎，传承百年的徽商就在今日土崩瓦解。

"那您老要我做什么呢？晚辈无不听命。"古平原巴不得帮胡老太爷一个忙。

"那就成了，你跟着我来。我说什么你听什么，别插嘴就是帮忙。"

古平原随着胡老太爷进了后花园，里面果然热闹，胡家司勺当然是请的有名大师傅，这一席地道的徽菜只怕在省城馆子里也难得尝到。

然而，尽自茶酒香溢，饭菜引涎，席间众人却没一个动筷子的，个个阴沉着一张脸，俱是一副心事重重没精打采的样子。

"怎么，我出去一阵子，你们还没谈个结果出来。"胡老太爷缓步走进。

座中一个四五十岁，瘦得像个竹竿，穿绸缎马衫，鼻上一块黑痣的商人一脸愁容，心不在焉地拱了拱手。

"胡老太爷，您不在场，让我们怎么谈哪？徽州三老中，如今您是硕果仅存的一位，眼下全靠您老主持大局了。"

胡老太爷鼻孔出气哼了一声，"什么事儿都靠我这老头子，你们这群年轻人等着吃现成，可真有你们的。罢了罢了，谁让我跟你爹八拜之交呢，说不得还得拆拆这把老骨头。"

"汪老板，你且坐，有什么事儿咱们慢慢商量。"侯二爷在一旁站起身劝道，古平原这才看见他也在场。侯二爷一转眼也看见古平原，脸上立时带出三分厌色。

"来，我先给大家介绍一下。这是歙县古家茶园的古老板，如今与我泰来茶庄做着联号生意，他的兰雪茶，大家只怕是都尝过了吧。"胡老太爷唤过古平原，当众介绍给众人。

在场的茶商没有一百也有八十，一听这就是在京城夺了天下第一茶的古平原，当然齐齐注目于他，那目光中有艳羡、有懊恼、有嫉妒、有愤怒，各种各样的眼神一下子聚集在古平原身上，但大多带着些不甚友好。

"原来是你啊，想不到，想不到。"那个高瘦的汪老板站起身，冲着古平原上下打量了一番，"兰雪茶我尝过，确实不错。只可惜……"他面容一皱，缩住了口。

"汪存义，你小子作什么怪？有话就说，吞吞吐吐，哪有半点你爹的样子。"胡老太爷看不惯，出口斥道。

古平原听过这个名字，汪存义是祁门红茶的大茶商，汪家茶园里每年出的上等祁红足有十几万斤，跺跺脚茶市颤三颤。他再细细看过去，座上有些人他也认得，曾去参加过万茶大会，看样子果如胡老太爷所说，徽州的大茶商都聚在这天寿园了。

"世伯，您明鉴，这古家茶园和泰来茶庄成了联号，说他就是说您，我这小字辈怎么敢开口？"汪存义还是那副苦瓜脸，目中却是精明过人。

"胡说八道。"胡老太爷知道他没好话，骂了一句也就懒得再问。他来到花园中一块横卧的太湖石旁，此处正在花园的中央，胡老太爷将双手一抬冲着众人道："各位三老四少，今天来我的天寿园讨主意，是给我胡某人面子。我胡泰来自认一辈子是徽商，徽商这两个字抬到哪儿都是金字招牌，从来没让人小瞧了去，提起这两个字我就觉得面上有光彩。"

"可是如今不行了。"胡老太爷口中像含了一枚苦橄榄，苦涩地摇摇头，"如今徽商这块招牌不要说在外省擦不亮叫不响，就在咱们徽州本地，居然被人打上门来了！奇耻大辱，奇耻大辱呀！"他拿着烟袋锅子敲着太湖石，气得连连顿足。

"舅舅，您别生气，这不是事出有因嘛。"侯二爷上前劝，眼光有意无意地往古平原那儿瞟了一眼。

"说得也是。"汪存义也瞪了一眼古平原，像是自言自语，声音却很大，"有些人实力不济，却硬要去争什么茶王，籍籍无名之辈却称王称霸，当然会惹来众怒，结果连累了咱们徽商，嘿，还好意思站在这儿，不知羞耻。"

古平原听得眉毛一挑，刚要开口，忽然想起胡老太爷的嘱咐，让他别插嘴，只要暗咽一口气。

"你那叫屁话！"胡老太爷一口就顶回去，"照你这么说，到手的茶王不要，让给京商就是聪明人？嘿，京商要是得了天下第一茶的招牌，咱们徽商如今处境只有更难。"

汪存义被骂得满脸通红，他也是大财主，在茶市上论地位不比胡家差，脸上实在挂不住，干笑一声道："那按您老的说法，这古平原有功无过喽？"

"当然有功无过。你们想一想，这十几年来，咱们徽商哪样生意在求新求变？统统都是不思进取吃老本，当年创出的那些招牌，什么毛峰、猴魁、祁红、瓜片，最早也是几十年前的事儿了，你们这帮大少爷光知道守着茶山醉生梦死，抽烟土吃花酒，有哪个睁开眼睛看看四周，人家对咱们虎视眈眈好久了。就凭你们，能对付得了京商、晋商？做春秋大头梦去吧！我一直冷眼看着，就看你们什么时候把家底败光卖招牌，想不到出了一味兰雪，又夺了天下第一茶，看来我徽商命不该绝。"

胡老太爷一指古平原，"你们见过这样肯把制茶秘方，而且是天下第一茶的秘方拱手相让的人吗？汪存义，你肯把祁红的炒茶方儿亮出来给大家看看吗？还有六安的宁老板，你家的瓜片贮茶时，茶篓外面的夹层中放的那几味花草是什么，如何配，你肯说吗？"

几句话把在场众人问得哑口无言。确实，制茶秘方关乎茶庄存亡，谁家不是捂得死死的，别说让人看一眼，就是老板制茶时也要锁上三道锁才敢动手配方。像古平原这样说让就让了出来，还真是从没听说过的奇闻。

专做六安瓜片生意的宁老板听胡老太爷点到自己，皮笑肉不笑地说："我听人说，他在燕门时被人称作疯子，还真是有那么股子疯劲儿。"

"疯？"胡老太爷也回以冷笑，"你倒是不疯，也拿个天下第一茶让我瞧瞧啊。还不是跟在京商的屁股后面弄了个窝里反让人家看笑话。"

大概胡老太爷这么损人不是一次两次了，宁老板看上去虽有城府，也是忍无可忍，抗声道："您老别一口一个天下第一茶，这茶再好，如今不也是一两都没卖出去？咱们是商人，不是弄古玩鉴赏的，这货再好卖不出去也是白搭。我瞧着汪老板说的有道理，兰雪茶虽然夺了头名，可是连累徽商成了众矢之的，这天下第一，不要也罢。"

"就是，什么天下第一，依我看是倒霉第一。"

"要我说，把这茶一把火烧了，咱们徽商原本挺好，也不指着这个发财。"

七嘴八舌，都是支持宁老板的声音。侯二爷见胡老太爷脸色铁青，就没敢在一旁说话，可是高兴得脸上直放光，斜眼看着古平原，心说，姓古的，你把我的茶店弄关门了，如今报应来了，内外交困，一片喊杀声，我看你怎么办。

"都住口，真是一群没出息的东西。"胡老太爷忽然拼尽气力大喊了一声，他走回到古平原身旁，颤声道："世侄，你都听见了吧。这些人一味守成不肯开创，可是没有前人开创，哪里来的后人守成？岂不闻长江后浪推前浪，他们这是让后人没水吃啊。"

处在古平原这个位置上，也真是为难万分，只要一开口必定是火上浇油，一定会招来群起攻之，他只有扶住老人，手上加了点力，重重一握胡老太爷的胳膊。

这一老一少站在花园前头，看着听着满园子的徽商大佬各执己见，争论不休，脸上都是一片黯然。落日余晖照下，将他二人的影子拉得很长，看上去孤寂无助。

就在这时，园外走进一个门仆，递过来两张拜门的名刺，胡老太爷看了一眼便是皱起眉头，他望了望古平原，古平原也是有些吃惊。

"请进来，就请他们到这儿来。"胡老太爷吩咐道，说着坐到第一桌的首席上，把两张名刺向桌上一丢，冷笑道："我说人家虎视眈眈，打上门来，你们还不以为然，好啊，让你们亲眼看看。"

谁来了？园中这些商人彼此看看，都是不明所以。

"各位前辈好，晚辈京商李钦代家父李万堂给各位道安了。"从月亮门走进来一个披着黄绸大氅的青年，手上戴着翠钻扳指，笑容可掬却显得有些假模假式，一进园子就是一揖。说完走到胡老太爷身前，又是一揖。

"上次老前辈大驾光临京城，我们京商忝为地主，却没能好好招待，家父此番也让我代他致歉。如今他人在扬州，离着也不算远，家父说等忙完了这一阵，一定来登门拜会老前辈。"

"哼。"胡老太爷不屑地说，"我可受不起李半城一拜，他敢情是要来收我的家产吧。"

"老前辈真能开玩笑。"李钦脸上确是不羞不怒。

胡老太爷向李钦身后瞟了一眼，站起身来笑道："陈主事，什么风把你从洞庭君山吹来了？来，我给大家介绍一下，这位是洞庭商帮会馆的陈总执事。"

站在李钦身后的那人五短身材却劲气内敛，穿着一件黑色皮袍，一翻眼间目光锐利如豹。古平原一打眼几乎以为是张广发，再看时发觉此人身上的霸气远非张广发可比。

这人站前一步，拱手为礼："各位，在下便是陈七台。"

洞庭商帮的陈七台！古平原老早以前就听过这个人。

陈七台这几十年，带着原本靠吃碧螺春老本过日子的洞庭商帮，不到十年间行商涉及木、棉、盐、酒等业，硬生生从别的商帮口中挖食吃。徽商离着洞庭最近，冷不防损失了不少生意，可是也不能不佩服陈七台坚忍能干，要不然能传出来"钻天洞庭遍地徽"这么一句？一个钻字可见陈七台的拼劲儿。

这陈七台是出名了的不吃亏，脾气倔惹不起，他做的生意再没人敢打主意去插上一脚。

"陈老弟，你怎么和京商的人一起来了，难不成洞庭商帮与京商做了联号？"胡老太爷知道陈七台只是行事霸道，但是从来不欺负弱小，对他的评价并不坏。没想到今天他突然造访天寿园，看样子面色不善，更主要的是他居然和京商的少东家一起来，难道说……

"门口遇上就一起进来了，人家京商做的是朝廷的买卖，咱们哪儿敢高攀？"陈七台斜睨了一眼李钦。

李钦笑笑没言语，胡老太爷却松了口气，他最怕的就是京商联合了洞庭商帮，那才真叫惹不起。

"陈老弟，来了天寿园就是我的客人，我这把老骨头陪你喝上一顿痛快酒，来，请入席。"胡老太爷热情招呼道。

陈七台没搭言，而是边走边打量，一直来到古平原面前，还在上一眼下一眼地看着他。

"那个什么兰雪茶是你家的？你就是古平原？"

"是。不知陈主事有何见教？"古平原不卑不亢答了一句。

"没什么，就是告诉你一句话。"陈七台盯着古平原的眼睛，一字一顿地说，"夺了碧螺春的天下第一，这笔账你得还！"

胡老太爷心里一沉，陈七台这个人素来护短，副总执事高奎从万茶大会空手而归，他咽不下这口气，想必这次是来找这个场子。他连忙过来打圆场，"陈老弟，你主掌洞庭商帮偌大的事务，怎么和个后生小子怄气？来来，咱们好久不见了，该好好叙叙。"

"胡老太爷，您说我不该怄气？"陈七台冷冷道，"洞庭的碧螺春是康熙爷亲封，地地道道的天下第一名茶，这次万茶大会我是志在必得，却被他一个无名之辈给搅了，我能咽下这口气吗？"陈七台说的是实话，他这一辈子还是头一次吃这么大的暴亏，一百万两银子送到王爷府，连个头十名都没换回来，竟然眼睁睁名落孙山。消息一出，碧螺春的行市立时就降，这影响可不是一丁半点，陈七台让账房估了估账，光这个茶期，损失少说也有七八十万两银子。

胡老太爷猜到了他是为此而来，沉吟着开了口："这个嘛，王侯将相本无种……"

陈七台打断他的话，大声道："那也得有德者居之。我打听过了，这小子是什么玩意儿，一个流犯而已，刚打大狱里放出来没多久，就结交太监安德海，靠这肮脏手段得了天下第一，把碧螺春压了下去，这分明是在羞辱我洞庭商帮。我倒是问问眼前的各位老板，你们徽商中出了这样的人，你们觉得面上有光吗，这太监味的流犯茶成了徽州茶中的拔份子头名，你们觉得心服口服吗！"

陈七台的话真把古平原损到家了，连带着徽商也被他给骂了个遍。人人面上变色。胡老太爷脸色也变了，他刚要开口，古平原已经上前一步，他面色平静如常，眼中却带着三分怒意，对着陈七台道："陈主事，您说的我都听见了。不过您说什么也没用，兰雪茶已然是第一了。要是不服气，您尽管冲我来，有什么我都接着，别在这儿徽商长徽商短的，要是卖弄口舌功夫，只怕您还比不上馆子里的说书先生。"

陈七台想不到这个看上去温雅如读书人的古平原一张嘴居然利如刀锋，刚愣了一下，古平原又接着道："我说句不中听的话。你家的碧螺春为什么落选十大名茶，我虽然不明内情，只怕是你陈主事聪明反被聪明误了吧！大笔银子捧出去没听见响儿，就恼羞成怒闹到天寿园来了？"

陈七台的话狠，古平原的话更硬，像是在园里空气中碰出了刀光剑影，噼啪直冒火星，把在场众人听得是目瞪口呆。

陈七台气怒交加，脸色先白后红，他指着古平原恶狠狠道："好，既然你说让我出招，那你就等着瞧好了，有你后悔的那一天。"

他说完了，也不招呼众人，转身拂袖而去。

园中一片寂静，忽然有人啪啪鼓起掌来，众人纷纷望过去。

"古平原，你胆子不小啊，连陈七台你都敢惹，我自愧不如。"站在一旁看热闹的李钦一脸阴笑，假作佩服地连连摆手。

"更难惹的古某也惹过。"古平原方才是心头火起，这才一顿排揎，出口无回头，也没什么可后悔的。

"你也是来找我的，有什么事儿就尽管说吧。"古平原心说一个也是挨，两个也是来，这满园子的徽商都瞧我不顺眼，连陈七台我也得罪了，李钦原本就是冤家对头，还差你一个不成。

"这你说错了。我不找你，我找他们。"李钦轻松地笑了笑，走前几步面对胡老太爷和众家茶商，做了一个罗圈揖，起身时满脸堆笑。

"众位商家前辈，家父带了一句话，让我替他说与大家听。我知道今儿是徽商聚会，特意赶在今天来，就是为了说这句话。"

"李万堂有什么话要说？"胡老太爷沉着脸道。

李钦几番历练，深沉了不少，面对胡老太爷和一群徽商大佬，也能面不改色侃侃而谈。

"家父说，大家都是生意人，将本逐利，本是天性，可是同行之间却有义气在，不能只顾铜钿。他知道徽商如今处境不好，手里的茶叶卖不上价。这无妨，一条黄河拦得住南来北往，拦不住商人一脉。京商如今也渡河而来，打算在南边做点生意，为了显示诚意，愿意在如今的价上加两成收徽商的茶，不知众位意下如何？"

"哈，哈哈！"胡老太爷怒极反笑，"年轻人，你回去告诉李万堂，徽商的茶宁可倒在江里喂鱼，也不会卖给他。你们李家又拆庙又烧香，干的那些破事当我们徽商不知道吗？"

"您老人家别这么直眉瞪眼地看我，我瞅着心里发怵。"李钦嬉皮笑脸地说，"其实我并不同意家父的做法。"他看了看眼前这些人，忽地一笑，"我觉着徽商的茶价还不够低，应该再落一两成，那时我们京商来收，才是公道价钱。"

他可真是张狂，看着众人眼中冒火，又是拱手一揖，"各位叔叔大爷，你们都是做了许久生意的，岂不知宁与人强，莫与命强，如今徽州茶就是这个贱命，你们捂着不卖，到头来吃亏的还是自己。"

"放屁！"汪存义家里红茶堆积如山，每日出门看见就心头烦躁，哪里还禁得住李钦这么撩拨，冲上来拔拳就要打。

拳头是伸出去了，却被人在半空一把攥住，那人一手按住汪存义，一面对李钦道："京商来徽商的地盘撒野，我看你是找错了地方。货色一日没有卖出，价钱就不能一锤定音，到底是烂泥扶不上墙，还是土掩明珠无人识，将来自见分晓。"

"我只见过鲤鱼跃岸，没见过咸鱼翻身。"面对古平原，李钦的笑容立时不见了，脸色有些发狠，"不过嘛，我是京城李家的少东家，寻常事还做得了主。你的兰雪茶我也要，而且天下第一茶嘛，我给个好价钱，他们的毛峰、祁红抬价二成，你的兰雪，我抬价三成，有多少我都收了。"

古平原连眼毛都没动一下，"兰雪茶不是不能卖给京商，可是这个价不卖。"他盯着李钦的眼睛，"我现在就把话撂这儿，天下第一茶就要卖个天下第一的价儿，你想贱价买我的茶，做梦！"

李钦冷笑一声，"古平原，你想和命争，恐怕是打错了算盘。好，既然不卖，那我就等着看你卖个好价。"他话锋一转，又向着各位茶商，"不过茶砖不是青砖，雨前已过几个月了，秋茶也已采了，茶叶讲究个鲜吃，等到明年开春春茶上市，你们这些徽州陈茶的价格更要一落千丈，到时候再来想如今这价钱悔之晚矣。"

一句话说出了满园茶商的隐忧，大家面面相觑。

"李家少东，你请回吧，徽商通同一心，这里不会有人卖茶给你。"胡老太爷说着，返身面对园中几十位徽商道，"你们说是不是？"

原本该是同仇敌忾的一声是，却换了满园子的寂静无声。胡老太爷左右扫视了一眼园中各人，颇有些人低下头不敢看他。胡老太爷的脸色慢慢变了，双眼微微一闭，身子一晃有些站立不稳，古平原赶紧过去一把扶住他。

李钦静静看着，面上浮现出得意之色，揶揄地说："与其放着茶叶霉掉，不如换几个本钱。各位，我就住在徽州府城的天兴客栈，哪个聪明人想通了，就到客栈来找我，东边三个院我都包下了，好找得很。"

临走时，他又撂下一句，"立地签约拿银子，咱们李家办事儿最痛快！"

古平原没顾得上理他,他紧张地看顾着胡老太爷。老爷子素有心疾,配了苏合香药酒,抿了两口,唇上带了血色,古平原的一颗心这才算是稍稍放下。

"老太爷,进去歇歇吧。"古平原轻声道。

"你给老子省省吧。"旁边忽有一人凶狠地一扯他,扭头看时却是侯二爷。

侯二爷指着古平原的鼻子大骂,"姓古的,你少在这装好人,连我舅舅在内,这园子里的人都被你害惨了。我要是你,趁早回去把那兰雪茶一把火烧了,留着这东西除了害人还有什么用?"

"你给我住口!"胡老太爷刚清醒一点儿,就听到侯二在那儿大放厥词,气得险些又昏厥过去,咬着牙从躺椅上直起身来。

"老太爷,您别生气,您可万万不能生气。"古平原紧着劝,又回身对侯二爷说,"方才你没听老太爷说嘛,徽商通同一体,此时外敌环窥,不能再窝里反了。"

"你当然这么说,你巴不得整个徽商给你背黑锅,各位老板掌柜,咱们能上他这个当吗?"

侯二爷振臂一呼,真有不少人响应,七嘴八舌,骂不绝口,还有些性子急的上来就要揪打古平原。侯二爷要的就是这样,他满脸放光,看了一眼站在一旁的汪存义,"汪老板,你方才不是要打吗?依我看,最该打的就是这个古平原,祸事都从他身上来。"

汪存义和宁老板对视了一眼,却都没有动作。汪存义琢磨着来了句:"这姓古的小子挺有胆色啊,陈七台也敢惹,京商也敢骂,不像是个讨好太监的逢迎小人。"

宁老板也点头说:"方才那模样,确实有股子疯劲儿,不过却疯得很痛快。"

"各位听我一言,听我老头子一言……"胡老太爷颤巍巍站起身,举起大烟袋锅子晃了两下。他是徽商耆老,别看只是有气无力的两句话,确实有分量,在场众人都住了口,目视着胡老太爷。

"你们都过来,都围过来,我有两句话要说。"

等众人都围拢过来,胡老太爷环视一圈,慢慢点了点头,指着其中一人,"方观白,你是家中长子,不会不知道上一代的事儿吧?"

"老太爷,您是说?"那叫方观白的人疑惑地问。

"你祖父烧借据那事儿。"

"别说我,徽商中哪有不知道的?"方观白恭敬地答道。

"唉,知道不见得能记住。你祖父经商一生,人欠欠人,到头来欠人的都还了,别人欠他的却从不讨债,到他年老归乡时,召集那些欠债人,把借据一火焚光,然后才让几个儿子出门去做生意，说是给他们留了一大笔财富。你祖父是个精明人哪，从那以后，他的几个儿子，其中也包括你父亲，无论走到哪儿，都有人热心照应，都有人主动来和他们做生意，不出几年间，个个聚起一大笔家财，不逊于你祖父全盛时期。"

"还有你。"胡老太爷又指向另一人，"你家从曾祖那辈儿起家，做茶叶生意，创了益美茶庄这个招牌。创牌子哪有那么容易，举步维艰哪，后来你曾祖想出一个主意，益美号的茶每卖出去一斤，则将收益的十分之一分给各地茶店的柜台伙计。时间一长，益美不仅行销江浙，连滇南、漠北这样偏远的地方都有人夸耀益美号的茶。你曾祖就此成为茶商中的富户。"

胡老太爷一口气说到这儿，有些喘上来，古平原给他抚着背，好不容易平了气，人群依旧鸦雀无声。

"都想一想吧，乐善好施、精明善贾，老一辈儿都是好样的，你们可千万别堕了祖宗的名声，让别人小瞧了去。不是我胡泰来危言耸听，你们只怕是还没有看出其中的凶险。如果你们真的去找那个李钦，按着他给的价把咱们徽州的好茶贱价给卖了，那今后徽州茶价就由京商来定了，咱们徽商只能亦步亦趋，跟在后面当哈巴狗。"

"可是眼瞅着坐吃山空，也不是办法。"汪存义期期艾艾地接了一句。

"我知道你们都有难处，养着好几座茶山茶农，店铺里的掌柜、伙计、宅子里的丫鬟、仆人都等着要吃饭。"胡老太爷紧闭双眼，过了好一阵子才睁开，"两虎相争退者伤。咱们徽商眼下是被人家逼到绝壁上了，退一步万劫不复。我想好了，我几十年仗着徽商这两个字做生意，一朝是徽商，一辈子是徽商。你们的祖辈父辈不少都与我有交情，也帮过我不少忙，如今他们不在了，我还要撑下去，最起码有我胡泰来一天，谁也别想欺负徽州商人。"

胡老太爷说完了，转身吩咐一声侯二。

"舅舅，您有什么事？"

"听好了，打明儿起，把泰来茶庄一切的房契、地契、茶山、茶园、茶庄的契约，还有人家欠我的借据都拿到休宁当铺去，连天寿园在内，一并当了！"

"这、这……这是为何？"侯二爷惊得呆住了。

"徽商也要吃饭，我胡泰来一个人养下了。"

在场众人也都惊得目瞪口呆，旋即想到胡老太爷这是把身家性命都押上，要和京商硬挺到底，就看最后谁先服软。

"舅舅，你可不能犯糊涂。"侯二爷眼珠子都要瞪出来，胡泰来没儿子，就这么一个外甥，他自忖舅舅将来一命归西，家产都是自己的。如今要散了家财，这将来可都是他侯二的银子，把侯二爷急得如同热锅上的蚂蚁。

侯二爷还要开口劝，胡老太爷用冷峭的眼神瞪了他一眼，竟硬生生地把他的话逼了回去。

"你们也听好了。"胡老太爷转而对众家茶商道，"打明儿起，不管谁家缺了吃穿用度，都到我胡家来。借也好，拿也罢，无所谓。胡家会一直管到连一分银子都拿不出的时候，那之后的事情，我也就无能为力了。"他咬了咬牙，"可有一样，如果是京商占了徽州，我胡泰来就算是要饭，也不会在京商的地盘上讨一口吃的！"

泥人尚有三分土性，何况是人！古平原被胡老太爷一番话激得眼圈全红了，想想老爷子真不容易，这么大岁数了，还要冒着破产无家的风险，站在前面替徽商挡灾，他打心眼里佩服。他是这样，园子里其他的徽商大佬也都震动不已。

第一个开口的就是汪存义，他也被老太爷的话感动了，拍着胸脯说："胡老太爷，不劳你挂心，瘦死的骆驼比马大，我家就是一年不做买卖，养上百十来口闲人，也不至于就吃光当尽。您老放心，我回去就把屯茶的库房锁上，一两红茶也出不了祁门。"

宁老板也道："咱们也都是茶商中的富户，要是还到胡家拿银子那还有良心吗？至于那些小门小户的茶农茶商，卖不出茶，日子过得艰难，咱们乡里乡亲帮衬一把也就有了，总不至于让京商来趁火打劫。别的不敢说，没我姓宁的话，谁也不敢把六安瓜片卖给京商。"

其余众人也都纷纷站出来保证，唯胡老太爷马首是瞻，谁也不会与京商妥协。

胡老太爷真的哭了，满是皱纹的脸上老泪纵横，看看这个，又拍拍那个，不住地感叹："你们都还是好样的，不愧是我徽商的子弟。要是这样，咱们还能和京商拼一把，看看到底是谁的骨头硬！"

胡老太爷提议，在场这些大户已然能控制徽州八成的产茶地，大家指天明誓，谁也不许与京商私下里做交易，违者开会馆大堂公祭财神，将他逐出徽商，今后凡是徽州商人皆不许与其来往。

众人听命而行，见徽商终于在最后一刻抱了团，胡老太爷一口气放下，险些虚脱过去。他决定再做最后一件事。

"各位三老四少，大家方才都看见了，京商是存心来和徽商打擂台。我胡泰来老了，这副担子我可以勉力担下，只是这东奔西跑、联络同行的事儿有心无力。既然大家信得过我，那么我推举一个人出来，他的话就是我的话，我无不同意，还望各位同行多多照应，大家一起渡过这次的危难。"

侯二爷在旁听得心花怒放，不由自主站前一步，面有得色，那句不敢当已经在嗓子眼等着往外吐了。

"古平原！"胡老太爷沉声道。

"晚辈在。"古平原心中一跳。

"你古家茶园如今与我胡家是联号生意，休戚与共，如同一家，你就代表我出来办这件事吧。"

胡老太爷轻描淡写一句话，底下顿时炸了锅。侯二爷脸涨得通红，瞅古平原那眼神恨不得把他一口吞了。宁老板拱了拱手，"老太爷，您说的话我们自然要听，可是这流犯的话，让我们也百依百顺，只怕大家不会服气。"

"对，我们不服。"底下众位茶商也都鼓噪起来。

"好，那么你们说，谁愿意担这副担子？谁又能力挽狂澜担得起这副担子？有的话，便站出来！"胡老太爷扬了扬眉。

一群人顿时又静了下去，侯二爷细想一想，嘴唇嚅动了一下，到底是没敢开口。

"那他就成吗？"汪存义指着古平原。

"解铃还须系铃人。事情既然因他而起，那么也该在他身上有个交代。更何况……"胡老太爷看了看古平原，用力一拍他的肩膀。

"我信得过他！"

既然没人主动站出来，那么胡老太爷点的将也就是唯一的人选，大家默认了下来。汪存义皱着眉头瞧着古平原，"姓古的，既然胡老太爷信得过你，那我们也都没话说，可是你别以为仗着老太爷的一句话，你就能在徽州商界说一不二，你还没这个资格。"

古平原此时感动得心里如同沸腾，胡老太爷这么捧自己，他只有一个念头，要给他老人家争口气。

"汪老板，要怎样才能让你服气呢？你列出个章程来，我古平原照办！"

"好，真痛快！不愧是胡老太爷看中的人。"汪存义伸出大拇指，"那我也给你一个痛快话，只要能让京商的人铩羽而归，把徽州茶卖出一个好价钱，我就服了你。"

"我也就这么一个条件。"宁老板静静地听着，也开了口。

"各位呢，还要古某做什么？"古平原拱了拱手，冲着园内众人道。

"我们也没别的可说的，你要是真能撵走京商，给大家出了这口气，那谁也不敢不服你。"话是这么说，可是人人脸上都是深有疑色。说是京商，其实背后是天下茶商共同抵制徽商，孙猴子再厉害，头上压了一座五行山也别想蹦得起来。

天寿园喧嚣了整整一天，天近黄昏有人辞去，有人留宿。胡老太爷本想留古平原住一宿，古平原言辞恳切，"老太爷，您把这副重担交给我，我不但要担下来，还要做得漂漂亮亮，既然如此，我要立刻赶回歙县，上海来的军械三两天就运到，容我先把那边的事情处理清楚，再来对付京商。"

"好，好，我还是那句话，长江后浪推前浪，如今是看你们这一辈儿翻云覆雨的时候了。你也不必急，先把买洋枪的事情办妥，毕竟这是巡抚交代的大事，关系你的身家性命，马虎不得。至于这边，一时半刻还不要紧的，他京商想把徽商一口吞下，那是做梦，真不怕把肚皮撑破。"

古平原点头要告辞，胡老太爷忽然又想起一事，深深地一皱眉。

"陈七台那个人，你千万要小心，他可不是个说空话的人。有句俗谚你想必也听过，晋商绵里针，徽商稳中狠，遇到洞庭帮，还要忍一忍。"

2

"小姐，我打听了。这儿就是古家在潜口镇的买卖。真想不到，那古平原这么个做大生意的，竟也开着这样的小铺子。"

苏紫轩穿着一件雪白的夹袍，一双明眸盯着那家铺子，不答四喜的话，从袖中抽出一张一千两的银票，"你去问问，里面有没有古家的人，若是有将银票交给他。"

"小姐，你不去吗？"四喜眨了眨眼。

苏紫轩摇摇头。

"我真不明白。咱们明明要去山东，却绕远跑来徽州，就为了送这张银票？"

"他毕竟救过我，眼下发遣关外，我给他家送点钱，也算是报答。"

"那可以找票号钱庄汇过来，何必大老远跑一趟？我真不明白，这古平原何德何能，竟能劳烦我家小姐亲自送银票上门。"四喜笑嘻嘻地瞟了一眼苏紫轩。

苏紫轩把脸一沉，"我看你是皮紧，要你送你就送，哪儿来的这么多话！"

四喜吐吐舌头，抬脚走向街对面。苏紫轩望了望昏暗的日头下映出的街市，有些出神地自言自语道："他就是在这儿长大的……"

四喜伸手刚要拍打店铺的板门，那门却吱呀一声开了。

"铺子刚刚上了板，你是来买东西的？"里面出来那人，上下看了一眼四喜，忽然讶声道，"你不是……"

四喜看着这个女子，见她仿佛认得自己，一时也怔住了。

"你认得我？"

"当日在西都，你与那位苏公子一起，古大哥去随军卖粮，你俩也一同去了，出发之时我见过你们。"常玉儿记性颇好，只是照过一次面便记在心里。

"在西都……"四喜眼珠一转，登时想了起来。

那女子当然就是常玉儿，她今天刚刚到此住下，店铺关板之后心神不宁，于是打开板门想到街上走走，看看这潜口镇，不料一开门居然遇上了四喜。

"那天匆匆见了一面，连尊姓大名都没请教，真是失礼。"常玉儿为难道，"这位小哥，按理说，该请你进来喝杯茶，可是店中伙计都回去了，男女有别，实在不便。"

"茶不茶的倒是免了。我想问一句，这儿不是古家的店铺吗，你为何住在这儿？"苏紫轩不知何时走了过来。

"我……"常玉儿颇有妾身未分明之苦，但到底还是鼓起勇气道，"我是古家的大媳妇，在店里照应生意。"

"古家的大媳妇。"苏紫轩的瞳孔像猫样忽然缩了一缩，"古家的大儿子，也就是你丈夫，莫非就是古平原？"

"嗯。"常玉儿点了点头。

苏紫轩紧盯着她足有好一会儿，从四喜手中取过银票，向常玉儿手上一递。

常玉儿茫然接过，就听苏紫轩说："这是我欠你丈夫的钱，他既然远在关外，还给你也一样。"

常玉儿刚想说古平原其实人在徽州，苏紫轩连理都不理，转身匆匆上马而行。

"小姐，咱们就这么走了？"四喜紧跟在后面。

"来了就只是为了送银票，送到了当然要走！"苏紫轩一鞭紧似一鞭，把青骢马抽得连连嘶鸣。

出了潜口镇四十余里，是个十字交叉的路口，一条是通往山东的官道，一条通往徽州府城，另一条则是往休宁去。苏紫轩打马如飞，冷不防从休宁道上蹿过来一辆马车，也是赶得飞快，四喜惊呼一声，眼看一车一马就要撞到一处。苏紫轩向旁一带马，那青骢马是京师好手调教出来的骏骑，居然后蹄用力，身子一偏躲了过去。

马车夫也连吁数声，勒住了马缰绳。

四喜大怒，赶上前就要破口大骂，却被一掀车厢轿帘露出的那张脸弄得一愣。

"怎么是你？"

"哎呀，是苏贤弟啊。"李钦眼睛一亮，好久没见到苏紫轩了，"这真是他乡遇故知。你们怎么到了徽州了？"

苏紫轩心下也是一怔，面上却不露声色，连马都没下，冷言道："是啊，你们京商不在两淮经营那好不容易得来的盐场，跑到徽州来做什么？"

"这其中自然有缘故。"李钦一指去往府城的路，面色殷勤之极，"那边不远就是徽州府城，穷乡僻壤倒也有间不错的客栈，我包下了东边三个院子，每日雇的扬州厨子来做饭。苏贤弟，咱们久别重逢，愚兄做个东，咱们好好叙叙。"

"多谢了，只是我们急着赶路，没空赴你的宴。"苏紫轩扬起马鞭，指了指另一条路。

李钦始终垂涎苏紫轩的美色，自认生平见过的女子，没一个比得上她。虽然苏紫轩严词相拒，他还是一副笑脸问道："那边不是去往山东的官道吗？你去山东什么事，那儿可比安徽还乱，听说僧格林沁王爷带着瀚海铁骑与张日宇的西征军打得不亦乐乎。"

"这其中自然有缘故，却不能说给你听。"苏紫轩把话儿原封不动地丢了回去，把李钦噎得脖子一梗。

他正不知说什么才好，就听身后一阵急促的马蹄声，一匹枣红马转眼即到，马上人见路口处车马横陈，便放慢了速度。

"你！"苏紫轩一看就呆住了，这本该远在关外的古平原，怎么却近在眼前？

古平原也没想到路口这儿站着的几个人，自己居然全都认得。李钦自不必提，那苏紫轩，自从出了醇王府的万茶大会，就再没见过她。也正是在那儿，自己才发觉她居然是个女人。以前只觉得这苏公子样子俊俏得如画中人，现在看去，分明是个天姿国色的佳人，那光洁白皙的脸庞上带着爱憎分明的冷峻，然而看向自己时，眼波一转却又带了三分暖意，给人一种澄澈透明的感觉。

"你不是被发遣到关外，几时回来的？"苏紫轩惊讶地问。原以为古平原九死一生，想不到这么快就平安返回，她忽然发现，自己竟然有如释重负的感觉。

李钦见苏紫轩不理自己，却对古平原关心有加，愈加气恼地狠狠瞪向古平原。

古平原听见了问话，却想起苏紫轩在燕门和京城的所作所为，心里打了一个突。眼前这女人先是要用计歼灭僧格林沁的铁骑大军，后又潜入王府，甘冒奇险行刺慈禧太后。古平原暗自摇了摇头，自己的麻烦还顾不过来，像苏紫轩这样的狠角色还是少招惹为妙。

想到这儿,他也不搭言,略略点了点头,回手一鞭驾马奔向通往潜口镇的那条路。

四喜可急眼了,"这姓古的什么东西,居然不理人。"

李钦犹自附和着,"这臭流犯哪懂什么礼数,搞不好连人话也听不懂。"苏紫轩脸色沉得像潭水,猛一催马,向着山东官道绝尘而下,四喜连忙跟了上去。

"小姐,咱们还好心给他送银票,古平原真是狗咬……"

苏紫轩不等她说完就一口打断,"从今往后,不许在我面前提这个名字。"

3

"古老板,这次回来,我看你眉间忧色很重。"古家茶园里,廖师傅正在祭茶神,将一个个茶包用油纸包着,上面系了一根大红绳,挂在茶园里最高的那棵茶树上。

古平原一言不发地帮廖师傅折着茶包。他回来两天了,从常玉儿那里得知了苏紫轩送来银票,他心里很不平静。这个苏公子一会儿要利用自己做谋逆之事,一会儿又殷殷赠银,从她在路口的那句话来看,分明不知道自己已经回了徽州,那么就是特意来照拂自己的家人了,这份盛情也是着实难领。她和京商之间若即若离,和自己时敌时友,这个人身上简直一团谜。

光是苏紫轩也就罢了,还有李钦。这个京商大少爷心机到底深沉了许多,他的背后则是那个如同黑夜大山一样让人感到深不可测的李万堂,他们策动天下茶商抵制兰雪茶,进而抵制徽商的目的到底是什么?李万堂肯定不是一个损人不利己的人,而且没有巨利他也不会出手,可是京城李家先是建立同盟抵制徽商,然后又派李钦来暗通款曲,难道就是为了那几成的利润?以李万堂的雄才大略,所图谋的一定不只如此。古平原想破头也想不出为什么,只是觉得肩头沉重,不胜其负。

"真香啊。"古平原折好一个茶包,放在鼻端嗅闻了闻,感叹着。

廖师傅微微一笑,"想种出好茶难,想让好茶不发出香气更难。"

古平原觉着廖师傅话中有话,侧过头去看着他。

"茶叶就是这样,从不欺人,你也别想欺它。功夫不到,茶叶不香,功夫到了,茶香难掩。我制了一辈子茶,这个道理虽然浅显,可是很多人看不透,还以为是自己在种茶,殊不知是茶叶在择人。"

廖师傅手中不停,话也没停下,"徽茶难卖的事情我已经听说了。可我并不当一回事儿。徽州茶千百年来的飘香，岂是京商能掩下去的？古老板，有一句话你一定要记住：好茶是不愁卖的！"

古平原知道廖师傅这是存心在解自己的心结，他咀嚼着这句话，慢慢点着头。

"好茶是不愁卖的。这话反过来说，愁卖的一定不是好茶，或者说手里没有好茶可卖。"他抬起头，望着廖师傅，"老先生，这几日我心中一直有个疑问。京商明明包下了几百里的信阳茶山，买断了信阳毛尖这味好茶，却又巴巴地跑到徽州来，大费周章企图压价收茶，难道信阳毛尖还不够他们卖的？"

"这里面只怕藏着一个大秘密。不弄清楚，你就看不透京商的葫芦里卖的什么药。"廖师傅思索着说。

"黑塔兄弟。"古平原转头扬声，将在茶园那头翻土筑垄的刘黑塔喊了过来。

"这次又得劳烦你了。洋枪只怕就在今明两天便有消息，我实在走不开。你能不能替我跑一趟信阳，瞧瞧京商到底在搞什么鬼。"古平原把事情交代一遍。

"没问题，包在我身上。"刘黑塔一口答应。

刘黑塔办起事情来风风火火，一天都等不得，收拾了干粮细软，连午饭都没吃，骑着一匹马便上了路。

他的马刚过了山坳不见，便有人从村子里来找古平原，说是有人特意到古家来见他。古平原就猜是理查德的洋枪运到了。回去一问果然如此，只不过人家是经大路而来，直接住在了徽州府城里，请古平原去提枪。

古平原早就提前在潜口镇上雇好了车马，兴冲冲来到徽州府城，直奔那家最大的天兴客栈。据来人所说，英商理查德带着那批洋枪就投宿在这家客栈里。

天下来客，兴旺聚财——天兴客栈是一家百年老栈，店主人几代人经营，慢慢把一条街上的周边民宅都买了下来，变成几条街围着一家客栈的四方街。客栈大门是高高挑起的旗杆门，上面挂着幌子灯笼。古平原打从门下过来，正想着去柜上问问，这洋人住在哪间跨院，忽然听到一声熟悉的招呼。

"哟，真巧啊。想不到我走到哪儿都能遇上你。"

立在房檐下说话的正是李钦，只见他面色红润，敞着绸衣的前襟，开口带了三分酒意，手边还搂着一个穿着轻纱罩衣、一脸媚态的女子。

古平原这才想起来，李钦在天寿园大放厥词时提过，说他住在府城的天兴客栈。他不愠不火地回了句："不是有句话叫不是冤家不聚头嘛。"

李钦眯着眼睛，嘴角带着一丝若有若无的讥笑，"到底你是聪明人，不像那群徽州土包子，是不是想通了，打算第一个把兰雪茶卖给我？我说话算数，一口价，给别人抬两成，给你抬三成。怎么着，现在就立字据，银票我马上就付？"

古平原冷笑一声，"可惜你猜错了，我来这儿另有事情，你的银票还是留着自己花吧。"

李钦听了不但没恼，还走前几步凑近了古平原，嘴里喷着酒气，乐呵呵地问道："那你来找谁？是不是来找——他！"

说着往自己身后不远处指了一指，古平原顺着方向看去，顿时便是一呆。

就见有两人从客栈中联袂而出，彼此有说有笑。一人他认得，就是刚刚闯了天寿园的洞庭商帮总执事陈七台，另一人却是个金发碧眼、穿着黑色呢子短衣的洋人。他们身后还亦步亦趋地跟着一个青衫小褂的通事，左一句右一句为二人翻译着。

古平原忽然有一种大事不妙的预感，瞥了一眼李钦，"他是谁？"

"他不就是你来找的洋商理查德吗？"李钦嘴角的那丝讥笑在慢慢扩大。

古平原绷着脸，紧咬着牙，死死地盯着李钦。

李钦背着手，围着古平原边走边说："自打袁巡抚将买洋枪的事儿交给了你，我就知道像你这么有办法的人，一定会千方百计去找货源。所以我就派人一面盯着你，一面盯住了往来洋场的水陆要冲。前几天我接到消息，有一批洋枪从上海起运，数目不多不少是三千多支，目的地嘛，又不偏不倚是徽州。"

李钦口中啧啧连声："我也不能不佩服你，实在是有办法，连督抚都亟亟渴求的洋枪，你居然能弄到。本来我想花大价钱把这批枪买下来，可是一来这枪实在贵得离谱，二来有人比我还恨你入骨，我一说这批枪是你要的，他立马就拿出银票，出了一个洋人拒绝不了的大价钱。也不怕告诉你，如今这枪已经归洞庭商帮所有了。"

古平原听得脑子嗡嗡直响，见理查德已经快走到了自己面前，他甩开李钦，大步迎上去，从怀中掏出胡金山给他的那份买卖契约，也不说话，往洋人面前一递。

理查德皱着眉看了看那封契约，脸上忽然现出尴尬的神色，他叽里咕噜说了几句话，那通事赶紧过来翻译。

"我和胡老板签的这份契约不假，不过做生意讲究商机，他迟迟不肯提走这批货，如今洋枪价格涨了三倍有余，这位陈老板肯用比市价还高的价儿来买，我没有理由不卖给他。"

"没有理由？"古平原面沉似水，指了指手上的契约，"这不是最好的理由吗！商人连花了印押的契约都不顾，那还算什么生意人。"

理查德耸了耸肩，他在古平原的逼视下有些慌乱，竭力为自己辩解着："我不是不准契约，请你好看看，那契约上有赔偿条款，我准定按照约定赔偿你的损失就是了。"

"古平原。"一直倨傲地站在一旁的陈七台，这时冷冷开口道，"我洞庭商帮一向不做军械生意，这次为了你，算是破了例。我听京商的李少东说你诡计多端，连瀚海王爷和晋商大掌柜都栽在你手里，我倒真想见识见识，看看你有什么办法和我争这批洋枪。"

"陈主事，你不惜重金，只为了意气之争？"古平原摇了摇头，"这实在不像是个生意人的做法。"

"哈哈。"陈七台一哂，"算你说对了，这不是生意，而是争一口气。我已经比市价多抬了二成价，今天不管你再拿来多少银子，我都再多加半成。我不和你比什么计谋手段，只和你比一比谁的钱多。你敢给太监送银子压我们洞庭商帮一头，今天不妨让我看看你的银子到底有多少！"

自己手头的银子和人家洞庭商帮比起来简直是微不足道，别说在洋商面前竞价，就是连个零头也比不过人家，洋商既然摆明了一心图利，自己拿什么去争？

"陈主事，这批枪是你的了。"胜负已分，古平原也不拖泥带水，转身就要离开。

"慢。"陈七台叫了一声，从怀里拿出一摞银票，"这是连本钱带赔付的银子，我先付给你，再和洋人慢慢结算。我这个人做生意，一向不欺负人，你既然认输，该还给你的银子就还给你。"

古平原接过银票，看着陈七台道："陈主事，银子我拿了，是我该拿的。不过有一点你说错了，我可没认输！咱们各做各的买卖，这批货我不要了，可是我还能买到别家的货。"

通事把古平原话转译给理查德听，理查德摇摇头道："古老板，我劝你不要在洋枪上用心思了。各国领事都已经给商人们发了信，一年之内，不许再向大清国运送军火。你就是找遍大清国，也不会有谁再卖给你洋枪，也没有任何人手上有这么庞大物量的枪械了。"

"听见没有。"李钦得意地一笑，过来指着古平原的鼻子道，"你呀，你输定了！"

古平原的目光越过那根手指，静静地望着李钦的眼睛，"在瀚海、在燕门、在黄土高原，还有几个月前在京城，我曾经都以为自己输定了，可是最后呢，还是赢了！这一次，你不妨看看我到底是输还是赢！"

古平原说完返身走出大门，李钦在后不屑地冷笑道："卤煮鸭子——肉烂嘴不烂！天生的穷命还想翻身，做梦去吧！"

古平原满腹心事带着大车队回到潜口镇,去时兴致勃勃,回时心事重重。"玉儿。"他给车队结了工钱,满腹心事低头走了一阵子,忽然发现走到了自家的杂货铺前,就见常玉儿穿着一件竹布夹袄和素净的月白裙,头上戴着根毫无花样的银簪子,正在杂货铺前忙着。

"玉儿,你……"古平原打量了几眼,惊奇地道。就见这间杂货铺可不是几日前的光景,里里外外收拾得整整齐齐,件件货品都擦拭得一尘不染,货物摆放得也是极有讲究,那些光鲜亮丽的铜器和洁白如雪的瓷器放在最外面,店铺里但凡有的货物都拿出样品摆在外面新搭的一个大木架上,错落有致,层次分明,让人看上去就愿意进来逛上一圈。

常玉儿正忙得鬓角微微见汗,抬头见古平原来了,心中很是高兴,面上却只抿嘴笑了笑,"古大哥,你回来了。"

古平原正要好奇动问,常玉儿的笑容慢慢敛了,"事情办得不顺心吧?"

"是啊,比办不成还要糟糕。"

常玉儿回过头唤出店内的两个伙计,"今天早些收铺,一会儿就上板吧。"

伙计见古东家来了,连忙问好,听说可以早些回家,却又犹豫了。

"这眼看就是黄昏热闹之时,正是多卖些货色的好时候。"

另一个伙计有眼力,轻轻一撞身边同伴,抢着插话道:"东家,前面街上新开了一家太白酒铺,有雅座单间,您长路回来,想必还没用饭吧。"

古平原越听越奇,常玉儿却问道:"堂客也能去吗?"

"去得,去得,都是五尺高的屏风隔开,闻声不见人的。"

常玉儿微微点头,"古大哥,也不知你到这儿来,里面都是些粗吃食,我做东,就去那家太白酒铺好吗?"她眼中闪过一丝调皮的笑容。

古平原一开始丈二和尚摸不着头脑,可是看到常玉儿心情畅快,他也觉得很是高兴,自然点头应允,二人出门相偕而行,走不多时便到了太白酒铺。

古平原点了三荤两素几样小菜,一壶用黄山桃花溪的冷泉酿造而成的桃花酒,又为常玉儿要了加蜜枣的桂花茶。等着上菜时,他可有话要说了。

"奇怪了,这天下的伙计听过可以关门上板早回家,就没有不高兴的,怎么我这店里的伙计却反常,一副恨不得干到半夜才回家的架势?"

常玉儿正为古平原倒酒,听了便是抿嘴一乐。

"你别笑,方才他们分明是不想关板,这才把我们支出来。"古平原还当常玉儿没明白。

"古大哥，有件事我擅自做主，你不会怪我吧？我指了店里几样好卖的货分给那两个伙计，定了个底数，多卖的那部分便给他们分红。"

"怪不得他们如此卖力，一听要早关铺子眼睛都红了，敢情卖的是自家的货。"古平原恍然，"玉儿，你这点子想得真好。"

"不过是一些做生意的小伎俩罢了，哪里比得上你，做的都是大生意。"

"别夸我了，这次我也是焦头烂额，不知该如何是好。"古平原痛饮了几杯，无奈地摇了摇头。

"我看得出，你心情不好。"常玉儿轻声劝道，"酒喝急了伤身子，慢着些饮。"

"慢？也要慢得下来才行。袁巡抚就给了一个月的期限，如今已经快过去一旬，事情却还连个眉目都没有。"古平原最担心的是自己的老母亲，如今她在合州盼着自己的消息，只怕是度日如年。

常玉儿静静听古平原把事情讲完，也是紧锁眉头，"别说手上没钱，就是有钱又到哪里去找三千支洋枪？真是难为煞人。"

"就是这话。其实要真是手握重金，事情也好办，大不了张出告示，一支洋枪五百两银子，从逆匪和清军的军卒手里也能收来。可惜，那要一大笔钱，如同镜花水月不可得。"

"我能想到的，现在就只有胡老太爷愿意帮咱们，可是你说过胡家眼下连自家的宅院都送进了当铺，只怕也是有心无力。"常玉儿拧着眉尖帮古平原苦苦思索着。

"等等……"古平原忽然一按桌子站了起来，"当铺……"

"古大哥，当铺怎么了？"

"我好像想起点什么事，和当铺有关系，可是一时想不清爽。"古平原急得拍了拍脑袋。

常玉儿却比他冷静，一句句地理着思路，"要说当铺，你当初在太谷不是被逼着做了万源当的四柜，你好好想想，是不是那时候的事儿？"

"万源当、洋枪……对！"古平原脑筋飞快地转着，忽然一拍手。

"我想起来了，在太谷时我就见过洋枪，而且不是西洋枪，是俄国的。"雅座里别无他人，可是古平原害怕隔墙有耳，于是压低了声音，凑在常玉儿的耳边轻轻说，"万源当收贼赃，我和大朝奉祝晟一起去恶虎沟匪寨收货，土匪的贼赃里竟然有一把俄国人造的洋枪，先前我在关外大营时见过百姓从俄国人手里缴来过这种枪，所以一眼就认了出来。那可真是好枪，不过那帮土匪没一个人会使，更不觉得有什么稀罕，就想快点当了换钱。"

"所以说……"常玉儿眼睛一下子亮了起来。

"所以说洋枪不只是西洋才有，既然现在理查德不卖给我枪，我就找其他有洋枪的人，哪怕再远风险再大，只要能买到就行。"古平原突然起身，在雅座里转来转去，最后下定了决心，对常玉儿说，"对，现在实在没别的办法了，我要出一趟远门。"

"远门？哪里……"常玉儿脸上满是惶急之色，怔怔地看着古平原。

"一个我这辈子都不想再去的地方。"古平原怔怔看着常玉儿，缓缓说出两个字，"关外。"

4

满城文武接了巡抚衙门的谕单，要辰时一刻到巡抚大堂候令，从藩司到首县，大小官员几十人弄不清楚又出了什么大事，急急穿戴官服，登上轿子来到抚衙所在的定安街。

等到一见面，众人立时放下心来，就见连日来阴沉着脸的袁巡抚居然笑容满面，见大家要堂参，双手抬了抬，道："且慢，今日召集各位同僚，是转述军机处廷寄的一道旨意，圣旨在前，我们都是臣子，大家一起请圣安。"

文武官员这才知道，原来是来了圣旨。这些日子大家都在暗中揣测，袁丁四在安徽的施政，特别是对付李成空的逆匪军队简直糟不可言，下一道圣旨必定是申斥降罪，十有八九他的巡抚宝座坐不稳了。

布赫藩台更是心怀鬼胎，他仗着自己是旗人，本来就不太把袁丁四放在眼里，表面诺诺，实则阳奉阴违。他早就托京中熟人走了军机大佬的门路，只要袁丁四一走，这个巡抚的位子很有可能就是自己来坐。连日来，他在府中接待安徽官场大大小小的官员，各种许愿拉拢，忙得不亦乐乎。

眼下见袁丁四红光满面，断然不是受了申斥的模样，布赫心里直打鼓，莫非袁丁四有什么自己不知道的门路，竟然能够留任。

他正在胡思乱想，袁丁四忽然高呼一声："臣安徽巡抚袁丁四率省城文武众官恭请圣安！"这一声把正出神的布赫吓了一跳，赶紧随班跪倒，行三跪九叩之礼。

一时礼毕，袁丁四将供在香案上蒙着明黄绸缎的圣旨请下来拿在手上，回身展开。

"诸位，待我宣读圣旨。"袁丁四咳嗽一声，娓娓读来。

布赫跪在地上，一开始还直着身子听着，后来越听越不对劲儿，这哪里是一道申斥的旨意，分明是温旨嘉奖，等听到"卿胆色过人，于省城被围之时尚能指挥若定，遥命绿营平服逆匪，收服发逆大将为朝廷所用，其志可嘉，着赏黄马褂一件，金丝楠手珠一串。各省督抚皆须以此抚为楷模，学其忠勇心智，则大乱指日可平，朕心甚慰"后，布赫身子晃了一下，就觉得头晕脑涨，心里一团糊涂。

"布大人，布大人！"布赫恍惚中听得有人叫自己的名字，茫然地向两旁看了一眼，这才知道别人都已经站起身分侍两旁，只有自己还昏眊地跪在二堂中央。

袁丁四的耳目也不少，早知道布赫暗中的所作所为，不过无可奈何而已，眼下有圣旨为自己撑腰，乐得看他当众出丑。

"布藩台，本抚在这里传旨，你怎么好像心不在焉的样子，实在是太过失仪。"袁丁四沉下脸道。

"是、是，下官在想征集钱粮的事儿，一时出了神，还望巡抚大人恕罪。"布赫藩台站起身，只觉得两股战战，后背全被汗水打湿了。

"算了。"袁丁四瞥了他一眼，又转向一旁对另一人道："此番老弟功劳不小。"

"抚台大人过誉了，这都是大人知人善用的功劳，卑职不过略尽微劳，替大人分忧罢了。"

布赫藩台一抬头，才发现不知何时，一向被安徽官场冷落的乔鹤年正站在袁丁四身边。只见他身着新晋的四品雪雁补服，头戴青金顶子，神态从容，微微躬身与袁丁四对答。

"好，你做得很好，比某些人可强了许多。"袁丁四用欣赏的眼光看了看乔鹤年，"前一阵子本抚因为逆匪兵乱心情烦躁，有些话说得重了，你可不要往心里去啊。"

"大人说哪里话。"乔鹤年赶紧一揖到地，"为臣者，雷霆雨露皆是君恩；为下属者，得聆大人亲训，是卑职的福气。"

"哈哈哈。"袁丁四被乔鹤年连连搔到痒处，不由得大笑起来。

布赫瞪眼瞧着，心中吃惊极了，他此前几次诬言挑拨，袁丁四明明对乔鹤年十分厌恶，此时怎会如此亲热。

他可真是不知道，就在这一月间，事情起了大变化。朝廷召受降的程学启进京封赏，乔鹤年在他动身前夜与其密谈了整整一晚。等到了京城，军机处问起安徽之乱的详细经过，程学启便按照乔鹤年教给他的，将这次打败李成空的大功劳全都放在了袁丁四头上，说是袁巡抚处变不惊，在省城围困之时，遥控指挥乔鹤年率领绿营官兵抵挡，招抚程学启也全都是袁丁四的主意。

这就是那道温言表彰的圣旨来历！

等到程学启被朝廷授予二品副将，回到安徽后，见了袁丁四对谈之时，又将乔鹤年的美意安排透露给他，这下子本来还在担心朝廷责罚的袁丁四对乔鹤年的态度来了个一百八十度的大转弯，乔鹤年已经成了巡抚眼中一等一的红人。"可惜呀。"袁丁四正在夸赞乔鹤年，堂下忽然有人冷冷叹了一声。

袁丁四大觉扫兴，皱起眉头，"布藩台，你说可惜，难道是说皇上的圣旨下得可惜？"

"这下官岂敢。"布赫毕竟也是宦场沉浮几十年的人了，一阵迷糊过后随即心思清明，知道今儿这场合要是彩儿都被袁丁四夺了去，不出一晚就传遍安徽官场，原本聚在自己身边的那些人还不得顷刻作鸟兽散，一番心血必定付之东流。

"下官是说，乔大人虽然得巡抚赏识，委以重任，可惜知人不明，他保的那个流犯古平原受命去买洋枪，拿了三十万两银子，至今音书不闻，敢情是携金而逃了吧。乔大人，你这个保人连带也有责任，而且这个责任可不轻啊。"

"如今兵荒马乱，许是什么事情耽误了。"乔鹤年知道古平原绝不会带着银子跑了，更别说他一家老小还在省城被扣着，"这个人的品性，卑职知之甚深，不会办出这样的事情。"

"今天已经是一月期限的最后一天了！"布赫阴阴一笑，"照你这么说，兵荒马乱何时能归，岂不是遥遥无期了吗？"他又向上道："大人请传谕，将古平原一家即行收监，然后命乔鹤年赔累藩库三十万两银子的损失。"

"这……"如今全省军饷吃紧，藩库掌着一省钱粮，他一口咬定说要追赔，连袁丁四也想不出推脱的话，不由得为难地看了一眼乔鹤年。

乔鹤年趋前一步："大人，卑职还是敢保古平原，此刻他一定在尽心尽力为大人办差，还望大人优容庇护，不要寒了志士之心。"

"你保？"布赫冷笑一声，"你一个新晋的四品官儿，年俸二百两，算上火耗归公的养廉银也不过一千多两银子，你凭什么保，难不成你贪污纳贿，手头有那么几十万两银子。"

"布藩台，这话说得过分了。"袁丁四出言阻止。

"抚台明鉴。"布赫寸步不让，一心一意要打这个擂台，"轻纵了乔鹤年、古平原倒是容易，可是如今全省十几万大军都等着吃喝，军需官、营务处日夜在我衙门口等着讨要军饷，这三十万两银子不是小数目，买不来洋枪又不见踪影，叫下官如何交代，请大人示下！"

他一口一个明鉴、示下，竟是当众和袁丁四叫起板来，听得臬司一下州府道员个个脸色煞白，拼命低着头不敢看两位上官的脸色。

袁丁四的脸色当然难看，可是论理是布赫占了上风，他想发脾气也发不出来，只得抱歉地看了看乔鹤年，刚想开口打算发令将古家人收入省城大狱，就听门外接连来报。

"禀抚台大人，城外来了一支车队，领头是个姓古的徽州商人，说是奉大人差遣采买军械，如今回来复命。守城官未得允许不敢私放军火进城，特来请示。"

"姓古的，叫什么名字？"乔鹤年又惊又喜，也顾不得官场规矩，抢先发问道。

"他说他叫古平原。"

"大人，此人真是信人。一月之期并未违约，如期复命了。"乔鹤年兴奋地转回头道。

"唔。"袁丁四也高兴，别的不说，这下子布赫当众自扇耳光。他心里痛快，这么一想，决定给古平原一个大大的面子，顺便也扫扫这个一心往上爬的藩台的脸。

"各位同僚，如今安徽地界全靠官民两和方能保靖平逆，我们何妨礼贤下士，来啊，与我一同出城，去接这批洋枪。"

巡抚率先而行，僚属自然跟从，呼啦啦一大帮人，出了抚衙各自坐轿奔北城而去。只留下一个布赫怔在当场，好半天才一跺脚，"我就不信他有这么大的神通！枪要是不够数，照样办你一个通匪纵敌之罪。"

等布赫到了北城，城门已然洞开，就见城外设卡处一队长长的车龙停在那里。袁丁四已然在乔鹤年的前导下，来到车队近前。

古平原真是风尘仆仆，脸晒得黑瘦，一看就是赶了长路而来，见了巡抚连忙跪倒叩头。

袁丁四此时也不提流犯二字了，"古义士，难得你尽誉王事，如期赶回，这一趟辛苦了。"

"不敢当，大人过奖了。"古平原对答之际，与乔鹤年对望一眼，彼此欣慰。

"古平原，我问你，这一趟买了几多洋枪啊？"布赫踱过来扫了一眼车队上的蒙布，冷言问道。

古平原笑了笑，向后一指，"这前面十二辆大车里都是我这一次带回来的洋枪。每车五百支，每支枪配火药弹丸三百发。"

"每车五百支……"布赫心算了一下，骇然抬头，"你是说你买回了六千支洋枪？"

这个数儿一报出来，众官员顿时交头接耳，眼下洋枪的价格已经不是什么秘密，众人都知道就凭古平原手上的三十万两银子，能买来一千支洋枪就算是多了，六千支，真是活见鬼！

"还不止这些。"古平原看了一眼众人讶异的神色，微微一笑，命车夫将最后面的十辆大车赶了过来，亲手掀起大车上蒙着的油布，就见下面并排卧立着两门擦得锃光瓦亮的铜炮，炮眼如醋钵大小，黑洞洞望之胆寒。

这真是稀罕物，清军打仗也有炮，但都是铸铁炮，还有少部分的石炮，都是硕大无比，两匹马勉强能拖动一门，如今这铜炮比铸铁炮小了一倍不止，看上去却更加精致威武。

"大人。这是线装后膛炮，炮弹从后面装入，射程更远更准，火药都是最新提炼而成，威力无比。"

布赫早就看傻了，他难以置信地望着这些军火，嘴巴不由自主地张开来。他管着一省钱粮，军需采购并非门外汉，而是心里有数，按照眼下的市价，古平原办来的这批货没二百万两银子下不来，而他手中不过十一之数，莫非会变戏法不成？

"布藩台，您和袁巡抚交给我的差，我已经办好了，请派人点收。"

"且慢，外表光鲜，不见得不是金玉其外，败絮其中，谁知道你是不是从哪儿弄了一堆破铜烂铁，找人翻新重造，这枪能不能打得响，这炮能不能放开花，哪个知道？这些货，衙门暂且不能点收。"他方才在抚衙里把话说得太满，实在没办法转圜，只好如此给自己找个台阶下。

只是他这般鸡蛋里挑骨头，却不防犯了众怒。这些在场官员都是打从逆匪围城之役中解困而出，公道自在人心，先是感激乔鹤年，后又见他举荐的这个古平原办来大批军火，从此合州城可谓是固若金汤，自己和家眷的安危可保，都是满心欢喜。布赫却硬要挑三拣四，大家嘴上不说什么，面上可带了厌恶之色。

"真金不怕火炼。"乔鹤年看出众意，立时发声支持古平原，对袁丁四说："今日风和日丽，北门外又是一片旷野，何妨就让古平原当众试试这些枪炮。"

"也好。"袁丁四点头应允。

古平原行事甚有章法，命人在洋枪靶子上挂了大铜铃，一枪打过去声音悦耳，离着老远就知道正中目标。试验洋炮更是特别，在土丘上事先埋了火药，校好准星一炮命中，火光冲天中，土丘轰然炸起，泥土纷纷而下，声势煞是惊人。

这就什么都不必说了，布赫脸色铁青，不待众人喝彩完毕，便怒冲冲拂袖而去。

袁丁四自觉得这一阵子的晦气都随着一声炮响烟消云散，满面红光笑着对乔鹤年道："乔大人，你办差出色，难得还有识人眼光，拘于一县之治实在是大材小用。况且你如今四品顶戴，歙县县令一职便交卸了吧。只是如今道员并无实缺空出，只好委屈你先任徽州知府，等道缺一出，本抚必定优先委你。"

乔鹤年听了却久久未言，袁丁四一皱眉，难道说此人意犹未尽？

"抚台大人，您委乔某任徽州知府，卑职感激不尽，然而卑职心中想的却是多做些事，为朝廷分忧，为大人分劳。如今通省上下最难的事情莫过于筹饷，卑职只望能在此事上再略进寸功，来报答大人的知遇之恩。至于是暂委还是实缺，全凭大人做主，卑职不敢争多论少。"

"好！"袁丁四拊掌赞叹道，大抵当官的都愿意听下属说愿意做事、不愿当官，明知十有八九是假的，可听起来冠冕堂皇，舒服顺耳。何况乔鹤年在朝廷那儿给自己挣了面子，在省城众官面前立了大功，又如此通达事理，袁丁四很是赏识他，决定也投桃报李一番。

"乔大人勇于任事，堪为表率。你的大才本抚已然见识了，再兼一职也不是什么难事。徽州知府你且不必辞，我再委你藩司衙门都事一职，专办筹饷。"

"多谢大人成全！"乔鹤年与袁丁四心照不宣，都事官职七品，却管着藩司衙门大小杂务。乔鹤年摆明了与布赫已成冤家对头，如今不当不正这么插到藩司衙门，事无巨细都可插手过问，布赫再想像从前那样肆无忌惮，可就难了。

袁丁四走前一步，低声道："你方才说得不错，如今筹饷是大事，指望藩台衙门恐怕难，乔老弟多在这上面用心，事情办好了，我必有保举。"

这是拿乔鹤年当了自己的心腹，乔鹤年赶忙再次躬身道谢。

袁丁四转向古平原道："古义士，你虽然不说，本抚也知道这趟差办得艰难。你用几十万两银子买回这么多洋枪洋炮，实在是劳苦功高。可笑以前有人说你通逆，真是一派胡言。你说吧，想要什么奖赏？"

"大人。"古平原跪倒在地，"草民岂敢讨赏，只是想请大人给个恩典。"

"哦。"袁丁四把眼光瞟过去，乔鹤年连忙道："这古某一家还被拘押在府城里，古平原必是惦念母亲，想求大人放她们回徽州。"

"难得还是个孝子。乔大人，你是新晋徽州知府，便交给你去办道公事，让这古平原带了家人回徽州吧。"

乔鹤年躬身答应，正看见古平原抬眼上望，两个人都是相视一笑。

"古老弟，我对你真是佩服得紧，三十万两银子买回了二百万两的货，这样的生意，只怕连财神范蠡都束手无策，你是怎么做到的？"

还是在合州馆驿之内，乔鹤年叫了一桌十两银子的燕翅席，另外命人抬了一坛二十年陈的女儿红，郝师爷作陪，专请古平原一人。

"来来，老哥哥给你满上，喝了这一杯，你可得痛痛快快地说清楚，可不许卖关子，不然我要罚酒。"郝师爷认真地说。

古平原开心一笑，"难得乔大人和郝大哥高兴，我在你们面前有什么好隐瞒的。其实我这批枪是从俄国人那儿弄来的。"

"俄国？这上海洋场上难道还有俄国洋商？我可从没听说过。"

"不是上海。我真的跑了一趟关外，找了俄国军营里的军官，从他们手上收来的洋枪。我收的价钱不低，他们把枪卖给我，转手就能到本国的黑市上再买一支，只落银子不落处分，乐不得把枪往我怀里塞，我几乎把他们能弄到的洋枪都买了下来。这群老毛子还嫌不过瘾，非要再卖我二十门洋炮。我一想，回来之后还要求袁巡抚放了家里人，军火自然是多多益善，也就都买了下来。"

"可从这儿到关外，又要采买军火，又要雇车运回，你怎么赶得及？"乔鹤年大惑不解。

"以往赶不及，如今却不在话下。"古平原一叹，"说起来这是我大清的不幸，想不到却救了我全家的性命。"咸丰八年朝廷败给了英法联军，恭亲王的老丈人桂良代表朝廷与英夷在天津谈和，赔了四百万两银子不说，又增开了九处口岸，其中便有关外的牛庄洋码头。古平原在关外尚未逃出时，就听闻牛庄将通小火轮，这次到杭城一问，果然有洋人的小火轮从杭城、上海直通关外。

"一个人的票价已是不菲，这一次我是整整包了一条船。"不用问，这必定花费了一笔巨资，可是要不是这样，古平原也不能及时赶回，这笔钱他花得不心疼。

"可我还是不懂，就算俄国人的洋枪洋炮便宜，你区区三十万两银子就能买回这么多，打死老哥哥也不信。"

"我是个生意人，当然不能放着条空船跑关外。"古平原笑眯眯道。

上船前，古平原拿着那三十万两银票动起了脑筋，谁知道俄国人的洋枪什么价，自己带的这笔银子够不够买三千支，万一不够，在关外可是叫天天不应，叫地地不灵。他灵机一动，用三十万两银票买药材，运到小火轮上，到了关外营口的参茸行药市倒手换利。

古平原带来的南药价格比直隶安国药市上低了两成还多，很快被一抢而空。他连本带利还赚了一倍还多。他拿着这些银子去和俄国人谈生意，半公半私买到了大批被军官偷盗出来的军火，价格极是便宜。

郝师爷听得瞠目结舌，嘴巴大张着喃喃自语，"古老弟，那咱们别的也不必做了，再运几次药材，岂不成了大清首富了。"

乔鹤年微微一笑，"只怕没这么容易。"

"还是乔大人看得清楚。"古平原也是一笑，"药材不是吃喝，我这次运去的货，关外商人至少要三四个月才能卖光，等到那时消息早就漏出去了，众人争相来走这条路，哪里还会有这么多利钱。"

"不管怎么说，你这笔生意做得确实扬眉吐气，老哥哥听了也为你高兴，该浮一大白。"郝师爷举杯痛饮了一大杯。

三人欢然而饮，说起白天布赫藩台那张拉得极长的脸，又是哄然大笑。

"乔大人，我不明白，徽州知府的缺已然极好，你却非要再兼一个藩司衙门的都事，那岂不是布赫的属下，你就不怕他借机难为你？"

"难为也是公事，没什么可怕的。"乔鹤年淡淡道，"他既然一心要对付我，我与其躲得远远的，还不如贴近身边，知己知彼的好。"这确实是乔鹤年的一个理由，然而他还有个更深的理由藏在心里，就连这二位知交也是不能提的。

郝师爷又问古平原，"老弟，看样子袁巡抚不会再难为你的家人，你接下来打算怎么做？"

古平原双目望向窗外，沉思良久才道："我自然是奉母先回徽州。至于李成空嘛，我答应了胡金山，一定不让他回援天京。"

"两条腿长在他身上，他要带着逆匪大军开拔，难道还会和你商量？"乔鹤年不以为然道。

古平原笑了笑，"乔大人知不知道我为什么明明可以只买三千支洋枪交差，却多买了一倍，还加上那许多洋炮？"

"你不是说想要讨好袁丁四……"

"不错，但我还有一个目的。以往安徽无大将，现如今有了程学启。他是将才，拿到这批洋枪之后自然会善加利用。李成空再想拔腿便走，程学启仗着火器犀利，一定会追上痛击，那时候逆匪非损失惨重不可。我今天在北门外埋了炸药试炮，不出几日李成空就知道了，既然知道了清军火器厉害，他就不敢扶老携幼，带着辎重回援天京，那等于是把屁股伸出来给程学启打。"

"几十万两银子，一番用心良苦，敢情说来说去，你还是为了白依梅啊。"郝师爷恍然。

古平原多饮了几杯，眼圈慢慢红了，"如今南都明摆着是死地，她跟着李成空回去，那是有死无生。在安徽，离得近些，我还可以缓缓图之，帮她想个脱身之策。实话跟你说，我还没死了劝李成空降朝廷这条心。"

"难得，难得。"郝师爷也是醉眼惺忪，"老弟，你真是个情种，也算是仁至义尽了。"

5

第二日，古平原套了大车，自己亲自跨辕，带着老母和弟弟妹妹返回徽州。

一路上古雨婷兴奋地叽叽喳喳，古母看着自己的三个孩子都在身边，满脸慈爱地笑着。等快到潜口镇时，古平原趁着歇马把二弟古平文叫到一旁，低声吩咐了几句，就见古平文瞪大了眼睛，神情又是惊讶又是兴奋，还夹着几分欣喜。

"平文呢？"再上路时古平文不见踪影，古母心头纳闷。

"哦，我让他先回潜口镇料理一下货铺的生意，这几个月下来都撂得荒废了。"

"那也不急于一时，咱们家好不容易脱难，无论如何也要进了家门吃一顿团圆饭哪。"古母对大儿子的安排稍有些不满。

"是。"古平原赔笑着，"母亲放心，晚饭前二弟必然就回来了。"

马车一进了古家村，村民们立时都知道了，家家户户都出门来看望。古母的人缘本来就好，再加上去年古家村受了兵灾，古平原捐出一大笔钱来修缮民宅，更是在古家一族中博了人望。

"我就说吧，吉人自有天相，你们家从来没做过败德丧良心的事儿，老天爷一定保佑好人，再不会有错的。"老族长捻髯笑道。

"哎呀，平原她娘，这些日子可担心死我了。"最热心的就是家住村口的古二婶子，别人慢慢散去，只有她帮着拿行李包裹，一路来到古家。

一进门古母就是一怔，就见家中庭院整洁，窗明几净，哪里像几个月没有住人的地方。

"平原，这是你打扫的？"

古平原也是一愣，自己才从关外回来，这也是刚一脚踏进家门。

几个人还在疑惑，古二婶子风风火火拎着两个包裹进来，正听见古母问话，笑着说："嗐，别问了，是我帮着打扫的。"

"哟，这怎么好意思，他婶子，哪能这么麻烦你。"

古二婶子红了红脸，倒是有些不好意思，"我这也不是白做。哎呀，平原他娘，我可真是羡慕你，儿子这么有出息，娶个媳妇也是爽利人儿。她在镇上照顾你家的生意，请我就近帮着打扫宅院，非要按日子给我吊钱。乡里乡亲的，我哪好意思收，可她硬塞给我，我也没办法不是……"

古二婶子还要絮絮叨叨往下说，她后面说的什么古母都没听进去，听见娶个媳妇这句话，立时转头惊疑地看着古平原。

古平原心道一声糟，想不到这二婶子嘴这么快，自己本来想安顿好了再说此事，没想到被她给来了个大掀盖。

古平原赶紧劝走了二婶子，转回头古雨婷先问开了，"大哥，你给我娶嫂子了？"

古平原哪顾得上理她，先看母亲的脸色。古母没进屋，就坐在院中的那把老藤椅上，呆呆地望着自己，看样子是在等古平原自己说。

"去给娘泡杯热茶。"古平原想支走小妹。

古雨婷可不上当，"不，我要听！"

"快去！"古平原拿出大哥的做派，断喝了一声。

古雨婷皱了皱鼻子，一脸不情愿地进了后屋。

"娘！孩儿不孝。"古平原扑通一声跪下，爬了几步来到母亲膝前。

"起来吧，谁让你跪了。天儿凉了，小心落下病根。"古母着急地说。

"你真的娶亲了？"

"也算娶了，也算没娶。"古平原自己也解释不清如今与常玉儿到底算不算夫妻。

"这叫什么话，男婚女嫁岂是儿戏，你这些年在外也是身不由己，真要是娶了亲，为娘不怪你擅作主张，可是娶没娶总得有句准话。"

古母说到这儿，忽然想起一事，面色大变，"该不是依梅这孩子吧？"她怕白依梅一头嫁给逆匪王爷，一头又与大儿子订了婚姻之约，那可是丢不起的家丑。

"娘，您想哪儿去了，要是白依梅，那二婶子还能不说嘛。"

古母一想是这个理儿，这才把心放回肚中，却又疑惑地问道："那到底是哪家姑娘？"

"娘，你还记得雨婷给我洗衣，从中发现的那个鹦哥绿的翡翠扳指吗？"

"记得啊。"古母一转念，"难道是那家姓常的女儿？他父亲救过你。"

提起常四老爹，古平原脸色一黯，"娘……"

"原来是这样。"古母听完古平原一番讲述，早已是热泪盈眶，"这是活命之恩哪，人家三番两次救咱们，把命都搭进去了。平原哪，做人要讲良心，你可得一心一意对这姑娘，不然我第一个就不饶你。"

"是。"古平原听出母亲话里的意思，低垂着头答应一声。

"这么说，前些天在茶园帮忙的那个黑大个就是你这媳妇儿的哥哥。"古母喃喃自语。

古平原点了点头，就听身后忽然传来啪的一声，回过头看，却原来是古雨婷把一杯热茶失手打落在地，摔了个粉碎。

"小妹，你怎么了？"见古雨婷忽然面色苍白，古平原连忙问道。

"没、没什么。"古雨婷霎时有些魂不守舍，匆匆扫干净碎瓷片，"我再去沏一杯茶来。"话虽如此，古雨婷进去后屋就再没出来。

这边古母和古平原都没注意她，还一心放在常玉儿身上。

"好歹也是订了亲，而且婚事都办了，只不过半路出了岔子。她也算是我们家的人了，你应该带来让我看看。"古母有些埋怨大儿子。

"我已经让二弟去镇上接她了，只怕就快到了。"

"哦。"古母这才明白古平文去干吗了。

"那，快准备准备。我得换一身衣服。"面对这个还没见过面的大儿媳，古母忽然有些手脚慌乱起来。

"娘……"古平原笑着看了她一眼。

等到了申时日落，古母已经做了一桌好菜，又请来廖师傅，一家人坐等古平文和常玉儿。

古平原听见有马蹄声在门外止住，他几步走到门口，却见只有古平文一人进来。

"她呢？"古平原轻声问。

"大嫂在外面。"古平文笑容满面，"大哥你去接她吧，我看嫂子是有些不好意思进来呢。"

古平原点点头走出来，就见常玉儿倚在马车的车厢旁，低垂粉颈，眼睛不知该看向何处，活像只受了惊的小鹿。

"玉儿。"古平原轻轻拉住她的手，"到家了，随我进来吧。"

"等、等一下。"常玉儿的声音显得可怜巴巴的，"我心里慌得厉害，也挪不动步。"

古平原觉出常玉儿手心冰凉，他用双手将常玉儿的手合在掌中温暖着，安慰道："放心吧，家里不会有人欺负你的，娘做了一桌好菜就等着你呢。"

"嗯。"常玉儿鼓了鼓勇气，终于向前迈了一步。

古平原领着她走到院中堂前，"娘，这就是玉儿。"

"玉儿，这便是我娘。"

古母一想到常家人为了古平原，连常四老爹一条命都搭进去了，再看看常玉儿孤苦伶仃、含羞带怯的模样，眼泪早就夺眶而出，离了座几步来到面前，一把搂过常玉儿，"孩儿，你可受委屈了。放心，这就到家了，再没人敢欺负你。"

常玉儿打小没娘，此刻被古母搂在怀里，一股老妇人的慈祥气息让她油然而生亲切感，眼圈一红也落下泪来。

众人正在解劝，忽然外面一阵马嘶，有人随即重重地踏着步子走进来，一边走一边还高声喊着："妹夫，妹夫，我从信阳回来了。"

这人一脚踏进院子，看见院中情形，立时瞪大了眼睛。

廖师傅拊掌大笑道："好，这下才是一家团聚。"

进来的不是别人，正是刘黑塔。

"你们坐下，我有两句话要说。"吃过晚饭，古母将两个人叫到自己的卧房。

"你们的亲事，平原都仔仔细细地向我讲了。虽说没有三媒六聘，可是事急从权，亲家翁故去之前，能因此了了一桩心事，含笑而逝，这是你们的孝道。俗话说，百善孝为先，其余的事情尽可不理。"古母慈爱地看了一眼常玉儿，"我呢，对玉儿更是满意得不得了，难得知书达理的一个好孩子愿意嫁到我们古家。你们是长子长媳，只盼你们今后琴瑟和谐，相敬如宾，那就是我古家之福。"

常玉儿眼里噙了泪花，她原本还担心古母不认自己这个私自娶回来的儿媳，想不到一切都是过虑，她感激地望着古母。

"可是你们的婚事我还有话要说。"古母缓缓道，"倘若是婚事在京城已经成礼，那就不必说了。可是我问过平原，当天变起猝然，并没拜过天地、行过合卺之礼，这名不正则言不顺。所以，京城那一场婚事不能作数，我的意思你们还要在古家村成婚。"

古平原和常玉儿对望一眼，同时点了点头。

"一切都听娘的。"

"好。至于日子嘛。"古母忽然显得有些为难，顿了顿才道，"便是后天如何？"

"后天？"后天是什么黄道吉日，古平原和常玉儿都不知道。

"后天是你父亲离家整整二十年的日子。唉！"古母重重叹了口气，"他这一走，从没有过音讯，活不见人，死不见尸，可是我知道他必定是不在人世了，不然不能连封书信都没有。平原啊，你父亲不容易，他当年也是个读书人，一心考取功名。可是你祖父经营破产，他为了担起家业不得不弃儒从贾，一肚子的苦水，我都知道。当年一起读书的人，不如他的都考上了举人进士，说起来一个个都是老爷，你父亲见了人家要磕头。他咽不下这口气，不然也不至于抛下我们娘几个去千里行商，只可惜命运不济，这把骨头如今不知在哪处荒郊野岭风吹雨淋，受外乡野鬼欺侮。"古母说着，眼中滴下两行泪。

古平原听着当然心酸，想起自己从小没有父亲，饱受顽童欺凌，还要护着弟弟妹妹的那段日子，也是黯然神伤。

"我心里一直存个万一的希望，所以一直没给你父亲立神主牌位，让他享不到香火血祀，说起来也是对不起他。可是有一桩，这整整二十年，我苦守寒窑，拉扯古家三个孩子长大，如今他的大儿子又娶了亲，这一点上我对得起你父亲，也对得起你古家。"

"娘……"古平原不安地叫了一声。

"后天，我打算在全村人面前把你父亲的神主牌位立了，等你们成亲之后就移到古家祠堂里。拜天地的时候，二拜高堂时我也可以抱着你父亲的牌位一同受礼。他在天有灵，看着你娶了亲，当能含笑九泉。"古母说到这儿已是泣不成声，她看了一眼常玉儿，"只是如此一来委屈了你……"

"您老人家方才也说了，百善孝为先，我既然嫁进古家，成为长媳，侍奉公婆是天经地义的事儿。"常玉儿恭顺地说。

"真是个懂事的好孩子。"古母含着泪点了点头，"你二人成婚后，古家再次兴旺就有盼头了。"

"咱们这个大嫂，可真不一般。"古平文在下厨兴致勃勃地对古雨婷讲着，"你猜怎么着，我一进了店铺，嚯，店里进了不少紧俏的南北货，伙计们那个卖力就别提了。大嫂临走时给伙计们交代生意，讲的是头头是道，把我都听呆了。"古平文啧啧连声，脸上不胜钦服。

"她一个女人家这么会做生意？"古雨婷还真有点不太相信。

"听说常家在燕门就是做生意的，家传呗，不信你送饭的时候去问问她大哥。"

"知道了！"古雨婷忽然一阵心烦，抛下手中的活计起身向外走，"我去茶园看看。"

刘黑塔是个闲不住的人，别看风尘仆仆远道而归，吃了一顿饱饭之后就找活儿来干。他见自己几日不在，茶园拾掇得没有从前好，就把几个雇来的茶农好一顿骂，然后自己挽了挽袖子挑水浇地。

"刘大哥。"身后忽然传来一声脆生生的呼唤。

"哟，是你啊。"刘黑塔看见古雨婷，停下了手。

"如今彼此结成至亲，我倒不知该如何称呼你了。"他摸了摸脑袋。

古雨婷最烦听的就是这句话，冷了脸不言语，只用脚尖拨弄着地上的石子。

"这天眼瞅就黑了，你跑到茶园来干吗？"

古雨婷咬着下唇，一会儿看看刘黑塔，一会儿看看远处亮起灯火的古家村，却始终沉默不语。

"敢情你是叫我来猜闷儿，这我最不在行，有什么话你就痛痛快快说呗。"刘黑塔是直肠子，最见不得的就是吞吞吐吐。

古雨婷好容易下了决心，张口连珠炮似的问道："我大嫂既然是你妹妹，那为什么我大哥又叫你黑塔兄弟？你是老常家的儿子，可为什么又姓刘？你们两个到底是不是兄妹？"这几个问题古雨婷要是得不到答案，今晚是甭想睡着了，她急切地望着刘黑塔。

"你这是说绕口令哪？"刘黑塔听得一乐。

"什么绕口令，我认真问你，你认真答我就是了。"古雨婷嗔道。

"这事儿啊，你大哥心里最清楚，你去问他嘛。"

"不，我就要问你。"

"问我？这事儿说起来话可就长了。"刘黑塔看看西斜的日头已经一半被山掩了，为难地说。

"天晚了，有你送我下山还怕什么？你看……"古雨婷狡黠地转转眼珠，把手上一直拿着的一包东西打开。

"酱骨头，咸青豆，槽子糕。"刘黑塔这个大胃汉刚才在席上碍着古母在桌，没敢放开肚子吃，此刻干了一会儿活儿，有些饿劲儿上来了，看见这些好吃食眼前顿时一亮，咽了口唾沫，"要是再有二两小酒，那就……"

古雨婷把另一只手一伸，一个小酒瓶正挂在手上。

"嘿，这、这……"刘黑塔高兴得不知说什么才好，"你简直比我妹子待我还好，要不然明天我认你当干妹子，咱们亲上加亲好了。"

这一句话可说坏了，古雨婷又好气又好笑，狠狠白了他一眼，见他还傻呵呵地不明白，便把那堆吃食恨恨地往他怀里一抛，"慢着点吃，当心噎死你！"

刘黑塔也不在乎她说什么，伸手就想拿一块香喷喷的骨头来啃。古雨婷拦住他，"你先把话说明白再吃也不迟。"

美味在前，刘黑塔抛开"说来话长"，直接长话短说，"我是常四老爹从洪水里救出来的，所以和我妹子不是一个姓。"

"我还当常家把你过继给了别人，原来你才是常家的义子。"古雨婷又惊又喜，"这么说我大嫂不是你亲妹妹？"

"是啊，谁说不是。"刘黑塔瞪了瞪眼睛，"比亲妹子还亲，谁敢动她一手指头，我饶不了他！"

古雨婷不等他说完，脸上早已是愁云尽去，笑靥如花，也不再说什么，一甩辫子往山下村子便走。

"巴巴地跑到山上来就为问这个？"刘黑塔搔搔头，不解地望着她的背影。

第九章

大　婚

1

"廖老先生，刘黑塔这一趟真是没白跑。"众人都散去睡了，古平原还在灯下与廖师傅细谈。

刘黑塔快马加鞭到了信阳。信阳周围茶山无数，他随便找了一家歇脚，没几天又在附近一家大户茶农家里打了短工。他力气大又不挑工钱，主人家喜爱并愿意留他，便无话不说起来，结果没几天信阳毛尖的秘密就被刘黑塔打听了出来。

据茶农说，信阳原有三十家大茶商，与李家签了契约，将当年产的茶叶全数卖给李万堂，由京商包销。不过这茶价却打了一个七成的折扣，因为契约里附了一条：在万茶大会上，京商必须保证让信阳毛尖拿到天下第一茶。

"否则李万堂就只有两条路可选，要么契约作废，倒赔给三十家大茶商一笔巨款，要么将当初约定好的价格翻倍，来收购全部的信阳毛尖。"这两条，无论哪一条，京商都要受重大损失。

"明摆着选的是前一条。"廖师傅道，"李家手上无茶才会到徽州收茶，不然他要烦心的就不是买进徽州茶，而是如何把高价收进的毛尖卖出去。"

古平原点点头，"刘黑塔还听来一句很要紧的话。"

据茶农说，京商曾经透出过这么句话，说是把信阳毛尖交给京商来买，不出一年，英国的女王也能喝到这茶。

"听这个意思，李万堂是勾搭上了洋人，打算把这茶卖到外国去。"古平原沉吟道，"只是不知道，洋人给他的是个什么价儿？"

"绝不会高，可能是个咱们意想不到的低价，不然他不会把徽州茶的价压到这么低。"

"怎么能打听出来呢？"古平原皱着眉头苦思。

"哎呀，你现在想这个做什么。"廖师傅一拍大腿，"三天之后你就要成婚了，悠悠大事，唯此为大！甭管什么事儿，你这新郎官也得等三天之后再去办。"

"我有几件事情答应了别人，是非做不可。胡老太爷那边如此信重我，我非得把徽州茶卖出个好价来，不然没法报答人家的恩惠。财神胡金山的这笔人情欠下了，答应他不能让李成空回援天京，我也要说到做到。还有，我老师临终时，我答应了他老人家好好照顾白依梅，更是不能说了不算，说什么也要保全她。"

古平原满腹放不开的心事都写在脸上，他说的这些事，随便哪一桩都是难上加难的事情，只不过他性子刚毅，这才硬扛了下来，换了旁人那还了得，只怕要愁出病来。

"唉，真难为你了。"廖师傅叹息一声，"只怕你还少说了一桩。"

"哦？"古平原怔了一下。

"我人老可是眼睛不花，心里更是明镜似的。那常姑娘为什么不愿意住到白依梅之前的院屋去？你啊，不辜负白依梅，只怕就要辜负常家姑娘了。"

古平原听得呆住了，再抬头看去，隔着院落，常玉儿的卧房中，那抹烛光还未熄灭，不停晃动着仿佛难以安稳的心事。

三日之后的大婚，是古家多年来的大喜事。古平原急公好义，深得人心，古氏一族人人都来帮他家的忙，把个古家村弄得是热闹喧嚣，喜气洋洋。街道上小孩四处跑着放爆竹，撒了一地的红纸，各家各户的大姑娘小媳妇谁不要看看这个新娘子，也都穿着新衣登门，把古家本来就不大的宅院挤得水泄不通。

接亲迎亲的仪式一定要有，可是常玉儿的家在燕门。这也好办，二婶子把自己的房子暂时借出来，门上贴了块晋中风气的红帖，就成了常玉儿的娘家。古平原却暂时不能做新郎官，今天不仅是婚姻大事，而且还是给他父亲古皖章立牌位的日子，他是长子，穿得一身素净，点神主时一笔落下，古母放声大哭，就像是要把这几十年受的委屈苦累全都哭诉出来。村中妇人在古二婶子的招呼下，不住声地劝说，总算是让古母收了泪。

"各位乡亲父老，你们都是见证，咱们家自打平原他爹一去不回，不管过得多苦多难，从来没使过一分脏钱，没做过一件愧对古家列祖列宗的事儿。"古母双目通红，声音哽咽。古家三兄妹齐刷刷跪在她面前，听着母亲哭诉，也都是双泪交流，情难自抑。

"今天我把古家的三个孩子拉扯长大，大儿古平原娶妻立业，我终于可以说一声，对得起古家，对得起我丈夫，对得起我自己的心。"古母捧起神主牌位，紧紧地搂在怀里，眼泪一滴滴落在上面。

"娘！"兄妹三人哪里还忍得住，抱住母亲的腿个个痛哭流涕。

"好了，好了。过了今天，古家否极泰来，总算是熬出头了，用不了多久，平原膝下添丁，你们家又兴旺起来了。他父亲、他祖父在天有灵，也必然欣慰。"古家老族长亲自来劝。

"今天是平原成亲的好日子，都不要哭了，误了吉时可不是当耍的。"

一句话让众人忙拭去泪水。古平原赶紧换上喜服，骑着从镇上马行赁来的一匹雪白高头大马，胸前一朵大红绒球，去二婶子家接新娘。

古家这边来的贺客也不少，胡老太爷派了侯二爷来，送了一千两银子的贺礼，在宾客中算是头一份重礼。乔鹤年与郝师爷一道而来，分别也有几百两银子的致贺。袁丁四念及古平原办洋枪有功，派人送了四样贺礼，礼物不重可是面子难得，乡亲们无不啧啧称羡。

等到古平原将常玉儿迎回家中，堂屋中的香案上早已经准备齐备。香烟缭绕、红烛高烧，亲戚朋友、职司人员各就各位。

古母坐在香案一头，另一头则摆着古平原亡父的牌位。

"一拜天地！"

"二拜高堂！"

司礼高声宣号，院子里围得人山人海，除古家族长和侯二爷外，就是乔鹤年、郝师爷等有官位在身的人坐在两旁，其余人都是站着踮着脚看热闹。刘黑塔怕挤着自己妹子，大张着双臂，像母鸡护雏一样站在常玉儿身侧挡着人群。

"三拜……"司礼这一声刚喊到一半，就听院外头响起如山崩雷鸣一样的鞭炮声。这鞭炮足有十万挂，响得震耳欲聋，听得人心胆俱裂，就像要把古家村炸了一样。

"这、这是谁啊？"刘黑塔登时脸上变色。鞭炮是新娘落轿时放，入洞房也不过就是放一挂小鞭，岂有在拜堂成亲时放鞭的道理，何况还一放这么多挂，这是存心来捣乱。

古平原也侧头看去，满院子的烟呛得人大声咳嗽，好一会儿烟才稍稍散了。就见从院门外影影绰绰走进来一个人，越走越近，古平原认了出来。

"是你！"

"没错！"李钦咧嘴一笑，"古平原，今儿你大喜，我给你送贺礼来了。"

"哪个要你这王八蛋好心！"刘黑塔见他敢搅妹妹的婚事，牛眼一瞪就要冲下去。还没等他下去，院子中古雨婷先忍不住了，她离着最近，抢先开口道："道贺有道贺的规矩，你这人好不讲道理，赶着这当口来了，又放炮又闯席，算是贺客还是搅场？真当咱们古家村没人了吗？"

一句话出口，古家村人还有个不同仇敌忾的？都七嘴八舌骂了起来。

古平原早就站起身来，"李钦，你在这儿撒野，恐怕是找错地方了吧。你到底想干吗？"

"方才不是说了嘛，送礼啊。"李钦慢悠悠地走到一旁的条桌旁，伸手翻弄着一件件的贺礼，在胡老太爷的那一份红帖前站住脚。

"一千两银子。亏胡家还是徽州大户呢，出手就一千两啊。"李钦讥讽地看了看侯二爷。

"来啊，把我的贺礼送上来。"

李钦一声唤，仆人端上来雕着和合二仙的桃木条盘，上面蒙着绿布。连乔鹤年在内的众人都有些紧张，谁知李钦轻轻一揭，露出一对白玉瓶。

"白玉无瑕，瓶安美满。古平原，我这对儿礼送得还可以吧？"

古平原在燕门当铺做过朝奉，眼里也是有水的，稍一过目就吃了一惊。这份礼何止是可以，这是最上品的羊脂白玉，整块挖出来的籽料，温润细白，连头发丝么细的绺裂都不见，连灰尘大小的杂色都没有。这对玉瓶，虽然不是天下仅见，可是就算皇宫内院，也不见得能寻出更好的，若说论价，没三四万两银子绝下不来。

在场不懂行的也能看出这份礼物贵重，非比寻常，一时全场安静，鸦雀无声。侯二爷本来以为自家的礼重，却让李钦比得灰头土脸，京商的这份财力登时把他镇住了。他望望玉瓶儿，又看看李钦，眼里满是又恨又羡的神色。

李钦出手如此阔绰，大出古平原的意料。李家确实财力雄厚，可没有抬手就送这么一份大礼的道理。哪怕是通家之好、结义之情，送到这份礼也可算是至矣尽矣，何况古平原与李家特别是李钦是解不开的冤家对头，这里面指不定有什么蹊跷。

古平原拱了拱手，"李少东，这份礼太重了，不管是李老爷送的还是你送的，都请带回去，古某不敢领受。"

"你不收？"李钦像是早有准备，面上一片安然，"可是李家从没有送出去又收回来的礼物。礼，我是送到了，出了这个门口你是愿意砸还是愿意卖，我都不管。

卖了银子，就当是给嫂夫人的添妆钱。"

"李家少爷。"常玉儿也站起身，眼前这人在燕门曾经想杀自己，谋害不成反而送了张广发一条命，丈夫不肯要他的礼是正理儿，既然提到自己，不能不有所表示。

"我相公说得没错，李家的钱我们古家无福消受，这礼请你拿回去吧。"

"呵呵。"李钦盯了常玉儿一眼，像是能透过红布盖头看到她的脸，"新娘子天香国色，再大的礼也受得起。我不打扰了，告辞了！"说着转身走到门外，喝令仆人驾车离去。

好好的一场婚宴，被李钦这么一搅，人人心里都像憋了一个疙瘩，弄不清他的来意如何。但眼前大事是婚宴，李钦这份礼摆在桌上尽管刺目，却也无暇细究。

拜过天地，几个女眷将常玉儿送到洞房，刘黑塔这才插空过来，瓮声瓮气道："李家这小子过来做什么，我瞧他那一脸坏笑，就是不怀好意。"

古平原心想，得亏没把燕门李钦要害常玉儿的事儿告诉刘黑塔，不然今天就要血溅婚堂。

"妹夫，我这就把那对瓶儿送还给他。"

古平原摇摇手，"先放着吧。就算是为了在我的婚事上当众炫富，扫扫我的兴头，也不至于送这么重的礼。何况李钦已经不是当年那个纨绔少爷了，这其中必有深意。不弄明白，单把瓶子送回去有什么用。"

他也没工夫细想李钦此举用意，就被众人簇拥着，推到了二重院的洞房中。本来古家这套宅院有三进院子，古母为了贴补家用，卖了两进。在古家村兵灾时，前面这卖出的两进院子都被火焚烧，古平原干脆拿出银子又重新买了回来，如今修缮整齐，恰好充作婚房。

"玉儿，我带你去一个地方。"古平原用金秤杆挑开红盖头。他与常玉儿不是素未谋面的夫妻，彼此不乏话说，过了半个多时辰，听着前院人群渐渐散去，村中打起了初更。古平原拉起常玉儿的手出了自家的耳门。

常玉儿心中很是奇怪，从没听说洞房花烛夜，新婚夫妻还要出门，但是她一向听从古平原的话，更别说如今自己已是他的妻子，所以一言不发，只是跟着古平原穿过街巷，走了一刻钟，便来到村口一处小院落的门口，依稀能听到一条小溪绕过院后。

古平原将手放在院门上，稍微停顿了一下，将院门缓缓推开，"玉儿，这就是我老师从前的家，我打小就在这儿念私塾。"他回头看着常玉儿。

常玉儿的脸色顿时有些苍白，她深吸了一口沁凉的空气，"为什么带我来这儿？"

"你先进来。"古平原拉了拉常玉儿的手，就觉着她的掌心霎时冰凉一片。

古平原却不管这些，只顾拉着常玉儿来到院中，一一指给她看。

"这是书房，我和几个一般大小的孩子就在这里读了十年书，上京赶考的那天，也是在书房中辞了老师。"

"这里是饭堂，白老师怕我们中午放学回家散了心，宁可贴补些饭食银子，也要我们在他家里吃午饭。"

"这是老师的卧房，他老人家以身垂范，手不释卷，批注笔记，不到三更从不熄灯就寝。"

说到最后，还有西边最后一间屋子，古平原深深看了常玉儿一眼，"这是白依梅的闺房。"

古平原面对着常玉儿，"玉儿，看着我。"常玉儿一直在回避着丈夫的目光，这时才稍稍抬眼，与古平原对视着。

"我和白依梅，以前确实约定过，她非我不嫁，我非她不娶。"古平原看着常玉儿眼中的恐惧越来越甚，身子也在微微发着抖，心中也是疼惜，却决心要把这件事快刀斩乱麻在今晚就解决。

"可是天意不许，人力难回。以前我还不甘心，但是如今已经不做它想了。我答应过白老师，要好好照顾他的女儿，但也仅此而已了，将来她能保一生平安，也算我对得起老师的栽培之恩。"古平原斩钉截铁地说，"我不欺人，也不欺天，就在这里立誓。从今往后，我古平原与白依梅之间绝无半点男女私情，如违此誓，甘愿万刃穿心……"

"不要……"常玉儿急得去捂古平原的嘴。

古平原说完拉着常玉儿的手，快步走出小院，回身锁上了院门，将那把钥匙掂了掂，扬手一抛，就听远处水声，钥匙落入小溪之中，溅起片片水花。

古平原真挚地看着常玉儿，常玉儿眼中隐有泪光，低声说了一句什么。

"你说什么？"古平原没有听清。

"我说，就算你将来真的违了誓言，我也不担心。你下地狱，我就跟着你，我一辈子都是你的妻子。"常玉儿眼中的恐惧消散得无影无踪，用亮如明月的目光望着自己的丈夫。

古平原展颜一笑，竟伸手将常玉儿抱了起来，大步往家中走去。

身后巷子里，古母正遥遥地望着，她不放心这两人，便一直跟了过来，看见这般情景，欣慰地笑着点了点头，又忙抬手拭去眼角的泪。

第二天一大早，古家就有客来拜，古平原出来一看，却是郝师爷。

"新郎官，道乏道乏。今儿本来不应该这么早到访，可是有件事儿实在着急。"郝师爷促狭地冲古平原挤挤眼。

古平原被他两句话说得哭笑不得，"郝大哥，清晨来访，不知所为何事。"

"昨天来送礼的李钦，跟你老弟是结仇已久了，这且不说，你还记得那个陈七台吗？"

古平原一愣，"你是说洞庭商帮的陈七台？他和我谈不上有交情，其实也算是对头，他前两日还搅了我一笔买卖。"

"呵呵，李钦正在算计陈七台，搞不好要出人命。"郝师爷一语道来，古平原顿时吃了一惊。

原来古平原买来俄国的洋枪洋炮，让李钦大感意外，他本以为给古平原出了一个天大的难题，没想到却被古平原顺水推舟得到了巡抚的赏识。李家这一次在徽州收茶，一定要得到官府的支持才能成功，所以李钦不敢掉以轻心。李家虽然送给了袁丁四一大笔银子，可是古平原却帮袁丁四坐稳了巡抚之位，相比起来功劳更大，李钦决心扳回一城，就把算盘打到了陈七台手中的这批洋枪上。

这批洋枪要从省城办起运的运路凭照，军火是朝廷严管的货物，陈七台上下打点，却还没办下来这张单子。按照李钦的算盘，自己居间介绍，让陈七台把这批枪也卖给袁丁四的队伍，如此一来至少能与古平原打个平手。

谁知道陈七台却不买账，他的算盘也很精，如今这批货是奇货可居，安徽军需有限，而且刚进了一批洋枪，卖不上什么好价钱，如果运到江浙甚至洋场上，利润必定惊人。

李钦劝了几次，见毫无用处，干脆把心一横使了个绝户计，打算要让陈七台连人带枪都陷在安徽。他一面劝陈七台干脆用贩私的办法，不办路凭运照，一路行贿把洋枪运到洞庭君山。另一面又跑到巡抚衙门密告袁丁四，说是有一批洋枪要从安徽运往逆匪老巢天京，如能截下则安徽战力几可媲美曾氏弟兄和李鸿章的湘军淮勇。

李钦巧舌如簧，陈七台和袁丁四都被他说动了心。李钦又假装好人，帮着陈七台从中谋划，制定了运枪的路线，转回头就告诉袁丁四，就等着洋枪一起运，便在山路上派兵拦截。陈七台不反抗还好，或抗或逃，便正好趁机一窝端，杀人报功了事。

"这个京商的李东家小小年纪，心思忒狠毒。我到巡抚衙门签押房去办徽州军械领用文书，刚好从抚署师爷那里听到此事。"郝师爷慢条斯理道，"本来我还想，你们都是商人，或者陈七台与你古老弟有交情，我来报个信，也好早自为计，如今看来两个都是你的对头，那干脆坐山观虎斗好了。"

"不行！"古平原早听得眉毛拧成一股绳，站起身急速地走了两步。他心里明镜似的，自己心血熬干就是为了让安徽清军与李成空的逆匪弄成个僵持不下的局面，说白了是以拖待变。可是袁丁四要是拿到了陈七台手上的这批洋枪，局势便大为不同，只怕会大举进攻三河镇，到时候白依梅的性命可就难保了。

"这两人和你都没什么关系，你着什么急？"

古平原肚子里的如意算盘不能说，却还有个光明正大的理由。

"你也看出来李钦此人阴狠毒辣，那陈七台虽然不是我的朋友，可也是个正正经经的大商人，我不能眼瞅着他毁在李钦这等小人手里。"

"可你又有什么办法呢？难道说你要通知陈七台？"

"他不会信我，再说洋枪总还是在安徽，只要袁巡抚起了这心思，要弄走这批枪易如反掌。如今他要等着起运，无非是要给陈七台安个私运洋枪、资助逆匪的罪名，要知道这私运比起私藏来罪名可大得多。"古平原在厅中边踱着步，边缓缓说道。

"你老弟果然心思灵动，袁巡抚的用意瞒不了你。既然都知道，那你还有什么办法？"

"我打算给这批洋枪找个买主。"古平原沉思良久，已然有了主意，"要压孙猴子，就得去搬如来佛。袁巡抚倒是一省之内唯我独尊，可是放眼望去，比他狠的人也不难找。"

"这话透着玄，老弟，你有什么好主意，说出来也让我听听。"

古平原一笑，"郝大哥，这事儿还真非得你帮个忙不可。"

2

天色阴沉得怕人，傍晚上路的车队夜行晓宿，捡着僻静的道路赶行，走了整整两天，天色还是不放晴，明明是十五，月亮却被遮在重重乌云之后，一丝光都透不出来。为了掩饰踪迹，车队每隔三辆车才点一支火把，这夜幕把光亮吞噬殆尽，压得人喘不过气来。

陈七台下了马，与高奎一道儿招呼伙计们歇脚，等走到车队最后面时，他忽然道："这几日，你有没有感觉什么不对劲儿的地方？"

"没有啊，这路走得挺顺的，就是天黑了点，不过对咱们也有好处，不怕被官兵发现。"

"太顺了。"陈七台摇了摇头，"我身上带了一万两的散碎银票，到现在一张还没给出去。"

"大哥，您怎么了，这省下银子还不好？"

"我担心的就是这个，该花的银子不能省，不然早晚有事。"陈七台虽然表面上豪气干云，像个江湖汉子，可是带着一个商帮做生意，粗豪只是表象，内里也是心思机巧，善于用心之人。

"既然要走私，那最重要的就是一条路。这条路我反复打听了，咱们刚走过来的那段山路上就有收厘金的哨卡，连带队长官的名姓我都打听着了，就等着到时候往上递银子。可是你发现没有，哨卡撤掉了，可地上的草灰还是热的。这群兵卒就算是寻个地方吃酒，可这是收钱的关卡，不会不留人看守。"

高奎被陈七台一番话说得心里直发毛，左右看了看黑黢黢的山林。

陈七台心里一直悬着，总觉得要出事儿，"不能等半个时辰了，让伙计们方便一下，啃点干粮就上路。"

"好嘞。"高奎转身刚要走，忽然就听林子里夜枭嘶声长号，无数光点瞬间亮起。

"山魈！"陈七台身边有个伙计惊怖大叫。

车队霎时就乱了。陈七台起初也惊得汗毛一竖，但他毕竟大风大浪见得多了，旋即冷静下来，先是劈手给了那伙计一记耳光，接着大喊一声："都不要动，看好自己的货物。高奎，带人护着车队！"

洞庭商帮平日里养着一个镖局，有大宗的贵重货物起运，都由这个镖局承运，高奎其实也兼着总镖头一职，一身武艺不弱，难得的是打洋枪的准头也好。

他听陈七台召唤，带着镖局众人，从侧翼护住车队，手里抄着一杆火铳，瞄着林子里。

然而等看清楚了，高奎不由得就放下了手，从林子里一队队开出来的都是清兵，人数足有几百，个个手持兵刃，一伙子手端洋枪的亲兵拥簇着一个五品守备走了出来。

陈七台心里登时就是一翻个，知道大变在即，他是老江湖，清楚要是等官话说出来，那就不好转圜了，于是抢先走上前去，面上带笑一躬身："总爷，怎么这么辛苦，三更半夜到山上设卡。"

"还不是怕有人趁着月黑风高走私嘛。"那守备脸比夜色还要阴沉,一望可知极难说话,"运的什么?"

陈七台知道必定要查验,与其说假话被验出来,不如直来直去。

"禀总爷,是洋枪。"

"洋枪?"守备前后望了望,"车里都是洋枪?那不怕有好几千支了!买来做什么,造反吗?"

出口语气不善,陈七台的心越发往下沉,"我们是在浙江洞庭山做买卖的正经生意人,这洋枪也是向上海洋场上的洋商买来的,手续齐备,买卖契约都在这儿,请总爷过目。"

说着一使眼色,高奎赶忙将与洋商签订的契约递了上去。

"唔。"早有兵卒打起灯笼照过来,守备漫不经心地瞟了一眼,冷笑一声,"一个是江浙的商人,一个是上海的洋人,却在安徽卸交货物,真是奇谈。"说着把手一伸,"我只认衙门发的路凭运照,拿来验一验。"

陈七台与高奎对望一眼,都没吱声。

"没有?那不就是走私吗?运的还是洋枪,难不成是给王天红送去的?"

"总爷,这话可不能乱说!"高奎抗声道。

"住口!"陈七台在火光照耀下,见那守备眼露凶光,登时警觉万分,趋前两步拱手一揖,"总爷,我这手下人不识尊卑好歹,您大人不记小人过,别往心上去。借您两步,我有下情禀报。"

"这还像句人话。"守备哼了一声,随着陈七台走到一边。

"大人,多的话也不说了,这批洋枪确实是走私,这荒郊野岭,天知地知你知我知,您高高手放我的车队过去,将来陈某还有补报。"说着把一万两银票全都拿出来,向守备手上一塞。

一个守备手下几百兵,喝兵血吃空饷,一两年也不见得能捞上一万两银子。守备也没想到陈七台出手这么大方,俗话说,伸手不打送礼人,何况送的是一万两银子,他咳了两声,悄悄将银票拢在袖中,压低声音道:"既然这样,我也给你交个实底。这差事是巡抚衙门交代下来的,你们把洋枪留下,人我可以不为难,否则军令说得明白,以私运枪械资助逆匪论处,可以就地……"他说着将手在身前虚劈了一下。

"一个都不放过!"

这森森的语气激得陈七台打了个冷战,知道事情糟了。没想到是袁丁亲自下

293

令，这么说这群人不是缉私，而是在此设伏，目的就是这批洋枪。

"这是以官为匪，捏着自己走私的短儿，打算黑了这批枪，再来个杀人灭口。"陈七台立时就把事情想明白了。可是这批洋枪是加价从理查德手中收来的，本钱就在七十万以上，就这么说没就没了，说什么也不能甘心。

他这么沉思不语，守备当时就撂下脸，喝道："我可没工夫陪你站到天亮，说个章程吧，是留下车队呢，还是连人带货都留下？"

陈七台心里一股火撞上来，恨不得和这群官军拼了，可眼前是几百人的队伍，陈七台不用想也知道打不过人家，白白累弟兄们送了性命。

"总爷，万事好商量，我留下一半的货，你看成吗？山不转水转，洞庭商帮在江浙不是没名没姓的小角色，多个朋友多条路嘛。"

陈七台这话软中带硬，守备愣了一下，狞笑一声，"大概你还想说多个冤家多堵墙。你想错了，今天这事儿没商量！来人！"

守备一声呼喝，陈七台知道他要动手了，后退两步，也扬声大叫："高奎，抄家伙！"他准备破釜沉舟了，就算是死也得拉两个垫背的。

"谁说没商量啊！"就在一触即发之际，就听不远处有人高声回了一句。

"谁！"守备吃了一惊。

答话这人不慌不忙走进圈内，灯笼火把一照，比谁都吃惊的人是陈七台。

"古平原，怎么是你？"

"陈总执事，您真是贵人多忘事，不是您托我到浙江巡抚衙门，帮着办一张起运洋枪的运照，怎么忘了？"说着古平原从怀中掏出一纸公文，递给陈七台。

其实这笔买卖是郝师爷接的头，他有官职在身，请见浙江巡抚更加方便。李鸿章一听他能弄到三千支洋枪，立时发下运照，答应派兵护送。

陈七台像做梦一样，迟疑地接过公文纸看了看，胡桃大小的八行笺，浙江巡抚李鸿章的大印明晃晃钤在上面，公文写得清楚，指名道姓让洞庭商帮从安徽起运三千支洋枪到浙江杭城。

他看看大印，又看看古平原，一时弄不清该怎么办。

"总执事，这位总爷既然要验运照，您该请他看一看的。"古平原含笑提醒道。

"哦哦。"陈七台有些神情恍惚，吸了一口气将运照递了过去。

守备想不到半路杀出个程咬金，居然真的弄来一张浙江巡抚衙门发下的运照，可是他也奉了军令，今天这事儿不讲王法，拿了三千支洋枪回去复命就是功劳，否则也要吃军法的。想到这儿他扬了扬手上的这张纸，"运照向来是起运之地的衙门发放，从安徽运到浙江，岂有浙江衙门发运照的道理，这是伪造的。你是什么人，胆敢伪造公文和巡抚大印，这是要掉脑袋的！"他大声咆哮着，话中杀意毕露，连陈七台都不禁心里一紧。

"这公文不假，确是浙江巡抚衙门发的。"古平原就像在茶馆里与人闲话一样，不惊不惧不紧不慢。

"我说是假的就是假的！"

"不是假的。"不管守备如何怒喝，古平原语气始终淡淡的，居然好似抬杠一般。这时候洞庭商帮的这些人都在看着，只觉得又是佩服，又是奇怪，难不成这个人真的不怕死？

守备气得脖子都发红，刚要下令格杀，古平原忽然一笑，"总爷，既然您说是假的，我不妨给您找个证人，看看这运照究竟是真是假。"

说着古平原回身，冲着灯火外黑沉沉的路上喊了一句。

"叶将军，有劳您给说句话，不然这位总爷不信。"

守备听了身上一颤，再抬眼一望吓得心胆俱裂，敢情不知什么时候，自己包围了商帮车队的人马反而被别人的一支队伍给包围住了。这支军队也是清兵服色，所不同的是个个手持洋枪，精神抖擞显得训练有素。

守备手下人马全神贯注听着古平原与长官争辩，灯笼都往人堆里照，外面反倒是漆黑一片，就这么一不留神被人包围了，这时一阵大乱。

"都不要慌，大家都是朝廷的兵将，都把枪端稳了，别走了火儿伤了自己人。"从人群外走进一员将军，看了看那守备，"我是浙江参将叶志超，你是哪路营下？"

叶志超可非无名之辈，是李鸿章手下的大将，这守备也听过他的名字，立时行军礼参拜，"卑职驻安徽绿营守备孙大用见过将军。"

别看守备五品，参将三品，像是隔着不远，可是"将弁"二字，从四品游击以下都是"弁"，说白了只是军官，三品参将往上的都是将军，身份大不相同。

"这批洋枪已经卖给了浙江驻军，只等货到成交。怎么？你连李大人的东西都敢抢？"叶志超也不让守备起身，威严地问。

"小人不敢，这是……"守备说了一半又把话咽了，他更不敢把事情往袁丁四头上推。

好在叶志超也不追究。"我谅你们也不敢以卵击石，李大人怕这批洋枪路上出事儿，特派我带兵前来押运。"

陈七台听到这儿，一口气松下来，这才发觉前心后背都被冷汗湿透了。

高奎在万茶大会就见过古平原，万料不到是他及时出现给自家解了围。陈七台更是心里像打翻了五味瓶，这批洋枪本来就是自己抢了人家古平原的，而且事后听说，古平原要买这批洋枪是为了救家里人的命。这本来是解不开的仇怨，想不到古平原会这么做，这该怎么处？

陈七台还在发怔，古平原已经走了过来，一拱手道："陈总执事，我先告个擅专之罪，没和您商量，就代洞庭商帮把这批洋枪卖给了李巡抚。不过巡抚衙门给的价儿不低，我算了算，按您从理查德手里买下的价儿至少能赚十万两银子。"

陈七台脸色涨得通红，他这辈子少有说不出话来的时候，可是这时候嘴唇抖了半天，硬是一个字也吐不出来。

古平原通达人情，不愿意让人家尴尬，笑了笑转身要走，忽又回头说了句："总执事，我送您一句话，防人之心不可无，这帮官兵分明是设伏等候，看起来早有准备啊。"

高奎要与官军打交道，改路线算补给，忙得不亦乐乎，好不容易都弄完了，正要招呼伙计起程，一眼看见陈七台还一直在路旁站着出神。

"大哥，你这是怎么了？"

"唉！"陈七台难得地叹了口气，"没什么，只是突然觉得自己老了。那个古平原临走时说的话听起来隐晦，其实再明白不过了。我这趟来徽州，还以为是快意恩仇，没想到遇上两个后生小子，一个把我当枪使，又差点让我掉到陷阱里，另一个却以德报怨……"陈七台摇摇头，表情苦涩，像是含了一勺苦药难以下咽。

高奎也早就想明白了。"他娘的，京商真是不地道，这笔账非和李家算清楚不可。"

"高奎啊。"陈七台皱着眉，转身拍了拍他的肩膀，"我做生意几十年，深知仇好了，恩难报，无端端欠了人家这么一大笔人情，这才是栽了个大跟头呢。"

3

"不是我埋怨你，京商和洞庭商帮的争斗，你搅到里面做什么？本来巡抚很是赏识你，这一次可把袁巡抚得罪苦了。"乔鹤年站在巡抚衙门外面，不以为然地看着古平原。

"我也这么想。就算你要帮洞庭商帮的忙，自己可以不出面，如今露了脸，事情可就难办了。"郝师爷也在一旁帮腔。

"乔大人，郝大哥，我知道你们担心我，不过我见了袁巡抚自有话说。"古平原其实一开始并没打算出面，只是后来一想，自己和陈七台结了冤家，正好趁此机会和解，才亲自出马。他也知道本省巡抚不能开罪太甚，故此编了一套说辞，只说这批洋枪真的早已被浙江那边定下，谅袁丁四也不会去和李鸿章对质。

怎奈他虽然算盘打得好，等进了巡抚衙门二堂，却一眼看见李钦正在侧座与袁丁四对谈。

"坏了，只怕迟来一步，李钦已经恶人先告状。"古平原看见了李钦，李钦也看见了他，冲着古平原莫测高深地一笑。

袁丁四见乔鹤年进来，身后又站着古平原，脸色登时不豫，命人给乔鹤年看座，并不理睬古平原。

他不提洋枪的事儿，却先向乔鹤年道："乔知府，等下你去签押房领一张布告，连夜找人誊写，贴到徽州各乡各县。"

"是。"乔鹤年起身领命，"敢问大人，布告上说的是什么？"

"还能有什么！当然是军捐。如今安徽战事吃紧，徽商们的军捐已经拖了一季，难道还要拖上半年不成？无论如何月底之前要挨家挨户把军捐催上来，不交者，以房屋地契或是生意店铺抵扣。你如今兼着藩台衙门的办饷差使，又是徽州知府，这事儿归你正管，倘若到期催收不上，误了军情，本抚唯你是问。"

古平原听了大吃一惊，忍了又忍终于还是开口道："抚台大人，如今徽商们确有下情，茶叶卖不出去，生计已然困难，哪里还有钱缴纳什么军捐。"

袁丁四愠怒地看了他一眼，"古平原！你一介平民怎敢在本抚与官员议事时擅自插言，念你上次买枪，我且不怪罪你。你说茶叶卖不出去，眼前这位京商李东家，就是来徽州收茶，人家说了，有多少收多少，可是你们不卖，如今怎么还说卖不出去？"

"京商给的茶价，连往年的三成都不到，徽商岂能就卖？望大人明鉴！"

"哼，你们这群商人哪，一心逐利，赚多少都嫌少。如今兵荒马乱，还总想着太平年月的茶价，真是人心不足。"袁丁四一脸厌恶，"总之，此事涉及军饷，绝非儿戏。到期不交军捐，我就封了徽商的店铺茶园，统统交予官卖。"

"大人请放心，京商必当竭力报效，届时如需京商买下这些产业，我李家责无旁贷。"

"听见了吧，京城李家这才叫深明大义。你们本乡本土，名字叫个'徽'商，怎么就不知道为朝廷分忧！"袁丁四看着古平原就想起那三千支得而复失的洋枪，一肚子的气，也不容他解释，站起身径直进了后堂。一名师爷等了老半天，见状也跟了进去，大概是追上去说了两句话，就听远处袁丁四气恼地吼道："如今这些事儿也找到我头上，还嫌我不够烦是不是！"

李钦静静地看着古平原，这时才起身，慢慢走到古平原身前，揶揄地一笑。

"我这次得好好谢谢你。"

"谢我？"古平原猜不透这个大少爷心中在想什么。

"你大概以为，我会因为那些洋枪的事儿大发脾气，那你就想错了。我要是帮巡抚弄到那批洋枪，其实也不过是锦上添花而已。就像老话说的，年三十逮只兔子——缺了它就不过年了？倒是你去帮洞庭商帮，真是让我意想不到。我和袁巡抚说，表面是你古平原，其实背后是徽商故意和他为难，为的是在李鸿章李巡抚面前卖好，打开目前滞销的茶叶路子。"

"换成你是袁巡抚，听说本省的商人去帮外省的巡抚，能不生气？我趁机给他出了个主意，放在以前，他瞧在徽商的这个徽字上，也许不会做得这么绝，但是如今袁巡抚可没这份好心。"李钦笑得很是得意。

"如今徽商纳捐是死，不纳捐也是死，你回去帮我劝劝那姓胡的老头子，干脆就把茶叶卖给我，好歹也能留口活气不是。"

李钦大笑着走出门口，留下古平原呆呆地站在那里。

他二人的话，乔鹤年一字一句都听在耳中，心中一叹，知道徽商的难题缠亘不去，终于遇上了绕不过去的坎儿了。他转头看见方才进去的那个师爷一脸愁容站在后堂门口，踱过去问道："钟师爷，什么事儿弄得巡抚大发雷霆？"

钟师爷也认得乔鹤年，正好诉诉苦，"袁巡抚的侄子得了一子，想请他给起个名字，这也不是沾点贵气嘛。怎料袁大人心情不好，一口回绝，我倒不知道该怎么去和人家说了。"

乔鹤年想了想，笑了，"钟师爷，你这聪明人怎么也办老实事儿。既然是小事儿，也就不用麻烦巡抚大人，随便起个名字交回去，难道你还怕过后问起，袁巡抚不认账？"

"哦。"钟师爷也是哑然失笑，"既然如此，一事不烦二主，就请乔大人给起个字吧。"

乔鹤年问明白袁家自袁丁四之后是"保世克家，企文绍武"的排名，这孩子是世字辈，沉吟一下道："如今与逆匪交战，讨个好口才，就起个凯旋的凯字如何？"

"袁世凯，袁世凯。"钟师爷念叨了两遍，满意地笑了，"好名字，我可以交差了。"

4

"我胡家倒是无所谓,大船烂了还有三千颗钉,军捐的几万两银子拿得出,可是那些小门小户的茶商茶农,多则万八千,少则也要一千两,他们确实拿不出来。若说这几千家的银子都由我胡家来拿,就拆了我这把老骨头,也拿不出来。"胡老太爷皱着眉慨然叹道。

花厅里的暖炉旁围坐着几个人,也都是他这副拧眉蹙思的神色。古平原和乔鹤年尽快赶到休宁天寿园,把事情一说,事涉全体徽商,胡老太爷也做不了主,又请来了徽商会馆里的几个主事,再加上祁门的汪存义和六安的宁老板,连同侯二爷在内一同前来议事。

"乔大人,事到如今只有求求您了。您是经办的官员,能不能为我们在巡抚面前说几句好话,宽限着些日子?"宁老板喝了一口酽茶,和乔鹤年打着商量。

"各位老板,我乔某人不是不讲道理,何况我为一方父母官,这边坐着的古老弟又是我的知交,能想的办法我与他都想到了。这事儿连着巡抚大人的前程,我去求可以,但是一定没有用,军捐这笔银子一日不入藩库,袁巡抚一日睡不得安稳觉,在座各位也是一日别想高枕无忧。要硬是扛着不捐,惹得袁巡抚翻了脸,到时候只怕难以收场。"

乔鹤年这话说得很透彻了,古平原却颇为不服。

"乔大人,我有一事不明,当面请教。我们大清自打圣祖康熙爷开始就是永不加赋的,赋税银子嘛,官府有权动用鱼鳞册强征,可是说到捐,岂有强人所难的道理?袁巡抚如此强势逼人,难道就不怕御史知道了参他一本?"

古平原觉得自己问得有理,满心以为这些徽商大佬们会同声应和,谁想却是一片沉默。

静了许久,坐在上首次座的汪存义才道:"这事儿也难怪你不知道。那还是在前任巡抚江忠源江大人任上,安徽当时有七成土地落入逆匪之手,茶叶采收几乎废止,可是朝廷的赋税不能停,江大人真是好官儿,主动来和徽商商量,说是愿意出奏朝廷,暂免徽商三年赋税,可是等到安徽太平了,茶园可以如常经营,要以军捐的形式把这笔赋税分年加成缴纳。"

胡老太爷插口道:"遇到这么好的官儿,咱们还有什么话说。当时也是我为首,带着二十家徽商与江巡抚签了契约,此事在官府留得有档,朝廷也知道,所以袁巡抚做得并不错,他也不怕言官参劾。"说着胡老太爷叹了口气,"那年安庆失守,江

299

大人以身殉国，把命丢在了安徽。惟其如此，这笔账咱们徽商更不能赖，这账上有忠臣的血啊。"

古平原这才恍然大悟，原来这是欠下的一笔旧账，如今军饷吃紧，袁丁四作为继任巡抚要讨回这笔银子，任谁也挑不出毛病来。

"舅舅。"侯二爷试探地说了一句，"依我看，如今强梁硬顶不是办法，光棍不吃眼前亏，要不然……"他窥了一眼胡老太爷的脸色，"咱们就把茶卖给京商，虽然价钱低些，总比放在库里发霉变陈的好。"

胡老太爷死盯了侯二一眼，站起身来慢慢走到他面前，"你方才说的我没听清，你再说一遍。"

"舅舅！我是想着……"侯二爷刚要辩解，胡老太爷已然暴怒，举起大烟袋锅劈头盖脸打下来。

"你这个混账东西！我就在这天寿园与众位徽商对天盟誓，绝不与京商做这笔买卖，你耳朵聋了吗？居然敢劝我背誓，我、我……"胡老太爷气得须发皆张，眼睛直直地瞪着，对着会馆的几位主事喊道："来，我们一同到会馆去召集大家开香堂，把这不信不义的东西撵出徽商。"

"舅舅，我错了，我不敢了。"侯二爷真吓坏了，他的身家都依靠徽商这块招牌，一旦被胡家撵出去，被徽商除名，别的不说，胡家的家业必定没有他的份儿，今后也不会再有什么人和他做生意。

"老太爷，您看我的面上饶了侯世兄。他也没真和京商做生意，不过出出主意罢了，言者无罪，言者无罪。"古平原赶紧过来解劝，一边冲着侯二爷使了个眼色。侯二爷见是古平原给他解围，胡老太爷对他竟比自己这个亲外甥还要信重，心里酸溜溜的不是滋味，暗暗一咬牙，返身出了大门口。

"唉！"胡老太爷坐在椅上喘息良久，"我这个外甥不成器，可是有一句话真被他说对了。眼下内外交困，再一味强梁硬挺真的难以为继，与其到了山穷水尽之时再来向人家递降表，不如趁现在去和他们讲讲斤头。"

"您说的他们是……"汪存义迟疑地问。

"眼下各路茶商都齐聚杭城，他们不是不买茶，而是在等徽商服软，好把价钱压到最低。其实他们也心急，各地茶客喝不到新茶，他们每天不知要少赚多少银子。单凭这一点，咱们就有资格讲讲价，何况……"胡老太爷指了指自己的面上，"我胡泰来不只有把老骨头，还有张老脸，这次拼了脸面不要，我亲自出马去求求各家茶商，实在不行给他们行个大礼，他们瞧着我这把年纪，能让一分是一分，好歹高高手,让徽商过了这一关。"

这话说得人人听了心中一酸。胡泰来这三个字在大清商界那是块响当当的招牌,一辈子没服过软,想不到如今为了徽商一脉要做到这个地步,实在是令人心里难过。

宁老板阴着脸,一口口往下咽着酽茶,那嘴抿成了一条线。汪存义就觉得心口发闷,伸手去抄茶杯,一低头两滴眼泪落在地上。在场众人就没一个眼圈不发红的。

古平原怔了半响,踩踩脚快步走出花厅,来到后院池畔,仰面望天,强忍着不让自己落泪。

"我听廖老先生说,你这一次回徽州,有几件事缠在心头。"乔鹤年不知什么时候跟了出来,站在古平原身后道。

古平原一声苦笑,"第一件事就让我办砸了,我答应胡老太爷要把徽茶卖个好价钱,可是事到如今,竟要老爷子亲自去求人,我真是没脸见他老人家。"

"你静静心听我说。"乔鹤年在他身后踱着步慢慢道,"你要帮徽商把茶卖个好价钱,这半点都没错,因为只有卖出了徽茶,得了军捐银子,安徽的清军才能安心作战,牵制住李成空的逆匪军队,这一来你对胡金山的承诺也兑现了。而李成空不能回援天京,在安徽就成了不战不和的局面,王天红少了这股强援,离失败也就不远了。到了那时李成空失去效忠的对象,必然会投降朝廷,则白依梅不仅可保性命,而且富贵可期。"

"说来说去,这一连串事情都拴在一样上,那就是卖茶!"

乔鹤年一番分析鞭辟入里,真有洞穿七札之效,古平原顿觉耳清目明,"你说得对,这次回到徽州,做起事情来百般束手束脚,其实也都是为了徽茶难卖的缘故。"

古平原在池畔来回走了两趟,毅然道:"胡老太爷已是颐养天年的人,无论如何不能让他老人家出面,徽商还不至于连个办事儿的人都寻不出来。"

古平原连夜动身,经新安江支流转到运河,船已然到了杭城拱宸桥,眼看前面就是城门,他忽然让船家停靠岸旁。

他眼尖,方才看到岸上有辆洋马车,上面坐着的是个熟人。古平原一看到他,眼神就像看到了兔子的猎鹰。

"鄙姓许,是商馆里的通事。"许通事被人从客栈中叫出来,看看眼前这人仿佛眼熟,却一时想不起。

"许通事,我是徽州茶商古平原,我们在安徽见过一面,你可还记得?"

"啊,记得记得,当时是我陪着理查德先生去运的洋枪。"一语提醒,许通事顿时想了起来。

"理查德先生也在这儿吧？我方才在城外河边看到他了。"

"不错，我们也是刚刚才到。"许通事也纳闷，自己连行李都没打开，这古平原怎么就找上了门。

古平原笑道："许通事，能不能请你带我见见这位洋商理查德，我想向他打听些事情。"

"没问题。上次的事儿，古老板没有当场让他难堪，理查德先生其实是很感激的，我想他会愿意见你的。"

果然如许通事所说，理查德很爽快地答应在一家番菜馆子与古平原见面。进洋馆子，这在古平原而言又是头一次的新鲜事，还好有许通事在旁指点，不至于出丑，只是刀叉实在用不惯，索性放箸不食，拿出全部精力与理查德打交道。

理查德听了古平原的来意之后，端着一杯白兰地，停杯不语，看得出是在认真思量。

"古老板，你要打听的这件事儿，我现在就知道，只不过事情涉及我们英国的另一位商人，换句话说事涉商业机密。英女王早就下过命令，不许海外商人彼此拆台，所以很遗憾，我不能告诉你。"

古平原听他开口便是大喜，然而越听越不对路，这不分明是碰了一个钉子吗？

他咳嗽一声道："理查德先生，我们这一次来是为了筹集军饷，你们既然与朝廷通商，又向京城派了使节，那么自然应该帮着朝廷匡扶大乱才是。"

"不、不、不。"理查德连连摇头，"说起来那位王天红先生也是拜上帝的，他的心与我们连得更近。大英领事告诫过英国商人，不得偏帮大清国或者大泽军，这是中国人的内斗，我们两不相帮。"

古平原见他一再推脱，不由得皱眉头，忽见许通事冲着自己挤了挤眼，一只手在身侧做了个铜钱的手势。

古平原恍然大悟，端起面前这杯白兰地，向理查德举杯致意。

"理查德先生，只要您帮这个忙，从今往后，每个茶季我可以供应您上好的徽茶五千斤，价格都好商量。"

理查德听了脸上顿时又惊又喜，他是英国的退伍军人，仗着有条军火路子，到东方来做生意。眼下英国对中国实行军火禁运，他的生意做不下去，又舍不得离开这个遍地黄金的国家，便想改做别的生意。可是丝绸、茶叶、瓷器和香料这四大最赚钱的贸易品，早已被东印度公司垄断，他正在找门路，古平原就送上门来了。

"只要您点点头,我们今后可以做联号的生意,既然是自己人的生意,那么您维护徽商的利益就是维护自家的利益,谁也说不出什么。"

理查德深深吸了口气,用欣赏的眼光看着古平原,"你说得很对,不过我要先签合约,才能把内里的事儿告诉你们。"

手里拿着刚刚签好的合同,理查德的态度马上就很不一样了,开口便道:"古老板,我必须说你的商业直觉很准,这一次京商的李家确实与英国的东印度公司谈了一笔大合同。"外国的官儿也是收钱的,理查德想做茶叶生意就要了解本国同行的内幕,他在领事那儿花了银子,已经知道了这合同的内容。"合同的总价大概是白银八十万两,京商的要价并不高,只是要求却很高,只要这一次的买卖做成了,今后东印度公司在大清采购茶叶的五成要交给他做。东印度公司每年在大清做的茶叶生意至少有五百万两银子,京商拿了半数去,利润确实不菲。这笔合同是尚未见货的所谓空心合同,所以汤姆逊为求稳妥,定下的赔偿数额相当高。"

"多少?"

"就是货物的总价。"

古平原倒吸口凉气,这样的合同简直是闻所未闻,也就是说李万堂到时候交不出货,就要硬赔八十万两银子,更别说背后还牵着一笔利益巨大的合同。古平原忽然想到了一个至关重要的问题,"李万堂,哦,就是那个姓李的商人卖给汤姆逊的是什么茶叶,信阳毛尖吗?"

"不、不,合同上没有说是什么茶叶,只写着是在万茶大会上得了天下第一茶的茶叶。"

古平原先是愕然,忽而纵声大笑起来,引得整个菜馆里的洋人都纷纷向他们注目。

他全都明白了,李万堂还以为自己贿赂操纵恭亲王,天下第一茶稳稳到手,没想到被兰雪茶搅了局,这才叫哑巴吃黄连有苦说不出。然而他已经与洋商签了天下第一茶的合同,这件事他必须死死保密,所以才派亲儿子来徽州,一面联络各地茶商拒买兰雪茶,压下徽州茶价,另一面却一定要买到兰雪茶和徽茶。他原本想用信阳毛尖来做东印度公司的那五成生意,眼下泡了汤,就打上了徽茶的主意。

古平原忽然收敛了笑容,面色凝重起来。处变不惊,能够立时想出应对之策,而且在大败之际敢于主动出击,把素有天下第一商帮之称的徽商作为对手,李万堂这个人的心计胆魄实在可怕。

"如今各路茶商已经尝到了抱成团对抗徽商的甜头,如说原先是李万堂把这些人煽动起来,现如今这些商人只怕已是自己想和徽商抗到底了,事情还是很难办。"古平原心中暗想。

古平原看了一眼对座面露好奇的理查德,忽然灵机一动,"理查德先生,如今我们是生意伙伴,能不能请你帮我一个忙?"

"请讲无妨。"

"我想请你在杭城放出风声,大肆收购徽茶。"说着古平原要过一张纸,写了几种茶叶的名字和价格,这些价格都远超如今市面上被压低的价格。

"就按照这个价儿去收,收当年当季的徽茶。"

理查德疑惑地问:"我听说如今上海已然见不到徽茶在卖,杭城有吗?"

"没有,就算有也很少。你出这个价,三天之内就能把茶叶买光。"

"那……"理查德摊了摊手,依旧是一脸迷惑的表情。

"放心,我与你约个数,在此范围内,你收上来的茶,将来我翻倍买回来。"

"哦?"这是只赚不赔的买卖,理查德顿时来了劲儿,"那要是超过这个数呢?"

"要真是我料事不准,有人拿出大宗茶叶来卖,那也不要紧。银子在你手上,想不买,随便说个理由就是了,你是商人,难道不会挑剔货色吗?"

理查德眨眨眼,这才明白古平原的意思,也呵呵大笑起来,冲着古平原伸指夸赞。

古平原向跑堂借了纸笔,就在饭馆里写了一封急信寄到休宁天寿园,他要借天寿园演一场大戏,请胡老太爷以徽商耆老的身份从中安排一切。而他自己则通过理查德,去见了东印度公司的代表洋商汤姆逊。

5

几日之后,古平原返回了古家村,一踏进家门他便是一呆,就见原本有些破落的三进宅院,如今已经粉刷一新。院墙边上种了菊花,庭前铺了青砖,上面光滑如镜,院中还搭了花架,架下新打了一眼井,红漆的井栏显得格外喜庆。

此时正值举炊,一向下厨的母亲却悠闲地坐在安乐椅上,手里编着一幅织锦。灶下传来引人垂涎的阵阵香气,古雨婷跑出来一眼看见大哥,喜得叫出来。

"你可真是有口福,大嫂今日试做凤炖牡丹,真是神仙闻了也要咽唾沫。我正要去请刘大哥来,想不到大哥你也回来了。"

古母也站起身,笑着对古平原说:"你娶回的这个媳妇,可是要把我闲出病来了。什么都不许我做，就连扫床的掸子我稍拿一拿，她也说怕我扭了腰。我哪里是闲得下来的人，一天到晚就只好编几幅织锦来打发时间。"

"娘。"身后有人轻叫了一声，常玉儿红着脸站在房檐下，想来是听到了古母的夸赞，不好意思地望了一眼自己的丈夫。她却没和古平原先说话，而是走过来捻起古母的织锦赞道："媳妇只能做些粗活计，像这织锦我笨手笨脚的就做不来，改天娘倒要好好教教我。"

"不教，不教。"古母故作生气地连连摆手，"教会了你，我这织锦又织不成了。"

一句话说得大家都笑了起来。

古平原见家中婆媳融洽，常玉儿又实在是理家好手，心下大慰，温柔地看了一眼妻子。当夜小别胜新婚，二人自然有一番温存蜜意，这也不必细表。

此后接连三天，古平原就在家中，却有官府的驿差每隔半日便往古家送一封信。古家人这才知道，别看古平原闭门家中坐，几百里外的杭城城发生的事情，他无不知晓。这当然也是多亏了乔鹤年的关系，不然动用四百里加急的驿马岂是那么容易的事情。

"大哥，我听廖老先生说，这一次徽茶能不能卖上价，关乎今后徽商的成败，也关系我古家茶园的存亡，可是你每日除了陪着娘聊聊天，便是到茶园里转转，像是一点都不急。"古平文看了几日，终于忍不住问道。

古平原看了弟弟一眼，扬了扬手上接到的信，"此刻杭城城里比过年还热闹，理查德的客栈几乎被踩破了门槛，这群茶商就快挺不住了。"

"我回古家村之前，已经与胡老太爷通了气。昨儿他便运了一船徽茶沿新安江到杭城，止泊便直接去找理查德。你看着吧，这船茶就像一枚炮弹，非把这群茶商炸晕了不可，不出五日，天寿园必定车水马龙。"

"大哥，我可真服了你了。这伙子茶商持银观望，与咱们徽商打擂台已经好几个月了，如今可算是被你给治了。"古雨婷笑眯眯地说。

"你们记着一句话，若要别人等，自己更要等，除非真的等得起，不然最后反受其害。"

古平原一口气说到这儿，常玉儿过来，轻轻端走了那杯已经半凉的茶水，续了一杯热水，也不言声静静在一旁听着。

"就拿这一次的事情来说，徽商一开始处于不利的境地，天下茶商对付徽商，明显是他们占优势嘛，可是等到后来，徽商的团结一致就远胜于各路茶商的一盘散沙，李万堂就是再有本事，也挡不住这群人唯恐别人占了便宜、自己落了后的心思。就如同洪水溃坝，只要崩塌一角，那就大事去矣。"

"所以你常说，做生意不是赚钱的买卖，而是赚人心的买卖。人心归了李万堂，徽商便无路可走，人心转到徽商这边，李万堂也无计可施。"常玉儿知道丈夫是在点拨弟弟学做生意的道理，见古平文依旧一知半解，便索性把话说透，古平文这才恍然地连连点头。

古平原望了常玉儿一眼，眼里充满了柔情蜜意，刚要说话时，就听得门外一阵急促的马蹄声，在门前戛然而止。

"今天的邸报来了。"古雨婷抢着几步过去打开院门，却是一怔，回过头来看向大哥。

门外不是驿差，而是乔鹤年的长随康七，山行一路已是气喘如牛。常玉儿连忙端来水，让二弟送上前，康七贪婪地几口喝光，抹了抹嘴抱拳道："古老板，我从府城带来知府大人口信，请你务必前去一晤，越快越好。"

"我知道了。"古平原惊疑地点了点头，事情如非有大变化，乔鹤年不会这时分找自己去商议。

"事情怕是要坏在侯二这小子手里。"郝师爷吐出一口烟，敲着烟锅子把水盂敲得叮当响。

"他联络了多少小户？"古平原面色凝重。

"不少。他打着胡家的旗号，至少弄到了十万斤茶叶，单是从胡家茶库里就运出了五万斤茶，其中至少有一半是兰雪茶。现在这些茶叶正在打包装车，就等着运到李钦那儿了。"

郝师爷的话说完，古平原就觉得像三九天一盆凉水浇头，激灵灵打了一个冷战。

"难为他做得如此机密，竟然神不知鬼不觉地与李钦谈了生意。"他喃喃道。

"这事儿一出，就如洪水溃坝，只怕各家大户也会涌去与李钦签约卖茶，毕竟是胡家先毁了约，到时候拿什么说辞来挡人家？"乔鹤年也是面色阴沉，这一突如其来的变化，把他们事先的计划全盘打乱。

"他娘的，这侯二本来就不是什么好人，亏得妹夫还和他称兄道弟，依着我，一鞭子抽死他！"刘黑塔恶狠狠道。常玉儿怕古平原这边有事无人照应，让她大哥也跟了来。

"胡老太爷知道吗？"古平原心里打着主意问。

郝师爷摇摇头，"侯二把他瞒得死死的，我和乔大人一商议，暂时没告诉他，等你来了再作道理。"

"对，绝不能走漏半点风声，老太爷年岁大了，真要是气出个好歹来，侯二立时就是泰来茶庄的主人，到时候就没人压制得住他了。"古平原脸上忽然现出一丝得意的笑容。

"古大哥，你是不是有好主意了？"

古平原缓缓坐直身子，"对待君子有对待君子的方法，对付小人也有对付小人的手段。他不是偷偷从茶库里运出这么多茶吗？咱们就来个扮黑吃黑。"他望向乔鹤年，"乔大人，借我一队衙役如何？"

"妙，妙啊。"郝师爷最先明白过来，"假冒强盗抢了这小子的茶，谅他也不敢报官。"

"对，他不是泰来茶庄的主人，要是报官就要惊动胡老太爷，他不敢，只能背地里托关系来查，等他查明白了，事情也早就了结了。"古平原嘿声笑道，"黑塔兄弟，这就看你的手段了，可千万不能伤人。"

"省得。几个车夫茶农，抡几下鞭子就吓跑了。"刘黑塔听说要抢侯二的茶，兴奋得迫不及待。

"还有那些小户怎么办？他们也与李钦签了约，口子一开，不可收拾。"

"这个嘛。乔大人，我想借重府库的库银。"

"不成！"古平原一句话还没说完，就被乔鹤年挡了回去，"不是我不肯担这个责任，实在是担不起。没有藩库的指令，擅动库银，布赫万一知道了，就可以请旨将我立斩。"

古平原笑了，"大人没听清楚，我是说借重，而非借。"

"这……"乔鹤年倒真听糊涂了。

"用库银作保，把他们手里的这一纸契约买下来，只要茶不落到李钦手里，一切都好说。将来自然也不会让乔大人填还这笔银子。"古平原眨了眨眼睛。

"李钦想在徽商的地盘翻江倒海，只怕道行还浅了点。"话说到这儿，屋中几个人齐齐露出会心的笑意。

"李少东，请这边坐，胡老太爷身子微恙，今日不能出来见客，一切由我代为做主。"

古平原抬手请李钦在左面一幅巨大的楠木屏风下落座，自己在右边的屏风下打横相陪。此处是天寿园最为宽敞华丽的正厅。

这两个人自打关外一见，再到燕门彼此角力，最后京城万茶大会拼个输赢，已是解不开的冤家对头。李钦始终瞧不起这个流犯穷小子，却又一次次输给他，这一次他觉得自己已经稳操胜券了，脸上挂着猫戏老鼠的笑容。

"古平原，你大老远把我从府城请到天寿园来，有事儿就说嘛，咱们也是老交情了，用不着上茶说客套话。"他大大咧咧地坐在椅子中，一脸的轻蔑。

"今天请你来，就是为了再谈一谈生意。"

"唔，谈生意……早不谈，晚不谈，偏偏这个时候谈，呵呵。"李钦转着手里的茶杯，

"我问你，你是不是知道了？"他忽然降低声音，一眨不眨地看着古平原。

"知道什么？"古平原脸色不变地问。

"知道什么？亏得你这时候还能脸不变色心不跳。当然是你们徽商已经私下把茶叶卖给了我，这里面就有你古家的兰雪茶。你知道扛不住了，才主动把我找来，想商量价钱。"李钦站起身，愤然道，"告诉你，现在谈生意，晚了！当初你硬扛着不卖，如今巴巴地找到我，哼，不仅那说好的三成也没了，我还要再往下压一半。"

"真是上赶着不是买卖啊。我倒要问李少东一句，你总共买到了多少徽茶？"

"十万斤。"李钦有恃无恐地说。

"那不算多。"

"可是口子一开就如同洪水溃坝，别说你，就是那个姓胡的老头也拦不住了。"

"那倒是。"古平原面上始终淡淡的，像是并没有被李钦的作为惊到气到。

李钦最为愤怒的就是这一点，他每每以为自己可以给古平原最狠的一击，古平原却仿佛并不放在心上。

"你以为就这些吗？这次京城李家要把所有的徽茶收购一空，从今往后徽茶的价儿就由不得你们徽商了，而是李家做主。"

古平原这才撩起眼皮看了李钦一眼，轻轻放下了手中的茶杯。

"那此刻等在杭城的各路茶商呢？他们可是听了京商的话，同声共气来对付徽商，事成之时自然要利益均分。再说，离了他们，李家自己就想把这么多的茶叶分销到大清国的东南西北？只怕你们还没有这个本事。"

李钦高傲地扬起头，"那群土乡巴佬，让他们等去吧，李家吃剩下的残羹冷炙或许会给他们留一点，至于想和京商平起平坐，那是做梦。"他从怀中掏出一纸契约，冲着古平原扬了扬，"等我拿到了全部徽茶，自然有方法去销出，至于是哪儿，你这个徽州乡下的穷小子，只怕做梦也想不到。"

"谁说我想不到？汤姆逊！"古平原唇中缓慢却清晰地吐出的三个字，瞬间就让李钦的笑容凝固在脸上。

古平原学着洋人的手势摊了摊手，又耸了耸肩，微微一笑，"你看，我也不是什么都不知道。"

"你从哪儿知道这个名字的？"李钦像看到一只活鬼般，怔怔地看着古平原。

古平原起身示意李钦和他来到屏风后面，那后面除了一把椅子空空如也。

"李少东，你请宽坐。我还要招待一位客人，你若想看场好戏，那就不妨静悄悄的，什么话也不要说。"

古平原说完也不等李钦答话，径直走出来，他安排好的仆从正引了一人来到了正厅中。

"汤姆逊先生，几日小别，甚是想念，咱们这可又见面了。"古平原的声音很是亲热。

屏风后面的李钦心里怦然一跳。他在天津的洋行学过生意，会说英吉利国的语言，听到外面那人一开口，眼前便是一黑，没错，正是与李家联络生意的东印度公司协办汤姆逊。

陪着汤姆逊的还是许通事，古平原舍得花钱，付了五百两的酬劳，专请他陪汤姆逊来走这一趟。

"古老板，上一次我们谈的事情，你说要与徽商的各家老板商量，如今怎么样了？"汤姆逊笑容可掬。

"很抱歉，他们听了我的转述之后，觉得这个条件不够好，并不想和你进行交易。"古平原瞥了一眼许通事，示意他把原话译给汤姆逊听，自己则好整以暇地用两根手指拈起一块梅花泥馅的小点心放在口中，看上去对这笔交易全不在意。

汤姆逊立时急了，"你要知道，当初京商的李万堂与我谈了多久，我才肯让步到如此条件。如今你们不费吹灰之力就能拿到这份本来属于京商的合同，而且顺便还可以打击你们的敌人，这难道还不够好？"

古平原马上回道："你要知道，一旦我们把兰雪茶，也就是这个已经被你们在英吉利国大肆宣扬的大清第一茶，全数卖给东印度公司，那么买不到天下第一茶而无法按合同交货的京商就要赔付给你们八十万两白银，你们等于是赚到几倍的利润。"

"而且……"古平原止住急于开口的汤姆逊，"你是东印度公司的协办，专办大清茶叶的采买，你要是不说，你的公司不会知道这些茶叶不是由京商，而是由徽商卖给你的，这样一来，那八十万两银子就等于是落入了你的口袋。"

"这……"汤姆逊被他一口道破心思,立时露出尴尬的神色。

许通事赞赏地看了一眼古平原,东印度公司的一些事情是他告诉古平原的,想不到这个年轻人居然如此机敏,立时就想到了汤姆逊想要黑了那笔赔付。与洋商做生意的大清商人,许通事见得多了,不是低声下气就是傲慢无知,还是头一次见到古平原这样不卑不亢,抓住洋人的弱点寸步不让,反过来让洋人急于成交,许通事心里也觉得异常痛快。

"这样吧,我们并不着急做成这笔生意。请汤姆逊先生就在天寿园住上几日,生意不妨慢慢谈。"古平原不待汤姆逊再次说话,便已端茶送客。有着八十万两银子保底,汤姆逊这条大鱼是绝跑不了的。

目送汤姆逊的背影消失,古平原这才转回屏风后面,看了一眼呆坐在椅上的李钦。

"怎么样,现在是谁家的生意开了口子,洪水溃坝?"

"你……"李钦噌一下站起身,恨不得把古平原一把抓过来撕个粉碎。

他忽然又冷静下来,"我差点被你唬住了。你就是找到汤姆逊也没有用,我已经买到了兰雪茶和徽茶。如今胜负已分,你晚了一步。"李钦咯咯一笑,"你想让我李家赔银子,做梦去吧。"

"只怕是你的黄粱美梦还没醒吧。"古平原讥讽地一笑,"你没听过赊三不如见二吗?你手上除了一纸契约还有什么?你见到一两兰雪茶入了李家的仓房吗?"

这句话像一棒子敲在李钦的头上,他半张着嘴望向古平原。

"你想在徽商的地盘上撒野哪有那么容易,真当这些徽商大佬都是吃素的?不怕告诉你,他们已经拿了银子,把你手上的那一纸契约买了下来,该赔多少赔给你,只不过你一两徽茶都别想买到手。"

李钦捏着那纸契约的手已经沁出了冷汗,只觉得口中又苦又涩,一颗心缩成了一团,听着古平原的话竟是不知痛痒。

"对付君子我有对付君子的办法,对付小人我有对付小人的手段。你当初能利诱理查德,让他撕毁合同,硬夺了我的洋枪,如今我就以其人之道还治其人之身,也买下你的契约。"

"钦少爷,你的梦该醒了!"古平原声音不大却字字清晰。

李钦的脸色灰中见白,早已不是方才进入天寿园时意气风发的模样,他知道再待下去只有自取其辱,恨恨地一跺脚,转身便想离开。

"且慢。"古平原忽然放缓了语气,"汤姆逊的这笔生意我可以让给京商。"

李钦瞪着眼睛转回头,"你当我是三岁娃娃?"

"我确实想把这笔生意让给京商。"古平原语气平静,"我想过了,就算徽商抢了京商的合同,把兰雪茶卖给汤姆逊,也不过是让他私吞了八十万两银子。甭管这笔银子是京商的,还是徽商的,说到底儿,是大清的银子被洋商占了去。"

古平原背着手在房间里走了几步,站在李钦面前。

"兰雪茶我可以交给你,不过所赚的利润要全归徽商所有,你们从东印度公司那儿得的五成茶叶市场份额,也要分给徽商。这就是我的条件。"

"那岂不是京商给徽商白当差!"

"白当差?别忘了,你们可是省下八十万两银子的赔付,本来我可以连个渣都不给你们李家剩下!我只是不想看着洋商占大清的便宜。"古平原愤懑地说。

"你要是同意,现在咱们就按照方才我说的那几条签一份契约。我成婚之日你送来了一对玉瓶,大概值三万多两银子,就算是咱们这笔买卖的定钱。"

古平原本以为李钦无论如何也不会拒绝如此优厚的条件,没想到他却忽然冷笑一声,"你想这么着就把那玉瓶还回来?哼,早晚有一天我会让你知道,我李钦的礼不是好拿的。告辞!"

李钦说完转身就走,倒把古平原弄得一愣,回过神来急走几步追出门去。李钦步履匆匆,等到古平原来到天寿园的大门口,李钦已经从仆人手里接过马鞭,气咻咻准备上马。

"李钦。"古平原很少直截了当地叫这个人的名字,这次却冲口而出,"你要是就这么走了,我真替李万堂感到不值。上次我在这儿对你说过,京商的银子,也是掌柜伙计一个铜子儿一个铜子儿赚回来的。八十万两啊,你只为赌一口气就不要了?那你真不配做个生意人。"

李钦勃然变色,横眉立目像斗鸡一样盯着古平原,从牙缝里挤出一句话:"我这辈子最不想当的就是生意人!"

古平原怔怔地望着李钦,一时说不出话来。

"你也别太得意了,别忘了,各路茶商还听我们李家的话,你把茶都卖给了汤姆逊,今后就别想再与天下商帮做生意,我看你是得不偿失。"李钦狠狠地唾了一口。

古平原轻轻摇头,"徽商不会把茶都卖给洋人,至于你说的各路茶商嘛……"他转回头看向天寿园的大门。

李钦顺着他的目光望去,顿时呆若木鸡,就见大门口茶商们一个接一个地鱼贯而出,正是那些本应该等在杭城的各地茶商。就见他们都阴沉着脸,用轻蔑愤怒的眼神瞪着李钦,也不过来搭话,各自坐轿骑马而去。

"这……这是……"李钦几乎不能相信自己的眼睛。

"你方才没看到吗，大厅里总共有两扇屏风。"古平原的声音不大，却让李钦如坠冰窟，"是敌是友，他们方才听得可是很明白，这一次恐怕是你李家要头疼了吧？"

"古平原，你敢阴我！"李钦痛悔之下狂吼一声。

"我再说一遍。"古平原丝毫也没有回避李钦瞪得血红的眼珠，"对付君子我有对付君子的方法，对付小人也有对付小人的手段。"

古平原返回天寿园花厅，里面聚了十几位徽商大佬，个个笑容满面。最先迎上来的却是洞庭商帮总执事陈七台。古平原着人送信请他来天寿园一晤，陈七台受了他一次偌大的好处，始终惦记着要有所表示，便二话不说兼程而来。自从险些被清军连人带枪一窝端，陈七台事后反复回想，已是认定了李钦从中捣鬼，还没想出该如何报复，就在天寿园看着这么一出好戏。见古平原把李钦收拾得一败涂地，陈七台只觉得出了胸中一口恶气。

还没等他说话，古平原抢先道："京商不肯领我的好意，陈总执事总不至于不肯给面子吧？东印度公司那五成茶叶的路子，咱们徽商与洞庭商帮二一添作五如何？"

陈七台一时蒙了，天底下哪有这样的好事儿，他看看古平原，又看看众位徽商。这时从人群后响起一个声音："陈主事，你不必怀疑，这事儿古平原和我商量过，我也赞同。"

众人一闪，便见胡老太爷正站在后面，身旁还站着乔鹤年。

"原本是想和洞庭商帮还有京商三分天下，现在京商不肯，那就咱们两家做个大联号，陈主事意下如何？"胡老太爷捻髯笑问。

在此之前，古平原与胡老太爷反复议过。这一次徽商被各路茶商孤立，看起来是树大招风，实则是因为外无援手，今后要想避免此事，就不能好饭一家吃，将洞庭商帮乃至更多的商帮拉进徽商的生意里，彼此利益相关，休戚与共，那任谁也别想再故技重施，孤立徽商。

胡老太爷想到这儿，看了一眼古平原，心中不住嗟叹：这真是一个奇才，商界中的苏秦、张仪。徽商后继有人，自己就是现在便死，也能闭上眼了。

陈七台想不到事情会是这样，自家的碧螺春落选十大名茶，正是生意每况愈下之际，没想到天降横财，古平原会把这么一大笔生意拱手让出，这哪里是冤家对头，分明是洞庭商帮的贵人。

"古老弟，我从前真是误会你了，想不到你是如此一个君子，我陈七台从前得罪了。"陈七台也是直性子，拱手一揖到地，古平原连忙将他扶住。

"陈主事，怎么一家人说起两家话来了？"

"说得对，从今往后，洞庭商帮和徽商就是一家人。"陈七台转而诚挚地对古平原道，"古老弟，我还有个不情之请，不知你可否答应？"

"陈主事请讲。"

"倘不见弃，陈某人想和你换过庚帖，结为拜把兄弟。"

"陈主事是商界翘楚，我不过区区小辈，这如何敢当？"古平原惶恐地说。

"呵呵，你当得起。"胡老太爷笑容满面，"陈主事，难得你慧眼识珍，古平原是我徽商中不世出的人才。我老了，今后抛头露面的事儿都要交给他们年轻一辈儿来做，既然徽商与洞庭商帮做了大联号，那你二人结成通家至好，更是锦上添花，今后往来彼此更是亲切。"说着冲古平原点了点头。

古平原心中激动不已，这才庄容道："既然陈主事抬爱，那我恭敬不如从命。"

胡老太爷虽然没有明说，可方才一番话明明是直承今后要归隐幕后，将自己在徽商会馆的位子交给古平原，今后徽商与洞庭商帮乃至东印度公司的一切往来也都交由古平原处置。在场都是人尖子，胡老太爷如此抬举古平原，再加上他确实为徽商此番脱厄出了大力，等于是一手扭转乾坤，把徽商的面子里子都保住了，众人无不心服口服。

汪存义和宁老板带着大家纷纷上前致贺。汪存义握着古平原的胳膊，深深点头，"当初胡老太爷让你代胡家出面谈生意，我还没把你放在眼里。想不到古老弟真是英才，解了徽商大厄不说，还让徽茶起死回生卖了好价钱，我汪存义说话算数，从今往后服了你。"

宁老板与其他茶商大老板都在一旁点头称是。古平原这一次真是让他们心服口服，连带着对胡老太爷的识人眼光佩服得五体投地。

大家各自兴高采烈地谈着今后的生意，只有侯二爷在一旁形单影只，阴着脸不出声。胡老太爷瞥了他一眼，趁大家不注意将古平原招至身边，当头一句就问道："方才乔大人一直陪我在后院吃茶，可是我过来时也听了只言片语，那姓李的怎么说有人卖了兰雪茶给他，此话可当真？"

侯二爷乍听此问，吓得心胆俱裂，仿佛被人抽走了浑身的血液，脸色一下子变得煞白。他恐惧地盯着古平原，不知从那张嘴里会说出什么可怕的话来。

古平原就是怕胡老太爷听见侯二私下卖茶的事儿气到了身子，这才请乔鹤年借故绊住了他，谁承想老太爷还是听到了。他怔了一下，没事人似的笑了笑，"老太爷，您多心了，李钦不过虚张声势罢了，不信您去泰来茶庄的茶库验看一下，兰雪茶斤两不少，都在库里。"

胡老太爷看了看一旁身子微微发抖的侯二爷，心里叹了一声，嘴上道："那就好，既然你这么说我就放心了。"

汤姆逊买下徽茶，价格在古平原的力争之下比往年还要多出一成，徽商无不皆大欢喜。如此一来，军捐的事儿迎刃而解，胡老太爷与几个徽商大佬商议过后，准备给徽州知府乔鹤年做面子，酬谢他的相助之德，于是又额外多捐了二十万两银子来为官军添饷。

得此喜讯，乔鹤年要连夜赶到省城去向袁丁四禀报。古平原作为徽商的代表也与他一同前去，胡老太爷命侯二爷出府相送。

趁着乔鹤年登轿之际，古平原转身对侯二爷道："侯世兄，老太爷他心思清明，什么事儿都心中有数，我看老人家还是很爱重你的，还望你不要辜负了他一辈子的心血。"

古平原的话说得很隐晦，点到即止，侯二爷一时无言以对。古平原帮他瞒着此事，按理说无论如何应该道个谢，他却十分不愿开这个口，憋了半天才吐出一句："兰雪茶高价卖给洋商，咱们两家三七开，你这回可发了大财了！"

"这里面还有安德海的二成，帮过我的人我绝不负他。"古平原纠正道。

侯二爷的脸色立时变了，古平原的这句话太出乎他的意料了。安德海人在深宫，说句实话，古平原给他多少全凭一句话，却能如此诚信不欺。侯二爷与他打了这么长时间交道，才真真正正见识了此人的风骨，再想想舅舅堂上挂的那块二诚堂匾额，一时不禁呆住了。

古平原见他无话，拱手一揖，举步便走。走了十来步，身后侯二爷忽然喊了一声。

"古兄！"

古平原诧异回头，就见侯二爷脸上阵青阵白，但终于还是说出了一句话。

"后天是徽商会馆每月议事之时，还请古兄早着些到，很多事情还要请你一道商量。"

6

李钦心里像揣了一把火，只觉得五脏六腑都要被烧焦了，却愤恨得无处发泄。他回到徽州府城的客栈，刚一进院便发现自己的房间里亮着油灯，映出一个人影正坐在窗边。

李钦一推房门，便诧异地道："你怎么来了？"

那人短脸狭目一字眉，穿着靛青棉布袍，腰间系一条土黄色带子，一条辫子梳得一丝不乱，显得十分精干。见李钦进屋，他离座微微躬身，"给少爷见礼。"

来的人李钦太熟悉了，是父亲李万堂的贴身长随李安。这个李安是李万堂最为信任的家仆，论起可供机密的程度还在张广发之上。虽然是以仆人身份出入李万堂的书房，但做的事情却与师爷相仿。李钦从小上私塾，李万堂无暇顾及，都是派李安监堂，有个错处，拿过李万堂给的戒尺就打手板。李安从不留情，所以李钦对张广发可以使性子摆少爷谱儿，见了李安却心里一噤。

"是我父亲派你来的？"李钦心里直犯嘀咕，难不成李万堂得到了信儿，知道自己出师不利败在古平原手上？就是耳报神也没这么快啊，何况李安要从扬州赶到徽州，也需几日的行程。

"少爷您说笑了，当然是老爷派我来的，不然我哪有那么大胆子私自从扬州来见你？"李安说话向来滴水不漏，他又趋了趋身子，"老爷听说有洋商在杭城大肆抬价收茶，担心事情有变。恐您孤掌难鸣对付不了这帮徽商，派我来看看可有效劳之处。"

李钦深深叹了口气，回到椅上，只觉得浑身筋骨都被抽了出来，软瘫得不想说一句话，"可惜你来晚了。"

听完李钦说的前后经过，李安一时也怔住了。原想着与徽商胶着难解，李万堂担心这个儿子知进不知退，派他来就是想做个让步，好及早从茶叶生意中抽身，没想到已经弄成了个一败涂地的局面，这可怎么回话？

"你也不用替我藏着掖着，该怎么回就怎么回。"李钦一副破罐子破摔的样子。

"少爷，不是我不分上下尊卑说您。"李安一边思虑一边道，"徽州的事儿其实是十拿九稳，老爷派您来，不过是让您立这么一个大功，在京商里树起威望，这样再派您去管盐场，谁也说不出什么。打仗亲兄弟上阵父子兵嘛，可是眼下……"

"眼下十拿九稳的事儿被我办砸了，我是个饭桶窝囊废！你不就是想说这个？"李钦那脆弱的自尊心被李安两句话刺出血来，闷声吼着。

李安并不理会，自顾自往下说着，"如今老爷在扬州与官府交接盐场，那王天贵寸步不离地看着，别看是联号做生意，其实他与咱们京商是面和心不和。再说句明白话，彼此心里都揣着刀，只是暂且不能做两败俱伤的事儿罢了。还有扬州盐商，先前祖传的盐场归了官府他们也只能忍气吞声，现如今盐场发回私办，却落在京商手里，他们恨不得咬李家一块肉下来。

"他们已经出手了，而且用的是釜底抽薪的法子。如今李家已经孤注一掷，全部的银子都投到了盐场上，一个应对不慎，可就再也翻不过身来了。"李安的话如一阵从门缝里吹过来的冷风，听得李钦毛骨悚然。

"釜底抽薪？"

"对。两淮七十二家盐场虽然尽数归了我们经营，可这不是说办就能办下来的事儿，京商虽然可以派人管理，但是盐丁呢，没人采盐晒盐，盐场就和荒地无异。"

"那，那原先的盐丁呢？"

"官府管了二十多年，那些官吏本就无心经营，盐丁也因此少了许多。这一次扬州盐商存心不良，在京商还没有接手之前，就已经煽动盐丁逃跑，结果十停中去了八九停，七十二家中能如常开工的盐场还不到十家。"

"没有伙计就花钱雇嘛。"李钦不以为然道。

李安望了望这个大少爷，摇摇头，"您不知道，盐丁历来就不是雇来的。而是官府把罪余之人及其家属编为盐户，专事采盐。一旦编为盐丁，身不出产盐之区，手不离煮盐之业，终一身，终后人，如牛如马。

"我最近跟着老爷，也看了些论盐法的书。前任两江总督陶澍于盐法最精，他有一段话我记得清楚，背给少爷听听。"说着李安仰面背诵道，"盐丁者，无月无日不在火中。最可怜者，三伏之时，前一片大灶接连而去，后一片大灶亦复如是。居其中熬盐，直如入丹灶内，炼丹换骨矣。其身为火气所逼，始或白，继而红，继而黑。皮色成铁，肉如干脯。其地罕树木，为火逼极，跳出至烈日中暂乘凉。我辈望之如焚、畏之如火者，乃彼所谓极清凉世界也……其鸠形鹄面，真同禽兽一类，故极世间贫苦之难状者，无过于盐丁也。"

李钦自幼生在富贵窝，哪里想到世间还有如此贫难度日之人，陶澍这段话描绘得如在眼前，他听得不禁呆住了。

"话说回来，要不是雇用盐丁几无成本，贩盐又怎么会成了天下第一大利薮？眼下两淮七十二家盐场共缺盐丁七八万人，老爷一辈子没发过愁，这一次真是着急了。他动用关系，想从直隶各官厅调罪犯来，可是一时哪里凑得这么多人？再说天津长芦盐场也还指着这些罪犯充当盐丁。"

李钦吓了一跳，"要这么多人？"

"当然。"李安向窗外望了望，低声道，"一同接收的还有过去扬州盐商的账本。我帮着老爷算过这笔账，真是惊人。这盐场要是干好了，每个盐丁每天能帮李家赚一两多银子。"

"一人一天一两，那十万人一天就是十万两，一个月下来岂不是三百万两的纯利白银？"李钦咋舌不已。

"所以啊，都说扬州盐商富甲天下，能一夜建白塔，咱们京商也瞠乎其后，敢情是这银子来得比流水都容易。相比起来，什么茶叶、票号都不值一提了。只是苦于现在没有盐丁，说什么也没用。偏偏祸不单行，东印度公司的那纸合同也落了空，还要赔上八十万两银子，这真是雪上加霜。"李安摇了摇头，满脸都是忧色。

李钦却没注意他在说什么，背着手在屋中踱来踱去，神情苦思，久久不言。

李安知道这位少爷只是性子纨绔，论起聪明不在乃父之下，他此刻想必是有了什么主意，当下也不出声，只静静候着。

过了好半天，李钦渐渐面有得色，喃喃自语道："一石二鸟。你想保她，我就偏让你保不成，让你知道跟我作对有什么下场！"

他瞄了一眼李安道："八十万两银子不算什么，要是盐场全数开工，几天就赚回来了。李安，我知道你一向是我父亲的参谋智囊，有件事你帮我谋划谋划。要是做成了，这几万盐丁也就有了着落。"

这次轮到李安心中一跳，不置信地仔细打量着李钦，"少爷，我为这事儿已经忙了两个多月了，别说几万人，就是千八百人都不好找，这事儿连老爷都没个主意，你有把握？"

李钦嘴角牵动一下，眼里闪着鬼火一般的光芒，"有！"

7

古平原帮着解决了军饷一事，袁丁四大喜过望，听了乔鹤年讲述经过之后，行文京中刑部及关外大营，为古平原叙功，准其功罪相抵，从今往后免去流犯身份。袁丁四原本也要给乔鹤年请功，但与乔鹤年在书房一番密谈之后，居然出人意料地将这一功记在了布赫藩台的头上。有人说这是乔鹤年要向布赫示好，也有人说是袁丁四趁机笼络布赫。

古平原则一时顾忌不到官场上的变化。胡老太爷把会馆里的位置让给他，连带也是一个大大的担子压下来。古平原整日带着弟弟，会同刘黑塔和侯二爷等人，打理整个徽商的卖茶事宜，几乎忙得脚打后脑勺，一个月下来人累瘦了一圈。

好在他后顾无忧，常玉儿温柔体贴，与古平原成亲之后把他照顾得无微不至。古平原也很是喜爱妻子，夫妇新婚宴尔，彼此如胶似漆，敦伦和睦。古平原每次回

317

家都能看见常玉儿与婆婆、小姑之间相处和睦。古母逢人便夸这个媳妇贤惠懂事，操持家务更是一把好手，已在憧憬着来年抱上一个白胖孙子，那就真是此生无憾了。

就连一向不大服人的古雨婷，也出人意料地对常玉儿百依百顺，凡事都搭把手帮个忙，平素更是有说有笑，简直比对古母还亲。

好不容易忙完这一阵子，接下来古家还有一件大事，那就是给古母办寿。虽说不是整寿，可是算起来自从古平原离家，古母已经快十年没有给自己过生日了。眼下一切顺顺当当，一家人总算聚在一起，古平原又成了亲，三兄妹决心这一次要大大地操办一场，以慰老母多年来的苦心操持和尽心抚养。

这个话一说，常玉儿十分赞成。古母却有些不同意，她一是怕树大招风，二来这家里的钱都是古平原辛辛苦苦赚来的，她也真是舍不得就如此糜费了。

三兄妹轮番上阵地劝说也没用，最后还是常玉儿出马，一句"相公赚钱就是为了给您老人家尽孝，您要是不答应，不但可惜了他这片心，而且将来在外劳累，连个盼头都没有，岂不是心里更苦？"一句话说得古母回心转意。

操办寿宴自然是长房长媳抓总，开出一张单子，古平原按图索骥，采购各种寿宴所需之物。有些东西自家的铺子里就有，有些则要向货郎订货。古平原把这件事看得很重，不愿让母亲有一丝一毫的不如意，于是派弟弟去茶园，自己整日在镇上铺子里，说是看生意，其实是等着货郎来交货，好当场验看。

等了几日，三三两两已有不少东西买了回来。古平原正在等一批上好的银丝京挂，以做寿面之用，谁知京挂没到，郝师爷却特意从府城找了来。

古平原就知道一定有事，连忙让进来奉茶请坐，几句寒暄之后，他也不多客套，直截了当地开口相问。

郝师爷面上忽现难色，吧嗒吧嗒抽了几口烟，咳嗽一声才开了口。

"古老弟，我说一件事，你可千万别着急。"

"郝大哥，你就说吧，这般吞吞吐吐，我岂不更是着急！"

"那好，我就说了。"郝师爷还是有些犹豫，打着纸媒点起一袋烟，呼呼吸了几大口，烟雾缭绕中开口第一句话就让古平原跳了起来。

"官军已经收复了三河镇。"

"什……什么！"古平原真是大吃一惊，"我怎么不知道？"

"别说你了，就连抚台袁大人事先也被蒙在鼓里。"

第十章

反　目

1

事情起在两日前，原本风平浪静的合州城，半夜里却忽然响了三声震耳欲聋的炮声。袁丁四是惊弓之鸟，深恐是李成空再派逆匪来袭，立时派出衙差打探，结果发觉居然是程学启动员了手下全数的官军，动用全部火器，夜袭三河镇，事先连个招呼都没和袁丁四打。

"程学启是疯了不成！"古平原噌地站了起来，这事儿太出乎他的意料了。他最有把握的就是猜准了袁丁四的心理，知道他不愿意打这没有把握的一仗，宁可拖下去。想不到程学启居然就有这么大的胆子，敢绕过巡抚直接发兵，要是打输了那非掉脑袋不可。

郝师爷叹了口气，"我问过了，那天午后，有人给程学启的大营里送了两口棺材，他打开一看顿时怒发如狂，谁也劝不住，到底是弄出了这么一桩大事来。"

"棺材，谁的棺材？"

"还能有谁，说是在程学启叛乱之时，被逆匪弃尸荒野的程夫人和他的儿子。"

古平原倒吸了一口凉气，"谁送的？"

郝师爷直摇头，"眼下局势乱成一锅粥，谁有心思去查这种事。"

"李成空莫非就这么不经打，两天就把三河镇丢了？"

"说来这还是拜你所赐。"郝师爷苦笑地摇摇头，"你那六千支洋枪和许多洋炮如今大多都在程学启手里，加上军饷充足，他发令时有言在先，凡是逆匪的私财谁抢到了归谁所有，割一个逆匪人头赏五两银子。就这么着生生把一群贪生怕死的官兵动成了虎狼之师。"

"那她呢？"

郝师爷知道他问的是谁，依旧只是摇头，"兵荒马乱，谁也不知道，不过依我想来，她必定是跟着李成空的中军，李成空队伍没散，她就不至于有性命之忧。"

"李成空的队伍如今在什么地方？"古平原急急问。

"唉，我匆忙来镇上，就是想劝劝你，别管这档子事儿了。与逆匪逆属搅到一块儿还有好？"郝师爷知道这是古平原的软肋，一旦知道必然要急。

"今时不同往日，她已经嫁了人，你也娶了亲，这段过去的事儿就干脆抹了吧，你总不能一次次为她拼了命吧，别忘了你也有一堆家人指望你呢。"

古平原就觉得心里像堵了什么东西，"你别以为我想保白依梅，就是还想和她在一起。成婚当日，我已经和妻子赌咒发誓，今生绝了这个念头。可是就算忘了当初青梅竹马的情分，总不能把老师嘱咐我的话抛在脑后，郝大哥，我老师怎么死的你也亲眼看见了，要不是为了保住我，老人家能一头撞死吗？"

古平原一提起这件事，两眼就发红，声音也哽咽起来，"我对白家，对白依梅没什么别的想头，只想让她能平平安安过日子，甭管是布衣荆钗，还是锦衣玉食，只要能远避刀兵，得享太平，我就算把这份心尽到了，我一辈子都可以不再见她！"

一番话说得郝师爷沉默不语，看得出来古平原说的是实话，可就是这么一个最平常的愿望，因为白依梅身陷逆匪，而且是朝廷欲得之而后快的烈王妃，偏偏就不能实现，这也真是天意弄人。

"李成空是不是拉着队伍奔南都去了？"古平原再次急急发问。

"李成空要是个庸将，也许会不管不顾回南都。"郝师爷用桌上的茶杯摆了个地图，"他要是绕过巢湖直奔南都，就得与身后追击的程学启部一边纠缠一边行军，他带着一帮老弱妇孺，没法急行军，就只能边战边撤。浙江巡抚李鸿章是好惹的？一看这个形势必定发兵来攻李成空的侧翼，就算李成空统兵得当，勉强撤到南都附近，可是南都被江南大营围得铁桶样，里外消息隔绝，没有人接应，曾氏弟兄又深谙用兵之道，自然要派兵迎头痛击。"

郝师爷用三个茶杯成三角状，中间夹着一把茶壶，指了指，"后有杀红了眼的程学启，中有神速飘忽的李鸿章，前有坚如磐石的曾大帅，李成空天大的能耐也没用，他是多年的统兵大将，熟知兵法，所以他不会也不敢回援南都。这是乔大人与我们商议之后的见识，想来错不了。"

古平原也通兵法，仔细想来就知道郝师爷说得没错，赞成地点点头，"北面是直隶门户，朝廷重兵把守之地，他更不会往北去。如此一来那就只剩下西和南了。"

"西边是寿州的苗盛雨，这个人与逆匪和官军都是时敌时友，也许会落井下石砍上一刀，这么危急的时候，李成空不见得敢冒险往西。"

"这么说，难道他往徽州来了？"古平原心中一动。

"恐怕是池州。虽然李成空用了疑兵之计，可是几万人的队伍行动起来难免有蛛丝马迹，看样子像是奔着池州去，探马这两日就有回报。乔大人说，李成空大概是看中了九华山的地利，想凭山据守。"

池州与徽州密迩，快马半日可到，古平原一想到白依梅可能就在不远的大山中挨饿受冻，立时坐立不安起来。

郝师爷看出他的心思，再次劝道："我听乔大人说，其实袁巡抚也有招降李成空之意，不然你再等等，先别急往这浑水里趟。"

"等不得了！"古平原抽身进了内屋，不一会儿拿出一个满是尘土的布包，像是从砖缝地角刚刚挖出来，打开一看里面是两张纸笺。

古平原拿出其中一张，递给郝师爷，"这是当日给程学启送三十万两军饷时，从他那儿拿到的，王天红写给他的亲笔信，许诺攻下合州封他为王。"

郝师爷接过一看果然不假，这信他在程学启大营也见过，"那另一封是什么？"

古平原苦涩一笑，"这个嘛，可着实费了我不少心血。"

郝师爷好奇心起，拿过来略一过目便吃了一惊，"这、这也是王天红的亲笔信？"

古平原笑而不语。郝师爷仔仔细细盯了古平原一眼，一时不知道该说什么好，许久才叹了口气，"看来你处心积虑已经谋划好久了，既然这样我也就不劝你了。"

2

"袁大人，卑职有重要军情禀报。"乔鹤年步履匆匆走进巡抚衙门内堂，他已经是袁丁四的亲信，不必通禀可以直进二堂。

袁丁四知道乔鹤年为人一向沉稳，见他神情中有一丝掩不住的兴奋，知道事情必定不小，不由自主也站起身来。

"王天红半个月之前已经病亡了。"乔鹤年趋前说道。

"此话当真！"袁丁四大惊复又大喜，定定神才问道，"此事你是从何而知？"

这么重大的消息，连巡抚都无从得知，乔鹤年居然知道，袁丁四不由得怀疑起来，从前也传过几次王天红的死讯，这次可别又是道听途说。

"错不了。消息是从江南大营得来的，曾大帅已经用六百里加急向朝廷出奏了，以他的老成持重，若非万无一失的把握，岂肯将此事上报朝廷？"

这么说的确没错了，王天红是死了。袁丁四看了一眼乔鹤年，这样机密的军情大事，他居然都能从江南大营打听出来，足见精明能干。

"确实是个能干大事的，不过也不可不防。"袁丁四心中既赞赏又警觉。

乔鹤年立即有些觉着了，忙又躬身道："卑职知道消息，半刻也不敢耽搁，直报抚台大人，眼下通省上下，想必还没有人知道此事。"

"唔。"袁丁四这才满意地点了点头，双掌一击，"既然这样，程学启还去攻打李成空做什么，白白损耗安徽的兵力。"

"大人高见。"乔鹤年立时赞同，"依卑职所见，只要这个消息传到李成空的大营，他军心必溃，到时候就算他不降，他的部下也要来降。明明可以不战而屈人之兵，何必硬拼。"

"你速速去告知程学启撤兵，同时尽快把这个消息让逆匪知道。"

"卑职遵命！"

"不行！"乔鹤年答应声还没落地，从二堂外的台阶上传来一声猛喝，震得二堂中回声不断，把两个人同时吓了一跳。

袁丁四急抬头，就见一个高大的人影从外面疾步而进。这人身高步长，几步就到了近前，粗壮的身躯挡住了堂外的太阳，以至于一时看不清他的面目。

"你是谁？大胆，竟敢不经通禀，擅闯巡抚衙门。"袁丁四一时惊慌失措，向后退了两步，慌乱间竟想到是不是李成空突出奇兵攻了进来。

乔鹤年却比他冷静得多，就算是擅闯，亲兵营应该拦截厮杀，不会一丝动静都没听见就把人放进来。他眯起眼睛细一打量，第一眼就看见来人的帽子上缀着十二颗东珠。

袁丁四还在惊慌，边上的乔鹤年已经撩官服跪倒在地，"四品道衔，徽州知府乔鹤年给王爷请安。"

这才算是把袁丁四的魂儿给叫回来，他定睛一看，急忙也跪倒相迎，"安徽巡抚袁丁四参见僧格林沁王爷。"

来人正是僧王！

他二话不说，坐在厅中太师椅上，许久都没有言声。袁丁四低头跪着，就觉得心里怦怦直跳，不多时头上汗珠子落下来滴在水磨青砖上。

这位王爷是举朝出了名的难伺候，手握重兵，素来不讲道理，瞪眼就杀人，连恭亲王都惹不起他，更别提外省的督抚了，谁见到僧格林沁王爷，都像是老鼠见了猫一样。

这杀人不眨眼的魔王不是正在邻省打西征军吗？连个前路滚单都没有，忽然跑来安徽做什么？袁丁四心里直犯嘀咕，就是不敢开口问一声。

"我听人说，你想招降李成空，我原本还不信，方才在二堂外正好听见你的话，这才知道，敢情你未经奏报朝廷，就想擅自招安这个大逆匪。如此轻慢军务，我问你，是谁给你这个权，给你这个胆子？"

僧格林沁上来就是劈头盖脸一顿诘责，听起来像是冠冕堂皇，实则他心中另有打算。就在十九日前，他的军营里来了一名京商的年轻东家，说是打安徽来，见袁丁四处置军务乖张，有意放纵朝廷大敌，特来向王爷禀报。

僧王最近正倚重在秦西相识且于近日来投的谋士苏紫轩，一来这苏紫轩有瀚海血统，二来此人计谋百出，往往料敌机先。僧王在山东所剿的西征军与瀚海骑兵一样，全仗马队奔驰，往往一昼夜能奔袭千里，隔省突击。所以剿捻的第一要务是判断其行踪，自从苏紫轩来到僧王大营，只凭一张地图和几个探报，就能断出西征军下一次攻打的目标，以至于僧王以逸待劳，很是打了几个漂亮的胜仗。不出两个月，苏紫轩就已经成为僧格林沁不可稍离的参谋。

如今这件事，僧王也问了他的意见，苏紫轩见识高人一等，最后结论则是，曾氏弟兄眼看要破天京，立下不世奇功，而左宗棠与李鸿章已然收复闽浙，麾下将领如云，兵强马壮，自从国朝建立以来，汉人头一次掌了这么大的军权，倘若袁丁四再招降或是击溃了李成空，那么汉人的声势就再也无法压制，对满蒙贵族而言，这是一件无论如何也不能接受的事情。

"如今有句话，满人的朝廷，汉人的江山。王爷是朝中亲贵，满蒙第一名将，咸丰爷御赐的巴图鲁，眼下能力挽狂澜的就只有您了。李成空是逆匪的立国大将，王天红的左膀右臂，王爷将他一举击溃，则汉人督抚声势必然减色不少，至少无法夸耀其覆灭逆匪的全功。"

苏紫轩一番话把僧格林沁说动了心，当即点起五万铁骑精兵，沿官路南下，直抵合州。

"本王奉朝旨节制三省兵马剿捻，如今李成空从三河镇逃离，我担心他与捻匪兵合一处，故此请旨，连同安徽兵马一同节制，从今往后，一切关于逆匪的军务都要向我请示。"僧格林沁把大手一挥，"有违令者军法处置！"

"下官遵命。"袁丁四擦擦头上的汗,这才敢起身回话。

"本王第一条命令就是,绝不能将洪逆酋的死讯泄露出去,不然以资敌论处!明白了吗?"

袁丁四连连答应。

"第二条,我的五万骑兵人吃马嚼,要派个精干的人来给我办粮台,此事要快。"

袁丁四登时犯了难,谁敢给这魔王办粮办饷,出了丁点差错就是掉脑袋的罪。他正犹豫,忽听后面乔鹤年轻咳一声,他稍侧身看去,乔鹤年正冲自己诡秘一笑。

袁丁四恍然大悟,几日前与乔鹤年在书房密议之事,想不到今日派上了用场。他精神一振,回道:"禀王爷,本省藩台布赫吏务娴熟,为人通达,刚刚为安徽驻军筹得大笔军饷,可谓是经济之才。下官已然向朝廷保举了他,也许吏部近日便另有重任,王爷既然急需人才,何不再向朝廷请旨,便将布赫调入王爷所部,军功上最易升迁,于公于私,想来他都会愿意为王爷效劳。"

见僧格林沁点头答应,袁丁四喜心翻倒,本想给布赫记个筹饷之功,将其保举到别省为官,没想到僧王这一来,竟然让自己如此痛快地甩掉了这张狗皮膏药,想到布赫得知之后那张欲哭无泪的脸,袁丁四差点笑出声来。乔鹤年更是心中暗喜,这口气总算出得痛快。

见没自己什么事了,乔鹤年告退而出。到了二堂外面,向仪门走去的时候,长随康七犹豫着问了一句。

"老爷,您看这王天红死了的事儿用不用派人到徽州告诉古老板?"

"哦?"

"上次分手之时,古老板不是特意叮嘱您,要是有事关逆匪的重大军报,希望您能即刻告知。"

乔鹤年沉思了一会儿,果决地摇摇头,"不,这事儿尤其要瞒着他。我知道他想做什么,无非就还是为了那个女人。我眼下要借重他的地方很多,不能让他再与发匪搅到一起。至于那女人,最好是死在乱军之中,一了百了。"

"老爷怕是多虑了,眼下李成空兵败如山倒,谁有那个胆子去帮逆匪啊?"

乔鹤年眼睛望向徽州的方向,缓缓道:"这个人连黑水沼都敢趟,十八反的药材都敢往肚子里吞,世上就没什么他不敢干的事儿。"

3

古平原确实没什么不敢干的事，特别是对他坚信不疑要做的事。

"我不是清军奸细，我是烈王妃故人，此行特来见烈王，有要事和他讲。"两把雪亮锋利的钢刀架在脖子上，古平原只有这一句话。

这些日子他为了找李成空的兵马，真是吃了大苦头。号称东南第一山的九华山有九十九座山峰，古平原从九华十景的天台晓日找起，几乎日夜不眠，连找了三天三夜，因为心急的缘故，中间几次差点失足跌落山涧。后来又两次遇上搜山的清军，头一次用银票打发了，第二次的士兵更加凶蛮，打算行凶抢掠，意图杀人灭口，古平原见势不妙，滚下山坡这才逃了一条性命。

他不敢再这么漫无目的地找下去，索性寻了一个僻静地方，静静思索李成空可能去的藏身之地，当想到兵法上"水因地而制流，兵因敌而制胜"，古平原忽有所悟，带着几万人的兵马，无论怎么藏一定要找水源。而且水少了还不济事。

想明白这一条，古平原便向当地采药的药农打听了九华山几条主要水脉，寻迹而去，终于在碧桃涧的桃岩瀑布附近遇上了大泽军。

眼下他被人押入了一片连营中，满目所见触目惊心，就见营盘中的这些逆匪几乎个个身上带伤，横七竖八地躺倒一地，不住地呻吟着。另有大群的老弱妇孺听天由命般或坐或倚在山岩下，目光中除了惊恐便是麻木。大营的石砌火灶上正在用大锅熬着军粮，古平原被推着从旁走过，快速地看了一眼，里面哪有粮食，全都是树根草叶，还有几块不知从哪儿打来的野兽肉块，散发着腥臭的味道。

古平原一想到白依梅也在吃这样的饭菜，受着同样的苦，心中登时一酸。

"进去！"身后头扎黄巾的逆匪兵往前一推，古平原这才惊觉自己已经进入了大帐。

帐中无座，一块大石上铺了虎皮，上面端坐的正是烈王李成空。他冷冷地看着古平原，此时方才徐徐开口道："古平原，难为你有本事，居然能找到我的中军大帐里。"

"王爷，和他多说什么。上次的事儿就是坏在他手上，要不是他劝降程学启，如今在合州发号施令的就是咱们了，这次又是程学启带着清妖攻下了三河。归根到底，都是这姓古的捣鬼，他是我们不共戴天的仇人，请让末将屠了他，以谢死去的弟兄。"黄老虎黄文金愤愤道。

李成空没言语，用一双漆黑晶莹的眼睛静静地盯着古平原，许久才道："你该不会是又来找她的吧？"

古平原摇着头，"我此次是特意来找烈王爷的。如今胜负已分，你这支军队已经走到了绝路。从古至今没听过带着一大帮老人小孩还能在深山中与官军周旋，别看你手下还有几万兵马，可是在山中打仗，人越多越难藏匿踪迹，也越没有回旋的余地。何况你内无粮饷，外无强援，这么撑下去，每打一仗就要损失一成人马，不到一个月，你手下的这些人就死光了。"

"放屁！"黄文金暴怒地拎起古平原，一口唾在他脸上，帐中众将也无不怒目大骂。只有李成空一言不发，眼下的情势他看得比谁都清楚，确实是已经到了绝境。如果说手下只带千余勇猛的将士，他倒是有信心出其不意杀出一条路来逃之夭夭。可是剩下的几万人怎么办，这些老人孩子该如何处置，难道就任由清妖找到他们残杀殆尽？这可都是我们的弟兄，其中有些人从金田起义就跟着王天红，如今我要把他们抛下，怎么对得起良心，真要那样，还不如堂堂正正带兵出山，与清妖决一死战，死也死得轰轰烈烈。

李成空无声地叹息着，随后道："我知道你来做什么，你是为清妖做说客，想让我降清，告诉你，我宁死不做对不起总舵主的事情。"

"只可惜你那位大哥不这么想。"古平原说完之后，不出意料地看见李成空射来两道凌厉的目光。

"我身上有封信，你拿去看了就知道了。"

李成空让亲兵从古平原身上搜出那封信，展开一读，身子便是一颤。

"这是假的！"他抖了抖手上的信，斩钉截铁地说。

"你跟了王天红这么久，真的假的分不清吗？告诉你，这封文书王天红已经传遍了各地，但凡有大泽军驻守的地方都接到了。海宁刚刚被官军收复，这就是从那儿搜出来的，由浙江巡抚李鸿章派人送来安徽，交给了袁丁四。"

"那怎么又落在你手里？"

"其实是落在程学启手里，他是先见了这文书，料定你必无后援，这才放心攻打三河镇。我是劝降他的人，自然有些交情，趁他军务繁忙把这文书偷了出来。"古平原这番话早就在心里说过十几遍了，丝丝入扣，听起来竟是天衣无缝。

李成空被他说得犹豫起来，又仔细辨了辨文书上的字迹，喃喃道："我不信，总舵主绝对不会这样对我！"

"李成空！"古平原忽然加大一声，"你别做梦了。王天红连杨秀清和韦昌辉都能杀，何况是你？他在文书中写得明明白白，说你违命怠令，不肯回援天京，与清妖通同一气，让出三河镇，已然背叛大泽军，要各地大泽军见你及部下立斩不赦。就这个罪名，你辩有何用，回去也是死路一条。"

营中诸将这才听明白，原来总舵主的文书上写的是这样的话，顿时大声喧哗起来。古平原费了九牛二虎之力才得到这封书信，就是从白依梅一句"除非总舵主要他降，他才会降"中得了启发。要王天红命李成空投降那是痴人说梦，可是古平原却由此触机，反其道而行之，要李成空断了回援的念头，既然无路可走，那就只剩下投降一道了。

黄文金一蹦三尺高，眼睛瞪得比牛都大，"烈王，这王八蛋说的是不是真的，难道总舵主真不要咱们了?！"

李成空就是再有决断，此时也乱了心神，看着帐中吵成一团的众将士，眼神中一片茫然。

古平原扬声又道："你看看外面那些老人孩子，还有这些跟着你出生入死的人，你难道一定要把他们推到绝路上吗？你降了朝廷，他们自然也能跟着赦免，从今往后又是安善平民，岂不比在大山里挨饿受冻，甚至被官军斩杀强上百倍？"

黄文金久不见李成空答言，古平原又絮絮不休，惹得他怒火中烧，回手一推，将古平原狠狠推倒在地，大吼道："再多嘴，老子割了你的舌头！"

古平原就像没听见一样，继续喊着："眼下胜负既分，大丈夫就应该拿得起放得下，你一人负荆请罪，能救几万条性命。李成空，你当真一意孤行，要他们陪着你去死吗？"

"他娘的！"黄文金气极了，扑过来一举匕首就要下手。

"慢！"李成空忽然一摆手，黄文金扭头看向这位深得军心的主将，就听他一向激昂的声音中忽然带了疲态，"把他带下去押起来，此事我要从长计议。"

"方才在大营外，逮到一个清妖的奸细。"李成空缓慢地说。此刻他在后帐，白依梅就坐在桌子对面，她虽然卸去了王妃的服色，穿着普通妇人的衣服，却难掩容颜秀丽。

"哦。"白依梅只是应了一声，她从来也不过问丈夫的军事。

"这个人你也认识，就是古平原。"

"他……"白依梅愕然抬头。

"很奇怪他怎么会到这儿吧？他送来了一封信，希望我看了之后能投降清妖。"说着，李成空把信交给妻子。

白依梅每读一行，脸色便白上一分，看过全信之后，她惊惧地望了一眼李成空，"清妖要杀咱们，总舵主也要杀咱们，那岂不是没了生路吗？"

李成空默然不语，过了好一阵子才道："依梅，我要送你走很容易，可是你一走了，军心就乱了，大家都会说我处事不公，再也不会有人信我的话，听我的令，到时候这支军队就成了一盘散沙。"

"王爷，你以为我是怕死吗？"白依梅打断他的话，"既然嫁给你，我生死都与你在一起。只是……"她咬了咬嘴唇，轻轻说了一句话。

李成空面对枪林箭雨都不曾动容的脸一下子变了颜色，他又惊又喜地站起身，"什么时候的事儿？你怎么不早告诉我。"说着将手伸向妻子的小腹。

白依梅羞涩地红了脸，轻声道："我也是这几日才发觉，现在这时分也不敢告诉你，怕乱了你的心。"

李成空一下静下来，怔怔地看着妻子。

"我们两人死在一起也没什么，我只是可怜他。"白依梅将手按在丈夫的手上，两个人仿佛一起在轻抚着那个还没有知觉的孩子，"可怜他还没见过一天日头，要是就……"白依梅的泪珠止不住落了下来。

李成空一向不是个儿女情长的人，此刻却如百爪挠心，紧咬牙关，终于洒下两滴英雄泪。冰凉的泪水落在白依梅的手上，她身子一颤，抬起头望着自己的丈夫。

"放心，我一定让咱们的孩子活下去！"李成空双目炯炯，笃定地说。

4

古平原只听耳边山风呼啸，蒙眼的罩布被身后人一把扯掉，他双膀依旧被缚，身子晃了晃，惊觉自己面对着的是百尺高崖，两只脚距离悬崖边只有方寸之地。

他糊里糊涂随着李成空的军队行了两日，眼睛始终都被蒙着，也辨不清东南西北，转过身茫然地看了看四周，这才发现李成空带着两个亲兵，就站在自己身前不远处。

李成空目光中不带丝毫感情，举手向山下指了一指，"那里就是通往天京的官道，不管你怎么说，我都要带兵回援，哪怕总舵主将我立时处死，我也心甘情愿。"

古平原立时面色惨变，他嗫嚅了一下，想要说些什么却又咽了回去，深深地叹了口气，"你执意要为王天红尽愚忠，我也拦不了你。只是你若真爱白依梅，就放她一条生路，别让她跟你走。"

"除此之外，你还想说什么？"李成空不动声色地问。

古平原摇摇头，"我和你本就无话可说。我不恨你，可也并不敬重你，你虽然有勇气，却不明大势，只不过是匹夫之勇罢了。"

"说得痛快。"李成空冷哼一声，"既然无话，悬崖之下就是你的葬身之地，我看在白依梅的面上，给你留个全尸。"

古平原盯着李成空足有移时，冷冷道："好，我在黄泉下备一杯酒等你来喝。"说着转身便要纵身一跃。

"慢着！"李成空断喝一声，随即听到钢刀出鞘之声。

"刀砍坠崖都是个死，也没什么不同。"古平原索性不回头，就听刀风响过，臂膀一松，缚住自己的绳子被割断坠地。

古平原正自愕然，李成空已然与他并肩而立，再次抬手向山下不远处指去。

"我方才没说真话，那里是寿州。"

寿州与南都隔着安徽省城，东西两立，而且是匪王苗盛雨的老巢，李成空带着队伍来这儿做什么？古平原疑惑地看着他。

李成空苦笑一声，"你说得对，我决计不能置这一干老兄弟生死于不顾，所以我决定投奔苗盛雨。至于今后他要降谁，便与我无干了……"

"那将来呢？"古平原情不自禁地问道。

李成空听了，面上忽有春风拂过，脸色也柔和了下来，"等老兄弟们都有了好结果，我便解甲归田，过男耕女织的日子，一家三口，其乐融融岂不是好？"

"一家三口？"古平原一怔，随即便懂了，心中似悲似喜，也不知是什么滋味，但终于还是笑着拱了拱手，"恭喜王爷。"

李成空也笑了，拍了拍古平原的肩膀，再没说什么，便带着两个亲兵与队伍会合去了。

山崖上只留下古平原一个人，烈烈山风吹起他的袍角，他立在山巅许久，嘴里一直在默念着李成空留下的那句话"等老兄弟们有了好结果，我便解甲归田……"。他目不转睛地注视着远方大泽军的蜿蜒长队，像是要从中找出一个人，过了好一阵，他才深深地出了一口气，喃喃道："等你有了好结果，我也可以安心了。"

"再往前不远就是寿州，只怕要遇上苗盛雨的探马了。你在山窝的这小村里等，过了一日若无事，我再派人或者亲自到这儿来接你进城。"

白依梅紧紧抓住丈夫的手，声音颤抖着，"不，要去我们一起去，就算有什么危险……"

　　李成空摇头道："不会有事的，我是谨慎一些罢了。"他伸手把古平原送来的那封文书交给白依梅，艰难地说："可要是万一……你一定把孩子养大，把这封文书给他看，告诉他，他的爹爹这样做都是迫不得已……"

　　白依梅还没听完，已是珠泪滚滚而下，泪眼模糊中看着丈夫带了兵马离去。黄文金和三个亲兵被留下照顾白依梅，约好了次日辰时在此相候。

　　李成空为示诚意，只带了手下几员大将和几百人的亲兵进了寿州。甫一进城他先就是一怔，但见满城张灯结彩，沿街商铺都用红纸贴门，黄土垫道，宛如过年一般热闹。又见苗盛雨骑着一匹高头大马，身上未着披挂，鞍桥上也没有兵刃，笑容可掬地冲着李成空连连拱手。

　　"烈王爷，大驾光临敝处，鄙人有失远迎，恕罪恕罪。"

　　李成空翻身下马，单膝跪倒："败军之将怎敢当此礼节。我已在书信中说了，从今往后唯苗大哥马首是瞻，此心不诚，人神共弃。"

　　苗盛雨也赶紧从马上下来，一把扶起李成空，惶恐道："烈王，您是架海金梁，我哪敢在你面前托大。你肯来寿州，就是给我苗某面子，今后寿州人马皆是你的麾下，我苗某人俯首听命。"

　　"这万万不可。"李成空连连摇手，他原听人说，苗盛雨阴鸷狡诈，诡计多端，想不到却是极其豪爽的性子，看来人言不可轻信。他悬着的一颗心也慢慢放下了。

　　苗盛雨的聚义厅设在城中一座小山丘上，里面早已是灯火通明。义结同心四个金晃晃的大字挂在中堂，左边刀山，右边剑海，都已蒙了红布，一面悬旗扬在交椅之后，上书斗大的义字。

　　苗盛雨手下众头领足有一百多人，一见首领与李成空相偕而来，都离座请安。苗盛雨大声招呼着，与李成空来到众人面前，请李成空坐第一桌的首席。

　　李成空谦辞不受，双手抱拳，正色道："各位，远来虽是客，但岂能以客压主？今后我李成空愿保苗头领，只愿大家安心相处，能善待我这帮弟兄，便于心足矣。"

　　他这一番话说得情真意切，在场众人无不动容。苗盛雨大笑道："我还是那句话，大家既然是兄弟，那就无事不可商量，此事我们慢慢再议不迟。来人，摆酒！"

　　事到如今，李成空索性什么都不去想，干脆谋得一醉，酒入愁肠最易醺然，不过半个时辰，李成空就已经觉得酒意上头，眼神迷离起来。

就在此时，苗盛雨在李成空耳边道："烈王爷，请随我来，有事情与你商议。"

李成空也不暇细思，就觉得苗盛雨拽着自己的胳膊往后厅走去，有几个部下看见了想跟着，却被一群人拦着敬酒，哪里过得来。

李成空脚步踉跄，随着苗盛雨经过一处院落，来到后堂。他进了屋中尚未站稳，就听苗盛雨笑道："烈王爷，今天寿州也不知冒了什么地气，接连有贵客到，来，我给你介绍一位好朋友。"

李成空只觉眼前忽然一暗，一个高大的身影从椅中起身，遮住了背后的烛光，随着沉重的脚步声，这人已经来到面前。

李成空强打精神，聚拢目力望去，只见到一双鹰隼般的厉目正牢牢盯着自己。苗盛雨在旁道："烈王爷，巧得很，你面前也是位王爷，这是大清的铁帽子王，僧格林沁王爷。"

这话一入耳，李成空如同一脚蹬空，坠入无底深渊，心像被巨掌死死攥住一样。他不置信地看了一眼苗盛雨，下意识地去拔腰畔的佩刀，却惊觉苗盛雨的手还拽着自己的胳膊。

就这一错愕间，李成空忽然觉得身子猛一抽搐，肚腹间随即传来一阵剧痛，像是有把烧红的铁锤重重击在身上。

苗盛雨这才拔刀松手，退开两步，望着李成空惊怒的眼睛轻声道："你这个王爷是落了架的凤凰不如鸡，僧王才是真贵人，不拿你的血来染，我哪里戴得上王爷许下的红顶子。"

说时迟那时快，苗盛雨话音还未落，李成空只听得身后急促的弓弦声响，两支狼牙利箭已经从左右两侧穿肩而过，箭上系着绳子，有力士将绳子甩过房梁，用力拉扯着。李成空就觉得身子好像被劈开两半，人已经被扯到了半空中，大摊的血洒落在一大毡雪白的羊毛毯上，直是触目惊心。

李成空垂下头，目光下落这才看到，自己的腹间插着一根钩镰枪，二寸长的枪头已经全都攮了进去。

僧格林沁见李成空疼得浑身颤抖，却死死咬着牙一声不吭，心知他是为了保全在外面的那些部下，如果他喊了出来，那些部下自然要反抗，最后自然也难免一死。

果然，李成空开口只说了一句话，"杀我一个，饶他们一条命。"

僧格林沁心中一动，他杀李成空，是为了抢在汉人督抚之前立一大功，可是同为带兵之人，眼前这人尽管英雄末路却还惦记着一干部将，僧格林沁不由得起了爱才之心。

他这边一沉吟，就已有人看出了他的心思，苏紫轩从后面无声无息走了两步，来到僧王身边，提醒道："王爷，您可还记得国朝之初的闯逆李自成？"

李自成天下闻名，别看两百年过去，依然是众口相传的人物。僧格林沁当然知道，却不明白苏紫轩此时提起的用意。

"那李自成与明军大战于车厢峡，被围困得眼看就要束手就擒。他假意投降，一出车厢峡立时又反。有人说明亡于流寇，有人说明亡于八旗，要我说明朝就断送在那个受降的总兵手里。"苏紫轩说完这句，便紧紧闭上了嘴，她知道，就这一句话分量已经够了。

果然，僧格林沁目中凶光大作，他冲着苗盛雨点点头。苗盛雨疾步而出，不一会儿工夫就听到前厅惨呼声不绝于耳。

李成空悲凉地闭上双眼，又猛地张开，用尽全身力气狂吼一声："僧格林沁！"

僧王不言声地看了身边的悍将铁哈齐一眼。铁哈齐拎着一把长柄马刀，狞笑着大步走过来。他生性残忍，先握住那杆钩镰枪的枪杆，在李成空肚子里搅了一搅，随后猛地一抽，厅中的血腥气骤然加了一倍，李成空的肠子被倒钩扯出四五尺长。铁哈齐每一拖那枪，李成空就疼痛得如同五脏六腑放在沸腾的热油里烹，却依旧强忍着，他知道自己已经难免一死，但是死前绝不在仇人面前示弱。

铁哈齐将李成空的肠子尽数扯了出来，这才哈哈一笑，举起手中马刀，手起刀落，将李成空的人头砍下。

苏紫轩身后的四喜已经忍了半天了，这时候终于张口吐了出来。苏紫轩拍了拍她的肩膀，"今夜这座城里四处都是厉鬼，满城都是血腥，去山中透透气吧。"

僧格林沁回头对角落里一直一言不发的年轻人道："本王说话算数，李成空的那几万手下，明日就用铁环穿了琵琶骨，十人一队以铁链系之，发遣到两淮盐场，做苦工赎罪。"

"多谢王爷厚赐！"那年轻人立时跪倒称谢。

5

黄文金性子急躁，等不到第二日，夜里就派出三个亲兵去打探消息，却是久久不归。这下子不但黄文金，连白依梅都坐立不安起来，不时起身走出屋外向寿州的方向望着。

屋外已飘起丝丝细雨，山里凉风一卷，直是沁凉入骨。黄文金知道王妃如今已有身孕，怕冻坏了身子，再三请白依梅入屋中等候，怎奈她却执意不肯。黄文金无奈，只得向老农借了一把油纸伞，自己淋着雨，在王妃身边为她打伞。

又等了足足一个时辰，眼看天边露出鱼肚白，那三个亲兵才打马归来。不等黄文金开口，白依梅已然急急问道："王爷怎样了？"

"王妃请放心，一切都平安无事。我们在城外遇上了王爷，他亲自来接您了，因为车辇行慢。要我们先回来报信儿。请王妃动身吧，迎上几里就能相遇了。"其中一个叫潘卞的亲兵回道。

"好，黄军帅，我们走吧。"白依梅这才放下心来。

黄文金护在白依梅左右，沿着山间蜿蜒小路行出二里地，走在前面的亲兵潘卞忽然往山路回折的尽头一指，"那不是王爷到了嘛。"

此时正是晨间，山中薄雾如纱，黄文金凝目望去，却看不到有人马的影子。正探头间，忽听身后极近处响起一道急促的刀风，他下意识地侧头一避，原本砍向脖颈的长刀落在颈肩之间，刀身一半嵌了进去，鲜血一下子喷涌而出。

陡然间变起仓促，黄文金久历战阵，虽然骤然遇袭，发觉敌人来自身后，下意识地一踹蹬，战马往前一蹿，想要冲出个回旋的余地。

谁知道战马向前，一把刀却无声无息地从对面刺了过来，黄文金眼睁睁看着这把刀扎入自己的腰腹，借着战马前冲的力量，从前至后透了出去。

这两处都是极重的伤，黄文金再骁勇毕竟也是凡人，耳边听到白依梅失声惊呼，身不由己晃了晃，咕咚栽落马下。

他瞪大眼睛望去，就见那三个亲兵面带狰狞，手里握着兵刃，站在面前。

"你们……"黄文金抬手指着潘卞，刚怒喝半声，潘卞把脸一沉，扬起手中刀猛力一挥，血光暴现，将黄文金的手砍了下来。

黄文金惨叫一声，潘卞用脚踏住他，将滴血的刀尖指在他的咽喉，嘴角扬起不屑道："实话告诉你，你们已经完了，苗盛雨与僧格林沁早有勾结，昨晚咱们几个在寿州城外听了一晚上的鬼哭狼嚎。李成空八成是已经被人宰了。"

"什么？！"身后传来一声女人的惊呼。

潘卞转回头，向左右两个同伴使了个眼色，几个人慢慢向白依梅逼过去。

"王妃娘娘，小的们得罪了。"潘卞皮笑肉不笑地道。

"你们……竟敢背叛王爷。"白依梅咬着牙，含泪望向目光已然涣散的黄文金，又痛恨地看着面前这几个叛逆。

潘卞阴阴一笑，"王爷？那是逆匪自封的，如今李成空叛了大泽军，哪里还有什么王爷？咱们弟兄商量过了，投朝廷是死路一条，跟着王天红也没什么好下场，不如做个富家翁，倒还逍遥自在。"

另一个亲兵道："昨天我亲眼看见，李成空交给你一个信封，里面是银票吧，乖乖交出来，可以饶你一条命。"

白依梅下意识地摸了摸腰袢的荷包，潘卞冷不防伸手一把抢去，扯开荷包从中拿出那信封便要拆开。白依梅也不知从哪儿来的那么大力气，狠命一推将潘卞推倒在地，自己抢了那封信，性命似的护在胸前。

几个亲兵虎狼一样上来抢，白依梅死也不肯松手，拉扯间衣衫被撕开一条口子，露出雪白的肌肤。潘卞眼中露出淫邪之色，"都说你比总舵主的妹子还漂亮，想必床上功夫也是极好的，不然为什么别的王爷三妻四妾，李成空却只娶你这一个老婆，今天咱们几个也来尝尝王妃的滋味。"

他一声令下，两个帮凶死死按住白依梅。潘卞下了狠手，没一会儿工夫将白依梅身上的衣服撕得条絮破碎，身上大片的肌肤裸露在外。

黄文金已是有出气没进气，眼角瞥见这一幕，目眦欲裂，猛然虎吼一声，用剩下的那只左手拔下嵌在脖颈的钢刀，一把掷了过去，只可惜他已然脱了力，那刀只掷出一丈远便落在地上，连潘卞的一根毛都没碰到。

正在动手的几人吃了一惊，再看到黄文金已然歪头不语，潘卞恶狠狠地掐住白依梅的脖子，"你再挣扎也没用，那头死老虎救不了你，谁也救不了你。"

白依梅被他掐得喘不上气，想到肚子里的孩子，想到李成空临别之际那句"你一定要把孩子养大"，她的眼角滚出两滴豆大的泪珠，放弃了挣扎，一动不动地躺在地上，任由潘卞施为。

潘卞得意地一笑，双手揪住白依梅的衣领，使力两边一分，白依梅晶莹洁白的身体便彻底露在这几个男人眼前，他们不约而同地咽了一口唾沫，眼里放出光来。潘卞伸出手去用力捏着，揉搓着，看着白依梅的肌肤上现出红红的指印，他心里感到极度的兴奋：这可是烈王妃，一天前还是自己仰望的女人，如今却在身下可以为所欲为。

他只想到这里，随着一声突如其来的枪响，潘卞还没明白是怎么回事儿，便已从白依梅身上栽倒在地，胸前一朵血花扩散开来，身子扭曲了一下不动了。

另两人目瞪口呆地看着，回头一看，就见一个白衣胜雪的青年公子手里拿着一把短柄洋枪，正指向他们。

有个较为凶悍的亲兵挥刀就要往上扑，那公子冷冷地看着他，待到近前又发一枪,正中天灵盖,死尸栽倒在地。

另一人吓呆了,动也不敢动,等到那公子带着小厮走到面前,这才磕头如捣蒜地祈命。

苏紫轩和四喜在山间找了处背风的地方,大氅铺地赏了一晚冷月,天明鸡鸣本待回城,却不防遇上这等事。她这小巧精致的洋枪是外国巧手匠人所制的防身利器,可以连发四击,比起那打一发便要填一发的火枪,不知好用了多少倍。等苏紫轩问明白是怎么回事儿,微一皱眉,又是一枪将那亲兵打死。

这时白依梅已经顾不得衣衫褴褛,跪爬着来到黄文金面前,仔细一看才发觉,这员虎将已经双目圆睁,气绝身亡。

白依梅还在垂泪,四喜捡起地上的一份文书交给苏紫轩。苏紫轩略一过目,哑然失笑道:"原来如此,想不到李成空竟被这份假文书诳了,真是死得冤枉。"

"你说烈王他怎么样了,怎样了?"白依梅忽然扭头连声问道,神情有些痴狂。

"死了!先受酷刑,后被断头,死得很惨。"苏紫轩语气淡漠地说道。

"你骗我,你怎么知道的?这不可能是真的,王爷他明明说今天要来接我一起入城……"白依梅先是独自喃喃,忽然又厉吼一声,"你骗我。"

"我没骗你。"苏紫轩虽然是第一次见到白依梅,可是也听过烈王妃的名字,知道是大泽军里少有的美人,一见之下果然不差,她心中一动,忽然起了一个主意,"你知道我是谁吗?"

白依梅茫然地摇了摇头。

"我是僧王帐下的参议,也就是他的随军师爷。"苏紫轩不意外地看到白依梅的眼里射出仇恨的目光,"我还没说完。我同时也是西征军宇王张日宇派到僧格林沁军中的坐探,专为取得僧格林沁的信任,刺探他的军情而来。"

四喜吃惊地捂住嘴,这个身份只有张日宇本人和苏紫轩主仆知道,是密中之密,一旦泄露出去,苏紫轩就是有一百条命都保不住,她想不明白为什么小姐要说与这个初次谋面的女人听。

白依梅也听得愣住,见苏紫轩神色冷峭,不像是在开玩笑,何况也不会有人用这种事情来玩笑,她已是信了,颤声道:"王爷真的死了?"

苏紫轩点点头,"他的二十八将除黄文金外被全数斩杀,七万多兵卒和家属也都成了俘虏,只怕是生不如死。"

白依梅痛苦地闭上眼,许久才张开,"你怎么说那文书是假的?王爷说是真的,是总舵主的笔迹无疑。"

"笔迹可以假造。"苏紫轩笑了笑,将文书交给白依梅,又从地上捡起一根树枝,蘸着潘卞的血在地上写了一行字,"你瞧,我虽然没临摹过王天红的字,看上几眼也能仿个七八分,要是个聪明的读书人,学上些时日还愁不仿得天衣无缝?"

白依梅定定地看那地上的字,又望望那文书上的字,果然几可乱真。她喃喃地说:"不会的,他不会这样来骗王爷,更不会这样来骗我。"

"你看清楚!"苏紫轩大声道,"看看那文书上的日期。在那之前,王天红已经死了,他又怎么会亲笔写下文书声讨李成空呢?"

"死了?"白依梅惊得一悸,瞠目结舌地望着苏紫轩。

"对,我从西征军和僧格林沁那里分别得知,王天红已于半个月之前病亡于南都。反倒是李成空被驱离三河镇,孤军在外无从得知。"

白依梅半坐在地上,仰头呆呆地望着苏紫轩的眼睛,半晌从牙缝中迸出一个名字:"古平原!"

她像疯了一样将那文书撕得粉碎,也不顾衣不蔽体,跟跟跄跄往来时的方向走去,一边走一边撕心裂肺地喊着:"古平原,古平原!你在哪儿,你出来见我!"

事出突然,连苏紫轩都愣住了。四喜走到近前惶惑地问:"小姐,她喊的是不是古平原?她怎么会认识古平原呢?"

苏紫轩摇摇头,"不管怎样,这个女人于我大有用处,快跟着她。"

苏紫轩与四喜只撵出不远,四喜眼尖,向前遥遥一指,"小姐,你看!"

苏紫轩凝目望去,错愕道:"古……古平原?"

苏紫轩看得不错,前面与白依梅面对面站着的正是古平原。他自从被李成空释放,心中还是放心不下,反正不远,便决定一路跟过去,看见白依梅进了寿州,便彻底了却心事。李成空将白依梅留在村中,古平原也在村外徘徊一夜。他一时想与白依梅见上一面,一时又想起那句终身不见的话,反复再三终于没有露面。等到天明之时,他眼看着亲兵引着白依梅往寿州去,便决定不再跟去。古平原坐在她昨夜暂居的那座草屋前,慢慢平复着心绪,渐渐地微笑了起来,告诉自己总算老天爷保佑,这已是最好的结局,自己没有辜负对老师的承诺,白依梅也有了好的归宿,从此之后彼此安心。

古平原刚想转身离去,忽然隐约听见前面有人在厉声叫着自己的名字,他的心不由自主地一缩,起初还以为是错觉,可是不一会儿那声音竟已清晰可闻,而且他听出来了。

是白依梅！

古平原赶紧快步赶上前去，终于在山坳处遇上了白依梅，一见面他便惊得目瞪口呆。

"依梅，你这是怎么了？！"古平原急急问。白依梅钗横发乱，身上满是血迹泥印，衣服几乎被撕碎，特别是她那恨到极处的眼神，把古平原彻底镇住了。

"怎么了？"白依梅狠狠地瞪着古平原，忽然扑过来扬手就是一巴掌，然后又是一记耳光，接二连三砸在打在古平原的脸上。

古平原被打得口角出血，可是没有闪避，他已经完全蒙了，失去了一切的反应，只是怔怔地看着白依梅。

白依梅连着打了古平原十几个耳光，终于没了力气，一掌打出用力过猛，身子晃了晃险些栽倒。古平原也忘了去扶，嘴里还是不停地自语着："怎么了？这到底是怎么了！"

"我告诉你吧。"从后赶来的苏紫轩静静地看了一会儿，她已经什么都明白了，"苗盛雨投了僧格林沁，李成空已经死在他们手里，你那封伪造的文书正好成了他的催命符，把他和手下送进了鬼门关。"

"是你？你又在耍什么诡计，这不会是真的！"古平原一时难以置信，冲着苏紫轩闷声吼着。

"你看看她。"苏紫轩指了指白依梅，"李成空一死，他的亲兵都叛了，要不是我救下她，如今已被先奸后杀，这你还不信吗？"

古平原呆望着白依梅，眼神渐渐从迷茫变为痛苦，"依梅，我不知道会这样，我真的没想到，我只是……"

"你没想到？"白依梅打断他的话，语气如腊月冰雪寒彻入骨，"爹在世时，说你是他见过最聪明的弟子，你会有什么事情想不到？你根本就是设局来杀他，你是想杀了王爷，然后就能得到我，对不对？"

古平原像被人在心口重重捣了一拳，身子晃了两晃，垂下头痛苦地闭上眼。白依梅如此误解，又提到恩师，他真是心如刀绞，恨不得一死以明心迹。

"古平原。"白依梅一声唤。古平原抬起头，却惊得呆了，不由自主地后退了半步。

白依梅脱去了身上本已不能蔽体的衣物，像个初生婴儿般不着寸缕地站在古平原面前，丝毫也不回避古平原的目光。

"你费了这么多心思，动了这许多手脚，不就是为了我吗？你要什么，我全都给你。我只求你去一趟寿州，王爷但有一线生机，求你把他救下来，哪怕是要我当牛做马我也愿意。"白依梅的眼神里带了一丝癫狂之意。

古平原不由自主地摇着头，怔怔地望着她的眼睛，两人的目中都满是绝望，就这样一眨不眨地对视着。

古平原忽然想起当年与白依梅谈笑交谈，互赠表记，昨夜不眠时还觉得那些事恍如昨日，可是现在却觉得像是隔了一辈子。他长长地叹息一声，仿佛要将心中的郁郁之气一吐而尽。他抬头看了看天，想着方才还在谢谢老天爷保佑，嘴里像嚼了黄连一样又苦又涩。

他看着眼前青梅竹马的女人，万般怜惜心疼却无可奈何，只有解下自己的长衫，走前两步轻轻地给白依梅披上。白依梅动也不动，仿佛浑然不觉。古平原刚要退开，忽然心口一疼，他一低头，看见白依梅手中的那枚曾经断成两截，又用黄金镶续上的白玉簪子已经深深插进了自己的胸口。

"古平原，我恨你。"白依梅眼中如同喷出火来，下唇咬得血肉模糊，"你骗我丈夫，你骗他自投罗网，你骗他自己把人头送到清妖的刀口！你骗他去死！"白依梅悲愤交加地喊着。

古平原惊怔地望着白依梅，他本就心力交瘁，迭遭大变之际再受了这一记重击，终于支撑不住，踉跄退后两步，背靠一根老树干，慢慢滑倒坐在地上。

谁也没想到白依梅会突施辣手，苏紫轩吃了一惊，忙命四喜过去将白依梅扶开。

古平原就觉得天旋地转，耳边嗡嗡作响，一颗心突突地跳，仿佛像被重锤擂着，眼前视野难辨，却还是勉力大张着眼睛，寻找着白依梅。

好半天他才缓过一口气，视线逐渐清晰起来，这才看到白依梅就站在不远处，脸上一片漠然，听着苏紫轩的话。

古平原想要听清，却只听到苏紫轩说了句，"我也答应你，时间虽不敢保，但早晚有一天让你如愿以偿。"

白依梅木然地点了点头，苏紫轩吩咐一句，"四喜，把你的马让给她骑，先带她回我住处。我……留下来一会儿。"

四喜答应一声，扶着白依梅上马，手牵缰绳向前走着，毕竟不放心又回头望一望，不禁暗自骇然。

就见苏紫轩蹲伏下身子，将自己的缎袍衣角用短刀割开，一点点为古平原擦拭着血迹。

四喜跟了苏紫轩这么久，深知小姐洁癖，从不碰污垢之物，住在客栈里哪怕一宿，若要沐浴，连浴桶在内都买的全新东西。这么个连马蹄踩上脏东西都直皱眉的洁净人儿，如今居然不避肮脏，为古平原清理伤口。四喜呆了好一阵儿才回过神，心里若明若暗地觉出了小姐前些日子远赴徽州给古家送银票的心思，吐了吐舌头，这才牵马而去。

古平原一直眨也不眨地望着白依梅的背影，她却再也没有回头。古平原双手紧紧攥着，身体在不由自主地发着抖，痛苦、灰心、悔恨交织在一起，他恨不得就和身后这棵老树化为一体，虽然无知无觉，却也好过要受这般折磨。

"你忍着点。"苏紫轩一声低唤。古平原这才发觉她在自己身边，随即胸口猛地一痛，玉簪被苏紫轩拔除，血溅到两个人的衣服上。

苏紫轩用早就准备好的棉袍里子为古平原止血，再割了布条将伤口缠住。古平原想到男女有别，本不让她动手，苏紫轩却一声也不言语，只是像没听到古平原的话一样，一边为他包扎，一边面无表情地说："最毒妇人心，你可算是领教了吧。你心里都是她，她却恨不得把你的心剜出来。幸好偏了半寸，又隔着衣物，不然岂不是要了你一条命？"

"我宁可把命给她，也不想看到她这样。"古平原像是在自言自语。

苏紫轩嗤地一笑，"既然如此你又为什么娶了别人？她虽然嫁了人，你也可以守身如玉地等着，或者几十年后报皇上旌表，也能立块贞节牌坊。"

古平原见她脸上露出嘲弄之色，悻悻地闭上眼，忽又睁大眼睛问道："你和她说什么了，要带她去哪儿？"

苏紫轩笑一笑，见古平原已经止了血，便站起身来，微微皱眉地看着自己沾了血迹的衣服，却没太多想，只是抖了抖长衫，将尘土枝叶拂去。

"我要带她去见僧王。"

一句话几乎让古平原跳起来，牵动伤口疼得他紧皱眉头，双目直直地望着苏紫轩，只盼这是一句玩笑话。

然而他失望了，苏紫轩像是聊家常一样娓娓道来："你放心，她性命无忧的。瀚海人不会对一个女人怎样，更何况是自投罗网的女人，僧王这点面子还是要的。"

"她应该逃得越远越好，你怎么让她自投罗网？"

"不是自投罗网，而是自荐枕席。"苏紫轩望着古平原猝然瞪大的眼睛。

"绕指柔化作杀人刀，最是无双利器，我要借来用用。"苏紫轩知道古平原不明白，接着道，"我要她主动去乞命，愿意做僧王的侍妾。瀚海人一向有夺取敌人妻子为妾的习惯，敌人越强大，夺取他的妻子便越是荣耀，我有把握让僧王笑纳这个很好的战利品。"

古平原像野兽一样嘶吼一声，从地上跳了起来直扑苏紫轩，双手狠狠地箍住了她的脖颈。

苏紫轩连挣扎都没挣扎一下，只是冷冷地望着古平原，费力地吐出几个字："她要寻仇，是她自己求我的。"

古平原如被雷殛，嗒然若丧地松开手，身子晃了两晃忽然跪在地上，一只手死命地掐着自己的脖子，将头压得低低的，无声的泪水如开了闸，将地面打湿了一片。

苏紫轩用怜悯的目光看了看他，从马上解下清水干粮，想了想干脆又将马拴在树上。

她向着寿州城的方向走了两步，又回过头对着古平原道："自从相识以来，你做成了好几笔大生意，可你知道真正的大生意是什么吗？"

古平原抬起头，怔怔地望着面前这个始终让他看不透的女人。

"谋国！"苏紫轩轻轻却又坚定地说出两个字。

6

"大哥怎么还不回来？真是急煞人了。"古平文和古雨婷一遍遍到门口去看，焦躁不安地看着长街尽头，只盼能望见古平原的身影，却是一次次满脸沮丧地回来。

天色已晚，普通人家的饭时都已经过了，何况今日是古母的寿辰。白天里喜乐的拜寿之礼让整个古家村热闹了一整天，古母穿着一身苏绣的桃红袄袍，打早晨起便笑得合不拢嘴，美中不足就是大儿子出门在外。这就不仅是古母心存遗憾，连古平文和古雨婷也对大哥有些不满，什么重要的事情连一天都耽搁不得？好在常玉儿说古平原今天一定赶回来，一家人这才耐着性子等下去，谁知一等就到了日头偏西。

晚上是家宴，天南海北的珍馐美味摆了满满一大桌，院子里却只有六个人，除古家人外，便只有刘黑塔和廖师傅被邀来做客。此刻人人心中等得发慌，特别是古母，面上的笑容早已不见，心里揪着，她知道自己这个儿子生性纯孝，不是十万火急断不会这会儿还不回来，可别是遇上什么事儿了。

只有常玉儿镇静自若，也不去门边看，甚至连望都不望一眼，只是专心侍候着婆婆。刘黑塔忍不住问她，她也只是笃定地说："放心，平原他说今天一定赶回来，就一定会回来的。"

她这么有把握，神态丝毫不见慌乱，几个人也渐渐稳住了神。古母对这个大儿媳如今是疼爱中加着倚重，家事交给她几个月，事事办得有条不紊，把家里打理得焕然一新。村中人人称羡，都说古家从燕门娶回的这个媳妇贤良淑德，是难得的人才。常玉儿疼惜弟妹，操劳家务，从不出半点差错，古平文与古雨婷更是对大嫂敬重有加，打心眼里佩服。

所以常玉儿说一句话，古家人都听得入耳，也听得入心。她说古平原一定会回来，古母便也回过颜色，笑着叹了口气说："唉，生意哪有那么好做，徽商人家的孩子啊，个个苦命，不是有那么句话，前世不修，生在徽州，十三四岁，往外一丢。我心疼儿子，不想让他经商，谁知最后还是走了这条路。这钱哪，赚多少是个头，差不多就得了。"

说着目视常玉儿，常玉儿一笑，"娘这话我一定给他说到，只是生意场上千丝百缕，彼此利益相通，就算不顾自己也要顾别人，有时候实在是身不由己。"

"这就是命。他那么好的学问，却连个小小的官儿都当不上，不然岂会这么辛苦。"

"娘，当官有当官的苦处，岂不闻官身不自由，皇帝一声令下，派到天南海北，您老人家想念儿子又该怎么办？"常玉儿劝道。

"还是你这孩子会说话。"古母被她说得一笑。

"这菜都凉了，古大哥怎么还不回来？"刘黑塔眼睁睁看着一桌子的美食不能动箸，肚子叽里咕噜直叫唤，不自觉就冒出一句，让在座人都敛了笑容。

常玉儿好不容易逗得古母分神，却被刘黑塔给搅了，气得趁人不注意，狠狠剜了他一眼。

正在这时，寂静的街上响起了马蹄声，古雨婷第一个叫出来："大哥回来了！"古平文却比她快一步，上前拉开院门，探头一望也是欢喜地喊了出来："是大哥。"

院子里的人顿时放下心来，古母脸上也重又泛起笑容。

等把古平原接进来，廖师傅笑道："令堂的寿席你也来迟，不可不罚。来来来，先满饮上一杯。"

古平原笑容满面，对古母道："有个外地商人缠夹不清，儿子被他拖到现在才回来，让母亲久等了，实在是不孝。"

"什么久等不久等，回来就好。"古母一颗心放下，容颜霁和地笑道。

古平原在寿州城外受了伤，他知道，如今白依梅只怕最恨的就是自己，她是为了刺虎而舍身饲虎，就算是自己硬闯寿州城也没用，谈不到一个救字，根本就是无能为力。他无可奈何之际，想到母亲的寿宴，掐指算了算日子悚然而惊，急忙骑上

341

苏紫轩留给他的马赶了回来。

好在那马神骏,古平原赶到潜口镇上才是当日中午,他身上不仅有伤,还沾着不少血迹,长衫也给了白依梅,自然不能就这么回家惊吓母亲。于是重又置办衣服,找跌打郎中上了金创药,这才骑马返回古家村,一番折腾延误时辰,所以直到黄昏之后才到了家中。

别看他笑容满面,实则是强打精神,连累带伤再加上一肚子沮丧,不过是强颜欢笑罢了。

家门长子回来,大家重新入席。常玉儿坐在古母身边,不停地为她伸筷子夹着远一点的菜,古母目中满是笑意,"你这孩子,我年纪大了胃气弱,吃不下这么多。"

"一样尝一点也好。这燕耳最是补气益寿,娘你一定要多吃几块。"常玉儿也笑着回道。

"好、好。"古母看着一大家子都聚齐了,回想起往日的那些风风雨雨,感慨之下更是珍惜,不住地点着头。

酒过三巡,古平原带着常玉儿与弟弟妹妹一起给母亲下拜敬寿酒,就在起身之际,又扯动了胸前的伤口,加上他昼夜未眠,不由得一阵眩晕,幸好常玉儿在身边,他一把拉住了妻子的手,这才没一头栽倒在地。

常玉儿吓了一大跳,就觉得丈夫的手又湿又冷,再一看他嘴角牵动,显然是在忍着痛苦,她正要开口问,古平原马上用眼神制止了她。常玉儿也立时惊觉寿宴上不能扫了古母的兴,只得暗暗扶着古平原回到座位上,这一次她没有再坐到古母身边,而是陪在了丈夫身旁。

常玉儿留心看去,只觉得丈夫的脸色越来越灰白,身子不自主地发着抖,虚弱地慢慢倚着自己。

常玉儿情知有事,却又不愿惊了老太太,正在惶急时,门外忽又响起一阵爆豆般的马蹄声,就听有人沿街一路大喊:"给古老太太祝寿,祝老太太福如东海,寿比南山……"一边喊叫还一边敲着一面大铜锣,咣咣作响,声传十里。

此时已经夜深,山中人家睡得早,颇有些人已经卧下,这大铜锣的声音于古家村万籁俱寂时,不亚于雷鸣炮响。古家这些人无不变色,这早晚不会再有人来贺寿,就是贺寿也不是这个贺法。

到底是谁?

常玉儿见丈夫要勉力起身,轻轻一扯他的袖子,没让古平原动。她冲着刘黑塔叫了一声:"大哥,你快去看看怎么回事儿。"

刘黑塔最好事儿，巴不得这一声，起身三步并作两步来到院门口，一把拽开大门，正好那匹马沿街飞奔而来。刘黑塔一步跨出去，他身高臂长，伸手一拦，那马乍然受惊，一个蹶子差点把马上的人掀下来。

那人一身灰衣短打，足蹬千层底的棉靴，长得黑黑瘦瘦，见拦马的是个黑大个子，身子如半截铁塔般高，也不敢招惹，就在马上拱拱手，"这位大爷，打听个道，请问古平原古大爷家在何处？"

这时古家周边的街坊邻里早就被吵醒了，不少人跑出来看稀罕，就有人插嘴道："这就是平原家。"

"是吗！"那人眼前一亮，满面堆欢翻身下马，对着刘黑塔直作揖："那您就是古大爷？"

刘黑塔皱皱眉头，看他的样子也不像是来惹是生非，一时摸不透路数，不答反问道："我说你这人，哪有大半夜的敲锣打鼓来贺寿的道理，是不是失心疯了？"

"大爷恕罪。"那人一点不生气，反倒笑嘻嘻道："小人是府城信局的信客，前两天有人找到我，给了五十两银子，专门指定这个时候来给古老太太贺寿，讲明要这样来贺，小人只是照办而已。"

这倒真是咄咄怪事，只送个信儿就肯给这么多银子，谁有这么大的手面？围拢过来的古家村人都啧啧称奇。

这时古雨婷也赶了过来，就站在刘黑塔身边，见他直挠头，便代他问道："是什么人出手这么大方？"

"小人不知。"那信客满脸赔笑，"是个不知哪儿来的穷汉来传的话递的银子，据小人看，他也是跑腿。"

这就问不出来了，古雨婷便道："那你话也传到了，锣也敲过了，还有什么事？"

信客从怀中拿出一封打着火漆的信，"还要将这封信送给古老太太。"

"那好办，你给我就行，我去拿给我娘。"说着古雨婷就要伸手取信。

信客把手一缩，"原来是古小姐。不怕您怪罪，这信我必须亲手交给古老太太，那穷汉讲明了的，必须古老太太亲接亲启亲阅才行。"

刘黑塔不耐烦道："哪那么多事儿？还不把信拿来！"说着竖起眼眉踏前一步。

信客吓了一跳，立时把信又揣好，"我们信局子是有名的老字号、老把式，堂上挂着受人之托、忠人之事的百年老匾，从不失误挂漏，要是不把信送到人手上，那就宁可撕了毁了也不能落到旁人手里。"

常玉儿这时也出了门，眼见村里人越围越多，事情僵下去不是个了局，左右这人没恶意,只不过是个送信的,让他进去把信递了打发走就是,于是说道:"让他进来吧,没干系的。"

当家的长房长媳发了话,别人自然也就没二话。那信客掸了掸身上的土,进了院一眼就看见了古母,这是不须问的,别说院子里只有一个老妇人,就是身上那身红色贺服也能认得出来。信客先单膝跪下给古母道了喜,古母糊里糊涂受了一拜,又见这人拿出一封信,说是只能给自己看,尽管摸不着头脑也还是接了过来。

这时候院子里的人都好奇得不得了,不知道这信上写的什么,又为何指定一个几十年足迹鲜少出村落的老妇人来看。大家都眼巴巴地看着古母,等着她拆信一阅,就连精神委顿的古平原也瞪大了眼睛。

古母心里也是七上八下,望着手里这封信不知是吉是凶,可总拿在手里也不是个事儿,她用一把小刀裁开信封,从中抽出信纸,在院中灯笼的映照下展开。

古母只看了不到两行,脸色就刷地一变,狐疑地瞥了一眼那个信客,又望了望院中站着的常玉儿。

等她把信都看完了,脸色已经涨得通红,手也在直哆嗦。古平文离母亲最近,想凑过去看看信中写的什么,古母却一把将信纸捏在手心里。

这时大家都看出情形不对,眼睁睁地望着古母。就见古母冲着古雨婷招了招手,眼睛却一直在盯着常玉儿。古雨婷也被凝重的气氛压得有些害怕,走到母亲身边。古母又往后走了几步,退到堂屋的壁角处,压低声音与古雨婷说了些什么。

古雨婷听后一下子瞪圆了眼睛,看看母亲,又回头看看大嫂。古母又急促地说了一句话,古雨婷紧张地咽了口唾沫,微微点了点头。

就见古母身子一震,抬眼狠狠地看着常玉儿,目中满是愤怒。

这时古平原和古平文两兄弟都已起身,二人面面相觑,不知到底是怎么了。常玉儿更是莫名其妙,她慢慢走前几步,来到古母面前,"娘……"

古母看她的眼神丝毫也没有变化,咬着牙一声不吭。

"娘,您这是……"

"住口!"古母忽然暴怒地一扬手,一巴掌重重打在常玉儿脸上。

常玉儿猝不及防,被打得倒退了两步,她捂着脸惊呆了,怔怔地看着古母。

谁能不吃惊?这真是万万想不到的一巴掌。古母为人一向坚忍明理,而且脾气极好,从不与人争执,更别提动手打人。谁都没想到古母会在这个好日子打人,打的还是一向疼爱无比的大儿媳。院子里的人全都愣住了,连挤进来看热闹的古家村人也都傻眼了,一时寂静无声,落根针都能听见。

"方才还好好的，这是怎么了？"廖师傅喃喃自语。

古母打了一个冷战，仿佛这时才注意到满院子都是人，她嗫嚅了一下，想要说些什么，喉间咯咯响了两声，忽然两眼一翻，昏了过去。

院中顿时又是大哗，常玉儿立时跪下，连委屈带惊恐，泪珠如雨而下。古家三兄妹赶过去照料母亲，为她捶胸抹背。古平原想看那信，可是古母在昏迷中手也紧紧攥着，那封信根本拿不出来。

刘黑塔早就急了，自己的妹妹被打了，偏偏打人的是亲家母，自己这个娘家人连句话都说不上。他只觉得窝囊万分，一抬眼看见那个信客也傻傻地站在当场，顿时找到了出气筒，上前一把攥住他的衣领，把他拎了起来。

"那信里写的什么，你今儿不说明白，我拧了你的脑袋！"刘黑塔铜铃一样的眼睛瞪圆了，气咻咻如怒虎一般，可把那信客吓坏了，差点一泡尿在裤子里。

"大爷，大爷您不能不讲理，那信上打着火漆，小人岂能知道里面写的什么。"

刘黑塔急红了眼，压根不理会他说什么，伸手连连摇晃，把信客一身骨头都要摇散了架。古家村人有解劝的，有看热闹的，还有小孩不懂事，连声吆喝的，院子里乱成一团。

就在闹得不可开交之时，古雨婷忽然惊喜地喊了一声："娘醒了。"众人顿时静了下来。

"呃……"古母长长吐了口气，眼睛慢慢睁开，看了看身边的几个儿女，又勉强半撑起身，看见了跪在院中的常玉儿。她慢慢闭上眼，眼里滚出两滴泪来。

"娘，你怎么样了，我扶您屋中躺着，大夫马上就到。"古平原哪怕心中有一万个疑问，这时候也要以母亲的身体为重。

古母摇了摇手，"平原哪。"

"哎，儿子在这儿，娘您有话就说。"

古母再次睁开眼，只说了一句话，却让古平原如遭雷殛，僵立在当场。

"把你这个媳妇给我休了！"

第十一章

盐　场

1

时间匆匆流逝，春去秋来，一年很快过去了。

古家兄妹此时站在镇江金山寺的观音阁外，古平原陪着母亲在内礼佛，二弟古平文和小妹古雨婷就在院子里。不远处的院门外，就见一个荆钗布衣的女子正跪在石阶上，低眉敛目在诚心祷告。

"放着好好的家不回，成天在这金山寺里吃斋念佛，这图的什么啊！"古家三兄妹里，性子最急的就是小妹古雨婷，她虽不敢在佛门禁地大声，可是脸上表情焦急，声音也不自觉地抬高了。

"你、你，哎呀！你小声点。"古平文就差没堵她的嘴，急得杀鸡抹脖子似的直冲她使眼色。

见二哥冲着外面跪着的常玉儿那边使眼色，古雨婷瞥了一眼，无声地叹口气，"唉，咱家本来过得好好的，我真想不明白，为什么娘一定要让大哥把大嫂休回家。"

"这话你问谁？"古平文气不打一处来，"娘当初问了你一句话，之后就冲着大嫂翻了脸，她到底问了什么，你怎么就是不肯说呢？"

"二哥，你再问一遍试试！"古雨婷真急了，一双杏眼瞪得溜圆，"我说了多少遍了，我要是把那句话告诉你们，娘就要把我赶出家门，我敢说吗？"

"再说就是告诉你们也没用。"古雨婷这一年倍感委屈，"娘的那句问话，我在心中颠过来倒过去想了整整一年了，还是想不出个究竟。那件事压根就……没什么嘛，何至于要休了大嫂呢？"

古平文愁眉苦脸地看着她："你这么说还不如不说，我听得更糊涂了。"

古雨婷刚要答话，看见古母从观音阁中走出来，连忙迎了上去。

"娘，我扶着你。"

古平原稍稍让开，让小妹搀扶着母亲，他闪目向院门处瞧去，果然看见了常玉儿跪在那儿。他脸色一黯，看了看母亲，又看了看自己的妻子，眉头不自觉地拧在一起。

一年前，古母过寿之日，接了一封信客送来的贺信，看过之后惊厥昏倒，醒来之后就要古平原一定休了这个大儿媳，任谁劝都没用。常玉儿乍遇变故，心神大乱，跪在当场哭得像泪人，说要是自己犯了七出之条，请古母直言相告，只要是确有其事，自己甘愿离开古家。按说这话说得在理儿，可一向贤明通理的古母却偏偏不讲理，什么理由都不说，也不解释，更不对着常玉儿说话，总之就是告诉古平原：这个儿媳我不要了，你要是认她当媳妇，那是你的事儿，儿大不由娘，我管不了，可她不能和我住在一个家里，必须搬出去。你一天不休了她，那你也一天不许进古家门。要是古平原执意不听，那古母就打算自己搬出这个家门。

这是生生逼古平原在老娘和妻子之间选择，别说古家人，就是连廖师傅、郝师爷等知交亲朋在内，无不对此莫名其妙。要说这婆媳之间，此前相处甚欢，真如同亲母女一般，想不到转眼之间就大变迭生，让所有人都有如坠云雾之感。

郝师爷精通刑名，曾经帮着古平原细细推详此事，认为解谜关键之处就在于古母手中的那封信，可是老人家把信当成性命一般死死攥在手里，谁也不让瞧一眼。退而求其次，郝师爷让古平原把他妹妹叫来，连哄带求，许了不少愿，因为当时古母只向古雨婷问了一句话，然后就发作了，要是能知道问的是什么，或许就能猜出来常玉儿为什么失爱于婆婆。

没想到一向听大哥话的古雨婷此番油盐不进，任凭古平原好话说尽，甚至拍桌子瞪眼睛发了脾气，古雨婷那张嘴就仿佛被缝上了一样，一个字也不露。逼急了，她干脆把古平原扯到古母房外，往里一指，"娘就在里面，你要问什么进去问，我当着娘发了誓，绝不说一个字。"弄得古平原也没咒念了。

两条路都堵死了，留给古平原的就只剩下一条道了——休了常玉儿。

打死古平原，他也不能这么办。常家跟他是什么情分？就不提常四老爹冒着奇险把自己从关外救出，也不提常玉儿闯法场，当着僧格林沁和西都满城文武的面儿，要陪着自己一起去死，单说常四老爹为自己挡了一刀，临死前把闺女托给自己，这才含笑瞑目。就冲这一点，古平原宁可自己挨千刀万剐，也不愿意让常玉儿受委屈。

古平原是个孝子，虽然不能从母命，可是也不能对母亲的话听而不闻。他和常玉儿商量，先搬出古家，等古母气消了，再徐图转圜。常玉儿倒是很通情达理，虽然满肚子委屈，但是二话不说，当夜就收拾了几件随身的衣物搬了出去。古平原原想着让她到镇上的杂货铺去住，但常玉儿说什么也不答应，她说不管怎么说，只要没有休书，自己就是古家的大儿媳，婆婆年迈，自己如果不能持家，便是不孝，所以搬出古家可以，但是不能远离。

古平原深知妻子的性子是外圆内方，想定的事儿也是万难更改，于是安排常玉儿在村里七婶的家中暂住。

此外古平原还要赶紧安抚刘黑塔。刘黑塔那个火暴脾气，见妹妹无故受辱，都快气炸了，每每半夜睡不着，上山抽出链子鞭好一顿抡，差点打折了半个山头的松树。

古平原好说歹说，廖师傅也跟着在一边劝，好不容易按住了刘黑塔，常玉儿那边又起了事情。她是个嘴上不说，心里却有主意的女子，每天清晨准时来到古家，照样尽大儿媳的职责，生火做炊，缝补衣物，照顾弟妹，所有的一切一如往常，就仿佛什么都没发生过一样。

古母一开始还勃然大怒，举着拐杖要撵常玉儿离开古家。常玉儿也不争不辩，古母发怒，她便离开，等到下一个饭时必定再回来操持家务，连着十几日都是这样。古母自己先有些气馁，干脆关上自己的房门，吩咐古雨婷开了小灶，吃喝都在自己房里，轻易不出来，图个眼不见心不烦。

古平原本以为母亲过个月余就能回心转意，好歹把缘由说说，没想到古母是下定决心要撵常玉儿，丝毫不假颜色，看见只当没看见，权作家里没有常玉儿这个人。而常玉儿这边寡言少语，但是应尽的孝道一分不少，铁了心下水磨功夫。古母不吃她做的菜，她就在灶旁教着古雨婷做，丝毫也不马虎怠慢。时间一长，古家村里的人反都为常玉儿抱屈，说是从没见过这么孝顺的儿媳，逆来顺受不说，这份发自至诚的孝心实在难得。

后来胡老太爷也听说了，把古平原找去一问，也是直皱眉："世侄，你这家务闹得稀罕，糊里糊涂便要休妻，而且还是贤妻，这事儿听都没听说过。"

古平原把手一摊："老太爷，您算是说到我的心坎上了。这生意上的事儿好办，无非是利益之争。可这家务事……不瞒您说，眼下家里人走路都踮着脚，见了面都没话，这情形实在让我头疼。"

胡老太爷呵呵一笑："一边是老娘，一边是老婆，你夹在中间，自然是猪八戒照镜子——里外不是人。"

"您别取笑我了。按理说，我得听娘的话，可是……"

"可是你媳妇实在是冤。"胡老太爷打断他的话，"儿女不能直斥父母之非，我替你说了吧，你心里只怕也是在怨你娘不讲道理吧。"

古平原脸一红，垂头不语。

"俗话说，清官难断家务事。不过据我看，你这媳妇可真了不起，你可记得昔日寒山问拾得的话？"

古平原一怔，不禁自语道："世间谤我、欺我、辱我、笑我、轻我、贱我、恶我、骗我，如何处治乎？只是忍他、让他、由他、避他、耐他、敬他、不要理他，再待几年你且看他。"

"对喽。"胡老太爷点点头，"你媳妇心里有主意，留着将来和你娘和好的余地呢。你这边赶紧劝老太太消消气，给她个台阶下，至于当初为什么发火，她要是实在不愿意说就算了。一家人和和气气才是真的，不一定什么事都要弄得明明白白，岂不闻不聋不哑不做家翁。"

古平原回到古家村，按着胡老太爷说的，打算从中转圜婆媳之间的关系，怎奈古母把门封得极紧，始终找不到合适的机会，只好就这样一天天拖了下来。

这段时间，唯一能安慰到古平原的就是茶叶生意。兰雪茶自从与洋商签了买卖契约，销路立时大涨，价格也水涨船高，古家包下了自家茶园所在的一整座茶山，专种兰雪茶。各地商人蜂拥而至，争抢着把银子往古平原手里塞。可是古平原一两银子都不收，直接给他们指了去泰来茶庄的路，告诉他们兰雪茶已经与胡家签了约，不管产出多少斤，全都归胡家包销。

就凭这一条，就够让侯二爷佩服得五体投地。古平原这时候甩开胡家，自己单做兰雪茶的生意，没人能说他不对，毕竟胡家包销兰雪茶，连一两都没卖出去，是古平原凭着自己的本事，打破了各地茶商的封锁，将京商逐出徽州，让兰雪茶的生意起死回生。可是古平原眼瞅着几十万两银子不动心，还是心甘情愿地让胡家在兰雪茶的生意里赚到三成利。

侯二爷回想过往的所作所为，古平原真像是一面镜子，把自己的贪、嗔、愚、戾照得纤毫毕现，不能不自愧于心。再看看如今古平原来到徽商会馆，哪怕是上了岁数的老徽商，全都站起来迎着，那份荣耀，那是古平原自己凭信义、凭本事赚来

349

的。侯二爷嘴上不说，看着众人如众星捧月般对古平原，心里不能不受震动。

就因为有了这样的感悟，他如今也老实多了，认认真真打理泰来茶庄，帮着古平原卖兰雪茶，赚的银子按照约好的分成，一分不少地交给古家。

生意越做越红火，可是也更加累人。古平原倒觉得越累越好，生意上多操心些，家里事就能少想着些。就这么不尴不尬地过了几个月，除夕守岁时，常玉儿只能和刘黑塔两个人在外面过。听着满村鞭炮齐响、锣鼓齐鸣，家家夫妻团聚，户户欢声笑语，唯有古家冷冷清清，古平原心里别提多不是滋味了。好在常玉儿不改温柔贤淑，对古平原伺候得无微不至，夫妻之间也很有默契地绝口不提那件事。

2

这一年里，安徽官场上的变化也很大。袁丁四剿灭了李成空，又顺手去了布赫这个政敌，自以为大功告成，正是高枕无忧之际，冷不防朝廷来了一纸调令，将副将程学启和道台乔鹤年调拨浙江，归属浙江巡抚李鸿章的统辖。

这一下轮到袁丁四目瞪口呆，眼睁睁看着自己的左膀右臂就这么告辞而去，成了别人的部属。

世上没有不透风的墙，很快大家就都知道了，竟是乔鹤年凭借古平原帮洞庭商帮将洋枪卖给浙江淮军的这层关系，搭上了李鸿章这条船。他又暗中联络，说动了程学启一起投奔李鸿章。

乔鹤年这份见面礼送得可太大了，李鸿章的淮军正是有兵无将之时，缺的就是一员统兵大将。程学启这一来，李鸿章登时大喜，投桃报李自然对乔鹤年委以重用。

袁丁四得知真相气恼不已，安徽归两江总督管辖，他原本要向曾大帅告上一状，结果有人劝他，说李鸿章是曾大帅的得意门生，你到老师那里去告学生，岂不是自讨苦吃。袁丁四无奈，只得窝窝囊囊地咽下这口气。

乔鹤年也知道古平原闹家务分不开身，所以办这件事，事先并没和他商量，只是通过郝师爷隐隐透了点风给他。事情办成了，乔鹤年要到浙江走马上任，古平原赶来送行，酒筵上对乔鹤年离开安徽不胜惋惜。

古平原与他是老相识，在燕门时，是古平原照应他；在徽州时，二人联手做了不少事；现在乔鹤年要去浙江了，古平原忽然发现，乔鹤年这几年真是变了不少，从一个不识时务的戆书生摇身变为官场中的一员能吏，人情世故侃侃而谈，竟比古平原还要熟透三分。

"当官，做人。"古平原一时辨不清心中滋味，唯有端起酒来，"祝乔大人到了浙江之后大展宏图，早日加官晋爵。"

送走了乔鹤年之后不久，又传来曾氏弟兄收复南都的消息。大乱之后，百废待兴，古平原正打算派人往江浙一带探探做生意的路子，洞庭商帮的主事陈七台此时专程来拜。

古平原将洋商买茶的生意交了一半给洞庭商帮，陈七台这才发现自己错把杨六郎当了潘仁美，感愧之下，二人已经在胡老太爷的天寿园当场结拜，成了把兄弟。此番见面，自然更是亲热，古平原一见他红光满面，就知道有好事情。

"贤弟，这次真是多谢你。"陈七台这声道谢发自肺腑。

原来洞庭商帮的肇基之地——洞庭东山被逆匪盘踞已久，当初李誉就是由此发兵，借着百年不遇的冰冻太湖，履冰而来，破了湖州，生擒湖州团练使赵景贤。

"赵景贤后来死于贼手，这个人在江浙一带太有名了，深得百姓爱戴。他一死，就有人迁怒于我洞庭商帮，说是我们通匪，将东山献与逆匪作为据点。这是天大的冤枉。"

逆匪一灭，有人旧事重提，要为赵景贤报仇，追究洞庭商帮勾结逆匪的谋逆大罪。陈七台一向天不怕地不怕，这时候也不由得暗暗心惊，逆匪驻扎在洞庭东山是万人皆知的事儿，这是万万赖不掉，真要是追究起来，祸事可就大了。

谁知道事情却很快又有了转机，因为之前洞庭商帮把那一大批军械卖给了淮军，对李鸿章是一大助力，故此他上报朝廷，不仅无罪，而且助顺平逆有功，还能得到朝廷的褒奖。

推本溯源，全靠了古平原当初打的伏笔，洞庭商帮才能摆脱了叛逆嫌疑，陈七台当然对他感激不尽。

"要是没有卖枪那件事，又何能今日轻轻松松解了大厄，这都是贤弟给我们洞庭的恩惠。"

"大哥，一家人怎么说起来两家话了。"

"呵呵，不说不说。总之呢，逆匪这一完蛋，咱们的生意就好做多了，也不必再像从前那样争来争去。我已经发下话去，今后洞庭商帮遇到徽商，就要像见到自家兄弟一样，只许帮不许挡，有钱一起赚，有难一起扛。"

陈七台为人本就豪爽，古平原知道和他也用不着客气，反正徽商这边也都知道，与洞庭商帮联手有百利无一害，今后必然其乐融融。

眼瞅着乔鹤年、陈七台这些好朋友都意气风发，踌躇满志，就连侯二爷也都整日红光满面，古平原高兴之余，再想想自己的家事，心想怪不得古训云：家和万事兴，自己这一摊子家务，想起来就心乱如麻，打理生意的心思不知不觉都用在了家里，长此以往可怎么得了。

古平原本想等过了正月，再好好和母亲谈谈，谁知他还没开口，上元节那天，古母把兄妹三人找到房里，宣布了一件事。

"过几天，我要去一趟镇江的金山寺。"

三人互相看了看，彼此都不解其意。还是古平原先反应过来："想必娘是要给祖父去上香，我和二弟去就好了，不必劳烦您老人家，雨婷也留在家里陪您就是。"

古平原的祖父当初在扬州做粮食生意，因为赶上了一次极严重的闹漕，赔了个血本无归，急病之下把命丢在了扬州。古平原的父亲古皖章赶到扬州时，老人家就只剩下最后一口气了，临死之前有个心愿：一辈子笃信佛法，死后宁愿一火焚去臭皮囊，将骨坛寄身金山寺。

父命难违，何况是遗命，古皖章痛哭一场，最后还是依嘱而为，将父亲的骨灰寄在镇江金山寺。

古平原是家中老大，尚不记事的时候就随父母去过一趟金山寺拜祭祖父灵位。后来父亲离家多年，都说是凶多吉少，古平原十二岁那年还特意孤身去了一趟镇江，在祖父灵前哭诉，希望老人家在天之灵能保佑父亲平安。

现在母亲要去金山寺，古平原自然想到是因为要去给祖父祭祀，没想到却猜错了。

"前天七婶来串门，说金山寺不久之后要举办一场异常盛大的水陆道场。你父亲虽然设了灵位，可是始终没有请方外人超度亡灵。听说这一次是两江总督曾大帅要为江南逆匪作乱以来无辜丧生的百万亡灵超度，特意请来了各大名山古刹的有道高僧数十位。"

"哦……"三兄妹不待母亲说完就都明白了，敢情这次去金山寺，不是为了祖父，而是为了父亲，那非全家人一起去不可了。

偏偏古母却还有话，向外指了一指："不许她跟着！"

可不管古平原怎么说，常玉儿还是跟来了，她认准了一个理儿：自己是长房长媳，为公爹做法事超度，自己不在场无论如何也说不过去。

她这番道理谁都驳不倒，只能把常玉儿带上，只是坐车行舟、打尖住店都不与古母安排在一处。古家人里，古平原自不必说，古平文打心里佩服大嫂，话里话外也总是替她说话，古雨婷则是向着老太太多些，可是她也挑不出大嫂的毛病，只是直觉地站在娘这一边。从徽州到镇江一路上，一家人这样各怀心事，几乎就没个笑模样。

古家在镇江包了一处客栈的东跨院，正房自然是古母住，兄妹几个分住在厢房，车夫是从徽州带过来的，又临时在当地找了一个仆妇帮着料理。至于常玉儿，因为古母的缘故，自然不能住在一个院里，但也在这家客栈为她租了间上房。

古平原心里还抱着一个希望，盼望着母亲为父亲做过法事之后，了却一桩心事，能够回心转意，看在常玉儿纯孝的分上，早点把话收回来，一家人再和和美美地过日子。可是他想错了，古母到了镇江之后，每日到金山寺的观音阁里诵一百遍《心经》，后来渐渐透出话锋，竟是不打算再回古家村，准备将丈夫古皖章的灵位正式移到金山寺，自己在镇江做个居士，就近长伴青灯。

古平原大为吃惊，可又不敢劝，生怕一劝反倒更坚母亲离家避世之意，他把弟妹找到自己房里，一起商量如何是好。古平文人老实，一心以为母亲是心伤父亲之死，或许早有此意。古平原却知道这事儿十有八九还是跟常玉儿有关，不然老太太一年前还乐呵呵地盼着抱孙子，看不出半点倦世之意，怎么会突然就想依着古刹了此残生。

"当然是跟大嫂有关了。"古雨婷心疼娘，却又不知道这脾气该冲着谁发，于是更加气恼，"娘这些年吃苦受累把咱们拉扯大，临了在自己家也过不得舒心日子，还要被外人挤到寺庙里住吗？"

"谁是外人？"古平文听不下去，"大嫂可是明媒正娶进的咱古家门，她现在也姓古。"

"行了，都少说两句。"古平原一声低吼，二人对大哥一向又敬又怕，立马没了声音。过了半晌，古雨婷站起身，撂下一句："反正让娘受委屈不行。"说完快步走了出去。

"唉！"屋里的两个男人同时重重叹了口气。古平原原本是把弟妹找来相商，却是越说越乱，再三思量后，一起身便要往外走。

"大哥！"古平文赶紧把他拦住，"你要做什么？"

"都是一家人，有什么事情不能在一起说开？"

"这可不行，娘年纪大了，受不得刺激，本来就不满大哥你迟迟不肯休了嫂子，现在你再去逼她老人家，那、那……"古平文言拙，期期艾艾地说不出口。

"这样拖下去也不成啊，都快一年了，再这样下去家里人都快扛不住了。"

"娘来金山寺，不是为了给父亲超度嘛，这件事过去，也算了结了娘的一桩心事，那时候本来就该回家，借这个由头再劝也不迟。"

弟弟说得有道理，古平原默默点了点头。

"这曾大帅也是，说好了要赶在佛祖涅槃日办这水陆道场，眼看快到正日子了，怎么毫无动静？"

古平原与寺里的老和尚打了几次交道，倒是知道内情："这一次超度的，除了无辜受难的百姓，还有湘军旗营的将士，像罗泽南、塔齐布、赵景贤，甚至前任安徽巡抚江忠源大人，都要在这次祭奠上由朝廷当众表彰，这涉及近千人的大恤典，半点马虎不得，够礼部忙上一阵子了。"

"这么说，时间还早。我记得咱们临从徽州出来前，胡老太爷不是把你请了过去，托你去南都办两件要事吗？眼下横竖是等，你何不这就带着嫂子去趟南都，把老太爷的事情办了再说。"

古平原本以为说服常玉儿随自己离开是件难事，没想到常玉儿只是略加考虑，便点了点头："这样也好。娘一直不愿见我，我也帮不上什么忙。不如就让弟弟妹妹照顾娘，我到南都去照顾你。"

见丈夫望着自己，常玉儿笑了笑："不管娘喜不喜欢我，我嫁到古家，一心为了古家人。有道是水滴石穿，总有一天娘能明白我的心意。"

古平原欣慰地伸出手抚了抚她的发鬓："这一定是个误会，总有消解的那一天。只是你这一年受委屈了……"

常玉儿眼中微闪着泪光，却依旧是一笑："不用担心我，从燕门到徽州，这一路走过来，那么多事儿咱俩都一起经过了，还会有什么了不得的。倒是你去南都，事情会不会很棘手？"

"你知道胡老太爷要我到南都去做什么？"

常玉儿摇摇头，"我只知道老太爷很看重你，托你的事情必定很重要，只怕是别人办不到的事儿。"

确实是别人办不到的事儿。胡老太爷当日将古平原请到休宁，却未在天寿园见面，而是派家人将其引至三十里外的齐云山。

齐云山古称白岳，是道家四大名山之一，在半山腰有个听涛亭，周围山头上都是松树，山脚下一条曲水近在眼前，老太爷摆好了席面在亭中等着古平原。

古平原到时，就见有两个家丁正在用镐头刨着一株古松的松根，不多时居然挖出一个土锈斑斑的陶坛，看样子在地里埋了有年头了。

"世侄，这坛酒可有年头了。"胡老太爷掐指一算，点头叹道，"那还是道光爷年间的事儿呢，整整三十年了。"

泥封打开，一坛酒已经成了琥珀色的凝冻，松香夹着酒香，熏人欲醉。家人用上好的绍兴黄化开酒块，古平原先敬胡老太爷一杯，这酒一入口绵软醇厚，仿佛立时散到了经脉各处，虽是由口至喉，却像是整个人一下子泡到了酒坛里一般。

"真是好酒。"古平原不自觉地赞了一声。

"这是我到北边行商，向当地人学来的制法。其名松苓酒，埋在古松之下，吸收了松液和茯苓的精华，对身体大有裨益。"说着说着，胡老太爷举着杯子怔怔出神。

古平原知道老太爷不会无缘无故把自己找到山上来，来了必定有话，便不言声静静等着。果然，过了一会儿胡老太爷回过神来，歉意地笑了笑："人老了，常想起一些以前的事情。像刚才，我便想起了上一次登齐云山，那次我是与陶澍陶大人和林则徐林大人一同在此把酒言欢。"

"两江总督陶大人、两广总督林大人……"古平原一呆，三十年前，这两位都是名倾朝野的清官良臣、天下督抚中的拔尖人物，胡老太爷怎么会与这二位在荒山饮酒？

"呵呵，看你目瞪口呆，总该不会以为老头子在吹牛吧？"胡老太爷捻髯微笑。

"晚辈不敢，只是觉得难以置信。"

"莫说你是听说，我虽亲历，此时回想起来也觉得恍如梦中。"胡老太爷颇有感慨。

那时候林则徐还未升任两广总督，而是在江苏巡抚任上，他与两江总督陶澍是下属与上司的关系，彼此相交莫逆，打算为了国家在盐政上施行革新。两淮产盐量是全国的三分之二，而盐税则占全国赋税的七成，办好盐政就等于保住了大清钱脉。

陶澍长于谋划，林则徐雷厉风行，二人这一动起手来，将通行几百年的纲盐制改为票盐制，登时把两淮盐场掀了个底朝天。整个江南商界就像经历了大地震一般，有人指天咒骂，有人兴奋不已。

胡老太爷就属于兴奋不已的。那时他人方中年，正当雄心壮志，得知因为陶、林的改政，盘踞两淮的扬州盐商倒了，为他们长期把持的近百家盐场可能要易主经营。这机会千载难逢，于是胡老太爷主动派人去两江打听消息。

时隔一个月，派去的人回来了，令胡老太爷万万没想到的是，陶澍与林则徐这两位红顶子大员居然也跟着来了。

胡老太爷自是受宠若惊。"那时我腰腿尚健，好登高望远，常来齐云山，知道有这一片好林子，于是在此设宴，专请两位大人。"

宴间一席深谈才知道，陶、林二人抛下万千政务，远路来访其实是对以诚信著称的胡家乃至徽商有一番很大的期许。

"陶大人说，做大事者，当兴利除弊。除弊是为官之责，当仁不让，可是官不能与民争利，兴利之事一定要交与商人去做，才能政通人和。"

胡老太爷口中啧啧连声："陶大人与我约定，他准定在三五年内，便将两淮盐场的弊病一扫而空，之后准备请我担任盐场总商。以两淮为基，逐渐将票盐制推行到全国，这样百姓能吃到物美价廉的好盐，商人也能从中牟取该得的利润，没有了盐商的把持与盐贩的私运，国家更可以收取更多的盐税，国库自然充盈。此乃一举三得，再往远看，盐法的革新可说服朝廷，从而改变河务与漕运的颓废积弊，到时我大清又可恢复康乾时的盛世。"

"那最后怎么没有成功呢？"同为商人，古平原听得热血激荡，急急问道。

"天意难测啊。陶大人此举得罪了太多人，他一心为公，却不防中了小人的暗箭，再加上积劳成疾，没过几年便病逝于两江总督任上。陶大人逝去，本来林公尚在，可惜后来因为虎门销烟得罪了英国人被发遣玉源，赦回后不久也郁郁而终。后来的两江总督继任者都是庸碌之辈，两淮盐场就这么半死不活地被搁置了下来，一晃儿就是二十几年哪。"

古平原这才明白，为什么当年不可一世的扬州盐商会在很短的时间内纷纷垮了下来，而官府却任由盐场荒废也不许人承办。想到本来可以于国于民大有益处的一件事，却因为小人作梗而无疾而终，他不由得也重重叹了口气。

胡老太爷拍了拍手边的酒坛，苦笑一声："当初与陶、林二公相谈甚欢，我当场命人将这喝剩的半坛酒埋入松下。三人约好等到两淮盐场整顿成功之日，重聚此地将这坛酒喝完。"

古平原望着杯中那琥珀色的酒浆，再抬头惊讶地看向胡老太爷，一时不知说什么才好。

"三人之中，如今只有我还在世。人老了，整天坐在天寿园里，当年那一幕总在眼前晃来晃去。难得陶、林两位大人一品当朝，却如此推重我们徽商，推重我胡泰来，将来我两眼一闭到了九泉之下，万一遇上他们，要是问我，两淮盐场怎么样了？我、我真不知道该如何回答。"说着，胡老太爷两眼一潮，落下泪来。

"如今京商在朝里使了银子，占了两淮七十二家盐场。可那李万堂是什么好东西，他占了盐场，只会比当年的扬州盐商做得更过分。"胡老太爷激动之下大咳起来，脸色涨得通红。

"老太爷，您年纪大了，千万保重身子。"古平原见他如此伤情，也跟着难过，赶紧过来帮他抚背。

"世侄，你能不能帮我还了这个愿，把两淮盐场从京商手里夺回来？"胡老太爷咳喘稍定，忽地一把抓住古平原的手，满怀希冀地望着他。

"这……"古平原愣住了，这坛庆功酒岂是随随便便就挖出来给人尝的，胡老太爷对自己的期望就如同当年陶澍与林则徐对胡家和徽商的期望一样，分明是希望自己能完成三人当初的未竟之事。这副担子委实太重，可又恰恰能从中看出胡老太爷是多么看重古平原这个人。古平原平生最重情义，心下感动又为难。

面对面坐着的两个人心中都有数，京商在官场树大根深，又坐拥几十家盐场，真要是与其展开一场大对决，别说谁胜谁负殊难预料，就算侥幸赢了，只怕也是元气大伤。

"难！"胡老太爷闭目想着，摇了摇头。

此事算是暂无下文，胡老太爷又拜托古平原到了镇江后，就近去一趟南都。南都是江南江北的枢纽，也是茶商云集之地，城里第一家大茶庄便是胡泰来茶庄的分号，称之为顺德。

逆匪没占南都之前，顺德茶庄是除徽州本庄外最大的一间铺子。等到王天红改南都为天京之后，本庄与顺德之间起初还尚能通消息。胡老太爷为人识得轻重，特意派了家仆送信给顺德茶庄的大掌柜，让他遣散伙计，收了买卖，不许与逆匪做生意，只管安心守好铺子。后来江南大营在曾氏弟兄的带领下将南都城围得铁桶一般，本庄与顺德便失了音讯。如今南都克复，这个码头是大江南北的要冲，又在两江总督的驻地，可谓至关重要。胡老太爷打算请古平原去做一番整顿，预备借着兰雪茶外销洋庄的机会，重新开张，大造一番声势。

古平原自然一诺无辞，他说得很恳切："古家与泰来茶庄如今是联号生意，这是我的分内之事。您放心，我到了南都之后，必定对留守有功之人做一番嘉勉，再重新招请得力的伙计，让这顺德茶庄的生意比从前还要红火。"

3

"臣以为，在金山寺对阵亡将士当众进行旌表，是朝廷追念忠勇、激励将士之举,曾大帅所请在情理之中,似乎应准。"

朝堂之上,回奏之人正是恭亲王。

"六爷,你真是这么看的?"垂帘之后端坐的正是两宫太后,慈禧的话中带着一丝嘲讽。

恭亲王不明其意,只是点了点头:"正是。"

"那你可是小看了曾大帅。"慈禧顿了一下,仿佛在想着如何措辞,"大概你还记得,先帝在日曾经许诺过,破逆匪匪巢者,封王爵!"

确实如此,当日在南书房,听见咸丰说这话的连同恭亲王、醇郡王、肃顺、文祥等在内不下四五个人。

"在金山寺祭奠亡灵、超度英魂,朝廷一定要派礼部官员去宣旨温慰,大老远去了,难道就只给几个死人送上恤典,对活人就无话可说?"

"太后是说……曾大帅是借着此事,意在提醒朝廷不要忘了封王的许诺?"恭亲王恍然大悟。

"何止是提醒,这分明就是逼宫。"慈禧毫不客气地说道。

恭亲王不由自主地为曾大帅辩白道:"这总不至于吧,湘军刚为朝廷立下汗马功劳,曾大帅为人又一向谨慎持重,岂有轻慢之心。"

"你别忘了,如今曾大帅为两江总督,节制江苏、江西和安徽的三省兵马,为了便宜行事,朝廷又命他掌管闽浙与两湖的军队,有先斩后奏之权,再加上长江水师为其一手创立,这等于是天下兵马半数操于其手。更有个亲弟弟曾九帅,也被实授江苏巡抚,一兄一弟,督抚同城。"

"六爷。"慈禧见一席话说下来又快又急,便又放缓了语气,"康熙朝的鳌拜、吴三桂,雍正朝的年羹尧,这些人势力最大的时候,只怕也不及如今的曾大帅吧。"

恭亲王越听越惊,慈禧说的这些都是朝廷叛逆,怎么拿刚立了大功的重臣与这些人相比?

慈安倒是觉得有点疑人太过:"妹妹,曾大帅可是有大功于社稷,就算是封个王,也不过分吧?何况这还是先帝遗愿。"

慈安抬出先帝这顶大帽子,慈禧改容一笑:"瞧姐姐说的,我岂敢不尊先帝。只是三藩之后,异姓不王。这可是康熙圣祖爷留下来的规矩,圣祖爷定这条规矩的时候必定也是思前想后,为的不也是绝了旁人觊觎大位的心思嘛。"

康熙这顶大帽子又比咸丰大了许多,殿中三人一时都沉默了下来。

"曾大帅会造反?我看不至于吧。"许久,慈安勉强笑了笑。

"六爷，你说呢？"慈禧不答，反问恭亲王。

要在平时，恭亲王早就一口答道不会，可是如今连他也犹豫了。

"按说是不会，可是也难保他身边没有人希图拥立之功……"

"就是这话啰。"慈禧不待他说完便抢道，"宋太祖陈桥兵变，黄袍加身又何尝是自愿的，最后还不是取柴周而代之。前朝殷鉴，岂可等闲视之。"

恭亲王深吸了一口气，默然地点了点头。

"封王的事情再议吧，总要想个两全其美的法子才好。既然如此，礼部也不能马上派人去江南。告诉曾大帅，这是祭奠百万亡灵的大事，需钦天监择最好的良辰吉日，不可操之过急，待朝廷定下日子，自然通知他。"

"封赏的事情虽然要往后摆一摆，可是也不要冷了曾大帅的心，以免有人借此挑动事端。最近曾大帅凡有所请，军机处尽量给他个满意的答复，也算是略作安抚了。"慈安紧跟着加了一句。

恭亲王领旨出了东暖阁，走过丽水桥，向后面重楼飞檐的大内看了一眼，这才发觉贴身的衣服已经不知不觉湿透了。

4

"古东家，您来得太好了，我正愁一家老小无人托付，这下算是放心了。"顺德茶庄的掌柜姓彭，单名一个海字，因为人长得极胖，饭量又甚宏，人送外号彭海碗。

古平原携常玉儿来访，他是财东身份，留守的伙计自然不敢怠慢，赶紧去通禀。彭掌柜倒屣相迎，极是热情。他的家眷就住在茶庄的后院，内人便将常玉儿邀到里房说话。彭海碗则肃客至后院正房。

古平原初来乍到，一边往后面走，一边留神观看，这一看心里不由得画上了大大的问号。

按理说顺德茶庄遣散伙计，关了买卖，那就该冷冷清清才是。可是几个跨院里人进人出，特别是通往库房的路上始终有人脚步匆匆，墙角堆着大量的捆茶包用的细麻和桑皮纸。再留神往地上看，青砖缝里都是茶叶细末，怎么看也看不出是几年没开张的买卖。

古平原带着疑惑进了掌柜的正房，刚刚落座，还没等他开口，彭海碗忽然起身，在他面前跪了下去。

"古东家，看来我是活不过今天了，这顺德茶庄今天我就交还给胡家，只望您在胡老太爷面前美言几句，看在我尽心尽力这些年的分上，能照应我家里人一些，彭某九泉之下也感恩不尽。"

古平原冷不防受了一拜，赶紧把彭海碗搀起来，问道："彭掌柜，你我初识，你这没头没脑地来这一出，我可真糊涂了。究竟怎么回事呢？"

彭海碗紧拧着眉头，连连打着唉声，可就是不说缘由。

古平原一向耐心，也被他弄得有些气急，沉了脸刚要再次追问，听见房门处有人轻咳了一声。是常玉儿，她冲着古平原点点头，将他唤了出来。

走出十几步远，常玉儿这才轻轻道："你知道吗，这位彭掌柜闯了大祸，如今祸到临头，恐怕是过不了这一关了。"

常玉儿也是从彭掌柜的家眷处听了消息。原来这位彭掌柜别看人长得其貌不扬，可是能执掌这么大一个分庄，做生意的心思自然灵动。自从接了本庄的信儿，他就打起了小算盘，总觉得偌大一家茶庄，空放着不赚钱实在浪费了，反正东家也说了要关店，此时赚多赚少还不是都进了自己的腰包，于是他大着胆子与逆匪做起了生意。一开始只是给士卒供些劣等茶末，后来因为顺德的名气太大，军官们也纷纷找上门来，渐渐把库房积存的几百斤好茶都卖光了。

这时候，南都城里正经买卖开张的已经不多了，老百姓躲避战火还来不及，哪有心思品茶。彭海碗毕竟心里也害怕，把手头的存货出清了就打算收手不干，可没想到，下一笔生意的主顾居然是王天红的府邸，这笔生意彭海碗没有胆子做，可更没有胆子推，无奈之下只得联系了几个走私贩子，从城外运来货色交差。

"从此他就上了贼船下不来了？"古平原听到这儿已经明白了一大半。

常玉儿点点头，"王天红在他这儿买茶叶，其他悍将当然也认这家，这十年来，别看城外打得不亦乐乎，彭掌柜可没少发财。"

不过好日子终归是过到头了，湘军攻破南都，对那些从逆之人自然要秋后算账，彭海碗一向出入各家王府，也算是为逆匪效劳的红人，自然是忐忑不安。谁知怕什么来什么，昨天店里来了个湘军把总，送来两江总督的一纸公文，指明今日午后要彭掌柜到总督衙门报到。

这一去还有好儿？只怕连鸿门宴都没吃上，人头就已经落地了。彭海碗悔不当初，昨天夜里已经向家人诀别，可是他心里也没个准儿，要是自己真被判了从逆之罪，家人也连累成了罪孥，乱世杀人不讲道理，"全家处斩"还不是轻飘飘的一句话吗，到时候一家人只怕要在黄泉相见。

彭家上下如今一片愁云惨雾，难怪彭海碗心神大乱，连句整话都说不清楚。古平原思索着冲常玉儿笑了笑:"我倒可以帮他这个忙,不过他用东家的买卖私自谋利,也不能就这么便宜了他,吃下去的得让他吐出来。"

古平原转回身来到房中,盯着彭海碗看看移时,方才开口道:"彭掌柜,你的事儿我都知道了,你放心去吧,家里人我自然照应。若真是受了株连,我替胡家答应你,由茶庄公中出钱买十几口薄皮棺材,别看你这个伙计占了东家的便宜,东家却不能亏待伙计。"

一句话碰在彭海碗的心尖上,只觉得又愧又悔又怕,不由得呜呜咽咽放了声。古平原趁势教训道:"拿东家的钱肥自家的田,赚了收进腰包,亏了填到账上,这是做伙计的大忌。你做到掌柜这个位置,胡家待你不薄,怎么能如此昧着良心做事?"

彭海碗哭丧着脸:"古东家,我也知道这样做不对,可实在是骑虎难下,要是一开始听老太爷的话关店上板就好了,可是一旦开始做上了买卖,再要说不做,惹怒了逆匪可不是好耍的。唉,银子越赚越多,可是南都被围,也不能买铺子买地,只能藏在后院地窖里,眼瞅着都快堆不下了,还是没地儿花去,您说我这是图什么!"说着抬手啪啪打了自己两个耳光。

"你到底赚了多少银子?"古平原略略有些好奇。

彭海碗举起一只手,五指叉开。

"五万两?"

彭海碗苦笑:"五十五万两,只多不少。"

古平原吃了一惊:"南都城这些年被围得水泄不通,光凭这一间铺子,只靠走私进货,怎么就赚了这么多钱?"

"实不相瞒,我除了和逆匪做生意,也和城外的江南大营做些买卖。围城十年,大营里面就像集市一样,官兵吃空饷、分贼赃,个个不缺钱,买起东西来手脚大方得很。"

古平原听得又好气又好笑,顺便也带着那么一点佩服。两军交火,兵凶战危之地,彭海碗居然能够左右逢源地赚银子,足见此人生意手腕高人一等,胡老太爷果然有眼力,任命的这个分庄掌柜的确是个人才。

正因如此,古平原下定决心要帮彭海碗这个忙,顺便使些软硬兼施的手段,让他能死心塌地地为东家效力。

"胡老太爷让我来整顿茶庄,本来凭你的所作所为,我此刻就可以召集伙计,免了你的大掌柜一职。不过我做事一向给别人一个机会,只要你是诚心悔过,我便既往不咎，连两江总督衙门的麻烦，我也可以帮你解了。"

"真的？！"彭海碗猛抬头，不敢置信地问道。

古平原笃定地点了点头。

"古东家，您放心，我姓彭的要是受了这样的大恩还不思悔过，那还叫个人吗？我现在就起个誓。"求生之机一出，彭海碗的口齿顿时伶俐起来，这才看得出他生意人的本色。

"不只是悔过，还要回报胡老太爷对你的知遇之恩。"古平原拦道，"你先别忙发誓。我讲的这几条你听清楚。第一，从今往后你只能提与江南大营做过生意，不许再提与逆匪做生意的事儿，全店上下都要守口如瓶，一旦此事被官府追究，都要担干系，谁也跑不了。"

"我懂，我懂。"彭海碗连连点头，然后又犹豫着说，"我就是担心逆匪那儿有账簿……"

"账簿是一定有的，不然为什么总督府会传唤你？不过你不要担心，这件事情我来解决。"古平原举起第二根手指，"这第二嘛，赚的五十五万两银子不能算作你的私产，要算是公中的银子。当然了，你辛苦十年不能一无所获，这笔钱待我回明胡老太爷，从中给你抽成奖励。"

"不敢不敢，我但求全家老小平安无事便是心满意足了。"彭海碗此时哪还敢惦记这笔银子，连连摇手。

"最后一点，盼你从今往后要一心一意对待生意！"他放缓了语气，"胡老太爷信重你，把最大的分庄交到你手上，你呢，却把心思放在了为自己发财上，这个名声要是传出去，只怕今后你就无法再在商界立足了。"

"古东家，您、您别说了。"彭海碗也动了真情，"我是胡家账房出身，老太爷一步步把我提携到大掌柜的位子上，我真是太对不起他老人家了。"说着长长叹了口气，拭了拭眼边的泪水。

"知错能改，善莫大焉。"古平原善于看人，一眼就看出彭海碗是真心悔过，也很欣慰，"你能这样说，我便可以替你到总督衙门走一趟。"

"您去？"

"我是东家，既然进了这南都城，自然该我代表茶庄去面见总督大人。"

彭海碗日夜忧思的就是这件事，当然知道古平原是冒险替自己出头，真是感激涕零，觉得有必要再提醒一句。

"东家，这一趟可是危险得很，搞不好要掉脑袋的。"

古平原敢替彭海碗去总督衙门，当然是有他的办法，这个办法就在他的衣袋里。古平原特意探手入怀，摸了摸东西尚在，这才出门上路。

两江总督衙门便是原来王天红的府邸，湘军破城之日，整个府邸本来完好无损，曾九帅派人看守，谁知半夜里无端起了一场大火，将整个府邸烧得片瓦不留。都说王天红十年经营，金山银海都聚在家里，结果火过之处成了死无对证，曾九帅回奏朝廷只上缴了一枚伪造的玉玺。

之后不久，曾大帅便拨出一笔军饷，找来工匠，在旧址上大兴土木，兴建起了总督衙门。有钱好办事，衙门前面三进办事的厅堂如今已经完工，后面住总督家小的花园住宅也已初具规模。

古平原说明身份，交上那封传唤的公文，把守的士卒搜身之后便将他放了进去。

一进去才知道，二堂里虽然鸦雀无声，可是两侧坐满了人，足有好几排，除最靠近堂上的一人穿戴四品官服外，其余人都是生意人。这些人古平原几乎都不认得，唯一认识的便是那个四品顶戴的官儿。

李万堂！

其实古平原倒不是没想到李万堂会出现在这儿，只不过乍一见面，不由自主地便想起自己当年被人陷害，还有常四老爹被人买凶杀害，这些事上李家都若明若暗地担着干系，立时心头一震。

李万堂看见古平原，眼中波光一闪，却是面无表情。两个人心思动得都快，知道在这个场合不易别生枝节，古平原先把视线避了开去，找个角落坐下。

曾大帅居中落座，先不开口，接过听差奉上的一碗茶，撇了撇茶叶，轻轻汲了一口，然后方才抬眼扫视全场。

一想到面前这个人是名满天下、誉盖天下、威震天下的两江总督、湘军统帅，几乎没人敢和他目光相对，都忙不迭地垂下头去。

古平原倒是趁此机会认认真真地打量了一下这近乎传奇般的人物。就见他吊梢眉、三角眼，面容清癯，乍一看毫不起眼，可是再看两眼却又有不敢直视之感，原因无他，曾大帅那两道锐利的视线，仿佛能把人从中间劈开，看透你的五脏六腑。

古平原自道问心无愧，可是被曾大帅的目光盯了一眼，也觉得心跳仿佛快了一倍。"这才叫官威。"古平原暗自想。

他正想着，曾大帅开口了，料想不到的是，他先说的居然是手中这碗茶。

"诸位，本官的履历，想必你们大都听说过。先在京里做翰林，后来在礼部任侍郎，回乡守制时因为逆匪作乱，不得已当了团练大臣，蒙皇上天恩，如今命我总辖两江。这二十余年,我从京城到湖广,再到江浙,就从未喝过如此好茶。

"这茶是从哪里来的呢?是我的部下送给我的。那他又是从哪里弄到如此好茶呢?呵呵,原来是从一个逆匪伍长那里缴来的。我命人一打听,逆匪被围了近十年,却是好酒好茶不断,绫罗绸缎长穿,那伪天王王天红,在这府中终日寻欢作乐。归根到底,是谁把这些东西运到城中供其挥霍?又是谁为逆匪逆匪提供物资使其苟延残喘?要知道南都城迟迟未破,就是因为逆匪始终没有断粮断炊,而南都城晚克一日,就不知道有多少湘军弟兄丧命于城墙之下。"

曾大帅一席长篇大论,听得二堂之内人人心头巨震,这些人都是当日南都城中各行各业的掌柜、东家,他们都和逆匪做过生意,虽然有多有少,有大有小,可是总归是赖不掉的。今日到此本就心中忐忑,听曾大帅借着一碗茶发作,搞不好下一句话就是命人将二堂中人全部拿下,谁能不害怕?个个吓得脸色发青,心里怦怦直跳。

"与逆匪做生意就是助逆,助逆就是造反,助逆就是戮官,助逆就是十恶不赦!"曾大帅声音不大,可是一字一句说出来,仿佛判官断案,震得人们耳边嗡嗡作响。咕咚一声,也不知是谁胆子小了点,竟然没坐稳从椅子上摔了下来。

古平原心里不免也是直打鼓。曾大帅拿茶说事儿,据彭海碗说,南都城里有一多半的茶都是他卖出去的,要是追究起来,自己恐怕第一个出不了衙门口。

古平原紧张地动着脑筋,几乎就要决定用上怀中的那样东西。与此同时他一眼瞥到了李万堂,就见李万堂好整以暇地坐着,面上平静如水,嘴角还带了丝笑意。

古平原心念电转,如果李家与私通逆匪的事儿无关,那么李万堂今天也就压根不会出现在这儿。既然来了,又不害怕,要么是他有自保之策,要么就是了解今日之事似危实安,根本就不必担心。

古平原慢慢松开了探入怀中的手,吁了口气,放松地向椅背靠去。

曾大帅说完了一席话,眼睛眨都没眨地望着座中众人,他见到在一群惊慌失措的人中,只有两个人与众不同。一个是京商首领李万堂,自始至终都没露出半点怯意。以曾大帅的眼光自认不会看错,这个李东家并不是矫情镇物,而是从心往外没有丝毫恐惧。另一个就是方才在堂外与自己有过短暂交谈的年轻人,自报是顺德茶庄的主人,叫古平原。这个年轻人虽然一开始流露出短暂不安,可是很快就回过颜色,好整以暇地安坐于座中。

这两处买卖是否与逆匪私通,曾大帅心里有数。逆匪缺盐已有半年,此事已经从多个俘虏口中得到证实,谁知城破之后,各处兵卒都报称城中发现了大量装食盐的袋子。按照剩余的物量推算,这事儿正发生在李万堂经营两淮盐场之后,李家绝对脱不了干系。至于顺德茶庄,方才古平原疑得不错,曾大帅手中的那碗茶确实就是彭掌柜卖出去的,逆匪的账簿上写得清清楚楚。

谁的毛病谁清楚,这两个人既然是东家,当然不会不知道自家与逆匪做过生意,可在两江总督出言威吓之下,尚能如此镇静,不管有何凭靠,也是胆色过人。

曾大帅暗自点了点头,却忽然沉了脸,向厅中人等指一指,"商人重利轻义,如同墙头草两边倒,就拿如今二堂中你们这些生意人来说吧。"他从身边的桌上,拿起一本被烟熏火燎得不成样子的破纸卷,"这是从逆匪军需那里缴得的账本,里面记的都是南都城中与逆匪做生意往来的店铺细账。"

一语既出,所有人都将目光牢牢盯在那上面,仿佛里面随时会钻出一头择人而噬的凶兽。

曾大帅一手拿着账本,不动声色地望着下面这些人,忽然喝了一声:"来呀!"

"喳!"左右兵弁暴喝而应。

这些掌柜、东家吓得心胆俱裂,一个个哭丧着脸,就要往地上扑跪求情。

谁知随着一声答应,兵弁们从后堂抬过来一只烧得极旺的大火盆,放在二堂正中央的水磨青砖上。

还没等众人回过神来,就见曾大帅将手一扬,这本关系着许多人身家性命的账本被抛入火中,烈焰一卷顷刻化作飞灰。

等大家从目瞪口呆中回过神来,才发觉曾大帅不知何时已经离开,站在面前的换成了个板着面孔的中年人。

"诸位东家掌柜,我是曾大帅的文案师爷薛福成。"此人略一点头,算是打过招呼,随即高声宣布了两件事:一是南都城克复半年有余,如今还有不少商铺关板歇业,总督衙门发出饬令,要求十日之内,南都城内所有买卖街必须重新开业,而且要公买公卖,不得借机囤积,不得肆意抬高物价,违者严惩不贷。

这一条众商都忙不迭地点头答应。再说到第二条,可就让人咧嘴了。薛福成连连报数,要求众商为战后满目疮痍的南都城重捐银子。这份捐输有多有少,最少的也有三千两,最多的是锦号成衣铺,让店东孙老板捐二十五万两银子,把孙老板心疼得肝颤。

"薛师爷,我问问您老,这同样是捐,怎么我家就这么多银子呢?"孙老板壮着胆子问了一句。

薛福成看了他一眼,皮笑肉不笑地说:"这自家的买卖,这些年做了多少生意,赚了多少钱，难不成孙老板自己心里没数？真要是这样，这里说不清楚，你随我到总督衙门，当着刑名和钱谷两位师爷的面儿，我帮你仔细查查。"

"不、不，不必了，我认捐，全都认捐。"一句话全明白了，逆匪账簿虽然烧了，可是数目在衙门里记着呢。锦号这十年来包下了整个南都驻守逆匪的军衣生意，要是较起真来……孙老板胆怯地望了一眼大堂深处，仿佛还能看见曾大帅的背影，他打了一个寒战，像斗败的公鸡一样低下头去。

古平原心头雪亮。今天这是先兵后礼，先把话说到十二分无望，临了却一把火烧了账簿，随即便是劝捐。事情到了这一步，就算再不开窍的人也会服软。这样做既筹得重建南都的部分款项，又不伤本地商人元气，接下来还可以抽税派捐，细水长流，这位总督大人的心思可真是让人佩服。

不过薛福成念来念去，把在场众商个个点到，却就是没有顺德茶庄和两淮盐场。古平原正在疑惑，不经意间抬头一望，就见人群中一个背影正在向外走去。

这背影很是熟悉，古平原凝神间便一扬眉，立刻拔脚要追——那人是苏紫轩！

僧格林沁于一个月前被西征军杀了个千里回马枪，宇王张日宇带兵砍下了他的脑袋，为烈王李成空报了大仇的消息像长了脚一样，朝野震动，百官惊骇。在来南都的路上，古平原便从路边茶棚的茶客谈论中得知了此事，他忧心如焚。当日白依梅在寿州城外赤身裸体，与自己恩断义绝的情景，古平原向谁都没说，早已逼着自己从脑海中抹去，然而这个意外消息的传来，如暴风般将往事从心底搅起，时常呆呆出神，暗自担心。

现在遇到了苏紫轩，他马上想到，白依梅投入僧格林沁大营，是苏紫轩的主意，僧格林沁被西征军打败，恐怕就与这个绝顶聪明的苏紫轩有莫大干系，白依梅的下落当可从她身上得知，古平原自然要追过去问。谁知他脚步刚动，薛福成一张口便叫住了他。

就见薛福成分开人群，走到古平原面前，故意抬高了声音，让离开人群几步远的李万堂也能听到，"古东家，请你和李老爷入内一叙，曾大帅有事相商。"

"那捐输一事该如何办理？"有人好奇问道。

"不必了，大人有令，两淮盐场与顺德茶庄此番免捐。"

一语既出，旁边顿时起了一阵羡慕的惊叹，只有古平原与李万堂不约而同地将眉毛微微一皱。

5

"小姐,你好像很不高兴?"四喜小心翼翼地望了望苏紫轩的脸色。

二人正在舟上,玄武湖湖心亭已然可望,后梢一名舟子离得甚远,湖面风声烈烈,必是听不到什么。

苏紫轩还是放低了声音:"可惜来晚了一步,救不到李誉,真是太可惜了。"她一向镇静,此时却有些烦躁。

"小姐,别怪我多嘴,我真是想破头也不明白,当初你一定要激僧王杀了李成空,如今又急匆匆赶到南都来救李誉,这两人号称王天红的左膀右臂,为何却要杀一个、留一个?"

说话间,湖心亭已经到了,上面有两三个人正携酒赏景,苏紫轩让四喜拿了几张银票过去,很快湖心亭中便人去亭空。四喜与舟子将带着的风炉在亭边摆好,然后从食盒中拿出状元豆、冰糖蜜汁藕等吃食小菜,烫了二两竹叶青,湖心亭中顿时香气扑鼻,那舟子忍不住就咽了口唾沫。

四喜拿出五两银票:"我们要在此赏月,得中夜才走,你那时来接我们。这是船钱,多余的拿去吃饭。"

"哟,谢谢小爷了。"划一个月船,也赚不到这么多银子,舟子眉开眼笑地划着船走了。

月还未上梢头,从湖面吹来的风却更显凉意,四喜在亭中石凳上铺了皮垫,这才请苏紫轩坐下。苏紫轩望着远处的钟山已经有一会儿了,面上似悲似喜,嘴边仿佛有一声轻叹。

"你这傻丫头。"苏紫轩见四喜呆呆看着自己的样子煞是可爱,伸手拧了下她的脸,悠悠道,"你方才问为什么杀一个,留一个?杀李成空是不愿让僧格林沁得个好帮手,救李誉则是想让曾大帅得个好帮手,这一出一入,关系大着呢。僧格林沁要是得了李成空,此番能被西征军杀了?僧王要是不死,将来湘军北伐,岂不是要撞在这堵墙上?"

"湘军北伐,伐谁呀?"

苏紫轩冷冷一笑:"伐谁?同治!慈禧!恭亲王!还有见死不救的满朝文武。"

"啊、啊。"四喜想了半天才明白,"曾大帅肯造反吗?"她怀疑地问。

"曾大帅以理学名臣、孔子门生自命,让他造反等于是往自己脸上打耳光,谈何容易。唉,李誉要是不死,是曾大帅一个文武双全的好帮手。成功的把握越大,这个决心就越容易下。"苏紫轩喝下一盅酒,闭上眼轻轻摇头,"算了,过去的事情不提了。反正我借着白依梅这个内应,引着西征军杀了僧格林沁,已是给湘军的北上之路除去了一个最大的障碍。"

四喜这才明白,这位小姐几年来是在下着如许大的一盘棋,难为她竟然如此坚韧,终于走到了这最后一步。

"那……曾大帅要是一定不肯反呢?"四喜嗫嚅地说。

"眼下想劝曾氏造反的人可不只有我们。他那几员大将,还有那个曾老九,个个都精着呢,要是成了开国功臣,那是擎天保驾的功劳。"苏紫轩的微笑一现即没,眼中露出一片狠色,"他要是不想当明太祖,那就让他当宋太祖好了。一旦黄袍加身,脱不脱下来都是谋反。为了湖南荷叶塘那几百口曾氏族人,他也得干到底了。"

四喜试探地说:"要是这样,就算曾大帅不反,他的弟弟和部下也一定会反,我们静观其变好了。"

"这种大事岂能坐等成功。曾大帅此人真正是谋定而后动,我没见过谁比他更有耐性,更懂得等待机会。造反这种大事,哪怕是九成九的把握,我料曾大帅也不肯轻举妄动,除非有十成把握才行。"

"造反哪来的十成把握?"四喜失笑道。

"所以我们要为曾大帅造机会,引着他向谋反这条路走。我倒不在乎他能不能当皇帝,只要能把京城打下来,把那一对叔嫂抓到,一个挫骨扬灰,一个乱刃分尸。"苏紫轩面上笼了一层寒霜。

"粥熬好了,这天凉,小姐你趁热喝一碗。"四喜听了这些原本应该只是放在心里的话,心中七上八下,惴惴难安,用黄杨木托盘盛了一碗粥,想借机换个话题。

谁知苏紫轩接过来,将半碗粥拨入湖中,熬得稀烂的香粳碧玉米顿时引来一群鱼儿争食。

"看见没有,想要引鱼上钩,鱼饵一定要香。"苏紫轩用筷子点了点,对瞧得愣神的四喜说,"湘军现在缺的是军饷。"

"这得多少银子啊,怕要上千万两吧?"

"白依梅已经去镇江找漕帮老大了,宇王张日宇给她的那封信能派上大用场,她是聪明人,知道该怎么用。"说着,苏紫轩瞟了一眼四喜那寸步不离身的书匣,"何况,咱们不是还有最后一招嘛!"

古平原从总督衙门平安回来,彭海碗已经是谢天谢地,等到听说曾大帅烧了逆匪的账簿，更是大念阿弥陀佛。

"这下可好了，满天乌云都散了。佛祖保佑，我明天就去金山寺烧上一百零八支高香。"

古平原听了没吱声，彭海碗这才看到他嘴角带了个大大的苦笑，他也是精明老到的生意人，一下子明白了。

"古东家，难不成是这位曾总督给咱们出了什么难题？"

曾大帅的题何止是难，简直是难如登天。

两江百姓，除地主富户家存着过夜粮外，其余无不对朝廷的赈粮翘首以待。其实百姓倒不是要平白讨食，两江是大清最富庶的地方，百姓逃难之时，纷纷带了金银细软，如今大难已过，扶老携幼各自返乡。家尚在，拿出些银子购买农具机杼，耕田养蚕，用不了几年日子就过回来了。

真能如此自然善莫大焉，奈何缺粮，别说几年，就是几个月也等不得。江南本是鱼米之乡，多年匪患荒弃了良田万顷，饿死人的事儿层出不穷，有些地方甚至有了易子而食的传闻。

如今最缺的就是粮食，物以稀为贵，粮价水涨船高，已然涨到了百姓不堪重负的地步。眼下是春季开荒种田好时节，农民个个饿得腿软脚软，走起路来都直打晃儿，哪儿来的力气种田？总督一职上马管军，下马管民，民政方面最令曾大帅头痛的就是缺粮。只要能让老百姓吃饱肚子，春种秋收，哪怕一茬粮食就能让江南恢复元气。

所以曾大帅要古平原做的就是一件事——买粮！从各地把粮食买来，缓解江南的饥荒。

"到底要多少粮食才够？"彭海碗听古平原回来之后讲述了经过，急急地问。他是想帮忙，也是想将功赎罪。

古平原伸出三根手指。

"三万石？"

古平原苦笑一声："三万石我就不回这儿，立刻直奔安徽几个大粮集去扫仓底了。"

"三十万石啊！我的妈呀！"彭海碗腿一软坐回座中，"听说朝廷向两江发粮赈，费了九牛二虎之力，才运来两万石粮食。这、这曾总督也真敢要，这让咱们去哪儿弄啊。"

彭海碗的这句"咱们"让古平原很是欣慰，此人看来是个有良心的，自己算是没帮错人。

"若是弄不到，那该怎么办？"常玉儿一直在旁边静静听着，听说是这么个大数目，眉间也带了忧色，继而又笃定地说着，"不管什么买卖，重赏之下必有勇夫。只是不知这江南的粮价如今怎样？"

这句话算是问到点子上了，彭海碗虽然不是粮商也不是司务，但他是大掌柜，日日看账，管着这么多伙计的饭食，粮价自然门儿清。

其实不必他说，古平原从总督衙门出来，第一个去的就是几家大粮店，还特意请了个掌柜到酒铺做个小东，一番深谈下来，对江南粮价已是了如指掌。如今市面上粮价是十五两一石，而若要想百姓三餐得继，能够买得起吃得饱，粮价就绝不能超过五两。

三十万石的粮食，十五两和五两之间的差价，那就是三百万两银子！

听了这个数目，屋中顿时陷入了寂静。良久，彭海碗摸着光秃秃的下巴慢慢道："要说借出三百万两补这个差价，徽商倒也不是拿不起。"

"拿得起也不能拿，否则后患无穷！"古平原断然将手一摆，他看出彭海碗不解，放缓了语气道，"记着，商人再有钱也不能在官府面前显富，不然好心花了银子到头来却是自掘坟墓。"古平原一脸的严肃。

彭海碗深吸了一口气，越来越佩服这位年轻东家，遇事真是深思熟虑。

"眼下打饥民主意的商人不少。有个陈大户，据说在广东屯粮，手里至少有十万石的粮食，还放出话来了，只要有人能出到十八两一石，他就立刻将粮食装船起运。"彭掌柜道。

古平原一听就气不打一处来："这不是喝人血吗！别说这个价太高，就算有钱，也不能和这种人做生意，否则其他商人有样学样，坏了市面不说，把商人的德行都带坏了。"

"彭掌柜，你是坐地户，江南一带你最熟悉，难道就真的没有人有办法弄到这三十万石粮食？"常玉儿柔声与彭海碗商量着。

"这……"彭海碗背着手在屋里转了十几圈，忽然回头喜道，"有一条路子，或许能行。东家一定听过漕帮吧？"

漕帮虽然是运河帮，可也是天下第一大帮会，从南到北自不必说，就是东海到遥西边地，在外跑生计的人，没听过漕帮的也很少。

"漕帮在运河上运粮已经上百年了，这粮食里的花样，没人比他们更熟悉。总之别看江南饥民无数，漕帮那儿一定有粮，沿着运河扫漕帮的仓底，说不定就能凑足这三十万石。"

"这倒真是条来路。"古平原凝神思索着,"我听说漕帮有一百二十八帮半,每一帮都各有地盘,这要是沿着运河一家家去游说,只怕几年都未必成功。"

"当然要去找他们的龙头老大,也就是现任漕帮帮主。此人姓江名泰,出身江淮泗头帮,长年住在镇江老宅。他为人很讲义气,在帮中甚有威望,只不过……"

"只不过什么?"丈夫要去和漕帮打交道,常玉儿当然关心。

"我听说这几年江泰老病侵寻,无力约束手下,再加上生逢乱世,有些地方的漕帮比起水匪来也好不到哪儿去。"说着,彭海碗举了几个血淋淋的例子,听得古平原夫妇暗暗心惊。

"既然别无他法,那只有去找这位江帮主了。可是他既然无力约束手下,关系到一百二十八帮半的事情,去找他岂不也是缘木求鱼?"

"不相干,我说的那些胡作非为的,都是小角色,真正帮中大佬是不敢违背家规不听号令的。"

古平原心中一动,笑着问道:"彭掌柜,你是不是在帮?"

彭海碗笑了笑,"做生意时难免遇到漕帮中人,不想听也听了些。乱传漕帮中的事很犯忌讳,多言贾祸,还是少提为妙。东家,三十万石粮食可是天大的事儿,要想说动江泰帮这个忙,那可不简单。你晚走两天,我出去帮你办一份好礼。"

"好,正巧我也要去办一件事,咱们两不耽误。"

彭海碗又好奇地问古平原:"东家,方才我就想问,这曾总督派你去买粮,那派京商李万堂去做什么?"

这一问,古平原脸上的表情顿时难以捉摸,像是庆幸又夹着几分无奈:"那件事啊,恐怕比买三十万石粮还要难上十倍。"

6

南都城最大的客栈聚广源是南边最有名的仕宦行寓,房子园林是仿照当年南都织造府的格局,一向只接待达官显贵,如今却整个被京商买了下来。

李万堂素来大手笔,将客栈里外翻修一新,重新铺了亮瓦,里外围墙都刷了十几遍的落地白,门前一条路也扩了三尺有余,用磨碎的雨花石粉垫道,宛然是一处富丽堂皇的豪绅宅院。门上却未挂匾,只是用红纸暂时贴了京师李寓四个字。

"这里毕竟还是透着俗气。明儿派人去扬州,不拘哪家园子买下一个,将木石搬来,再请精通园艺的工匠重新布置一下。记住园子一定要够老,至少百年以上。"从总督府回来,李万堂一脚迈进来,头也不回地吩咐道。

"是。"李安的回答一向简洁,但做起事来却不走样,李万堂吩咐的他都能一五一十地办到。

"李老爷,辛苦、辛苦。"还没进正厅,便有一人笑呵呵迎了出来。

"王大掌柜,不在盐场监工,为何到了此处?"李万堂眉棱骨一动,盯着来人问道。

"虽说是令郎卖盐给逆匪闯了大祸,可是王某毕竟也担着些责任,放心不下才来看看。怎么,听说曾大帅有请,莫不是为了李少爷私通叛逆那件事?"说话的正是王天贵,他一眨不眨地看着李万堂,想从他脸上看出些究竟。

"没什么事,王大掌柜过虑了。"李万堂轻描淡写地说,"既然来了,那晚上就在这儿给大掌柜摆宴接风。"

"不必、不必。"王天贵实在从李万堂那儿看不出什么,知道李家这一关算是过去了,心头很是失望,"既然无事,那我就回去了。"

其实卖盐给南都城里大泽军的人正是王天贵。他出资与京商合办盐场,约定李家负责外运卖货,王天贵负责盐场管理,各负其责,最后按股分成。

王天贵雇了一帮本地打手充作盐场把头,以重金喂饱了这帮凶神恶煞,将盐场牢牢控制在手里。他心里早就打好了算盘,盐场一定要针扎不进、水泼不进,反正盐场归自己管,只要不出事,李家也就无话可说。但是当初说好的归李家管的外销一事,王天贵却并不打算就此袖手旁观。

盐场是整个盐运生意的起点,李家要贩盐,就得从盐场把货运出去,王天贵便在运盐的麻袋上做手脚,把所有的麻袋都刷了砂浆,用偷梁换柱的方法将克扣的盐私自卖出,自然不会计入公账。

这个手法其实并不难懂。没过多久,从安徽回来之后被李万堂派去负责接运食盐的李钦便接到手下人的报告,他年少气盛,得知此事后打算去与王天贵理论。王天贵在扬州最有名的麒麟阁设宴单请李钦,席间不断恭维,最后拿出一张一万两银子的龙头大票。

"李公子,你想想看,如今一股折三,李家一份,我一份,还有京城四大恒一份。这四大恒入的可是半实半虚的股呀,红利却实打实拿走三成,这公平吗?"

这件事李钦也想过,也觉得确实让四大恒占了便宜。但这是他父亲决定的事儿,自己没有插嘴的余地,此刻听王天贵说起,不由自主地点点头。

"王某人之所以办些私货,只是为了把四大恒挤出去,却并非与贵父子为难,这里是前些日子赚的利钱，你我二一添做五分了它。"

一万两银子不是小数目，李钦觉得王天贵说得有道理，便半推半就地收了下来。但是这事儿他可没敢和父亲说。直到南都克复，李万堂一夕之间做了决定，将办事之所从扬州搬到南都，王天贵这才主动找上门来，对李万堂说，当初克扣下来的盐，几乎全都以官盐十倍的价格卖给了南都城里困守的逆匪。

盐是朝廷严控的物资，私通逆匪，向南都城里运盐，要是被官府知道了，轻则杀头抄家，重则祸灭满门。

王天贵却毫不在意："盐是我卖的，银子却是令郎用了。我是卖货伙计，他是收钱货东，真要是追究起来，恐怕李家的罪比我王某要大得多。"

四目相对，仿佛刀剑相撞，过了好一会儿，李万堂淡淡回了句："这事儿，我知道了。"就此送客。如此莫测高深，倒让王天贵摸不透底细。

李万堂把李钦找来，将王天贵的话告诉他。李钦把眼睁得大大的："银票上又没有记号，他凭什么说就是卖给逆匪拿回的银子？"

"王天贵是只老狐狸，又是票号的大掌柜，他岂会想不到这一点。你手里那张银票已然兑开，这就留了证据，官府要是到钱庄去查，一定能查出与逆匪有关的线索，而这条线必定是当初王天贵埋好了的。"

"我找他去！"李钦一气一个死，抬脚就要往外走。

"回来。"李万堂喝住他，"他才不怕你把事情闹大，反倒是撕破脸才中了他的如意算盘。王天贵日思夜想的就是将这七十二家盐场分开，拿走其中三成，各办各的。他找我谈过好多次了，都被我拒绝了。所以他才不停地想激怒我，让我主动提出分道扬镳。可我宁可让他占些便宜，多拿银子，也绝不能把七十二家盐场分开。"李万堂斩钉截铁地说。

"那为什么？"李钦倒是觉得快刀斩乱麻也不失为一策。

李万堂收拢目光，聚集在李钦脸上。李钦被父亲的目光盯得有些慌乱，正要将目光闪开，就听李万堂慢悠悠地开口道：

"他要三分天下有其一，我却要独占两淮！"

李万堂安排好了盐场，不敢有丝毫耽误，连夜赶奔京城去做那件曾大帅托付的天大之事。一进京他便在头一号的福兴居摆下盛宴，偌大的酒宴就只请了一个人。

"徐四哥，按说我这做主人的，不该夸耀自家。不过这酒实在是好，一句话，有钱买不到，您不妨多尝两杯。"李万堂殷勤道。

"哦。是什么酒？"听话的这个人瞄了一眼杯中酒，神情颇有些不信。

李万堂知道，眼前这个徐书办别看衣着朴素，人也方头方脑，但是其人家中从前明开始就在户部当书办，真正是吃过见过，一般的东西根本不入法眼。这样的人也有一样好处，真东西一听就知道，不必多费口舌。

"是桑落酒。这酿酒的方子早就失传了，难得江南有个富户家里还存着两坛，我就买了来，专请行家来尝，才不枉了这好酒。"

只是轻描淡写两句话，徐书办却显得很重视。京商李万堂家财万贯，他特意买下的酒，自然是好，而且必是重金换得。

徐书办别看是在户部专司文书的杂佐，肚子里还算是有些墨水，将杯中酒一饮而尽，把玩着乾隆窑的细白瓷酒盅，赞了句："果然好，记得有两句诗，不知桑落酒，今岁谁与倾？"

"自然是有人为君倾酒。"李万堂微微一笑。话音刚落，从帘后走出个身着深蓝色织锦长裙，裙裾上绣着洁白点点兰草的丽人，端的是眉目如画，笑靥生辉，款款几步来到徐书办面前，纤手提起微温的酒壶为他再满上一杯。

"这是？"美色当前，徐书办目眩神迷，眼睛也围着可人儿打转。

"我叫玲珑，徐老爷想必常去胡同，不大往珠市口逛吧？"那美人儿抿嘴一笑。

这一说，徐书办刮目相看了。八大胡同里的小班、茶室，里面的姑娘已然不是庸脂俗粉，然而珠市口的两家清吟小班，姑娘坐在纱帘后操琴唱曲，真的是卖艺不卖身，像这位玲珑，如此绝色之姿，不问可知是清吟小班里的红角儿，光是听曲打赏，至少也要五十两一个的马蹄银才行。况且清吟小班有自己的规矩，姑娘不出局就是其中之一，李万堂能打破这个规矩，把这位玲珑姑娘请来，除了银子还要有面子，可见待客之诚。

徐书办心中一直存着戒心，这李万堂摆下盛宴专请自己一人，不问可知事情不简单，以李半城的本事，难不成还有什么事儿是他做不到需要自己帮忙的？

他当然想知道答案，但李万堂却偏偏只字不露来意。

"今宵只可谈风月！"李万堂刚从大乱初平的南边回来，有的是新奇的见闻，酒过三巡，他微醺着忽然压低了声音，"徐四哥，听说你在与人打官司？"

"唉，家门不幸。"提到这事儿，徐书办便好一阵心烦。他的小儿子被扯进一件伤人官司，对方偏又是旗人，无论如何也脱不得干系，看样子至少也是个充军的罪名。为此，徐书办也托了不少人情，可是事涉旗人，没人敢给句准话说一定成功。

"不碍事。小孩子嘛，一时糊涂犯错，哪能就不给个悔改的机会呢？俗话说浪子回头金不换,今天这顿酒后,徐四哥只管去顺天府具结领人,我包令郎一定无事。"李万堂微笑望着徐书办,轻描淡写说道。

徐书办这几日都在奔走此事,深知其中难处,但是李半城是什么人,既然说了那就一定准,看样子是为自家花了大钱,至少也得上万银子,而且托的人也比自己找的高明多了,不是尚书就是侍郎,否则哪有这么痛快。

"李老爷……"

"徐四哥,你这就见外了,难道真当我是个官儿,那是唬外人的,当我是朋友,就换个称呼。"

"那我就恭敬不如从命。李大哥!"

"哎,这样好,彼此亲切,酒也喝得热闹。"

"酒不能再喝了。"人家这样出力,自己也不能再装糊涂,"李大哥,今日虽然是初会,但我受惠甚多。大恩不言谢,既然咱们多亲多近,那何妨打开天窗说亮话,有兄弟能帮得上的地方,一定尽力。"

"嗯。"李万堂沉吟了一下,抬眼看看玲珑。

"二位老爷先宽坐,我去看看还有没有什么应时的好菜,让灶上做些来。"果然是玲珑七窍,立时起身托言避开。

"今日一会只想尽欢而已,有什么事不妨摆着慢慢说。既然徐四哥快人快语,那……我就可要扫兴了。"

"李大哥真是客气。"包下了都一处,请了清吟小班的红牌姑娘,还为自己打点官司,自然有所求。事情到了节骨眼了,徐书办半点也不敢马虎,凝神直视李万堂。

"方才徐四哥说尽力,这实在不敢当。实不相瞒,我有些事想请四哥指点,能知无不言,就算四哥当我是好朋友了。"

绕了一个大圈子,想不到是这么简单,徐书办倒有些不敢置信,口中连连道:"那当然,那当然,李大哥是京中要角,外面四九城,朝里六部九卿,谁不给李大哥面子?我巴结还巴结不上,怎么说指点呢,有话但请吩咐。"

"徐四哥太捧我了,好朋友面前不敢自高自大,这话实在不敢当。"李万堂轻轻吸了口气,他受了曾大帅的重托,此番回京要办一件大事。这件事在曾大帅心中不比打下南都的分量轻,如果能办好了,等于是曾大帅欠下李家一个莫大人情,所以李万堂回京路上殚精竭虑一直在思考如何去做得圆满。

这件事牵扯的范围实在太广,又难如移山,要是一座山头一座山头地去搬,累死也无功。李万堂心中其实已经有了主意,请徐书办来,就是要找个内行来看看,自己这个主意到底是不是行得通。

"四哥在户部当差，我听说如今户部上下都在盯着一桩案子，不知可有此事？"

"光棍眼，赛夹剪。"一语既出，徐书办就把李万堂的来意猜了个七八成，心中立时就在盘算自己从中能落什么好处。好处太大了，徐书办一时心中怦怦直跳，不相信会有这样的好事从天而降落在自己头上。

徐书办想了又想，决定在李万堂这样的人面前不妨说实话。李万堂今天的大手笔打动了他，让他相信李家绝对不会亏待自己，既然这样，两个人面对面敞开谈，总比藏着掖着要好。

"李大哥，我冒昧问一句，你从南边回来，是不是有人托你为这件案子当中间人，来讨价还价？"

"痛快。"李万堂一愕之后很快便笑了，"我就喜欢和徐四哥这样的角色谈事。不错，托我的人是湘军大佬，至于是哪位你不必问，反正湘军的事儿，人家能做主。"

湘军是曾氏弟兄一手创办，既然能做主，那不是曾九帅便是曾大帅，徐书办会意地点了点头。

"既然这么说，我先给李大哥算一笔账。"

徐书办蘸着酒汁以箸代笔，就在桌子上点点画画起来。

军兴以来，各地都是自筹军饷。军饷来源大致有三：一曰厘金、二曰捐输、三曰协饷。这是"饷"的来源。至于去处，也大致有三：一是饷银赏银、二是军械军粮、三就是人人心中有数的空饷。

"一个士兵每月饷银五两，饭食银子差不多也是这个价，再加上军马粮草、军械弹药购买损耗、军衣被衾帐篷，还有赏银和阵亡抚恤，大致每养一个兵，一年要花一百五十两银子，军兴十年，那就是一千五百两。"

说到这儿，徐书办抬眼看了看李万堂，意在征询。李万堂早就算过这笔账，点了点头："这个数，只多不少。况且还有那么多军官，用的银子比士兵多得多。"

徐书办见李万堂同意，便接着往下说："湘军号称二十万，据说是吃三成空饷。但空饷也是饷，还是得按二十万的人头儿来算，那么就是……"

"三万万两银子。"李万堂说出来的时候也不自觉地一皱眉。这笔钱实在太大，就连李半城此生也是头一次说出如此巨大的数目。

徐书办笑了笑，"此外还有修建大营的用工，战事过后维持地方的支出，抓了那么多的逆匪俘虏，养这些人也是一笔不小的开支啊，这些还都没算呢。"

李万堂微微捻髯，沉思良久毅然道："好，咱们先假定通扯一个大数，就算四万万两白银好了。办报销的部费怎么算？"

"部费"！这就是李万堂此行的真正目的，来为湘军的报销打前站，要以自己在京城官场的人脉关系，替湘军讨价还价，务必要把一笔部费压到最低。

何谓部费？就是虽然没有明文规例，但是历代相沿，到部里办事给经手官吏的好处。办什么事花多少银子，都已经有了明码实价，每一件公事都要交部费才能办得下来。

从来朝廷出兵，无论是与敌国相争，还是平叛剿匪，打完了仗之后，都要办报销。花的每一笔钱都要向户部报账，查下来这笔钱确实该花，而且确实花到了正地方，并无贪污挪用之弊，户部才认可。这样一笔笔查下来，全无问题之后，最后造册进呈御览，皇帝用玺，这场仗才算是功德圆满。

平灭逆匪一役用了十年之久，根本没有细账，如今却要一笔笔细查，可谓是漏洞百出。但是不要紧，这就是户部书吏的本事了，拿人钱财，与人消灾，只要肯缴纳美其名曰的部费，那么即便没有细账，可以凭空伪造出满满一架子的账册，任谁看都看不出毛病。这笔天大的军费报销还是能办下来的。

"按例，部费应该是半成，四万万两银子的半成就是两千万。"

两千万！李万堂听着也是暗暗心惊。国库里并没这么多银子，户部的胥吏却打算着一分而空，真是应了那句："大官不要钱，不如去种田，小官不要钱，儿女无姻缘。"

他已经在暗自皱眉，不想徐书办还有话说："李大哥，我说两千万是过去的价儿。如今仗打了十年之久，各地的冰敬、炭敬少了一大半，穷京官、穷京官，如今真的是穷得叮当响，赊账、当东西已然是家常便饭，谁瞅着这笔银子不眼红，都想从中分肥。"

徐书办倒是没说假话，但李万堂还是茫然未解，"户部管度支，要说收办事的部费还情有可原，其余各部凭什么拿好处，又是如何说法？"

"说破不值钱。比如说礼部管着追恤、兵部管武库、吏部管考功、工部管建营，刑部更好了，各地官兵都有骚扰百姓的情事，这都归刑部管哪。"

"除兵部与工部沾点边外，其他的与报销何干？"李万堂皱眉道。

"当然是把这些事情整个打包都计入部费里，不然怎么收这笔钱呢？不过是借着报销的由头来发一笔横财罢了。"

"到底想要多少呢？"

徐书办伸出一根手指："各部已经议好了，总共一成！"

一成就是四千万两银子，这就是各部商议的最后结果。出了这笔钱，湘军的这件大功才算是光鲜亮丽，毫无瑕疵。

"不然呢，如果曾大帅不肯出这笔部费，索性一笔笔按规矩办呢？"李万堂试探地问。

徐书办笑了："曾大帅如今也年过半百了，真要是按规矩办，连一把腰刀、一斤粮草都要详查的话，恐怕一直办到曾大帅归天，这笔报销还是完不了。再要查出领空饷、报虚账这样的罪，三天两头受朝廷处分，那这个胜仗还不如不打的好。"

李万堂心里雪亮，别看曾大帅率领湘军无往不胜，要是落到这群积年老吏手里，公事公办来个拖字诀，到时候陷入泥潭，呼天不应，呼地不灵，真能把人磨死。

他临来之时，曾大帅细细吩咐过，湘军的账目当然经不住推敲。要是户部存心公事公办，到处挑拣，再被御史寻个短处奏上一本，指责贪污挪用，又无以自辩，一世英名可就付诸流水了。

所以曾大帅希望李万堂能借用京中人脉寻个两全之策，既要把报销的事儿漂漂亮亮办下来，又不能任由着这班书吏狮子大开口。

想不到真的是狮子大开口。按着徐书办所说，这事儿比起曾大帅所想还要难，兵刑工吏户礼，六部纷纷伸手，部费涨了一倍，要应付的人更是多了几倍，要想面面俱到，真是难如登天。

"李大哥，我把实底露给你了，能砍下来多少，就看你和各部堂官、司官的交情了。"徐书办讲完了，自斟自饮一杯酒。

李万堂嘴角噙了一丝冷笑。六部官吏，个个要钱，真如同一团乱麻般，要是挨个去谈，只怕要跑断腿，而且那样能谈下来的价钱也是微乎其微，根本没法向曾大帅交差。

事情越难，办下来了功劳就越大，曾大帅就越会见自己的情。李万堂这样想着，忽然生出了一个大胆的想法。

"徐四哥，谈完了部费，谈你自家。这笔部费要是十足进账，分到你这儿该当多少？"

"嗨，我是提笔算账的小吏，真要是分到手上，能有这个数就心满意足了。"说着，徐书办比出五根手指。

"什么堂官、司官，论经验谁比得上你徐四哥？五千两？笑话，那不太委屈人了吗！"李万堂从怀中拿出一个封套，放在桌上向前轻轻一推，"承蒙指教，这点银子还望四哥笑纳。"

"哦……"徐书办伸手接过，封套没有系扣，他向里看了一眼，随即睁大了眼睛，伸指进去将几张银票轻轻捻开，顿时感到呼吸一窒。

五张银票，每张都是一万两的龙头大票。

徐书办打今儿一入席，就知道必定能捞到些好处，可是五万两这个数目确实把他惊到了。等了十年，不过是希望能得五千两的好处，然而李万堂一出手就是十倍，这绝不可能只是打听部费这么简单。

想到这儿，徐书办将眼睛从银票上移开，疑惑地望着李万堂。

这种表情，李万堂一生看得多了。用银子开路，没有办不成的事。

"除了这五万两，我打算一两银子都不花，把报销这件事痛痛快快办下来。还请四哥帮着出个主意。"

"啊？"徐书办仿佛听了什么笑话，怔了一下后呵呵大笑："一两银子都不花？李大哥定是醉了。"

李万堂没有答话，只不过整晚都带着笑意的眼神忽然变得凌厉如刀。

7

古平原指了指不远处的水上营寨："那里便是长江水师营，要是打听来的消息不错的话，邓大哥的湖西老乡都驻扎在这一带。"

他又看了看身边的常玉儿："其实我一个人来就行了，这里是军队所在，你一个女人家实在是不方便。"

常玉儿手中拿着一个长匣子，她抚了抚那物件，低声说："当初邓大哥带队来燕门，我爹爹尚被王天贵羁押狱中，他虽然是为了帮你对付这恶人而死，但无论如何也是常家欠了人家一条命。所以今天我一定要来，也算是略略尽些心意。"

妻子说得有道理，古平原点点头又忽然一笑，常玉儿不解地看向他。

"其实你闯大营可算是家常便饭了，在瀚海闯过王爷的军营，在燕门闯过巡抚的辕门，这区区水师营又岂在你的眼里？"

"你呀。"常玉儿听丈夫调笑，不好意思地低了头。

"站住！什么人？"

说着说着，已经到了水师前哨的位置，逆匪虽然溃灭，可是余党四散，各地驻军丝毫不敢松懈，关防极严。

"这位军爷。"古平原作了个揖，"我是受人所托，来找几位湖西老乡交付东西。"

"找人啊。姓什么叫什么，哪一营的？"

古平原想了想，"我想找咸丰五年，在湖口大战时，水师营的湖西老弟兄。"

哨兵听了骇然笑道："你这算是什么找法，咸丰五年我还在家里种地呢，怎么给你去找，不要捣乱了，赶紧走吧。"

"总爷，请您多帮忙，我们是大老远从徽州来的，找人确实是有事，不敢和您开玩笑。"常玉儿上前一步柔声道。

这哨兵听常玉儿说得诚恳，上下打量了夫妻俩几眼，为难道："可是你们要找的人，得问老兵，我这儿值哨走不开……"

古平原手中捏了块两把重的银角子，塞在他的手心："还望军爷多费心。"

有钱而且话又客气，那哨兵少不得要替他想想办法，正琢磨着忽然眼前一亮。

"巧了，问他就什么都齐了。"

哨兵口中的他被称为橹子爷，看号衣是个千总，四十多岁的年纪，下巴上被刀砍去一块肉，眉毛粗得像两把大橹，说话声音低沉。

听完古平原的话，他眨巴眨巴眼睛，伸出一根手指对着自己："湖口大战时我就在曾大帅的旗船上，有什么事问我就行。"

古平原大喜过望："总爷，您认识一个叫邓铁翼的湖西人吗？"

"邓铁翼……"橹子爷摸了一把胡子，皱眉回忆道，"认得啊，那老表真是厉害，硬生生从曾大帅手中得了一把腰刀去。嘿，当初我们都是刚入行伍，他当着水师上下给咱们湖西人争了光，我到现在还记得。听说他后来调到秦西打西征军，如今还好吗？"

古平原沉默了一下，"邓大哥亡故了。"

"哦。"生死的事儿在军队里是家常便饭，橹子爷只点了点头，"那你此来是有什么事？"

"我与邓大哥是把兄弟，我知道他在家乡还有老娘，想托个湖西老乡给他家里带些东西。"

"那交给我就行了，我还记得他家住在什么地方，其实离着我家不过几个山头而已。"

古平原听了却有些作难，与常玉儿对视一眼，夫妻俩都没说话。

"明白了，你们是怕我黑了人家的东西，彼此初见这也难怪。"橹子爷是老行伍，光棍玲珑心，立时就懂了，很爽快地说，"这样吧，我带你们去见几个老表，让他们做个见证。"

古平原虽然有些尴尬，但为了稳妥起见，也只好这么办了。二人随着橹子爷进了军营。水师营只有外围一圈是在陆地上，里面大部分都是用又宽又大的船连在一起，并排而成营寮。下面船与船之间用跳板相连，踩一步晃晃悠悠，古平原要回头照顾常玉儿，走得慢了些，好不容易才跟上橹子爷。

从各处船里不时传来莺莺燕燕的女人笑声，隔着窗子能看见有水师士兵与浓妆艳抹的女人正在调笑。女人声音媚浪，体态风骚，偶尔目光相对，还对古平原笑笑，又对着跟在后面的常玉儿指指点点。

常玉儿也知道这些不是什么正经人，低头敛目容易，却又不能捂住耳朵，有那么几句天杀的话传入耳中，心知丈夫必也听到了，只羞得是满面通红。

走过七八条船，好不容易橹子爷说了一句"到了"，常玉儿这才如蒙大赦，急匆匆跟着进了船篷。

一进去常玉儿就后悔了，面前是五六条大汉，敞胸露怀，吆五喝六正在赌钱，身边都放着大海碗，船篷中酒气冲天，令人欲呕。

"老橹子，你带个小娘们来干什么，老子手气正好，可别让她给冲了。"居中一人胸前黑毛丛生，大眼粗髯，气哼哼道。

常玉儿早就躲到丈夫身后，看也不敢看这群人。橹子爷把古平原的来意一说，船篷中的人互相看了一眼，这才停了手中的骰子。

居中大汉问道："帮着把兄弟料理身后事，你这人还不错，有什么东西就拿出来，咱们给做个见证。"

"好。"古平原简单答应一句，回手接过常玉儿手中的长匣，打开之后，拿出一把腰刀。

"这是蒙曾大帅大人亲赏的腰刀，是邓大哥的心爱之物，请带给他的老母亲留作去思。"

这刀是曾大帅亲自命人督造，在湘军中是赏赐武勇将弁的重奖，十年才不过发出去几百把，船篷中几个人都围过来细看把玩，只有那个居中大汉没动。古平原眼尖，发觉在那大汉的身边也放着把一模一样的腰刀。

"就是这一把刀吗？"橹子爷等人看过之后，将腰刀入匣，重又包好。

古平原又打开自己一直拿在手上的小包裹，一层层打开后，露出件黄色的衣褂。

"这是先皇御赐僧格林沁王爷的黄马褂。邓大哥在陕北石嘴山勇战负伤，救了僧王爷，王爷便将黄马褂当场脱下来赏给了他。"

这才是语惊四座！连那大刺刺的居中大汉都站起身来，不置信地望着那灿然的御用明黄。橹子爷呆住了，喃喃道："敢情邓老弟到了陕北立了这么大功劳啊。"

"对！"古平原忽然有些激动，"满蒙铁骑不敢轻进之时，只有邓大哥领着一帮老兄弟狂飙冲锋，打乱了西征军的伏击计划。瀚海王爷看不起汉人，可那一次却彻底服了。邓大哥可给湘军争了口气。"

居中大汉走过来，接过黄马褂认真地看了看，点头道："赏穿黄马褂，便是巴图鲁，非超勇之人不赏。这邓老弟确实是好样的。"

"要不是小人设陷，他也不会死在铁帽山的山神庙前。"提起往事，古平原眼中流出泪来。事情真相他始终不知，但是祝晟向王天贵告密，以至于邓铁翼命丧燕门却是确凿无疑。

提到铁帽山的山神庙，古平原很明显地感到背后的妻子身体猛然颤了一下，他以为常玉儿也是因为邓铁翼的死而悲愤伤心，伸手过去以示安慰，只觉得常玉儿的手一片冰凉，还在微微发着抖。

"大丈夫不死阵前，真是可惜了。"居中大汉叹了口气，把黄马褂递给橹子爷，"拿好了。这比曾大帅的刀还要金贵，摆在邓家祠堂里，来往官员任谁见了都得下跪请安。"

"是。"橹子爷毕恭毕敬答道。

"还有这最后一样。"古平原将两张银票递了过去，"我在陕北跟随僧王爷的马队买卖军粮，邓大哥也有份子在里面，赚钱分红，这是两万两，也请转给他的家人。"

一听这个数目，船篷里再次寂静无声，隔了许久，那居中大汉沉声道："你是生意人？"

"是，我是城中顺德茶庄的东家。"

"你知不知道，若是你不说，没人会向你讨要这笔银子。"

"我知道。"

"你嫌钱多咬手？"

古平原摇摇头："钱不会咬手，却会诛心。我是生意人，但从不拿不该拿的钱，何况这是我欠邓大哥的。"

"硬是要得！"居中大汉瞪眼看着他许久，忽然猛一拍掌，"邓老弟与你结拜，真是有眼力。让我鲍超服气可不容易，不过今天服你了。"

鲍超？这名字好耳熟，古平原一转念已经想起来了。曾大帅手下水陆两员大将，水师的彭玉麟，陆队的鲍春霆，彭玉麟智勇双全，鲍春霆却是个一往无前的猛将。

鲍春霆就是鲍超，也就是眼前这名大汉。

古平原愣住了。南都官场上的消息他也略知一二，鲍超几年下来早已经积功当上了一品提督、江苏总镇，是江南武官中的红顶大员，怎么会在这不起眼的水师船上赌钱？

鲍超不识字，在官场笑话一向很多，古平原却不敢不敬，立时要下跪参拜。鲍超一把扶住他："哪个要你拜，你看看……"他向身后一指，"这些都是军中兄弟，论品阶和我差着十级八级，要是跪来跪去，这钱还有法子赌吗？"

身边这帮当兵的听了这话，个个面露微笑。鲍超真的是没有半分架子，他又对古平原道："这位东家，你放心好了。腰刀、银票、黄马褂，保证一样不少交给邓老弟的家人。谁要是敢吃黑，我鲍超就一刀砍了他的脑袋。"

出了水师大营，古平原这才吁了口气："几年了，总算是把这件心头事了了。"他见常玉儿面色苍白，心疼地说："我就说那营中不是女人去的地方吧，可是吓着你了？"

常玉儿摇摇头："可能是江边风大，我有些不舒服。"

"那赶紧回城吧。我明天去镇江拜会漕帮的江泰帮主，你就不要跟着往返了，留在茶庄好生歇息。"

"嗯。"常玉儿答应着又问道，"古大哥，你是不是还要去看望婆婆和弟妹？"

"那是自然，岂有过门不入之理？"

常玉儿默默点头，从怀中拿出一个油纸包："我这几天做了一双千层底的布鞋，特意用了莱州的厚布，你带去。临来时，我发现婆婆礼佛的大殿里寒气很重，她老人家年纪大了，要留心身子。"

古平原接过那双布鞋，感激地看着妻子。常玉儿有些为难地说："别告诉婆婆是我做的，要不然她就不穿了。"

此时江边明月初升，月白人静，只听得江涛拍岸，寒鸦声声。古平原拉着妻子的手，望着天边那亘古不变的玉轮，感慨道："玉儿，我从当年进京赶考，到后来逃入关中，走瀚海、赴秦西、回徽州，一路波折，几无闲暇，好几次差点把命丢了，更别提没过上几天安生日子。有时我也想，早知如此，当初何必入京，安心做个田农不是更好？"

在大江波澜壮阔的潮声中，常玉儿深情凝望着自己的丈夫，静静地听着他的话。

"但我现在不这样想了，或许老天爷安排我吃这么多苦，走这么长的路，就是为了让我遇到你，娶你做我的妻子。哪怕只为这一件事，我吃的苦、遭的罪就都值得。"

常玉儿依偎着古平原，将身子贴紧他，秀美的面庞埋入丈夫的怀中。古平原轻抚着妻子的头发，隐约听她喃喃道："我也一样，只要能在你身边，吃什么苦都不怕的。"

第十二章

蓄　势

1

"我真不懂，为什么一定要请文祥来？他一来，我的话就不见得灵了。"宝鋆踏上恭王府的台阶，立即皱着眉头对身边的李万堂说。宝鋆虽然与恭亲王私交甚笃，但他心里明白，在恭亲王心中，自己顶多是东方朔一类的人物，而文祥却是魏徵。

"这是何等大事，即便宝大人与恭亲王爷交情莫逆，王爷又岂能凭大人一言而决，自然要征询其他重臣意见。"李万堂含笑道，"文大人深得王爷器重，他在场说上一句话，再加上宝大人敲敲边鼓，恐怕不难说动王爷。"

"他会帮你？"宝鋆帮李万堂是看在银子分儿，而文祥此人之所以得恭亲王器重，就是因为一秉大公，当然不会拿李万堂的钱。

"大人放心。只要文大人讲道理，今天就一定会帮我说话。"李万堂笃定地说。

他前几日宴请户部徐书办，花了五万两，换得徐书办知无不言、言无不尽。看在五万两的分儿，徐书办算是出卖了同僚，他给李万堂划了一条策：别看报销军费是六部的事儿，可是要想办妥此事，就要跳出六部，从上面找一个可以一言九鼎的人，像如来降伏孙猴儿那样，出其不意地一掌压下来，让六部书办连另打主意的时间都没有，事情才有可能成功。

这与李万堂的看法不谋而合，然而如何能打动这个上面，才是事情的根本所在，为此他又向徐书办请教。徐书办也没什么好主意，只是将自己知道的朝廷里对于湘军的种种意见甚至是流言蜚语一五一十讲了出来。也正是在这些话中，李万堂忽有妙悟，随即便找上了军机大臣宝鋆。

"这事儿我可不成。所谓主意，乃主人之意，我可做不了主。"天下大政莫不出于军机处，做到军机大臣真正是位极人臣，然而宝鋆一听李万堂的来意，也不由得倒吸一口冷气，连连摆手。

当然，宝鋆是李万堂拿银子喂饱了的，口说不成，事情还是一定要帮忙。李万堂请他安排一个恭亲王在府的日子，带自己去拜会王爷，而且特意指明要将同为军机大臣的文祥一并请到。

文祥与宝鋆前后脚，等进了王爷的西花厅，正在候着的宝鋆与他熟不拘礼，李万堂自然要上前请安。文祥一皱眉，不知道这位李半城为什么也会出现在王爷府中。

随后而出的恭亲王与他有一样的疑问。这个李万堂花样极多，从伪逆书到万茶大会，他弄出来的事儿，每一次不是震动朝廷就是轰动京华。这一年来，他到两淮去经营盐场，如今忽然返京，又特意到王府请见，不问可知，一定是有什么要事。

果然，李万堂第一句话就让厅中几个人心头一跳。

"王爷，两位大人，下官日夜兼程从江南返回，为的是向王爷报警。"

"有何警讯？"恭亲王脱口而出，随即又觉得好笑。江南如果出了大事，自己不出三天就知道了，何用一个商人来报警。

李万堂目光向上扫了一眼，从恭亲王微带不屑的面容就知道自己的话没有引起重视。他不慌不忙地道："王爷，下官所料不差的话，这几日江南来的奏折文书恐怕都是上报地方安靖，官军正在清剿余匪，而余匪已不足为患吧？"

恭亲王笑而不语，李万堂下一句话却让他笑容顿敛。

"可惜这些奏报只能说说江南如今表面如何，至于私底下的万丈波澜，借地方官十个胆子恐怕也不敢行之于文奏报朝廷。"

"万丈波澜？李道台，江南刚刚肃清匪患，你又何必危言耸听？"文祥在一旁有些听不惯李万堂的夸张言辞。

"呵呵，文大人此言差矣。"李万堂知道，今天要是不能说服文祥，也就无法让恭亲王动心，事情就真的不可为了。而眼前这个人什么大风大浪没见过？从英法联军攻进京城到与两宫联手擒拿肃顺等顾命大臣，文祥历经其事都能安然处之，想要打动他，光凭惊人之语不行，还要有真凭实据。

"文大人莫非以为，我说的万丈波澜指的是逆匪余孽那帮跳梁小丑？"

"难道不是？"

"当然不是。"李万堂慢慢说着，忽然扬头道，"下官只是个生意人，文大人熟读史书，有件事还望大人指教。"

这个场合说出的话，自然都意有所指，文祥注目李万堂，点点头道："你说说看。"

"唐末黄巢作乱，唐帝为了平灭乱军，优容各地节度使，以致藩镇拥兵自重，后来黄巢兵败，唐朝可因此保住了天下？"

文祥听后紧盯了李万堂一眼，并没有立时答话。

李万堂接着又问："后周定都开封，时逢契丹犯边，特命大将赵匡胤御敌，后周可因此保住了天下？"

"明末洪承畴击溃李自成后，官授蓟辽总督，节制一关三省四镇，专为对抗我朝太祖皇帝，明朝可因此保住了天下？"

听不懂李万堂这一连三问的人，是没有资格进到恭王府西花厅的。李万堂问完了，不看文祥，而是举目注视上座的恭亲王。

恭亲王面上丝毫不见动容，心里却是骇异。李万堂说的都是史实，然而字字句句都指向曾大帅的湘军，这胆子也未免太大了。

这些日子，恭亲王日夜担心的就是对湘军的安排。上次慈禧太后召见，言语中明明已然对曾大帅有了极大的猜疑之心。臣子权重，主少国疑，最后没有不出事的，为此他几番与文祥密谈，对付位高权重手握重兵的大臣，要么是剪除，要么是荣养。湘军刚刚立下大功，曾大帅本人又是翰林前辈，受天下士人敬仰，文祥说得最透彻："除非曾氏弟兄真的扯旗造反，否则朝廷动他，就等于是绝了自家的后路。"

那么就只剩下荣养一途，这一招本朝就曾经使过。世祖皇帝入关之后，担心那些八旗旗主仗着功高，在关内不听号令，于是个个封了王爷，让其到沈水将养身子，每年国库采人参的一半银子用来给这些王爷花用。这就是以富贵羁縻之策，也正是文祥极力赞同的对策。

要真是如此，自然是皆大欢喜，可偏偏慈禧太后就是不肯吐口给曾大帅封王爵。今日李万堂来到王府，又是张口就冲着湘军而来，"难不成他在南边听到了什么风声？"恭亲王一念及此，暗自心惊，向着文祥使了个眼色。

文祥会意，徐徐道："李道台，你旁敲侧击，无非是以藩镇来比湘军，以赵匡胤来比曾大帅，这未免太过杞人忧天了。难道你今日惊动王爷，就是来说这些无根无梢的话吗，真是笑话。"说着他把脸一沉，"曾大帅百战功高，你就以为朝廷必然忌他功高震主，枉自揣摩，希图以此立功，这岂是大臣正色立国之言！"

李万堂一愕，随即轻轻摇头笑道："我听人说文大人是我朝第一老成谋国之人，没想到却也是误国庸臣。"

一语既出，文祥、宝鋆齐齐脸上变色。恭亲王一向倚重文祥，更是怒道："大胆，你不过是一介商人，借着朝廷捐官得了四品职衔，就敢这么诽谤大臣，轻蔑军机，来人……"

"王爷且慢动怒。"李万堂收了笑容，直视恭亲王道，"王爷莫非真以为湘军不会反？"

文祥在旁道："湘军会不会反且待另论，就算真的要反，你亦不得与闻。"

这是一针见血的话。李万堂虽然横跨官商两途，但是毕竟官衔不高，又与湘军素无瓜葛，到江南不过一年多的时间，即便湘军真的要谋反，此等大事又岂会让李万堂知道。

"此言差矣。湘军并非反在江南，而是反在京城。"李万堂寸步不让，从衣袋中拿出一本册子，先是递给宝鋆，然后又由宝鋆呈给王爷。

"这又是何物？"恭亲王先不打开，他还记得那本让他在朝堂上丢尽颜面的伪逆书，当初也是李万堂进呈的。

"这是六部书办新造的一本册子，专为瓜分湘军报销的部费而制，我是从户部一名书办手中得来。"李万堂早就想到了恭亲王所想，自己先一语道破，然后笑吟吟道，"我想在座的两位大人也一定有所耳闻吧。"

这就见得有文祥在的好处了，恭亲王知道宝鋆与李万堂素有往来，也许会帮着他说话，但是文祥一定公正直言。果然，文祥翻阅之后，沉重地呼了一口气："我是听说过，六部打算择肥而噬，想不到居然索要这么多的部费。"

部费虽然是陋规，但也算是朝廷默许的进项，文祥之所以叹气，是因为这笔钱要得实在太多了。

"这不行。"恭亲王有些发怒了，"把六部堂官找来，本王当面申斥。别人出兵放马，他们坐享其成，真是岂有此理。"

"王爷，倘若如此，您就是害了湘军，也就等于是逼反了湘军。"李万堂微微一笑。

"这又是为何？"

"凭议政王的威权，您一声令下，六部自然是连一两银子的部费都不敢要了。可是接下来呢？"李万堂顿了一顿，让恭亲王自己去想。

这是李万堂打错了主意。恭亲王虽然总理朝政，但以他的地位无法接触到末秩微禄的官吏，更加对六部胥吏那些社鼠城狐的伎俩一无所知，故此李万堂虽然把话引到了不得不让人深思之处，恭亲王却依旧心中茫然，只得侧头征询文祥。

而对于底层官吏的种种贪腐手腕，宝鋆所知又较文祥更多，于是便由他开口："四千万两银子打了水漂，搁谁都要怨气冲天，将来湘军报销之时，这些书吏少不得要处处留难，随便捡个不是处便可驳回。京城与江南一来一往至少三个月，若是就这么批驳往返，只怕十年也办不下来这场报销案子，其中所涉及的将弁更是要随传随到，经年累月不得安生，往来路费再加上到京之后的种种花销，还有六部官吏的刁难……"宝鋆重重摇了摇头，"那可真的要逼反湘军了。"

恭亲王听得吸了口凉气，方待开口，李万堂却抢先道："倘若军机上不闻不问，就由着六部索要了这四千万两银子，湘军依旧要反！"

"这又怎讲？"文祥皱眉问道。

"四千万两银子的部费，湘军拿得出来吗？根本就拿不出来，何况眼下也到了遣散兵勇之时，按照惯例，要关半年的恩饷。这笔钱一天不发，二十万湘军就依旧要集结江南，无仗可打，无饷可发，到时候只有骚扰乡里，百姓遭殃。到时候官民成仇，怨气冲天，官与民俱反，事情更要不可收拾！"

"照你这么说，这笔报销的部费是给了不行，不给也不行，总而言之湘军必反喽！"恭亲王的脸色很难看。

"湘军反与不反，都在王爷一句话上。"李万堂知道前面铺垫已足，就不再卖关子了，"实话说与王爷，下官此回京城，就是受了曾总督所托，来与六部讲斤头，谈价码。可是这班蠹吏咬定了四千万两银子不放，真要这样，江南生灵涂炭又将不远。王爷，朝廷用了四千万两银子平灭逆匪，若是再去平灭湘军、淮军和楚军，那又要多少两银子？"

他拉长了声音道："何况，这笔银子真的花得出去吗？"

李万堂声音不高，却听得恭亲王和文祥、宝鋆个个悚然。灭逆匪用的是曾、左、李等人，要是逼反了他们，又该用何人平叛，谁有这个本事？想到这儿，三人不禁相顾失色。恭亲王思虑了这些日子，就在此时才算真正想明白：曾大帅绝不能反，湘军一定要裁撤，不然就会出大乱子，而这场乱子收拾不了，大清也就完了。

"曾大帅绝不愿反，可是也要能驾驭部下才行。眼下他最为忧心的就是这场报销。只要王爷一声令下，免了这场大报销，便说明朝廷对湘军的无比信重，是一个绝大的恩惠，到时候朝廷省心、湘军省事，湘军众将能不感激涕零？"李万堂侃侃而谈，句句都说到了恭亲王心里。既然封爵一事迟迟定不下来，朝廷本来就应该对湘军另行示惠，以稳军心，看来免了报销一事确实是个好主意。

"唯一不高兴的，恐怕就是六部书办了。"宝鋆笑着接了句。

"此辈何足挂齿，安能为胥吏而坏国事。"文祥正色道，他已经被李万堂说服了，但是心中还有忧虑，"国库帑银发不出这笔遣散费，湘军又势必非裁撤不可。如今仗打完了，再要曾大帅去筹这笔钱，似乎过分了些。"

厅中一时沉默起来，过了一会儿，李万堂轻轻吐出一句话："若是王爷首肯，李家可以出这笔钱。"

"你？"连宝鋆都没想到，李万堂会主动请缨，要知道这可不是十万八万，至少也要几百万两银子。

"你要什么？"最早看透李万堂的便是恭亲王，如今知道他心中所想的还是恭亲王，说一千道一万，李万堂——他是个生意人！

"此事关乎国运，下官理应报效。"

"你要什么？"恭亲王不动声色，像是压根没听见回话，又原封不动地问了一遍。

李万堂迅速地抬眼看了恭亲王的脸色，眼皮垂下稍做思索后道："李家毕竟没有聚宝盆，这笔钱还要从两淮盐税中出，若是两江总督曾大帅能给李家做生意时稍许方便，盐税自然源源不断，一年之内，这笔钱就有了。"

"哈哈哈。"宝鋆在恭亲王面前一向不拘小节，此时大笑道，"老李，我真服了你了。报销若免，曾大帅对你必定大加赏识，再加上王爷替你说几句好话，李家在两江真可以呼风唤雨了。"

"下官绝不敢仗势欺人，跋扈非为。说到底，李家能主持两淮盐场，全靠了王爷的赏赐，如今是饮水思源、投桃报李之时了。"李万堂自然不敢开这样的玩笑，赶紧离座，向上免冠叩头。

恭亲王已然明白了李万堂的心思，只是以王爷之尊，为一个生意人所利用，未免过于纡尊降贵，他在心中权衡利弊，一时难决。他一向倚文祥为智囊："你觉得如何？"

文祥也一直在反复思量。免了报销军费一事利大于弊，与其遂了胥吏的心愿，不如放交情给曾大帅。想到这儿，文祥苦笑一下，向下面跪着的李万堂摇头道："你李家的银库如今快成小国库了，这户部尚书真该你来当。"

宝鋆就是户部满尚书，闻言脸上一红。文祥也知道自己失言，便不再往下说，对着恭亲王点了点头。

"好，这两件事都依你了。"恭亲王面无表情地说。

饶是李万堂城府深沉，得了这一句承诺，也不免心头大喜，刚想叩谢王爷，忽听文祥冷冷道："李道台，你回到江南老老实实地做你的生意，倘有交通大臣、通同作弊的不法情事被我知道，要李家破家倾财，不过是指顾之间的事罢了。"

李万堂怔了一下，缓缓抬头望向文祥，发觉那双眸子晶亮，顿时心中一沉。

2

"东家，前面就是喽。"彭海碗派了一名家住镇江的伙计陪着古平原来访漕帮江泰。这伙计赶了一辆大车，夜色降临时，来到镇江边上一处叫八摆渡的渡口，将车停下，指着前面一处黑黢黢的宅子，告诉古平原，那儿就是漕帮帮主江泰的家宅。

这里离着金山寺很近，天蒙蒙黑，尚能看见江中小山上的一截佛塔。古平原估了一下时辰，此时母亲正在观音阁中礼佛，他不免关切地多望了几眼。

古平原留下车马，自己径直走向江宅，越走越近，他才惊诧于眼前这座宅院的气派。房子自然不必提，远望过去就能看出重门叠户，至少也有四五进。宅院旁边种着茂密的竹林，根根直立，留下一条甬路通往门口。就是这条甬路最特殊，每隔三步就有一名彪形大汉点着灯笼照路，路长二十余丈，细细一数正好站了九十九个人。

第一百个人是门口知客，短衣黑裤，目光锐利，他从古平原踏上这条路开始就盯着他，见古平原独自一人从容自若地走到近前，上下打量了一番，这才开口问道："这位朋友，敢问贵帮头、贵字派，是头顶帆还是脚踩地？"

古平原在南都也请教了人，知道擅自上门必有此一番盘驳，虽说漕帮中是准充不准赖，但是到了帮中老大的家门口，不比江湖上随口充字号，冒认帮中兄弟一定被查出来，还不如此刻就大大方方挑明来意。

于是古平原拱了拱手："不敢，小弟姓古，南都城中茶字号谋生，与帮中兄弟素无往来，却仰慕已久，今有一事上门相求，特来拜望龙头。"说着他把一份礼单和一份名帖向前递了递，"区区薄礼，不成敬意，还望老大通禀一声。"

"哦，好说好说。"漕帮是江湖第一帮，各色人等迎来送往本就是常事，那知客见得多了，将礼单和名帖都接了过来。

上门是客，何况送了厚礼，当然要延内招呼。那知客一边带路，一边说："我们龙头一向身子不大好，近日又感了风寒，也不知能不能见客，我去回禀，请古大爷在厅中稍坐。"

这是预先打个伏笔。古平原也知道，江泰执掌十几万人的大帮会，若是客人登门个个要见，光是待客就要从年头忙到年尾，自己无人引见，想见江泰只怕不容易。古平原事先想到了这一点，于是很沉稳地应对道："鄙人此来，其实是想和漕帮做一笔生意，事关江南百万生灵，还望江帮主拨冗一见。还有句话，这生意与漕帮今后百年基业也有着莫大的关系。"

知客不动声色地点点头，转身进了内宅。趁此工夫，古平原仔细打量了一下这座大厅。就见这座高大轩敞的厅里，两旁不设屏风，通然一体，边上对放着八把交椅，连同居中一把，是十七之数。正壁挂着丈二高的对联，上书"红花白藕青荷叶，三教原来是一家"，中有一幅高大人像，上怀不纽，下怀不扣，右手自握发辫，洒然而笑。

"想来这便是罗祖了。"古平原听过这位漕帮祖师，见炉前有香，便走上前去，点燃三炷香，恭恭敬敬拜了三拜，将香插在炉上。

刚刚插好香，就听帘后咳嗽一声，知客与两名劲衣汉子陪着一人走了出来。此人半百年纪，马面短须，微微佝偻，身穿一领玄色罗团袍，看上去毫不起眼，唯有闪目间一双眼睛偶尔射出寒星，才让人心中凛然。

这人看了一眼站在香炉前的古平原，知客连忙介绍："古东家，这位便是江帮主。"又指着古平原为江泰介绍。

古平原赶紧过来，拱手作揖："夜来打扰，实在惭愧，还望江帮主见谅。"

江泰看上去身子确实不太好，客气几句，请古平原入座，命人重新换茶，自己也由知客扶着在居中椅上坐了。

"古东家，方才我见你给祖师爷上香，你不是我帮中人，这三炷香可有说法？"

"有。"古平原上香之时其实没想这么多，只是觉得来到漕帮的地盘，尊重漕帮祖师。如今江泰特意问起，他却甚有急智，张口道："我素闻罗祖建立漕帮，从此南北往来货物通畅，这是给商人造福，我也是商人，也受了恩惠，自然要上香拜谢。此其一也。"

花花轿子人抬人，古平原作为一个空子，如此抬重漕帮祖师，江泰当然心中高兴，说道："哦，还有二？"

"不只有二，还有三。"古平原知道对了路，放开胆子继续道，"如今曾大帅克复南都，运河再次畅通，贵帮重兴指日可待，想必罗祖在天有灵也会安慰，所以我为他老人家上第二炷香，以告神灵。"

古平原是投石问路，一眼不错地留心着，见江泰听了仿佛满怀心事，知道自己先前听来的消息九成是真，便接着往下说："我今天来是想与帮主谈一桩生意，生意若是谈成,不只帮中兄弟的生计有望,两江百姓更要感谢漕帮。我上这第三炷香,便是希望罗祖保佑,让这笔生意能够顺顺当当地谈成。"

江泰感兴趣的也正是这一点,于是问道:"听说古东家做的是茶叶生意,天下第一的兰雪茶便是你家所产,莫非说的这桩买卖也与茶叶有关?"

漕帮真是第一大帮,想不到自己只是报了个名字,人家立时就知道了自家的底细,古平原暗暗留神,知道在这儿轻易说不得一句含胡话。

"实不相瞒,我这次来是替两江总督曾大帅跑趟买卖。"

"喔。"江泰一双眼睛睁大了,显得很重视其事。

于是古平原将江南缺粮,曾大帅托自己备办三十万石粮食的事情一五一十说了出来,连从粮铺伙计那儿听来的粮价也如实说出。

江泰不愧是一帮老大,三十万石粮食的数目并未让其动容,他沉吟一会儿开口道:"古东家,我忝为一帮老大,市面上的消息倒也算灵光,如今江南市面上存粮不足五万石,你却一张口就要三十万石,堆起来那可是一座山啊。你又说百姓只能拿出五两一石的价儿来买,可市面上粮价已然涨到了十五两。若是从山陕、两湖运粮来,水脚车马加上人力损耗,那还更要价高,这其中的差价又从何而来?"

"我知道难,曾总督也知道难,所以有人指点我来找江帮主,告诉我说,江南若是还有人能弄到这三十万石粮食,那就非漕帮龙头不可。"古平原的这句奉承也是事先想好的,果然千穿万穿,马屁不穿,见江泰嘴角露出一丝微笑,他赶紧趁热打铁,"我知道贵帮上下一百二十八帮半,经年累月运送漕粮,南至杭城,北到通州,与运河两侧的几百家粮铺都有交情。江帮主若肯说句话,这些粮铺扫扫仓底,三十万石粮食那不就有了嘛。"

漕帮粮铺的存粮确实够古平原所说的这个数目,但这是漕帮看家保命粮,江泰这些日子盘算的就是如何卖出一个大价钱,好用来安置帮中老少。听古平原这么一说,愕然之后摇头笑道:"古东家,你的如意算盘打得好响。明明一笔可以赚大钱的生意,却要我赔本卖出,是不是欺我漕帮不懂生意啊?"

"古某岂敢。"事情谈到这一步,到了最关键的时刻,成与不成就看下面的说法。说动了江泰,万事大吉,说不动江泰,则万事休矣。古平原面色郑重,在座中拱了拱手:"我方才一来便说,这趟生意不仅关乎江南百姓,而且与漕帮的兴衰也有很大关系。"

"唔。你此来无非是游说漕帮贱价卖粮,对漕帮有什么好处呢?"江泰不解。

"好处太多了,也太大了。"古平原向前趋了趋身,起劲地说,"漕帮如今亟待重整旗鼓,这名声不能不顾,江南百姓如今最缺的就是粮食,最盼的也正是粮食,只可惜粮商扳价,把米粒当珍珠来卖,穷人家两天一顿饭,眼看就要饿死了。"

"这倒是真的。前几日上游漂下来一口猪,已经泡烂了,还有不少饥民跳到江里去捞,结果还淹死了好几个人,真正是'世人,不如狗'。"

"所以啊,现在的江南,谁能拿出粮食来,那就是百姓的天降救星。这三十万石粮食能活人无数,漕帮这场功德可就大了,到时候提起来,都得说江帮主大仁大义,漕帮雪中送炭,免了江南生灵倒悬之苦,只怕罗祖也没有这等声光。"

古平原讲得认真,江泰听得入神,想想确是这回事,不由得点了点头。

"这是说名,接下来要说利。江帮主不要以为五两银子一石是卖亏了。你想想,维持漕帮弟兄的生计靠的是什么?大部分还是靠朝廷为了南朝北运而拨付的船费,眼下江南播种在即,农夫却无力耕种,秋收之时只怕要绝收。没有收成,谈何征粮?粮食征不上来,又谈何漕运?没有了漕运,置漕帮于何地?"

这一问,江泰悚然而惊,抬起头目不转睛地望着古平原。

"所以哪怕只是为了漕帮今后的生计,这粮食也一定要卖给江南百姓,非如此不能生生不息。打个比方说,水上行舟,没有一开始推的那一下,何来此后的万里航程。"

这话说得非常透彻了,江泰能执掌数万帮众,脑筋当然清楚,几乎是转念间,就知道古平原说得对极了。

"没有漕粮就没有漕运,没有漕运就没有漕帮。古东家,你真是一语惊醒梦中人,要不是你此番前来,我全部心思都放在怎样多赚几个铜钿,还真见不到此。好,就按你所说,这三十万石粮食……"

"干爹,你可莫要被人骗了!"江泰的话还没说完,就被后堂一名女子的声音打断了,话随人至,就见这女子穿着一件素白色长锦衣,用桃红色的丝线绣出了一朵朵怒放的梅花,俏生生地走出来,站在漕帮龙头身边。

古平原一眼望过去,身子竟不由自主地抖了起来,目瞪口呆地望着这女子。

"古东家,好久不见了。"女子盈盈含笑,目光却冷如寒冰。

"依、依梅,你怎会……"古平原无意识地站起身,微抬手指着忽然出现的白依梅,由于惊诧过甚,几乎语不成句。

"你们认得?"江泰狐疑地看了二人一眼。

"当然认得,上次见面的时候,古东家可让女儿上了一个恶当呢。所以我说干爹要小心,他可真正是骗死人不偿命。"白依梅边笑边说,听起来是半开玩笑,话中却

393

带着极重的仇恨。

"喔，喔。这想必是误会吧？古东家是个热心人，为百姓、为漕帮，可说是算无余策。"一席交谈下来，江泰对古平原印象极佳，反帮着他说了句话，

"不见得。"白依梅冷冷道，"我方才在后面听得明白，要我说，百姓虽然只能出到五两银子，可是还有官府呢，朝廷有赈粮，自然也有赈济款项，用来平补粮价。他为何只字不提，莫非当咱们漕帮是冤大头好欺负吗？"

这又是一番道理，江泰原本打算就此应允古平原，听了之后心思却又动摇了，良久沉吟不语。

古平原可万万没想到会在这儿遇见白依梅，他一直担心的是僧格林沁兵败被杀，白依梅在他身边会不会受池鱼之殃，就算侥幸逃脱，乱兵之中也随时有杀身之祸。谁料想白依梅竟奇迹似的出现在了漕帮，居然还自称是江泰的干女儿。古平原与她自幼相处，从未听老师说过认识什么漕帮龙头，所以这门亲必定是刚认的。那么江泰到底知不知道她的身份，她又为何来此，怎会拜了这门干亲？古平原心中千头万绪，理不清顺不明，白依梅说的话他全没听见，只是怔怔地望着她。

见他这样，白依梅不屑地笑了一下，刚要再开口，忽听门外一阵大哗。紧接着有人飞奔进来报："帮主，不好了，徐大哥被人抬回来了。"

"这是怎么说的，快！"江泰霍然站起，就要往外迎，还没走两步，就见门外呼啦进来一大群人，足有四五十人。中间两个人抬着一具尸首，一进门就跪地号啕大哭。

江泰趋前几步，定睛一看那尸首，身子便不由自主地晃了一晃，神情惨变。眼中瞬时落下泪来，老泪纵横摇头叹息。

"唉，我漕帮的气数怎么如此不济。继成啊，你走得太早了，你这一走，我将漕帮托付给谁啊？"

大厅之中跟着乱了起来，有捶胸顿足在哭的，有破口大骂在叫的，更多的人都是黯然神伤，神情难过至极。

古平原知道漕帮出事了，可是无暇关心，他走前两步，想要问白依梅几句话，可是还没等靠前，一个身影横身一拦，将他挡了下来。这是个十六七岁的青年，看上去精力十足，一双眼睛四处转，仿佛随时都想找点事情做。

古平原怔了一下，视线越过他看向白依梅。白依梅却没有再看他，而是款步上前，让下人设座，把其中大部分人安排坐下，这样原本乱糟糟的场面便安稳了下来。随后她走近江泰，半搀扶着，问道："干爹，这位难不成就是您开山门的大弟子徐继

成徐大哥？"

江泰长叹一声点点头："唉，这是你大师兄，你还没见过他呢。这些年我身子不好，其实大半时候倒是他在替我理事。"

说着，他眼中忽然露出凌厉的杀气，问抬尸首进门的两个人："继成是你们的引见师，一日为师，终身为父，他究竟是怎么死的？"

这两个人也不起身，就跪在地上，语带哽咽，足足说了小半个时辰，把事情经过一五一十讲述出来。

古平原站在角落，始终没离开。他也知道漕帮家规森严，开香堂的时候绝不许外人在场，可今天不同，这是突如其来的事情，自己此前就在厅中，不算擅闯，且不说与江泰的生意还没谈完，就是白依梅的事情他也想弄个清楚，所以思来想去，干脆假作痴呆，站在一边听着。

地上这具死尸名叫徐继成，是漕帮中仅次于江泰的头面人物。漕帮帮众甚多，所以下面分为一百二十八帮半，其中通海一帮是分帮中最大的，帮主就是徐继成。

通海帮在漕帮中身负一个重要的任务，那就是贩运私盐。官盐三十文一斤，买到安徽湖南等地，要涨上七八倍，买到康定瀚海则要再翻上一番，老百姓买不起官盐就只有找盐贩子，私盐只有官盐三分之一的价格，一向在民间畅销。

这笔生意这么好，漕帮自然不会视而不见，他们有船有人，在运河上走私贩运私盐几乎是一个公开的秘密。漕帮不仅可以在运河流域贩私，而且还能作为盐枭，将私盐以运河为线，向周边扩散，可以说大清国有一半人都吃过漕帮运来的私盐。

贩卖私盐赚来的钱一是用来维持帮中公产，再有就是贴补帮中兄弟的家用，漕帮的凝聚力大半也是因此而来。所以贩私盐对于漕帮关系甚大，这个重任一向是由通海帮承担，也只有帮中最得力的人才能当上通海帮的老大。

徐继成能始终稳坐通海帮的老大，完全是因为江泰信得过这个徒弟，在帮中力挺的缘故。所以徐继成感恩图报，逆匪既灭，两淮盐场又由京商接手，开始重新大批产盐，他抖擞精神，打算大干一场，将这几年的损失弥补回来。于是他铤而走险，亲自带队利用一些支流小道开始运盐，大船走不了就换成吃水浅的小船，实在不行就起旱。人员也化整为零，每一队不超过十人，为的是不引来官兵注意，一旦被发现，丢弃盐包损失也小。

这样做了几个月，果然很见成效，可是没想到，今天出事儿了。按照徐继成定的规矩，贩私盐是采用一站接一站，可是今天足足等了两个时辰，下一站的通海帮众都没有等到徐继成，于是迎上去接，等赶到一处险滩，在芦苇荡里发现，跟着徐继成的那七八个人都死了，受的都是刀伤，而徐继成却不见踪影。

一番搜索之下，终于在几里之外发现了通海帮的老大，也已经受了极重的伤，身边兄弟掩护他逃到此处，见了来接应的人，只留下一句话就溘然而逝。

"什么话？"江泰急急问。这句话必定干系重大，徐继成走私贩运的路线是绝密，为防出首告密，除通海帮弟兄外，连漕帮其他人都不知道。能在这条路上设伏袭击，不问可知必定是自己人下的手。徐继成临死前留下的话，当然就是揭露杀人凶手的真面目。

"当时情况危急，找到他的是个帮中小伙计，脑筋却很清楚，眼见老大一口气出不来，脱口便问仇家是谁？据他说，我师父看了他一眼，张了张嘴，最后只说的是对方三十出头。说完这句话，师父就归西了。"

通海帮老大遇袭身亡，事情糟到了不能再糟的地步，在场的帮众一面把尸首抬往镇江，一面沿路发出警讯，通知通海帮的大佬们赶来，连带着所有能找到的帮中前辈、首脑人物都一并找了来。这样人越聚越多，等到了镇江，漕帮中的要角已经闻讯赶来了一半，此刻都聚在江家的客厅里。

"对方三十出头？"江泰喃喃复述，只听得是一头雾水，再看旁人也都是一副丈二和尚摸不着头脑的表情。

要说三十出头的人，漕帮中能有近万人，就是通海帮里也有几百，这怎么找？徐继成大概是临死之前神志昏昏，才会说出这样一句。江泰想着，无奈地摇了摇头，神色沮然。

所有人都是这样以为，只有古平原起初也是一怔，转着眼珠想了想，眉毛忽地一挑，脸上是恍然大悟的表情。

别人没注意，白依梅却一眼瞥见了。她与古平原相识多年，对他的一举一动太熟悉了，见他若有所悟，便将身边那个一直跟着她的小伙子点手唤过来，低声吩咐了两句。

古平原心中在激烈斗争，他已然从徐继成的遗言中得知了凶手是谁，但这说到底是漕帮的家务事，自己身为空子，留在此地已属不该，再要开口更是逾规。江湖上恩怨本就难明，安知孰是孰非，这句话一说出来，只怕是一场腥风血雨，不知要死多少人，说起来是因为自己多口，岂不是造孽？

所以他打定主意不开口，正想着，忽觉得肩上被人拍了一下，转头看是那个跟在白依梅身边的小伙子。

就见他年纪不大，却装出一副老气横秋的样子，冲着古平原扬了扬下巴："咱们大阿姐问你，徐老大临死前那句话是什么意思？"

这个小伙子可不是一般人，他叫张皮绠，是宇王张日宇的亲兵，一个月前，就是他一刀砍下了僧格林沁的脑袋。宇王感念白依梅忍辱负重为烈王报仇，又知道她要到南边去做一件极为危险的事儿，于是将张皮绠派在她身边护卫。白依梅见他为人热诚，加之也想着意笼络，于是与他认了干姐弟。张皮绠是个实心人，既然有了干姐姐，一颗心就都在她身上，真好比对亲姐姐一般。古平原的事儿，白依梅并没让张皮绠知道，但既然干姐姐对他有敌意，张皮绠当然也没好脸色。

听他说话这么不客气，古平原气不打一处来，瞧在白依梅的面子上没和他一般计较。只是他要问的事情，在此时算是事关重大，古平原抬眼向白依梅的方向望去，就见她也正看向这边，起初面若冰霜，渐渐地，目光仿佛柔和了些。

就算是错觉，也足够古平原像被催眠一样，竹筒倒豆子一般，把所知全部讲了出来。张皮绠听完，惊异地看了他一眼，转回来向白依梅附耳而言，她听完了，慢慢点点头。

此时场中的对话还在继续，徐继成的徒弟还有话说。

"我师父最近几日愀然不乐，他曾经透过话锋，说有人撺掇他将通海帮拉出来，自成盐帮一派。说是甩掉漕帮这个大包袱，可以大发横财，用不着辛辛苦苦为他人作嫁衣裳。"

"你师父怎么说呢？"

"师父回了两句话，铁树不开花，漕帮不分家；粮船跳板三尺三，进门容易出门难。他说来人知难而退，自己顾念义气，也就不为已甚，不会将这个人的名字说出来。"

"这么说，是有人暗怀鬼胎，图谋不轨，害怕你师父揭发此事，就先下手为强。"江泰涨红了脸，恨不绝声地道。

"听着，把帮中兄弟都派下去，到水旱码头打听，哪怕有一点消息都报给我。再将各位当家老大都知会到，继成头七那天，在拱宸桥家庙聚齐，就算掀个底朝天，也非把这个叛徒抓出来不可，到时候开膛摘心祭祀忠灵。"

厅中人闻言无不失色，听这意思，江泰是不顾一切要给徒弟报仇。厅中的这些首脑人物中也不乏头脑清楚之人，想到这么一来，运河上下必定要出一场大乱子，弄得漕帮弟兄人人自危，真要是到了各帮彼此攻讦，甚至为了抓叛徒而刀枪相见的地步，漕帮离各立山头，分崩离析就不远了。

可是如今人人有嫌疑，通海帮的弟兄又群情激奋，明知这么做不妥，却很难出言相劝。就在这个时候，有一人高声道："不必了，我知道凶手是谁！"

一语既出，满座皆惊。白依梅在众人诧异的眼神中走到厅中，不行蹲福礼，而是很潇洒漂亮地向四方做了一个罗圈揖。她穿的是女装，行的是男礼，看上去却说不出的好看，把众人目光都吸引了来。

"她是谁啊？"颇有人不认得白依梅。

"我原打算开大香堂时，当着三老四少的面，把她引见给大家。既然今天帮中弟兄到了不少，我索性就说了。"江泰见此情形，先要交代一句，"这是我收的干女儿，姓白，我引她进了山门，孝了祖，如今也是帮中人，大家不要见外，今后多亲多近。"

江泰已经十几年没收过徒弟了，白依梅铁定是他的关门弟子，漕帮中最重这一头一尾，又是干女儿的身份，放在平时必定贺声如潮，眼下却没人吱声，只因白依梅方才那句话实在是让人迫不及待地想知道下文。

"这里虽然不是香堂，可是前辈众多，说的又是这么一桩牵扯人命的事情，没有把握，不可乱语，否则干系不轻，若是犯了帮规，我也不能回护你。"江泰不太相信白依梅会知道凶手是谁，怕她不知轻重胡乱指认，当下出言警告。

"不必我说，我拍手三下，凶手自己会跳出来。"白依梅见众人都注目自己，笑容中带着一点羞涩，话却是干干脆脆。

这更没人信了，有人就忍不住出言讽刺："江帮主，你该不会是收了个会变戏法的徒弟吧，还是在拿大家当猴儿耍？"

七嘴八舌尽是嘲讽，江泰脸上有些挂不住，刚要开口阻止，白依梅已然不由分说，举起一双玉手，轻轻地拍了三下。

"哎！"随着一声大叫，还真有个人跟跄几步，从座中跨了出来到了场中。

"他娘的，谁把我推出来的！"这人眼皮下耷，看什么都是上瞭一眼，眼神刁恶，一看就是不守本分的人，此刻涨红了脸，口中骂着向回看去。大家这才看明白，是一个干净利落的小伙子把他从座中一掌给推了出来。

"不可胡闹。"江泰沉下脸，他认得被推出来的这个人是徐继成的拜把兄弟。

白依梅恍若未闻，盯着这人看了一眼，在座的人心中都是一凛，这女子好清冽的眼神。

"敢问这位老大尊姓大名？"

白依梅是江泰的关门弟子，又是干亲，此人不敢怠慢，拱了拱手："大阿姐，鄙人姓吕名端，在通海一帮司掌钱粮。徐老大是我把兄弟，我恨不得把凶手食肉寝皮，不知大阿姐为何与我开这个玩笑？"

"我虽是刚入帮，但十大帮规也是背熟了的。"白依梅脸上没有半点笑容，不答反问道，"吕司务，这第一条和第九条都是什么？"

漕帮十大帮规，第一条是不准欺师灭祖，第九条是不准开闸放水，都是极其严重的罪名，一旦犯了，难逃性命。

"拿纸来！"白依梅见吕端面上变色，不再理他，大声吩咐道。张皮绠依照白依梅的吩咐，早就准备好了，此时递上来一张大大的宣纸。

白依梅打小随父亲读书，写的一笔好柳体，先是写了个吕字，指着说："徐老大的临终遗言，对方三十出头，这对着的方形就是个吕字。"

接着她又稳稳地写下端字，解释道："所谓三十而立，出字一头一尾都是山，而立再加上一个山，便是端字。"

"合起来便是吕端！徐老大已经把凶手的名字说了出来，只是因为袭击自己的是帮中人，他未辨敌友，不敢直接对那小伙计说出真凶姓名，以免被帮凶将遗言篡改或是干脆不提，于是将凶手的名字隐在字谜中，这样大家搞不清怎么回事，还以为是他神志不清说的胡话，不会重视，这句话反倒能公之于众。"

厅中一片大哗，通海帮的人立时全都站了起来，个个怒目而视。江泰指向吕端："谋害帮中老大，杀把兄弟的真的是你？！"

这猝不及防的指证又快又急，吕端压根没有准备，一句话也反驳不出，情急之间，连连摇手："不、不、不是我……"

"你若痛快认了，我替你在干爹面前求情。不然，你自己想想下场。"白依梅在嘈杂声中，近前一步低声道，"杀了七八个人，总不会是你一个人下的手吧？要查，容易得很。"

吕端的脸色霎时变得比待宰的猪还难看，看着厅中这些弟兄鄙夷愤怒的眼神，想到刑堂诗云："祖传帮规十大条，越理反教法不饶！哥弟今日听分晓，香堂执法上铁锚。"上铁锚便是捆在铁锚上拖船沉江，他不禁打了个冷战。

"我、我只是参与其中，可是没下手杀人，徐老大不是我杀的。"他竭力辩白着，眼珠子骨碌直转，心中打着主意要把自己摆到受人挟持、身不由己的地位。

可还没等他话说完，白依梅便冷冷打断："你认了就好！"说完，又转向大家："干爹，各位爷叔老大！杀害首脑是欺师灭祖，破门分帮是开闸放水，何况徐老大还是他的把兄弟，此人真是猪狗不如。今天当着家门里的人，我托大说一句，何必要等头七，趁着亡魂不远，就在今日将他破膛摘心，告慰徐老大在天之灵。"

谁也没想到，白依梅说话时轻颦浅笑，可是说出话来却是狠毒之极，连见惯了大风大浪的江泰都心中一震。吕端更是惨叫道："你、你不是说要给我求情……"

白依梅一脸厌恶："这已经是求情了，不然该拿你点天灯！"

说着她紧走两步，又站到江泰身边，忽然伸手向旁一指："开香堂行家法，不容外人在场，请干爹下令，将这个人撵出去！"

古平原本已是看得目瞪口呆。眼前这个泼辣冷酷的白依梅，与他印象中的那个温柔羞涩的女子简直判若两人。

还没等他从震惊中回过神来，白依梅的话锋却冲着自己扫了过来。话音一落，众人都是一愣，这时才注意到厅中还有个生面孔。

江泰暗怪自己糊涂，这样的家门大事怎么都让一个空子看了去。他也来不及向大家解释，紧走两步过来，冲着古平原拱拱手："古东家，实在抱歉，漕帮家门不幸，今日要清理门户。老弟不在帮，多有不便，还请回避了吧。"

"是、是。"古平原一阵脸红，又试探地道，"那……我改日来拜访江帮主。"

江泰很爽快："就是三日之后吧。"

古平原连声答应，知道人家要办大事，自己再留下去就讨人厌了，挪动脚步向门外走去。

"慢！"白依梅叫住他，脸上似笑非笑的，"听了这么多事，就拔脚走了不成？"

古平原苦笑一下，知道这是在为难自己，他不愿与白依梅起任何争执，略一沉吟，返回来在罗祖画像前跪倒，诚心诚意地大声道："罗祖在上，漕帮各位三老四少听真，我古平原今日听了漕帮家事，出此门去，倘若泄露一言片语，愿领帮中之刑，三刀六洞亦甘受不辞。"

说罢，他站起身，看了一眼白依梅，又望向江泰。

平白跪地发了个毒誓，搁谁都会觉得晦气。江泰倒是觉得过意不去，可白依梅是为了漕帮说话，谁也不能说她错，反倒颇有人觉得江泰这个女弟子心思缜密，是个厉害角色。

古平原见再无人说话，这才抬脚向大门口走去。

就在此时，从大门处传来阵阵喧哗。知客再一次匆匆跑进来："龙头，门口有人要硬闯进来。"

"什么！"江泰本来就伤情愤怒，一听当即勃然变色，"真是怪事年年有，今年特别多，我的宅子也有人敢闯，真当漕帮成了病猫吗？"

他气冲冲带头往外走，众人都担心是吕端的党羽要闯进来救人，各自戒备，护着江泰来到门外。

门外那九十九个打着灯笼的壮汉，可不是只为了装门面摆气势，一旦有事这就是江宅的护院。此刻这些人里三层外三层把来人围在中央。

江泰出来一声喝，这些黑衣汉子闪开一条路，大家一看都把心放了下来。

被围在中间的只有一个人，正抡圆了挥舞着一条链子鞭，虽然被百倍于己的人包围，脸上却全无惧色，反倒在大呼小叫地喊着："什么漕帮不漕帮，老子不怕，不把我妹夫放出来，我一把火烧了这宅院。"

他不怕，古平原可真吓了一跳，三步并作两步赶过去，大喝一声："刘兄弟，把鞭子放下，你也不看看这是什么地方就胡乱撒野。"

刘黑塔一看见古平原，立马咧开嘴乐了，拍了拍胸脯："古大哥，怎么样，还是我行吧，几下鞭子他们就服了，这不乖乖把你放出来了。"

刘黑塔又叫妹夫又喊大哥，把众人都听愣了，白依梅更是特别注目于他，身边的张皮绠却是满脸讶然，瞪大了眼睛看着刘黑塔。

古平原哭笑不得，赶紧冲着江泰圆场："江帮主，实在对不住，这是我一个兄弟，他性子太糙，想必是等得着急，过来催催，绝不是对漕帮不敬，更没有冒犯之意，还望帮主和各位老大恕罪。"

江泰现在一脑门的官司，哪有心思管这些乱七八糟的事情，皱着眉头摆摆手，意思算了。

古平原见刘黑塔还不服气，还想再说什么，生恐他闯下大祸，一把拖了他就走。

"哎，哎……"刘黑塔被扯着离开了江家，走出一里多地，黑着脸不走了。

"黑塔兄弟，你怎么到这儿来了？"

"哎，先别问我，我问一句，古大哥你到这儿到底干吗了来，不说是为了办粮食吗？"刘黑塔一脸的不忿。

"对啊，就是为了办粮，不然我来找漕帮做什么。"

"古大哥，我妹子对你可是一心一意，你要是当陈世美，我可就敢拿狗头铡铡你。"

古平原气乐了："你这说到哪儿去了，我哪儿对不起玉儿了？"

"方才在门前站着的那个女人，我见过，不就是当初在徽州你带了李成空去救的那个女人吗，你在京城客栈里说过非她不娶的，怎么就这么巧，她也在这儿呢？你说吧，是不是借着办粮食来会老相好！"刘黑塔气哼哼地往道边树上一倚，斜着眼睛看向古平原。

401

"我……"古平原真是冤到骨子里了,张口结舌望着他。

"哈哈哈!"刘黑塔忽然大笑起来,"古大哥,我信你。你要是真做了亏心事,随便编个瞎话就能把我骗过去。"

古平原这才松了口气,"现在该说了吧,你不是在徽州帮廖师傅打理茶场,怎么忽然到了这儿呢?"

"我妹子前几天就偷偷派人回了徽州送信,说是你要到漕帮谈生意,这些人都舞刀弄枪的,担心你有危险。我紧赶慢赶,还是晚了一步,我下午到顺德茶庄,你们是上半晌走的,玉儿请彭掌柜给我派了个认路的伙计,追着过来了。"

"哦。"古平原这才明白,一想到妻子嘴上不说,心中却着实担心自己,心下自然感动。

"办完了事儿,该回南都了吧,"刘黑塔问道。

古平原摇摇头:"事情还在两可之间,远非成功可言。白依梅一心与我为难。只希望江泰能通识大体,不要受了她的激才好。"

"怎么?白依梅和你翻脸了,是不是因为你娶了玉儿,却没娶她?"刘黑塔好奇地问。

古平原无奈地摇了摇头,这中间的事情又岂是三言两语能说清楚的,刘黑塔性情粗疏,万一口不关风,那可不是玩的。

"不必往返奔波了,就在镇江府住上三天,我先回去看望家里,顺便等着赴江泰的约。"

3

苏紫轩含笑看了身边的四喜一眼,四喜也正钦佩地望向她。这位小姐果然料事极准,她说白依梅是聪明人,知道怎样去用那封宇王托她还给江泰的信,白依梅就真的做得令人击节赞叹。

这封信是悬在江泰乃至整个漕帮头上的一柄利剑!

当年大泽军和西征军势力最强大的时候,北伐曾经打到了京城下,当时很多人都认为改朝换代已经不远,江泰也是其中之一,为了漕帮的今后,他给宇王张日宇写了一封信,想要举全帮之众向大泽军投诚,帮中几个头领都想封个王爷,希望张日宇能从中促成此事。后来江南大营围了天京,江泰便不再提此事,只是那封信却成了他的心头大患。

张日宇把信给了南归的白依梅，作为她危难之际的一个护身符，白依梅若是将这个祸患还给江泰，漕帮必然感恩，也就能尽力保她平安。但宇王也没料到，白依梅不仅没有把信还给江泰，而且利用这封信，半是要求半是胁迫，硬是逼得江泰重开香堂收了自己做关门弟子。为了在漕帮中能更加高人一头，她索性又让江泰收了自己做干女儿。

白依梅这么做，主要是想借用漕帮的势力，来做一件天大的难事。

寿州城惨变之后，烈王当初的部下都被僧格林沁赏给了两淮盐场做苦工，由于受了不少非人的折磨，再加上几次逃跑都被官军发现擒斩，盐场里每天都有被抬出去的尸首，剩下的也不过是苦苦煎熬。

这越发坚定了白依梅要把这几万人救出去的决心。在她心中，始终坚信如果不是因为古平原使诈，烈王不会死得那么惨，他的旧部也不会落入如此悲惨的境地。而古平原之所以要害李成空，还是因为对自己旧情难忘，希图能再续前缘。

所以，白依梅除了恨古平原，也隐隐觉得自己是红颜祸水。把这几万当初与丈夫共患难的弟兄救出来，这是能补报罪愆的唯一方法，也是此生能为李成空做的最后一件事。

救人说来容易做起难，江南如今到处都是湘军，这几万人就算逃出盐场，只怕跑不出几十里就要被官军追上，那之后更是生不如死。所以白依梅要攀上漕帮，漕帮在两江一带是土皇帝，粮船可以运人，堂口可以藏人，星罗棋布在各地的帮众都可以做掩护之用，真正是大有用处。

这些打算，白依梅并没有瞒着苏紫轩，苏紫轩呢，因为另有想法，所以极力撺掇她加入漕帮。眼下事情起了变化，白依梅匆匆来找苏紫轩是为了问计。

"你不是想给湘军造反筹集军饷吗？如今有个天赐良机。"

白依梅把事情讲述一遍，苏紫轩眼睛顿时亮了，她合上折扇，绕着八仙桌走了一圈，轻轻拍在桌上。

"这事儿得去找漕运总督吴棠。不能让古平原把这笔粮食生意做成了，否则两江民心就稳了下来，而我要的是个乱字。再者平白送姓吴的这么大的好处，得让他有还有报，让你在帮中立上一功，那这件事情就十拿九稳了。"

"事不宜迟，咱们这就去清江浦的漕运总督衙门。"白依梅已经伸手推开了房门。

"大哥，让我去南都帮你做事吧。在这儿整日听暮鼓晨钟、诵经说法，再待下去我干脆出家算了。"古平文脸上大有求恳之色。

古平原向观音阁里望了一眼，香烟缭绕中，隐隐约约能看见母亲虔诚跪拜的背影。"小声些，万一被娘听到了，她老人家可不会高兴。"

古平文受了责备，讷讷的，不敢再言语。古平原忽又一笑："放心吧，大哥早就给你安排了个好差事。"

"什么差使？"

古平原将弟弟叫到后堂一处清净的禅房中，一句话便让他兴奋起来，"去杭城做生意。"

古平原是受了胡老太爷的启发，逆匪一灭，南北商路便可畅通，这是十年来的一个大变局，里面蕴藏着无数的商机，古平原就是抓住了其中之一。

"这十年来，南北茶路几乎断绝，最南边的滇商、闽商几乎是片茶没有运过长江，他们早就憋着这股劲儿了，恨不得能让装满茶叶的大车长上翅膀，飞到北方来。不过货物虽多，运力却不足。"

这就是古平原看到的机会。杭城是京杭大运河的起点，他打算在杭城码头边上建一个大货栈，专门做茶叶的转运生意。云南、江西、福建的茶车到了杭城卸货，最多在货栈放一夜，第二天就装船起运，沿着运河直放直隶通州。

"杭城我没去过，人生地不熟，要买地皮建货栈，还要和码头上的车船店脚牙打交道，这……"古平文有些打怵。

"凡事总有第一次，没去过怕什么。"古平原拿出一封信递给他，"你拿着这封信去找杭城的胡金山胡东家，这货栈我送了他一成的干股，也就等于是他自己的生意，请他派几个得力的伙计给你。"

有胡财神做后台，古平文顿时心情一松，脸上也泛出笑容。古平原却还要考考他："依你看来，这桩生意最大的难处在什么地方？"

古平文认真想了一会儿，答道："难处主要是招揽来大批茶商，有足够的茶叶能够装船，不要让货船在运河里干等。"

"说得好！"古平原也绽开了笑容，拍了拍弟弟的肩膀，"二弟，你做生意的本事着实长进了。所以你未到杭城之前，先去洞庭商帮找我的把兄陈七台，上次他到徽州时，我已经向他透了口风，请他帮忙，将北运的碧螺春全部交由咱们这家新货栈起运，先把生意红红火火做起来。"

"那太好了。"古平文兴奋不已，"船呢？"

"这不急，货栈开张时一定有船。"古平原笃定地说。

"那，既然我在杭城开货栈，咱家的兰雪茶生意，我也帮不上什么忙了。"

古平原笑了，"二弟，你虽然长进了，可到底还是差着火候，没能瞧出这生意最大的利。"

"啊？"

"你倒是想想看，南边来的茶车在码头卸货之后，这空车回南运什么啊？"

古平文愣了一愣，随即又惊又喜道："历来车船回空，运费只有来时的一半，敢情是利用货栈把各地的茶车吸引过来，然后运咱家的兰雪茶到南边。"

古平原含笑点了点头，弟弟用崇拜的目光看着他："大哥，你这生意经可真想绝了。"

"天下熙熙，皆为我来，天下攘攘，皆是我去！"古平原把《货殖列传》里的两句话稍加改动，对着自己轻轻说道。

从这一刻起，他知道自己不再是一隅之商，而是天下人的商人。

就在两兄弟雄心勃勃想要做一番大生意时，金山寺后山的一处僻静山坡，有个年轻女子正气急道："你这是做什么？"

女子面前跪了一个黑大个儿，边比画边说，细一听说的是："我都问过了，你娘始终不肯原谅我妹子，也不说为什么。亲家母那儿我是没辙了，只好请你告诉我，当时她问你什么了，怎么就突然拿我妹子当了仇人？"

这两个人，一个是古雨婷，另一个不用问，当然是刘黑塔。他问过古平文，知道古家婆媳之间，还像离开徽州时一样，常玉儿被古母冷落如故。古平文言辞中对妹妹古雨婷颇有不满，认为解开谜团的关键就在古母问她的那句话上，可是她却始终不肯吐实，以至于大家都无从解劝，弄成了个僵局。

刘黑塔听了，脑袋一热便把古雨婷约到了后山。古雨婷心里怦怦直跳，不晓得刘黑塔要对自己说什么，少女心事，半是羞涩半是期待。不料想刘黑塔找了块平整的石头让她坐下，不由分说"咕咚"跪倒在地，把古雨婷吓得一跃而起，转身避开。

刘黑塔一开口，古雨婷还是摇头："不能说，娘不让我说。"刘黑塔问来问去，古雨婷就是这两句话，意甚坚决。

刘黑塔见她真不说，也急了，一瞪眼睛："古姑娘，我给你磕头总行了吧？你要是不说，我就一直磕下去，管它一千还是八百，磕死算完。"说着就要拿脑袋往地上碰。

古雨婷知道他性子刚强，自己一个女流之辈，万万阻止不了，一急之下，哇的一声哭了出来，边哭边跺脚："你这么大个子，成心欺负人。"

这一哭真管用，刘黑塔立马傻了眼，双手乱摇："别、别、别哭，我这不是为了我妹子嘛，古姑娘，我给你赔不是。"

古雨婷看他那副惶急的样子，心肠顿时一软。

"刘大哥，我要是说了，你听过之后会后悔的。"古雨婷咬着唇，

"不会的，只要你肯说，就是我的大恩人。"刘黑塔见她语气有些松动，喜出望外。

"好。为了你，为了你我才说的。"古雨婷在地上划着脚尖，嘴里微若蚊蚋地说着。

"什么？"刘黑塔听不清，急得瞪着眼睛大声问。

"那天，娘是这么问我的，她问嫂子的左、左乳下是不是有个红色胎记，像新抽的柳叶那么大。"古雨婷声音稍大了些，也只是勉强能听到而已。

刘黑塔屏着呼吸，一字不落地听完，眼睛里变得一片迷茫："这、这是什么意思？"

"大哥成婚当日，是我帮嫂子沐浴更衣，所以我知道，确实有那么个胎记。"古雨婷其实已经隐隐约约猜到了古母问这句话的意思，可是又不好明说，这些日子一直憋在心里。

刘黑塔张着嘴啊了半天，才猛一下明白："你娘是说玉儿德行有亏？"

"不可能！"他大喊大叫起来，妹子与自己打小一起长大，在他心里玉儿那是天下第一冰清玉洁的人儿。

"我也相信大哥不会找一个有辱古家门风的女子进门。"古雨婷无奈地说，"刘大哥，我把这话说出来，是去了压在自己心头一半的石头，可是这石头就压在了你的心上。你听我一句劝，方才说的那些话，你跟谁也别再说，只怕再起大风波，任谁都收不了场。"

刘黑塔傻眼了，早知道还真不如不问，问了又什么都做不了，只好憋在心里，这滋味可太难受了。

"这大半年，可真是难为你了。"刘黑塔算是真的理解古雨婷了，而且连带着不胜感激。

古雨婷得了这么一句话，眼圈顿时就红了，心情激动之下，不由得脱口而出："若不是你问，别人哪怕跪穿这山，磕破这石，我也不会说的。"

刘黑塔站起身，愣头愣脑地问："那你为何偏偏就和我说了呢？"

古雨婷顿时气急，她本来就性子爽快，干脆回了一句："你自己不知道吗？"

"既然这话你和两个哥哥都没提，那在你心里一定是觉得我比你大哥二哥还亲。"

古雨婷顿时脸上飞霞，却是芳心暗喜，看来这半截黑塔总算是开窍了。

"那这么办吧，我收你当干妹子。"刘黑塔认真地说。

古雨婷简直不相信自己的耳朵，望了刘黑塔半天，才明白他不是在开玩笑。

"你简直是天底下最浑的浑人。"

"这不愿意认就不认呗，干吗骂我呀？"刘黑塔看着古雨婷跑远的背影，兀自不解地摸着黑大脑袋。

4

古平原再次到漕帮赴约时，知客早就得到嘱咐，见了他便将其延入客堂，江泰随即从后宅出来相见。

"江帮主，万请节哀，保重身子才好。"几天没见，江泰仿佛更加虚弱，面上都是愁容。

"多谢古东家记挂。我老了，很多事情有心无力，想带着漕帮再大干一场，只怕是难了。"江泰半眯着眼，缓缓摇着头。

听话听音，古平原一听就知道江泰直接就说到了正题儿上，对这笔生意恐怕是心中已有定见。那么到底是怎样呢，应还是不应？古平原屏气凝神地望着江泰。

"这几天我始终在考虑漕帮的将来。我觉得你说的都很有道理，漕帮现在确实是要做一件扬眉吐气的事儿来擦擦招牌，这件事既能得名声，又保证了秋收的漕粮，实在是一举两得，我打算……"

"干爹先别忙，一举两得算什么，还有一举三得的事儿呢！"门外忽然传来一个脆生生的声音。

古平原听声音就知道是白依梅来了，他知道白依梅始终怨恨难消，认为是自己把李成空骗到了寿州城里。古平原几次想解释，开口之前自己就先气馁，毕竟那封王天红的"亲笔信"的确是伪造的，虽然用意是绝了李成空回援天京的心，劝他投降清军，可毕竟事情因此而起，才最终铸成大错。

古平原觉得在事理上已经辩无可辩，唯有一片心可对天日，却又不见谅于白依梅，一想起此事便好不灰心，连口都懒得张了。

正因如此，古平原在白依梅面前自觉矮了一截。像眼前这笔生意，原本可以理直气壮侃侃而谈，但是只要一对上白依梅的眼神，心便是一痛，所有争执反驳的话都说不出口，等于是只能挨打还不了手。

"你说什么一举三得，是什么意思？"江泰对这个干女儿也很是头疼，她手里那封信，就像一桶火药，说不上什么时候就把漕帮炸个底朝天。

"这几天，女儿去找吴大帅了。带了几句话，大家不妨听听。"白依梅今天穿了一身素净的白衣，不带一点花色，头上只别了一根荆木钗。她可不是一个人进来的，身后跟进来一帮人，个个打扮都差不多，不是一身黑就是一身白，都是通海帮的得力干将，在为他们的老大服丧。

"哪个吴大帅？"江泰皱皱眉，心中判断着白依梅带着这些人来的用意。

"还能有哪个？"白依梅笑了一下，"吴棠吴总督啊。"

漕运总督吴棠，凡是与漕运有关的事情都归他管，对漕帮来说那是尊万万得罪不起的菩萨。

白依梅与苏紫轩二人连夜赶到漕运总督衙门所在地——淮安清江浦。苏紫轩办事很有手腕，找到漕督的管家，送了一份很厚的门包，第二天就见到了吴棠。

吴棠起初不知道什么事，等听完了这两人的来意，顿时大为兴奋。

就像古平原说的那样，这十年来，漕运几乎处于停滞的状态，一是无粮可运，二来一条运河被官军和逆匪各自攻占，水道不通则粮船不行。这一来漕运总督就处在一个很尴尬的地位，原本是个肥缺如今却变成了天下第一的苦缺。吴棠这些年既捞不到什么油水，又要应付朝廷对漕运的连番催责，整日在后堂唉声叹气。

白依梅登门拜访，先提出手上有三十万石的粮食，愿意作价卖给官府作为漕粮。又代表漕帮承诺，运河如今通了，可以即刻起运，先到清江浦集中过数，然后运往京郊通州。

这在吴棠真是喜出望外。他早就在琢磨，要挪动一个差事，看上四川总督这个位置。四川是天府之国，天高皇帝远，当几任土皇帝，比起四处受气的漕运总督来说简直是天壤之别。

但是川督一职不比漕督，那是西南重镇，想要朝中重臣为他说话，必须得有个由头，最好是能立上一功，得蒙降旨褒扬，那就十拿九稳了。

吴棠这些天就为这件功劳茶饭不思，没想到真就有人送上门来了。他大喜过望，立时找来幕府中管细务的师爷，与白依梅谈了一整天，从装船到起运再到交接，粮钱如何给付，这些事都谈得妥妥当当，白依梅这才返身回了镇江。

"吴大帅说了，难得漕帮能和官府一条心，他自然不会亏待咱们。虽然眼下无法给付全部粮款，但可以变价逐年给还，而且按照钱庄放账的利息来算。我和漕督的师爷算过,这样一来,等到银钱结清那一天,这笔银子利滚利,可以达到九两五钱一石,远高于那些良心被狗吃了的黑心商人给的五两一石的价儿。"

这是指着和尚骂贼秃,古平原只能苦笑。白依梅见江泰沉吟不语,知道前日古平原那番名利双收的话着实打动了他,想要让他改变心意还要再加上一把力。

"干爹,有道是县官不如现管,与其向两江总督卖好,不如放交情给漕运总督。漕帮是朝廷有旨意归漕督管辖的,何况眼下人家就捏着咱们的把柄呢。"

"把柄?"江泰一惊。

"那师爷说,漕督文案上有整整一百张禀帖,都是运河沿岸乡绅联名所递,告的都是这些年咱们管束帮众不力、漕帮横行不法的情事。这些禀帖要是认真处置起来,那咱们漕帮可就有大麻烦了。"白依梅抬眼看了看面色忽变的江泰,又变作轻松的口气,"如今不妨事了。吴大帅说,看在这三十万石粮食的面上儿,这些禀帖他做主压下了,他愿意力保漕帮。"

江泰这才松了一口气。眼看他心思活动,古平原在一旁大为着急,刚想说话,白依梅却抢先道:"一举三得嘛,这才两样,最后还有件事,干爹听了只怕更高兴。"

"哦?"

白依梅却转过身,面向通海帮的帮众,面容霎时沉静了下来。

"各位爷叔,我虽然是干爹收的关门弟子,可是不敢妄自尊大。接下来的话,有些我已经擅自做主,但是如今回到家门,事情还请大家拿主意定下来。如果我办得不对,甘受家法惩处。"说着蹲身福了一福。

白依梅容颜俏丽,做事干净利落,说话又谦和,本就很得帮中人好感,再加上当场揪出了吕端这个叛徒,等于是为徐老大报了仇,更是受通海帮的感激,如今已经有很多人尊称她为大阿姐,这时大家七嘴八舌说道:"大阿姐放心,你是为了帮中事出力,谁敢派你的不是,哪个来怪罪你?"

"既然如此,我就说了。"白依梅含笑点头,"这些年来,通海帮走盐贩私,一路上的巡检、关卡都是徐老大亲自打通的关节,如今他不幸去了,这条路也难走了。"

这是实话,通海帮如今人心动荡,除徐继成身死外,就是想到今后贩私盐的路必定困难重重,以至于人人心里没底。

"我与吴总督的师爷已经谈妥了,今后但凡能照应的地方,漕督衙门都会睁一眼闭一眼,只要咱们的弟兄不抗官兵、不运军火,私下里贩盐的事儿,漕督可以不管,就当作对三十万石粮的酬庸。"

这话一说出来,通海帮上下无不惊喜,彼此相望都是不敢置信的神情。

"大阿姐，此话当真？"有人就抢着要问。

"千真万确！当然这话不能明说，更没有文书契约，可是人家的意思到了。我也许了诺，今后贩盐的好处里少不了对漕督衙门的一份孝敬。"

"阿弥陀佛！要真是这样，咱们走私贩盐就不必像以往那样畏畏缩缩，一条粮船上面装粮，下面装盐，走着呗！"通海帮众脸上一扫阴霾。

白依梅抿嘴一笑，转向江泰："干爹，我这三天来回清江浦，把事情都谈下来了，至于做不做，还得您老爷子一句话。"

江泰看了看白依梅和她身后满脸兴奋之色的通海帮，又看看等在一旁的古平原，把这一举三得与名利双收在心中颠过来倒过去地想，终于叹了口气。

"古老弟。方才我这干女儿说的话你也听见了。"江泰为难地说，"我作为当家人，不能不为帮中弟兄多想一些。你说的名利都是以后的事儿，可是漕督许下的这三件事都是眼前的实惠。先不说别的，把各地乡绅的状纸压下来，就是对我漕帮的莫大关照，不然，还不知有多少帮中弟兄要吃官司受刑罚。再者一说……"他看了看通海帮众人，漕运总督的许诺对通海帮来说是个提振士气的大好机会，而且今后贩私盐得利一定很多，看得出通海帮对此极为满意。自己要是把这事儿硬拦下来，搞不好通海帮能一怒之下破门，离开漕帮自立一派，那怎么对得起祖师爷。

"多的话我就不说了，这次对不住老弟了，来日有机会再行补报吧。"江泰带着歉意道。

"江帮主言重了，生意嘛，本来就是一好和两好，勉强不得。不过……"古平原对着白依梅道："依梅，我有句话想和你说。"

"谁是依梅？"白依梅眉毛一扬，冷峻地说，"你没听见他们叫我什么吗？"

古平原点点头："大阿姐，借您一步，说句话行吗？"

白依梅随着古平原走到一边，低声道："古平原，我话说到前头，这笔生意你做不成的，别白费工夫。至于你我之间的恩怨留着慢慢算，我不怕你跑到天边去。"

"我们之间的误会将来一定能解开，这我也不急。可是眼下这笔生意，你说要将这三十万石粮当作漕粮运到京城去，漕粮是天庚正供，是分发给神机营、丰台大营、西山锐键营还有关外八旗的米粮。他们没有挨饿也不等米下锅，反倒是江南百万生灵，他们都在忍饥挨饿，日夜盼着这批粮食。"

"哈哈！"白依梅笑了，冷冷的笑声中有说不出的讥讽，"江南百姓？你说的是清妖治下的百姓吧，那与我何干，就算是全都饿死了又怎样！"

古平原被她堵得一窒，半晌才艰难地说："依梅……"

"不要叫这个名字，那是我丈夫才能叫的！"白依梅忽然激怒了。

"大——阿——姐！"古平原每个字都像是从牙缝中艰难地挤出来，"难道你就真看着那么多的人饿死吗？那是一条条人命。只要这三十万石粮一到，这些人就能活下去，那些翘首以盼的饥民，那些嗷嗷待哺的孩子……"

"孩子？"白依梅眼中瞬时怒火中烧，狠狠地瞪着古平原，像是要把他活活烧死，"你以为我没有孩子？！"

古平原猛一下想起来了，当初在寿州城外，李成空曾经向他透露过，说是白依梅已然有了身孕。

"你、你的孩子呢？"古平原怔怔地问。

"你问这做什么？那是我和烈王的孩子，你想把他献给清廷邀功请赏吗？"

古平原听到她这么说，心里难过得说不出话来，只得闭上眼摇了摇头。

"哼！你别妄想了，这孩子我已经把他杀了。"

"啊！"古平原心里猛一缩，张大眼不敢置信地看着白依梅。

"对，我亲手杀的，他没有机会喝一口奶水，也没有机会看一眼初升的太阳，你说这是拜谁所赐呢？"白依梅的脸色又恢复了平静，像是在说着一件毫不关己的事儿。

古平原心如刀绞，白依梅凑近了他，轻轻道："别说我不给你机会，你现在就大声说出来，说我是烈王李成空的妻子，是逆贼王妃，漕帮必不敢庇护我，那你的生意不就做成了？"

古平原苦笑着，带着愤懑与不甘："自小相识，你就这么看我吗，觉得我会为了生意而置你于险地？我答应老师要好好照顾你，我所做的也无非就是为了让你能平平安安。"

"那你做得可真好，不枉了我爹舍命救你。"白依梅不屑地看了他一眼，扭脸走到江泰面前。

"干爹，古东家说了，这生意他不做了。回去之后他自会向两江曾大帅解释。"

江泰无言地点了点头，刚要端茶送客，古平原忽然走回来，扬声说了句："这笔生意就算了，不过我说的话不能就这么算了。"

"哦，古老弟，你这是什么意思？"江泰不解地问。

"当初我刚一进贵宅，曾经说之所以来此，不仅是为了替曾大帅买粮，而且还是为了给漕帮弟兄开条路，为了大家今后的生计和帮中百年基业着想。"

江泰听完更糊涂了，不错，当初古平原是这么说的，可是如今买卖不成，这其他的事情自然也就无从谈起了，他为什么又重提此事？

"买卖不成仁义在。难得江帮主不嫌弃古某是个初来乍到的空子，愿意和我商量生意，那我自然要投桃报李，绝不会做半吊子，说了不算。"古平原来之前就已经想好了要锦上添花，不料事情起了变化。他很快就做了决定，在两江做生意，漕帮一定要交，而且此时放交情，更加让人见情。

"古某代表徽商与洞庭商帮的陈七台陈主事和杭城埠康钱庄的胡金山胡东家联手在杭城码头开了一家大货栈。杭城是运河起点，我们打算将来把东南和西南运往北方的茶叶生意都揽过来做。我的意思是，与其另造新船，不如就用漕帮的船，将来北货南运，自然也要劳烦漕帮。这笔生意，江帮主可有兴趣？"

江泰在运河上跑了一辈子，一听就知道这是人家在挑自己发财。漕运一年一次，去时运粮，返程称之为回空，有时也带些杂货，但那都是时有时无的生意。如今徽商、洞庭商帮还有胡财神联手做生意，不问可知必定货源滚滚，到时候一年到头，运河上的漕船往来穿梭，走一程就有一程的水脚银子，兴旺发达那真是指日可待。

想到这儿，江泰佝偻着身子，走下正中的交椅，拱手一礼："古老弟，你的为人心地我真是领教了，漕帮受惠甚多，不知何以为报，至于方才那笔粮食生意嘛……"他又为难地看了看一旁面带冷笑的白依梅。

"不敢当，您老太抬举我了。这事儿说到底是彼此相帮，至于粮食生意既然漕帮已经和吴大人谈好了，我绝不敢让您为难，此事就当从来没提过好了。"

"老弟，你可真是落门落槛。好，这个情，我江泰替漕帮领了。"江泰用一双布满青筋的手按在古平原肩上，冲着他郑重地点了点头。

5

"古大哥，这可就是你不对了。"刘黑塔一拍大腿，"按你这么说，这事儿分明还有缓儿，你再说一说，江泰指不定就能把生意给咱们。现如今你一口回绝，那这三十万石粮食上哪儿找去？"

彭海碗在一旁也深深点头，只不过这是店东做的决定，又与茶庄业务无干，他自然是不好插嘴。

古平原先不回答，对着彭海碗道："胡老太爷要我来南都，帮他整顿茶庄，重整旗鼓，这一点如今我做到了。关于茶叶生意，彭掌柜你是内行，原先怎么做，现在就怎么做，该守成还是开创，全看你的判断，我绝不插手。我办这家南北货栈，就是开一条路，方便你去走。"

彭掌柜心里清楚，古平原这是把话说得太谦虚了。杭城是水陆要冲，这家货栈码头何止是一条路而已，那是咽喉要道，兵家必争之地。有了这个码头，一则运费必然低，与别家竞争就有了优势；二则掌控了运输中转的必经之地，茶商就必须要与徽州茶庄打交道，这里面的好处一天两天看不出，可时间长了，自家那就隐隐成了茶业生意的龙头，光靠这份名气，就可立于不败之地。

彭海碗心里暗挑大拇指，胡老爷子找这么个人来做联号生意，当真是慧眼识人，外人以为是古平原占了胡家的便宜，其实是胡家沾了人家的光。

"开疆拓土最是累人，怎么能让二爷去呢？东家，你把这事儿交给我吧，我一定不辱使命，将来我见了老太爷也能表表功，赎赎罪愆。"彭海碗提了个要求。

古平原微微一笑："我二弟年富力强，正该去历练历练。南都的生意主要靠历年积攒下的人脉，这全仗彭掌柜从中操持，别人难以替代。"

"那粮食怎么办，难道就双手空空去见曾大帅？"刘黑塔对此耿耿于怀。

"我后来想明白了。事情已经弄到了漕运总督那里，要是我坚持非要这批粮，我想江泰能从中匀出一半来给我，但是漕帮就因此得罪了吴棠，不能为了自己做生意而连累朋友。"

"朋友？古大哥，你说的是江泰还是那个白依梅？你做生意一向是无往不利，这次却弄得灰头土脸地回来，该不是顾念旧情，怜香惜玉吧？"刘黑塔冲他挤挤眼，却旋即变了脸色，尴尬地冲着古平原身后笑了笑。

常玉儿一脚踏进门，就听见大哥在提白依梅的名字，脚步顿时一滞，但很快就恢复了常态，像是什么都没听见，指挥彭家的下人，端上来两碗莲子羹、一碗鸭粥，还有几样时令的小菜。

"呀，嫂子，这是我家内人该做的事，怎么劳烦你了。"彭海碗颇不好意思。

"一样的。她白天要做家务事，还要带两个孩子，晚上早睡一会儿，何必又叫她。"常玉儿浅浅一笑。

"还是妹子了解我，我就不习惯吃那莲啊藕的。"刘黑塔端过鸭粥，三扒两扒入了胃，嘴里嚼一根酱黄瓜，嘎嘣嘣直响。

常玉儿端过莲子粥，递到古平原面前："喝点莲子清清火，为了生意也别太过焦心。"

她一年前在古母寿宴上突逢大变，却并没有忘记关心照顾丈夫的伤势，延医敷药，让古平原受的外伤很快地好了起来。她猜到古平原受伤一定是与白依梅有关，却一个字也没有开口问过。她对自己说:"古大哥已经在他老师的小院里向我发过誓,我就该相信他,他说过今后与白依梅绝无半点男女私情,就算两人再见面,我也不必放在心上。"可是如今这个名字骤然入耳,心中却还是有些酸楚,面上只是努力不露出罢了。

古平原也猜到她听见了,刻意解释反倒显得心虚,只好宕开一笔:"你放心,生意的事情我已经有办法了。"

"莫非东家要与湖广的那几位大粮商打交道?"彭海碗问道,"我上次提了个陈大户,他的心可黑着呢。就这几天,他又出了新花样。弄了一万石的粮食装船运到江上,每日用小船载米运到岸上的各乡各村,就在村口用大锅熬粥,熬好了,每碗粥卖十文钱。"

"那不贵啊。"刘黑塔瞅了瞅手里的碗,嘟囔了一句。

"你以为是像咱们喝的这粥,插筷子不倒,毛巾裹着不渗?嘿,他那粥光可鉴人,拿来当镜子用都行,用大马勺在锅里捞一圈都甭想捞起几粒米。陈大户把米按份卖,一石米熬出的粥非要卖上二十两银子不可,据说还放出话,说什么你们不是嫌贵不买我的粮吗,不要紧,我照样把粮卖出去,看你们买不买。唉,各家各户的小孩子饿得直哭,央求爹妈给买碗粥喝,谁家不得拿钱去买啊,十文钱瞅着不多,可是积少成多,这么下去,老百姓这点压箱底的钱,就一天天地被陈大户给抽走了。"

"嚯,这老小子太缺德了,和那个王天贵有一拼。"刘黑塔最好打抱不平,一听眼睛就立起来了。

彭海碗不知道王天贵是谁,他有些担心地对古平原说:"这样的粮商心都是黑的,您要是去和他们谈生意,无异于与虎谋皮啊。"

"不,挨处去碰钉子,这种生意太无趣了。眼前就有三十万石粮食,我为什么还要去别处找。"

"您的意思是?"

"我还是盯着漕帮这批粮!"

"可这粮卖给吴棠吴大人了呀。"彭海碗不解其意。

"俗话说,卤水点豆腐,一物降一物。吴棠是大人,可是还有比他更大的人呢。"

"您是想找人压吴棠?吴棠是一品总督,要说比他还大,那、那就只有军机大臣了。"

古平原摇摇头:"做生意岂能硬来。我说的这个大是以小搏大,四两拨千斤。"

"东家，您就明说吧，我实在听不懂了。"彭海碗彻底糊涂了。

"妹子，你干吗笑了，难道说古大哥要做什么，你都早就知道了不成？"刘黑塔更不明白，一转头见常玉儿面露微笑，便开口问道。

"我哪儿知道。"常玉儿指挥着丫鬟收拾碗筷，望了一眼古平原然后转身离开，唇边还有掩不住的笑意，"我只知道，你们说的那个吴大人要倒霉了。"

天当正午，正是一天中最热闹的时候，京城李宅却是沉寂无声，仆人们走路都蹑手蹑脚。按说夫妻一年没见面，自然有很多体己话要说，谁知昨夜家宅不宁，李太太在卧房中大发雷霆，与李万堂大吵一架。

"我真弄不懂。像老爷这样，家里花不完的金山银海，不娶妾不说，除了应酬，也没听说在外寻花问柳，包养外室。说句打嘴的话，只怕老爷见过的女人，还没有少爷睡过的女人多呢。"开水房里，几个仆人趁着等水开闲聊天。

有个年长的下人一笑："只怕你还真说对了。"

"老爷也忒有情有义了，怎么太太隔三岔五就发作他一次，竟像是有意找别扭一样。"

"大宅院嘛，人多事杂。我进来十年，你进来才不过两年，谁知道之前出过什么事儿。"年长的摇摇头。

"哎，我可听说这一回老爷再往南边去，太太也要跟去。"

"不会吧。昨儿吵得像是要拆房子，今天就要一道出行。这也太怪了。"

"一点都不怪。我听上房的翠儿说，昨晚太太就是嗔着老爷这一年没回来，问他是不是在南边置了宅院，养了小婆。这一回硬要跟着走，那分明是不放心老爷，要时刻看着才行。"

李万堂自然是听不到下人的谈话。究其本心，他本来不愿带妻子去南边，怎么说家中也要留个女主人，可是李太太死活不依，放话说要是不让自己跟去，那李万堂也必须留下。

原本是轻车简从，结果就因为李太太要挪动，跟随的下人多了十二个，装行李的大车雇了十六辆，运到通州走水路，又得多雇三艘船，就又耽搁了几天。

李万堂索性一切不管，都交由管家去办，自己打算坐快船先行回南。没想到在动身当天来了几个不得不见的客人。

"四位都是大忙人，居然特意从城里赶到通州来给李某送行，实在是不敢当。"京城四大恒钱庄的四位掌柜，加起来就等于是直隶界面上银钱行的四大天王，他们跺跺脚，就能晃倒一大片买卖，今天会齐了一起来，当然绝不会只是为了送行而已。

最先开口的还是性子最急的恒利的焦大掌柜，他用那条唱黑头的嗓子道："李东家，你说我们是大忙人，这我们也不敢当，拜您所赐，咱们'四大恒'离关门倒铺不远了，到时候咱们四个闲人还得求李家赏碗饭吃。"

一上来就语气不善，李万堂却权当没听见，好整以暇地对恒兴的张掌柜说："上个月到期的那笔利钱不急着提，且存着，够数之后请帮我汇给天津的马老板，付那一笔丝绸账。"

"李东家，我说的话你听见没有！"焦大掌柜气得忍无可忍，就差拍桌子了，调门也骤然提高了八度。

"这厅中震得嗡嗡响，我当然听见了。"李万堂一下子沉了脸，"怎么说我也是京商会馆的主人，这里也是京城地面儿，你也未免太放肆了。"

李家是钱庄的大主顾，李万堂又是京商首领，无论从哪一层说，他发了脾气，四大恒的掌柜就只能老老实实地听着。可是今天不同了，焦大掌柜真急了，腾一下站起来，冲着李万堂就喊："亏你还记得京商这两个字，你可把京商害惨了。"

"哦。"李万堂还是那副不缓不急的样子，不再去理焦大掌柜，反对着这几人中最是年长和善的张掌柜道："张掌柜，这是怎么回事儿，李某愿闻其详。"

"这个嘛……"张掌柜外表看去是个老好人，其实是扮猪吃老虎一路，凡事都愿意让别人打前阵，自己在后面观望风色，不料李万堂一开口就找上了自己，他只得抱歉笑笑，语气和缓地说，"咱们京商一向是靠山吃山，靠水吃水，靠着京城吃皇上。这在京城做生意，全靠官场玩得转，比方说四大恒吧，那户部可就是咱们的衣食父母，打板上供都来不及，更别提刚得罪人家了。"

说到这儿，他瞥了一眼李万堂，见其还是一副无动于衷的样子，心里也有些冒火，皮笑肉不笑地说："您真不愧是李半城，一下子就把六部的官吏书办都惹毛了。如今人家放话了，甭管是绸缎庄、茶叶铺，还是药行、瓷器店，再想得六部的生意，就得和晋商、徽商一道去争，听那口气是争也甭想争得来。咱们京商的钱庄就更好了，二十九家官炉房新铸的官银优先供应一事被取消，原来定好的贴水也无端端加了二成，这一下子利就全没了。"

"李老爷，您一向维护京商利益。这一次我们就想不明白了，您帮着外省的曾大帅做事，从六部那些官儿的嘴里生生抠了四千万两雪花白银出来，这可是捅了马蜂窝了。从今往后，凡是与六部有关的生意，京商甭说近水楼台先得月，就是连根尾巴毛都抢不上了，您这分明是把京商往死里坑啊。"

焦大掌柜听得心烦，重重一跺脚："京商做不成京城的买卖，那还能叫京商吗！"

"怎么不能！"李万堂听了半晌没言语，此时霍然起身，眼神如刀锋一般扫过来，直视四位大掌柜。

"有我李万堂在的地方，才叫京商！"

四位掌柜相顾失色，半晌张掌柜才喃喃道："您这么说……是什么意思？"

"各位，做生意全凭眼光。京商这几百年只把目光放在京城，靠着官场做生意确实舒服，可是时移世易，如今形势不同了。过去天下大权都在京里，结交了京里的贵人，随随便便交个条子下去，全天下甭管哪儿的生意，京商都能拿到手。"

像私塾先生教导刚刚开笔的学生子，李万堂在四人面前踱着步，带着不容置疑的口气道："现如今要是还这么想，京商十年之后就得去喝西北风。"

焦大掌柜本是来兴师问罪，却被李万堂劈头盖脸一顿训斥，这口气实在难忍，争辩道："京城乃天下根本，朝廷是大政机枢，京商得天独厚有此奥援，怎么到了你嘴里就变成一钱不值了？"

"你还是不明白。"李万堂用看傻子的眼神看着他，"这十年征伐，局势已经完全变了。督抚权重，内轻外重之势已成。满人朝廷如今无拳无勇，大清还是那个大清，龙椅上的皇上也还是爱新觉罗，可是朝廷在各地官员眼里可就不再是从前那个说一不二的朝廷了。"

这话听得人人脸上变色，放在雍正乾隆年间，这番话漏出一只半句去，满屋子的人就别想活了，就是如今这也是大不敬的罪名，李万堂却敢当众侃侃而谈。

"不用怕。其实这些道理，两宫太后和军机大臣岂有不懂之理，只不过他们也知道，揭开这层面子，糊弄天下人的戏法也就变不成了。"

张掌柜城府最深，循着李万堂的话平心静气地去想，不由得就点了点头："既然如此，李东家，您说我们京商该怎么办呢？"

李万堂脸上这才带了点笑："朝廷既然已不可恃，京城弹丸之地岂能容身，更谈不到掌控商机。这碗水太浅了，而且会越来越浅，等到你们喝不到的时候，再想往大江大河里跳，那就晚了。"

四位掌柜听了这严重的警告，齐齐吸了一口凉气，相顾无言。

"京商要变。我是早就看出来了，这才一争晋商票号，二争天下茶王，虽然都未能如愿，可是毕竟得了个好结果，两淮七十二家盐场足以令李家的生意立于不败之地，以此为基，在两江膏腴之地尚有一番大事好做。"

"那我们四大恒占了盐场三分之一的股,也跟着沾光了。"张掌柜急急跟上一句。

李万堂笑笑不答,接着说:"我之所以不怕得罪六部,就是不再留恋京城的生意,那里……"他眼望着京城的方向,"已经没有商机了。"

"还是那句话,有我李万堂在的地方,才叫京商。李家不管到了哪儿,都要坐第一把交椅!"

说完,李万堂也不送客,径直走了出去。厅中的这几位如果能明白过来,那自然会跟随自己,如果不明白,则不再值得他多看一眼了。

剩下四位掌柜呆呆地坐在客房中,他们还没从震惊中回过神来。李家上百年基业都在京城,费了无数心血堆积出的买卖、人脉,如今说放弃,就真的弃如敝屣,李万堂不给自己留半点退路,这份决绝狠得让人心悸。

过了半晌,焦大掌柜才愤愤道:"李半城也太霸道了,他不做京城的生意,也不许别人做吗,难道要所有京商都和他一道下江南?他以为他是谁,乾隆老子吗!"

另外三位掌柜也都是脸色铁青,心里各自打着盘算。

"亏我们还尊他是京商首领,让他主掌京商会馆,没想到成败萧何,最后竟是李万堂一手坏了京商的买卖。"恒和的掌柜不忿道。

资格最老的张掌柜忽然冷冷一笑,说了一句话,让其他人瞬间睁大了眼睛。

"你们以为他真的是京商吗?"

6

李万堂来到码头,雇好的快船已经早早占了一处好位置,只待上船,便可解缆起航。

出乎意料的是,李安迎上来惶恐地说:"老爷,只怕一时半会儿难以起程。"

"为什么?"

"据说是八旗的兵丁都蜂拥到了通州,说是要找仓场侍郎讨个说法,还说要是不遂他们的心意,就一把火烧了通州的粮仓。眼下关卡上的士卒都被派去维持,没人验船,自然不能放行。"

"胡闹。这些旗下大爷,自落地就有一份皇封的铁杆庄稼,饭来张口也就算了,居然还要闹事,真是人心不足。"李万堂带着厌恶的神色。

从码头走回客栈不过一袋烟的工夫,可是想到李太太那无事生非的脸色,李万堂决定在船上等。闲坐无事,他便问李安:"八旗兵丁个个游手好闲,多一步路都不肯走，却大老远聚到通州，所为何事？"

李安办事最是滴水不漏，早就想到老爷可能要问，把事情打听得明明白白。

"如今铁杆庄稼已经喂不饱这帮大爷了，闹事，不过是为了弄几两银子花花。"

原来京里的驻军，也就是神机营、锐键营的官兵不知从什么地方得知，有一大批的粮食要作为漕粮运往京师，只要运到了就可以发下来作为历年来所欠饷米的清偿。这本来是好事，可有人弄了一份粮样在八旗驻军经常聚会的茶馆公之于众，顿时引来大哗。

这份口粮米质很差，给灾民充饥果腹倒可以，八旗子弟吃惯了细面饽饽，哪儿瞧得上这种糙米。这还不算，街头巷尾又起了流言，说是江南米价极高，而漕运总督偏偏运来这么一批库存的粮食充当旗饷，是有意想省下大笔银子给湘军。

那些旗人本就不服气曾大帅带领湘军立下不世大功，在京中茶馆酒肆，只消坐上一会儿，满耳朵听得都是谩骂湘军的污言秽语。这个节骨眼上，"汉人的漕运总督把快发霉了的粮食运来京中旗人吃，为的是省下大笔银子来给汉人的两江总督充作军饷"，就这么一句话，激得京城里的旗人和旗营驻军怒发如狂，很快就相约齐聚通州。通州是运河终点，也是直隶粮仓所在，仓场侍郎常年驻在此地，办的就是漕粮运收、库储、发放的差使。

如今旗人闻风而动，把仓场侍郎的衙门围了个里三层外三层，口口声声说如果户部敢接收这批漕粮，那么他们就敢一把火把仓场烧成白地，运粮来的船统统凿沉在运河里。

仓场侍郎富朗哈知道一个处置不当，就会被推到风口浪尖上，替吴棠挡枪犯不着。于是一面先命人沿运河驿道快马往清江浦，告诉吴棠把船就泊在淮安，不可沿运河北上，以免消息传来，更加激怒这些旗兵。

另一面，他托出人来，把旗营里能出头说话拿主意的几个人请到衙门里，好茶好酒待着，尽力周旋，问他们这么闹，到底是想要闹出一个什么结果。

旗兵的要求也很简单，不要这批粮食，而要折价发银，而且不能按照北方的粮价，只能按江南如今的粮价来折兑。

这就难了，江南粮价是十五两一石，吴棠怎么能把这批本就米质不佳的粮食折卖出如此高价？富朗哈倒也不去多想，反正这是漕运总督的麻烦，于己无干。于是他把旗营官兵的要求和如今通州的形势详细写了一封信，信中告诫吴棠，此事要尽快解决，若是迟了，大有旗营哗变之危，到了那个时候，追究缘由，非革职拿问不可，任谁都无法回护。这封信富朗哈用火漆封印，派快马送往清江浦，一切都要看吴棠如何应对了。

彭海碗急匆匆跑进门，一见了古平原就迫不及待地道："东家，你算是看准了，通州真的闹起来了。"

"到什么地步了？"古平原放下手中的书。

"已经快要不能收场了。"彭海碗得意地笑着，"您这五千两银子花得太值了。"

古平原用了三千两银子买通驻扎在淮安的督粮道，挑着这批粮食里最不好的粮样送了一小袋到户部。又用一千两银子，请户部一个文案故意把粮样泄露了出去。剩下的一千两就是雇人在京城街头巷尾四处散布，把江南如今的粮价说给旗营官兵听，而且造出吴棠之所以要运劣粮是为了省钱给曾大帅发饷的流言。

前后花了五千两银子，其效如神。彭掌柜打探来的消息是，吴棠接信之后已经慌了手脚，连夜召集幕友商量对策，可都是一筹莫展。

"这位吴总督一着不慎，等于是把自己逼入了绝境。"古平原冷静地说，"已向朝廷出奏的事儿万难更改，就算朝廷同意他撤回这批米粮，八旗也不会放过他，这笔折卖银子非追着他要不可，不给，就等于把旗人都得罪了，吴棠胆子再大也不敢冒这个大不韪。"

"那他要是把粮食还给漕帮，把银子要回来呢？"彭海碗问道。

"漕帮困顿已久，帮中兄弟等这笔银子安家已经盼了好久，把发下去的银子再收上来，慢说办不办得到，就是办到了，肯定也会闹出大乱子。漕帮中人岂是善男信女，真要是因此事揭竿而起，吴棠这颗脑袋就甭想要了。他的幕友中但凡有一个明白人儿，就不能让他这么办。"

"照这么说，他是进也死，退也死，岂不是死定了？"刘黑塔在旁听着，这时候才插了一句。

"不见得，他还有一条生路。"

"在哪儿？"

古平原微微一笑："在我这儿。"

"大人，千万不可轻举妄动。"劝吴棠的是他幕府中一位资深师爷，也姓吴，与吴棠同宗沾亲，打从吴棠当县令起就跟随他当文案，这些年共过许多机密，真正是无话不谈。

"咱们已经错了一步了，要是再走错一步，不是京城就是江南，不是哗变就是民变，那可就不是担处分的事儿了。到时候就算是两宫太后一起回护大人，恐怕也无济于事。"

吴棠紧锁眉头，在签押房转来转去，烦躁地说："漕帮的人还没到吗？这事儿解铃还须系铃人，我看还要靠漕帮出力。"

吴师爷无声地摇了摇头。要漕帮从井救人，那也得江泰能弹压得住才行，可是他老病侵寻，帮中又刚折损一员得力干将，要把刚刚发到数万帮众手里的银子再收上来，只怕是有心无力。

"再说，那也不够数啊。漕督买这三十万石粮，总计是九两半一石，漕督衙门先付一百五十万两，还有一百三十五万两交由几家大钱庄代垫。就算是把这些银子都收回来，可是离着京城那些旗人要的十五两一石的价儿，还差了一百六十五万两，这偌大之数从何而来？"

"错了，错了。"吴棠痛心疾首地说，"当初就不该贪这样的功劳，眼下功没争到，却落了一身的埋怨。唉！"

"禀大帅！衙门外有人递帖求见。"

"不见，什么人都不见！"吴棠正在心烦意乱，不耐烦地挥了挥手。

"哦……"那门房有些犹豫。吴师爷看出来了，问道："到底是什么人？"

"他说他在南都城里做生意，听说大帅有为难之事，特来献策。"

"我这么多功名在身的幕友都无计可施，却要一个生意人来出主意，可笑。"吴棠不屑一顾。

这话在吴师爷听来就有些讪讪的不得劲儿，但是他与吴棠实在是福祸相依，还是进言道："大人，圜阓之中常有奇才，眼下这笔其实正是生意，何妨听听这个商人的话。"

"嗯。"吴棠长出一口气，冲着门房点了点头。

吴师爷怕来人要造膝密陈，自己先到后堂去等。没多大工夫，听差引来一人，入内见礼。

吴棠仔细打量了来人几眼："你知道我有什么为难之事？"

"大人缺银子。"古平原压根不想兜圈子，"要想填饱旗营官兵的胃口，大人就得按十五两一石的市价变卖手中的粮食，然后把银子运到京城去。"

"你是何人？"吴棠暗自吃惊，他下令严守机密，不料一个商人却能知晓内幕。

"大人不必见疑。官有官途，商有商路，只问大人一句话，草民的消息准还是不准？"

吴棠不大情愿地点了点头。

"既然如此，三十万石粮食就是四百五十万两银子，大人拿得出来吗？"

"要是能拿得出来，我还见你做什么！"吴棠有些恼怒地说。漕督衙门的银子也不是大风刮来的，付给漕帮这么一大笔钱之后，银库差不多都空了。

"是，草民失言了。"古平原微微一笑，"既然如此，我就没白来一趟。这一趟，草民是专程给大人送银子来的。当然这银子不是白给的，要大人拿粮食来换。"

"你要买本督的漕粮？"吴棠又惊又喜，怀疑地问道，"我可没空跟你做万八千的生意，要买就是三十万石全数买下。"

"当然全买下，而且付现银。"古平原不慌不忙。

一语既出，吴棠更是惊奇，再次上下打量古平原："你在南都城做的是什么生意，能拿得出四百多万两银子？"

古平原眨了眨眼睛，忽然静了下来，也看了吴棠两眼，然后才说："这三十万石粮，我只能按五两一石的价儿来收，换句话说是一百五十万两。"

"你莫非得了失心疯？"吴棠顿时变了脸色，"市面上……"

"市面上是十五两一石，这我知道。"古平原打断他的话。

"那你为何说是五两？"

"大人息怒。"古平原不紧不慢，语速平缓，就像是在街头茶馆中聊着一件听来的趣闻，娓娓道来，"五两也好，十五两也罢，不过是一石粮价而已，其实与京城的旗人无干，他们真正关心的是漕督总共能拿出多少银子来。"

"这何消说得，盘口不是已经开出来了嘛，三十万石的粮食要折算十五两的粮价，一共四百五十万两。"吴棠急道。

古平原摇摇头："十五两不假，可三十万石这个数不对。"

吴棠皱眉道："我给户部呈递的文书上明明写的是三十万石。"

"不对，是十万石。"

"三十万。"吴棠不耐烦道。

"十万。"古平原竟像是一心要抬杠，斩钉截铁地说。

吴棠怒笑道："此时我也希望呈报的是十万石，那这麻烦就少了六七成。可文书上白纸黑字，我亲自用了印，怎会从三十万变了十万？"

"大人不信可以派快马专差到户部去查。户部登记在案的就是十万石，京城街头流传的也是十万石，如今聚在通州的那些官兵想要的就是十万石的粮食折算十五两的粮价。换句话说，大人把三十万石粮卖给我，我给大人一百五十万两的银子，就可以把那些旗人打发得心满意足。"

"这奇了，你是怎么知道的？"吴棠越听越觉得摸不透眼前这人的底细。

古平原还是那句话："大人就不必细问了吧。何况，我买粮不是为了自己做生意，而是帮曾大帅做事。"

"曾大帅？"同是一品总督，两江曾大帅的声光自然远在漕运吴大帅之上。

能借此结交曾大帅，那当然是好事一件，可是吴棠不能没有疑问："你说京城只知有十万石粮食要运到，又说自己是曾大帅派来的，这两样我可都有些信不过你。"

"好办！"古平原早就想到了，胸有成竹地说，"请大人立刻派人进京去问，快马来回不过七天。我趁这几日回明曾大帅，到南都藩司那里去支银子。一旦京城回信，请吴大人将粮运到南都下关码头，由藩司衙门的人一手交钱一手交货，这样可妥当？"

"唔……"这确实是万无一失的法子。古平原见吴棠蹙眉沉思，探身向前放低了声音道："这其中尚有一处极大的妙处，对大人的前程关系不小。"

吴棠别样事都可以不管，就是听到前程二字最是患得患失，抬起头用询问的眼光看着古平原。

"大人请想，京里旗营官兵为什么如此群情激愤，不就是因为漕运总督把霉米运来给旗人吃，为的是省下银子来给湘军发军饷这一句话吗？"

"着啊！"吴棠一拍桌案，恨恨道，"也不知是谁如此造谣生事，把没影的事儿说得好像真的一般。"他最担心的就是朝中满人大佬因此对他产生嫌隙误了自己的大好前程。

造这个谣的人远在天边，近在眼前，就是古平原。这谣言是他煞费苦心之作，除要尽量撩拨起旗营的火气外，便是着眼今日，要从这句话上彻底打动吴棠。

"现在大人尽可以反过来做，把这批米质不佳的粮食卖给湘军，换回白花花的纹银给旗人发饷。您想想看，要是这么一来，大人在京中旗人亲贵的口碑可就……"

吴棠还没听完，早已经是喜心翻倒，疑心早就抛到九霄云外去了，连声道："好好，就按着你说的办！此事要快，以免迟则生变。"

等古平原走了，吴师爷从后堂闪了出来。吴棠笑道："你都听见了吧，这真是刀切豆腐——两面光。既结交了曾大帅，又在京中旗人里落了人情，事情还圆圆满满办了下来。多亏了这个姓古的商人。"

吴师爷微微冷笑："大人且慢高兴。事情是办下来了不假，可要不是这姓古的，也不会有这么多波折。"

"这话怎讲？"

"方才漕帮的人也来了，还是那个姓白的女人。据她说，这个叫古平原的人，最善于玩弄生意手腕。他前些天到漕帮买粮不成，悻悻而去，这些事情只怕都是他在暗中捣鬼。"吴师爷愤愤不平地说。

南漕北运，一路上计算损耗，有很多花样可玩，吴师爷也能借此弄不少的银子。现在漕粮运到曾大帅那里，两江总督有杀伐决断之权，可以不请旨杀大臣，借吴师爷一个脑袋也不敢中饱私囊。他憋着这口恶气，对古平原恨得牙根直痒。

"哼，在京中散布流言蜚语，鼓动旗人闹事也就罢了。报户部的文书是我亲自誊写，亲自钉封，怎么会一眨眼三十万就变了十万，古平原又如何会知道？分明是他买通了户部书办，把文书给改了。他早就想到会有今天，早就知道能借此在大人面前卖好，这是设了个套子给大人钻，把咱们漕督衙门当猴耍。这样的心术实在可怕。"

"可恶！"吴棠嘴里咕哝了一句，脸色霎时变得极为难看。

"曾大帅派下来的差就是不一样，徐藩台带了两个都司，今儿一早就把银子付给了漕督衙门。那负责交接的吴师爷脸色难看之极，活像家里死了老子娘，搞不好是知道了咱们从中搞鬼。"彭海碗在南都人头地面都熟，古平原把事情谈下来之后，银粮交接一事就委托给他去做。他也乐意跑腿，能在两江总督和漕运总督两个大衙门之间穿针引线拉拢买卖，将来到了酒楼筵席间谈起来，那可真是语惊四座，惊羡旁人。

"知道了也无妨，这笔生意他是非做不可。做了则好处明摆着，不做则祸事立至。吴棠可不是笨人，就算猜到了是怎么回事儿，捏着鼻子也得把这壶醋喝完，谁让这是当初他自己酿的呢。"

一语既出，屋里众人都笑了。常玉儿对刘黑塔道："怎么样？我说得不错吧，这位吴大人是不是倒霉了？"

"这就叫知夫莫若妻。"彭海碗打趣道，随即又说，"漕粮约定两日后在下关码头卸船。"

古平原眼珠转了转，想了又想，忽然问彭海碗："漕督和两江衙门做的这笔生意，知道的人多吗？"

"应该不多。曾大帅和本省藩台是知道的，至于漕督衙门那边，吃了这么大一个哑巴亏，哪还好意思在外面提呢？"

古平原双掌一拍："这样的话，漕粮就先不要卸船，离开清江浦码头后，找个稳妥地方停着。我还要拿这批漕粮变一个大戏法，为饥民出一口气，顺便治治那个陈大户。"

"古大哥，你要治陈大户，我举双手赞成。"刘黑塔这几天也没闲着，把南都城里城外逛了个遍，得了不少见闻。

"你们猜这个陈大户最近又干了什么缺德事儿？"刘黑塔提起来就气愤难当，"有几家灾民的孩子实在饿得不行，又被日夜熬粥的香气馋得要命，就约好了半夜游到陈大户泊在江中的粮船上，想偷拿几袋粮食，结果被发现了。陈大户得知之后，把这几个小孩子绑在桅杆上一天一夜，任凭那些父母在岸上磕头赔罪就是不理不睬。后来总算是把人放了，又让这几个孩子自己游回去。你们想想看，本来就饿得手软脚软，又被捆了一日夜，哪里还有力气凫水。岸边众人下水去救，可还是有两个孩子被浪卷走了。"

"这也太惨了。"常玉儿听得心下不忍，"彭掌柜，托你找个伙计，明天帮我给这两家各送二十两奠仪。"

"太太放心，包在我身上。"彭掌柜也听得心下恻然，"这个陈大户简直是吃灾民肉，喝饥民血啊。"

"他快吃不成，喝不下了。"古平原的眼神已在不知不觉间锐利起来，"而且我还要他把吃下去的全都吐出来！"

（本部完）

《大生意人3》精彩看点

两江粮荒，古平原为国为民，计惩黑心粮商，为灾民买下活命粮，得到总督曾大帅的赏识，并与李万堂、王天贵等多方势力围绕着天下巨利——盐，展开一场生死争斗。

古平原终于得知李家当年陷害自己的真相，然而一切都已不可挽回。面对母亲的横死、未出世孩子的夭折，古平原终于不再留情，他的怒火让李家彻底失去了两淮盐场。然而李家的报复来得更加残酷，古平原被绑上法场，能救他的却只有那个最恨他的女人……

为彻底打垮古平原，李钦不惜献计洋商，将大清命脉拱手让人。古平原则不惜身家性命抵抗洋商，却被朝廷狠狠背刺。危急时刻，财神胡金山、京城四大恒钱庄、晋商乔致庸、日升昌等十八家大票号，滇南王四马帮等大商人纷纷表示唯古平原马首是瞻。

古平原成为天下众商之首，却惊觉已陷入"进一步死，退一步亡"的两难境地……他又将如何绝地反击，终成一代商王？

《大生意人3》为你揭晓所有谜团，敬请一阅。

大生意人 2

作者_赵之羽

编辑_一草　　产品设计_李剑
技术编辑_白咏明　　责任印制_杨景依　　出品人_王誉

鸣谢（排名不分先后）

程峰　谢彬　赵金娇　陆如丰　王佳梦依

果麦
www.goldmye.com

以 微 小 的 力 量 推 动 文 明

图书在版编目（CIP）数据

大生意人. 2 / 赵之羽著. -- 南京：江苏凤凰文艺出版社, 2025. 5. -- ISBN 978-7-5594-9376-7

Ⅰ. I247.5

中国国家版本馆CIP数据核字第2025EW0302号

大生意人. 2

赵之羽 著

出 版 人	张在健
责任编辑	白　涵
特约编辑	一　草
出版发行	江苏凤凰文艺出版社
	南都市中央路165号，邮编：210009
网　　址	http://www.jswenyi.com
印　　刷	天津丰富彩艺印刷有限公司
开　　本	710毫米×955毫米　1/16
印　　张	27
字　　数	480千字
版　　次	2025年5月第1版
印　　次	2025年5月第1次印刷
印　　数	1～9,000
书　　号	ISBN 978-7-5594-9376-7
定　　价	78.00元

江苏凤凰文艺版图书凡印刷、装订错误，可向出版社调换，联系电话：025-83280257